亨利·詹姆斯 小说系列

李和庆 吴建国 主编

一位女士的画像

The Portrait of a Lady

〔美〕亨利·詹姆斯 著

陈丽 郑国锋 译

Henry James
The Portrait of a Lady

Simplified Chinese edition copyright © 2020 by Shanghai 99 Readers' Culture Co., Ltd.
All rights reserved.

图书在版编目(CIP)数据

一位女士的画像/(美)亨利·詹姆斯著;陈丽,郑国锋译.
—北京:人民文学出版社,2020(2022.3重印)
(亨利·詹姆斯小说系列)
ISBN 978-7-02-014227-9

Ⅰ.①一… Ⅱ.①亨… ②陈… ③郑… Ⅲ.①长篇小说-美国-近代 Ⅳ.①I712.44

中国版本图书馆 CIP 数据核字(2018)第 086107 号

| 责任编辑 | 朱卫净 邱小群 李 翔 |
| 封面设计 | 钱 珺 |

出版发行	人民文学出版社
社　　址	北京市朝内大街 166 号
邮政编码	100705
印　　刷	上海盛通时代印刷有限公司
经　　销	全国新华书店等
开　　本	890 毫米×1240 毫米　1/32
印　　张	20
字　　数	550 千字
版　　次	2020 年 9 月北京第 1 版
印　　次	2022 年 3 月第 3 次印刷
书　　号	978-7-02-014227-9
定　　价	100.00 元

如有印装质量问题,请与本社图书销售中心调换。电话:010-65233595

序 一

◎李维屏

亨利·詹姆斯（Henry James，1843—1916）是现代英美文坛巨匠，西方现代主义文学运动的先驱。这位出生在美国而长期生活在英国的小说家不仅是英美文学从十九世纪现实主义向二十世纪现代主义转折时期一位继往开来的关键人物，而且也是大西洋两岸文化的解释者。自二十世纪八十年代以来，詹姆斯的小说创作和批评理论引起了我国学者的高度关注，相关研究成果层出不穷。他那形式完美、风格典雅的作品备受中国广大读者的青睐。近日得知吴建国教授与李和庆教授主编的"亨利·詹姆斯小说系列"即将由著名的人民文学出版社出版，我感到由衷的高兴，便欣然命笔，为选集作序。

亨利·詹姆斯是少数几位在英美两国文坛都拥有举足轻重地位的文学大师之一。今天，国内外学者似乎获得了这样一个共识，即詹姆斯的小说创作代表了十九世纪末开始流行于欧美文坛的一种充满自信、高度自觉并以追求文学革新为宗旨的现代艺术观。如果我们今天仅仅将詹姆斯看作现代心理小说的杰出代表或现代小说理论的创始人，这显然是远远不够的。如果我们将他的艺术主张放到宏观的西方文学革新的大背景中加以考量，将他的小说创作同一百多年前那场声势浩大的现代主义运动互相联系，那么我们不难发现，詹姆斯的创作成就、现代小说理论体系以及他在早期现代主义运动中的引领作用，完全奠定了他在现代世界文坛的重要地位。正如与他同时代的著名小说家约瑟夫·康拉德所说："凭借其作品和力量，詹姆斯是一位艺术的英雄。"著名诗人T. S.艾略特也曾感慨地说过："随着福楼拜和詹姆斯的出现，（传统）小说已经宣告结束。"我以为，詹姆斯小说的一个最重要的特征也许是他的国际视野。他所追求的国际视野不仅体现了他早期现代主义思想的开拓性，而且也成为第一次世界大战前后一批自我流放的现代主义者追踪国际文化和艺术前沿的风向标。君不见，詹姆斯创建的遐迩闻名的"国际主题"（the international theme）在大力倡导文化交流、文明互鉴、探索"人类命运共同体"的今天依然具有重要的启示作用。

"亨利·詹姆斯小说系列"分别收录了詹姆斯的六部长篇小说、四部中篇小说和两部共由十八个高质量的故事组成的短篇小说集。《一位女士的画像》《华盛顿广场》《鸽翼》《金钵记》《专使》和《美国人》等长篇小说不仅代表了詹姆斯创作的最高成就，而且早已步入了世界经典英语小说的行列。《螺丝在拧紧》《黛西·米勒》《伦敦围城》和《在笼中》等中篇小说以精湛的技巧和敏锐的目光观察了那个时代的生活，而詹姆斯的短篇小说则像一个个小小的摄像头对准各种不同的场合，生动记录了欧美社会种种世态炎凉、文化冲突以及现代人的精神困惑。毋庸置疑，这套詹姆斯小说选集的作品是经编选者认真思考后精心选取的。

"亨利·詹姆斯小说系列"的出版为我国的读者提供了一个全面了解詹姆斯的创作实践、品味其小说艺术和领略其语言风格的契机。我相信，这套选集的问世不仅会进一步提升詹姆斯在我国广大读者中的知名度，而且会对国内詹姆斯研究的发展产生积极的影响。

2018 年 1 月于上海外国语大学

开创心理现实主义小说先河的文学艺术大师

——"亨利·詹姆斯小说系列"序二

◎吴建国

一 引言

"我们在黑暗中奋力拼搏——我们竭尽全力——我们倾情奉献。我们的怀疑就是我们的激情,而我们的激情则是我们的使命。剩下的就是对艺术的痴迷。"亨利·詹姆斯短篇小说《中年岁月》里那位小说家在弥留之际的这句肺腑之言,也是亨利·詹姆斯本人的座右铭。

詹姆斯的创作凝结着厚重的历史理性、人文精神和诗学意义,他的主题涵盖大西洋两岸的人们在社会、历史、文化、伦理、婚姻乃至意识形态等诸多方面的交互影响和碰撞,即所谓"国际题材"。他殚精竭虑地探索的问题是:什么是真实的生活,什么是理想的生活,更为重要的是,如何在艺术上再现这种生活。他强调人性、人情、人道,以及人的感性、灵性、诗性对人类生存的重要意义。在刻画人物的内心世界和社交活动时,常运用边界模糊甚至互为悖反的动机和印象展现人物的精神风貌,通过"由内向外"的描写反映变幻莫测、充满变数的大千世界和人的生存价值。他的叙事艺术和语言风格独树一帜,笔意奇崛,遣词谋篇精微细腻,具有高度的实验性,对人物、情节和场景的描摹颇具印象派绘画的特性,甚而有艰涩难解、曲高和寡之嫌。他是欧美现实主义向现代主义创作转型时期重要的小说家和批评家,是美国现代小说和小说理论的奠基人,是开创二十世纪西方心理现实主义小说先河的文学艺术大师。他曾三度(一九一一年、一九一二年、一九一六年)获诺贝尔文学奖提名,并于一九一六年获得英王乔治五世授予的功绩勋章。他卷帙浩繁的著作、博大精深的创作思想和追求艺术真理的革新精神,对二十世纪崛起的西方现代派乃至后现代派文学具有深远的影响。

二　亨利·詹姆斯小传

亨利·詹姆斯于一八四三年四月十五日出生在纽约市华盛顿广场具有爱尔兰和苏格兰血统的名门世家。他的祖父威廉·詹姆斯(William James, 1771—1832)于美国独立战争之后不久从爱尔兰移民美国,凭借自己的努力成为纽约州奥尔巴尼市赫赫有名的银行家和投资家。他的父亲老亨利·詹姆斯(Henry James Sr., 1811—1882)继承了其父的巨额遗产,是一位富有睿智、性情豁达的哲学家、神学家和作家,是美国超验主义哲学家兼诗人拉尔夫·爱默生(Ralph Waldo Emerson, 1803—1882)和哲学家兼诗人和散文家亨利·梭罗(Henry David Thoreau, 1817—1862)等大文豪的知心好友。他的母亲玛丽·沃尔什(Mary Robertson Walsh, 1810—1882)出身于纽约上流社会的富裕人家。他的哥哥威廉·詹姆斯(William James, 1842—1910)是美国著名心理学家、教育家和实用主义哲学的创始人,是二十世纪初最具影响力的哲学家和"美国心理学之父"。他的妹妹艾丽斯·詹姆斯(Alice James, 1848—1892)是日记作家,以其发表的众多日记而闻名遐迩。

由于老亨利·詹姆斯信奉"斯威登堡学说"①,认为传统教育模式不利于个性发展,应当让子女得到世界性教育,亨利·詹姆斯幼年时的教育主要是在父母和家庭教师的指导下进行的,后来又经常跟随父母往返于欧美两地,偶尔就读于奥尔巴尼、伦敦、巴黎、日内瓦、布洛涅、波恩、纽波特、罗德岛等地的学校,并在父亲的带领下面见过

---

① 斯威登堡学说(Swedenborgianism),瑞典科学家和神学家伊曼纽尔·斯威登堡(Emanuel Swedenborg, 1688—1772)所倡导的新的宗教思潮,认为每一个人都必须在不断悔过自新的过程中积极地彼此相互合作,从而获得个人生活和精神的升华。

狄更斯和萨克雷等英国大作家。詹姆斯自幼便受到欧洲人文思想和文化环境的熏陶，且博闻强识，尤其注重吸收科学和哲学理念，这使他从小就立下了要从事文学创作的远大志向。在一八五五年至一八六〇年举家旅欧期间，他们在法国逗留时间最长，詹姆斯得以迅速掌握了法语。詹姆斯早年说英语时略有口吃，但法语却说得非常流利，从此不再结巴。

一八六〇年，他们从欧洲返回美国，居住在纽波特。詹姆斯开始接触法国文学，系统阅读了大量法国文学作品。他尤其喜爱巴尔扎克，称巴尔扎克为"最伟大的文学大师"。巴尔扎克的小说艺术对他后来的创作影响甚大。一八六一年秋，詹姆斯在一场救火事件中腰部受伤，未能服兵役参加美国南北战争。这次腰伤落下的后遗症在他一生中仍时有发作，使他怀疑自己从此丧失了性功能，因而终身未娶。一八六二年，他考入哈佛大学法学院。但他对法学不感兴趣，一年后便离开了哈佛大学，继续追求他所钟情的文学事业。此时，他与威廉·豪威尔斯（William Dean Howells，1837—1920）、查尔斯·诺顿（Charles Eliot Norton，1827—1908）、安妮·菲尔兹（Annie Adams Fields，1834—1915）等美国文学评论家和作家交往甚密。在他们的鼓励和引导下，詹姆斯于一八六三年开始撰写短篇小说和文学评论，作品大都发表在《大西洋月刊》《北美评论》《国家》《银河》等大型文学刊物上。

他的第一部长篇小说《看护》（Watch and Ward）于一八七一年开始在《大西洋月刊》连载，经过他重新修润后，于一八七八年正式出版。这部小说描写主人公罗杰·劳伦斯如何收养幼女诺拉，将她抚养成人，最后娶她为妻的艳情故事：罗杰是波士顿有闲阶层的富豪，诺拉的父亲兰伯特因生活所迫，曾向他借钱以解燃眉之急，却遭到了他冷漠的拒绝。兰伯特在隔壁房间自杀身亡，罗杰深感懊悔，收养了他的女儿诺拉。诺拉时年十二岁，体质羸弱，模样也很难看。在罗杰的悉心照料下，诺拉很快成长起来。罗杰想把她抚养成人后让她做自己的新娘。岂料，诺拉出落成如花似玉的美少女后，却被另外两个男人疯狂追求：一个是风流成性、心怀叵测的乔治·芬顿，另一个是罗杰的表弟、虚伪的牧师休伯特·劳伦斯。涉世未深的诺拉经历了一系列富有浪漫色彩的冒险之后，终于上当受骗，落入芬顿设下的圈套，在纽约身陷囹圄。罗杰在危急关头挺身而出，挽救了诺拉，两人终成眷属。

《看护》展现了詹姆斯早期朴直率性的写作风格和他对言情小说的喜爱。这部小说的情节看似错综复杂、扑朔迷离，但对诺拉由丑小鸭成长为美天鹅的发展过程写得过于平铺直叙，对卑鄙下流的恶棍芬顿的刻画显然囿于俗套，故事的叙事进程也平淡无奇，甚至不乏隐晦的色情描写，皆大欢喜的结局也缺乏应有的审美张力。詹姆斯一八八三年在选编他的作品选集时，不愿把《看护》收录其中。但小说却把艳若天仙的美少女诺拉刻画得栩栩如生、魅力四射，令人赏心悦目，对纽约社会底层生活场景的描摹也入木三分，显示出作者对社会和伦理问题细致入微的关注。小说的语言也优美流畅、睿智幽默，富有诗情画意，深得读者喜爱。《看护》预示着一位文学大师即将横空出世。

由于发现美国太讲究物质利益，缺乏文化底蕴，不利于艺术创新，詹姆斯于一八六九年离开美国，开始了他人生第一次在海外自我流放的生活。在一八六九年至一八七〇年间的十四个月里，他游历了伦敦、巴黎、罗马等欧洲大都市。一八六九年侨居在伦敦时，他结识了约翰·拉斯金、狄更斯、马修·阿诺德、威廉·莫里斯、乔治·爱略特等英国著名作家和文学评论家，与他们过从甚密。此外，他还与麦克米伦等出版机构建立了长期的合作关系，由出版商先预付稿酬分期连载他的作品，而后再结集成书出版。鉴于这些分期连载的小说主要面向英国中产阶级的女性读者，出版商希望他创作出适合年轻女性阅读口味的作品。尽管必须满足编辑部提出的种种苛求，但他在创作中仍坚持严肃的主题和审美标准。此时的詹姆斯虽然蛰居在伦敦的出租屋里，却有机会接触政界和文化界的名流雅士，常去藏书量丰富的俱乐部与朋友们交谈。在此期间，他结交了亨利·亚当斯（Henry Brooks Adams, 1838—1918）、查尔斯·盖斯凯尔（Charles George

Milnes Gaskell，1842—1919）等欧美学者和政要。在遍访欧洲各大都市期间，他对罗马尤为喜爱，想在罗马做一名自食其力的自由作家，后来成了《纽约先驱报》驻巴黎的特约记者。由于事业不顺等原因，他于一八七〇年回到纽约市，但不久后又重新返回伦敦。一八七四年至一八七五年间，他发表了《大西洋两岸随笔》(*Transatlantic Sketches*, 1875)、《狂热的朝香者和其他故事》(*A Passionate Pilgrim and Other Tales*, 1875)、长篇小说《罗德里克·赫德森》(*Roderick Hudson*, 1875)，以及若干中短篇小说。在这一阶段，他的作品具有美国小说家纳撒尼尔·霍桑的遗响。

《罗德里克·赫德森》写成于詹姆斯侨居罗马的那段日子里。詹姆斯自认为这才是他真正意义上的第一部长篇小说。这是一部心理成长小说（Bildungsroman），描写血气方刚、才华横溢、豪情满怀的美国马萨诸塞州年轻的法学生、雕塑爱好者罗德里克·赫德森如何在意大利迷失在各种情感纠葛、物欲诱惑，以及理性与现实的矛盾和冲突之中，渐渐走向成熟，后又死于非命的故事。小说以罗马为背景，以生动的笔触描写了这座名人荟萃的艺术大都会的社会风貌、文化气息、人情世故和令人美不胜收的雕塑艺术馆，鞭辟入里地揭示了欧美两地价值观的冲突，探讨了金钱与艺术、爱情和精神追求之间的关系。小说中所塑造的欧洲最美丽的姑娘克里斯蒂娜·莱特，后来又再次成为他的长篇小说《卡萨玛西玛王妃》(*The Princess Casamassima*, 1886) 中的女主人公。

一八七五年秋，詹姆斯离开伦敦前往巴黎，居住在位于塞纳河左岸的拉丁区。在此期间，他结识了福楼拜、屠格涅夫、莫泊桑、左拉、都德等大作家，与他们结下了深厚的友谊。在巴黎生活了一年之后，他于一八七六年再次返回伦敦。在此后的四十年里，除了偶尔返回美国和出访欧洲外，他大都生活在英国。他勤于思索，对文学艺术已有自己独到的见解，且潜心于笔耕，保持着旺盛的创作势头，写出了长篇小说《美国人》(*The American*, 1877)、《欧洲人》(*The Europeans*, 1878)，评论集《论法国诗人和小说家》(*French Poets and*

Novelists，1878）、《论霍桑》(Hawthorne，1879)，以及《国际插曲》(An International Episode，1878) 等一系列中短篇小说。一八七八年出版的中篇小说《黛西·米勒》(Daisy Miller) 奠定了他在文学界的崇高声望。这部小说之所以在大西洋两岸引起巨大轰动，主要是因为小说所着力刻画的女主人公的行为举止和个性特征已经大大超出当时欧美两地传统的社会准则和伦理规范。他的第一部重要长篇代表作《一位女士的画像》(The Portrait of a Lady，1881) 也创作于这一时期。

一八七七年，他首次参观了好友盖斯凯尔的家园、英国什罗普郡的文洛克寺。这座始建于公元七世纪的古寺历尽沧桑的雄姿及其周围的广袤原野激发了他的创作灵感，寺内神秘的浪漫气氛和寺院后宁静修远的湖泊，成了他日后所创作的哥特式小说《螺丝在拧紧》(The Turn of the Screw，1898) 的基本背景和素材。在这一时期，詹姆斯仍遵循法国现实主义小说家，尤其是左拉的创作思想和叙事风格。霍桑对他的影响已日渐减弱，取而代之的是乔治·爱略特和屠格涅夫。他自己的创作思想和艺术风格也已日渐成熟。一八七九年至一八八二年间，詹姆斯相继发表了长篇小说《一位女士的画像》《华盛顿广场》(Washington Square，1880) 和《信心》(Confidence，1880)，游记《所到各地图景》(Portraits of Places，1883)，以及《伦敦围城》(The Siege of London，1883) 等中短篇小说，这些作品大多为"国际题材"小说。

一八八二年至一八八三年间，詹姆斯遭受了数次痛失亲朋好友的打击：他母亲于一八八二年病逝，他父亲也于数月后离世。他们家族的老友和常客、著名思想家和文学家拉尔夫·爱默生也于一八八二年逝世。他的良师益友屠格涅夫于一八八三年与世长辞。

一八八四年春，詹姆斯再次离开伦敦前往巴黎，常与左拉、都德等作家在一起切磋交谈，并结识了法国著名自然主义小说家龚古尔兄弟。詹姆斯似乎暂时放下了"美国与欧洲神话"，开始潜心研究法国现实主义和自然主义文学，发表了他的文学评论集《论小说的艺术》(The Art of Fiction，1884)。一八八六年，他出版了描写波士顿女权主义运动的长篇小说《波士顿人》(The Bostonians) 和以伦敦无政府主义者的革命故事为题材的长篇小说《卡萨玛西玛王妃》。这两部社会小说融合了法国自然主义文学的思想倾向和叙事方法，但当时的评论界和图书市场对这两部作品的接受状况并不令人满意。在这一时期，詹姆斯不仅博览群书，而且结交了欧美文坛诸多卓有建树的文学艺术家，不少人成了他的知心好友，如英国小说家兼诗人罗伯特·史蒂文森（Robert Louis Stevenson，1850—1894）、旅欧美国画家约翰·萨金特（John Singer Sargent，1856—1925）、旅欧美国女小说家兼诗人康斯坦斯·伍尔森（Constance Fenimore Woolson，1840—1894）、英国诗人兼文学评论家埃德蒙·高斯（Sir Edmund Gosse，1849—1928）、法国漫画家兼作家乔治·杜·莫里哀（George du Maurier，1834—1896）、法国小说家兼文学评论家保罗·布尔热（Paul Bourget，1852—1935）等人，并与美国女作家伊迪丝·华顿（Edith Wharton，1862—1937）保持着长期的友谊，还发表了文学评论集《一组不完整的画像》(Partial Portrait，1888)。

一八八九年冬，詹姆斯开始着手翻译都德的著名三部曲《达拉斯贡的达达兰历险记》(Les Aventures prodigieuses de Tartarin de Tarascon，1872)中的第三部《达拉斯贡港》(Port Tarascon)①。这部译著于一八九〇年开始在《哈泼斯》连载，被英国《旁观者周刊》誉为"精品译作"，并由桑普森出版公司于一八九一年在伦敦出版。十九世纪八十至九十年代末，詹姆斯曾数次跨过英吉利海峡，在法国、德国、奥地利、瑞士等欧洲国家搜集创作素材。一八八七年，他在意大利居住了很长一段时间。他的著名中篇小说《反射器》(The Reverberator，1888)和《阿斯彭文稿》(The Aspern Papers，1888)即写成于这一年。

除上述作品外，詹姆斯在这一时期发表的主要作品还有：短篇小说集《三城记》(Tales of Three Cities，1884)、中篇小说《大师的

---

① 这部小说主要描写达拉斯贡人被取消宗教团体所激怒，决定到澳大利亚建立一个以达拉斯贡命名的移民区，却遇到了一连串的困难和阻挠。小说中所塑造的主人公达达兰是一个虚荣心很强、爱好吹牛的庸人，是对无能而又好大喜功的法国社会风气的辛辣讽刺。

教诲》(The Lesson of the Master, 1888), 短篇小说集《伦敦生活及其他故事》(A London Life and Other Tales, 1889), 长篇小说《悲惨的缪斯》(The Tragic Muse, 1890), 短篇小说《学生》(The Pupil, 1891), 短篇小说集《活生生的东西及其他故事》(The Real Thing and Other Tales, 1893), 短篇小说集《结局》(Terminations, 1895), 短篇小说《地毯上的图案》(The Figure in the Carpet, 1896)、《尴尬》(Embarrassment, 1896), 长篇小说《波英顿的珍藏品》(The Spoils of Poynton, 1897)、《梅芝知道的东西》(What Maisie Knew, 1897)等。尽管詹姆斯在这一时期仍遵循以左拉为代表的法国自然主义文学流派的表现手法, 但他更关注社会和政治问题, 作品的基调和主题思想更接近都德的小说。他的创作在这一时期的突出特点是：中短篇小说较多, 而且在多方面、多维度进行实验, 他认为这种叙事方法更适合于传达他的艺术观。但这些作品当时并没有得到评论界的好评, 销路也不佳。于是, 他开始尝试剧本创作。一八九〇年至一八九五年间, 他一连写出了《盖伊·多米维尔》(Guy Domville)等七个剧本, 上演了两部, 但都不太成功。这使他从此对剧本写作心灰意冷。然而戏剧实践却为他后来的小说创作提供了戏剧表现手法、场景布设安排以及书写人物对话的技巧。

　　一八九七年至一九一四年, 詹姆斯从伦敦搬迁至英国东南部萨塞克斯郡风景秀丽的海滨小镇莱伊(Rye), 居住在他自己出资购置的古色古香的兰姆别墅①, 在这里潜心创作, 写出了他构思精巧、极具艺术张力的名篇《螺丝在拧紧》和中篇小说《在笼中》(In the Cage, 1898)。一八九九年至一九〇一年间, 他出版了长篇小说《左右为难的时代》(The Awkward Age, 1899)、《圣泉》(The Sacred Fount, 1901)和短篇小说集《软边》(The Soft Side, 1900)。一九〇二年至一九〇四年间, 他连续发表了三部具有开创意义的心理分析小说：《鸽翼》(The Wings of the Dove, 1902)、《专使》(The Ambassadors,

---

① 如今, 这座别墅已归英国国家信托基金会管辖, 成为英国"作家博物馆"。

1903）和《金钵记》（*The Golden Bowl*，1904），以及若干中短篇小说，如《丛林猛兽》（*The Beast in the Jungle*，1903），短篇小说集《更好的一类》（*The Better Sort*，1903）等。

一九〇四年，詹姆斯应邀回到美国，在全美各高校讲授巴尔扎克等法国作家及其作品，并在《北美评论》《哈泼斯》《双周书评》等文学刊物发表了一系列文学评论和杂文。他的《美国景象》（*The American Scene*）于一九〇五年至一九〇六年陆续在《北美评论》等杂志连载了十章，并于一九〇七年结集成书出版。《美国景象》真实记录了他一九〇四年至一九〇五年在美国的观感，严厉抨击了他亲眼所见的处于世纪之交的美国狂热的物质至上主义、世风日下的伦理价值体系和名不副实的社会结构，以及种族和政治等问题，引发了广泛的批评和争议。他在这本书中所论及的美国移民政策、环境保护、经济发展、种族与地区冲突等热点话题，至今仍有可资借鉴的现实意义。一九〇六年至一九一〇年间，他的游记《意大利时光》（*Italian Hours*，1909）、长篇小说《呐喊》（*Outcry*，1910）以及若干中短篇小说也相继发表在《北美评论》等文学刊物上。此外，他还亲自编辑出版了"纽约版"二十四卷本《亨利·詹姆斯作品选集》。他为书中的几乎每一篇（部）作品都撰写了序言，追溯了每一部小说从酝酿到完成的过程，并对小说的写法进行了严肃的探讨。这些序言既是他的"审美回忆"，也是富有真知灼见的理论阐述。一九一〇年，他哥哥威廉·詹姆斯去世，他回国吊唁，但不久后再次返回英国。由于他在小说创作理论和实践上所取得的突出成就，哈佛大学于一九一一年授予了他荣誉学位，牛津大学于一九一二年授予了他荣誉文学博士称号。自一九一三年开始，他撰写了三部自传：《童年及其他》（*A Small Boy and Others*，1913）、《作为儿子和兄弟的札记》（*Notes of a Son and Brother*，1914）和《中年岁月》（*The Middle Years*，1917）①。

一九一四年第一次世界大战爆发后，詹姆斯做了大量宣传鼓动工

---

① 这部未完成自传与亨利·詹姆斯发表于1893年的短篇小说《中年岁月》同名，在他去世一年后出版。

作支持这场战争。由于不满美国政府的中立态度,他于一九一五年愤然加入了英国国籍。一九一六年,英王乔治五世亲自授予他功绩勋章。由于过度劳累,健康每况愈下,数月后突发中风,后来又感染了肺炎,詹姆斯于一九一六年二月二十八日在伦敦切尔西区溘然长逝,享年七十三岁。按照他的遗嘱,他的骨灰被安葬在美国马萨诸塞州的剑桥公墓,墓碑上铭刻着"亨利·詹姆斯:小说家、英美两国公民、大西洋两岸整整一代人的诠释者"。一九七六年,英国政府在伦敦威斯敏斯特教堂的"诗人墓园"为他设立了一块纪念碑,以缅怀他的丰功伟绩。

三 屹立在欧美文学之巅的经典小说家

詹姆斯辛勤耕耘五十余载,发表了二十二部长篇小说、一百一十二篇中短篇小说、十二个剧本,以及多篇(部)文学评论和游记等作品。他的小说大多先行刊载在欧美重要文学刊物上,经他亲自修润后,再正式结集成书。他精通小说艺术,笔调幽默风趣,人物塑造独具匠心,心理描写精微细腻,作品中蕴含着深厚的历史理性和人文情怀,是欧美现代文学史上最伟大的小说家之一。我们精心选取翻译的这六部长篇小说、四部中篇小说和两辑短篇小说,是詹姆斯在他漫长、多产的文学生涯中不同时期所创作的最具代表性的优秀作品,希望我国读者对这位多才多艺的文学巨匠有更深入、更全面的认识和了解。

(一)长篇小说

《**美国人**》是詹姆斯第一部成功反映"国际题材"的长篇小说,描写英俊潇洒、襟怀坦荡、不善交际的美国富豪克里斯托弗·纽曼平生第一次游历巴黎时亲身经历的种种奇遇和变故。小说以纽曼对出身高贵、年轻漂亮的寡妇克莱尔·德·辛特雷夫人由一见钟情到热烈追求,到勉强订婚,直至幻想破灭、孑然一身返回美国的过程为主线,深刻揭示了封闭保守、尔虞我诈、人心险恶的欧洲与朝气蓬勃、乐观向上、勇于开拓创新的美国之间的差异和冲突。纽曼在亲眼见证了欧洲文明灿烂美好的一面和阴暗丑陋的一面之后,终于明白,欧洲并不是他所期望的理想之地。

《美国人》是一部融合了喜剧和言情剧元素的现实主义小说。作者以优美鲜活的笔调和起伏跌宕的情节将巴黎的生活图景和世相百态淋漓尽致地展露在读者眼前。故事虽然以恋爱和婚姻为主线,但作者并没有刻意渲染两情相悦的性爱这一主题。纽曼看中克莱尔,只是因为她端庄贤淑,非常适合做他这样事业有成的富豪的配偶。至于克莱尔与她第一任丈夫(比她年长很多)之间究竟发生过什么,读者并不知情,作者也未过多描写她对纽曼的恋情。小说中唯有见钱眼开的诺埃米小姐是性感迷人的女性,但作者对她的描写也较含蓄,且多为负面。即使按维多利亚时代的伦理准则来看,詹姆斯在性爱问题上如此矜持的态度也令人困惑不解。美国公共电视网一九九八年再次将《美国人》改编拍摄为电视剧时,在剧情中添加了纽曼与诺埃米、瓦伦汀与诺埃米的性爱场面。

詹姆斯创作这部小说的初衷原本是为了回应法国剧作家小仲马的《外乡人》[①],旨在告诉读者:美国人虽然天真无知,但在道德情操方面远高于阴险奸诈的欧洲人。小说中所塑造的主人公纽曼是一位充满自信、勇于担当、三十岁出头的美国人,他的诚实品格和乐观精神代表着充满活力、蓬勃向上的美国形象,因而深受历代美国读者的青睐。纽曼与克莱尔的弟弟瓦伦汀·德·贝乐嘉之间的友谊描写得尤为真挚感人,作者对巴黎上流社会生活方式的描摹也栩栩如生,令人回味无穷。在当今语境下读来,《美国人》依然散发着清新的艺术魅力,比詹姆斯的后期作品更易接受。

《一位女士的画像》是詹姆斯早期创作中最具代表意义的经典之作,描写年轻漂亮、活泼开朗、充满幻想的美国姑娘伊莎贝尔如何面

[①] 小仲马剧作《外乡人》(*L'Étrangère*,1876)中所展现的美国人大多为缺少教养、粗野无礼、声名狼藉的莽汉。

对一系列人生和命运的抉择,最终受骗上当,沦为老谋深算的奸究之徒的牺牲品的悲情罗曼史。伊莎贝尔在父亲亡故后,被姨妈接到了伦敦,并继承了一大笔遗产。她先后拒绝了美国富豪卡斯帕·古德伍德和英国勋爵沃伯顿的求婚,却偏偏看中了侨居意大利的美国"艺术鉴赏家"吉尔伯特·奥斯蒙德,不顾亲友的告诫和反对,一意孤行地嫁给了他。但婚后不久,她便发现,丈夫竟然是个自私、贪财、好色、心胸狭窄的猥琐小人,"就像花丛中隐藏起来的毒蛇",奥斯蒙德与她结婚只是为了得到她所继承的七万英镑的遗产。她继而又发现,他们这桩婚姻的牵线人梅尔夫人原来是奥斯蒙德的情妇,还生了一个女儿(潘茜),而且梅尔夫人和奥斯蒙德正在密谋策划利用伊莎贝尔把潘茜嫁给沃伯顿。伊莎贝尔阻止了他们的阴谋。她本可逃出陷阱,因为沃伯顿和古德伍德仍深爱着她,但她还是强忍内心的痛苦,对外人隐瞒了自己不幸的婚姻,毅然返回了罗马。

《一位女士的画像》展现的依然是詹姆斯历来所关注的欧美两地的文化差异和冲突,并深刻探究了自由、责任、爱恋、背叛等伦理问题。天真无邪、向往自由和高雅生活的伊莎贝尔尽管继承了一大笔遗产,却没能躲过工于心计的奥斯蒙德和梅尔夫人设下的圈套,最终失去了自由,"被碾碎在世俗的机器里"[1]。故事的结尾尤为引人深思:伊莎贝尔在得知真相后仍毅然返回罗马的举动,究竟是为了信守婚姻的诺言而做出的高尚的自我牺牲,还是为了兑现她对潘茜所作的承诺,要拯救她所疼爱的这个继女脱离苦海,然后再与奥斯蒙德离婚?这个悬念给读者留下了无限的思索空间。

在这部小说中,詹姆斯将心理分析推向了新的高度。他将大量笔墨倾注在人物的内心世界,着重描写人物的理想、愿望、思绪、动机、欲望和冲动,人物的行为则是这些思想和意识活动的结果和外化,人与人之间的关系和故事情节的发展变化也是通过这一中心人物的思维活动表现出来的。读者只有在伊莎贝尔彻底认清她丈夫的本质

---

[1] 董衡巽:《美国文学简史》,北京:人民文学出版社,2003年,第141页。

后,才对奥斯蒙德和梅尔夫人的真实面目有了全面的了解,而伊莎贝尔也在层层递进的内省和反思中获得了对周围世界的感知,在心理和性格上逐渐走向了成熟。詹姆斯对人物内心世界的探索(尤其在第四十二章中)采用的是理性的内心独白,既没有突兀的变化,也没有时空倒错,不同于后来的意识流写法。此外,他善用精湛的比喻来描绘人物的心理,这些比喻十分贴切,具有艺术形象的完整性,而且与故事情节密切联系,优美流畅的语言和对欧洲风情的生动描写也使经受过詹姆斯冗长文体考验的读者格外喜爱这部小说。如果说詹姆斯是心理现实主义小说的创始人,那么《一位女士的画像》则是心理现实主义小说的典范。

《华盛顿广场》主要讲述的是憨厚、温柔的女儿凯瑟琳与她那才气横溢、感情冷漠的父亲斯洛珀医生之间的分歧和冲突。小说以第三人称全知叙事视角审视了凯瑟琳的一生。凯瑟琳是一个相貌平平、才智一般、纯洁可爱的姑娘,始终生活在与她最亲近的人的利己之心的团团包围之中:她的恋人莫里斯·汤森德只觊觎她的万贯家财;她的姑妈只会爱管闲事地乱点鸳鸯谱;她的守护神父亲则用讽刺挖苦和神机妙算来回报女儿对他的热爱和钦佩之情。故事以凯瑟琳出人意表地断然将莫里斯拒之门外而告终。

《华盛顿广场》是一部结构紧凑的悲喜剧。故事最辛辣的讽刺是英明干练、功成名就的斯洛珀医生对莫里斯的准确评判,以及他为保护涉世未深的爱女而阻挠这桩婚事所采取的严厉措施。倘若斯洛珀看不透莫里斯是个游手好闲的恶棍,他骗财骗色的行为未免会落于俗套。斯洛珀虽然头脑敏锐,智略非凡,但自从他那美丽聪慧的妻子去世后,他就变成了一个冷漠无情、清心寡欲的人。凯瑟琳终于渐渐成熟起来,能实事求是地看待自己的处境:从她自己的角度来看,在她的人生经历中,重要的事实是莫里斯·汤森德玩弄了她的爱情,还有她的父亲隔断了她爱情的源泉。没有什么能够改变这些事实,它们永远都在那儿,就像她的姓名、年龄和平淡无奇的容貌一样。没有什么能够消除错误或者治愈莫里斯给她造成的创伤,也没有什么能够使她重新找回年轻时代对父亲怀有的情感。她虽不及父亲那样出色，但她学会了擦亮眼睛看世界。

《华盛顿广场》张弛有度的叙事技巧、晓畅优雅的语言风格、对四个主要人物形象鲜明的刻画，历来深受读者喜爱，甚至连围绕着"遗嘱"而展开的老套、简单的故事情节都盎然有趣，耐人寻味。凯瑟琳由百依百顺成长为具有独立精神和智慧的女性的过程，是这部小说的一大亮点，赢得了评论家和读者的普遍赞誉。尽管詹姆斯自己对这部小说不太满意，没有将它编入"纽约版"《选集》，但它一直是詹姆斯最脍炙人口的佳作之一，曾多次被改编拍摄成舞台剧、电影和电视剧。

《鸽翼》描写的是一场畸形的三角恋爱。女主人公米莉·西雅尔是一位清纯美丽的美国姑娘，是庞大家族巨额财产的唯一继承人，因身患不治之症来欧洲求医和散心。英国记者默顿·丹什和凯特·克罗伊是一对郎才女貌、倾心相爱的英国情侣。因苦于没钱而不能成婚，凯特竟策划并唆使默顿去追求米莉，以图在她死后继承遗产。米莉在得知他们的阴谋后在意大利凄凉去世，但她在临终前还是原谅了他们，把全部财产给了默顿。事实上，默顿在米莉高尚品质的感化下已逐渐悔悟，虽然继承了米莉的遗产，却无法再与凯特共同生活下去。这部扣人心弦的小说揭示了人在面对爱情与金钱、真诚与背叛、生与死等伦理问题时所经受的严峻考验和他们最后的抉择。

《鸽翼》是詹姆斯后期作品中最受欢迎的经典之一。小说通过对人的内心世界深入细致的剖析，尤其是米莉对围绕在她身边的各色人物所具有的感化力，将男女主人公塑造得活灵活现、真实可感，令人不得不紧张地关注他们各自的命运和归属。米莉丰富细腻的心理活动，很像多愁善感的林黛玉，米莉客死他乡的场景与林黛玉魂归离恨天的情景也颇为相像，凯特也颇似工于心计的薛宝钗。据说连素来不太喜欢詹姆斯作品的英国名作家弗吉尼亚·伍尔夫也对这部小说十分青睐，一口气读完了《鸽翼》，并因此大病一场[①]。美国"现代文

[①] 刘海平、王守仁：《新编美国文学史》（第二卷），上海：上海外语教育出版社，2002年，第84页。

库"于一九九八年将《鸽翼》列为"二十世纪百部最佳英语小说"第二十六位。

《金钵记》是詹姆斯后期作品中最受评论界关注的"三部曲"之一。小说以伦敦为背景，描写一对美国父女与他们各自的欧洲配偶之间错乱的人伦关系，全面透彻地审视了婚姻、通奸等伦理问题。故事中这位腰缠万贯、中年丧偶的美国金融家和艺术品收藏家亚当·魏维尔和他的独生女玛吉都具有十分高尚的道德情操，而且心地纯洁，处事谨慎。他们在欧洲分别结婚后，却发现继母夏洛特和女婿阿梅里戈（破落的意大利王子）之间早就存在不正常的关系。父女两人不露痕迹地解决了这个矛盾：亚当把妻子带回美国；阿梅里戈发现自己的妻子具有这么多的美德，从此对她相敬如宾。小说高度戏剧化地再现了婚姻生活中令人难以承受的各种重压和冲突，颂扬了这对父女在自我牺牲中所表现出的哀婉动人的单纯和忠诚。

《金钵记》的篇名取自《圣经·旧约全书·传道书》第十二章：银链折断，**金罐**破裂，瓶子在泉旁损坏，水轮在井口破烂，尘土仍归于地，灵仍归于赐灵的上帝。传道者说，虚空的虚空，凡事都是虚空。[①] 从广义上说，《金钵记》是一部教育小说：玛吉由幼稚纯真的少女逐渐成长为精明强干的女性，并以巧妙的手段解决了一场随时有可能爆发的婚姻危机，因为她已清醒地认识到自己不能再依赖父亲，而应承担起成年人应尽的职责；阿梅里戈虽然是一个见风使舵、道德败坏的欧洲破落贵族，但他由于玛吉忍辱负重地及时挽救了他们的婚姻而对妻子敬重有加；亚当尽管蒙在鼓里，但他对女儿的计策心领神会，表现得非常明智；夏洛特原为玛吉的闺蜜，是一个美丽迷人、自作聪明的女性，但她最终却不再泰然自若，反而变得利令智昏。詹姆斯对这四个人物特色鲜明的刻画，尤其对玛吉和阿梅里戈意识活动深刻、精湛的描述和分析，赋予了这部小说以强烈的艺术感染力和对幽闭恐惧症的特殊感受。故事中的许多场景和人物对话均显示出詹姆斯

---

① 《圣经·旧约全书·传道书》第12章第6—8节。

最成熟的叙事艺术，能给读者带来情感冲击力和美学享受。美国"现代文库"于一九九八年将《金钵记》列为"二十世纪百部最佳英语小说"第三十二位。

《专使》是一部颇有黑色幽默意味的喜剧，是詹姆斯后期重要代表作之一，描写主人公兰伯特·斯特雷特奉其未婚妻纽瑟姆夫人之命，前往巴黎去规劝她"误入歧途"的儿子查德回美国继承家业的过程。斯特雷特来到欧洲，完全被"旧世界"的文化魅力所打动，继而发现查德与其情人玛丽亚的交往并不像他母亲所说的那样有伤风化，查德在这位法国女人的影响下，已由粗鲁的少年成长为举止儒雅、文质彬彬的青年。这位"专使"非但没有劝说查德回国，反而谆谆嘱咐他"不要错过机会"，继续在法国"尽情地生活下去"。这与斯特雷特所肩负的使命和查德母亲的愿望恰恰相反，于是，她又增派了几个专使来到巴黎，其中一个是能够吸引查德的美少女，第二批专使似乎能完成这一使命。最后，斯特雷特只身返回了美国。

如果说《鸽翼》和《金钵记》颂扬的是美国人的单纯、真诚和慷慨大度，表现了美国人的道德情操远胜于欧洲人的世故奸诈，那么《专使》的主题则相反，表现的是具有深厚文化素养的欧洲人远胜于庸俗、急功近利、物质利益至上的美国人。詹姆斯在"纽约版"前言中称《专使》是他"从各方面讲都最完美的作品"，这不仅就主题思想而言。这部小说始终贯彻了詹姆斯著名的"视角"（Point of View）论，以斯特雷特的"视角"展开，以这位"专使"为"意识中心"，其他人物的性格特征和故事的发展进程都通过他的视野呈现出来，作者则隐身在幕后，读者的了解和感悟跟随着这个中心人物的了解和感悟。这种写法突破了传统小说的"全知叙事视角"，对二十世纪的小说创作产生了很大影响。《专使》也突出表现了詹姆斯的文体特色：句子结构形式多样，比喻和象征俯拾皆是，人物的对话富有戏剧意味，但詹姆斯在力求精细、准确地反映内心深处的思想感情的同时，义句也越写越冗长，附属的从句和插入的片语芜杂曲折，读者须细细品味，方可厘清来龙去脉，揣摩出蕴藏在字里行间的悬念和韵味。

《专使》自出版以来，一直深受评论家的广泛关注。美国"现代文库"于一九九八年将这部小说列为"二十世纪百部最佳英语小说"第二十七位。

（二）中篇小说

《黛西·米勒》是詹姆斯的成名作，描写清纯漂亮、活泼可爱的美国姑娘黛西·米勒在欧洲游历、最终客死他乡的遭遇。黛西天真烂漫、热情开朗，然而她不拘礼节、落落大方地出入于社交场合和与男性交往的方式，却为欧洲上流社会和长期侨居欧洲的美国人所不能接受，认为她"艳俗""轻浮"，"天生是个俗物"。但故事的叙述者、爱慕黛西并准备向她求婚的旅欧美国青年温特伯恩却对"公众舆论"不以为然。黛西死后，温特伯恩参加了她的葬礼，并了解到黛西虽然与"不三不四"的意大利人来往，但她本质上是一个纯洁无瑕、心地善良的好姑娘。小说真实展现了欧洲风尚与美国习俗之间的矛盾冲突，鞭辟入里地揭露了任何传统文化中都司空见惯的种种偏见，并力图对所谓的品德教养做出公正的评判。

《黛西·米勒》既可视为对一个怀春少女的心理描写，又可视为对社会传统观念的深入分析，不谙世故的黛西其实就是"社会舆论"的牺牲品。小说将美国人的天真烂漫与欧洲人的老于世故进行了对比，以严肃的笔调审视了欧美两地的社会习俗。小说优美流畅的语言代表着詹姆斯早期的文体特色，男女主人公的名字也具有象征意义：黛西（Daisy）原意为"雏菊"，象征"漂亮姑娘"，故事中的黛西也宛如迎风绽放的鲜花，无拘无束，洋溢着青春的气息，而温特伯恩（Winterbourne）的原意是"间歇河，冬季多雨时节才有水流而夏季干涸的小溪"。鲜花到了冬季便香消陨灭，黛西后来果然在温特伯恩与焦瓦内利正面交锋之后不久在罗马死于恶性疟疾。詹姆斯虽然一生未婚，却很擅长写女性，对女主人公的形象和心理的描写非常娴熟。这部小说一出版便赢得了空前广泛的赞誉，成为后来各类小说选集的首选作品之一，并多次被改编拍摄为电影、广播剧、电视剧和音乐剧。

《**伦敦围城**》描写一位向往欧洲文明的美国佳丽试图通过婚姻跻身于英国上流社会的坎坷经历。故事的女主角南希·黑德韦是个野心勃勃、意志坚定、行事果敢的女子，尽管有过多次结婚、离婚的辛酸史，但她依然风姿绰约，性感迷人，是"得克萨斯州的大美人"。她竭力掩盖自己不堪回首的往事，施展各种手段向英国贵族阶层发起了一次次进攻，终于俘获了涉世未深的英国贵族青年亚瑟·德梅斯内的爱情。德梅斯内的母亲始终怀疑这个未来的儿媳是个"不正经的女人"，千方百计地想查清她的身世和来历。然而知道内幕的人只有南希的美国朋友利特尔莫尔，但他对此讳莫如深，没有泄露她不光彩的隐私。南希向来对人生的各种机缘持非常现实的态度，而且一旦认准目标就勇往直前。她深知亚瑟是她跻身欧洲上流社会的最后机会，便处心积虑地实施着她的既定计划。亚瑟终于正式与她订婚，两人即将走向婚姻的殿堂。

《**伦敦围城**》是詹姆斯早期作品中优秀的中篇小说之一。作者以幽默的笔调讽刺了英国上流社会的生活方式和浮华之风，展现了思想开放的美国人与封建保守的英国人之间的道德和文化冲突。故事画龙点睛的一大看点是：尽管利特尔莫尔自始至终都在维护南希的名声，对她的罗曼史一直守口如瓶，但他最终还是出人意料地向德梅斯内夫人透露了实情。他这样做只是想给傲慢、势利的英国贵族阶层一记具有爱国情怀的沉重打击，但他并没有明说，也非心怀叵意，他只是告诉德梅斯内夫人，即使她知道了真相，也于事无补。

《**在笼中**》是一篇构思奇崛的中篇小说，故事的女主人公是一个不具姓名的英国姑娘，在伦敦闹市区的一家邮政分局担任报务员。她的工作地点虽为"囚笼"般的发报室，但她常常可以从顾客交给她发报的措辞隐晦的电文中破译出他们不可告人的隐私，窥看到上流社会各种鲜为人知的风流韵事。久而久之，这位聪慧机敏、感情细腻、记忆力超强、想象力丰富的报务员终于发现了一些她本不该知道的秘密，并身不由己地"卷入"了别人的爱情风波。她最终同意嫁给她那个出身于平民阶层的未婚夫马奇先生，是她对自己亲身体验过的那些非同寻常的事件深刻反省的结果。

《在笼中》所塑造的这位女主人公堪称詹姆斯式的艺术家的翻版：她能从顾客简短含蓄的电文里捕捉到常人难以察觉的蛛丝马迹，从中推断出他们私生活的具体细节，并以此为线索，勾勒出一个个错综复杂、内容完整的故事，这与詹姆斯常根据他从现实生活中捕捉到的最幽微的启示和联想创作出鲜活有趣的小说的本领颇为相似。这篇故事的主题并不在表现阶级冲突，而在于女主人公终于认识到，上流社会的青年男女也都是活生生的人，并不像她在廉价小说中所看到的那么美好。作者通过对这位不具姓名的报务员细致入微、真实可感的描绘，准确传神地再现了一个劳动阶层女性的形象，并对她寄予了深厚的同情，赢得了读者和评论家们的普遍赞誉。《在笼中》的叙述手法与《螺丝在拧紧》有异曲同工之妙，但对女主人公的塑造更立足于现实生活。

《螺丝在拧紧》是一篇悬念迭起、令人毛骨悚然的哥特式小说。故事的主体是一个不知姓名的年轻家庭女教师生前遗留的手稿，由一个不具姓名的叙述者听朋友讲述这份手稿引入正题。这位家庭女教师在其手稿中记述了自己如何在一幢鬼影幢幢的乡村庄园与一对恶鬼周旋的恐怖经历。她受聘来到碧庐庄园照料迈尔斯和芙洛拉这两个小学童，却看到两个幽灵时常出没于这幢充满神秘气氛的古庄园。她怀疑这对幽灵就是奸情败露、已经死去的男仆昆特和前任家庭女教师杰塞尔的亡魂，意在腐蚀、毒害这两个天真无邪的孩童。随着怀疑的加深，她继而又发现两个幼童似乎与这对恶鬼有相互串通的迹象，她自己也撞见过这两个恶鬼，这使她越发相信，事情已经到了危急关头。但女童芙洛拉却矢口否认见过女鬼杰塞尔，而且显然已精神失常，只好被送往她在伦敦的叔叔家去。家庭女教师为了护佑男童迈尔斯在与男鬼昆特交锋时，却发现这孩子已经死在她的怀里。

《螺丝在拧紧》是詹姆斯最著名的一部哥特式小说或志怪故事。在这部小说中，詹姆斯再次对他笔下女主人公的心理和意识活动进行了深入细腻的探究，家庭女教师所看到的鬼魂其实是她在意乱情迷之中所产生的一系列幻象，并试图把这些幻觉强加给她周围的人。詹姆斯素来对志怪小说情有独钟，但他并不喜欢传统文学作品中囿于俗套的鬼怪形象。他描写的鬼魂往往是对日常现实生活中奇异诡谲的现象的延伸，具有强大的艺术张力，能够使读者有身临其境之感，甚至能左右读者的心灵。在叙事手法上，詹姆斯突破传统写法，采用了一个"不可靠叙事者"，拉近了作者、作品和读者三者之间的距离，书中所留有的许多空白可让读者根据其自身的人生经历和阅读体验去填补，因而故事可以有不同的解释。这也是这部小说自出版以来一直备受各派评论家争议的原因之一。

（三）短篇小说

詹姆斯认为中短篇小说是一种"无比优美"的文学样式。能否把多元繁博的创作思想和内容纳入这种少而精的叙事类型，简约凝练地再现出人类千姿百态的生活场面和深藏若虚而又波澜壮阔的内心世界，无疑是对作家诗学功力的一种考量或挑战。詹姆斯在他漫长的文学生涯中一直都在孜孜以求地探索中短篇小说的写作技艺，他的艺术造诣和所取得的成就几乎达到了前无古人的高度，并对后来的作家产生了深远的影响。此外，他的中短篇小说往往也是对他的长篇小说的印证或补充，大都先行发表在欧美大型纯文学刊物上，再经他反复修润、编辑后，才汇集成册出版。

我们选译的这十八篇短篇小说均为詹姆斯在不同时期所创作的具有代表性的名篇佳作。就故事性而言，这些短篇小说有的以情节取胜，有的则以描写人物的心理和意识活动见长；在主题思想上，这些篇目有的歌颂圣洁的爱情和人性的美德，有的描写美国人与欧洲人在文化修养和价值取向上的巨大差异，有的讽刺和批判欧洲上流社会的世俗偏见和势利奸诈；有的揭示成人世界的罪恶对纯真烂漫的儿童产生的不良影响或摧残，有的反映作家或艺术家的孤独以及他们执着追求艺术真理的献身精神，有的刻画受过高等教育而富有情操的主人公在左右为难的困境中表现出的虚弱和无能为力，有的描写理想与现实、物质与精神之间难能取舍的困惑；在艺术表现手法上，这些作品有的洗练明快、雅驯幽默，有的笔锋犀利或刚柔并济，有的则细腻含蓄、用典玄奥、繁芜复杂，甚而有偏离语言规范之嫌。这些短篇小说与他的长篇小说交相辉映，体现了詹姆斯的创作题材和叙事风格的多样性、实验性和现代性，表现了他对社会生活和时代特征的整体性透视与评价，每一个具体场景的展现都确切灵动地反映了他对人的本性和生存环境的洞察力和他所寄予的关怀，能使读者获得启迪和美的享受。

四 亨利·詹姆斯批评接受史简述

毫无疑问，亨利·詹姆斯是欧美现代作家群体中写作生涯最长、著述最丰厚也最具影响力的一位文学巨匠。但长期以来，他的作品及其影响主要在受过良好教育、趣味高雅的读者和评论家范围内，不如马克·吐温那样雅俗共赏。学术界对他也各执其说，莫衷一是。

詹姆斯去世后，美国有些左翼批评家对他的创作活动颇有诟病，尤其不赞成他晚期作品中的思想倾向，认为他的小说是美国垄断资产阶级的精神产物，他的创作素材主要取自他所熟悉的上层社会，他的作品大多描写的是新兴的美国富豪及其子女在欧洲受熏陶的过程。美国传记作家兼文学批评家布鲁克斯在赞许詹姆斯的艺术成就的同时，也对他长期侨居欧洲、最终加入英国国籍的做法大为不满，认为他的后期作品佶屈聱牙、左支右绌，是由于他长期脱离美国本土所致[1]。但美国文学评论家豪威尔斯则认为詹姆斯是"新现实主义文学流派的杰出代表……他在小说艺术上与狄更斯和萨克雷为代表的英国浪漫传统分道扬镳，创立了他自己独具一格的样式"[2]。英国文学批评家利维斯极为赞赏詹姆斯的《一位女士的画像》和《波士顿人》，并称赞他是"举世公认、成就卓著的小说家"[3]。詹姆斯独特的语言风格，尤其是他

---

[1] Van Wyck Brooks: *The Pilgrimage of Henry James*, New York: E.P. Dutton & Company, 1925, p.vii.
[2] Paul Lauter: *A Companion to American Literature and Culture*, MA: Wiley-Blackwell, 2010, p.364.
[3] Frank Raymond Leavis: *The Great Tradition*, New York: New York University Press, 1969, p.155.

后期繁缛隐晦、欲说还休的叙事话语，历来是评论家们众说纷纭的话题。例如，英国小说家 E.M. 福斯特就极不赞成詹姆斯在作品中对性爱和其他颇有争议的问题过于谨慎的处理方法，对他后期过分倚重长句和大量使用拉丁语派生词的做法也不以为然①。王尔德、伍尔夫、哈代、H.G. 威尔斯、毛姆等英国作家也都批评过他空泛而又细腻的心理描写和艰涩难懂的文风，甚至连他的红颜知己伊迪丝·华顿也认为他的作品中有不少片段令人不堪卒读②，但斯泰因、庞德、海明威、菲茨杰拉德等美国作家却对他称赞有加。美国文学评论家埃德蒙·威尔逊认为："倘若我们撇开题材和体裁的迥然不同，把詹姆斯同十七世纪的戏剧家们相比，我们就能更好地欣赏他的作品，他的文学观和表现形式与拉辛、莫里哀，甚至莎士比亚是相通的。"③英国小说家康拉德则盛赞他是"描写优美、富有良知的史学家"④。

英国当代著名语言学家利奇和肖特以詹姆斯的短篇小说《学生》为例，深入讨论了他的作品的思想性和文体艺术特色，发现"詹姆斯更关注人的生存价值和相互关系……似乎更愿意使用非常正式、从拉丁语派生出来的语汇……詹姆斯的句法是奇特的，同时也是有意义的，需要联系作者对心理现实主义的关注加以评估。作者试图捕捉'丰富、复杂的心理时刻及其伴随条件'……詹姆斯对不定式从句的使用尤其引人瞩目……由于不定式从句的所指往往不是事实，所以詹姆斯更多地用来编制心绪之网的，并不是已知的事实，而是可能性和假设"⑤。他们对詹姆斯文体风格的精湛分析同样也适用于评析他的其他作品。

事实上，自美国"第二次文艺复兴"，尤其是"新批评"流派出现后，评论界已开始重新认识詹姆斯，给予了他很高的评价，尊奉他

---

① E. M. Forster: *Aspects of the Novel*, London: Penguin Books, 1980, pp.153—163.
② Edith Wharton: *The Writing of Fiction*, New York: Scribner's, 1998, pp.90—91.
③ Lewis Dabney, ed. *The Portable Edmund Wilson*, London: Penguin Books, 1983, pp.128—129.
④《中国大百科全书·外国文学》第二卷，北京：中国大百科全书出版社，1982 年，第 1241 页。
⑤ Geoffrey N. Leech and Michael H. Short:《小说文体论：英语小说的语言学入门》(*Style in Fiction: A Linguistic Introduction to English Fictional Prose*)，北京：外语教学与研究出版社，2001 年，第 97—111 页。

为"作家中的作家",是心理现实主义小说大师,是过渡到现代主义文学的一座桥梁。就思想性而言,詹姆斯在创作中的价值取向始终是颂扬人的善良与宽容,始终把优美而淳厚的道德品质和自由精神置于物质利益甚至文化教养之上。从艺术创作角度说,他一反当时盛行的粉饰和美化生活的浪漫小说,把人性的优劣和善恶作为对比,探索人的心理活动的复杂性。他的作品反映了具有深厚文化教养的知识分子的人文主义倾向,而不是人们所熟悉的对劳苦大众的人道主义同情。他的语言风格与他所要表现的内容、与他本人的思想境界和审美取向也是一致的,他力求以这种方式精微、准确、恰如其分地揭示和反映人的心灵深处最真实的思想和情感。如今,人们对这位文学大师的研究兴趣仍在与日俱增。

五　继往开来的一代宗师

亨利·詹姆斯的创作上承欧美现实主义、自然主义和超验主义,下启欧美现代主义,是现代文学史上继往开来的一代宗师。他不仅精通小说艺术,而且致力于小说艺术的革新。他创造性地拓展了传统小说的表现形式,使小说叙事实现了由"物理境"(Physical Situation)向"心理场"(Psychological Field)的转入,成功开辟了小说创作的新天地,同时也在现代小说的叙事方法和语言风格上烙上了他独特的印记。他破解了旅欧美国人的神话,并以工细的笔触将这种神话具象化地再现在他众多的"国际小说"中。他通过对人的内心世界和意识活动的深湛分析和描摹,为读者创造了一个心理现实与客观现实交互映射的艺术世界。

詹姆斯不仅是一位卓越的小说家和语言艺术家,也是一位富有真知灼见的文学批评家。他强调文学创作要坚持真善美的统一。他主张作家在表现他们对历史和现实的看法时应当享有最大限度的自由。他认为小说文本首先必须贴近现实,真实再现读者能够心领神会的生活内容。在他看来,优秀的小说不仅应当展现(而不是讲述)动态的社会风貌和生活场景，更重要的是，应当鲜活有趣、引人入胜，能使读者获得具有美学意义的阅读快感。他倡导作家应当运用艺术化的语言去挖掘人的心理和道德本性中最深层的东西。他认为一部作品的优劣与否，完全取决于作者的优劣与否。他在《论小说的艺术》等一系列专论中提出的很多富有创造性的观点丰富和发展了欧美文学创作和文学批评，具有重要的理论意义和深远影响。他率先提出并运用在自己的创作实践中的"意识中心"论、"叙事视角""全知视角""不可靠叙事者"等文学批评术语，已成为当代叙事学的组成部分。我们在当今文化语境下重读詹姆斯的作品，更能深切体味到这位文学大师的创作观、人文情怀、审美取向、伦理精神，以及他独特的语言艺术的魅力，并能从中参悟人生，鉴往知来。

2019 年 2 月 15 日

翻译底本说明

长篇小说《一位女士的画像》于一八八〇年十月至一八八一年十一月间以连载形式首次发表于英国《麦克米伦杂志》(*Macmillan's Magazine*)。一八八一年六至九月间,亨利·詹姆斯以上述连载版为底本对小说进行了修订,随后将其送交美国霍顿-米夫林出版公司(Houghton, Mifflin and Company)出版单行本,该版本于同年十月推出。一个月后,英国麦克米伦出版公司(Macmillan & Co.)参照美国版单行本推出了该小说的英国版。一九〇七年,亨利·詹姆斯以美国版单行本为底本对这部小说进行了全面修订,并将其收入由他本人亲自编订的二十四卷本小说作品集(即"纽约版")中出版,该版本与一八八一年单行本内容差别较大。

本译本系从牛津大学出版社一九八六年版《一位女士的画像》译出,其所用底本为一九〇七年"纽约版",正文前有作者序言。

作者序言

《一位女士的画像》和《罗德里克·哈德森》一样，是在佛罗伦萨开始创作的。那是一八七九年的春天，我在那里度过了三个月。这本书和《罗德里克》以及《美国人》一样，预定在《大西洋月刊》①上发表，从一八八〇年开始刊载。不过同前两部不同的是，它还获得了另外一个渠道——在《麦克米伦杂志》②上逐月连载。那时，英美两国之间文学交流的情况仍然变化不定，我的作品能在两个国家同时连载发表，也没有几次机会了。小说很长，我的写作也花费了很长时间；我记得，第二年我在威尼斯停留的几个星期里，也都在忙于它。当时我住在斯拉夫人河岸大道③上一座房子的顶层，靠近通向圣·扎卡里亚④的小路。水边的生活，眼前美妙的礁湖，还有威尼斯日夜嘈杂的人声，都涌入我的窗口。每当我才思阻塞、坐立不安时，就会情不自禁地走向窗前，眺望那蔚蓝的海峡，似乎要从中寻找有用的启示、更好的措辞、故事中下一个令人满意的转折、画布上真正精彩的一笔——要看看那艘寻觅的船是否会浮现在眼前。可是，我清楚地记得，这些焦躁的祈求所获得的回应，往往只是严厉的告诫：那些浪漫而历史悠久的地方——意大利这样的地方比比皆是——如果它们本身不是作品的主题，能否为艺术家提供帮助，有助于他集中精力，恐怕就很成问题。它们本身包含了太多的生命，蕴含了太多的意义，不会用一个无力的词汇帮他摆脱困境。它们往往把他从自己的小问题中拉出来，卷入它们的大事件中；因此，过不了多久，他就会觉得，求助于它们解决困难，无异于请求一支作战经验丰富的军队，帮他抓一个

---

① 1857年创立于波士顿的美国杂志，最早以文学和文化为主，今天则为内容宽泛的评论性期刊。
② 创立于1859年的英国著名文学期刊。
③ 威尼斯著名的街道。
④ 威尼斯教堂。

找错了零钱的小贩。

　　重读这本书，有几页似乎又让我看到了那宽阔的大道上，建筑物形成的参差曲线，那一幢幢色彩鲜明、带着阳台的房子，一座座重叠起伏的小小拱桥，而桥上咔嗒咔嗒走过的行人都因为透视法缩小了，随着波浪的起伏升起又落下。威尼斯人的脚步声，威尼斯人的叫声——他们所有的谈话，无论是从哪里发出的，都会像尖叫一样掠过水面——又一次涌入了窗户，唤起了旧日的印象：感官无比享受，心绪却被撕成两半、备受挫折。这样一个能唤起想象力的地方，为什么却偏偏不灵了呢？在那些美丽的地方，我总是回想起这个问题，始终感到困惑。我想，真正的原因是，面对这样的要求，它们给予的东西太多，多得在这种情况下使用不了。结果人们会发现，个人的工作往往与周围的景物格格不入，倒不如处在更简朴的环境中；因为那样，我们还可以用想象来赋予它光彩。威尼斯这样的城市太骄傲了，不需要这样的施舍；威尼斯从来不会接受，它只会慷慨地给予。我们可以从中受益无穷，但必须将工作放在一边，或者只为它而工作。很遗憾，这就是对当时的回忆。当然，总的来说，身处这样的地方，对于一个人的作品，对于他的"文学成就"，还是会有益处，这是毫无疑问的。某些以为是荒废掉的努力或精力，长久看来，往往会发生奇妙的施肥作用。这都取决于你的注意力是如何遭到欺骗，从而挥霍殆尽的。有的骗局专横傲慢，不由分说；有的则阴险狡诈，诱人上钩。我想，即便是最有心机的艺术家，因为单纯质朴的信念和热烈的期望，通常也无法提防那些骗局。

　　这里我试图回顾当时的想法，找回本书的萌芽。我看到的是，它绝不来自任何精心构造的"情节"——这真是一个糟糕的字眼，也不是头脑里突然闪现出一系列人物关系，或是一个场面，它可以随着自己的逻辑，立刻铺展开来，大踏步地稳步前行，或急匆匆地快步前奔，丝毫不用编故事的人操心。我的萌芽完全来自一个人物，一个动人的年轻姑娘的性格和形象，而所有通常构成"主题"的因素，当然也包括背景等等，则都建立在这个基础之上。我必须再次说明，要重现当初的萌芽，回忆它在我的想象中发展的过程，我觉得是和这个年轻姑娘本身，和她最美好的时刻一样有趣的。那潜在的蔓延的力量，那种子定要破土而出的冲劲，那蕴藏在心头的思想要尽可能地茁壮成长，要伸向阳光和空气、要开出繁茂花朵来的美好决心，正是小说家的艺术魅力所在。同样，站在已经征服的土地上，从一个有利的角度，回顾整个事件发展的亲切过程，追溯它的每一个步伐，重现它的每一个阶段，这样的可能性也是美好而引人入胜的。伊凡·屠格涅夫曾经讲过自己的小说一般是如何萌芽的，多年来我一直记得并珍视他这一番话。他的小说总是起源于一个或几个人物，他们的形象浮现在他的眼前，或真实，或虚幻，都以他们本来的特点，用他们特定的方式，祈求着他，吸引着他，召唤着他。在他眼里，他们可以随时为他所用[①]，可以安排到各种命运以及人生复杂的境遇中，一切都那么清晰。可是接下来，他就必须为他们找到合适的关系，那种可以将他们完美表现出来的关系；去想象、创造、选择、整合那些最有用、最足以说明这些人物的情境，那些他们最可能引起或感受的各种复杂情况。

"找到这些东西，也就找到了我的'故事'，"他说，"这就是我创作的方式。结果我经常受到指责，说我的小说缺乏故事性。可是对我自己来说，似乎已经有了我所需要的一切——表现我的人物，展现他们之间的关系，因为这就是我的目标。如果我对他们有足够的观察，就会看到他们自然而然地走到一起来，各归其位，卷入这样或那样的行动中，遭遇这样或那样的困难。他们活动在我为他们寻找的场景中，他们的神态、动作、言谈举止、音容笑貌，就是我要描述的——这些，唉，我敢说，常常是缺乏情节性的结构的[②]。可是，我宁可少一些结构，不愿多一些，如果它妨碍了我对真实的把握。当然了，法国人会对我不太满意——他们极善于编造情节，在这方面很有天赋；可是说实话，一个人也只能据其才能尽力而为罢了。至于说一个人无意

[①][②] 原文为法语。

之中得到的种子，如果你要问它们来自何方，谁又能说得清楚呢？这件事说来话长，必须回到遥远的过去才能回答。它们来自天空的每一部分，它们就存在于每一条道路的转角处，也许这就是我们所能回答的一切。它们总是积聚在一起，供我们捡拾和挑选。它们是生活的气息——我的意思是，生活以它独特的方式，将它们吹拂到我们面前。它们就是这样，裹挟在生活之流中，沿着既定的轨迹，飘入我们的心头。批评家通常会就某个作家的主题争吵不休，因为他的头脑无法接受它，我这些话就让他们的争吵显得无聊而愚蠢。难道他能够指出来，它应该是怎样的吗？——他最根本的职责就在于此啊。这真让他感到为难①。啊，如果他能说清楚我成功在哪里，失败在哪里，那是另一回事，那他算是尽到了责任。"最后，我这位卓越的朋友说："我把我的'结构'给了他，任他评说。"

　　这位杰出的天才就是这么说的。每每想起他的话，我都感到欣慰和感激，他说明了那些漂浮的角色、游离的人物、闲置的②形象中所蕴含的巨大潜力。他的话给了我从未有过的信心，让我相信想象力所具有的那种幸运的特性，相信能让构思中的，或偶然想到的某个人、某类人具备种子一样的特性和威力。我自己也经常是先有人物，后有场景——我总是过早地考虑前者，偏爱前者；这总让我觉得是本末倒置。我羡慕那些富有想象力的作家，他们能够先编出故事，再勾画故事中的人物，可我并不想仿效他们。我几乎想不出来一个故事，可以不需要人物来推动，也设想不出一个场景，可以不依靠身处其中的人物的性质，从而不依靠他们对待场景的态度，就能引起人们的兴趣。我知道，在那些当时看似活跃的小说家中间，有所谓如实描述的方法，无需人物的支持就可以展现场景。可是我仍然相信那位可敬的俄国作家的话，懂得其中的价值。它们告诉我，不必盲从地去尝试这样的花样表演。另一些发自同一源泉的回声，也在我耳边萦绕，尽管不是振聋发聩，我承认，也是同样的历久不衰。在这之后，为了实际

---

①② 原文为法语。

运用，就不可能不对那个遭到歪曲和混淆的问题，即"主题"在小说中的客观价值，以至于如何评价鉴赏它的问题，有一个高度清晰的认识。

在这方面，人们很早就可以本能地对这些价值做正确的评价，从而让那些有关道德的和"不道德"的主题的无聊争论显得毫无意义。衡量某一主题的价值的唯一标准就是——一句话，它有根据吗？是真实的，真诚的吗？是来自对生活的直接印象和观察吗？一旦找到了这个标准，找到了这个问题的正确答案，就解决了一切。然而，很多主观的评论通常从一开始就忽视了各个领域的界限，各种术语的定义，从中我很难看到任何有意义的启迪。在我的记忆中，早年的时候，整个气氛都因为这种空虚无用的评论弄得一片黑暗——今天的不同只是人们已经对此失去了耐心，已经不再关注它了。在这个问题上，我认为，最有益，或最发人深思的真理就是：一部艺术作品的"道德"意义如何，完全取决于创作过程中作者对生活的感受程度。这样，问题显然又回到了艺术家的基本感受能力的类型和程度上，这是他的主题赖以生根发芽的土壤。那片土壤的性质和效能，它恰如其分地培养对生活的新鲜而直接的印象的能力，就或强或弱地体现了作品中蕴含的道德价值。这一因素，换句话说，就是主题与刻在头脑中的某种印象，与某种真诚的体验之间具有的或多或少的密切联系。艺术家的人格笼罩一切——它最终影响着作品的价值——当然，这并不是说，它是完全单一的，相反，它多种多样，千变万化；有时是一种丰富而宏大的媒介，有时则相对贫乏狭隘。正是在这里，我们看到了小说这一文学形式的重大价值——在严密地保持那个形式的同时，它能够涵盖个人同大的主题之间的不同关系，对人生的不同看法，反映和呈现事物的不同倾向——因为人与人（或者在一定的范围内，男人和女人）的状况总是各不相同；不仅如此，小说的力量还在于，它具备丰富的潜力，在它充分利用它的形式，或者似乎要突破它的时候，就更能显示它真正的特点。

总之，小说这幢大厦不只有一个窗户，而是有千千万万的窗户——数目多得不可计算；它们分布在大厦高大的前墙上，每一个窗户都是出于个人观察的需要，或个人意志的要求而开凿的，有的还正在开凿。这些大小不同、形状各异的窗洞，一起面对着人生的场景，这会让我们以为，它们提供的报导比我们所设想的要具有更大的相似性。它们充其量不过是窗户而已，是一堵砌死的墙上的孔洞，各不相连，高踞其上；它们并不是可以转动的门，可以直接通向生活。可是它们的特点在于，在每一个窗户之前，都站着一个人，他有一双眼睛，或至少有一架望远镜，它们一次次地为观察提供独特的工具，保证使用者获得的印象与别人迥然不同。他和身边的人观察的是同样的人生表演，可是一个看到的多一些，一个看到的少一些，一个看到了白，一个看到了黑，一个看到的是宏大的，一个看到的是渺小的，一个看到的粗俗一些，一个看到的更加精致，如此等等。幸运的是，对于场景中的任何事物，总有一个窗户会对着它，所以总有一双眼睛能看到；我说这是"幸运"的，因为人生的场景范围广阔，不可尽数。那无限延伸的人生场景，是可供"选择的主题"，而那开凿的窗口，无论是大的，带阳台的，还是裂缝一样矮小的，都是"文学形式"。可是如果没有那个驻在窗口的观察者，换句话说，没有艺术家的意识，这些窗口，无论是个别还是全体，就没有任何意义。告诉我艺术家是什么样的人，我就可以告诉你他看到了什么。从而我也就能立刻向你说明，他无限的自由和他所表现的道德。

  这些都离题太远了。我要说的是，我写《一位女士的画像》最初的朦胧动机，只是我抓住了一个人物——至于我是如何获得她的就不在这里细说了。我只想说，我似乎已经完全把握住了她，这样经过了很长时间，她对我来说显得那么熟悉，却并未因此而失去魅力；我感到焦急而痛苦，因为我看到她蠢蠢欲动，可以说是呼之欲出。也就是说，我看到她在迎接她的命运——某一种或另外一种命运；而在多种可能的命运中，到底是哪一种，正是问题所在。就这样，我获得了一个活生生的人物——她是那么生动，尽管仍然漂移不定，还没有确定的环境，没有陷入任何与他人的关系中；这很奇怪，因为正是这些才让我们对某个人有生动的印象。如果这个幻象还没有具体的位置,她又怎么会生动呢?——在通常情况下,只有在一切都找到了位置后,它们才会清晰地浮现出来。毫无疑问,如果一个人能记录下自己的想象发展的过程,能做这样一件细致、微妙,也许还很繁重的工作,这个问题就可以迎刃而解。他就可以描述,在某一个时刻,头脑中发生了什么不同寻常的事;例如,他就可以沿着清楚的思路说明,在某种有利的情况中,他的想象如何抓住了(直接从生活中抓住了)这样一个具体而生动的人物或形象。你看,从这个角度来说,这个人物已经有位置了——在想象中找到了位置;想象留住了它,收纳它,保护它,欣赏它,意识到它就存在于黑暗、拥挤、杂乱的内心深处;就如同一个精明的珠宝古玩商,很善于利用寄存的珍品"牟取利益",他清楚地知道一件价值不菲的小玩意儿就在柜子里,那是一位没落、神秘的贵妇或一名业余的投机家留下的,只要用钥匙咔嗒一声打开橱柜的门,它就会展露光彩。

我想,用这个比喻来说明我在这里谈的那个特定的"价值",真是太美妙了,那是一位年轻女子的形象,很长时间以来一直奇怪地处在我的支配之下。可是在我亲切的记忆中,这却是个符合事实的比喻——此外它还让我回想起,那时我虔诚的心愿只是要好好地安置我的宝物。我一直提醒自己,那个古董商宁愿不予"出售",宁愿将他的宝物无限期地藏在柜子里,也不会让它落入俗人之手,无论他出多高的价钱。的确,是有这样的古董商的,也是有这样精美的宝物的。然而,关键是,这一块小小的基石,关于一个年轻姑娘向命运挑战的想法,就是我着手建造《一位女士的画像》这座大厦的全套装备。这是一座高大的建筑——至少在今天回顾的时候,我是这样感觉的。尽管如此,它仍是以我这位年轻姑娘,这个孤零零地站在那里的少女为中心而建造起来的。从艺术上来说,这就是我的兴趣所在,因为我承认,我又一次充满好奇地迷失在对它的结构的分析中了。到底经过怎样逻辑发展的过程,这个小小的"人物",这个聪慧却骄傲的少女的纤瘦身影,居然具备了主题的重要特征?——而且,这种单薄性至少要怎样才不至于损害这一主题呢？每天都有成千上万的年轻姑娘，聪明的，不聪明的，在勇敢地面对着她们的命运，那么她们未来的命运又会怎样，能让我们为之煞费苦心地作传呢？这部小说本身，就是一种"费力的事"，是为某一件事煞费苦心，它的形式越宏大，所费的功夫就越大。所以，我很清楚，自己要做的事，就是为伊莎贝尔·阿切尔做一番费尽心机的安排。

我似乎还记得，自己曾经直面这个问题，清楚地知道这是一件极其繁复的工作，可结果恰恰让我领会到了它的魅力所在。无论你用怎样的智慧去挑战这样的问题，你都会立刻明白，它具有如何丰富的内涵；它的奇妙之处在于，每当我们放眼世界的时候，都会看到伊莎贝尔·阿切尔们，甚至那些比她更渺小的女子们，一直在坚决地、不顾一切地坚持在文学上有所体现。乔治·爱略特①已经令人钦佩地指出了这一点："人类爱的宝藏，是由这些柔弱的女子承载并代代相传的。"在《罗密欧与朱丽叶》中，朱丽叶必然是重要的，正如在《亚当·彼得》《弗洛斯河上的磨坊》《米德尔马契》和《丹尼尔·德朗达》中，海蒂·索罗尔、麦琪·塔里弗、罗莎蒙德·文西和格温多琳·哈莱思必然是重要的一样。②她们步履坚定、神采奕奕，始终在用自己的脚走路，用自己的肺呼吸。可是，她们属于典型的那一类人物，单凭个人很难成为兴趣的中心。因此很多技艺高超的大师们，例如狄更斯和沃尔特·司各特③，甚至是R.L.史蒂文森④这样的妙手也宁愿不去尝试这一题目。其实，我们明白，一些作家声称这题目不值一做，只是为了躲避它；可这样的怯懦并不能保全他们的名誉。我们不能贬低它的价值，这样做不能证明那价值，甚至不能说明我们对它的理解还不充分，也不是一种对任何真理所应致以的赞扬。从艺术上来说，一名艺术家把一件事"讲得"尽可能地坏，并不能掩盖他对这件事的

---

① 乔治·爱略特（1819—1880），英国批判现实主义女作家。
② 这里列举的都是乔治·爱略特的作品以及作品中的女主人公。
③ 沃尔特·司各特（1771—1832），英国历史小说家和诗人，代表作《艾凡赫》等。
④ 史蒂文森（1850—1894），英国散文家，诗人和小说家。代表作《金银岛》《化身博士》《诱拐》等。

认识还很模糊。应该采取更好的办法，而最好的办法就是以更加明智的态度开始。

同时，虽然莎士比亚和乔治·爱略特证明了这一主题的价值，我们还是要说，他们虽然承认他们的朱丽叶们、克莉奥佩特拉们和鲍西娅们①（鲍西娅可以说是那些聪明而骄傲的少女的典型代表）的"重要性"，承认海蒂们、麦琪们、罗莎蒙德们和格温多琳们的"重要性"，但这种重要性却被减弱了，因为当这些纤弱的人物作为主题的主要支撑时，她们从来不会独自承担重担，成为其感染力的唯一源泉；如同剧作家们所说的，如果没有谋杀、战争或世界巨变等，就不得不用喜剧性的穿插和次要情节来弥补她们的不足。如果说她们显示出的重要性达到了她们所要求的程度，那么这也是在很多其他人的协助下达到的，那是些比她们强得多的男子，而这些人又与其他许多人有关系，这些关系对他们来说又与他同女主人公的关系同样重要。克莉奥佩特拉对于安东尼来说自然无限重要，可是他的同僚、他的敌人、罗马这个国家，还有迫在眉睫的战争对他也极其重要。鲍西娅对安东尼奥、对夏洛克、对摩洛哥王子，还有众多觊觎她的王孙公子都很重要，可是这些人又有着其他很多实实在在的关系，对安东尼奥来说，当然还有夏洛克、巴萨尼奥、损失的货物，以及他所处的极端危险的处境。他的困境，出于同样的原因，对鲍西娅也是重要的——尽管这都是因为鲍西娅对我们来说很重要。无论怎样，她对我们来说是有重要性的，而几乎所有事情又都回到了这一点，这就支持了我的观点，因为这个很好的例子说明，在那个渺小的年轻姑娘身上存在着价值（我说那个"渺小的"年轻姑娘，因为我猜想，即便是莎士比亚，尽管他最关心的也许还是那些王子的情感，也没有将他为女性们所做的最好的呼吁，建立在她的高贵的社会地位上）。这个例子恰恰说明，要让乔治·爱略特的"弱女子"成为作品的中心——即便不是唯一的中心，至少也是作品最明确的吸引力所在——所要面临的巨大困难。

---

① 莎士比亚剧本《安东尼与克莉奥佩特拉》和《威尼斯商人》中的女主人公。

对于真正沉迷于艺术的作家来说，每当要面对巨大的困难，就会感受到一种痛苦而美好的鼓舞，甚至会希望那困难更加严峻。在这些情况下，对他来说，最值得应对的困难，只能是情况所允许的最大困难。所以，我记得，每当面对着未决的战场时，我就会感觉到，总有一个更好的办法——哦，更好的！——它会打胜这场战争。那些蕴藏了乔治·爱略特的珍宝的纤弱女子，既然对那些好奇地靠近她的人是如此重要，对她自己也具有同样多种可能的重要意义。它们需要处理，需要表达，事实上从你开始考虑这些重要意义的时候就这样要求你了。当然，总是会有逃避的办法，让你避免直接表现这个具有如此魅力的纤弱人物。我可以讲述她和周围人的关系，以此作为逃避战斗、撤退逃跑的桥梁。只需把视角主要放在她和周围人的关系上，这个把戏就完成了：你表现出了她的大致情况，而且是以最轻松的方式在这基础上建筑了一座大厦。我是如何表现她的，现在已经完全确定了，但我清楚地记得，那种轻松取巧的办法对我的吸引力是多么微不足道。我诚实地将天平的两个秤盘上的重量做了置换，拒绝了它的诱惑。"将主题的中心放在那个年轻姑娘本人的意识上，"我对自己说，"这样，你面对的困难就会如你所愿的有趣而美好。坚持这一点——把它作为中心。将最重的砝码放在那只秤盘上，也就是她和自身的关系上。同时让她对身外的东西有足够的兴趣，只需这样，就不必担心这一关系太过狭隘。另外，把较轻的砝码放在天平的另一只秤盘上（通常是它决定了兴趣的天平向哪一方倾斜）：总之，将尽可能轻的重量放在你的女主角的卫星们的意识上，尤其是那些男性，让它只对那重要的一头服务。无论如何，看看这样做会怎样？这样的构思是否会有更好的前景？那少女飞翔着，她迷人的形象不可泯灭，而我的工作就是用最好的、而且是尽可能充分的方式将她表现出来。完全依靠她个人，依靠她所关心的东西，这样走下去，记住，这就需要你去真正地'创造'她。"

我就是这样考虑的；现在，我清楚地看到，恰恰是技巧上的困难，给了我信心，让我在这一小块土地上竖立起一座优美、精致、匀称的建筑，让它耸立在这片土地上，形成一座文学的纪念碑。这就是今天我眼里的《一位女士的画像》，屠格涅夫将会说，这是用高超的建筑技艺搭就的结构。在作者自己看来，这是他的作品中继《使节》之后结构最为匀称的一部——不过《专使》是在许多年以后写成的，无疑更加成熟完美。有一点我是很坚定，也很明确的：尽管我必须一砖一瓦地完成我所感兴趣的创造，却不能有任何线条不直、比例失衡，或结构不调的借口。我要建造的将是一座宏伟的建筑，有着人们说的雕花的拱顶和彩绘的拱门，因此绝不能让读者脚下铺就的方砖路面有任何弯曲，要让每一点都笔直地延伸到墙脚边。在我重读这本书的时候，这种谨慎的精神成为打动我的熟悉的音符；在我的耳朵听来，它证明我是如何热切地希望能增进读者的兴趣。考虑到我的主题可能的限制性，我提供的兴趣永远不会是多余的，这方面的努力只不过是我那热切的追求的表现罢了。确实，我想，这是我对这部小说的发展过程所能做出的全部说明了：正是在这个题目下，我构思出了如今呈现出来的这些所需的进展以及合理复杂的情况。当然，关键是，那个年轻姑娘本身应当是复杂的，这是最基本的——或者至少最初投射在伊莎贝尔·阿切尔身上的光束是这样的。但是这束光并不能照亮多远，还需要有其他的光束来证明她的复杂性，它们交相辉映，五光十色，就像烟花表演中各式的烟火：火箭式、罗马式、转轮式。至于如何使情况复杂化，这无疑来自我本能的摸索，因为情况是，我无法追溯我的步伐，重述现在的场景。它们就在那里，以它们本来的价值存在着，而且为数众多，可是它们从哪里来，如何来，在我的记忆中却是一片空白。

我似乎是在一天早上，一觉醒来，就突然清楚地看到了他们——拉尔夫·杜歇和他的父母，梅尔夫人，吉尔伯特·奥斯蒙德和他的女儿、姐姐，沃伯顿勋爵，卡斯帕·古德伍德，还有斯塔克波尔小姐，他们都是为伊莎贝尔·阿切尔的人生故事做出贡献的人物。我认识他们，熟悉他们，他们是组成我的拼图的部件，是构成我的"情节"的具体事件。他们好像是自觉地进入了我的脑海，而且都是为了要回答我那个最主要的问题："她要做什么呢？"他们的答案仿佛是，只要我信任他们，他们就会表现给我看；我相信了他们，热切地请求他们能让这故事尽可能地有趣。他们就像一群侍者和演员，乘火车到乡下参加晚会，和主人签订了合同，要保证晚会的顺利进行。这是我和他们达成的绝妙关系——甚至在与亨利埃塔·斯塔克波尔这样一棵脆弱的芦苇之间（因为她和故事的关联性是最薄弱的）也可能存在。小说家们在努力写作的时候，都谙熟一个真理，那就是，在任何一部作品中，有一些因素是关乎本质的，有一些则只关乎形式；某些人物的设置、某些材料的处理直接与主题有关，而另外一些，可以说，只是间接地有关——它们与表现方式密切相关。可是，作家却很少能从这一真理中获得好处——因为只有具备深刻鉴赏力的批评家才会因此而给他好评，而这样的评论在这个世界上实在太少了。何况我很明白，他不应当指望获得什么好评，因为这并不光彩：他唯一能考虑的就是，任何好评，都在于赢得读者简单的、哪怕是最简单的关注。这就是他有权得到的一切；他必须承认，他不能对读者有任何要求，希望后者能细心品读，反复玩味。也许他会享受到这一美好的乐趣——那是另一回事，可是条件是必须将这当作额外的奖赏、飞来的横财、意外的收获。要知道，天地间的一切都伙同起来，抵制思考，抵制辨别，与他作对。所以我说，在很多情况下，他必须从一开始就告诫自己，他付出的所有工作都只能得到"糊口的工资"。这糊口的工资就是能让读者感受到作品"魅力"的最低程度的理解力。而读者给予作品的超过这一程度的鉴赏力，则是偶尔的"小费"，是大风刮落的苹果，恰好落在了作家的怀里。当然，艺术家们有时会坠入狂想，梦想着有一个艺术的天堂，在那里要求读者有辨别力是不为过的；可是尽管充满渴望，他却很少能够指望获得这样奢侈的回报。他能做的只是记住那是奢望。

　　说了这么多，似乎都是在兜圈子，我不过是想用一种恰当的方式说明，在《一位女士的画像》中，亨利埃塔·斯塔克波尔是我前面说到的那个真理的好例子。除了《专使》中的玛利亚·哥斯特里，她是最好的一个例子了。哥斯特里小姐应该更好一些,但那时《专使》还在酝酿之中。两个人物都不过是马车的车轮而已,既不是车子本身,也从不会在车中占据一个座位。能够舒舒服服地坐在马车里的是主题,是"男女主人公",还有跟随国王和王后出行的高官贵妇们。至于我为什么希望大家能感受到这一点,也是有原因的。小说家们当然总是希望自己作品里的每一点都能得到注意,希望自己能够得到读者的理解。可是我已经说过了,这样的想法是没有意义的,再说太多我会感到羞愧。亨利埃塔·斯塔克波尔和玛利亚·哥斯特里两个人都只是牵引的线绳[①]而已,并不是真正的角色;她们只能"竭尽全力",气喘吁吁地紧跟着马车飞奔(可怜的斯塔克波尔小姐显然就是这样),可是自始至终也没能够踏上马车的踏板,无时无刻不是踩在尘土飞扬的地面上。甚至可以说,她们就像那些渔妇,在法国大革命前期最可怕的日子里帮助把皇家马车从凡尔赛宫拉回巴黎。只是有人会问,在这部小说里,为什么我要让亨利埃塔到处出现、贯穿全书(的确我在她身上着墨很多)?这显得很奇怪,似乎不可解释。这我承认。我会马上对这一异常的情况做出解释,并尽量使读者满意。

  我想说明的另外一点是,如果说,我同这出戏中的演员们——不是斯塔克波尔小姐那样的龙套,而是真正的角色——已经达到了很好的信任关系的话,还有我和读者之间的关系。这是完全另一种关系,而我信任的只能是我自己。我只能耐心巧妙地、一砖一瓦地建造这座大厦,以此来表达我对读者的关切。我把细小的笔触和创意,以及增进的效果都算作砖块,算起来真是不计其数,而且我砌得严丝合缝。它的效果来自最微小的细节;当然,在这方面我还要说一句话,那就是希望这座朴实的纪念碑的恢宏气势仍然存在。至少我觉得,在大量棘手、巧妙的细节表现方面,我已经掌握了关键的部分。我记得,在表现这位年轻女子的时候,我抓住了最重要的部分:"她要'做'什么?哎,她要做的第一件事就是去欧洲;这必然会是她主要的人生历

---

① 原文为法语。

险中重要的一部分，而事实也的确如此。在我们这个精彩的年代，即便是对那些'弱女子'来说，到欧洲去也只是一次小小的冒险；的确，从一方面来说，她的历险确实没什么了不起的，没有跨越海陆、惊心动魄的故事，没有战争、谋杀和暴亡。这些小小的历险，如果没有她对它们的感觉，对它们的思考，就毫无意义。是她的内心意识使它们转化成了戏剧的内容，或者用一个更恰当的词，转化成了'故事'的材料，而表现这一神秘的转化不正是其困难和魅力所在吗？我认为这是显而易见的。我想，有两个很好的例子能够说明这一转化的效果，这种化学反应般奇妙的变化。那是伊莎贝尔在花园山庄时，一个下雨的下午，她湿漉漉地从外面散步或干什么回来，走进会客室，发现梅尔夫人占据了这个地方。她安详地坐在钢琴边，全神贯注地弹着钢琴，可是在这样一个时刻，在四合的暮色中，面对这个一分钟前她还一无所知的女士，伊莎贝尔已经深深意识到，自己生命中的一个转折点到了。在艺术表现上，画蛇添足和缺少含蓄是可怕的，现在我也不想这样做；问题的关键是，要用最少的笔墨，产生出最强烈的效果。

要让每一个音符都保持本来的音色，却发出最强的音高；这样，如果一切都能得到恰当的体现的话，我也许就能够展现，"精彩"的内心生活会对经历它的人产生什么样的影响，尽管看起来一切照常。我想，将这个理想实现得最充分的一个例子，就是小说刚过一半时的那几段长篇文字。它描述的是我的女主人公非同寻常的深夜沉思，那对她来说将是人生的一个里程碑。在本质上这不过是她的内心探索和反省，却能大大推进小说的进展，甚至比二十个"具体的事件"还要管用。这样做的目的是要同时获得情节的生动性和整幅画卷的精简性。她坐在即将熄灭的炉火旁，直至深夜，完全处在刚刚所意识到的东西带来的强烈震撼中。这里所表现的只是她如何一动不动，却"看"到了很多，同时也试图让这个安静而简单明了的行为能像突然看到一辆大篷车或认出一个海盗一样"有趣"。就这一点来说，它表现的是内心的发现，这是小说家所珍视的，甚至是不可缺少的；但是在整个过程中，没有任何人靠近她，她也没有离开椅子半步。这显然是书中最好的部分，也只是整个计划最精彩的体现而已。至于亨利埃塔——请原谅，关于这个人物我前面没有说完——我想，她戏份过多并不是出于整体的计划，而是我热心过头的结果。我总是过度表现主题，而不是表现不足（在可以有所选择或面临危险时），看来这个习惯很早就有了。（我猜，很多同行决不会同意我的意见，但我一直认为过度表现的危害较小一些。）要"表现"《一位女士的画像》的主题，意味着不能因为任何疏忽而忘记那个特殊的责任，那就是小说的趣味性。要防备那种扎眼的"乏味"——要通过拼命培养生动性来规避这一危险。至少这就是我今天认为的。当时，亨利埃塔就是被当作是生动性的一部分来创造的。此外还有一件事要提一下，撰写这部小说的前几年，我来到伦敦生活。在我看来，那时的伦敦充满了浓厚的"国际化"韵味。这"国际化"的光芒也照亮了我这幅画的很多部分。不过这是另一回事了。要说的话实在是很多。

亨利·詹姆斯

第一章

在某些情况下，所谓的下午茶聚会应该是生活中最惬意的时光了。有些时候，无论你是否饮茶——当然有些人从不——茶会本身就令人欢愉。在我开始讲述本书简单的故事时，脑海里就浮现出那些场合，为这一单纯的消遣提供美妙的场景。在一幢古老的英国乡间住宅的草坪上，摆放着小小的盛宴所需的桌椅茶具等。时值阳光灿烂的夏日午后，正是最为曼妙的时刻。午后的一半已经逝去，却还有许多剩余，而这剩余的部分恰恰美妙绝伦。真正的黄昏几个小时后才会降临，夏日强烈的阳光却已减弱；空气变得柔和，柔软厚密的草坪上阴影缓缓拉长。一切都弥漫着尚未到来的悠闲意味，也许这就是人们在这一时刻，享受这一场合的主要原因。下午五点到八点有时会构筑一段小小的永恒，而在现在的情况下，这段空间只能是欢乐的永恒。此刻，在场的几个人正安静地享受着这段愉悦的时光，却并非一般认为热衷于这一仪式的女性。几个阴影交错笔直地投射在平整的草坪上，它们来自一位老人和两个年轻人。老人坐在一张宽大的藤椅里，旁边是一张矮桌，下午茶已经摆放妥当，前面是两个年轻人，一边来回踱着步，一边闲聊。老人的茶杯端在手里，形体硕大，色彩鲜艳，和桌上的其他茶具风格迥异。他面朝着房子，把茶杯长时间地端在胸前，小心地啜饮着。两位同伴或者已经喝完了茶，或者并不在意这一享受。他们一边抽着雪茄，一边漫步。其中一个在经过老人时，不时关切地看看他；老人却浑然不觉，眼睛凝视着房子华丽的红色前墙。而耸立在草坪那边的这座建筑也的确值得老人如此专注地观赏。在我试图描述的这幅典型的英国画卷中，它是最富有特色的景物。

它坐落在低矮的山坡上，依山望水，下面是泰晤士河，自四十英里外的伦敦逶迤而来。那是一幢尖角建筑，红色的砖墙向两边延伸，岁月的风霜在它的外观上极尽所能，却只是让它更加优雅。呈现在草坪上的是大片的常春藤、簇拥的烟囱，和掩映在爬墙植物后的窗户。这幢房屋年代久远，享有盛名。喝茶的这位老绅士会很乐意地告诉你：它建于爱德华六世时期，曾经恭迎伊丽莎白女王圣驾（她尊贵的身体曾经在一张巨大华丽，坚固笨重的卧床上睡过一夜，这至今仍是卧室的最大荣耀），克伦威尔战争时期遭到严重损毁，复辟时期加以修缮和扩建，十八世纪时又改建为另一风格，最后落到一位精明的美国银行家手里，由他细心保护下来。他起初买下它只是因为价钱诱人（当时的情况极其复杂，不容赘述）：可心里很是抱怨它的丑陋、古旧和不便；如今，二十年将要过去了，他却对它产生了一种真正的审美情怀。他熟知它的每一个尖角，而且会告诉你欣赏这些尖角组合的最佳地点和最佳时刻——正值那些形状各异的尖角的阴影，以最佳的角度，柔和地投射在温暖褪色的砖墙上。不仅如此，他还能列举出曾经住在这里的大多数房主和房客，其中还有几位声名显赫，就像我刚刚说的；可是，他在这么讲的时候，会不动声色地让人相信，房屋最近的命运并不亚于它辉煌的过去。俯瞰我们现在所说的这块草坪的并非房屋的正面，正门在另一面。这里是私密的空间，宽阔的草皮地毯般铺在平缓的山顶上，好像是室内的华丽装饰的延伸。高大安静的橡树和山毛榉洒下浓密的阴影，就像挂着天鹅绒的窗帘。带坐垫的椅子，色彩鲜艳的坐毯，散放在草坪上的书籍和报刊，把这里布置得仿佛一个房间。河流在稍远的地方，那里地势开始倾斜，而草坪也可以说到了尽头。然而，漫步到河边仍会让人无比惬意。

  坐在茶桌前的老人三十年前从美国来，除了行李，还带来了一张典型的美国面孔。不仅如此，他的美国面孔还保存得很完好，如有必要，可以完全自信地将它带回祖国。不过目前，他显然不大可能再迁徙了。他的人生旅途已经接近终点，目前不过是略事歇息，等待着那永久的安眠。老人的脸狭窄光洁，五官分布匀称，神态安详而敏锐。一望而知，这张脸并不富于表情，因此那精明满足的神态就显得更像是个优点，好像在说他人生成功，又好像在说他的成功并没有让他唯我独尊，招人嫉妒，反而像失败一样不让人反感。他当然阅历丰富，可是他瘦长的面颊上漾起的淡淡微笑却天真质朴，让他的眼睛散发出幽默的光芒。老人最终把那只大茶杯放到了桌子上，动作缓慢，小心翼翼。他衣着整洁，穿着一身质地很好的黑绒衣服，膝盖上围着一条大围巾，双脚套在厚厚的刺绣拖鞋里。一只漂亮的牧羊犬卧在椅子边的草地上，目光温柔地望着主人的脸，而主人柔和的目光则凝望着那威严的房屋。一只毛发耸起的小猎犬来回奔忙着，不时瞟一眼另外两位绅士。

其中一位绅士大约三十五岁，体态匀称，一张英国面孔就像我刚刚描述的那位老年绅士的脸一样典型，只不过完全是另一种类型。这是一张英俊的面孔，很引人注目，清新坦率的脸上线条笔直而坚定，一双灰色的眼睛充满生气，下巴上浓密的栗色胡须让他的脸显得更加漂亮。他看起来幸运、杰出、不同寻常，散发着经过深厚教养熏陶的快乐气质，会让任何看见他的人都不由自主地羡慕他。他穿着带马刺的马靴，好像骑马走了很长的路途。头上是一顶白色帽子，看起来有点大，两只手背在身后，一只漂亮的白色大拳头里攥着一双弄脏了的狗皮手套。

他的同伴则是另一种类型。他踱着步，好像在丈量身边草坪的长度。这人也许会引起人们强烈的好奇心，可不会像另外一个那样，让人盲目地渴望处于他的地位。他个子高瘦，体态羸弱；五官并不好看，面带病容，却别有一种睿智而迷人的气质。他嘴唇上留着两撇小胡子，脸上还有络腮胡，不过乱蓬蓬的，并不美观。他看起来很聪明，却一副病魔缠身的样子——这当然不会是什么幸福的组合。他穿着棕色的天鹅绒夹克，双手放在口袋里，让人觉得这是习惯性的动作。他的腿不够结实，步履蹒跚，摇摇晃晃。我已经说过，每当他经过坐在藤椅里的老人时，就会看他几眼，这时把这两张脸加以对照，就不难看出，他们是父子二人。终于，父亲接住了儿子的目光，回报给他一个温和的微笑。

"我很好。"他说。

"喝过茶了吗？"

"是的，味道不错。"

"再来点怎么样？"

老人静静地想了想，说："嗯，还是等等再说吧。"他讲话带着美国口音。

"你冷不冷？"儿子问道。

父亲慢腾腾地揉着腿。"哎，我不知道。要能感觉到才能说啊。"

"也许有人能替你感觉。"年轻人笑着说。

"哦，要是有人能永远替我感觉，那就好了！你不是能替我感觉吗，沃伯顿勋爵？"

"哦，是的，我能感受到很多，"那位被称作沃伯顿勋爵的绅士立刻回答说，"看你的样子，我敢说你现在一定非常舒服。"

"嗯，我想没错，在很多方面都是。"老人看看膝盖上的绿色围巾，用手把它抚平。"事实是，我已经舒服了这么多年了，我想我已经习惯了，都感觉不到了。"

"没错，这就是舒服带来的疲劳，"沃伯顿勋爵说，"我们只有不舒服的时候才会感觉到它。"

"好像我们太挑剔了。"他的同伴说。

"哦，是的。毫无疑问，我们是太挑剔了。"沃伯顿勋爵喃喃地说。接着，三个人沉默了片刻，两个站着的年轻人低头看着老人，这时，老人要再来点茶。"我想，那条围巾让你很不舒服。"等他的同伴给老人的杯子倒上茶，沃伯顿勋爵接着说。

"哦，不！他不能没有围巾！"穿天鹅绒上衣的绅士叫道，"别让他有这样的想法。"

"这是我妻子的。"老人简单地说。

"哦，如果是出于感情……"沃伯顿勋爵做了个抱歉的姿势。

"我想等她回来我得还给她。"老人接着说。

"你没必要那样做。你要用它盖你那双可怜的老腿。"

"你可不能侮辱我的腿，"老人说，"据我看，它们一点儿也不比你的差。"

"哦，你爱怎么侮辱我的腿，随你便。"他的儿子回答说，一边把茶递过去。

"我们是两只跛鸭子；彼此彼此。"

"很高兴你叫我鸭子。茶怎么样？"

"嗯，有些烫。"

"这样有好处。"

"啊，好处很多，"老人和蔼地轻声说，"他是个好护士，沃伯顿勋爵。"

"恐怕有点笨手笨脚吧。"勋爵阁下说。

"哦，一点儿也不——要知道，他自己身体也不好啊。对一个有病的人来说，他是个好护士了。我叫他我的病护士，因为他自己也有病。"

"哦，得啦，爸爸！"其貌不扬的年轻人嚷道。

"哎，你是有病嘛，我倒希望你很健康。不过我看，你也没办法呀。"

"我可以试试：是个好主意。"年轻人说。

"你生过病吗？沃伯顿勋爵。"他的父亲问道。

沃伯顿勋爵想了想，说："生过，有一次在波斯湾。"

"他没跟你当真，爸爸，"另外一个年轻人说，"是个玩笑。"

"现在好像什么都可以开玩笑，"父亲安静地回答，"不管怎样，你看起来不像生过病，沃伯顿勋爵。"

"他生的是厌世病。刚才他还跟我说，而且觉得很恐惧。"沃伯顿勋爵的朋友说。

"是真的吗？先生？"老人严肃地问。

"就算是真的，你的儿子也没给我什么安慰。他是个很糟糕的谈话对象——十足的玩世不恭。他好像什么都不相信。"

"这又是一个玩笑。"被指责为玩世不恭的人说道。

"那是因为他身体不好，"父亲向沃伯顿勋爵解释说，"结果影响了他的思想和看问题的方式；他觉得自己好像没有任何机会。不过你知道,他这几乎都是理论上的;他的健康并没有影响他的精神。我很少见他有情绪低落的时候——总是像现在这样。他总能让我高兴起来。"

听到老人这样的描述,年轻人看着沃伯顿勋爵,笑道:"这是在热烈地赞扬我呢,还是说我变幻无常?你希望我实践我的理论吗,爸爸?"

"啊!那我们可要看到怪事了。"

"我希望你别老是这种腔调。"老人说。

"沃伯顿的腔调比我还糟。他是装作很厌倦的样子,我可一点都不感到厌倦。我觉得生活太有趣了。"

"啊,太有趣了。你可不能这样想,你知道!"

"我在这儿可从没觉得厌烦,"沃伯顿勋爵说,"这儿有这么有趣的谈话。"

"这又是一种玩笑吗?"老人问,"你在哪里都没有厌倦的理由。我在你这个年纪时可从来没听说过这样的事。"

"那你一定成熟得很晚。"

"不,我成熟得很早;这就是原因。我二十岁的时候已经很成熟了。拼命地工作。有事情做就不会觉得厌倦;可现在你们这些年轻人太悠闲了。你们太把自己的享乐当回事了。太挑剔,太懒散,太有钱。"

"哎,我说,"沃伯顿勋爵叫道,"你可不是能够指责别人有钱的人!"

"你是说因为我是银行家?"老人问。

"是的,如果你愿意这么想的话;还因为你的财产不计其数——难道不是吗?"

"他并不是很有钱,"另外一个年轻人温和地辩护道,"他捐出去很多。"

"我想那也是他的钱,"沃伯顿勋爵说,"难道还有什么比这更能证明他有钱?一个慈善家不能说别人太顾享乐了。"

"爸爸很关心享乐——别人的享乐。"

老人摇摇头。"我不敢说对我这一代人的享乐有什么贡献。"

"亲爱的父亲,您太谦虚了!"

"这是玩笑,先生。"沃伯顿勋爵说。

"你们年轻人太喜欢开玩笑了。如果没有玩笑你们就什么都没有了。"

"还好,有的是玩笑。"长相一般的年轻人说道。

"我不相信——我相信情况正在变得越来越严肃。你们这些年轻人会发现的。"

"越是严肃的情况,越是开玩笑的大好机会。"

"那就不会是轻松的玩笑了,"老人说,"我相信一定会有巨大的变化的;而且并不一定是好的。"

"我很同意你的话,先生,"沃伯顿勋爵宣称,"我确信将会有大的变化,所有奇怪的事情都会发生。所以我才觉得很难将你的建议付诸实施。还记得吧,那天你对我说,我得'抓住'点什么。我可不愿意去抓一个随时会烟消云散的东西。"

"你应该抓住一个漂亮女人,"他的同伴说,"他正在想办法恋爱。"他又向父亲解释说。

"漂亮女人们自己也会烟消云散的!"沃伯顿勋爵叫道。

"不,不,她们是靠得住的,"老人又说道,"她们可不受我刚才提到的那些社会和政治变化的影响。"

"你是说她们不会被废除?很好,那我就尽快抓住一个,把她系在我的脖子上,当作我的救生圈。"

"女士们会拯救我们的,"老人说,"我是说那些优秀的——我把她们做了区分。找一个好的接近接近,然后跟她结婚,你的生活就会有趣多了。"

大家沉默了片刻,老人的听众们则明白,他这话很是宽宏大量,因为老人自己的婚姻经历并不幸福;无论是对他的儿子,还是客人,这都不是秘密。他说对女人们要有所区分,这些话也许可以理解为他承认自己犯了错误。当然,恐怕他的同伴中的任何一位都不便说,他选择的女士显然并不属于优秀中的一个。

"如果我和一位有趣的女人结婚，我对生活就会有兴趣了，是这意思吗？"沃伯顿勋爵问道，"我根本不想结婚——你儿子误解我了；不过，不知道一个有趣的女人对我会有什么用？"

"我倒想知道，你所谓的有趣的女人是什么概念。"他的朋友说。

"我亲爱的朋友，概念你是看不到的——特别是这样虚无缥缈的概念。要是我自己能看清楚的话，那就是一大进步了。"

"嗯，你爱上随便哪一个都行，可是不能爱上我的外甥女。"老人说。

他的儿子忍不住大笑。"他会认为你这是鼓励呢！我亲爱的父亲，你和英国人生活了三十年，你很能理解他们说的话，可就是从来不明白他们心里想的！"

"我愿意说什么，就说什么。"老人带着他惯常的安静回答说。

"我还没有荣幸认识你的外甥女呢，"沃伯顿勋爵说，"我想这是我第一次听说她吧。"

"她是我妻子的外甥女；杜歇夫人正把她带到英国来。"

年轻的杜歇先生解释说："你知道，我的母亲是在美国过冬的，我们正在等她回来。她写信说发现了一个外甥女，而且已经邀请她一起到英国来了。"

"明白了，她真是好心，"沃伯顿勋爵说，"这位年轻女士有趣吗？"

"我们和你一样对她所知甚少；我母亲没有具体说。她一般是用电报和我们联系的，可她的电文很难懂。经常说女人不会写电报，可我母亲却是压缩文字的高手。'厌倦美国，天气热，可怕，携外甥女回英，头班轮船好舱位。'这就是我们从她那里得到的消息——这是最后一封。不过之前还有一封，里面大概是第一次提到外甥女。'换旅馆，很糟，侍者无礼，信寄此。找到妹妹的女儿，去年去世，去欧洲，两个姐姐，很独立。'这真让我和爸爸摸不着头脑，好像有无数种解释。"

"有一点是确定的，"老人说，"她好好教训了那个旅馆招待一顿。"

"即便这一点我也不确定,因为最后是他把她赶跑了。我们起初以为那个妹妹是旅馆招待的妹妹,可后面提到外甥女,说明大概指的是我的一个姨妈。接下来的问题是另外两个姐姐是谁的;很可能是我死去的姨妈的女儿。可是谁'很独立'?是指哪方面?——这一点还不确定。是特别指我母亲要带来的那个年轻女士,还是也包括她的两个姐姐?——是指精神上的独立?还是经济上的?是说她们生活宽裕,还是说她们不愿意受接济?还是只是说她们喜欢我行我素?"

"不管有什么其他意思,这一点是确定的。"杜歇先生说。

"你们马上就会知道的,"沃伯顿勋爵说,"杜歇夫人什么时候到?"

"我们也是一无所知;只要她能找到好舱位。也许还在等;不过也许已经在英国下船了。"

"那她会给你们发电报的。"

"她永远不会在你想到的时候发电报——只会在你想不到的时候,"老人说,"她喜欢从天而降;以为会抓住我什么把柄。到目前为止她还没有得逞过,可她从不气馁。"

"这是她的家族特征,她提到的独立性。"儿子对这件事的理解倒是更宽容。"无论那些年轻小姐有什么样的独立精神,她自己的绝不亚于她们。她喜欢自己做自己的事,不相信别人有什么能力帮助她。在她眼里,我就像一张没有胶水的邮票一样没多少用处,要是我提出去利物浦接她,她永远不会原谅我。"

"你至少要让我知道,你的表妹什么时候到吧?"

"只有我刚才说的那一个条件——你不能爱上她!"杜歇先生回答说。

"这太打击我了。你认为我不够好吗?"

"我认为你非常好,但是我不喜欢她和你结婚。我希望她到这里不是来找丈夫的;现在很多年轻小姐都这样,好像家里就没有好男人似的。而且,她可能已经订婚了;美国女孩通常都会订婚的,这我知道。再说,我也不确定你会是个好丈夫。"

"大概她已经订婚了;我认识很多美国女孩,都是这样;不过,的的确确,我看不出来这有什么差别!至于我是不是个好丈夫,"杜歇先生的客人继续说,"我自己也不能保证。只能试一试!"

"你想怎么试随你的便,不过不要拿我外甥女来试。"老人微笑着,幽默地反对说。

"啊,好吧,"沃伯顿勋爵更加幽默地说,"也许,她根本不值得我一试!"

第二章

　　两人愉快地交谈着，拉尔夫·杜歇却迈着惯常的懒散步伐，向一边走去，两只手插在口袋里，后面跟着那只吵吵嚷嚷的小猎犬。他面朝房子，眼睛却若有所思地凝视着草坪，不知道自己已经成了别人的观察对象。那人刚从宽大的门口那里出现，已经有一会儿了。最后，是那条小狗的行为把拉尔夫的注意力转移了过去。只见它猛地冲上前去，一边发出一串尖锐的吠声，不过听得出来，叫声里面更多的是欢迎的意思而不是挑衅。那是一位年轻的女士，似乎立刻就明白了那小家伙对她的欢迎。它飞一般地奔跑过去，停在她的脚下，昂头看着她，使劲叫着。而她则毫不犹豫地俯下身去，面对面地双手抱住它，让它继续汪汪地叫着。它的主人趁这当儿已经走了过来，发现邦奇的新朋友是一位穿黑衣的高个女孩，一眼看去很漂亮。她没戴帽子，好像是从屋里出来——这让房子主人的儿子很迷惑，因为由于老人的健康，家里已经谢绝外客很久了。这时，另外两位绅士也已经注意到了这位新来的客人。

　　"天哪，那个陌生女人是谁呀？"杜歇先生问道。

　　"也许是杜歇夫人的外甥女——那位年轻独立的女士，"沃伯顿勋爵提醒说，"我看一定是，瞧她对待狗的样子。"

　　那只牧羊狗的注意力也给吸引了过去，一路小跑着朝门口的年轻女士奔过去，一边跑还一边慢吞吞地摇着尾巴。

　　"可是我的妻子呢？"老人喃喃道。

　　"我猜那位年轻女士把她撇开了，这是她独立性的一面啊。"

　　女孩一只手仍然抓着那只小猎犬，一边微笑着对拉尔夫说："这是您的狗吗，先生？"

　　"刚才还是我的；不过它似乎一下子就完全成了您的。"

　　"我们不能分享吗？"女孩说，"多可爱的小家伙。"

拉尔夫看了看她，发现她出乎意料得美丽，然后说，"您可以完全拥有它。"

这个年轻女士似乎对自己对别人都很有信心，可这突如其来的慷慨也让她脸红了。"我应该告诉您，我也许是您的表妹。"她说，一边放下那只狗。"还有一只！"她很快加了一句，看到牧羊狗也跑了过来。

"也许？"年轻人笑着高声说，"我想一定是！你和我母亲一起来的吗？"

"是的，半个小时之前。"

"她把你留下来，然后又走了？"

"没有，她直接回房间了。她跟我说，如果我见到你，就告诉你六点三刻去见她。"

年轻人看看表。"多谢，我会准时的。"接着，他看着自己的表妹，说：﹁欢迎你来，很高兴见到你。"

她抬起一双清澈而敏锐的眼睛，四处张望着。她看着自己的同伴，那两只狗，树下的两位绅士，还有环绕身边的美丽景色。"我从来没有见过这样美丽的地方。我已经转遍了整幢房子，太迷人了。"

"很抱歉，你到了这么久我们还不知道。"

"你母亲说，在英国，人们到达一个地方时总是很低调。所以我觉得没什么。那边的绅士中有一位是你父亲吧？"

"是的，年长的那位——坐着的那个。"拉尔夫说。

女孩笑道："我也知道不是另一个。那另外一个是谁？"

"我们的朋友——沃伯顿勋爵。"

"哦，我就知道会有一位勋爵的；就像小说里写的！"接着她又突然叫道，"哦，你这个可爱的小家伙！"然后俯身又抱起了那只小狗。

她站在两人相会的地方，没有提出要过去和杜歇先生说话，而是逗留在门口那里，显得纤细而迷人。和她谈话的拉尔夫却在想，她是否是要老人过去拜见她。美国女孩习惯于受到相当的尊重，而且这位据说又很有个性。确实，拉尔夫从她的脸上已经看到了这一点。

"你能过去认识一下我的父亲吗?"拉尔夫试着问道,"他老了,身体不好——离不开椅子。"

"啊,可怜的人,我很难过!"女孩叫道,立刻走上前去,"你母亲给我的印象是,他非常非常……有活力。"

拉尔夫·杜歇沉默了片刻。"她已经有一年没有见到他了。"

"不过,他可以坐在一个这么可爱的地方。来,小猎狗。"

"是个亲爱的老地方。"年轻人侧眼看着身边的人说。

"他叫什么名字?"她问道,眼睛又落到了小猎犬身上。

"我父亲的名字?"

"是的,"年轻女士不禁笑了,"不过别告诉他我问你了。"

这时两人已经走到了老人坐着的地方。杜歇先生从椅子里缓缓站了起来,迎接客人。

"我母亲已经到了,"拉尔夫说,"这位是阿切尔小姐。"

老人把双手放在她的肩上,用极为仁慈的目光打量了她一下,然后骑士般地亲吻了她。"非常高兴见到你。不过要是你能给我们一个机会迎接你就更好了。"

"哦,已经迎接过了,"女孩说,"大厅里有十几个仆人。一位老妇人还在大门口行了屈膝礼。"

"我们可以做得更好——要是事先知道的话!"老人微笑着坐着,摩挲着双手,然后轻轻摇摇了头。"不过杜歇夫人不喜欢迎接。"

"她直接进房间了。"

"是的——把自己关进去。她总是这样。我想,下个礼拜我会见到她。"杜歇夫人的丈夫说,又缓缓地坐了下来,恢复了惯常的姿势。

"不会到那时候的,"阿切尔小姐说,"八点钟她会下来用晚饭。你别忘了六点三刻。"她微笑着转向拉尔夫说。

"六点三刻有什么事?"

"我要去见我母亲。"拉尔夫说。

"啊,幸福的孩子!"老人说道,"你应该坐下来——应该喝点茶。"他接着对妻子的外甥女说。

"我一到他们就把茶送到我房间里了。"年轻女士回答说。"很难过您身体不好。"她又说道,目光落在可敬的主人身上。

"哦,我老了,亲爱的;是到老的时候了。不过有你在这里,我会好些的。"

阿切尔小姐又开始四处张望了——看着草坪,大树,芦苇丛生、银光闪闪的泰晤士河,还有那座优雅的房屋。她一边观察着周围,一边用眼角打量着身边的其他人。一望而知,这个年轻姑娘聪明而又兴奋,可以想象她的观察也一定很全面。她已经坐了下来,把小狗放开,白净的双手交叉着放在膝盖上,映衬着黑色的衣服。她的头挺直,明亮的双眼敏锐地捕获着各种各样的印象,而柔韧的身躯也随之轻盈地左右转动着。她获得了丰富的印象,它们都反映在她明朗安静的笑容中。"我从来没见过这样美丽的地方。"

"看起来是不错,"杜歇先生说,"我知道你的感受。我也有过同样的体验。不过你自己也很美丽。"老人优雅地加了一句,口气中没有丝毫粗俗玩笑的意味,同时心里也很高兴,因为知道自己上了年纪,有权这么说话了,即便是面对年轻的姑娘们,因为她们也许会对这样的话存有戒心的。

这位年轻女士是否存有戒心无需仔细推敲;她立刻站了起来,脸虽然红了,不过并没有不高兴。"当然了,我是很可爱!"她很快笑道,"您的房子有多少年了?是伊丽莎白时代[①]的吗?"

"都铎王朝[②]早期。"拉尔夫·杜歇说。

她转向他,看着他的脸。"都铎早期?太迷人了!我想,这儿一定还有很多这样的房子吧?"

"有很多更好的。"

"别这么说,我的孩子!"老人反对道,"没有比这更好的了。"

"我有一幢很好的房子,我想,在很多方面比这幢还好。"沃伯顿

[①] 指伊丽莎白一世,1558—1603 年在位。
[②] 英格兰统治王朝(1485—1603),包括亨利七世及其后代亨利八世、爱德华六世、玛丽一世和伊丽莎白一世。

勋爵说。他一直都没有说话，可是一直在关切地看着阿切尔小姐。他微笑着，向她欠了欠身。他和女士们在一起时总是风度迷人，而且立刻赢得了女孩的好感，她没有忘记这位是沃伯顿勋爵。"我很乐意请您去看一下。"沃伯顿勋爵接着说。

"别相信他，"老人大声说，"别去看。那是个又老又破的兵营，和这个没法比。"

"我不知道——我还不能说。"女孩微笑着对沃伯顿勋爵说。

拉尔夫·杜歇对这些讨论却不感兴趣；他站在那里，双手放在口袋里，看起来很想继续刚才和这位新发现的表妹之间的话题。"你很喜欢狗吗？"他开口问道，一边好像意识到，这样的开头太笨拙了，何况在他这样一个聪明人。

"的确很喜欢。"

"那你必须留下这只猎犬，真的。"他继续说，显得仍然很笨拙。

"我很愿意，我在这里的时候会让它跟我在一起。"

"我希望那将会是很长时间。"

"你真是太好了。可我还不知道。这要我姨妈来决定。"

"我会和她一起决定的——在六点三刻。"拉尔夫又看了看表。

"我是很喜欢待在这里的。"女孩说。

"我不相信你会允许别人来安排你的事情。"

"哦，我会的，只要我喜欢这些安排。"

"我会按照我的意思来安排这件事的，"拉尔夫说，"真是不可思议，我们居然从不知道你。"

"我一直在那儿——你只要过去就能见到我。"

"那儿？你说哪儿？"

"美国。纽约，阿尔巴尼，还有其他地方。"

"我去过美国——那些地方都去过，可我从没见过你。真是不能理解。"

阿切尔小姐犹豫了一下。"那是因为，我母亲死后，你母亲和我父亲有些不和，那时我还是个孩子。所以我们从没想到过要见你们。"

"啊，可我母亲和别人的分歧，我并不是都赞成啊——但愿不会！"年轻人叫道，接着又用稍稍低沉的声音说，"那么你最近又失去了父亲？"

"是的，一年多以前。从那以后姨妈对我很好；来看我，还请我和她一起来欧洲。"

"明白了，"拉尔夫说，"她收养了你。"

"收养？"女孩瞪大眼睛，脸又红了，又掠过一丝痛苦的神色，这让谈话的对方有些吃惊，他意识到自己低估了这话的后果。

这时，沃伯顿勋爵朝兄妹俩这里走过来，看起来一直渴望能离阿切尔小姐近一些。她用那双张大的眼睛看了看沃伯顿勋爵，说："哦，不。她没有收养我。我不是可以被收养的。"

"万分抱歉，"拉尔夫嗫嚅着说，"我的意思是……是……"可他也不知道要说什么。

"你是说她打算照顾我。是的，她很喜欢关照别人。她对我很好，可是，"她看起来迫切地希望把意思澄清，"我非常珍视我的自由。"

"你们在谈论杜歇夫人吗？"老人坐在椅子里喊道，"到这里来，亲爱的。告诉我她的事。告诉有关她的消息的人，我总是很感激的。"

女孩微笑着，又稍稍犹豫了一下。"她对我确实很仁慈。"她回答说，接着走到姨父身边。而老人听见这话也笑了。

沃伯顿勋爵没有跟过去，他站在拉尔夫·杜歇身边，然后对他说："刚才你问，我心目中的有趣女人是什么样。这就是！"

第三章

　　杜歇夫人有许多怪癖，在离开丈夫一年多之后以这样的方式回家就是一个显著例证。她做任何事情都有自己的方式，这是对她的性格最简单的描述。尽管并不缺少慷慨的胸怀，她却很少给人温柔和蔼的印象。杜歇夫人会做很多好事，却从来不指望讨好别人。对于这种处世方式，她自己很是欣赏。其实这种方式本身并不讨人厌——只是使她与一般人截然不同而已。她的行事风格锋芒毕露，对于内心脆弱的人来说，有时就像刀子一样尖利。在她从美国回来后最初几个小时的举动中，这尖利的锋芒就显露无余了。这时，她本应当首先和丈夫和孩子互致问候。而杜歇夫人，出于自认为是很正当的理由，总是先把自己重重锁住，推迟那动情的相见一刻，直到把自己打点整齐，才允许别人接近；而她这么做并没有多大意义，因为她既不注重美貌，也不贪慕虚荣。她是个相貌平平的老妇人，没有多少风度，也无优雅的举止，却极其尊重自己的意愿。如果有人问的话，她会很乐意为这些行为做出解释。这时候，大家就会发现，她的想法和人们通常以为的完全不同。她和丈夫基本上是分居的，而且好像不觉得这有什么不妥。两人在结合的早期就很清楚，他们永远不会在同一时间有同样的愿望，这促使她决定想办法拯救他们的不协调状态，以免庸俗的意外发生。她去了佛罗伦萨，在那里买了一幢房子住下来，把丈夫留在英国，打理银行在英国支行的业务，并尽量将这样的状况维持了下来，形成一个原则，而这也是整个事件中最具启发性的一点。这样的安排让她很满意，一分两清，明明白白，真是太妙了。她的丈夫也感觉到同样的清楚明白——在伦敦浓雾迷漫的广场上，这是他能辨认出来的最清楚的事实了；不过他更希望这样不正常的状态模糊一些。他经过很大努力才接受分居的事实，宁愿同意任何其他的选择，而且不明白为什么一定要高度一致，要么彻底分开。杜歇夫人却既不后悔，也不为此费神，通常每年和丈夫一起生活一个月，期间费尽口舌让他相信，这是最好的安排。她不喜欢英国的生活方式，经常提到的有三四个理由，这些不过是这一古老生活方式的小节而已，对她来说却足够证明这里不可居住。她讨厌面包酱，说看起来像药膏，吃起来像肥皂，不喜欢女仆喝啤酒，断言英国洗衣女工根本不懂得洗熨（杜歇夫人对内衣床单等织物的平整非常挑剔）。她定期回美国，而这一次比以往任何一次时间都要长。

她主动担当了照管外甥女的责任——这一点没有多少疑问。大概四个月之前，在一个阴湿的下午，这位年轻姑娘正独自坐在屋里看书。说她看书，是说她并没有感受到孤独的压力，因为对知识的热爱滋养了她，而她的想象力又特别丰富。不过，这个时候似乎有些乏味，一位不速之客的到来恰好为她提供了某些新鲜的趣味。客人并没有等待通报，直到她走到隔壁房间时女孩才听到她的脚步声。这是一幢四方宽大的老房子，在阿尔巴尼，由两幢房屋合在一起。楼下一个房间的窗户上贴着"出售"的告示。房子有两个出入口，一个已经弃用很久了，可始终没有拆除。两个门口一模一样，都是白色的大门，拱形的门框，两边是宽阔的边窗，门前是红色的石头台阶，向下通到铺砖的人行道上。两座房子并在一起合成一所住宅，中间的墙打通，房间都连在一起。楼上的房间数目众多，都漆成一样浅黄的靠白色，因为年深日久已经变得灰黄。三楼有一条拱形的走廊，连接着两边的房子，小时候伊莎贝尔和姐姐们都把它叫做隧道。走廊尽管不长，而且光线充足，却总让小伊莎贝尔觉得神秘而荒凉，特别是在冬天的下午。童年时代的不同时期她都在这里住过，那还是她的祖母住在这里的时候。后来有十年她不曾来过这里，直到父亲去世之前他们又回到了阿尔巴尼。她的祖母老阿切尔夫人早年非常好客，当然主要限于自己的家人们，小女孩们经常在她的屋檐下一住就是几个星期，这些日子通常是伊莎贝尔最快乐的记忆。这里的生活方式和她自己家里不同，更广阔，更丰富，简直像过节。让她高兴的是，对孩子们的管教很宽松，还可以自由地倾听大人的谈话（这对伊莎贝尔可是一大乐趣）。总是不断地有人来，有人走；祖母的儿子们、女儿们，还有他们的孩子们，似乎都很高兴这里随时欢迎他们过来并留下。于是，整个房子就好像一间热闹的乡下旅馆，主人是一位仁慈的老太太，常常唉声叹气，却从不出示账单。伊莎贝尔当然不懂什么账单；可即使还是个孩子，就已经觉得祖母的家是个浪漫的地方。屋后是一条有顶的游廊，那里有一架秋千，给孩子们带来惊险的刺激和欢乐；游廊外面是一座长花园，随地势向下倾斜，一直延伸到马厩那里。花园里种着桃树，是让伊莎贝尔感觉最亲切的。虽然她在不同的季节都到祖母这里住过，可不知为什么记忆中的每一次小住都带着桃子的气息。街道对面是一幢叫做荷兰会馆的老房子，还是殖民地初期的建筑。那座房子结构古怪，砖墙外表涂成黄色，顶上的三角形山墙迎面对着来访的人。房子斜在路边，前面是一排东倒西歪的木栅栏。这里是一座兼收男女幼童的小学校，由一位性格开朗的女士管理，其实她并不怎么管。伊莎贝尔只记得她太阳穴上别着两把古怪的卧室用的梳子，用来绾住头发，还有就是她是某位大人物的遗孀。伊莎贝尔本可以在这里打下知识的基础，可是她只去了一天，就对那里的约束大为不满，结果就待在了家里。在九月的日子里，荷兰会馆的窗户开着的时候，她会听到里面的孩子们背诵乘法口诀的琅琅书声，心里就会交织着享有自由的欣喜和被排除在外的痛苦，无法分辨清楚。她的知识基础实际是在祖母家里闲荡的日子里奠定下的。因为家里其他人都不阅读，伊莎贝尔就可以随意使用家里的图书室。那里放满了带着卷首插图的图书，伊莎贝尔通常爬到椅子上把书取下来。要是找到一本喜欢的书——她通常根据卷首的插图来选择——就把书带到图书室旁边一间神秘的屋子里去阅读。这个房间一直被叫做办公室，可没人知道为什么。这是谁的办公室，什么时候曾经辉煌过，伊莎贝尔从不知道。然而屋里有回声，还有一股好闻的发霉的味道，这对她来说已经有足够的吸引力了；而且，这还是一间受到冷落的房间，尽管屋里的老家具还没有显得很破旧（因此房间的失宠就显得很不应当，很不公正，让这些家具成了牺牲品）。她还用孩子的方式，同这些家具建立了几乎是人与人之间的，戏剧性的关系。特别是那只骆驼毛的沙发，伊莎贝尔不知向它倾吐过多少孩童的忧伤。这里本来是从房子的另一个大门出入的，而那扇门早已弃之不用，插着门闩，一个极其纤弱的小女孩是无法打开的，这更让屋里充满了神秘的伤感气息。伊莎贝尔知道，这扇沉寂静止的大门直通街道，倘若不是边窗上衬了一层绿纸，她就可以看到外面小小的棕红色台阶和破旧的砖铺的人行道。可她并不想往外看，因为这会破坏她的想象。她觉得外面是一个离奇的，从未见过的世界，在她孩童的想象里，根据她不同时候的心情，它有时充满欢乐，有时又充满了恐怖。

　　在我刚才提到的那个忧伤的早春下午，伊莎贝尔就坐在这间"办公室"里。这个时候，她可以去房子里任何一个房间，却偏偏选择了一个最抑郁的地方。她从来没有打开过那个门闩，从不曾拿掉边窗上衬的绿纸（它通常是由别人来更换的）；也从来不让自己相信，外面不过是一条平常的街道。当时正下着冷冽的大雨；春天的确请求人们要有足够的耐心，而且似乎是半带嘲讽、没有诚意的请求。伊莎贝尔并不在意上天的反复无常，她的眼睛盯在书上，竭力集中思想。最近她发现，自己的思想总是游移不定，就费尽心机，对它实行军事化的操练，让它根据命令前进、立定、后退，甚至执行更加复杂的指令。当下，她下达的是前进的命令，让它在德国思想史的沙地平原上艰难地跋涉前行。突然，在知识的前进步伐声中，她察觉到了一种完全不同的脚步声。她听了一下，明白有人正从隔壁相连的图书室走来。起初，她以为是正在盼望的一位来客，可是几乎立刻就意识到那是一位陌生的女性，而不是任何意料中的客人。那脚步声中透着好奇，似乎在试探什么，好像也不准备仅仅停留在办公室的门口。果然，不多一会儿，门口就出现了一位夫人，她站在那儿，仔细打量着我们的女主人公。这位夫人相貌一般，上了年纪，严严实实地裹在防水斗篷里，看起来不是一个和善的人。

　　"嗯，"她开口说，"你平常都坐在这里吗？"一边环顾着屋里不配套的桌椅。

"接待客人的时候可不。"伊莎贝尔说,一边站起来迎接这位不期而至的客人。

客人随着伊莎贝尔来到图书室,一边继续打量着她。"你这里好像还有很多房间,都比这间好。不过这里的一切都很旧了。"

"您是来看房子的吗?"伊莎贝尔问,"用人会带您去看的。"

"别找她了,我没打算买房子。她可能去找你了,这会儿正在楼上来回跑呢;一点都不聪明。你最好告诉她,没她的事了。"她妄加评论道。看见女孩迟疑又纳闷地站在那里,这位不速之客又突然说:"想必你是那几个女儿中的一个吧。"

伊莎贝尔觉得这人简直太奇怪了。"那要看您说的是谁的女儿。"

"故世的阿切尔先生的女儿——也是我可怜的妹妹的女儿。"

"啊,"伊莎贝尔放慢声音道,"您一定是我们疯狂的莉迪亚姨妈!"

"是你父亲告诉你这样叫我的?我是你的莉迪亚姨妈,可一点也不疯;我清醒得很!你是老几?"

"我是三个当中最小的,我叫伊莎贝尔。"

"没错。那两个是丽莲和伊迪丝。你是最漂亮的一个吗?"

"这我可不知道。"女孩说。

"我想一定是的。"就这样,姨妈和外甥女交上了朋友。几年前,妹妹死后,莉迪亚姨妈曾经和妹夫发生过争吵,指责他教养三个女儿的方式不对。妹夫也是一个脾气倔强的人,就让她别管闲事。莉迪亚姨妈把这话记在了心上,多年来和他没有任何往来,他死后也没有和他的女儿们有什么联系。几个女儿在父亲的教导下对这位姨妈也不怎么尊重,看看刚才伊莎贝尔的表现我们就知道了。杜歇夫人的行为都是有目的的,这次也不例外。她来美国是来照管一下自己在这里的投资(她的丈夫尽管在金融界地位显赫,却同此没有任何关系),顺便利用这个机会关心一下外甥女们的状况。她觉得没必要写信,因为她从不把信里面写的东西当真,而总是相信自己的亲眼所见。可是伊莎贝尔发现,她们的很多情况她都了解,她知道两个姐姐都已出嫁,知道她们可怜的父亲没有留下几个钱，不过他继承了阿尔巴尼的这座房子，现在为了姐妹几个打算要把它卖掉，而且，她还知道，是丽莲的丈夫埃得蒙德·拉德洛在负责办理这件事。小两口在阿切尔先生病重的时候回到了阿尔巴尼，现在因为这件事留了下来，和伊莎贝尔一起住在这座老房子里。

伊莎贝尔把杜歇夫人带到了前厅，坐了下来；她冷冰冰地看了看这房间，问道："你们打算卖多少钱？"

"我一点也不知道。"女孩说。

"这是你第二次对我说不知道了，"姨妈回答说，"你看起来可不笨。"

"我并不笨，只是对钱的事一窍不通。"

"没错，你们就是这样长大的——好像有一百万家私要继承。你们到底继承了多少？"

"我真的说不上来。您得问埃得蒙德和丽莲，他们半个小时后就会回来的。"

"在佛罗伦萨这可算不上什么好房子，"杜歇夫人说，"不过在这里，我敢说，能卖个好价钱。你们每人都会分到一大笔。除此之外，你们还会有点别的什么吧；你居然一无所知，真是怪事。这个地段很值钱，他们可能会把房子拆了，再建一排商铺。我不明白你们为什么自己不这样做，可以把房子租出去，赚大钱。"

伊莎贝尔瞪大了眼睛；对她来说，出租商铺的想法可是太新鲜了。"我希望他们不要把房子拆掉，我非常喜欢它。"

"我不明白为什么，你父亲死在这里。"

"是的。可我并不因为这个就不喜欢这里，"女孩的回答很奇特，"我喜欢发生过很多事情的地方——即便是悲伤的事情。很多人曾经在这里去世；这是一个充满生命的地方。"

"你觉得这是充满生命？"

"我是说充满了人生的经历，充满了人们的情感和痛苦。也不仅仅是痛苦，小时候我在这里非常快乐。"

"要是你喜欢历尽沧桑的房子的话——特别是死亡,那你应该去佛罗伦萨。我住的房子是一座古老的宫殿,有三个人曾经在里面被谋杀,这是我知道的,我不知道的还不知有多少呢。"

"一座古老的宫殿?"伊莎贝尔重复道。

"是的,亲爱的;和这种房子完全不是一回事。这房子太平庸了。"

伊莎贝尔的情绪有些激动,因为她一直很尊重祖母的房子。不过激动之下,她却说道:"我真想去佛罗伦萨。"

"行,如果你好好的,听我的话,我就带你去。"杜歇夫人说。

年轻女孩的情绪更加激动了;她微微涨红了脸,静静地对着姨妈笑了笑。"听您的话?这我可不能答应您。"

"你是不会的,你看起来也不像那种人。你喜欢自己的方式;不过我不会因此而责备你。"

"可是,要是能去佛罗伦萨,"过了一会儿,女孩又兴奋地说,"我什么都答应!"

埃得蒙德和丽莲迟迟没有回来,杜歇夫人就和外甥女安安静静谈了一个小时的话。伊莎贝尔发现姨妈很奇怪,也很有趣:她几乎还从来没有见过这样的人。她很古怪,就和伊莎贝尔想象中的一样。可是在此之前,如果听说某人很古怪,她就会想到这人很让人讨厌,或很可怕。这个词总让她联想起某些怪异、丑陋、甚至邪恶的东西。可在她的姨妈身上,古怪却成了一种机智而又俏皮的讽刺或幽默。伊莎贝尔不禁想到,眼前她所见到的,不过是普通的言谈举止,又怎么能如此有趣呢?确实,还从来没有人让这样她着迷过。这个薄嘴唇、亮眼睛的小女人,看起来有些像外国人,却以她独特的风度弥补了外表的平凡。她坐在那里,穿着旧防雨斗篷,如数家珍似的谈论着欧洲各国王室。杜歇夫人并非轻狂之辈,可眼里也没有什么大人物,她一边肆无忌惮地谈论那些显赫人物,一边得意地意识到,自己已经在一个坦率、敏感的头脑上留下了深深的印象。开始时伊莎贝尔回答了很多问题,看来,她的回答让杜歇夫人对她的智慧赞赏有加。接着她也问了很多问题，而姨妈的回答无论以什么样的方式出现，都让她觉得值得反复品味。杜歇夫人等着另外一个外甥女回来，可是直到六点，拉德洛夫人还没有到家；她觉得自己已经等得够长了，就准备离开了。

"你姐姐一定是个话篓子。她经常在外面一待就那么长时间吗？"

"您在外面待的时间也不短啊，"伊莎贝尔说，"你来之前她刚出门没多久。"

杜歇夫人看了看女孩，并没有生气。她好像很喜欢大胆的反驳，喜欢让人觉得她宽容大度。"也许她没有我这样好的借口。告诉她，无论如何今晚一定要去见我，就在那家糟透了的旅馆。要是她愿意，可以带上她丈夫，不过不用带上你。以后我们会经常见面的。"

第四章

拉德洛太太是三姐妹中的长女，也是通常公认为最有理智的。大家一般认为丽莲实际，伊迪丝漂亮，而伊莎贝尔"聪明"。凯耶斯太太是第二个女儿，嫁的是美国陆军工程兵团的一位军官。她确实很漂亮，她的美貌点缀了各个军事基地。由于丈夫经常派驻的基地大多位于不时髦的西部地区，伊迪丝很是懊恼。鉴于我们的故事不会涉及她，这些描述就足够了。丽莲嫁给了纽约的一个律师，这是个大嗓门的年轻人，对自己的职业充满热情。这对结合和伊迪丝的一样没什么显赫的，可丽莲还是个年轻姑娘时，大家有时谈论起她，会说她能嫁出去就是万幸了，因为她远不如两个妹妹漂亮。不过丽莲却很快乐，现在已经是两个专横的小鬼的母亲，一幢棕色石头房子的女主人。她的房子位于第五十三大道，就像根楔子一样稳稳扎在那里。她对自己的状况很满意，兴高采烈地好像胜利大逃亡一样。她生得短小结实，很难说有什么身材，不过，人们不得不承认，尽管她不能说仪态高贵，举止却让人尊敬。而且，大家说，结婚后她变得更有风度了。生活中她时刻不忘的有两件事，一是丈夫的雄辩功夫，二是妹妹的奇思异想。"我永远都无法理解伊莎贝尔——就算花上所有的时间也不能。"她常常这样说。尽管如此，她经常发愁地看着妹妹，好像一只母犬看着自己淘气的小猎犬。"我希望能看着她平平安安结婚——这就是我的愿望。"她经常对丈夫这么说。

"我得说，要是我，我可不想娶她。"埃得蒙德·拉德洛总是嗓门洪亮地回答。

"我知道，你这样说只是要和我辩论辩论；你总是唱反调。我不明白你为什么老是反对她，她只是很独特而已。"

"我不喜欢原版的东西，我喜欢翻译过来的书。"拉德洛先生不止一次说过。"伊莎贝尔是本用外语写的书。我看不懂。她应该嫁给一个亚美尼亚人或葡萄牙人。"

"我最害怕的就是这个!"丽莲喊道,她总以为伊莎贝尔什么都能做出来。

她兴致勃勃地听着女孩对杜歇夫人的描述,准备遵守姨妈的命令,晚上去拜访她。伊莎贝尔后来说了什么不大清楚,可是妹妹的话让丽莲很有触动,在夫妇俩准备赴约时,她同丈夫说:"我真希望她能为伊莎贝尔做点什么,看得出来她很喜欢她。"

"你希望她做什么呢?"埃得蒙德·拉德洛问,"送她一份大礼?"

"不是,不是这些。我是希望她能对她感兴趣——理解她。她正是那种能够欣赏伊莎贝尔的人。她在外国生活了那么久;她对伊莎贝尔说的。你不是一直觉得伊莎贝尔有些外国味儿吗?"

"你要她给她一些外国人的理解,呃?你不觉得她在家里得到的已经够多了吗?"

"她应该出国,"拉德洛太太说,"她是最应该到国外去的。"

"你希望老太太带她出去,是吗?"

"她已经邀请她了——她很想让伊莎贝尔去。可是我希望的是,到国外后她能给她提供一些有利的条件。我相信,我们应该做的,"拉德洛太太说,"就是给她一个机会。"

"什么机会?"

"发展的机会。"

"哦,天啊!"埃得蒙德·拉德洛叫道,"我希望她不要再发展了。"

"要不是知道你只是在辩论,我会很不好受的,"他的妻子说,"不过你自己知道,你喜欢她。"

"你知道吗?我喜欢你。"过了一会儿,年轻人一边刷着帽子,一边对伊莎贝尔开玩笑地说。

"你喜欢不喜欢我,我可不在乎,这我相信!"女孩笑着大声说,口气却不像她说的话那样傲慢。

"哦,自从杜歇夫人来过后,她就觉得了不起了。"姐姐说。

可伊莎贝尔却很认真地否定了这个说法。"你不能这样说,莉莲。

我一点都不觉得有什么了不起的。"

"这也没什么不好。"莉莲安慰说。

"啊,可是,杜歇夫人的来访根本没什么让人觉得了不起的。"

"哦,"拉德洛叫道,"她比以前更加了不起了!"

"要是我觉得自己有什么了不起的,"女孩说,"都会有更好的理由的。"

无论她是否觉得自己很了不起,至少是感到有些不同了,好像身上发生了什么事情。晚上独自留在家里,她坐在灯下,手中却什么都没有,平常的爱好已经被搁在了一边。她站起身来,在房间里来回走动着,又从一个房间走到另一个房间,更愿意去那些朦胧的灯光已经熄灭的地方。她心绪不宁,甚至躁动不安,不时微微地颤抖着。今天所发生的事情,它的重要性要远远超过表面上看到的;她的生活确实要发生变化了。它会带来什么,目前还很不明确;可现在的伊莎贝尔觉得任何变化都是有价值的。她渴望将过去都抛在身后,像她对自己所说的——重新开始。这种热望并不是现在才产生的,它就像敲打窗户的雨声那样熟悉,曾经多少次引领她重新开始。她坐在静悄悄的客厅里,待在一个阴暗的角落里,闭上了眼睛;她并不是想靠暂时的睡眠忘记一些东西,正相反,她太清醒了,她希望能抑制住自己的意识,不要让太多的东西一下子涌入脑海。她的想象力一向很可笑地活跃;如果你关上门,它就会跳出窗。而她的确也不会把它锁在门后。甚至在某些重要时刻,她本应当只运用自己的判断力并为此而庆幸,结果却过度地鼓励了自己的想象力,并为此付出代价。现在,她意识到转变的音符已经敲响,眼前随之浮现出一组意象,那是她将要抛在身后的事物。过去的岁月一一重现,她久久地回味着那些时刻,静默中只能听到青铜大钟的滴答声。那是非常快乐的时光,她也是一个非常幸运的人——这就是浮现在她眼前的最鲜明的事实。她拥有一切最好的东西,从来不了解任何不幸,在一个很多人并不拥有令人羡慕的人生的世界上,这确实是很幸运了。伊莎贝尔甚至觉得,自己太缺乏对不幸的了解了,因为她从文学作品中知道,人们常常可以从不幸中获得乐趣,甚至受到教育。但她那挚爱的英俊父亲一向讨厌不幸,总是让不幸远离她。作为父亲的女儿真是福气;伊莎贝尔甚至为有这样一位父亲而骄傲。自从父亲死后,她好像看到,他只是把勇敢的一面呈现给了孩子们,现实中的他并没有像她渴望的那样成功地躲避人生的丑恶。然而这只是让她对他的爱更加亲切、更加温柔;想到他如此慷慨,如此善良,如此漠然于肮脏的世俗事务,这几乎让她心痛。很多人认为他过于满不在乎,特别是那一大批他欠了钱而没有还的人。关于这些人对父亲的意见,从未有人清楚地让伊莎贝尔知道过;不过读者也许会有兴趣了解。虽然他们承认,已故的阿切尔先生有一颗极其漂亮的脑袋,还有一派迷人的风度(的确,就像其中的一个说的,他总是很吸引人),却认定他没有好好利用人生。他挥霍无度,耽于享乐,据说还肆意赌博,结果荡掉了一份殷实的家产,真让人摇头不已。一些人甚至不客气地说,他根本没有尽抚养女儿的责任。她们没有正常的教育,没有固定的住所;一方面被宠惯坏了,一方面又没有应有的照管和关爱。她们一直和保姆、家庭教师(通常是些很糟糕的女人)生活,要么被送到法国人开办的肤浅的学校,一个月后又哭哭啼啼地被送回来。要是伊莎贝尔听到这些话,她一定会很愤慨,因为在她自己看来,自己的生活充满机会。甚至有一次,在纽沙特尔①,父亲一走三个月,把她们丢给一个法国保姆,结果那个保姆和住在同一家旅馆的一个俄国贵族私奔了——即便在这样特殊的情况下(当时女孩十一岁),她也既没有害怕,也不觉得羞耻,而是把这当作所受的自由教育中一次浪漫的经历。她的父亲对人生抱着自由随意的态度,他不能安定下来,行为有时前后矛盾,这些都只证明了这一点。在女儿们还是孩子时,他就希望她们能尽可能多地领略世界;因此在伊莎贝尔十四岁之前就三次带她们横渡大西洋,可是每次都只给她们几个月的时间了解欧洲,这样的经历只是更加激发了我们的女主人公的好奇心,却远没有满足它。她是父亲的坚定的支持者,三姐妹中是她最

---

① 法国北部城镇,以干酪闻名。

多地补偿了他深藏于心的种种缺憾。在人生的最后几年，总的来说，他很乐意离开这个世界，因为在这里，随着年龄变老，他越来越难以随心所欲地生活；只是要和自己聪明、优秀、出众的小女儿分别的痛苦才让他理智一些，减轻了这种愿望。后来，欧洲之旅结束了，他仍然给孩子们各种享乐，即便在钱的问题上有了麻烦，仍然不假思索地认为他们有很多财产，没有什么能影响这一点。伊莎贝尔尽管舞跳得很好，却不能说曾是纽约舞蹈圈子里成功的一员。大家都说，她的姐姐伊迪丝要更迷人。伊迪丝是个太成功的范例，因此伊莎贝尔非常清楚，要获得这样的优势都需要具备什么素质，也明白自己在这方面能力有限，不擅长在台上轻轻摇摆、蹦蹦跳跳，或高声尖叫，而且要恰到好处。二十个人中有十九个（包括妹妹自己）都会宣称伊迪丝远比妹妹漂亮，可是第二十个不仅会做出完全相反的判断，而且还会觉得其他人的审美观太庸俗。在伊莎贝尔的内心深处，有一种无法遏制的取悦他人的愿望，甚至比伊迪丝还要强烈；但是这位年轻姑娘的性格深处却是一个非常隐蔽的所在，很多反复无常的力量阻碍着它通向表面的路途。她看到那些年轻人成群结队地来找姐姐，可他们都很害怕她，都相信要跟她讲话需要事先特别准备。在博览群书的盛名下，她就好像史诗中的女神，笼罩在云雾中。大家以为学识广博的她会随时提出困难的问题，让谈话处于零度。可怜的女孩，她喜欢别人说她聪明，可不想显得书呆子气。她通常在没人的时候看书，而且，尽管她记忆力超群，总是尽量避免引经据典地炫耀。她渴望知识，可是更喜欢来自书本以外的学问。她对生活充满了好奇，总是瞪大了眼睛观察和思考。她的身上蕴藏了巨大的生命力，最深刻的享受就是感受到自己的思想活动与世界的动荡之间的紧密联系。出于这个原因，她喜欢看到各色的人群，大片的河山，喜欢阅读关于革命和战争的书籍，喜欢欣赏历史的画卷——而且经常会因为这些图画的内容而原谅它们艺术上的低劣，自己也知道这样有悖艺术欣赏的常理。内战时期她还是个小女孩，在这段漫长的时期里，有几个月她热情洋溢，时时兴奋不已。无论是南方还是北方的军队，他们的英勇气概都能让她激动（这让她自己也大为迷惑）。当然，姐姐的那些求爱者，尽管面对她时疑虑重重，小心谨慎，却也不至于把她排斥为社会的异类；因为还是有一部分人，尽管接近她时会怦怦心跳，却只是提醒自己，他们也有头脑，正是这些人使伊莎贝尔免于遭受到少女时代的最高惩罚。她拥有一个女孩子所能有的一切：关心、爱慕、糖果、鲜花，享受着她所生活的这个世界上的所有权利，经常参加舞会，还有大量的新衣服，阅读伦敦的《旁观者》①，最近出版的新书、欣赏古诺②的音乐、勃朗宁③的诗歌，还有乔治·爱略特的小说。

所有这些，在记忆的拨弄下，现在都化作重重叠叠的场景和人影。遗忘的过去又浮现在眼前，刚刚还觉得意义重大的事情却被挤出了视线。这一切就好像万花筒，可是最终，这个万花筒不得不停止了转动，仆人进来通报，有一位绅士来访。这位年轻绅士的名字叫卡斯帕·古德伍德，是波士顿人。他为人正直，认识阿切尔小姐已经有一年了。他觉得伊莎贝尔是这个时代最美丽的女孩子，而且，根据我刚才提到的规律，认为这是一个愚蠢的时代。他有时给她写信，一两周前又从纽约写信过来。她一直以为他很可能来这里——在这个阴雨绵绵的日子里，朦朦胧胧中确实在盼望着他的出现。可现在，她知道他就在门外，却不急着见他。他是她见过的最好的年轻人，确实是一位优秀的年轻人，让她感到深深的敬意，这在其他人身上她还没有感觉到过。大家都认为他想和她结婚，不过这当然只有他们两个人才知道。不过至少可以肯定，他是为了见她才从纽约到阿尔巴尼的。他在纽约待了几天，以为能在那里见到她，后来知道她仍然在州府。伊莎贝尔耽搁了几分钟才去见他。她在屋里走来走去，突然感觉到事情很复杂。不过最终，她还是走了出去，发现他站在灯旁。他高高的个子，身体强壮，有些生硬，身材瘦削，皮肤黝黑，长相不属于那种浪

---

① 1828 年起在伦敦出版的一份周刊。
② 弗朗索瓦·古诺（1818—1893），法国作曲家，因基督教式的音乐和歌剧《浮士德》(1859)、《罗密欧与朱丽叶》(1867) 而闻名。
③ 指英国诗人罗伯特·勃朗宁（1812—1889）及其妻子伊丽莎白·勃朗宁（1806—1861）。

漫型的漂亮,却有一种说不出的英俊。他的五官强硬地吸引你的注意,至于是不是值得,取决于你能否发现它们的魅力——蓝色的眼睛在咄咄逼人的眼神下发出与本来的颜色不同的色泽,棱角分明的下巴显示着坚定的决心。伊莎贝尔心里说,今晚,那下巴诉说的是决心;尽管如此,半个小时后,满怀希望和决心而来的卡斯帕·古德伍德带着男人的挫败感回到了住处。不过,需要说明的是,他不是一个轻易接受失败的人。

第五章

拉尔夫·杜歇是一个哲学家，尽管如此，六点三刻时还是很热切地敲开了母亲的房门。即便是哲学家也难免有所偏好；应该承认，双亲当中更多的是父亲的呵护培养了他对父母亲的情感依恋。拉尔夫心里经常想，父亲更像一位慈母，而母亲更像严父，或者用时下流行的话语说，更像个地方官。当然，母亲很爱她唯一的儿子，而且一直坚持拉尔夫每年和她在一起生活三个月。拉尔夫对母亲的关爱给予了完全公正的评价，而且知道，母亲的生活井然有序，有仆人服侍，在母亲的心里和生活中，除了与她切身有关的事情，除了要求所有执行她意志的人都要行动准时，最关心的就是他了。现在，拉尔夫看到母亲已经穿戴整齐，准备用晚餐，但还是用戴着手套的双手拥抱了儿子，让他挨着她坐在沙发上。她仔细地询问丈夫和儿子的健康状况，听到两人的情况都不容乐观，就说道，现在她更相信自己有多明智了——因为没让自己生活在英国的气候下。否则，她的身体也会垮掉的。听了这话，拉尔夫笑了，不过并不想提醒母亲，他身体不好并不是英国的气候造成的，因为每年他都会有很长时间不在这里。

拉尔夫的父亲丹尼尔·特雷西·杜歇是佛蒙特州拉特兰人氏，拉尔夫还是个小孩时，他作为一家银行的第二大合伙人来到了英国，十年后获得了对这家银行的绝对控制权。丹尼尔·杜歇明白，自己要在寄居的国家永远居住下去。起初，他的想法很简单，很理智，不过是要适应这里而已。不过，正像他对自己说的，他并不想英国化，也不想让自己唯一的儿子去掌握这门微妙的艺术。住在英国，同化却不皈依，这对他来说是个很容易解决的问题；他死后，他的合法继承人也应该在纯粹的美利坚精神下经营这家灰蒙蒙的古老银行，这对他也同样简单。他把儿子送回祖国接受教育，尽力培养他的美国精神。拉尔夫在一所美国学校学习了几个学期，又在一所大学拿了学位。回来时父亲发现他过于美国化了，就把他送到牛津待了三年。牛津吞没了哈佛，拉尔夫最终有了足够的英国味。表面上他的行为方式同周围的风俗保持着一致，然而隐藏在这面具下面的却是独立自由的思想。没有什么能够长久地影响他的内心。他天生富于冒险精神，善于讽刺幽默，在爱好上也享有无边的自由。他曾经前途无量，在牛津读书时成绩显著，让父亲很是得意。周围的人都说，这样聪明的人被事业拒之门外真是万分遗憾。倘若他回到美国，也许会开创一番江山（尽管这始终是个未知数），即便杜歇先生愿意和他分开（事实并非如此），他也很难将一片浩渺的大海永久地横亘在自己和父亲之间。拉尔夫一向把父亲当作朋友，爱他，仰慕他，更希望能长久地观察他，欣赏他。在他的眼里，丹尼尔·杜歇是个天才，尽管他对银行业的秘诀并无天赋，还是用心学习了一些，足够了解父亲是个多么了不起的人物。然而他最欣赏的，是老人用一层象牙般光滑细腻的表面，抵挡住了种种可能的渗透，并且在英国的环境下打磨得愈加光润。丹尼尔·杜歇既未上过哈佛，也没读过牛津，如果说他把现代批评精神的钥匙放到了儿子的手里，那是他的错。拉尔夫的头脑里充满了父亲从来想不到的思想，却极其尊敬后者的独创精神。无论这种说法是否正确，美国人总是受到称赞，说他们能够轻松地适应异国环境。然而，杜歇先生却没有完全入乡随俗，这构成了他事业成功的一半基础。他性格中最为根本的印记仍然保留完好，新鲜如初。他的语调，就像儿子总是很高兴地注意到的，是新英格兰富饶地区的口音。晚年的时候，在金融界，他的成熟老练已堪比他的富有。他把高度的精明和显得很亲善的性格结合起来。而他的"社会地位"，尽管他对此毫不在意，也如同尚未采摘的果实一样坚固完美。也许他缺乏想象力，也许他没有一般所说的历史意识，总之，英国生活通常会给一个有教养的异乡人留下很多印象，而他的感官却对此完全关闭。有些差异他从未体察到，有些习惯他始终没有养成，有些奥妙他也从未领悟。不过，如果有一天他真的了解了这些，儿子对他的评价恐怕就不会那么高了。

拉尔夫离开牛津后旅行了两三年，然后就被安置在了父亲银行的一把高凳子上。这类职位的责任和荣誉，我相信并不是靠凳子的高低来衡量的，而是出于其他的考虑：拉尔夫的腿很长，的确喜欢站着工作，甚至来回走动着。不过这样的锻炼他只持续了短暂的一段时间，一年半后他发现自己的身体状况已经很糟糕了。他患了重感冒，病毒黏着在肺部，导致肺功能严重紊乱。他不得不放弃工作，转而严格执行一项讨厌的命令，那就是照顾自己。起初他没把这项工作看得很严重，好像他照看的这个人并不是自己，而是一个不相关的家伙，他令人厌倦，与自己毫无共性。可是这个家伙却不断地同他熟悉起来，最后，拉尔夫只能勉强容忍他，天长日久，甚至暗暗对他有了一些尊重。难中不择友，我们的年轻人发觉，这件事与自己关系重大——他通常认为，这涉及他的名誉，关系到他是否具备一般的理智——就开始重视这项不怎么光荣的任务，投入了应有的精力，结果至少保住了这个可怜的家伙的命。他一边的肺开始痊愈，另外一边看起来也要好转。拉尔夫确信，如果移居到适合肺病患者居住的气候条件下生活，自己还能挺过十几个冬天。可是他非常喜爱伦敦，诅咒背井离乡的乏味日子。不过，诅咒归诅咒，拉尔夫还是屈服了，渐渐地，在这种严格的关心下，只要发现对自己脆弱的器官有好处，就会更加善待它们。情况是，他在国外过冬，天气晴好时沐浴阳光，起风的时候足不出户，下雨时就躺在床上，有那么一两次，大雪连夜纷飞，他几乎就不起床了。

他性格中那种潜在的淡泊懒散的态度，就像上学第一天慈爱的老保姆塞在孩子校服里的一块厚蛋糕，现在向他伸出了援手，帮助他和这种牺牲而妥协；以他的病情，他至多也只能玩玩这艰巨的游戏了。就像他对自己说的，其实也没有多少他真正想做的事情，所以至少他还没有丢掉自己的勇气。然而现在，禁果的芳香似乎在不时地向他飘拂过来，提醒他人生最大的快乐莫过于果敢的行动。而他现在过的日子，就像在读一本翻译得很拙劣的好书，对一个自认为有望成为优秀的语言学家的年轻人来说，不过是乏味的消遣而已。有些冬天他情况很好，有些冬天又很糟。乐观的状况持续时，他就会成为幻想的愚弄对象，以为自己有望完全康复。可是他的痴心妄想终于破灭了，那是大约在本书故事开始的三年前：他在英国停留的时间比往年过久，结果没有来得及到阿尔及尔，就遭遇了坏天气。抵达那里时他已经半死不活，躺在床上，在生死线上足足挣扎了几个星期。他能够挺过来简直是个奇迹，不过，他从中得到的第一个教训就是，这样的奇迹不会再有第二次。他告诉自己，离他最后的时刻已经不远了，自己也应该有所警惕，密切地关注它；不过，他还是应该欢愉地度过这中间的时日，尽可能与这当务之急保持一致。想到将要失去自己的机能，能够简单地使用它们就成了精美的享受；而以前他好像从未感受过冥想的乐趣。过去的他觉得很难放弃出人头地的念头，而现在的他早已过了那个时期；不过那念头模模糊糊地始终挥之不去，同拉尔夫内心一阵阵激越的自我批评做着斗争，却也给他带来了快乐。朋友们觉得拉尔夫现在更加快活了，并且归因于他会重获健康的理论。对于这种说法，大家摇摇头，心知肚明。其实，他的安详不过是点缀在他这片废墟上的几朵野花而已。

现在，一位年轻女士的到来很快引起了拉尔夫的兴趣；主要吸引他的很可能是眼前这位尤物本身的甜美气质，因为一眼看去，她绝非平庸乏味之辈。一个声音告诉他，如果他乐意的话，现在有事可做了，足够他忙活连续好多天的。不妨再说一句，在他日渐消损的躯体里，对爱的想象仍然占有一席之地——是爱别人，而不是被爱。他只是禁止自己去热烈地表达出来而已。然而，他不想点燃表妹的热情，而她即便愿意的话，也无法帮助他来这么做。他对母亲说："现在，跟我说说这个姑娘吧，你打算怎么办？"

杜歇夫人很快回答说："我想让你父亲邀请她在花园山庄住上三四个星期。"

"你不需要讲这些礼节，"拉尔夫说，"我父亲当然会邀请她的。"

"那我不知道。她是我的外甥女，又不是他的。"

"天啊，亲爱的妈妈，你的所有权观念太强烈了！正因为这个，才更应该是父亲邀请她。不过这之后——我是说三个月之后，因为只邀请那个可怜的女孩住上区区三四个星期,恐怕有些荒唐——你打算怎么办呢?"

"我想带她去巴黎。给她置办衣服。"

"啊,那是当然。不过除此之外呢?"

"我会邀请她到佛罗伦萨和我一起过秋天。"

"你尽说些细枝末节,亲爱的妈妈,"拉尔夫说,"我想知道的是,总的来说,你的打算是什么?"

"尽我的责任!"杜歇夫人宣称道,接着又说,"我看你很怜惜她。"

"不,我不可怜她。她可不是要人可怜的人。我想我是嫉妒她。不过到底是不是呢,一会儿再说,你还是先让我知道,你认为你的责任意味着什么?"

"让她看看欧洲的四个国家——我会让她选择其中的两个——给她完善自己的法语的机会,不过她现在说得已经很好了。"

拉尔夫微微皱了皱眉。"听起来有些乏味啊,很枯燥——虽然允许她选择两个国家。"

"如果太干燥的话,"妈妈笑道,"你就不要管伊莎贝尔了,让她自己去弄湿吧!她每天都像夏天的小雨一样美好。"

"你是说她是个有天分的人?"

"我不知道她是否有天分,不过她很聪明——意志坚强,很有性格。她从不知道什么叫厌倦。"

"我可以想象。"拉尔夫说。接着又突然说道:"你们相处得怎样?"

"你是说我让人厌倦?我觉得她可不这样想。有些女孩也许会,我知道;不过伊莎贝尔很聪明,不会这样看我的。我想,我让她很开心。我们能够相处是因为我理解她;我知道她是哪类女孩。她很坦率,我也是:我们彼此知道,能够期望对方些什么。"

"啊,亲爱的妈妈,"拉尔夫叫道,"大家一直知道对*你*能期望些什么!你从来没有让我吃惊过,只有一次,就是今天——突然给我带来一个漂亮的表妹,而我从来不知道她的存在。"

"你觉得她很漂亮？"

"她确实很漂亮；不过我指的并不是这个。她的整体气质让我觉得很特别，是这一点打动了我。这个罕物儿到底是谁？她是什么人？你在哪里找到她的？怎么跟她认识的？"

"我发现她时是在阿尔巴尼的一幢老房子里，那是一个雨天，她坐在一间沉闷的屋子里，在读一本厚书，无聊得要死。她并不知道自己很闷，不过我离开她时，毫无疑问，她很感激我让她意识到了这一点。你也许会说我不应当唤醒她——让她这样过下去好了。这很有道理，不过我这么做可是出于良心；我觉得她应该有更好的人生。我突然想到，要是带上她，让她了解世界，那会是一件很仁慈的事。她自以为很了解世界——很多美国女孩都这样认为；不过，和很多美国女孩一样，她错了，很可笑地错了。如果你想知道，我觉得，她会给我争光的。我喜欢让别人觉得我好，在我这样的年纪，嗯，没有什么比身边有一个可爱的外甥女更合适的了。你知道，我已经好多年没见过我妹妹的孩子们了；因为我一直很反对她们那个父亲。不过我常常想，等他死了之后，我要为她们做些什么。我打听清楚会在哪里找到他们，然后，没有通知她们，就直接去了。除了她之外还有两个，都已经结婚了；我只见了大的，顺便提一句，她的丈夫很粗鲁。那个妻子，名叫莉莲，听到我对伊莎贝尔感兴趣，兴奋得不得了；她说，这正是她妹妹最需要的——得到某个人的关注。她说起妹妹来，就像你们说起某个年轻的天才一样——需要得到鼓励和资助。也许伊莎贝尔是个天才；不过，如果是的话，现在我还没发现她的过人之处。拉德洛太太一心想让我带伊莎贝尔到欧洲来；那边的人都把欧洲当作一个移民的地方，一个可以获得拯救的地方，能够为他们过剩的人口提供避难所。伊莎贝尔自己也很想来，所以事情很容易就安排好了。钱上面有些小问题，她好像很不喜欢在钱的方面欠别人什么。不过她有些收入，还以为是靠了自己的钱旅行呢。"

拉尔夫用心倾听着这番评论，不过对其主人公的兴趣却丝毫不减。"啊，如果她是个天才，"他说，"我们就得发现她的特殊之处，难道她只会卖弄风情？"

"我觉得不是。起初你也许会怀疑，不过你会发现自己错了。无论怎样，我觉得，要对她做出正确的判断，都不会很容易的。"

"那么沃伯顿错了！"拉尔夫高兴地嚷道，"他还自鸣得意，以为已经弄明白了呢！"

他的母亲摇摇头。"沃伯顿勋爵不会理解她的。他不必白费力气。"

"他很聪明，"拉尔夫说，"不过，偶尔迷惑一两次也不错。"

"能让一位勋爵弄不懂，伊莎贝尔会很得意的。"杜歇夫人说。

她的儿子微微皱了一下眉。"她对勋爵们知道多少？"

"一无所知，这会更让他弄不懂的。"

听了这话，拉尔夫大笑了起来。他看了看窗外，接着说："你不要下去见我爸爸吗？"

"七点三刻下去。"杜歇夫人说。

儿子看了看表。"那你还有一刻钟的时间呢，再告诉我些关于伊莎贝尔的事吧。"杜歇夫人拒绝了这个请求，说他必须自己去弄清楚。"嗯，"他接着说，"她会给你增光的。不过她会不会给你带来麻烦呢？"

"我希望不要；不过即便会的话我也不会退缩，我从不那样。"

"我觉得她很自然。"拉尔夫说。

"自然的人是不会给人带太多麻烦的。"

"对，"拉尔夫说，"你自己就是证明。你很自然，我相信你从不麻烦别人。那样做太*麻烦*了。不过告诉我，我刚刚想到这个，伊莎贝尔会让人不喜欢吗？"

"啊，"他的母亲叫道，"你问得太多了！自己去找答案吧。"

可是他的问题还没有完。"到现在，"他说，"你还是没有告诉我，你打算拿她怎么办。"

"拿她怎么办？看你说的，好像她是一码印花布。我根本没打算把她怎么办，她可以做任何她想做的事。这个她事先已经提醒我了。"

"这就是你电报里说的,她很独立?"

"我从来搞不懂我在电报里说了什么——尤其是从美国发的电报。要把意思说清楚太贵了。现在我们下去见你的父亲吧。"

"还没到七点三刻呢。"拉尔夫说。

"我必须为他考虑,他已经很着急了。"杜歇夫人回答道。

拉尔夫知道父亲的着急意味着什么;不过并没有反驳,将手臂伸给了母亲。这似乎让他有了权力,两人一起下楼时,他就让母亲在楼梯中间的平台上停留了一会儿。橡木的楼梯宽大,平缓,扶手宽阔,因为年岁久远变成了黑色,是花园山庄最引人注目的特色之一。"你不打算把她嫁出去吗?"他微笑着问道。

"把她嫁出去?我要是这样作弄她,真是太对不起她了!不过话说回来,她完全能把自己嫁出去。她完全有条件。"

"你是说她已经有了丈夫的人选了?"

"我不知道是否是丈夫,不过有一个波士顿的年轻人——"

拉尔夫对这位波士顿的年轻人没有兴趣,接口说道:"啊,爸爸说得不错,她们都已经订婚了!"

他的母亲告诉他,他必须溯本求源,来满足自己的好奇心。很快他就发现,这样的机会并不少。当天晚上,客厅里只剩下了他们两个人,拉尔夫就和年轻的表妹谈了很多。沃伯顿勋爵是从家里骑马过来的,离这里十英里远,晚饭前就已经上马离开了。用过晚餐一小时后,杜歇先生和夫人似乎已经完成了见面的所有仪式,在身体疲惫的有效借口下,回到了各自的房间。于是,年轻人就和表妹一起度过了一个小时的时光。伊莎贝尔虽然旅行了半天,却丝毫不显得疲乏。她确实很累,这她知道,而且知道明天会为此付出代价。不过在这种时候,她的习惯是挺到筋疲力尽,不到完全支撑不住,不会承认疲劳。现在,她还可以掩饰得很好,她兴致很高,就像她对自己说的,仿佛是飘在空中一样。她请拉尔夫带她去看画,这座房子里有很多画,大多是拉尔夫亲自挑选的。最好的都在一道橡木走廊里,比例匀称地悬挂在墙上,布置得很精美,走廊两端各有一间休息室,通常夜间也亮着灯。但这光线并不足以展现这些画的优美，所以最好还是等到明天再去看。拉尔夫也这样提议道；可是伊莎贝尔看起来有些失望——尽管仍然微笑着——说："如果你愿意，我就想看一小会儿。"她很迫切，她知道自己很迫切，而且也表现出来了，可她没有办法。"她不听从建议。"拉尔夫心里说，不过并不生气；她的急切让他觉得很有趣，甚至很喜欢。画廊里的灯安装在托架上，间隔分布着，光线虽然不很亮，却很柔和。灯光打在一方方模糊的色彩绚烂的画面上，打在已经褪色的厚重的鎏金画框上，又在光滑的地板上抹上一层光晕。拉尔夫托着一支烛台，边走边指给她看自己心爱的那些画。伊莎贝尔一幅一幅地探身观赏，一边频频发出轻轻的赞叹声。她显然是个评论家；具有天生的鉴赏力；这让拉尔夫印象很深。她也拿着烛台，举得很高，慢慢地四处观赏；而他站在画廊中央，双眼投向的却并不是那些画，而是她。不过，确实，他的目光虽然离开了画，却并没让他有丝毫损失，因为她比大多数艺术品更值得欣赏。她体态纤瘦，轻盈高挑，这无可否认，一望而知。人们想把她和其他两位阿切尔小姐区分开时，总是把她叫做苗条的那个。她的头发颜色很深，几乎呈黑色，这让很多女性都很嫉妒；她淡灰色的眼睛，在她严肃时也许显得过于坚定，却也有足够缓和的空间，让它们显得很迷人。他们沿着画廊的一侧走过去，又从另一侧走回来。这时，她说："嗯，现在我比刚开始时懂的又多了一些！"

"看来你很热爱知识。"她的表兄回答说。

"我想是的，大多数女孩都非常无知。"

"我觉得你和大多数女孩不同。"

"啊，有些女孩还是愿意……只是人们跟她们说话的方式问题！"伊莎贝尔小声说，她并不想过多地讨论自己。于是，过了一会儿，她换了个话题说："请告诉我，这里有鬼魂吗？"

"鬼魂？"

"城堡幽灵，会显身的幽灵。在美国我们叫鬼魂。"

"如果见到它们，我们这里也这么叫。"

"那你见过吗？在这样一座充满浪漫色彩的老房子里，你一定见过。"

"这并不是一座浪漫的老房子，"拉尔夫说，"如果你期望这个的话，你会失望的。这不过是个阴沉乏味的地方，没有什么浪漫的东西，除了你带来的。"

"我是带来了很多浪漫；不过我觉得，我是把它带到了一个合适的地方。"

"当然，在这里它不会受到任何伤害；和我们父子在一起，什么事都不会发生在它身上。"

伊莎贝尔凝视了他片刻。"这里除了你和你父亲，没有其他人了吗？"

"还有我母亲，当然了。"

"哦，我知道你母亲；她可不浪漫。还有其他人吗？"

"很少。"

"真遗憾，我非常喜欢认识人。"

"哦，我们会把全郡的人都邀请来，让你高兴的。"拉尔夫说。

"你在给我开玩笑，"女孩有些严肃地说，"我到的时候，草坪上的那位绅士是谁？"

"同郡的一位邻居，他并不常来。"

"那太可惜了，我喜欢他。"伊莎贝尔说。

"是吗？可我觉得你好像没怎么和他说话呀。"拉尔夫反驳道。

"那没关系，我还是很喜欢他。我也非常喜欢你的父亲。"

"你完全应该喜欢他。他是一个顶好顶好的人。"

"我很难过他身体不好。"伊莎贝尔说。

"你应该帮助我来照顾他，你会是个好护士。"

"我想我不行，别人说我不行，说我只会讲大道理。不过，你还没有告诉我鬼魂的事呢。"她接着说。

拉尔夫却没有理睬这个提问。"你喜欢我父亲，喜欢沃伯顿勋爵，那么，我猜你也喜欢我母亲？"

"我很喜欢你母亲,因为——因为——"伊莎贝尔试图寻找喜欢杜歇夫人的理由。

"啊,我们从来不知道为什么!"她的同伴笑着说。

"不,我总是知道为什么,"女孩回答说,"那是因为她从来不指望别人喜欢她。她不在乎别人是否喜欢她。"

"所以你喜欢她——因为你与众不同?嗯,我很像我母亲。"

"你可不像你母亲,我根本不相信。你希望别人喜欢你,而且总是想办法让大家喜欢你。"

"天哪,你能把一个人看穿!"拉尔夫沮丧地说,一点开玩笑的意思也没有了。

"不过我还是很喜欢你的,"他的表妹又说,"要想保证让我喜欢你,那就让我看看鬼魂。"

拉尔夫忧伤地摇摇头。"我可以带你去看鬼魂,可你是不会看到的。这不是所有人都能有的权利;也不值得羡慕。像你这样快乐天真的年轻女孩是永远不会看到的。你必须要先受苦,遭受巨大的苦难,了解人生苦难的知识,然后你的眼睛才会打开,才会看到它。我很久以前就看到了。"拉尔夫说。

"刚才我告诉你了,我很热爱知识。"伊莎贝尔回答说。

"是的,可那是幸福的知识——快乐的知识。但是你还没有受过苦,你不是为苦难而生的,我希望你永远也见不到鬼魂!"

她一直很专注地倾听着,嘴上挂着微笑,但眼神却很严肃。他觉得她很迷人,却发现她有些自以为是——的确,这也是她魅力的一部分;他想听听她会怎么说。"你知道,我不害怕。"她说,口气听起来也很自以为是。

"你不害怕遭受痛苦?"

"不,我害怕。可是我不害怕鬼魂。而且我觉得,人是很容易受苦的。"她又说。

"我相信,你不会受苦的。"拉尔夫双手插在口袋里,看着她说。

"我想,这不是什么过错,"她回答,"并不一定非要痛苦;我们生来不是为了受苦的。"

"你当然不是。"

"我指的不是我自己。"她说,一边走开了几步。

"是的,这不是什么过错,"她的表兄说,"坚强是一种优点。"

"只是,如果你不感到痛苦,人们就会认为你很冷酷。"伊莎贝尔说。

他们从画廊折回来,穿过小会客室,出来停在大厅的楼梯脚下。拉尔夫从壁龛里拿了一支蜡烛,递给他的同伴,让她拿到卧室里去。"不要在意别人怎么说。当你真的感到痛苦时,他们就会叫你傻瓜。最重要的是要尽可能地快乐。"

她凝视了他片刻;手里接过蜡烛,一只脚已经踏在了橡木楼梯上。"是的,"她说,"这就是我为什么到欧洲来,我希望尽可能生活得快乐。晚安。"

"晚安!祝你如愿,我会很乐意帮助你的!"

她转过身去,他看着她慢慢登上楼梯,然后回到了空荡荡的客厅,两手始终放在口袋里。

第六章

　　伊莎贝尔是个有很多理论的年轻人，想象力特别丰富。比起命运将她置于其中的大多数其他人来说，她思维细腻，对周围的事物认识广泛，喜欢未知的东西，这是她的幸运。确实，和同龄人相比，她算得上很深刻了；那些人们从来不会吝惜对她的赞美，不自觉地同她的智慧保持仰慕的距离，说她极其渊博，读过很多经典名著——当然是译本。她的姑姑，瓦尔林太太，有一次曾经到处散布说，伊莎贝尔正在写一本书——瓦尔林太太尊敬书本，声称这个女孩子一定会著书成名的。这位太太崇拜文学，因为生活中缺乏文学就更加崇拜。她宽大的住宅里摆放着各式嵌花的桌子，装饰着华丽的吊顶，美轮美奂，却没有图书室。至于书，只有五六本平装小说，放在一位瓦尔林小姐闺房的架子上。其实，瓦尔林太太对文学的认识也就仅限于《访谈者》了；她说，读了《访谈者》之后，就对文化失去了信心，这话倒是不错。所以，她宁愿不让女儿们接触这本访谈；她坚持用正确的方法教育她们，结果是女儿们几乎什么也没读过。至于她认为伊莎贝尔在辛苦著书，这完全是臆测；女孩从来没想过写书，也不渴望什么著书折桂的荣耀。她在文字表达方面没什么天赋，对天才也没什么意识；她只是笼统地觉得，人们应该把她高看一等；无论她是否真的出众，只要人们这样想，钦佩她，就是对的。因为她总是觉得，自己的脑子比别人转得快；这让她有时候很不耐烦，因而很容易让人以为是自认优越。这里必须及时说明，伊莎贝尔很可能犯自负的错误；她经常得意地审视着自己的性格品质，习惯于在证据并不充分的情况下，就认为自己是对的，享受着受人尊敬的快乐。同时，对于她的那些错误和错觉，她经常就像一个传记作家，一心要维护主人公的尊严，不情愿指出它们。她的思想里是一团模糊的原则，从未经过权威人士的指正。就见解而言，她有一套自己的思维方式，它们多少次都将她带入荒谬的歧途。时常，她会发现自己犯了可笑的错误，然后就会接连一个星期陷入深切的自卑中。可是这没有用，之后她的头就会昂得更高；她自认优越，这种想法无可遏制。她的理论是，只有这样人生才有价值；要做人，就要做一个最好的人，要意识到自身是最优秀的组合（她无法不认为她的构造很优秀），要生活在光明的境界中，拥有天然的智慧，快乐的直觉，让灵感和启迪优雅地延续。自我怀疑几乎完全没有必要，那就像怀疑自己最好的朋友一样。人应当努力成为自己最好的朋友，因而也应该给自身一个最优秀的同伴。她的思想具备一种高贵的品质，为她带来很多益处，也给她开了许多玩笑。她大半的时间都在考虑美、勇敢、崇高，坚定地认为世界是个光明的所在，在那里人们可以自由发展，行动不可抗拒；而畏惧和羞愧简直令人憎恶。她始终希望自己永远不犯任何错误。一旦发现错误，哪怕仅仅是感觉上的，她也会强烈地愤恨自己；而及时地发现错误，经常会让她颤抖不已，好像刚刚逃过一个可能会抓住她、窒息她的陷阱；想到它有可能会给他人造成一定的伤害，虽然只是一种可能，也常常会让她紧张地屏住呼吸。她总是觉得，这是可能发生在她身上的最可怕的情况。总的来说，对于什么是错误的，她的思想有明确的认识。她不喜欢看到错误，但是只要她凝神面对它们，就会把它们辨认出来。卑劣、嫉妒、虚伪、残忍，这些都是错误；她并没有目睹过多少人世的罪恶，可是她看到过一些女人撒谎，看到她们相互伤害。这会更加激励她的高尚精神；好像不蔑视它们就是不道德的。当然，对于一颗高贵的灵魂来说，它的危险在于前后矛盾——阵地已经丢失，却仍然高举战旗；这样的欺骗行为几乎是对旗帜的侮辱。但是，伊莎贝尔对年轻女性可能面临的袭击却所知甚少，自以为永远不会做出这样矛盾的行为。她要表现出最美好的形象，而她的生活也要永远和这一美好的形象相和谐；内在的她即是外在的她，她的外表就是她的内心。有时候，她甚至希望有一天，自己能够置身于困苦的境地，那样她就能英勇地面对困难，并从中获得快乐。总之，她的知识很可怜，理想却很高大，她的自信心既天真又武断，她的脾气既挑剔又纵容，她的性格好奇而苛求,活泼而冷漠,她渴望表现得很好,甚至更好;她决心要体验,要尝试,要了解;她柔美、散漫、火焰一般的灵魂,同她热切的、独特的个体相结合:所有这些,如若不是能够引起读者更为柔和的情怀,更为纯净的期盼,都使她很容易成为客观的科学批评的牺牲品。

她的理论之一是,伊莎贝尔·阿切尔很幸运,因为她很独立;所以她应当明智地利用这一条件。她从来不觉得这是一种孤独,更不是孤单;她觉得这样来描述她的状况很站不住脚,再说,她还有姐姐丽莲,她一直催促她去同住。父亲去世不久前她认识了一位朋友,她让她看到了什么是有用的行为,为她提供了一个上好的例证,因此伊莎贝尔一直把她当作是榜样。亨丽埃塔·斯塔克波尔的能力令人称羡;她在新闻界开创了一番事业,采访遍及华盛顿、纽波特、怀特山脉以及其他各地,她写给《访谈者》的文章广为转载引用。伊莎贝尔认为,这些文章并没有多少生命力,这一点她很自信,但她却很赞赏作者的勇气、活力和乐观精神。她没有父母,没有财产,却收养了病弱寡居的姐姐的三个孩子,用自己的稿费付他们的学费。亨丽埃塔思想进步,观念前卫,对大多数事物都有明确的见解;她一直渴望去欧洲,从激进的角度为《访谈者》写一系列报道——这项工作并不是太难,因为她预先完全清楚自己的态度将会是什么,知道欧洲的大多数体制都会遭到异议。听说伊莎贝尔要去欧洲,她也想即刻动身;心想,当然了,两人一起旅行该会多有趣。不过,她却不得不推迟这个计划。她认为伊莎贝尔是个很出色的人,在自己的文章中也好几次含蓄地提到她,只不过从未告诉过自己的朋友,因为后者并不会为此而高兴,也不是《访谈者》的忠实读者。对于伊莎贝尔来说,亨丽埃塔最主要的意义在于向她说明,女性可以自力更生,而且生活得很幸福。当然了,她才智超群,但是,即便一个人没有当记者的才华,没有猜测大众会有什么需求的天分,就像亨丽埃塔说的,也不能就此推断,自己无事可做,没有任何有益的才能,从而甘于浅薄和空虚的生活。伊莎贝尔坚决认为,人生不能是空虚的。如果耐心等待,就会找到令人快乐的工作。当然,在这位年轻女士的理论中,也不乏婚姻方面的观点。首要的一点是,过多地考虑婚姻是庸俗的。她诚心祈祷,希望自己不要陷入对婚姻的急切期盼之中。她觉得,女人不能过于脆弱,应该为自己而生活,而且,没有或多或少有些粗俗的男性头脑的陪伴,完全可以过得幸福快乐。她的祈祷得到了足够的回报;她的身上有一种纯粹而骄傲的气质——一个没有得到垂青的求爱者,如果他善于分析的话,可能会认为那是一种冷酷和乏味——一直使她在未来的丈夫问题上没有任何虚荣而野心勃勃的幻想。在她看来,没有几个男人值得她倾心相爱。想到其中的一个居然认为自己能够点燃她的希望,把自己当作是她耐心等待的回报,她不禁哑然失笑。在她的灵魂深处——那是她最深邃的地方——有这样一个信念,如果有一盏灯点亮了她的心,她将全身心地为之付出;不过,总的来说,这个想法太可怕了,让她望而却步。伊莎贝尔的思绪在它周围盘旋,却很少过久停留,不一会儿就会惊恐地离开。她经常觉得,自己太过关注自己了;一年中的任何一天,你只要说她是个地道的自我主义者,就会让她羞愧脸红。她总是在计划着自己的发展,渴望着自身的完美,关注着自己的进步。在她的幻想中,她的内心就如同花园一般,有芳香低语的枝桠,树荫下的凉亭,延伸的林荫小道,让她觉得,一次内省就如同一次户外散步,探访一下灵魂的深处毫无害处,归来时还会带来一捧玫瑰。不过她时常提醒自己,除了她的灵魂花园之外,世界上还有很多其他的花园,而且,还有很多地方根本不是花园——不过是昏暗邪恶的荒地,遍植着丑陋和苦难。这让她很好奇,最近以来,她一直漂流在这好奇的河流上,它将她带到了美丽而古老的英国,也许还会将她带得更远。她经常探问自己,如何看待那些成千上万的不如她幸福的人们——这样的想法现在让她那细致丰富的意识显得有些傲慢。在一个只为自身考虑的框架里,一个人怎么能够考虑人世间的痛苦呢?不过,必须承认,这个问题不会占据伊莎贝尔过久。她太年轻,太渴望生活,太不了解痛苦。她总是回到一个理论上,一个大家都以为很聪明的女孩,应该首先对生活有总体的了解。这对于避免错误是必要的，之后她可以再将他人的不幸遭遇当作关心的对象。

英格兰是一个新的发现，她觉得自己就像看儿童剧的孩子一样着迷。幼年游历欧洲时她仅看到了欧洲大陆，而且是从育婴室的窗户里。父亲心中的麦加是巴黎，而不是伦敦，而且他的很多乐趣当然是孩子们无法享受的。况且，当时的记忆早已模糊而遥远；她现在看到的旧大陆的每一件事物，都充满了新鲜的魅力。姨父的住宅仿佛是一幅图画，向伊莎贝尔尽显它的优雅和精美；华美的花园山庄向她展现了一个世界，满足了她对美的渴望。那些宽大、低矮的房间，那棕色的天花板和阴暗的角落，那深深的门窗和引人遐想的窗扉，那打在光滑的深色护墙板上的柔和光线，户外似乎总是想要窥探室内的幽深的绿色，那种置身于深宅大院的幽静和私密的感觉——这里偶然才会有声音，而且总是那么悦耳，脚步声都被大地掩盖了；在浓重柔和的空气中，所有的接触都没有摩擦，所有的谈话都不会刺耳——这一切都非常符合我们的年轻女士的情调，而情调在她的情感中占有很重要的位置。她和姨父建立了牢固的友谊，姨父把椅子移到外面的草坪上时，她经常会坐在他的身边。他在户外一坐几个小时，双手交叠，就像一位安详、亲切的家庭保护神。他是一个服务的神灵，现在已经完成了他的工作，获得了报酬，正在试图慢慢适应日复一日的闲适生活。伊莎贝尔并不知道，自己让老人有多高兴——她对别人的影响往往与她料想的很不相同——他经常高兴地引她说"叽叽喳喳地说个不停"。老人就是这样来形容伊莎贝尔的谈话的；而很多美国的年轻姑娘都具有这个显著特点，好像比起其他国家的姐妹，她们更能够获得世界的倾听。就像大多数的美国女孩一样，伊莎贝尔一向受到鼓励表达自己的意见；她的话一向受到重视，人们也都期望她有自己的感情和观点。毫无疑问，她的很多观点并没有多少价值，她的很多感情在说过之后也就消失了。可是，这些观点和感情让伊莎贝尔具有了至少感受和思考的习惯；同时，当她真正感动的时候，会让她的话急促、生动，让很多人都以为那是一种优越感。杜歇先生经常觉得，伊莎贝尔让他想起了妻子少女时的样子。正是因为她清新、自然、思维敏捷，反应迅速——具有这么多她的外甥女的特征——他才爱上了杜歇夫人。不过他从未向女孩提起过她们之间的类似；因为，如果说杜歇夫人曾经像伊莎贝尔的话，伊莎贝尔却一点也不像杜歇夫人。老人对伊莎贝尔充满慈爱；就像老人说的，这座房子里已经很久没有年轻的生命了；而我们这位走起路来沙沙作响，行动敏捷，嗓音清脆的女主人公，就像流淌的山泉一样让他感到愉悦。他想为她做些什么，希望她能够提点什么要求。可是她除了问题之外，什么也不会提；的确，她提了很多问题。她的姨父贮存了很多答案，可她的问题有时还是会让他感到压力和困惑。她问了一大堆关于英国的事：英国的宪法、英国人的性格、英国的政治状况、皇室的礼仪和习俗、贵族的特点、邻居们的生活和思维方式等等；而且，她一边渴望得到启示，一边总是问，这些是否同书上描述的一样。老人总是望着她，脸上挂着淡淡的微笑，一边用手抚平盖在腿上的围巾。

"书上？"有一次他说，"嗯，我不大懂得书上的东西。这你得去问拉尔夫。我一直靠自己探究事实——自然而然地获取知识。我甚至都不怎么问问题；总是不吭声，注意观察。当然我有很好的机会——自然比一个年轻姑娘要多。我天生喜欢寻根问底，当然，如果你要观察我的话，可能不会这样想；但是无论你怎么观察我，我对你的观察都更多。这里的人我已经观察了三十多年了，我可以毫不迟疑地说，我已经了解了很多情况。总的来说，这是一个很好的国家——也许比我们在美国对她的评价更好。不过我还是希望能看到一些改进，他们现在好像还没有普遍感受到这些改良的必要。如果大家都感到了某种事物的必要性，通常就会去实现它；不过在这之前，他们好像更愿意舒舒服服地等着那一天的到来。当然，我在这些人中间过得很自在，比我当初来的时候想象的要轻松；我想这是因为我已经相当成功了。如果你很成功的话，自然就会感到舒适自在。"

"你是说如果我成功了，也会过得舒适自在？"伊莎贝尔问。

"我想这是很可能的。而且你一定会很成功的。这里的人很喜欢美国女孩；对她们很亲切。不过，你知道，你不能感觉跟在家里完全一样。"

"哦，我根本不确定这是否能让我*满意*，"伊莎贝尔强调地评判说，"我很喜欢这个地方，不过我不知道是否会喜欢这里的人。"

"这里的人是很好的人；特别是如果你喜欢他们的话。"

"我并不怀疑他们都是好人，"伊莎贝尔回答说，"不过，他们是不是好相处？他们当然不会抢劫我，也不会打我，可是他们会让我高兴吗？我希望人们会这样。我直截了当地这样说，是因为我一直很重视这一点。我不相信他们对女孩子很好，在小说里他们可不是这样。"

"我没怎么读过小说，"杜歇先生说，"我相信小说有很大的能量，不过我觉得它并不是很准确。曾经有个写小说的女士在这里住过；是拉尔夫的朋友，他请她过来的。她非常自信，几乎对什么事情都是；可她不是那种你能够信赖的人，不能把她的东西当作证据来依靠。她的想象太随意了——我觉得问题就在这儿。后来她发表了一部小说，把我也写进去了，大家一般都认为，书里那个人就是我，我有什么可写的——而且是带有漫画的性质的，你也许会这么说。我没看，不过拉尔夫直接把书递给我了，主要的段落上都做了标记。可以说，里面描述的是我的谈话；美国人的怪僻、美国人的鼻音、美国佬的观念，还有星条旗，等等。毫无真实性可言；因为她根本不会注意倾听。我并不反对她描写我的谈话，这随她的便；但是我不喜欢的是，她根本不去花点力气听听我到底说了什么。我说起话来当然像个美国人——我不可能像霍屯督人①一样说话。但无论我的口音怎样，我都让这里的人听得清清楚楚。可我说话绝不像那位女士小说里面的那个老先生一样。他不是美国人；我们那里根本没有这样的人。我说这些是想告诉你，那些小说里面写的不一定都是真实的。当然了，我没有女儿，因为杜歇夫人住在佛罗伦萨，我也没有多少机会观察那些年轻女士。情况看起来是，下层社会的女性没有受到很好的对待，但是我想，那些上层社会女性的地位会好一些，从一定程度上说，甚至中层的也还

---

① 西南非洲的一个部族。

可以。"

"天啊，"伊莎贝尔叫道，"他们有多少个阶层？我想大概有五十个吧。"

"嗯，这我不知道，我可没数过。我从来不大注意社会阶层。这就是美国人在这里的优势；你不属于任何一个阶层。"

"但愿，"伊莎贝尔说，"我真不能想象，自己要属于英国的某个社会阶层！"

"嗯，我想他们当中一些人还是蛮舒服的，越到上层越是如此。不过对我来说只有两个阶层：我信任的人和我不信任的人。在这两个阶层中，我亲爱的伊莎贝尔，你属于第一个。"

"我非常感谢您。"女孩很快说。有时候，她接受赞美的方式显得有些干巴巴的；而且总是尽快地摆脱它们。不过在这一点上，别人对她的判断经常是错误的；大家认为她对赞美无动于衷；其实她只是不想表现出来，这些话让她有多高兴。如果表现出来那就太明显了。"我相信，英国人一定很保守。"

"他们把一切都设定好了，"杜歇先生承认，"所有的东西都预先安排好了——他们不会把事情留到最后一刻。"

"我可不喜欢预先把事情安排好，"女孩说，"我更喜欢意想不到的东西。"

她这样喜好明确，似乎让姨父觉得很有趣。"嗯，不过有一点已经预先安排好了——你一定会成功的，"他回答说，"这个，我想你会喜欢吧。"

"如果这边的人都愚蠢守旧的话，我是不会成功的。我根本不是那种愚蠢的循规蹈矩的人。我正好相反，正好是他们不喜欢的。"

"不，不，你完全错了，"老人说，"你不会知道他们喜欢什么的。他们往往前后矛盾；这是他们最主要的兴趣。"

"啊，"伊莎贝尔站在姨父面前，双手握着黑色衣服上的腰带，目光在草坪上扫来扫去，说，"这对我来说太适合了！"

第七章

两人经常在一起讨论英国民众的态度，聊得很高兴；好像这位年轻的女士有资格吸引他们的注意一样。其实，就目前而言，英国民众对伊莎贝尔·阿切尔小姐仍然一无所知，毫不在意；就像她的表兄说的，命运把她丢在了英格兰最沉闷的住宅里。身患痛风的姨父很少接待朋友，而杜歇夫人并没有和丈夫的邻居们培养什么关系，也不用担心邻居们会来拜访。可是，她有她的癖好；她喜欢收贺卡。对于通常叫做社会交往的东西，她可没有兴趣；最让她高兴的莫过于看到大厅里她的桌子上，堆满了一张张白色的长方形小卡片。她自鸣得意地认为，自己是个很公正的女人，掌握了一个至高的真理——世界上没有什么东西是白白获得的。作为花园山庄的女主人，她从未履行过她应尽的社会责任，因此周围的邻居们也不会对她的来去做详细的记录。邻居们对他们家的事是不大在意的，但是也不能说，她不觉得这种情况有什么不对；同样，也很难说，她没能在这一带扮演什么重要角色（要获得这一点并不费力），同她对丈夫当作第二故乡的国家的苛刻态度没什么大关系。很快，伊莎贝尔就发现自己处在一种很奇怪的境地——她维护英国的宪法，反对姨妈；因为杜歇夫人总是挑剔诋毁这个崇高的体制，这早已成了她的习惯。伊莎贝尔常常冲动地想把杜歇夫人钉进去的钉子拔出来；并不是因为她担心，这些钉子会给那张坚硬古老的羊皮纸造成损坏，而是觉得姨妈应该更好地利用她的尖锐性格。伊莎贝尔本人也很挑剔——这同她的年龄、性别和国籍有关。可是她也很感性。杜歇夫人冷漠嘲讽的态度让伊莎贝尔的道德感情像喷泉一样涌了出来。

"那么，你的观点是什么？"她问姨妈，"既然你批评这里的一切，那么你也应该有自己的观点。您的态度看来不是美国人的——因为你觉得那里的一切都糟透了。我批评的时候我有我的立场；我的立场是完全美国式的!"

"我亲爱的小姐,"杜歇夫人说,"这世界上有多少有头脑的人,就有多少种观点。你可能会说,不至于有那么多! 美国的? 天哪,绝不! 美国人的态度太狭隘了,简直可怕。我的观点,感谢上帝,是我个人的!"

伊莎贝尔觉得这是个不错的答案,比她嘴上承认的要好;甚至用它来描述她自己的判断方式,也还过得去;不过要是她自己这样说,听起来就不大好了。如果一个人没有杜歇夫人那样的年纪,也没有她那样的阅历,这样说,听起来恐怕就有些不够谦逊,甚至傲慢了。不过,和拉尔夫聊天的时候,她还是大胆这样说了。她和拉尔夫聊了很多东西,同拉尔夫在一起,她就好像获得了特权,尽可以言谈放纵。可以这么说,她的表兄经常打趣她;没有多久,伊莎贝尔就明白,他是个用玩笑的态度对待一切的人,而且也不会忽视这样一个名声带给他的特权。她曾经说他这个人太不严肃了,简直讨厌,他嘲笑一切,而且首先从他自己开始。至于尊敬的能力,他现在拥有的只有可怜的一丁点,全部都用在他父亲身上了。而对其余的一切——他父亲的儿子、这位绅士羸弱的双肺、他的无用的生命、他的古怪的母亲、他的朋友(特别是沃伯顿勋爵)、他目前寄居的国家、他的祖国,还有他这位刚刚发现的迷人的表妹,他给予的就全是机智的嘲讽了。"我在我房间的前厅里安排了一班乐队,"有一次,拉尔夫对伊莎贝尔说,"我让他们不停地演奏;这样他们可以为我出色地完成两项任务。乐声会阻止外面的声音进入我的个人空间,同时会让外面的人以为里面在跳舞。"确实,如果你走近拉尔夫的房间,就会听到乐队演奏的经常是舞曲;最欢快的华尔兹似乎在空中飘荡。这种无休无止的拨弄时常让伊莎贝尔无法忍受;她很愿意穿过前厅——她的表兄这么叫,进入他的私人空间。他告诉过她,那是个阴郁乏味的地方,可她并不在乎;她会很高兴地担起责任,将那里的阴霾一扫而空,把一切整理好。把她挡在外面是不够友好的;为此,伊莎贝尔用她的教鞭——她的年轻、直率和机智,不知敲打了拉尔夫多少次,以此来惩罚他。不过必须说明,在很大程度上,她只有在自我维护的时候,才会运用自己的机智,因为表兄经常拿她取乐,把她叫做"哥伦比亚"[①],说她的爱国情怀太热烈了,简直要把人烧死。他画了一张伊莎贝尔的漫画,上面是一个漂亮的年轻姑娘,身上穿着一件美国国旗样式的时髦衣服。在人生发展的这段时期,伊莎贝尔最恐惧的就是显得头脑褊狭,其次就是她真的如此。不过,她也满不在乎,故意去附和表兄对她的看法,装着怀念可爱的故土。他高兴说她太美国,她就这么做。如果他愿意嘲笑她,那她就让他有的忙。伊莎贝尔在拉尔夫的母亲面前维护英格兰,可是,当拉尔夫故意赞美这个国家,以此来激怒她时——就像伊莎贝尔说的,她就会发现,自己在很多方面都和他有不同的意见。其实,这个小小的成熟的国家,对伊莎贝尔来说,就像十月的秋梨一样甜美,让她满意。只因这一根源,她才能心情愉快地接受表兄的戏弄,也以同样的方式还以颜色。如果有时候,她的情绪有所低落,并不是因为她觉得自己受到了侮辱,而是因为她突然会为拉尔夫感到难过。她觉得,他总是胡乱瞎扯,里面根本没有多少真心话。

"我不知道你到底是怎么回事,"有一次,伊莎贝尔对他说,"可是我怀疑你是个大骗子。"

"那是你的权利。"拉尔夫答道,他还不习惯有人这么直截了当地和他说话。

"我不知道你关心什么;你好像什么都不在乎。你赞美英国的时候,并不是真的关心她;即便是你装着贬低美国的时候,其实也根本没把她放在心上。"

"除了你,我什么也不关心,亲爱的表妹。"拉尔夫说。

"如果我能相信的话,我会很高兴的。"

"啊,我真希望如此!"年轻人说。

其实,伊莎贝尔是应该相信他的,因为事实也大致如此。拉尔夫经常在想伊莎贝尔;她不断地出现在他的脑海中。思考曾经成了他的

[①] 在诗歌中用来指美国或美洲。

沉重负担，可就在这时候，她的突然降临让他的头脑为之一振，恢复了它的敏捷，为它插上了翅膀，让它有了为之飞翔的目标。她的到来并没有预示着什么，只是命运带给他的慷慨礼物。可怜的拉尔夫，很多日子以来一直沉浸在郁闷之中；他一向悲观的心态，现在更是笼罩在厚重的阴云之下。他开始为父亲担忧起来，他的痛风过去一直局限在双腿，可是现在开始上升，向更加致命的部分蔓延。春天时老人病得厉害，医生曾经悄悄对拉尔夫说，这样的情况如果再出现一次，那将很难对付。最近，老人看起来好像已经卸下了病痛的重担，可是拉尔夫却无法不怀疑，这不过是敌人的诡计而已，是在等他放松警戒，伺机反扑。如果成功的话，将没有任何希望做大规模的抵抗。拉尔夫一直理所当然地认为，父亲会活得更长一些，自己的名字将首先受到可怕的召唤。父子二人一向是亲密的伙伴，假如他被孤零零地抛在世上，打发双手剩余的无味残生，这并不是年轻人愿意看到的结果。多年来，他一直默默依靠这位长辈的帮助，尽可能精彩地经营他的惨淡人生。毫无疑问，如果拉尔夫失去人生的这一巨大动力，将失去振奋他的力量，鼓舞他的精神。如果他们同时离开人世的话，那一切都好；可是，如果没有父亲的陪伴来激励他，他将不会有多少耐心等待他最后时刻的到来。他从不觉得自己对于母亲来说是不可缺少的，从来没有过这样的想法；母亲从来不会对什么事有遗憾，这是她的原则。当然，他也提醒自己，在自己和父亲两人当中，他希望是积极的一方，而不是被动的一方，了解那痛苦的感觉，这也许是对父亲的一点仁慈。他记得，尽管自己预言会早于父亲去世，老人一直把儿子自以为聪明的预言当作谬论，而且很愿意自己早些过世，来证明其谬误。不过，拉尔夫希望，命运赐予父亲的不是成功地驳斥自己聪明的儿子，而是成功地将生命的状态再延续一段，因为父亲仍然很享受生活，尽管对他来说，人生的乐趣已大为减少。拉尔夫觉得，这样的期望应该不算什么罪过。

这是些敏感细腻的问题，可是伊莎贝尔的到来终止了拉尔夫的思考。他甚至隐隐约约地感到，这也许是对他的补偿，帮他度过亲爱的父亲去世后那无法忍受的无聊人生。面对这位来自阿尔巴尼的年轻女子,面对她的自然率真,拉尔夫自问,是否爱上了她;不过,他断定,总的来说,自己并没有坠入爱河。认识伊莎贝尔一个星期后,拉尔夫就已经打定了主意,之后的每一天,他都会更加确信这一点。沃伯顿勋爵说得对:她真是个有趣的小家伙。拉尔夫甚至很惊讶,他怎么能那么快就看清楚;之后他想,这不过再一次证明,自己的朋友有多聪明;因为拉尔夫对沃伯顿的才能一向羡慕不已。如果表妹带给自己的仅仅是乐趣的话,拉尔夫意识到,那也将是一种高尚的乐趣。"那样的性格,"他想,"那样张扬的热情和力量,是大自然中最美好的东西,好过世上最优美的艺术——希腊的浅浮雕、提香①的名画、哥特式的教堂。能够受到命运的如此厚待,而且完全不曾料想,真是再好不过了。在她到来的一周前,我简直抑郁到了极点,厌烦到了极点,根本没指望能遇到什么高兴事。可是突然,我收到了一份邮寄来的礼物——一幅提香的名画,可以让我挂在墙壁上欣赏;或者是一块希腊的浅浮雕,让我镶嵌在壁炉上。一幢美丽的大厦的钥匙塞到了我的手中,告诉我走进去尽情欣赏。可怜的家伙,你一直悲哀沮丧,不知感恩,现在,你最好安静下来,永不要抱怨了。"拉尔夫·杜歇的这些感想的确很对,可是如果说,他的手中已经握有一把钥匙,也并非完全是事实。就像他对自己说的,他的表妹聪颖不凡,需要花很多心思才能了解;可是她也需要你去了解,拉尔夫经常琢磨她,甚至挑剔她,却从不曾像个法官一样去评判她。他站在这大厦的外面,无限赞叹地欣赏着它的外景;又透过窗户观看大厦的内部,收入眼内的是一幅同样美丽的景象。可是,他还是觉得,自己不过是匆忙地瞥了几眼,粗略地浏览了一下而已,他仍然站在屋子的外面,还没有登堂入室。大厦屋门紧闭,尽管他的口袋里有很多钥匙,他还是相信,没有一把能够打开那扇大门。是的,她聪明大方,天性自然;可是,她会怎样安排自己的人生?这个问题似乎有些奇怪,因为对于大多数女性

---

① 提香(1477—1576),意大利文艺复兴时期著名画家。

来说，你根本不需要问这个问题。她们只是被动地等待，用一种近乎优雅的态度，等待某个男人的到来，为她们安排一个命运。伊莎贝尔的独特性格却给人一种印象，让人觉得她有自己的意图。"不管她打算如何施展她的意愿，实现她的目标，"拉尔夫说，"但愿我在场，但愿我能看到！"

当然，拉尔夫也要尽地主之谊。杜歇先生行动不便，他的妻子则更像一个性情冷漠的客人，于是，款待伊莎贝尔的任务就落到了拉尔夫的肩上，这一半是出于责任，一半是他自己乐意，两者和谐地融合在一起。他并不能长时间地走路，却经常和表妹在山庄漫步消遣——宜人的天气也一直在持续，这是伊莎贝尔没有想到的，她一直对英国的气候抱着悲观的预见。在那些漫长的下午，他们经常泛舟河上，伊莎贝尔把它唤作"可爱的小河"，而小河的对岸似乎也是风景的中心。而午后那拉长的光阴，不过一寸寸地衡量出她的热望得到多少满足。有时，他们会驾驶一辆轻便的敞篷马车在乡间漫游。那辆马车低矮宽敞，车轮很结实，以前杜歇先生经常使用，可现在已经无法享用了。伊莎贝尔很喜欢驾车出游，她握缰绳的姿势让马夫都觉得很"老练"。她驾着姨父最好的马匹，从来不知疲倦，始终意兴盎然。他们穿过蜿蜒的乡间小路，驶过偏僻的小径，那里可以看到各种乡间的趣事，是伊莎贝尔满怀信心期待着的。他们越过茅草覆顶的小木屋，装着格子窗户、地上铺着沙子的小酒馆，掠过大片古老的公有地，瞥几眼两旁飞逝的空旷的公园，在仲夏季节繁茂的夹道灌木篱丛中穿行。等他们回到家中，往往茶点已经摆在了草坪上，杜歇夫人已经殷勤地将茶杯递给了杜歇先生，尽了对丈夫的最大责任。不过两人大多时候都沉默无语；杜歇先生将头向后靠着，闭着眼睛，而他的妻子手上织着毛线活儿，脸上挂着一副少有的专注表情，是一些妇女在考虑织毛线的针法时才会有的。

然而有一天，来了一位客人。两个年轻人在河上消磨了一个小时，然后漫步回到山庄，发现沃伯顿勋爵坐在树下，正在和杜歇夫人说话；即便是从远处也看得出，二人是在漫无边际地闲扯。他从自己的住处驾车过来，还带着一只大旅行箱，准备在这里用晚饭，再住上一夜，因为花园山庄的父子俩经常邀请他过来小住。伊莎贝尔在到达山庄的那一天曾经见过他，虽然只有半个小时，可这短暂的时刻已经足够让她发现，自己喜欢沃伯顿勋爵。的确，沃伯顿勋爵已经把自己的名字印在了伊莎贝尔敏锐的意识里。她曾经好几次想到他，希望能再见到他——还希望能见到其他一些人。花园山庄并不沉闷；这是一个至美的地方，杜歇先生越来越像一位慈祥的老祖父，拉尔夫也不像任何她见过的表兄弟们——她的表兄弟们总是让她感觉很沮丧。直到现在，她的感觉仍然都那么新鲜，而新的感受又不断地纷至沓来，她还没有丝毫空虚的感觉。不过，伊莎贝尔也提醒自己，她更感兴趣的是人的性格，她到国外来的最大目的是见识各种各样的人。拉尔夫曾经对她说："我希望你还能忍受这里的一切；你应当见见邻居们，还有一些我们的朋友，你也许想不到，不过我们确实有一些朋友。"这样的话他提过好几次。每当拉尔夫说起要邀请"很多人"来，让伊莎贝尔了解英国社会时，她就会鼓励他这种殷勤好客的热情，而且先行表示，自己会好好享受一番的。可是，就目前而言，拉尔夫的许诺却没有兑现多少。也许应该告诉读者，如果这个年轻人迟迟不去履行他的诺言，那是因为他很乐于承担招待伊莎贝尔的工作，觉得这还没有繁重到需要额外帮助的地步。伊莎贝尔经常跟他说起"样板"——这个词经常出现在她的词汇中。她想让他明白，她希望看到英国的典范人物，通过他们了解英国社会。

"好了，现在你有一个'样板'了。"两人从河边走上来，拉尔夫一眼认出了沃伯顿勋爵，就对身边的伊莎贝尔说。

"什么'样板'？"女孩问道。

"英国绅士的'样板'。"

"你是说他们都和他一样？"

"哦，不，并不是所有的都像他。"

"那么这个'样板'很招人喜欢，"伊莎贝尔说，"因为，我敢保证，他是好人。"

"是的,他很好。而且很幸运。"

幸运的沃伯顿勋爵和我们的女主人公握了握手,向她问了好。"其实我不需要问的,"他说,"因为你刚才还在划桨来着。"

"我是划了一会儿,"伊莎贝尔回答说,"不过你怎么知道?"

"哦,因为我知道*他*从来不划船;他太懒了。"勋爵阁下笑着说,他指的是拉尔夫·杜歇。

"他的懒惰是有正当理由的。"伊莎贝尔回答,声音也低了一些。

"啊,无论什么事他都有正当理由!"沃伯顿勋爵仍然轻松洪亮地笑着说。

"我不划船是因为我的表妹划得太好了,"拉尔夫说,"她什么事都做得很好。凡是她的手碰到的事,都会更出彩!"

"这真让人希望能得到您的双手的触碰,阿切尔小姐。"沃伯顿勋爵说。

"事情只要做得对,看起来总不会更差。"伊莎贝尔说。听到别人赞美她多才多艺,她很是欢喜,同时也高兴地想到,她自鸣得意并不表示她头脑浅薄,而是因为她确实擅长一些事情。她总是需要一些证据来证明她的出色,因为在她自视不凡的欲望中,至少还包含着一些谦逊的因素。

沃伯顿勋爵不仅当晚住在了花园山庄,而且在大家的劝说下,第二天又住了一天;等到这第二天将要结束的时候,他又决定把离开的时间再推迟一天。这段时间他和伊莎贝尔谈了很多,表现得对女孩很仰慕。这些伊莎贝尔也大方地接受了。她发现,自己非常喜欢沃伯顿勋爵。他给她留下的第一印象已经很深,而在和勋爵一同度过一个晚上后,伊莎贝尔就几乎已经把他看作一个传奇英雄了——虽然他没有任何骇人听闻之处。她带着幸运的感觉回房休息,很快地意识到可能降临的快乐。"能够结识这样两位有趣的人真是太幸福了。"她说,心里指的是表兄和他的朋友。不过,还得补充一点,当时发生了一件事情,似乎是对她的好心情的考验。杜歇先生九点半就上床休息了,他的妻子则留在客厅里,和其他人在一起。她在他们身边又守候了不到一个小时,然后站起身来,对伊莎贝尔说,应该和先生们道晚安了。伊莎贝尔并不想睡觉,因为那个夜晚对她来说就像过节一样,而盛宴一般是不能这么早就终止的。于是,没有多想,她就简单地回答说:

"我也要离开吗?亲爱的姨妈?我半个小时后就会上楼。"

"我是不可能等你的。"杜歇夫人回答说。

"啊,你不需要等我!拉尔夫会给我点蜡烛的。"伊莎贝尔很高兴地保证说。

"我为你点蜡烛;请让我为你点蜡烛,阿切尔小姐!"沃伯顿勋爵大声道,"我只求你不要在午夜之前离开。"

杜歇夫人明亮的小眼睛盯了他片刻,然后冷冰冰地转移到了外甥女身上。"你不能单独和绅士们待在一起。你现在不是——不是在阿尔巴尼,你的幸福的阿尔巴尼,我亲爱的。"

伊莎贝尔的脸红了,站起身来,说:"我真希望是在那里。"

"哦,我说妈妈!"拉尔夫脱口说道。

"我亲爱的杜歇夫人!"沃伯顿勋爵也低声喃喃道。

"你的国家不是我造就的,勋爵,"杜歇夫人庄重地说,"所以,我看到的是什么样子,就必须按照这个样子来行事。"

"我不能和自己的表哥在一起吗?"伊莎贝尔问道。

"我还不知道沃伯顿勋爵也是你的表兄。"

"也许,*我*最好还是回房间吧,"来客说道,"这样问题就可以解决了。"

杜歇夫人有些绝望看了看大家,然后又坐了下来。"唉,如果需要的话,那我就坐到半夜吧。"

这时,拉尔夫已经把烛台递给了伊莎贝尔。他一直在观察她,觉得她可能有些激动——那样的话就会很有趣了。可是,如果他期望有什么爆发的话,恐怕会让他失望的。因为女孩只是笑了笑,点头告了晚安,就在姨母的陪伴下离开了。虽然母亲让他有些恼火,可是拉尔夫也必须承认母亲是对的。两位女士上了楼,在杜歇夫人的房间门口告别。一路上伊莎贝尔什么也没说。

"我这样干涉你,你肯定会生气吧。"杜歇夫人说。

伊莎贝尔想了想。"我不生气,只是有些吃惊——有些不大明白。难道我留在客厅是不妥当的吗?"

"很不妥当。在这里,年轻的女孩子——在体面的家庭里——晚间是不能单独和先生们待很久的。"

"这么说,你告诉我这些是很对的,"伊莎贝尔说,"我不懂这些,不过我很高兴现在懂了。"

"我会提醒你的,"她的姨妈回答道,"要是你的行为过于自由,只要我看到了,就会告诉你的。"

"请你一定告诉我;不过,我不是说,我会认为你的教导总是对的。"

"完全可能。你太喜欢我行我素了。"

"是的,我想,我是愿意按自己的方式生活。不过我总是想知道那些不应该做的事?"

"好去做那些事?"

"好可以有所选择。"伊莎贝尔说。

第八章

因为她喜欢浪漫的事物,沃伯顿勋爵就大胆说了出来,希望哪天邀请她去参观他的宅第,一座古老而奇特的建筑。他说服杜歇夫人,请她带着自己的外甥女前往洛克雷,拉尔夫也说,如果父亲的身体状况允许的话,愿意陪伴女士们一同去。沃伯顿勋爵还向我们的女主人公保证,这两天他的妹妹们会来拜访她。关于她们的情况伊莎贝尔知道一些,因为勋爵在花园山庄停留的时间里,她已经问了很多他家里的事。伊莎贝尔对什么东西感兴趣的时候,就会问很多问题,而她的同伴又极善言谈,无论她问什么,都会得到详尽的回答。他告诉她,自己有四个姐妹,两个兄弟,父母已经不在人世。兄弟姐妹们都是极好的人——"并不是说很聪明,你知道,"他说,"但都很可敬可爱。"而善良的勋爵希望阿切尔小姐能认识他们所有人。其中的一个兄弟在教会任职,就在洛克雷教区,那是家族的教产,是一个相当大的教区,工作繁重。他是个很优秀的家伙,可是几乎在能够想到的任何问题上,都和他有不同的意见。于是,沃伯顿勋爵就提到了兄弟所持的几个观点,伊莎贝尔经常听到人们有类似的想法,而且认为相当部分的家庭都抱有这些观点。的确,她认为自己也曾经这么想,可是他告诉她,她完全错了,那其实是不可能的;毫无疑问,她只是以为自己有那样的观点;而且,他保证,只要她再稍微考虑一下,就会发现它们不值一提。伊莎贝尔说,其中一些问题她已经很仔细地考虑过了,可这时,他就会宣称,这不过又一次证实了那个经常让他吃惊的事实——在全世界所有的民族中,美国人是最最迷信的。他们是地地道道的保皇党、顽固派,每个人都是;从来没有一个保守派比美国的保守派更保守。她的姨父和表兄就足以为证;没有什么比他们的很多观点更保守,更落后的了,简直就是中世纪的;他们的一些想法连今天的英国人都羞于承认;而且,勋爵阁下大笑着说,他们居然还大言不惭地以为，比起他这个出于斯，长于斯，而且拥有这个国家相当一部分土地的勋爵来说，他们更了解这个可怜的、亲爱的、愚蠢的、古老的英格兰的需要及危险——这真让他羞愧！所有这些都让伊莎贝尔觉得，沃伯顿勋爵是个最新派的贵族，一个改革家、激进分子、古旧方式的藐视者。他的另外一个兄弟在印度的军队供职，生活放荡、头脑顽固，一无所能，唯一的成就是欠下了一屁股债务，让沃伯顿偿还——那是兄长能够享有的最为昂贵的特权。"我不想再替他还账了，"伊莎贝尔的朋友说，"他过得比我要好上一千倍，享受的奢侈听都没听说过，而且还自以为是个比我更好的绅士。我是个彻底的激进分子，我只要求平等；不赞成弟弟对哥哥有特权。"四个姐妹中有两个已经结婚了，是第二个和第四个。一个生活得很好，大家都这么说；另外一个不过一般而已。那头一个的丈夫海考克勋爵是个很好的人，可不幸是个死硬的保皇党；而他的妻子，就像英国所有的贤妻良母一样，比她丈夫有过之无不及。第二个嫁了诺福克的一个小地主，尽管结婚没多久，就已经有了五个孩子。沃伯顿勋爵把这些事都告诉了他年轻的美国朋友，还说了很多其他东西，一边费力地把它们都解释清楚，让伊莎贝尔理解英国生活的特殊之处。伊莎贝尔经常感到好笑，因为勋爵总是讲得那么清楚明白，好像是顾及她经历贫乏，或者想象力不够丰富。"他以为我是个野蛮人，"她说，"从来没有见过叉子和汤匙。"于是，她就会故意逗他，问他很多天真的问题，让他做出严肃认真的回答。等他掉进陷阱，她就说："真遗憾，你没有看到我脸上涂着油彩，头上戴着羽毛的样子；如果我知道你对那些可怜的野蛮人有多亲切，我就会把我的民族服装带过来了！"沃伯顿勋爵曾经在美国各地游历，其实比伊莎贝尔更了解这个国家；他可真是个好人，说美国是世界上最迷人的国家，但是那些记忆只是让他更加相信，对于那些在英国的美国人，很多事情更需要向他们解释。"要是我在美国时有你来给我说明白，那就好了！"他说，"在你的国家，我很多事都不能理解，事实上，我是非常困惑；麻烦的是，他们越向我解释，我就越糊涂。你知道，我觉得他们总是故意给我错误的解释；在这种事上，那边的人很有一手。不过，你可以相信我的话，我告诉你的都是没有错的。"他聪明，优雅，几乎无所不知，这些至少是毫无疑问的。他让她领略到最妙趣横生，最惊心动魄的经历，然而，伊莎贝尔觉得他向她讲述这些见闻，绝不是在自我炫耀。尽管他运命极佳，就像她说的，简直是中了头彩，撞了大运，可是一点也没有把这当作什么功绩。他享受着生活中最好的东西，却没有被生活宠坏，失去分寸感。他具有丰富的人生体验——而且，哦，来得如此轻易！——有时又几乎像个小男孩一样谦逊，而他的特点就是这两者相结合的效果；那甜美而健康的味道，仿佛品尝珍馐美味一般可口宜人；再加上他值得信赖，和蔼可亲，更是让他完美无缺。

"我很喜欢你们这个英国绅士的样板。"沃伯顿勋爵走后，伊莎贝尔对拉尔夫说。

"我也喜欢他——我还很爱他，"拉尔夫回答，"不过我更可怜他。"

伊莎贝尔斜视着他。"什么？我觉得他唯一的缺点就是——没人能够可怜他，哪怕一点点。他看起来似乎拥有一切，知道一切，他就是一切！"

"哦，他的情况很糟！"拉尔夫还是说。

"我猜，你指的不是他的健康吧？"

"不，他的身体健康得'一塌糊涂'。我的意思是他身居高位，却完全不把它当回事。他不去严肃地对待自己。"

"他把自己当作笑料？"

"比这更糟；他把自己看作是一个负担——一个多余的错误的东西。"

"嗯，也许他就是。"伊莎贝尔说。

"也许是的——不过，总的来说，我不这么看。如果是的话，那么想想看，他清楚地知道自己是个多余的错误——还有什么比这更可怜的呢？而且，他这个错误的种子是别人撒下的，已经深深地扎了根，这是很不公平的，更让他感到痛苦。如果我处在他的位置，我会肃穆得像一尊佛像。他占据的位置让我向往。崇高的责任，罕见的机遇，普遍的尊敬，巨大的财富，强大的权力，天生拥有参与一个伟大国家公共事物的权力。可他却把他自己、他的地位、他的权力，几乎所有一切，都弄得一团糟。他是这个置疑时代的牺牲品；他已经不再相信自己，又不知道该相信什么。要是我试图告诉他应该相信什么（因为，如果我是他，我会很清楚这一点），他就会说，我是个被姑息坏了的盲从分子。我知道，他肯定认为我是个十足庸俗的家伙，他是认真的；他说我不理解我们的时代。我当然比他要明白；而他呢？既无法把自己当作一个多余的谬误，完全否定自己，又不能把自己看作一种责任，坚持自己的职责。"

"他看起来好像没那么惨。"伊莎贝尔说。

"也许没有；不过，他是一个品位超群的人，我想他的日子一定不怎么好过。难道你能说，一个像他那样前程远大的人会没有痛苦？再说，我相信他的确很痛苦。"

"我不相信。"伊莎贝尔说。

"那么，"她的表兄回答说，"如果他不痛苦的话，他也应该痛苦！"

那天下午，伊莎贝尔和姨父在草坪上坐了一个小时。老人像往常一样，用披肩盖着双腿，手里端着一大杯淡茶。谈话间姨父问起她对刚刚离去的客人的看法。

伊莎贝尔很快地回答说："我觉得他很迷人。"

"他是个正派的好人，"杜歇先生说，"不过我给你的建议是，不要爱上他。"

"我不会的；除非你同意，我不会爱上任何人。不过，"伊莎贝尔接着说，"表兄给我说了沃伯顿勋爵的事，照他的话，勋爵很是可悲呢。"

"哦，是吗？我不知道拉尔夫说了些什么，不过你得记住，拉尔夫总是要说些什么的。"

"他觉得，你们这位朋友太具有颠覆性——或者说，还不够颠覆！我说不清楚。"伊莎贝尔说。

老人慢慢摇了摇头，微笑着放下茶杯。"我也不知道。他走得太远，不过也可能是走得不够远。他好像想废止很多东西，同时又不想改变自己。我觉得这很自然，不过这未免有些矛盾。"

"哦，我希望他能保住自己，"伊莎贝尔说，"要是他把自己都废除了，朋友们会很难过的，会想念他的。"

"嗯，"老人说，"我猜，他会留下来让朋友们开心的。不然，我肯定会很想念他的。他每次来花园山庄都让我很开心，我想他自己也很开心。现在社会上有很多像他这样的人，很时髦。我不知道他们想干什么——是不是想发起一场革命。无论如何，我希望他们能推迟一下，等到我死之后。你知道，他们想废除一切；可我在这儿算个大地主，我可不想他们废除我。要是当年我知道他们会这么做，我是不会来的。"杜歇先生接着说，越发高兴了："我到这里来是因为我觉得英国是个安全的国家；如果他们要引进什么重大变革的话，我得说，那将是个十足的骗局；到那时，会有很多人失望的。"

"哦，我真希望有一场革命！"伊莎贝尔叫道，"要是能看到一场革命，那该多有趣。"

"让我问问，"姨父带着幽默的意味说，"我忘了你是站在哪一边的，老派还是新派。我听说两种对立的观点你都有。"

"我两边都赞成。大概，所有的事我都赞成一点点。如果革命了——等它完全爆发了——我会是个骄傲、忠实的保皇分子。人们总是更同情他们，而且，他们有机会表现得很优雅，我的意思是，表现得很美。"

"我不知道你说的'表现得很美'是什么意思，不过我觉得，你总是很美，亲爱的。"

"哦，你真是太可爱了，但愿我能相信这话！"女孩插嘴说。

"不过，恐怕你不会有幸优雅地走向断头台的，当下不会，"杜歇先生继续说，"如果你想看一场大风暴，你要在我们这儿住很长时间了。你看吧，真到了关键的问题上，他们就不愿意你把他们的话当真了。"

"你说的是谁?"

"噢,我指的是沃伯顿勋爵和他那样的人——上流社会的激进派。当然,我说的只是我的看法。他们嘴上谈论变革,可是我觉得他们并不是真的想实现它。你知道,我们,你和我,知道民主的体制下的生活是怎么样的:我一直认为生活在这种体制下是很舒适的,但是我是从一开始就习惯了它的。而且我不是贵族;你是位高贵的女士,亲爱的,可我不是个贵族。可是在这里,我觉得他们并不完全理解什么是民主体制。那是每时每刻都要面对的,我想,他们当中的很多人会发现,民主不比他们现在的体制更好。当然,如果他们想试一试,那是他们的事;不过我希望他们不要试得太过头了。"

"你觉得他们不是认真的吗?"伊莎贝尔问。

"他们希望自己是真诚的,"杜歇先生承认这一点,"不过他们的真诚好像大多都停留在理论上。他们的激进观点是一种消遣;他们需要有些消遣,没有这个也会有其他的,只不过可能没这么高级而已。你看到了,他们很奢侈,而这些进步思想就是他们最为奢侈的消遣。这让他们觉得自己很有道德,又不至于损害他们的地位。他们把地位看得很重要。如果有人说不在乎它,你可千万别让他们蒙蔽了。因为,如果你信以为真,准会上当的。"

姨父的话思路清晰,观点也很独特,伊莎贝尔听得很专注。尽管她对英国的贵族并不了解,姨父的分析却符合她对人性的大致理解。可她还是情不自禁地要为沃伯顿勋爵辩护几句。"我不相信沃伯顿勋爵也是个伪君子;其他人是不是我不管。但我希望能看到沃伯顿勋爵经得住考验。"

"上帝啊,把我从我的朋友们那里救出来吧!"杜歇先生回答说,"沃伯顿勋爵是个非常亲切的年轻人——很优秀的年轻人。他一年有十万英镑的收入,拥有这座狭小岛屿的五万英亩土地,更不用说还有很多其他的东西。他有六七座宅邸,在议会拥有席位,就像我在自家的餐桌前拥有一个座位一样。他品位高雅,喜欢文学、艺术、科学,还有年轻的小姐们。而他最高雅的趣味就是对新思想的喜好。这带给他很多快乐——恐怕比任何其他东西都要多,只除了年轻姑娘们。他在那边的那座老房子——他管它叫什么,洛克雷?——非常迷人;不过我觉得还是不如我们这里好。不过,这不要紧——他还有很多房子。就我看来,他的新思想不会损害任何人,当然也不会损害他自己。即便发生革命,他也会很轻易地脱身的。那些人不会碰他的,他们会随他去:他太招人喜欢了。"

"啊,那么,即使他想当烈士也不可能了!"伊莎贝尔叹道,"那他的处境真是可怜。"

"他永远不会成为殉难者的,除非你让他受难。"老人说。

伊莎贝尔摇了摇头。这里面也许有些可笑的东西,可是她却有一丝伤感。"我不会让任何人受苦的。"

"希望你也永远不会受苦。"

"我希望不要。不过,你不像拉尔夫那样可怜沃伯顿勋爵吧?"

姨父用亲切而敏锐目光看了她一会儿,说:"不,总的来说,我确实可怜他!"

第九章

两位莫利纽克斯小姐，我们这位贵族的妹妹们，很快就来拜访伊莎贝尔了。伊莎贝尔很喜欢她们，觉得她们气质很独特。的确，当她向表兄描述她们时，就用了这个词；可他说，任何一个词都比这个更适合两位莫利纽克斯小姐，因为在英国有数以万计的年轻女子和她们一模一样。不过，即便失去了这个优点，伊莎贝尔的拜访者们还有其他可称道的地方。她们举止温柔，行为羞怯，而她们的眼睛，伊莎贝尔想，就像装饰在花园中的圆形小水池，平衡对称地装点在天竺葵丛中。

"无论怎样，她们并不显得病态。"我们的女主人公心里说；而且，她觉得这是一个很大的优点，因为她还是个小姑娘时，有两三个女友就很遗憾地有这个毛病（若是没有这个缺点，她们就会显得很美好），何况伊莎贝尔有时怀疑，她自己也有点这种味道。两位莫利纽克斯小姐已不是青春年少，可是肤色新鲜妩媚，有着孩童般天真的笑容。她们的眼睛圆圆的，眼神安详满足，让伊莎贝尔很羡慕。她们的身材也是圆润的，裹在海豹皮的外套里。她们对伊莎贝尔满怀友善，强烈得几乎都不好意思表达出来了；两人看起来似乎有些害怕这位来自世界另一端的年轻小姐，所以就用眼神而不是语言来表达她们的好感。不过，她们还是向伊莎贝尔表明了心意，希望她能到洛克雷用午餐，那是她们和哥哥一起住的地方，这样，她们就可以经常，经常见到她。她们还想知道，伊莎贝尔是否愿意哪天过去住上一天；她们二十九号那天会有客人来，所以希望客人在的时候她也能过去。

"恐怕不是什么特别的宴请，"姐姐说，"不过我相信，你会接受我们本来的样子的。"

"你们真是太好了；我觉得你们很迷人。"伊莎贝尔说，她经常对别人赞誉有加。

两位拜访者脸红了。她们走后，表哥对伊莎贝尔说，她对那些可怜的姑娘说这些话，她们一定会以为她不过是在随意地哄骗她们；他相信，这一定是第一次有人说她们迷人。

"我是情不自禁，"伊莎贝尔说，"她们那么安静，那么满足，通情达理，真是太可爱了。我真想像她们那样。"

"天啊，千万不要！"拉尔夫热切地说。

"我是说尽力模仿她们，"伊莎贝尔说，"我真想知道她们在家里是什么样子。"

几天后她的愿望就实现了。伊莎贝尔在拉尔夫和杜歇夫人陪同下，一起驾车去了洛克雷。

莫利纽克斯小姐们坐在一间宽大的会客室里（伊莎贝尔后来发现这只是其中的一间而已），穿着黑色的棉绒衣服，仿佛身处一片褪色印花棉布的荒野中。比起在花园山庄，伊莎贝尔更喜欢她们在家里的样子，而且又一次感觉到，她们并不古怪。以前她有些觉得，如果她们有什么缺点的话，就是头脑不够灵活，可是现在她发现，她们的情感很深刻。午餐前，伊莎贝尔和莫利纽克斯小姐们单独待了一会儿，沃伯顿勋爵和杜歇夫人则在房间一边稍远的地方说话。

"你们的哥哥是个激进分子，是真的吗？"伊莎贝尔问。她知道是真的，可是我们知道，她对人的性格怀有强烈的兴趣，她想让莫利纽克斯小姐们说出她们的态度。

"哦，亲爱的，是的，他非常激进。"妹妹米尔德里德说。

"不过沃伯顿也很理智。"姐姐说。

伊莎贝尔朝房间那边看过去，发现他正一门心思地取悦杜歇夫人。洛克雷那群狗当中，一只性情坦率的已经迎了上来，在壁炉边截住了拉尔夫。虽然是八月，可在这座古老的庞大建筑里，炉火仍然不多余。"你们觉得你们的哥哥是认真的吗？"伊莎贝尔微笑着问道。

"哦，你知道，一定是的！"米尔德里德立刻回答说，而姐姐却盯着伊莎贝尔，没有说话。

"你觉得他会动真的吗？"

"动真的?"

"比如说,放弃所有这一切。"

"要放弃洛克雷?"年长的莫利纽克斯小姐终于说话了。

"是的,还有其他的宅第,都叫什么?"

姐妹两个交换了一下几乎是恐惧的目光。"你是说,因为那些花费?"妹妹先问道。

"我想他会把房子租出去一两所的。"另一个说。

"不要租金?"伊莎贝尔紧问道。

"我不能想象他会放弃他的财产。"莫利纽克斯小姐说。

"啊,这么说,他是个冒牌货了!"伊莎贝尔说,"你们不觉得他的立场很虚伪吗?"

她的同伴们显然被弄糊涂了。"我哥哥的位置[①]?"莫利纽克斯小姐问?

"一般认为他的位置很显赫,"妹妹说,"是我们这里的第一要位。"

"你们一定觉得我很无礼,"伊莎贝尔赶紧说,"我想你们一定很尊敬你们的哥哥,还有些怕他。"

"妹妹当然要尊敬兄长。"莫利纽克斯小姐简单地说。

"如果这样,他一定非常好——因为,你们,一望而知,都那么美好。"

"他很仁慈,他做了很多善事,可都不让人知道。"

"不过他的才能大家都知道,"米尔德里德加了一句说,"大家都觉得他很有能力。"

"哦,当然,"伊莎贝尔说,"可是,如果我是他,我就会战斗到底:我是说,为了所继承的传统战斗到底。我会紧紧保住它的。"

"我想人应该开明一点,"米尔德里德温和地争论道,"我们一直是这样,很久以来就是这样。"

---

① 在英语中,position 一词既有"立场"的意思,也有"位置"的意思。

"啊，"伊莎贝尔说，"你们做得很成功；我不怀疑你们喜欢这样。我看你们很喜欢刺绣，是吗？"

午餐后沃伯顿勋爵带领她参观房子，那当然是一幅高贵华美的画卷。里面很多地方已经现代化了——很多最好的地方已经失去了它们的古朴。可是从外面的花园看，在我们这位年轻的拜访者眼里，这仍然仿佛是一座传说中的城堡。它坚固地屹立在宽阔、平缓的护城河后面，灰色的墙壁久经风霜，显得柔和而深沉。天气凉爽温和，似乎可以听到秋日琴弦的第一个音符。水银般的阳光打落在墙壁上，弥漫出一片模糊而散漫的光泽，似乎经过了精心的选择，在轻轻抚摩着那些古老的痛楚最为敏锐的地方。主人的弟弟，那位主教，也来赴午宴了，伊莎贝尔和他聊了几分钟，试图研究一下那些丰富的教规，结果发现这是不可能的，就放弃了。洛克雷主教最引人注目的是运动员一样的大块头，坦率自然的表情，惊人的好胃口，还有不问青红皂白地大笑。伊莎贝尔后来从表兄那里知道，接受神职前他是个很棒的摔跤运动员，直到现在，有时候——当然是在家庭内的小圈子里——他还能把人摔到地板上。伊莎贝尔喜欢他——她当时的心情是喜欢一切；不过她还是很难想象他会为人提供精神的帮助。午饭后大家都去外面散步，沃伯顿勋爵却耍了个小聪明，让那位最不熟悉这里的客人离开了众人，单独和他一起散步。

"我希望你能好好地看看这里，领略到它的妙处，"他说，"他们那些闲聊会打搅你。"他告诉伊莎贝尔很多有关这房子的事，因为它有一段很奇特的历史，可他的话也不完全像个考古学家那样，而是不断地扯到个人的事情上——关于他自己，还有身边这位年轻小姐。不过最后，沉默了片刻后，他又回到了表面的话题上。"嗯，"他说，"你喜欢这座老兵营，这让我真的很高兴。我希望你能再多看看，最好能住上几天。我的妹妹们很喜欢你——如果这对你算是个诱惑的话。"

"我根本不需要什么诱惑，"伊莎贝尔说，"不过，恐怕我决定不了，我要听姨妈的。"

"啊，请原谅，我得说，这话我不大相信。我觉得，你可以做任何想做的事。"

"如果我给您留下这样的印象，那真是太遗憾了；我不觉得这是什么好印象。"

"不过，它能让我抱有希望。"说到这里，沃伯顿勋爵打住了。

"希望什么？"

"希望以后我能经常见到你。"

"啊，"伊莎贝尔说，"为了这个方便我也不需要解放得这么彻底啊。"

"当然不。可是你姨父可能不大喜欢我。"

"你一定弄错了。他对你评价很高，我听到过。"

"很高兴你告诉我这个，"沃伯顿勋爵说，"可是，我还是觉得，他不会喜欢我经常去花园山庄的。"

"我不能保证姨父的看法，"伊莎贝尔又说道，"不过我也应当最大限度地考虑他的喜好。就我自己来说，我会很高兴见到你的。"

"这正是我想听到的话。你说的时候，我真的要陶醉了。"

"你很容易陶醉啊，勋爵。"伊莎贝尔说。

"不，我并不容易陶醉！"他停顿了片刻，"可是你让我陶醉，阿切尔小姐。"

这些话透露出一种难以名状的意味，让女孩有些惊诧；她过去曾经听到过如此意味的话，觉察到这是某些重大信息的前奏。可是当下，她不希望这前奏会有什么后续，尽管心绪有些凌乱，她还是尽可能高兴地、迅速地说："恐怕我不会再来这里了。"

"永远？"

"我不会说'永远'，那太夸张了。"

"那么，下周哪天我能去见你吗？"

"完全可以。难道会有什么阻碍你来吗？"

"具体的倒没有。可是跟你在一起，我总是有些不安。我有种感觉，你总是在评论别人。"

"可你不会因此失去什么呀。"

"谢谢你这样说。可是,即便我获得了你的好评,严厉的审判也不是我最喜欢的。杜歇夫人要带你出国吗?"

"我希望这样。"

"难道对你来说,英国还不够好?"

"你这句话是马基雅维利①式的;不值得回答。我想尽可能多见识几个国家。"

"然后继续你的评论,我想。"

"也会很享受这样做,我希望。"

"不错,这是你最大的乐趣;我弄不清楚你会怎么做,"沃伯顿勋爵说,"你让我觉得,你的人生目的很神秘,你有巨大的计划。"

"你真是有意思,你把我的人生计划设想得太宏大了,是我根本无法实现的。我的目的不过是游览世界,以提高我的思想。在我的同胞们中,每年都有成千上万的人,抱着和我同样的目的,实施着同样的计划,它再大众化不过了,难道这有什么神秘的吗?"

"你不能再提高你的思想了,阿切尔小姐,"她的同伴说,"它已经很可怕了。它俯视我们,它藐视我们。"

"藐视你们?你在开玩笑。"伊莎贝尔严肃地说。

"比方说,你觉得我们很'古怪'——这就是。首先,我不愿意别人觉得我'古怪',我也根本不是这样,我声明。"

"你的声明也是我听到的最古怪的事之一。"伊莎贝尔微笑着说。

沃伯顿勋爵沉默了片刻,然后很快说:"你只是站在旁观者的角度来评论别人——你并不关心别人。你只关心是不是让你高兴。"刚才在他声音里听到的那种意味又出现了,而且听起来混合着一股苦涩的味道——它来得很突然,又很突兀,让女孩担心是不是伤害了他。她经常听说英国人是非常怪异的民族,还从一个很有创见的作者写的书里知道,他们骨子里是最浪漫的。难道沃伯顿勋爵突然间变得浪漫

---

① 马基雅维利(1469—1527),意大利权谋政治家。

了——难道他要在自己家里,仅仅在他们第三次见面时,就让她好看吗?可是看到他还是那么彬彬有礼,她很快就放心了。年轻的姑娘信任他的盛情,受邀来到了这里;而他在向她表达倾慕之情时,虽然已经触及了得体的边缘,可并没有损害他的风度。她很信任他的礼貌,这没有错。因为很快,他就又开始谈笑风生了,刚才让她不安的语调已经消失得无影无踪:"当然,我不是说你会从那些没有价值的东西里寻找乐趣。你会选择那些重大的东西;人性的弱点,人的痛苦;民族的特性!"

"如果是这样,"伊莎贝尔说,"我在自己国家里就能找到一辈子都享不完的乐趣。可是我们回家还要赶很长一段路,恐怕姨妈就要想回去了。"说着,她转身朝其他人走过去。沃伯顿勋爵一言不发地跟在她身边,不过在和大家会合前,他又说道:"下周我会去看你。"

她微微有些吃惊,镇定下来后,她不得不承认,这并不是什么痛苦的感觉。不过,她还是淡淡地回答说:"悉听尊便。"她的冷淡并非出于玩弄心计——她在这方面的才能远远低于很多批评她的人所认为的。她是有些害怕。

第十章

拜访洛克雷后的第二天，伊莎贝尔收到了朋友斯塔克波尔小姐的一封短信。看到信封上利物浦的邮戳和亨丽埃塔端秀敏捷的笔迹，伊莎贝尔不觉欢快起来。"我到了，亲爱的朋友，"斯塔克波尔小姐说，"我总算动身了。直到出发前一天才决定——《访谈者》最终同意了我的计划。我就像个干了多年的老记者一样，往包里收拾了几件东西，搭了辆电车就上了轮船。你在哪儿？到哪儿去见你？你也许正在参观一座城堡什么的，已经学会这里的口音了。也许你已经嫁给一个爵士了呢。我真希望如此，因为我需要结识一些上流人物，指望你能引见我认识几个。《访谈者》需要一些介绍贵族的文章。我的第一印象（对英国人的总体印象）可并不美好；不过我想先和你讨论讨论，你知道，不管怎样，至少我还不肤浅吧。我还有件事要告诉你。赶快定个时间见面；来伦敦吧（我真想和你一起参观它），或者我去见你，无论你在哪里。我会很高兴去找你的；你知道，我对一切都感兴趣，我希望尽可能多地了解这里真正的生活。"

伊莎贝尔考虑了一下，觉得最好还是不要把这封信拿给姨父看；不过她告诉了姨父亨丽埃塔的来意。果然，如她所料，老人立刻让伊莎贝尔告诉斯塔克波尔小姐，说他很高兴见她，并以他的名义欢迎她来花园山庄。"尽管她是个耍笔杆子的，不过到底是个美国人，"他说，"所以，我想她不会像上次那个一样，把我写在书里的。因为她见过很多像我这样的。"

"可她从没见过您这样风趣的！"伊莎贝尔说。不过她还是有些担心，因为亨丽埃塔习惯把什么都写到文章里，这是她的性格中伊莎贝尔最不喜欢的部分。不过她还是写信给斯塔克波尔小姐，说杜歇先生欢迎她的光临；而这位行动敏捷的年轻姑娘也立即回信，说即刻就将前来拜访。她已经到了伦敦，从这座中心城市乘火车，前往离花园山庄最近的一个车站。伊莎贝尔和拉尔夫在车站等候她。

"我会喜欢她还是讨厌她?"两人走向站台时,拉尔夫问。

"不管喜欢还是讨厌,对她都无所谓,"伊莎贝尔说,"她根本不在乎男人怎么看她。"

"那么,作为一个男人,我肯定不会喜欢她。她一定是个怪物,是不是长得很丑?"

"不,她的长相绝对漂亮。"

拉尔夫让步了,说:"一个女记者——一个穿裙子的评论员。我倒要看看她是什么样子。"

"嘲笑她很容易,可是像她那样勇敢可不容易。"

"我可不这么想;暴力犯罪和人身攻击都需要勇气。你觉得她会采访我吗?"

"百分之一千不会。她会觉得你不够重要。"

"你等着瞧吧,"拉尔夫说,"她会把我们通通写下来,甚至还有邦奇,然后寄给她的报社。"

"我会让她不要这样做的。"伊莎贝尔说。

"这么说你觉得她有可能那么做?"

"完全可能。"

"可是你还和她无话不谈?"

"我没跟她无话不谈;不过,尽管她有缺点,我还是喜欢她。"

"啊,"拉尔夫说,"尽管她有很多优点,恐怕我还是不会喜欢她。"

"也许三天后你就会爱上她的。"

"然后让她把我的情书公布在《访谈者》上?绝不!"年轻人大声说。

这时,火车进站了。斯塔克波尔小姐准时下车,而且就像伊莎贝尔保证的那样,优雅、美丽,尽管带着美国本土味儿。她衣着整洁,体态丰满,身材适中;圆脸,小嘴,细皮嫩肉,脑后披着一把淡棕色的卷发;眼睛睁得出奇得大,好像看到什么都让她吃惊。她外表中最引人注目的就是那坚定的目光,它落在见到的所有事物上,既不无礼，也不挑衅，而是好像在心底坦然地履行一项天然的职责。她就用这样的眼神盯着拉尔夫，而后者也被她的从容、泰然吸引了，那目光似乎是让他明白，要想否定她，可不像刚才想的那么容易。她穿着一身清新的浅灰衣服，走起路来沙沙作响，闪闪发光，拉尔夫一眼瞥过去，发现她就像一张刚出版的还没有折叠的报纸，崭新清脆，内容丰富，从头到脚也许没有一处印刷错误。她说起话来口齿清楚——嗓音不够圆润却很高。等她和大家一起坐进杜歇先生的马车，拉尔夫发现她讲话并不夸张，不像那些骇人听闻的"头版标题"，这和他想象的完全不一样。不过，对于伊莎贝尔问的话，她的回答却很详细很清晰，其间拉尔夫也不时试着插几句；到了花园山庄，在书房里拜见了杜歇先生后（杜歇夫人觉得没有必要出现），她对自己的能力怀有的信心就更加显露无遗了。

"首先，我想知道你们把自己当英国人还是美国人，"她开始发问了，"告诉我这个，我就知道该怎么和你们谈话了。"

"哪种方式都行，我们都不在乎。"拉尔夫宽和地说。

她的眼睛盯着拉尔夫，不知为什么让他想到了两粒光滑的大扣子——一个装得满满的箱子上的扣子，用来扣紧箱子上的橡皮环——他似乎都看到了房间里的东西在她瞳孔中的倒影。扣子当然是没有人的表情的，可斯塔克波尔小姐的目光中却有一种东西，让拉尔夫这样一个谦逊的人有些窘迫——里面多了些冒犯，少了些尊敬，多少让他有些不悦。不过，必须承认，相处了一两天后，这种不悦就很明显地缓和了，尽管没有完全消失。"我想，你不致让我相信你是美国人吧？"亨丽埃塔说。

"那么我就做个英国人，或者土耳其人，只要你高兴。"

"如果你能这样变来变去，我会很高兴的。"斯塔克波尔小姐反唇相讥。

"我肯定你什么都能理解，对你来说，民族间的差异根本不是障碍。"拉尔夫接着说。

斯塔克波尔小姐仍然注视着他，说："你是指外语？"

"语言根本不是问题。我是指精神——天分。"

"我弄不大明白你,"《访谈者》的记者说,"不过,我希望,在我离开之前会弄明白的。"

"他属于那种世界公民。"伊莎贝尔提醒说。

"就是说,他什么都是一点儿,又什么都不是。我得说,我认为爱国主义就像慈善事业——是从家乡开始的。"

"可是,家乡又是从哪里开始的?"拉尔夫问。

"我不知道它从哪里开始,不过我知道它是在哪里结束的。我还没到这里就已经离它很远了。"

"难道你不喜欢这里吗?"杜歇先生用苍老、纯朴的声音问道。

"哦,先生,我现在还不清楚采取什么样的态度。我觉得很压抑,从利物浦到伦敦的路上我就感觉到了。"

"也许是因为你坐的车厢很拥挤。"拉尔夫提醒说。

"没错,是很拥挤,可都是朋友——我在轮船上认识的美国朋友;他们都很可爱,来自阿肯色州的小石城。可是不是这个,我觉得很压抑——好像有什么东西在压迫我;我说不清楚到底是什么。我一开始就感觉到了——好像我不服这里的水土。不过我会营造适合自己小环境的。这是最管用的办法——那样你就可以呼吸了。你们周围的环境看起来很可爱。"

"啊,我们这些人也很可爱!"拉尔夫说,"等等你就会知道的。"

斯塔克波尔小姐看起来很愿意等待,而且打算在花园山庄长住下来。她上午的时间用来写作;不过,伊莎贝尔还是有很多时间和朋友在一起,因为一旦完成了每天的工作,亨丽埃塔就会讨厌独自待着,事实上,她就会向孤独挑战。伊莎贝尔也及时地找到机会,劝说朋友不要在报纸上庆祝她们这次愉快的国外逗留,因为在斯塔克波尔小姐到来的第二天早上,她就发现她正在为报社写一篇报道,题目是《美国人和都铎人——花园山庄一瞥》,字迹清晰端正(就像我们的女主人公记忆中学校的习字帖)。斯塔克波尔小姐信心十足地要向朋友念自己的报道,于是伊莎贝尔及时反对说:

"我想你不应该这样做。你不能描写这个地方。"

亨丽埃塔像往常一样盯着她,说:"为什么?这正是人们想知道的,况且,这地方多美啊!"

"正是因为它很美,才不应该出现在报纸上。而且,我姨父也不会喜欢的。"

"你可别相信!"亨丽埃塔叫道,"他们事后总是很高兴的。"

"我姨父不会高兴的——我表兄也不会。他们会觉得,你辜负了他们的热情。"

斯塔克波尔小姐显得很理解,丝毫没有困惑的样子。她只是用一个随身携带的小巧玲珑的擦笔用具,仔细地擦了擦笔,然后把稿子放到了一边。"当然,如果你不同意,我是不会这样做的;可是我牺牲了一个绝好的题目。"

"还有很多其他题目,身边到处都是题目。我带你去周围看看,有很多很漂亮的景色。"

"景物可不是我的专长。我需要的一直是有关人的话题。你知道我最关心的就是人,伊莎贝尔;我从来如此,"斯塔克波尔小姐接着说,"我准备把你表兄写进来——那个远离祖国的美国人。现在读者对这类美国人很感兴趣,你表哥是个绝佳的人选。我会写得很严厉。"

"他会被气死的!"伊莎贝尔叫道,"不是怕你不留情面,而是因为你把他公开了。"

"那我应该让他尝尝死掉的滋味。还有你姨父,在我看来,他属于那种更加高贵的一类——仍然是忠诚的美国人。他是个了不起的老人;我看不出他有什么理由反对我向他致敬。"

伊莎贝尔看着她的同伴,感到有些不可理解;她的性格中有很多让她尊敬的东西,可是突然间却出现这么多缺点,这让她很奇怪。"可怜的亨丽埃塔,"她说,"你没有隐私感。"

亨丽埃塔不禁脸色绯红,闪亮的眼睛也暗淡下来。可她下面的话更让伊莎贝尔觉得不合逻辑。"你冤枉我了,"斯塔克波尔小姐庄重地说,"关于我自己,我可从来没有写过一个字!"

"这我相信；可是在我看来，你也要尊重别人的隐私啊！"

"啊，你说的没错！"亨丽埃塔叫道，一边又抓起笔，"让我把这句话记下来，什么时候得写到文章里去。"她是绝对的好脾气，半个小时后，她的情绪就又变好了，又是那个寻找题目的女记者了。"我说了要写社会方面的报道，"她对伊莎贝尔说，"如果没有题目我该怎么写呢？如果我不能写这个地方，那你知不知道还有什么地方可以写的？"伊莎贝尔向她保证她会好好考虑的。第二天，两人聊天时，伊莎贝尔偶然提到去过沃伯顿勋爵的古老宅第。"啊，你得带我去那里——我想要写的正是那样的地方！"斯塔克波尔小姐兴奋地说，"我必须看看贵族的生活。"

"我不能带你去，"伊莎贝尔说，"不过沃伯顿勋爵会来这里的，这样你就有机会见到他，观察他。只不过，如果你打算把他的话写在你的文章里，我自然会事先提醒他的。"

"千万不要，"她的朋友请求道，"我希望他很自然。"

"英国人没有什么时候比缄口沉默的时候更自然的了。"伊莎贝尔宣称。

三天过后，她的预言似乎并没有实现，表兄并没有爱上新来的客人，尽管他们很多时间都在一起。他们一起在花园里散步，或坐在树荫下，下午天气适宜的时候，他们会到泰晤士河上划船。之前拉尔夫在这条小船上还只有一个伴侣，而现在，斯塔克波尔小姐也加入了他们，在船上占了一个位置。在小船微微的晃动中，表妹的身姿会化作一片迷蒙的光点，拉尔夫本以为《访谈者》的记者不会有这样的柔和，可是她并非他想象的那样；因为亨丽埃塔总是能让他发笑，而拉尔夫很久以前就决定，越来越多的笑声将是他渐逝的生命中的鲜花。伊莎贝尔宣称亨丽埃塔不在乎男人对她的意见，可这一次亨丽埃塔却没有怎么做到；因为在她眼里，可怜的拉尔夫几乎成了一道棘手的难题，如果不把它解出来，简直是不可饶恕。

"他靠什么生活？"亨丽埃塔到的第一天晚上就问伊莎贝尔，"难道他整天把手插在口袋里到处乱逛吗？"

"他什么也不做，"伊莎贝尔笑了，"他是个清闲的绅士。"

"我说那是可耻——而我整天像头牛一样工作，"斯塔克波尔小姐说，"真想给他好看。"

"他身体不好，不适合工作。"伊莎贝尔急忙说。

"哈！你相信吗？我生病的时候也一样工作。"她的朋友喊道。那天，她上船加入他们的水上活动的时候，就对拉尔夫说，他是不是不喜欢她，恨不得淹死她。

"啊，不，"拉尔夫说，"我喜欢一点一点地折磨我的猎物。你恰好对我的胃口！"

"没错，你确实是在折磨我；可以这么说。不过我打击了你的那些偏见，这也让我舒服一些。"

"偏见？我可没有什么偏见来保佑我。对你来说我只是智力贫乏罢了。"

"那你真是更可耻；我就有一些很不错的偏见。当然了，我破坏了你和你表妹的调情，或者随你怎么说；不过我不在乎，因为我帮了她一个忙，我让你原形毕露了。她会看清楚你是多么空洞的一个人。"

"啊，赶快让我原形毕露吧！"拉尔夫喊道，"没有几个人愿意找这个麻烦。"

面对这个任务斯塔克波尔小姐不畏辛劳；只要一有机会，就会对年轻的小伙子盘根问底一番，这是她最拿手的策略。第二天天气不好，下午拉尔夫就带她去欣赏花园山庄的绘画，作为室内的消遣。亨丽埃塔沿着狭长的画廊漫步过去，拉尔夫在身边不时地指出那些最重要的收藏，还不断提起那些画家们和画上的景物或人物。斯塔克波尔小姐欣赏着这些画作，一言不发，没有发表任何意见。这也让拉尔夫满意，因为花园山庄的客人们来到这里，总会大惊小怪一番，说着准备好的溢美之词，而且从不吝啬。这位年轻的女士，说句公道话，却对陈词滥调没有嗜好；她言谈真挚，见解独特，当她全神贯注、深思熟虑时，有时听起来就像一个文化修养深厚的人在用外语发表意见一样。拉尔夫·杜歇后来知道，她在美国曾经担任过一家杂志的艺术评论；尽管如此，她的口袋里好像却没有装着那些无聊的赞誉之词。就在拉尔夫请她看一幅康斯太伯①的优美作品时，她突然转过身来盯着拉尔夫，好像他也是一幅画。

"你经常这样打发时间吗？"她诘问道。

"我的时间从未这样愉快地打发过。"

"你知道我什么意思——你难道没有任何正经工作吗？"

"啊，"拉尔夫说，"我是全世界最闲散的人。"

斯塔克波尔小姐把目光转回了康斯太伯，拉尔夫又请她注意挂在旁边的一幅朗克雷②的画，上面画着一位绅士，穿着粉红的紧身上衣，长筒袜，戴着皱领，靠在花园里一尊仙女雕像的基座上，正在给坐在草地上的两位女士弹吉他。"这就是我理想的正经工作。"他说。

斯塔克波尔小姐的眼睛又转向了拉尔夫；他知道，尽管她看了那幅画，可并没有欣赏到画上的内容，而是在考虑更加严肃的东西。"我不知道你的良心怎么过得去。"

"亲爱的小姐，我没有良心！"

"那我建议你培养培养你的良心。下次你去美国会用得着。"

"那也许我就不会再去了。"

"不好意思去丢人现眼？"

拉尔夫淡淡一笑，想了想说："一个没有良心的人是不会觉得不好意思的。"

"看来你很自信啊，"亨丽埃塔断言说，"你觉得一个人可以放弃祖国吗？"

"没有人能放弃祖国，就像他不可能放弃他的祖母。祖国和祖母都是不能够选择的——她们是你的组成部分，是不可能摆脱的。"

"照我看，你是尝试过了，放弃了你的祖国，结果更糟了。这里的人怎么看你？"

---

① 约翰·康斯太勃尔（1776—1837），英国风景画家，他对分裂色彩的使用影响了后来的法国画家们。《干草车》（1821）是他最著名的作品。
② 尼古拉·朗克雷（1690—1743），法国画家，以田园画著称。

"他们很喜欢我。"

"那是因为你讨好他们。"

"唉,就不能归功于我天生的魅力吗?"拉尔夫叹口气说。

"我不知道你有什么天生的魅力。你就算有魅力恐怕也不是天生的。统统是后天学到的——至少,住在这儿你下了大功夫获得这些魅力。我不能说你已经成功了,这样的魅力我可不欣赏。让你自己有点用,随便在哪方面,这样我们就可以讨论魅力了。"

"那么,好吧,请你告诉我该怎么做?"拉尔夫说。

"首先,回祖国去。"

"好吧,我明白。然后呢?"

"抓住一件事去做。"

"那么,什么事?"

"随你,只要你能抓得住。新的思想,或是有意义的工作。"

"要抓住一件事很难吗?"拉尔夫问。

"只要你用心就不难。"

"啊,用心,"拉尔夫说,"如果这取决于我的心——"

"你有心吗?"

"几天前还有,可现在已经被人偷走了。"

"你太不正经了,"斯塔克波尔小姐做了评价,"这就是你的问题。"尽管对拉尔夫已经有了结论,几天后,不知为什么,她又固执地开始琢磨他了;这一次,她找到了一个不同的理由。"我知道你的问题了,杜歇先生,"她说,"你的问题在于你自认为太优秀了,找不到合适的结婚人选。"

"我一直以为如此,直到遇到你,斯塔克波尔小姐,"拉尔夫回答说,"然后,我就突然改变了想法。"

"嚙!"亨丽埃塔哼了一声。

"于是,我觉得,"拉尔夫说,"我还不够优秀。"

"结婚会让你变好的。再说,这也是你的责任。"

"天哪!"年轻人叫道,"怎么会有这么多责任!这也是责任?"

"当然——难道你以前从来不知道？每个人都有责任结婚。"

拉尔夫思忖了片刻，感到有些失望。本来他已经开始有些喜欢斯塔克波尔小姐了。在他看来，如果她不是很迷人的话，至少属于那种很好的女人。她并不出众，可正如伊莎贝尔说的，她勇敢：她就像个衣着闪亮的驯狮人，挥舞着鞭子，敢于钻进兽笼里去。拉尔夫原以为她不会耍弄庸俗的诡计，可亨丽埃塔这几句话让他听着却有些虚伪。一个正当婚嫁年龄的年轻女子，如果催促一个没有羁绊的单身男人结婚，最明显的解释是，她的动机不可能是毫无私心的。

"这个嘛，说来话长。"拉尔夫答道。

"也许吧，可是结婚是最首要的事情。我不得不说你有些孤芳自赏，一个人晃来晃去，好像全世界的女人都配不上你。你觉得你比世界上所有人都要好吗？在美国，人们通常都会结婚的。"

"如果结婚是我的责任，"拉尔夫问，"那么，这不也是你的责任吗？"

阳光照在斯塔克波尔小姐的眼睛上，可她却连眨都不眨一下。"看来你喜欢在我的逻辑里挑刺。我当然有权利结婚，和所有人一样。"

"那是，"拉尔夫说，"可是看到你单身，我可一点不觉得着急，相反我倒觉得挺高兴的。"

"你又在开玩笑了。你永远都不会正经。"

"如果有一天我告诉你，我想放弃形单影只，独来独往的生活，你就会相信我很正经，是吗？"

斯塔克波尔小姐凝视了他片刻，好像要给他一个可以算作是鼓励的回答。可是让他惊异的是，她的脸色突然转成警觉甚至是憎恶的表情。"不，就是那样我也不相信。"她冷冷地回答说，然后就走开了。

"到目前为止，我可还没有爱上你的朋友，"当天晚上拉尔夫对伊莎贝尔说，"不过今天上午我们对这个问题讨论了一会儿。"

"结果你说了些让她不高兴的话。"女孩说。

拉尔夫不禁瞪大了眼睛。"她抱怨我了？"

"她对我说，她觉得，欧洲人对待女性的态度有些低俗。"

"她说我是欧洲人?"

"而且是最糟的一个。她说,你和她说了一些话,这些话一个美国人是绝对说不出来的。不过她没说具体是什么。"

拉尔夫不禁畅快地大笑起来。"她真是不同寻常。她以为我在向她示爱?"

"不,而且,即使一个美国人和她说这些话,她也不会这样想。不过,确定的是,她觉得你误解了她那些话的意图,并且据此发挥,对她做了不好的设想。"

"我以为她在向我求婚,我接受了。难道这有什么不好吗?"

伊莎贝尔笑了。"这对我来说有些不好,我不希望你结婚。"

"亲爱的表妹,我在你们中间该怎么办呢?"拉尔夫不禁问道,"斯塔克波尔小姐说结婚是我义不容辞的责任,而且,总的来说,要我承担我的责任是她义不容辞的责任!"

"她是个很有责任感的人,"伊莎贝尔的态度庄重起来,"的确是这样的,而且,她说的所有话都是出于这个动机。这就是为什么我喜欢她。她觉得,你这样只顾自己,不关世事,是没有意义的。这就是她想要对你说的。如果你觉得她在——引诱你,那你就错了。"

"这真是不可思议,没错。不过我确实以为她在引诱我。请原谅,我是有些无聊。"

"你太想入非非了。她从来没有任何利益打算,而且从未想到你会这样想她。"

"看来,和这样的女人谈话需要谨慎一点,"拉尔夫谦恭地说,"不过,她这种人真是太奇怪了。太不讲究隐私了——而且,你想,她还要求别人不能这样。她进房间甚至不敲门。"

"是的,"伊莎贝尔承认,"她不大尊重门环的存在;而且我可以说,她甚至觉得那是装模作样的装饰品。她认为门应该是虚掩半开的。不过,我还是很喜欢她。"

"我还是认为她太随意了。"拉尔夫接口说,想到斯塔克波尔小姐把自己弄糊涂了两回,心里不由有些不大舒服。

"嗯，"伊莎贝尔微笑着说，"恐怕正是因为她有些粗糙，我才喜欢她。"

"这个理由会让她高兴坏的。"

"当然了，如果我要告诉她这个，我会换个说法的。我会说，我喜欢她是因为她身上的'大众'精神。"

"大众精神？你对大众知道多少？她又知道多少？"

"她的了解很多，我的了解也足够让我相信，她浑身上下散发着这个大陆、这个国家、这个民族的伟大民主的光辉，我没有说她代表这一切，那对她要求太高了。但是她会让人想到它；她生动地体现了它。"

"就是说，你是因为爱国情操才喜欢她的。恐怕我正是因为这个不喜欢她。"

"啊，"伊莎贝尔发出了一声快乐的叹息，说，"有那么多东西让我喜欢！所有强烈打动我的东西，我都会喜欢。我不想吹嘘，可是我觉得自己是善于接受多样的东西的。我喜欢和亨丽埃塔完全不同的人——比如说沃伯顿勋爵的妹妹们。看到莫利纽克斯小姐们，我觉得她们仿佛回应了我的某种理想。然后，亨丽埃塔来了，我又完全被她征服了；倒不仅仅是被她本人，而是被她身后那些东西。"

"嗯，你是说她的背影。"拉尔夫替她说。

"她说的没错，"表妹回答说，"你没一刻正经。我爱这个伟大的国家，它越过百川，越过平原，盛开着，微笑着，伸展着身躯，直到碧绿的太平洋！一股强烈，甜美，新鲜的气息似乎从那里升起，而亨丽埃塔——请原谅我这样比喻——她的衣服上就沾着这样的气息。"

说完后，伊莎贝尔微微有些脸红，加上刚刚一时的热情，让她容光焕发。拉尔夫站在那里，等她停下来，微笑着看了她一会儿，说："我不知道太平洋是否像你说的那么绿，不过你是个想象力很丰富的女孩子。而亨丽埃塔的确充满了未来的气息——几乎要把人呛倒！"

第十一章

从此以后，他决定，哪怕斯塔克波尔小姐的话听起来再私密，也不误解她的意思。他提醒自己，在她的眼中，人们都是简单同质的有机体，而就他来说，他是人性最反常的代表，根本没有权利在严格对等的基础上同她交往。他小心行事，机敏应对，于是，年轻的斯塔克波尔小姐发现，再跟他交流时，就没有什么障碍了，她尽可以发挥她无所畏惧、探究一切的天赋，挥洒她万事万物、从容不迫的自信。在花园山庄，我们已经看到，伊莎贝尔欣赏她，她也欣赏伊莎贝尔——在她看来，对方那自由驰骋的思想与个性相得益彰，仿佛精神姐妹；她还欣赏老杜歇先生，那么和蔼可亲，优雅高贵，令人尊敬，就像她自己说的，赢得了她的倾心赞誉。这样看来，她在花园山庄的停留应该是极其惬意的——唯一可惜的是，对于杜歇夫人这个小女人，她却怎么也无法信任。一开始她以为，自己必须顾及她是山庄的女主人。不过，她很快就发现，根本无需忌惮这一点，因为杜歇夫人毫不在意她的行为举止。杜歇夫人曾经对伊莎贝尔说，斯塔克波尔小姐是个女冒险家兼讨厌鬼——而女冒险家通常更让人吃不消。她还说，真奇怪外甥女怎么会交这样的朋友，不过她会紧接着补充说，她明白，伊莎贝尔交什么朋友是她自己的事，她不能保证喜欢外甥女所有的朋友，也不会限制女孩只结交自己喜欢的人。

"如果你只结交我喜欢的人，亲爱的，你是不会有几个朋友的，"杜歇夫人坦率地说，"而且，不管是男的还是女的，还没有什么人好到让我觉得可以推荐给你做朋友。给别人推荐朋友可是件严肃的事。我不喜欢斯塔克波尔小姐——怎么看也不顺眼；她话太多，声音太大，喜欢盯着别人看，好像别人都愿意看她——其实没人愿意。我敢打赌她一辈子都住在出租公寓里，我讨厌那种地方的人，讨厌他们的作风，没规没矩。当然了，你肯定觉得，我的作风也很糟，可是如果你问我，我是不是欣赏我自己的风度，那么我告诉你，是的，我很欣赏。斯塔克波尔小姐知道我看不起公寓文化，因为我讨厌它，她才讨厌我；她可觉得那是全世界最高等的文化。要是花园山庄是个出租公寓，她会更喜欢它的，比现在还要喜欢得多！可在我看来，它已经够像个公寓了。我们永远也不会合得来的，所以就没必要努力了。"

杜歇夫人猜到亨丽埃塔不喜欢她，这没错；不过却没有说准原因。斯塔克波尔小姐到这里一两天后，有一次，她把美国旅馆大加贬损了一顿，结果招致了《访谈者》驻外记者的一阵反攻。亨丽埃塔因为职业的原因熟悉整个西方世界的各式旅馆，就说美国旅馆是世界上最好的；而杜歇夫人因为刚和美国旅馆交过战，至今记忆犹新，就断言那是最糟的。拉尔夫想试着友好一下，就摆出和事佬的态度，说真理在两个极端的中央，美国的旅馆设施应该是不好不坏、正中间。可是他提供的意见却让斯塔克波尔小姐嗤之以鼻。正中间！美国旅馆要么是最好的，要么是最差的，决不会有什么不好不坏正中间。

"很明显，我们判断的角度不同，"杜歇夫人说，"我喜欢被当作一个个体看待；而你喜欢被当作某个'团体'中的一个。"

"我不明白你是什么意思，"亨丽埃塔回答说，"我喜欢别人把我当作一个美国女士。"

"可怜的美国女士们！"杜歇夫人大笑着说，"她们是奴隶的奴隶。"

"她们是自由人民的伴侣。"亨丽埃塔反驳说。

"她们是自己仆人的伴侣——那些爱尔兰使女或黑人侍者们。她们分担他们的活。"

"你把美国家庭里的仆人叫做'奴隶'？"斯塔克波尔小姐问，"如果你想用这种方式对待他们，难怪你不喜欢美国。"

"没有好的仆人，就不会有好的生活，"杜歇夫人安然说道，"美国的仆人很坏，我在佛罗伦萨有五个很好的仆人。"

"我不明白你为什么会需要五个仆人，"亨丽埃塔忍不住发表意见，"我无法想象身边有五个人伺候我。"

"我倒希望身边的人是在伺候我,而不是干别的。"杜歇夫人别有意味地说。

"亲爱的,如果我是你的大管家,你是不是会更喜欢我?"杜歇夫人的丈夫问。

"我想不会,你根本当不好管家。"

"自由人民的伴侣——我喜欢这个词,斯塔克波尔小姐,"拉尔夫说,"说得真好。"

"我说的自由人民可不包括你,先生!"

这就是拉尔夫的恭维得到的唯一回报。斯塔克波尔小姐感到无法理解;她个人以为,欧洲的贵族阶层都是封建专制的遗老遗少,简直不可思议,而杜歇夫人居然青睐这个阶层,这简直是叛国。也许因为脑子里压着这个想法,她一直都闷闷不乐,直到几天后,她找到机会,对伊莎贝尔说:"亲爱的朋友,我在想你是不是背叛了?"

"背叛?背叛你,亨丽埃塔?"

"不,那会让我很痛苦;不过不是这个。"

"那么,是背叛我的祖国?"

"希望你永远不会。我在利物浦给你写的信上说,有件特别的事要告诉你。可是你从来没问过我。难道是因为你已经猜到了?"

"猜到什么?我一向不猜疑的,"伊莎贝尔说,"噢,现在我想起来你信里那句话了。不过老实说,我忘了。你要告诉我什么?"

亨丽埃塔注视着伊莎贝尔,眼睛里的失望一览无余。"你没有立刻问我——如果你觉得很重要就会问的。你变了——你在想别的事。"

"告诉我你想说什么,我会考虑的。"

"你真的会考虑吗?这是我想确定的。"

"我并不能完全控制我的思想,不过我会尽量的。"伊莎贝尔说。亨丽埃塔久久地注视着她,一言不发,仿佛是在考验伊莎贝尔的耐心,直到我们的女主人公不得不开口道:"你是想说,你要结婚了?"

"不,在我游历过欧洲之前是不会的!"斯塔克波尔小姐说,"你笑什么?"她接着说:"我想说的是,古德伍德先生也来了,和我乘同一条船。"

"啊!"伊莎贝尔失声叫道。

"你这次的反应倒挺快。我和他谈了很多;他是来找你的。"

"他这样跟你说的?"

"不,他什么也没告诉我;所以我才猜到的。"亨丽埃塔说得很巧妙。"他很少提起你,可我经常说起你。"

伊莎贝尔等待着。听到古德伍德这个名字,她脸都白了。"很遗憾,你居然这样做。"最后她说。

"我很高兴这样做,而且我喜欢他倾听我讲话的样子。对这样的听众我可以滔滔不绝;他那样安静,专注;仿佛要把我说的话一饮而尽。"

"你都说了我些什么?"伊莎贝尔问。

"我说,总的来说,你是我见过的最美妙的人儿。"

"这真是太遗憾了。他已经把我想的够好的了;不应该再受鼓励了。"

"他太需要一点鼓励了。现在我都能看到他的脸,看到他倾听我说话时热切、专注的神情——我从来没见过一个丑陋的人会显得那么英俊。"

"他头脑很简单,"伊莎贝尔说,"而且他也不能算是丑陋。"

"没有什么比一腔热忱更让人思想简单的了。"

"那不是一腔热忱;我很清楚,不是的。"

"别这样说,好像你真的很清楚。"

听到这话,伊莎贝尔淡淡一笑,说:"我最好当面和古德伍德先生说。"

"你很快就会有机会的。"亨丽埃塔一脸自信地说。看到伊莎贝尔默不作声,她又说道:"他会发现你变了,新的环境影响了你。"

"很有可能。任何事情都会影响我。"

"任何事情,只除了古德伍德先生!"斯塔克波尔小姐尖声笑道。

这一次,伊莎贝尔的脸上甚至连微笑都没有了;半晌,她说道:

"是他让你来跟我说的？"

"他没有明确说。可是他的眼睛在请求我——道别握手时他的手在请求我。"

"谢谢你这么做。"说着，伊莎贝尔转过了身。

"是的，你变了；这里给了你新的想法。"她的朋友接着说。

"希望如此，"伊莎贝尔说，"人应该尽可能地吸取新东西。"

"是的，可是它们不能破坏旧东西，如果那些旧的想法是正确的话。"

伊莎贝尔转回身来。"如果你的意思是我对古德伍德先生有过任何想法——！"她突然语塞了，亨丽埃塔正用怀疑的目光冷冷地看着她。

"亲爱的孩子，你当然鼓励过他。"

伊莎贝尔有一刹那仿佛是要否认朋友的指控；可是她没有这么做，而是立刻回答说："没错。我的确给他希望了。"然后，她终于向自己的好奇心让步了，问身边的朋友，是否知道古德伍德先生打算怎么办。她并不愿意提这个事，而且觉得亨利埃塔实在不够善解人意。

"我问他了，他说他什么也不打算做，"斯塔克波尔小姐说，"不过我相信；他不是一个什么也不做的人。他是一个善于行动，敢于行动的人。不管发生了什么事，他总会做点什么；而且，无论他做什么，他做的总是正确的。"

"你说的很对。"亨丽埃塔也许不够体察人意，可这番话还是打动了女孩。

"啊，你确实*在乎*他！"她的客人大声说。

"无论他做什么，他做的总是正确的，"伊莎贝尔重复道，"如果他是一个永远不会出错的人，那么别人怎么想对他又有什么影响？"

"对他来说也许没有什么意义，但是对这个人自己来说有。"

"啊，对我来说——这不是我们今天要讨论的问题。"伊莎贝尔淡淡一笑，说道。

这一次她的同伴却很严肃。"我不在乎；你已经变了。仅仅几个星期之前,你还不是这样,古德伍德先生也会发现的。我想他随时会到。"

"我希望到时候他会讨厌我。"伊莎贝尔说。

"我敢说,他不会讨厌你,你也不会真的希望他讨厌你。"

伊莎贝尔没有回答朋友的话;她陷入了一阵恐慌当中,亨丽埃塔的话让她感到害怕,担心卡斯帕·古德伍德会出现在花园山庄。不过,她安慰自己说,想一想,这是不可能的;之后,她告诉自己的朋友,说她不相信古德伍德会来。可是,在接下来的两天里,她却惴惴不安,随时准备着听到古德伍德先生来访的通报。这不安重重地压在她的心头,甚至让空气都变得沉闷起来,好像天气要变了;而自从伊莎贝尔来到花园山庄以来,这里的天气——确切地说是这里的生活氛围——是如此宜人,任何变化都只能损害它。不过第二天,这种悬疑不安的局面就被打破了。那天,伊莎贝尔走进花园,身边跟着爱交际的邦奇。闲步几回,她半是慵懒,半是不安,不由得坐在了花园的一张长椅上。她身穿白色的衣裙,佩戴黑色的饰带,坐在一棵三毛榉伸展的枝丫下,掩映在摇曳的树影中,从屋里看过去,恰好形成一幅优美和谐的图画。她和小猎犬邦奇说了一回话,聊以解闷儿。女孩曾经向表兄提议共同拥有这只小狗,这个提议已经实现了,而且——考虑到邦奇是个变幻无常,薄情寡义的小家伙——实施得很公平。可是,女孩现在第一次意识到,它的智力是有限的,而过去她一直惊叹小家伙的聪敏。最后,她觉得带本书可能会好一点。过去,每当心情沉重时,她就会挑选一本书来读,然后,纯理智的活动就会完全占据她的意识。可最近以来,文学这盏明灯仿佛已经暗淡,尽管她知道,姨父的书房里摆放着所有的名家名著,那是任何一个绅士的收藏都不可缺少的,可她还是没有动,两手空着,眼睛望着清冷翠绿的草皮。这时,她的沉思被打破了,一个仆人走了过来,递给她一封信。信封上盖着伦敦的邮戳,上面的笔迹她也很熟悉——她本来正在想着这个人,现在看到这个,那写信人的声音和脸庞也活生生地浮现在了她的眼前。信不长,这里可以把它全文抄录下来。

亲爱的阿切尔小姐——不知道你是否已经听说，我已来到英国。不过如果你还不知道，也不会太吃惊。你应该还记得，三个月前，在阿尔巴尼，你拒绝了我，但我并没有接受你的拒绝，我提出了异议。当时，你看起来似乎接受了我的反对，而且承认我可以保留我的权利。那次我去见你，是希望你能给我一个机会，让我说服你；而且，我完全有理由抱有这样的希望。可是你打破了我的希望；我发现你变了，而且没有给我任何理由。你承认你很不理智，这是你做出的唯一让步；可这样的妥协毫无意义，因为那不是你的性格。不，你并不是任意武断、反复无常的人，永远也不会。所以，我相信你会让我再见到你。你跟我说过，你并不讨厌我，这我也相信；因为我不知道有什么原因会让你讨厌我。我会一直想着你，我的心里永远不会有任何其他人。我来英国的原因只是因为你在这里，你走后我就再也无法待在家里：我讨厌那个国家，因为你不在这里。如果现在我喜欢这个国家，这是因为它现在拥有你。我过去也来过英国，可是从来都没有喜欢过它。我可以过去见你一面吗？就半个小时。此刻，这是我最热切的期望了。

你忠诚的朋友
卡斯帕·古德伍德

伊莎贝尔专注地看信，没有注意到柔软的草皮上渐近的脚步声。她抬起头来，一边机械地把信叠起来，发现沃伯顿勋爵站在她的面前。

第十二章

她把信放在口袋里，微笑着迎接来访的人，不露一丝慌乱，心下对自己的冷静也暗暗吃惊。

"他们告诉我你在这里，"沃伯顿勋爵说，"客厅里没有别人，而且，我真正想见的只是你，所以就直接过来了。"

此刻，伊莎贝尔并不希望他在身边坐下来，就站了起来，说："我正要进屋里去。"

"请不要走，这里更舒适，我从洛克雷骑马过来，天气真是可爱。"他的微笑那么温暖、悦目，整个人都洋溢着好心情、好运气的光辉，那正是他给女孩留下的第一印象的魅力所在。它就好像六月和煦的天气，光环一样笼罩着他。

"那我们随便走走。"伊莎贝尔说。她不由自主地感觉到，她的客人一定有什么意图，而她既想躲避它，又想知道那到底是什么。那意图曾经在她脑海里一闪而过，而且，在当时的情况下——我们还记得——让她有所警觉。她的警觉里包含很多因素，并不全都是让她不快的；她也的确花了几天时间来考虑沃伯顿勋爵对她的"殷勤"，分析出哪些因素是让她高兴的，哪些是让她为难的。也许，一些读者会认为这位年轻的姑娘既过于轻率，又过于谨慎。可是，如果这个指责是对的，那后者也足以免除前者对她的苛责了。她并不急于相信，一个英国本土的巨头——她曾经听到别人这样叫沃伯顿勋爵——已经被她的魅力击倒。如果这样一个人物做出了表白，那的确将会带来很多无法解决的问题。她已经强烈地感受到，他是一个"名流"，而且一直在分析这样一位人物。她也许博得了一位名流的倾慕，有时候，这对她来说更多的是一种侵扰，给她带来的远远不止是烦恼，而几乎是冒犯了。这也许更加说明她自视甚高，不过事实的确如此。她还从未见过一位显赫人物；她的生活中从来没有什么贵族，也许在她的国家,全国都没有这样的人物。她对杰出人物的认识是建立在性格和智慧的基础上的——就像人们喜欢某位绅士的头脑和谈吐。她自己也是一个人物——她无法不这样想;而且,迄今为止,在她心里,完美的头脑更多的是在精神的意义上——关键是它能否愉悦她崇高的灵魂。如今,沃伯顿勋爵出现在她的面前,那么高大,光芒四射;他的个性,他的力量,已经超越了这条简单的判断标准,需要完全不同的鉴赏方式——可是女孩一向习惯于自然敏捷地判断一切,也就没有耐心去花费精力寻找新的鉴赏标准。他似乎向她提出了某种要求,那是过去从未有人敢于向她提出的。她感到,一个地域巨子、政界要人、社会名流,正在孕育着某种意图,要将她拉进他所生活和活动的体系中去,而他的生活方式却有些惹人反感,招人嫉妒。她的直觉——它并不专横,却很有说服力——告诉她要抵制,喃喃地对她说,她有自己的体系和轨道。她的耳边响起不同的声音,它们相互矛盾又相互肯定,告诉她,一个女孩将自己的一生托付给这样一个人,也许不是坏事,能够站在他的立场观察他的体系,也会很有趣;可是另一方面,他的体系,她觉得,很大的一部分无非是将生活的每一时刻复杂化,甚至整个体系中都有些僵化、愚蠢的东西,使它成为一种负担。更何况,最近刚有一位来自美国的年轻人,他没有任何体系,却很有性格,给她留下了深刻的印象,无论她如何否认都无济于事。口袋里的信足以提醒她两者的反差。这位来自阿尔巴尼的单纯女孩,在这位英国贵族开口之前,就已经开始权衡是否应该接受人家的求爱了;而且,她还想当然地觉得,比起嫁入豪门,她能做更了不起的事。可是,我还是要说,不要笑她。她是个有崇高信仰的人,如果她的头脑中有很多傻念头,那么后来,那些苛责她的人会满意地看到,在付出了愚蠢的代价后,她会变得真正聪明起来,因此,那些愚蠢的念头也应该博得人们的同情与宽容。

沃伯顿勋爵好像很愿意去散步,或者坐下来,或者做任何事情,只要是伊莎贝尔提出的。他让她相信,他和平常一样态度随和——这也是他的优点。可是,他已经无法控制自己的情感了。他默默走在她身边，悄悄看着她，不让她发觉；可是他的眼神却局促不安，他的笑声却不合时宜。是的，毫无疑问，英国人是全世界最浪漫的人——这个我们已经提到过，现在不妨暂且再回到这一点——而沃伯顿勋爵就将成为一个绝好的例子。他将跨出一步，那将让他所有的朋友震惊，让其中很多人不高兴；而且，从表面来看，这样的举动似乎没有任何理由。身边这位轻踏着草皮的年轻女士，来自大洋彼岸一个奇异的国度，关于她的国家，他已经了解很多；可是关于她的出身，她的社会关系，他却不大清楚，只知道很普通，不过这一点虽然很明确，却显得并不重要。阿切尔小姐既没有财产，也没有世俗的美貌，能让他的选择获得一般人的理解。而且，他算了算，自己和她在一起的时间加起来不过二十六个小时。他已经考虑到了一切——这样不合常理的冲动，它甚至在最轻松自在的情况下也无法消退；还有他的判断能力，现在起作用的是那鲁莽轻率的一半。这一切他都很清楚，却全部抛之脑后。他根本不在意，就像他不会注意到插在他的纽扣扣眼上的玫瑰花蕾。幸运的是，沃伯顿勋爵一向避免让朋友们不悦，而且做来毫不费力，所以现在有了需要，也不会因为人缘不好而遭人诟病。

"你一路过来都很愉快吧。"伊莎贝尔说。她已经注意到身边的人犹疑不定，欲言又止。

"即便没有任何其他原因的话，仅仅是到这里来就让我很高兴。"

"你这么喜欢花园山庄吗？"女孩问道，心中越发确定他要向她提出请求了。她想，如果他还在犹豫，就决不去鼓励他；如果他继续下去，她希望自己能保持冷静镇定。突然间她意识到，眼前的场景，如果放在几个星期前，一定会让她觉得充满了浪漫气息：一幢古老的英国庄园的花园，画面的中心是一名"显要"（她这样想）的贵族绅士，他正在向一名年轻小姐求爱，而那位年轻小姐，仔细辨认，就会发现，与伊莎贝尔自己完全一样。不过，如果此刻她正是这个场景的女主角，她仍然能置身其外，冷眼旁观这一切。

"我喜欢的不是花园山庄，"她的同伴说，"我喜欢的只有你。"

"你认识我的时间太短了，没有权利这样说，我无法相信你是认真的。"

伊莎贝尔这些话并不全是真心的,因为她并不怀疑他是否认真。她这些话不过说明一个事实,即他方才那番话将会引起世俗社会的惊讶,而对此她心中十分清楚。她已经了解到,沃伯顿勋爵并不是一个思想随意的人。如果她还需要什么证明,那么,他接下来的回答和口吻就完全能够胜任了。

"在这种事上,权利不是由时间来决定的,而是感情本身,阿切尔小姐。即便再等三个月,也不会有任何差别,我不会比今天更坚信我的想法。当然,我见到你的时间很少,可是从我们相遇的那一刻起,我就被你吸引了。我没有浪费时间,当时就爱上了你;就像小说上说的,一见钟情。现在我知道了,这个词并不是胡编乱造的,我对小说的看法都永远改变了。我住在这里的那两天就决定了一切;我不知道你是否注意到了,我对你的关注——我是说思想上的——已经达到了最大限度。我没有忽略你说的每一句话,做的每一件事。你去洛克雷的那一天——或者说你离开的时候——我就已经完全确定了。当然,我还是决定再多考虑考虑,更严格地盘问自己。我这样做了,这些天我想的就只有这一件事。在这种事情上我不会犯错误,我是一个明断审慎的人。我不会轻易动情,可是一旦我爱上了,那将是一生一世。一生一世,阿切尔小姐,一生一世。"沃伯顿勋爵重复着这句话,声音是那么柔和,那么悦耳,温情脉脉,是伊莎贝尔从未听到过的;他看着她,眼睛里发出热情的光芒,它筛除了一切卑下的情感——灼热、暴烈、疯狂,就如同一盏灯在无风静止的空间稳稳燃烧。

他说话的时候,他们就像有默契似的,脚步越来越慢,最后完全停了下来;这时,他抓住了她的手。"啊,沃伯顿勋爵,你对我一无所知!"伊莎贝尔轻轻地说,然后轻轻地将手抽了回来。

"不要用这个来嘲弄我;我还没能很好地了解你,这已经让我很难过了;这是我的损失。可是了解你正是我想做的,而且我觉得我正在采取最好的途径。如果你成了我的妻子,我就会了解你,那时,如果我告诉你,你有多么好,你就不会说我的话是完全没有凭据的了。"

"如果你对我了解不多,那我对你的了解更少。"伊莎贝尔说。

"你是说,我不像你,不能让你加深对我的认识吗?啊,当然,这是可能的。可是,想想吧,我说到做到,我已经下定决心,会让你了解我的,会让你满意的!你还是喜欢我的,不是吗?"

"我非常喜欢你,沃伯顿勋爵。"她说。此时此刻,她是喜欢他的。

"谢谢你这样说。这说明你并不把我当陌生人。我自信,生活中的其他角色我都扮演得很成功,那么我为什么不能扮演好这个角色呢?——那就是我把自己奉献给你。我明白,我是多么想做好这件事。问一下了解我的人;我有很多朋友,他们会为我说话的。"

"我不需要你的朋友们为你证明。"伊莎贝尔说。

"啊,这真是太令人高兴了。你相信我。"

"完全相信。"伊莎贝尔向他表明。她的内心充满快乐,因为她的确完全相信他。

沃伯顿勋爵眼睛中的光芒转成了一个微笑,他快乐地长叹一声,说:"如果我辜负了你的信任,阿切尔小姐,那就让我失去拥有的一切!"

她想,他这话的意思是不是想提醒她,他很富有,可是她马上就确信不是这样的。他是那么想的,他所说的也就是他所想的;的确,他可以把这告诉任何一个同他谈话的人,特别是他将为之献出一生的人,而不会有任何问题。伊莎贝尔曾经祈祷,让自己不要太激动,而她的思想也足够平静,甚至在她听着沃伯顿的话,问自己该怎样回答才最合适的时候,也能随时做出判断。她问自己,她应该说什么好呢?她最大的愿望,就是尽可能把话说得和他的话一样亲切。他很相信自己所说的话,让她感觉自己确实对他很重要,这真是难以解释。"谢谢你的请求,我简直无法表达我的感谢,"她终于说道,"这太让我荣幸了。"

"啊,请不要这样说!"他脱口说道,"我就担心你会说出这样的话。我不知道这和感谢有什么关系,不明白你为什么要感谢我——要感谢的是我,谢谢你听我说这些话,一个你了解不多的人,突然跑过来对你说这些让你吃惊的话！当然，这是个很严肃的问题；我必须告诉你，我宁愿去提出这个问题，也不愿去回答它。可是你一直在倾听——或者至少你听了——这给了我希望。"

"别抱太大希望。"伊莎贝尔说。

"哦，阿切尔小姐！"她的同伴喃喃地说，严肃的神情中又露出了一丝微笑，好像觉得可以把伊莎贝尔的警告当作欢喜的表现，快乐的流溢。

"如果我请求你不要抱任何希望，你会大吃一惊吗？"伊莎贝尔问。

"吃惊？我不知道你说的吃惊是什么意思。不，不会是吃惊；那种感觉将比吃惊难过得多。"

伊莎贝尔默默地走了几步，说："我很仰慕你，我相信，如果我了解你更多，对你的仰慕也只会有增无减。可是，我却不能确定，你对我是否会失望。我这样说决不是因为谦逊，我是认真的。"

"我愿意冒险，阿切尔小姐。"她的同伴说。

"这是个严肃的问题，就像你刚才说的。很难回答。"

"当然，我并不指望你立刻就回答。再考虑考虑，只要需要，多长时间都可以。如果等待能让我获得我要的东西，我愿意等很长时间。只是请记住，最终我的幸福取决于你的答案。"

"很抱歉让你等待。"伊莎贝尔说。

"哦，没有关系。我宁愿等待六个月，得到一个好的回答，也不愿意今天就听到坏的消息。"

"可是，也许六个月后，我还是不能给你一个你认为满意的回答。"

"为什么？既然你真的喜欢我？"

"啊，这一点你无需怀疑。"伊莎贝尔说。

"那么，我不明白你还要求什么！"

"这并不是我要求什么的问题；而是我能给予什么。我觉得我不适合你；真的，我不适合你。"

"你不需要担心这一点。这是我的事情。你没有必要成为一个比国王还忠诚的保皇党。"

"不仅是这些,"伊莎贝尔说,"我只是还不想结婚。"

"当然。我知道很多女性刚开始都是这样的。"勋爵阁下说,用来打消心中的担忧;不过,尽管嘴上这样说,他自己也压根不相信这个说法。"可是后来,她们往往都被说服了。"

"啊,那是因为她们想结婚!"伊莎贝尔轻轻笑了起来。

她的追求者的脸色沉了下来,他默默地看了她片刻,说:"我担心,你下不了决心是因为我是英国人。我知道,你的姨父认为你应该在自己的国家结婚。"

伊莎贝尔有些好奇地听着这番话;她从来没想过杜歇先生会同沃伯顿勋爵讨论她的婚姻问题。"他这样跟你说的吗?"

"我记得他说过。也许他指的是一般的美国女子。"

"不过他自己好像很愿意生活在英国。"伊莎贝尔的话听起来好像有些任性,不过这说明她一向认为姨父看起来很幸福,也说明她一般情况下总是避免囿于某种褊狭的观点。

这给了她的同伴希望,他立刻就充满热情地说:"啊,我亲爱的阿切尔小姐,古老的英国是一个美好的国家,你知道!如果再好好修整修整,它会更好的。"

"哦,不要修整它,沃伯顿勋爵;就让它这样。我喜欢现在的它。"

"那么,如果你喜欢她,我更加不能理解你的反对了。"

"恐怕你无法理解。"

"你至少应该试一下。我应该还算聪明。难道你害怕的是天气?这不算什么,我们可以住在别的地方,你知道。你可以选择任何气候适合你的地方,全世界哪里都可以。"

这些话说得如此恳切,如同张开的双臂在有力地拥抱她;又如同扑面而来的芳香,它来自他口中清新的气息,来自她不知道的某座奇异的花园,来自花园中芬芳的空气。此时此刻,她很想伸出手,感受那强烈而单纯的情感，回答说："沃伯顿勋爵，在这个美妙的世界上，我能做到的最好的事，我想，就是满怀感激地把自己托付给你的忠诚。"可是，尽管眼前的机会让她心神迷醉，她还是像一只被困的野兽一样，退回到巨大的牢笼阴影深重的角落里。"安全"和显赫并不是她意识里最重要的东西。最终，她能够想到的是完全不同的话，这让她可以不必立刻就做出人生关键时刻的抉择。"请不要认为我很无情，请你今天不要再说这件事了。"

"当然，当然！"她的同伴大声说，"无论如何我是不会让你厌烦的。"

"你给我提出的问题需要我想很多东西，我保证，我会认真考虑的。"

"这是我所希望的一切，当然——希望你记住，我的幸福完完全全掌握在你的手中。"

伊莎贝尔带着极大的尊重倾听着沃伯顿勋爵温和的警告，可是，过了一会儿，她还是说："我必须告诉你，我要考虑的是，用什么样的方式让你明白，你的请求是不可能的——在不让你难过的情况下让你知道。"

"那是不可能做到的，阿切尔小姐。我不会说，如果你拒绝我，就如同杀了我一样；我不会因此而死去。可是我会更糟；我会失去生活的目的。"

"你会和一个比我好的女士结婚。"

"请不要这样说，"沃伯顿勋爵很沉重地说，"这对我们两个都不公平。"

"那就找一个不如我的。"

"如果有比你更好的，那么我宁愿要那个比不上的，"他用诚挚的口吻接着说，"一个人的喜好是没有原因的，这就是我要说的。"

他的沉重也让她感到同样的沉重，于是，她又一次请他先放下这个话题。"我会亲自告诉你的——很快。也许会写信给你。"

"好的，一切看你方便，"他说，"无论需要多长时间，对我来说都很漫长，我想我必须做好准备。"

"我不会让你受煎熬的，我只是想安静地想一想。"

他发出一声忧伤的叹息，站在那里看着她，手背在身后，紧张地轻轻摇晃着手里的马鞭。"你知道吗？我很害怕它——害怕你那不同寻常的头脑。"

这让我们的女主人公吃了一惊，她感到自己的脸红了，而为她作传的作者也不知道这是为什么。她注视着他的眼睛，然后，几乎要博得他的同情似的，用奇怪的声调说："我也是，勋爵！"

可这没有打动他的同伴；他所有的同情都用在自己身上了。"啊！请仁慈一些，发发慈悲吧！"他低声说。

"我想你最好还是离开吧，"伊莎贝尔说，"我会写信的。"

"很好。不过，无论信的内容是什么，你知道，我都是要来看你的。"然后，他站在那里，思忖着什么，眼睛望着邦奇；而邦奇一直在专注地观察着，好像明白发生的一切，也许要掩盖自己偷看行为的不慎重，就假装突然对一棵老橡树的根发生了兴趣。"还有一件事，"他接着说，"你知道，如果你不喜欢洛克雷——如果你觉得它太潮湿，或者类似的什么的，你可以离它远远的，完全不必靠近它。不过顺便说一下，它并不潮湿；我已经彻底检查了整座房子；它对人的健康是很安全的。可是，如果你对它不感兴趣，你不必考虑住在里面；我有很多房子。我想我应该说一下，有些人不喜欢护城河和城堡，你知道。再见。"

"我很喜欢护城河和城堡，"伊莎贝尔说，"再见。"

他伸出手来，她把手给了他，时间虽然很短，沃伯顿勋爵还是俯下他没戴帽子的漂亮的头，吻了它一下，然后快步走开了。他完成了求爱的行为，尽管控制着自己的情绪，可仍然很激动。他看起来心情很不平静。

伊莎贝尔也很不平静，可是让她心烦意乱的并不是她曾经以为的原因。她并没有感到什么重大的责任，或难以做出抉择；在这个问题上，她觉得似乎没有任何其他选择。她不能嫁给沃伯顿勋爵，这与她的理想相去甚远，她要自由地探索人生，而且现在她也能够这样去做了。她必须写信告诉他，必须说服他。相对来说，这个任务还是比较简单的。可是最让她费思量的，让她思虑不已的是，她居然能如此轻易地就拒绝了一次辉煌的"机会"。无论一个人具有怎样的资质，沃伯顿勋爵提供的都是一次巨大的机会。也许嫁给他会有些不自在，也许会有些压抑，也许会束缚你的空间，也许会像镇静剂一样让人麻木；可是二十个女人当中有十九个都会没有丝毫痛苦地适应这一切，这样说她的女同胞们没有一点不公平。那么，为什么对她来说，这样的机会却失去了它的不可抵御性？她是谁？是什么样的人？居然能如此高看自己？她抱着什么样的人生观，什么样的人生目标，什么样的幸福观，让她觉得高于眼前这巨大的，天方夜谭一样的机遇？如果她拒绝这样的人生，她就必须做出伟大的事，更加伟大的事情。可怜的伊莎贝尔，她不停地提醒自己，不要太骄傲，祈祷着让自己不要坠入这样的危险；没有什么比她的祈祷更真诚的了。对她来说，骄傲所带来的孤独和隔绝就像沙漠一样令人恐惧。如果是骄傲阻止了她接受沃伯顿勋爵，那真是个愚蠢的错误，而且实在是用错了地方。她清清楚楚地知道，自己喜欢他，她甚至尝试着让自己相信，是她的清醒和理智，她温柔的同情心，让她拒绝了他。她太喜欢他了，不能同他结婚，这就是事实。在沃伯顿勋爵自己看来，他的求婚合情合理、充满热情，可是她相信，某个地方出错了，尽管她不会去用她的小指尖指出其中的谬误。况且，他给予了这么多，让他去承受一个喜欢挑剔的妻子，也不是什么值得称赞的行为。她答应他要考虑他的问题，等他走后，就信步回到了刚才坐过的长椅，回到刚才他找到她的地方，陷入了沉思。她似乎是在遵守自己的诺言，可这并非实情。她在考虑的是，自己是不是一个冷酷、心硬、自负的家伙；最后，她终于站起身来，快步走回屋里，就像刚才她告诉沃伯顿勋爵的，觉得自己真的很可怕。

第十三章

伊莎贝尔决定去找姨父,告诉他发生的一切。她并不是去寻求帮助和建议的——她不需要任何建议之类的东西——而是因为对自己感到害怕。她希望找个人谈谈,这会让她觉得自己像个正常人。就这个目的来说,她觉得,比起姨妈和亨丽埃塔,姨父似乎是更加适合的人选。表兄当然也能算个知己,可是她必须经过内心剧烈的挣扎,才能把这个特殊的秘密告诉他。第二天早餐后,她就找到了机会。姨父直到下午才会离开他那几间房间,不过他在自己的更衣室里接待"亲密的人",这是他的说法。伊莎贝尔早已跻身亲密朋友的行列,其他的还有老人的儿子,医生,贴身仆人,甚至斯塔克波尔小姐。杜歇夫人并不在亲密名单里,所以就更不会成为伊莎贝尔单独见姨父的障碍。他坐在一张制作复杂的带机械装置的椅子上,靠近打开的窗户,眺望着西面的花园和河流,旁边堆放着报纸和信件。老人刚刚梳洗过,看起来新鲜整洁,光滑的脸上露出思考的神色,慈爱地期待着伊莎贝尔的到来。

伊莎贝尔直接切入主题。"我想,应该让您知道,沃伯顿勋爵向我求婚了。我想我应该告诉姨妈,不过我觉得先告诉您似乎更好一点。"

老人没有惊讶,只是感谢她的信任,然后问道:"介意告诉我,你是否接受了吗?"

"我还没有确切地回答他;我花了一点时间来思考,因为这样显得更尊重一些。可是我是不会接受的。"

杜歇先生没有做任何评价,脸上的表情似乎是说,就社会关系来讲,无论他以什么样的身份介入这件事,都没有太多的发言权。"我说过,你在这里会成功的。美国人在这里很受欣赏。"

"确实是,"伊莎贝尔说,"可是,哪怕别人认为我不知好歹,不识抬举，我还是不能和沃伯顿勋爵结婚。"

"嗯，"她的姨父接着说，"当然了，我不能替一个年轻姑娘做决定。所以我很高兴你在问我之前就已经拿定了主意。不过，我得告诉你，"他慢慢说道，好像这是句无关紧要的话，"三天前我就已经知道这件事了。"

"知道沃伯顿勋爵的想法？"

"知道他的意图，照这里人的说法。他给我写了一封信，告诉了我一切，这很让人高兴。你想看看这封信吗？"老人热心地说。

"谢谢你。我并不想看。不过我高兴的是他给你写了信；他这样做是对的，该做的事他一定会做的。"

"啊，我猜你一定很喜欢他！"杜歇先生断定道，"你不要装着不喜欢。"

"我非常喜欢他，我很愿意承认这一点。可是现在我不想和任何人结婚。"

"你想也许会出现你更喜欢的人。嗯，这是很可能的。"杜歇先生说。他似乎想对女孩更仁慈一些，好像要缓和她的决定的严重性，为它找到令人满意的理由。

"我不在乎能不能碰到更好的人。沃伯顿勋爵已经很让我喜欢了。"她好像突然改变了观点，这经常会让和她谈话的人感到惊讶甚至是不高兴。

可是她的姨父却不受任何影响，既不惊讶也没有不悦。"他是个很优秀的人，"他接着说，口气仿佛是要鼓励她，"他的信是我几个星期以来收到的最让我高兴的一封。我想其中一个原因是，里面写的都是你——我是说，除了关于他自己的那部分。我想他都已经告诉你了。"

"只要我想知道，他都会告诉我的。"伊莎贝尔说。

"可是，你就不好奇吗？"

"既然我已经决定拒绝他的求婚了，我的好奇也就没有意义了。"

"难道你觉得他的求婚还不够吸引你？"杜歇先生问道。

她沉默了片刻。"我想是的,"她很快承认说,"可是我不知道为什么。"

"幸运的是女士们不需要说出原因,"她的姨父说,"这样的求婚很有吸引力。不过我不明白的是,英国人为什么要把我们引诱到他们这里来。我知道我们一直想把他们吸引过去,可那是因为我们地广人稀。可这里,你看,已经够拥挤的了。当然了,对于漂亮迷人的小姐们,到处都有地方。"

"这里好像也有您的空间。"伊莎贝尔说,眼睛游移到窗外那一大片欣欣向荣的花园里。

杜歇先生狡黠地笑了笑。"亲爱的,一个人只要付出代价,就到处都会有他的空间。有时我想,我为此付出的代价太高了。也许你也要付出很多。"

"也许。"女孩回答。

比起伊莎贝尔自己的想法,杜歇先生的话给了她更为确切有力的支撑。面对她当前的难题,姨父的温和敏锐似乎向她证明,她所经受的是生活中自然的,正常的情感。她并未完全陷入对知识的渴望,成为模糊的远大抱负的牺牲品——那抱负超越了沃伯顿勋爵美好的请求,是完全不确定的,甚至很可能是没有价值的。那不确定的抱负影响了伊莎贝尔当下的选择,不过,尽管它还很不清楚,可并不是指同卡斯帕·古德伍德的结合。因为,如果说伊莎贝尔在全力抵抗着这位英国追求者的征服,抵抗着他那宽大安详的双手,她也同样远离那位来自波士顿的年轻人,决不曾想过让他占有自己。看完他的信后,伊莎贝尔对他来英国感到很不快,而且似乎从中找到了一点庇护;因为他对她的一部分影响力似乎剥夺了她的自由感。他以一种坚不可摧的方式出现在她面前,对她构成了一种不愉快的强大的压力。她脑海里时时浮现出他不赞成的样子,成了对她的威胁,使她总是在想,他是否会喜欢她的所作所为——要知道,还没有什么人让她这么费神过。困难在于,比起她认识的所有人,甚至包括可怜的沃伯顿勋爵(她现在已经开始这样来称呼勋爵阁下了),卡斯帕·古德伍德表现出了一种能量——她已经感受到了它的力量——这是他的天性。这根本不是什么"优点"之类的东西,而是一种精神,它呈现在他那火焰般燃烧着的、清澈的眼睛里,如同守候在窗前的永不疲倦的守护人。无论她喜欢与否,他都会用他全身的重量和力量,一如既往地坚持下去:即便是在同他日常的交往中也能感觉这种东西。在目前的状况下,最让她恐惧的是,她的自由受到了威胁。特别是最近,她更加关注自己的独立了,即便面对沃伯顿勋爵的大笔贿赂也不为所动。有时,卡斯帕·古德伍德似乎横亘在她的命运一边,是她生命中最顽固的事实;有时,她会对自己说,也许她会躲避他一时,可最终还是要和他妥协——而且一定是有利于他的妥协。她最强烈的反应是利用一切能够帮助她的条件,反抗这一命运的束缚;这促使她急切地接受了姨妈的邀请,当时,她正担心着古德伍德先生随时会来拜访,她知道他来了要说什么,所以会很高兴能有一个准备好了的回答。在阿尔巴尼,杜歇夫人拜访的那个晚上,她对他说,现在她无法讨论那些困难的问题,因为当时,她正目眩于姨妈刚刚为她打开的"欧洲"之门。他声称这根本不能算是回答;所以现在,为了获得一个更好的答案,他跟随她漂洋过海。伊莎贝尔对他的很多看法都是想当然的,心里把他当作某种可怕的命运,这对她这样一个充满幻想的女孩来说也就够了,不过读者有权利更加清楚地近距离地了解他。

卡斯帕·古德伍德的父亲是马萨诸塞州几家著名纺织厂的厂主——一名靠纺织业积累了大量财富的绅士。卡斯帕目前管理着工厂,靠了他的头脑和性格,尽管竞争激烈,又处在萧条时期,却还能维持企业的现状。他的教育中较好的部分是在哈佛大学获得的,不过在那里他是以体操和划船闻名,而不是各种知识的采集者。后来他意识到,原来在抽象思维上也可以像体操一样翻腾跳跃,像划船一样全力以赴,甚至可以打破纪录,创造罕见的功绩。后来他发现,自己能够穿破机械学的秘密,而且发明了一项纺纱的改良技术,以他的名字命名,目前已经广泛运用。他的名字连同这一卓有成效的发明,一起出现在各个报纸上。他曾经给伊莎贝尔看过纽约的《访谈者》上的一篇专题报道，里面详尽描述了古德伍德专利，证明一切属实。不过这篇文章并不是斯塔克波尔小姐写的，作为朋友，她早已表明自己更关心的是他感情方面的东西。他乐于处理复杂的问题，应对困难的挑战。他喜欢管理，竞争，经营；他能让人按照他的意志工作，相信他，为他冲锋陷阵，维护他的正确性。这就是人们说的管理的艺术，而在他的身上，它又建立在他的大胆设想和远大抱负之上。这让那些熟悉他的人觉得他会做出一番大事业，而不仅仅是经营一家棉纺厂；卡斯帕·古德伍德身上没有任何绵软的特征，他的朋友们也一致认为终有一天，他的名字会被大书特书。可是，似乎某种巨大、含混、黑暗、险恶的东西将要召唤他：因为他与沾沾自喜的安稳生活、攫取财富那一套格格不入，而对于这一套，最重要的就是到处宣扬。伊莎贝尔也乐于相信，也许他更适合骑着一匹战马，在伟大的战争风云中驰骋——例如内战那场战争曾在她初识人事的童年和渐渐成熟的青年时代投下浓重的阴影。

不管怎样，他本性是一个能够推动别人、点燃别人的人，这是伊莎贝尔喜欢的，比起他性格的其他方面她最喜欢的就是这一点。她丝毫不在意他的棉纺厂——古德伍德专利让她的想象力变得冰冷。她并不希望他的男子气概减少一分一毫，可是有时却想，如果他的长相能再改变一点点，可能看起来会更好。他四方的下巴太过坚决，笔直的身材太过僵硬；这些似乎都在暗示，他同生活的内在韵致缺乏轻松的共鸣。后来她又发现，他总是穿同一风格的衣服，这也让她有些不舒服；当然了，并不是说，他看起来总是穿着同一身衣服，相反，他每次穿的衣服总让人觉得太新了。可是它们看起来都好像是同一套衣服；款式、面料，都乏味地一模一样。她不止一次地提醒自己，对于这样一个重要的人来说，这样的苛求真是吹毛求疵。后来，她又修正说，如果自己爱上了他，这样的指摘就是吹毛求疵。既然她并没有爱上他，就可以批评他的所有缺点，不管是小的还是大的；而他最大的缺点就是，大家都认为，他总是很严肃；或者确切地说，他总是显得很严肃，因为没有人能够总是很严肃。他的爱好总是表现得一览无余,他的想法总是直截了当。如果你单独和他在一起,他会没完没了地谈论同一个话题;如果有别人在场,他就寡言少语,惜字如金。他身材健美,无可挑剔:肢体搭配匀称,就像她在博物馆或美术馆中看到的武士,全副武装,身披盔甲,漂亮的金属甲片上镶嵌着黄金。可奇怪的是,她的印象和她的行动之间看不到任何切实的联系。卡斯帕·古德伍德从来不是她想象中讨人喜欢的人,她想也许这就是为什么她对他如此挑剔。可是,沃伯顿勋爵不仅符合她的想法,而且超越了她的理想,博得了她的赞赏;然而,她还是不满意。这当然很奇怪。

这种矛盾的心情当然无助于给卡斯帕·古德伍德回信,于是,她决定先把这件事往后推一推,尽管这样做对古德伍德先生有些不敬。不过,既然他一心一意要折磨伊莎贝尔,也应该承担相应的后果。最重要的是,伊莎贝尔拖延回信可以让他想想,自己追到花园山庄不会给她留下什么好印象。在这里她已经遭到一个求婚者的侵扰。当然,得到来自相反两方面的爱慕是件让人高兴的事,可同时和两个热烈的追求者周旋也有些不够端庄,尽管她的周旋主要是回绝他们。于是,她没有给古德伍德回信;不过三天后,她给沃伯顿勋爵写了一封信,我们的故事也包括这封信,

亲爱的沃伯顿勋爵——关于那天你提出的建议,经过再三的认真考虑,我还是无法改变原来的想法。我确确实实无法将你当作人生伴侣,或将你的家——你那些不同的住宅——当作我人生的永久居所。这是无法说明理由的。真诚的请求你不要再提起这个话题,对此我们已经谈论很多了。我们总是从各自的立场看待自己的人生,即便是我们中最软弱、最卑微的人也享有这样的权利;而我,无论如何,无法按照你提供给我的模式设想我的人生。希望这样的答复能够让你满意,并请你公正地对待我,相信我已经认真考虑了你的请求,给予了它应有的尊重。我真诚地尊敬你。

你诚挚的
伊莎贝尔·阿切尔

正当这封信的作者下定决心,将它发走的时候,亨丽埃塔·斯塔克波尔小姐也做了一个决定,而且立刻就付诸实施了。她邀请拉尔夫·杜歇和她一起到花园散步,告诉他想请他帮一个忙。拉尔夫爽快地应允了,似乎证明他一向是个可以依靠的人。不过必须承认,年轻人对亨丽埃塔的请求还是有些害怕的,因为我们知道,拉尔夫觉得她很善于利用时机。不过他的警觉不是建立在理智基础之上的,因为他既不清楚亨丽埃塔在哪些方面轻率鲁莽,也没人告诉过他,她能轻率到什么程度;他只是礼貌地表明愿意为她效劳。他怕她,而且直接对她说了:"当你看着我时,你的目光会让我膝盖发抖,所有的能力都会抛弃我;我战战兢兢,只求有足够的力量完成你指派的任务。我从来没在任何其他女人身上见过像你这样说话的。"

"嗯,"亨丽埃塔心平气和地回答说,"如果我过去不知道,你一直想让我难堪,今天我算明白了。当然了,你很容易让我难堪——我是在完全不同的生活环境和思想习惯中长大的。你这些武断的标准对我不适合,而且在美国也没有一个人像你那样跟我说话。如果在那边有位绅士那样和我谈话,我会不知所措。在那边,我们把一切都看得很自然,毕竟,我们要简单得多。我承认,我就很单纯。当然,如果你因此而嘲笑我,那么请便。不过,总的来说,我还是愿意做我自己,而不是做你。我对自己很满意,不想改变她。有很多人欣赏我现在的样子。而且,他们都是真正杰出、朝气蓬勃、生而自由的美国人!"最近,亨丽埃塔情愿让步,采取了一种无可奈何的单纯口气。"我想让你帮我一个忙,"她接着说,"我可不在乎你是不是乐意帮我;或者应该这么说,我真心希望帮助我能够给你足够的消遣,以做回报。我想让你帮助我,是关于伊莎贝尔的。"

"她有什么对不起你?"

"如果有的话我也不会在乎,也绝不会告诉你的。我害怕的是她会对不起她自己。"

"我觉得这是很可能的。"拉尔夫说。

他的同伴在花园的小路上停下脚步,用那种让他紧张的目光盯着他。"我想这也让你觉得有趣吧。你说话的方式真让人受不了！像你这样漠不关心的人，我听都没听说过。"

"对伊莎贝尔？啊，不是的！"

"你没有爱上她吧，希望没有。"

"那怎么可能？我已经爱上另一个了。"

"你爱上的是你自己，那就是另一个！"斯塔克波尔小姐义正词严地说，"希望会对你有好处！不过，如果这辈子你想严肃一次，现在是个机会；如果你真的关心你的表妹，现在是你表现的良机。我不指望你能理解她；这要求太高了。不过，你不需要为了帮我去费力理解她。我会给你提供必要的信息，解释给你听的。"

"太感谢了！"拉尔夫大声说，"我就是凯列班，你就是爱瑞儿。"[①]

"你一点也不像凯列班。因为你老于世故，凯列班可不是。不过我要说的不是虚幻的人物；我要说的是伊莎贝尔。伊莎贝尔是彻头彻尾的真实人物。我想告诉你的是，我发现她变了，变化太大了。"

"你是说，自从你来之后？"

"在我来之前就变了。她已经不是过去那个可爱的她了。"

"她在美国的时候？"

"是的，在美国的时候。你当然知道，她是从美国来的。她的确变了，当然，她也没办法。"

"你想把她再变回去？"

"当然，而且我希望你能帮助我。"

"啊，"拉尔夫说，"我只是凯列班，可不是普洛斯彼罗[②]。"

"你已经够普洛斯彼罗的了，把她变成了现在这个样子。自从伊莎贝尔·阿切尔来到这儿，你就对她施加影响了，杜歇先生。"

"我？亲爱的斯塔克波尔小姐？绝对没有。是伊莎贝尔·阿切尔影响了我——是的，她影响了所有人。我是完全被动的。"

---

① 莎士比亚剧本《暴风雨》中的角色，前者是丑陋的半人半兽怪物，后者是一个淘气的精灵。
② 莎士比亚剧作《暴风雨》中的人物，是理性和科学的魔术家。

"那你太被动了,你最好振作起来,关心点什么事。伊莎贝尔每天都在变;她要迷失自己了——要消失在大海中了。我一直在观察她,我看得很清楚。她不再是过去那个活泼明朗的美国女孩了。她有了不同的想法,不同的风格,她已经抛弃了过去的理想。而我要拯救那些理想,杜歇先生,这就是让你介入的原因。"

"不是也把我当成一个理想吧?"

"不,我希望不是,"亨丽埃塔立刻答道,"我心里害怕的是,她会在这些可怕的欧洲人中挑一个嫁掉,我要阻止她这么做。"

"啊,我明白了。为了阻止她,你希望我插进去,跟她结婚?"拉尔夫叫道。

"不完全是;用你这副药治她的病,结果一样糟。因为你就是那些可怕的欧洲人中的一个,典型的一个;我要阻止的,就是她嫁给你们这种人。不,我希望你对另外一个人感兴趣——一位年轻人,她曾经给他很大鼓励,可是现在却觉得他不够好。他是一个很了不起的人,是我一个很好的朋友,我非常希望你能邀请他来花园山庄。"

拉尔夫一开始有些转不过弯来,无法理解这个简单的请求。这倒不是说他头脑过于复杂,生性不够纯厚。他的错误在于,无法想象世上居然有斯塔克波尔小姐这样坦率的请求。在他看来,这件事很有些曲折复杂的味道。一个年轻女子,居然请求他给一个绅士提供机会——这位绅士,据她说,是她的好朋友——让他接近另外一个年轻女子;那女子更有魅力,可是她的注意力已经转移,不在他身上了。这真是太离奇了。一时间他的聪明智慧好像都派不上用场了。人们通常更容易引申附会,而不是忠于原文。如果拉尔夫认为,斯塔克波尔小姐是为了自己而让他邀请那位绅士来花园山庄的,与其说他心地庸俗,不如说他被她搞糊涂了;假如是后者,那还可恕,尽管格调也不高。可是,拉尔夫并没有这样想。某种我称之为启示的力量拯救了他。没有借助任何外部指引,单单靠了自身的领会,拉尔夫突然意识到,用任何卑鄙的动机解释《访谈者》驻外记者的任何行为,都将是对她不折不扣的诬蔑。这个信念一下子闪入他的脑海;也许是这位年轻女士深邃的目光所发出的纯净的光芒照亮了它。拉尔夫迎着她的目光而上，有意识地控制着自己，没有像人们通常面对耀眼的光亮时那样皱一下眉头。"你说的这位年轻人是谁？"

"卡斯帕·古德伍德先生——来自波士顿。他对伊莎贝尔很殷勤——像生命一样深爱着她。他跟随她来到这里，现在伦敦。我不知道他的地址，不过我想我会弄到的。"

"我从来没听说过他。"拉尔夫说。

"我想你没有听说过任何人。我相信他也没听说过你，不过这不是伊莎贝尔拒绝和他结婚的原因。"

拉尔夫笑了起来，笑声温和暧昧。"你真是个做媒狂！还记得那天你怎么想让我结婚吗？"

"我已经不那么想了。你不会理解我的思想的。可是古德伍德先生理解，所以我喜欢他。他非常出色，是个完美绅士，伊莎贝尔也知道。"

"她喜欢他吗？"

"如果不喜欢她也应该喜欢。他对她可是一门心思。"

"你希望我邀请他到这里来？"拉尔夫思忖着说。

"那才是真正的好客精神。"

"卡斯帕·古德伍德，"拉尔夫继续说，"名字听起来倒是响当当的。"

"我不在乎他的名字。即使他叫以西结·杰肯斯[①]什么的，我也会这么说。他是我见过的唯一配得上伊莎贝尔的人。"

"你真是个忠实的朋友。"拉尔夫说。

"当然。如果你这样说是想奚落我，我不在乎。"

"我不是要奚落你。我这样说是真心佩服你。"

"你越来越刻薄了。不过我建议你，不要嘲笑古德伍德先生。"

"我向你保证我是很严肃的；你要理解这一点。"拉尔夫说。

---

① 卡斯帕是《圣经》中三哲士之一，以西结是以色列地方的先知。

他的同伴很快明白了。"我相信,不过你现在过于严肃了。"

"你是个很难取悦的人。"

"哦,你的确很严肃,看来你不会邀请古德伍德先生。"

"我不知道,"拉尔夫说,"我很容易做一些奇怪的事。给我讲讲古德伍德先生。他是个什么样的人?"

"他和你正好相反。他是一家棉纺厂的厂主;一家很好的工厂。"

"他谈吐怎么样?"拉尔夫说。

"绝对一流——按照美国标准。"

"他会适应我们这个小圈子吗?"

"我觉得他不会在意我们这个小圈子的。他在意的只有伊莎贝尔。"

"我表妹会喜欢吗?"

"很可能不。不过这是对她好。这会把她的思想招回来。"

"招回来?从哪儿?"

"从那些外国的东西上,还有其他不正常的地方上。三个月前她给了古德伍德先生充分理由,让他相信他是可以接受的。现在,不能因为她的环境改变了,就抛弃一个真正的朋友。她这样做是不合适的。我的环境也改变了,可结果是,这更让我珍惜过去的朋友。我相信,伊莎贝尔变回来的越早,就越好。我很了解她,知道她在这里不会真正快乐的。我希望她和美国建立坚固的联系,给她涂一层保护膜。"

"你会不会过于着急了?"拉尔夫问,"你不觉得应该在可怜的老英国给她更多机会吗?"

"一个毁掉她朝气蓬勃的年轻生命的机会吗?拯救一个溺水的珍贵生命,永远是越快越好的。"

"这么说,"拉尔夫说,"你想让我把古德伍德先生推到水里。"他接着又说:"你知道吗?我从来没听她提到过这个名字。"

亨丽埃塔粲然一笑,说:"很高兴听到你这样说。这说明她一直在想他。"

拉尔夫似乎承认，亨丽埃塔说得有道理，就陷入了沉思，而他的同伴则斜眼看着他。"如果我邀请古德伍德先生，"最后，他终于说道，"恐怕会和他吵架的。"

"不要那样，你会发现他比你好。"

"你真是用尽浑身解数让我恨他！我真的不愿意邀请他。恐怕我会对他无礼的。"

"随便，"亨丽埃塔反驳道，"我真没想到，是你自己爱上了她。"

"你真这么想？"年轻人抬起眉毛问道。

"这是我听到你说得最正常的话！我当然这么想。"斯塔克波尔小姐巧妙地说。

"嗯，"拉尔夫做了决定，"为了证明你错了，我会邀请他的。当然，必须作为你的朋友。"

"如果作为我的朋友，他是不会来的；而你邀请他来，也不是要向我证明我错了，而是要向你自己证明我错了！"

斯塔克波尔小姐最后这几句话（说完后他们就分开了）有些道理，拉尔夫·杜歇也不得不承认。不过，这些话却减弱了拉尔夫刚刚意识到的一些东西带给他的强烈冲击，所以尽管他怀疑遵守诺言恐怕比违背诺言更不明智，还是给古德伍德先生写了一封六行字的短笺，说如果他能光临花园山庄，将会让老杜歇先生非常高兴，这里正有一些聚会，而斯塔克波尔小姐是其中的座上客。送走这封信后（由亨丽埃塔提供的一位银行家转交），他静观其变。这是他第一次听到这个陌生的、可怕的家伙的名字；伊莎贝尔刚到的时候，母亲曾经提到过，女孩在家里有一个"崇拜者"的事。不过，它好像缺乏一定的真实性，他也没有费心盘问细枝末节；即便问了，也只会给他一个模糊的印象，或让他快快不乐。可是现在，这位本土男士对表妹的崇拜变得清晰了，那是一个追随她到伦敦的年轻人，他醉心于纺织事业，有着美国风格的一流谈吐。对于这个凭空介入的家伙，拉尔夫有两种论调。第一，他对伊莎贝尔的热情不过是感情丰富的斯塔克波尔小姐的杜撰（因为同为女性，休戚相关，女人们之间一向有默契，为各自发现或发明情人）。如果是这样，他就没什么可怕的，而且他也许也不会接受邀请。第二，他接受了邀请，这就证明他是个没有头脑的家伙，也就不值得为他耗费精力。拉尔夫的第二种理论看似不合情理，可是他认为，如果古德伍德先生对伊莎贝尔的感情真像斯塔克波尔小姐说的那样很严肃的话，他就不会因为后者一招呼，就现身花园山庄。"假设如此，"拉尔夫说，"如果伊莎贝尔是他的玫瑰，他一定会觉得斯塔克波尔小姐就是玫瑰上的一根刺，一个帮倒忙的朋友。"

发出邀请后的两天，拉尔夫收到了卡斯帕·古德伍德的一封短笺，大意是说，他感谢他的邀请，不过很遗憾，因为另有安排，无法拜访花园山庄，并向斯塔克波尔小姐致谢。拉尔夫把信交给亨丽埃塔；她看完后说："哼，从来没见过这么死板的人！"

"恐怕他不像你说的那样关心我的表妹。"拉尔夫说出了他的想法。

"不，不是的；肯定有什么复杂的原因。他是个很深沉的人。不过我一定会弄清楚的，我会给他写信，问问他什么意思。"

古德伍德拒绝接受邀请，让拉尔夫无法再镇定自若；从他拒绝拜访花园山庄的那一刻起，我们的朋友就不得不严肃地看待他了。他自问，无论伊莎贝尔的追求者们是不顾一切还是畏缩不前，关他什么事？他们又不是他的情敌，爱怎么别出心裁都是他们自己的事。可是，他还是有些好奇，既然斯塔克波尔小姐扬言要弄清古德伍德先生如此死板的原因，他也想知道结果如何。可是他的好奇却一时没有得到满足。三天后，他问她是否已经给伦敦写信，她只好说，写了，可是没有用。古德伍德先生没有回答。

"我想他是在斟酌，"她说，"他什么事都要再三斟酌，他从来不草率行事。可我一般习惯于当天就收到回信。"很快，她向伊莎贝尔提议，说无论如何她们应该去伦敦一次。"说实话，"她说，"我在这里看不到什么，恐怕你也不会。我甚至没看到你说的那个贵族——他叫什么名字——沃伯顿勋爵。他好像把你扔在一边不管了啊。"

"我知道沃伯顿勋爵明天会来，"她的朋友说，她已经接到了洛克雷的主人给她的回信，"你尽可以把他翻个底朝天。"

"也许他够写一篇报道，可我要写五十篇，一篇有多大用？我已经描写了附近所有的景色，把所有的老太太和毛驴也吹了个够。随你怎么说，可是景色不能成为有分量的报道。我必须回到伦敦，了解现实的生活。我在那里只待了三天就来这儿了，还没来得及怎么看呢。"

伊莎贝尔从纽约到花园山庄的途中，对大英帝国的首都了解得甚至更少，所以觉得亨丽埃塔的提议很不错，两人应该去那里畅游一番。这个想法对伊莎贝尔很有吸引力；伦敦的厚重细腻，宏大丰富，一直让她十分向往。她们反复计划，梦想着浪漫的时光。她们会住在一家别具一格的古老客栈——那是狄更斯的小说里描绘过的，然后乘上一辆可爱的双轮双座马车，漫游全城。亨丽埃塔是个女记者，而女记者最大的好处就是可以去任何地方，做任何事。她们会在咖啡馆里吃饭，然后去剧院；她们会参观威斯敏斯特大教堂，大英博物馆，寻找约翰逊博士[①]住过的地方，还有哥德史密斯[②]和艾迪生[③]的故居。伊莎贝尔满心憧憬，急不可耐地向拉尔夫揭开了未来的绚丽之旅。拉尔夫听了哈哈大笑，并没有被伊莎贝尔的热情所感染。

"这计划很不错，"他说，"我建议你们住在公爵头像旅馆[④]，在考文特花园，一个轻松、随意、老式的地方。我还会介绍你们加入我的俱乐部。"

"你是说我们这样做不得体？"伊莎贝尔问，"天哪！这里什么事情是得体的呀？和亨丽埃塔在一起我当然可以去任何地方；这些东西阻挡不了她。她曾经在整个美国大陆旅行，在这个小岛上至少也不会迷路。"

"啊，好吧，"拉尔夫说，"那就让我好好利用这次机会，也在她的保护下去伦敦吧。我还从没有旅行得这么安全呢。"

[①] 塞缪尔·约翰逊（1709—1784），英国作家，辞书编纂者。他是十八世纪下半叶最重要的文学界人物，著有《英语辞典》（1755）和《诗人传记》（1779—1781）等。
[②] 奥利弗·戈德史密斯（1728—1774），十八世纪英国感伤主义小说家和剧作家。
[③] 约瑟夫·艾迪生（1672—1719），英国散文作家，与斯蒂尔于1711年合办《旁观者》杂志。
[④] 伦敦一家古老的客栈。

第十四章

斯塔克波尔小姐准备即刻动身；但我们说过，伊莎贝尔已经知道沃伯顿勋爵会再来花园山庄，认为她有责任留下来见他一面。收到伊莎贝尔的信后，他过了四五天才回了一封短信，说两天后来用午餐。这些延宕和耽搁让女孩愈发感动，她明白他的苦心，知道他想尽量做得周到耐心，不给她太大压力，让她反感。这样的体贴，女孩越是想，就越是觉得，他是"真的喜欢"她。伊莎贝尔告诉姨父，已经给勋爵写了信，又说他会来这里。于是，老人提前离开自己的房间，出现在下午两点钟的午宴上。杜歇先生这样做并不是要监视什么，而是善良地相信，如果伊莎贝尔想再给这位尊贵的客人一个倾诉衷肠的机会，他的在场可以掩护两人，让他们离开众人，单独待一会儿。而自洛克雷驱车而来的显贵也带来了他年长一些的妹妹，这样做大概也是出于和杜歇先生同样的考虑。两位客人都介绍给了斯塔克波尔小姐，午餐时，她就坐在沃伯顿勋爵旁边的位置上。伊莎贝尔有些局促不安，没有兴趣再次讨论沃伯顿勋爵求婚的事。确实，他的求婚有些过早了。可是勋爵看起来心情愉快，镇定自若，让伊莎贝尔折服。伊莎贝尔以为，她的在场一定会把他的心思占据得满满的，可他掩盖得很好，既不看她，也不和她说话，唯一泄露他真实感情的就是，他总是避免与她的眼神接触。他和其他人聊了很多，而且似乎胃口很好，吃得津津有味。莫利纽克斯小姐光洁的额头像修女一样静穆，脖子上戴着一个大大的银质十字架。她显然一心在琢磨着亨利埃塔·斯塔克波尔，眼睛不断地看着她，对她既疏远又好奇，一边把她当作异类，一边又很向往她。在洛克雷的两位小姐中，这是伊莎贝尔更喜欢的一个。她似乎拥有全世界的安详，世代相传的宁静。伊莎贝尔还知道，她温和的前额和银十字架也许代表着英国圣公会一个古老神秘的组织——女牧师会，令人高兴的是，她们正在重建这个奇异的组织。她揣摩着,如果莫利纽克斯小姐知道阿切尔小姐拒绝了他的哥哥,会怎么想;不过她立刻就想到,莫利纽克斯小姐永远不会知道——沃伯顿勋爵是不会告诉她这些事的。他爱她,关心她,可是不会告诉她很多东西。至少伊莎贝尔是这么想的;用餐时,如果不和别人谈话,她通常就会对坐在身边的人做各种猜想。她想,如果真有一天莫利纽克斯小姐知道了阿切尔小姐和沃伯顿勋爵之间发生的事,她多半会惊异不已,不明白这个女孩怎么会放弃这样一个提高地位的机会;或者,她不会这样想,她只会以为,是那个美国女孩意识到两人地位悬殊,自惭形秽。(我们的女主人公最后认为,这后一种是可能的。)

无论伊莎贝尔怎样对待她的人生机遇,亨丽埃塔·斯塔克波尔却丝毫不会忽略身边的人。"知道吗?你是我平生见到的第一个贵族。"她立即对邻座的人发问道。"我想,你一定以为我蒙昧落后,没见过世面。"

"你只是躲过了一些粗陋的人。"沃伯顿勋爵回答,心不在焉地看着餐桌。

"他们都很粗陋?在美国,他们让我们相信,那都是些英俊高贵的人物,穿着华丽的长袍,戴着精美的王冠。"

"长袍王冠已经过时了,"沃伯顿勋爵说,"就像你们的斧子和左轮手枪。"

"真是太遗憾了;我以为贵族都是金碧辉煌的,"亨丽埃塔说,"如果不是,那他们是什么样的?"

"哦,你知道,最好的也不怎么样,"她的邻座承认说,"你想要点土豆吗?"

"这些欧洲土豆不大合我的胃口。我觉得你和一个普通的美国绅士没有区别。"

"那就把我当作一个美国绅士吧,"沃伯顿勋爵说,"我不明白你没有土豆怎么活;在这儿你一定觉得没什么可吃的。"

亨丽埃塔没有作声;他很可能是在开玩笑。"自从到了这里,我就没什么好胃口,"最后,她说,"所以,有没有无所谓。你知道,我不赞成你；我觉得应该把这话告诉你。"

"不赞成我？"

"是的，我想，恐怕还没有人对你说过这样的话，没错吧？我不赞成贵族制度，贵族们已经被世界远远抛在后面了——扔进了历史的垃圾堆。"

"哦，我也不赞成贵族。我一点都不赞成我自己。有时候我会突然想——如果我不是我自己，我会怎么反对自己，你知道吗？不过，顺便说一下，不盲目自大也是很不错的。"

"那你为什么不放弃？"斯塔克波尔小姐的语调变得严厉起来。

"放弃什么？"沃伯顿勋爵的声音却非常柔和。

"放弃贵族身份。"

"哦，我太微不足道了。要不是你们这些可恶的美国人总是在提醒我们，我早忘了自己是个贵族了。不过，我确实在考虑放弃，尽管也没剩下什么了，就在这两天吧。"

"我希望你说到做到！"亨丽埃塔严肃地说。

"我会邀请你参加仪式的；到时候我们会搞个晚宴，还有舞会。"

"嗯，"斯塔克波尔小姐说，"我喜欢全面地看问题。我不赞成特权阶级，不过我倒想听听他们自己有什么可说的。"

"哦，没什么可说的，你已经看到了！"

"我倒想让你多说一些，"亨丽埃塔接着说，"可是你总是躲躲闪闪，不敢看我的眼睛。你在逃避我。"

"不，我只是在找那些你看不上眼的土豆。"

"那么，请你给我说说那位年轻小姐——你的妹妹。我对她一点都不了解。她是一位女勋爵啰？"

"她是个很好的姑娘。"

"我不喜欢你说话的口气——总像是要改变话题。她的地位应该不如你了？"

"我们两个都没有什么可以称道的地位；不过她的情况倒是比我好，因为她没什么需要操心的。"

"不错,她看起来不像有什么可操心的。我但愿自己也能像她那样。不管还有别的什么,你们这里的确出产安静的人。"

"啊,你看,总的来说,我们把生活看得很简单,"沃伯顿勋爵说,"然后,你就会知道,我们都是很乏味的。啊,只要我们努力,就可以很乏味。"

"那我建议你朝别的方向努力。我不知道该和你的妹妹说些什么,她看起来太特别了。那个银十字架是徽章吗?"

"徽章?"

"家族地位的标志。"

沃伯顿勋爵的目光已经游离开来,听到这个又转回来,正视着他的邻座的目光。"哦,是的,"他停顿片刻后说道,"女人们很喜欢这些东西。银十字架是子爵的长女佩戴的。"他在美国时,有时候过于轻信上了当,现在这样做算是一个没什么恶意的报复。午餐后他邀请伊莎贝尔到画廊去看画;尽管她知道那些画他已经看了不止二十遍了,却不点破,跟着他来到了画廊。此刻她心地坦荡;自从写了那封信后她就轻松多了。他慢步走到画廊的尽头,凝视着那些画作,一言不发。然后,他突然说道:"真希望你给我写的信不是那样的。"

"那是唯一可能的方式,沃伯顿勋爵,"女孩说,"请接受吧。"

"如果我能够接受,当然就不会再打搅你。可是,不是想接受就能接受的;而且,我承认,我不明白。如果你不喜欢我,那还可以理解,完全能够理解。可是你承认你的确——"

"我承认什么了?"伊莎贝尔打断他的话,脸色微微发白。

"承认我是个好人,不是吗?"她没有回答,于是他接着说,"你似乎没有任何原因,这让我觉得很不公正。"

"我有原因,沃伯顿勋爵。"她的口气让沃伯顿勋爵的心揪了起来。

"我很想知道。"

"等有了更充足的理由,我会告诉你的。"

"请原谅,这让我很怀疑你的原因。"

"你让我很不快乐。"伊莎贝尔说。

"对此我没有歉意,这能让你理解我的感受。你能回答我一个问题吗?"伊莎贝尔没有作声,可是他从她的眼睛里似乎看到了什么,让他有勇气说下去。"你心里是不是有别人?"

"我不想回答这个问题。"

"啊,那么是*真的*了!"她的追求者痛苦地低声说。

她被这痛苦刺痛了,脱口说道:"你错了!我没有。"

他一屁股坐在长椅上,仪态尽失,显得麻木、困惑;双肘支在膝盖上,眼睛呆呆地望着地板。"这也不能让我高兴,"他最后说,仰身靠在墙上,"因为那好歹也算个借口!"

她惊讶地扬起眉毛。"借口?我必须要找个借口吗?"

可是他没有理会她的问题,因为他突然想到了什么。"是因为我的政治观点吗?你觉得我的想法太极端?"

"我不能反对你的政治观点,因为我并不理解它们。"

"你根本不在意我的想法!"他叫道,一边站起身来,"这对你来说都无所谓。"

伊莎贝尔走到画廊的另一边,站在那儿,呈现给他的是迷人的后背,轻盈纤巧的身材,低头时雪白颈项的线条和乌黑厚密的发辫。她站在一幅小幅的画作前,好像是在鉴赏它;她体态轻柔,行动间洋溢着青春和自由的气息,这些似乎都在嘲笑他。可是她什么也没看到,她的双眼突然间充满泪水。他过了一会儿也跟了过去,可这时她已经拭去了泪水;她转过身来,脸色苍白,眼睛里透出奇怪的神情。"我本不愿意告诉你原因——不过还是说了吧。我不能逃避我的命运。"

"你的命运?"

"如果我和你结婚,就是逃避命运。"

"我不明白。这不也是你的命运吗?和别的一样?"

"因为这不是我的命运,"伊莎贝尔柔声说道,"我知道,这不是。放弃不是我的命运——我知道那是不可能的。"

可怜的沃伯顿勋爵目瞪口呆,两只眼睛里都打上了大大的问号。

"你觉得和*我*结婚是放弃?"

"并不是通常意义上的放弃。和你结婚意味着获得——获得很多东西。可是这也意味着放弃其他的机会。"

"什么机会?"

"我指的不是婚姻。"伊莎贝尔说,脸色已经恢复了正常。她停顿了片刻,眼睛低垂,眉头紧蹙,好像无法表达清楚自己的意思。

"你获得的只会比你失去的多,这样说不过分吧。"他的同伴想了想说。

"我不能逃避不幸,"伊莎贝尔说,"而和你结婚就是要逃避不幸。"

"我不知道你会不会这么做,但是跟我结婚你一定不会不幸,这个我必须得承认!"他紧张地笑道。

"我不能逃避——我无法逃避!"女孩大声说。

"如果你愿意过痛苦的生活,我不明白你为什么要让*我*痛苦。无论痛苦的生活对你来说有多大吸引力,对我却没有。"

"我并不是喜欢痛苦的生活,"伊莎贝尔说,"我一直热切地渴望幸福,而且相信自己一定会幸福。我和很多人都说过,你可以问他们。可是一次又一次,总有个声音在告诉我,我不能以任何特殊的方式获得幸福,不能逃避,不能把我隔绝开来。"

"把你同什么隔绝开来?"

"生活。生活中通常的机会和危险,大多数人都会经历或遭遇到的。"

沃伯顿勋爵脸上展开一个微笑,似乎感觉有了希望。"啊,亲爱的阿切尔小姐,"他开始用最热切、最体贴的声音解释说,"我不会让你脱离生活,不会把你同生活中的机会和危险隔绝开来。我希望我能做到这一点;我敢说我很希望!可是请问,你把我当成谁?上帝保佑,我不是中国的皇帝!我给你的,只是普通的人生,不过是更舒适一些罢了。普通的生活?啊,我热爱普通的生活!和我结成同盟吧,我向你保证,你会经历最普通的生活。你不会失去任何东西——甚至是你的朋友斯塔克波尔小姐。"

"她永远也不会同意我和你结婚的。"伊莎贝尔说,试图微笑一下,想利用亨丽埃塔岔开话题,心里却很鄙视自己这样做。

"我们是在说斯塔克波尔小姐吗?"勋爵阁下不耐烦地说,"我从来没见过这样根据理论判断一切的人。"

"我觉得你这是在说我了。"伊莎贝尔谦卑地说;一边又转过了身,因为她看见莫利纽克斯小姐走进了画廊,身边跟着亨丽埃塔和拉尔夫。

沃伯顿勋爵的妹妹怯怯地提醒他,她要回家用下午茶,因为已经邀请了朋友参加。他没有回答——很明显没有听到她在说什么;他正在出神,这当然有原因。而莫利纽克斯小姐像个宫女一样侍立一旁,就好像他是国王。

"莫利纽克斯小姐,我永远不会这样做的!"亨丽埃塔·斯塔克波尔说,"如果我要走,他必须得走。要是我想让我的哥哥做什么事,他就一定得做。"

"哦,沃伯顿为了让别人满意,什么都会做的,"莫利纽克斯小姐很快羞怯地笑了笑说,"你们有这么多画!"她转向拉尔夫,又说道。

"因为都放在一起,所以看起来很多,"拉尔夫说,"不过这样放的确很不好。"

"哦,我觉得好极了。要是洛克雷也有一个这样的画廊就好了。我喜欢画儿!"莫利纽克斯小姐继续对拉尔夫说,好像她害怕斯塔克波尔小姐会再和她说话。亨丽埃塔既让她着迷,又让她害怕。

"啊,不错,绘画是很适宜的消遣。"拉尔夫说。他好像很知道,怎样回答能让她高兴。

"下雨的时候这些画尤其美,"年轻的小姐接着说,"最近一直在下雨。"

"很遗憾你要走了,沃伯顿勋爵,"亨丽埃塔说,"我还想从你那里知道很多东西呢。"

"我不走。"沃伯顿勋爵说。

"你的妹妹说你得走。在美国绅士们都要听女士的。"

"我担心家里有客人要来喝茶。"莫利纽克斯小姐看着哥哥说。

"很好,亲爱的。我们回去。"

"真希望你能拒绝!"亨丽埃塔嚷道,"我想看看莫利纽克斯小姐会怎么办。"

"我不会怎么样的。"这位年轻小姐说。

"我看,在你的位置,你只要活着就够了!"斯塔克波尔小姐回答说,"真想看看你在家里是什么样的。"

"你一定要再来洛克雷。"莫利纽克斯小姐甜甜地对伊莎贝尔说,并没有理会她的朋友的话。

伊莎贝尔看着她的眼睛,那沉静、深邃的灰色眸子里似乎折射出她因拒绝沃伯顿勋爵的求婚而放弃的一切:平静、善良、高贵、财富,巨大的安全,同时还有巨大的隔绝。她亲了亲莫利纽克斯小姐,然后说:"恐怕我不会再去了。"

"再也不去?"

"恐怕我要离开了。"

"哦,那真是太遗憾了,"莫利纽克斯小姐说,"我觉得你这样做是不对的。"

沃伯顿勋爵凝视着小小的走廊,然后转过身来,盯着一幅画。拉尔夫靠在画前的栏杆上,双手放在口袋里,一直在观察他。

"我很想你在家的时候去看你。"亨丽埃塔说。沃伯顿勋爵这才发觉她就在自己的身边。"我想和你聊上一个小时;我有很多问题问你。"

"我会很高兴见到你的,"洛克雷的主人回答,"不过肯定的是我不能回答你很多问题。你什么时候去?"

"看阿切尔小姐什么时候带我去。我们在计划去伦敦,不过会先去看你的。我一定要从你那里找到让我满意的东西。"

"如果这取决于阿切尔小姐,恐怕你不会得到什么。她不会去洛克雷的,她不喜欢那里。"

"可她跟我说那是个很可爱的地方!"亨丽埃塔说。

沃伯顿勋爵迟疑了片刻。"反正她不会去的。你最好自己来。"他接着说。

亨丽埃塔挺直了身子，睁大了眼睛。"你会和一位英国女士这样说话吗？"她略带尖酸地问道。

沃伯顿勋爵也瞪大了眼睛，说："是的，如果我喜欢她。"

"那你要小心，别太喜欢她。如果阿切尔小姐不肯再次造访你的府第，那是因为她不想带我去。我知道她怎么看我，恐怕你也一样——那就是，我不应该把个人的东西写进去。"沃伯顿勋爵有些不明白；他还不知道斯塔克波尔小姐的职业，也就不理解她的意思。"阿切尔小姐是在警告你！"她只好把话说明白。

"警告我？"

"她和你单独躲到这里，不就是为了这个吗——让你有所戒备？"

"哦，天啊，不是，"沃伯顿勋爵大声说，"我们说的可没这么严肃。"

"嗯，看来你已经准备好了——全副武装。我想，这对你来说是很自然的；这也是我想看到的。莫利纽克斯小姐也一样——所以她不肯表态。不管怎样，*你们*都有所戒备了，"接着，亨丽埃塔对那位年轻的小姐说，"不过对你来说是没有必要的。"

"希望如此。"莫利纽克斯小姐含糊地说。

"斯塔克波尔小姐在收集素材，"拉尔夫解释说，似乎是在缓和气氛，"她是个大讽刺家；她把我们都看得透透的，然后写到她的大作里。"

"我得说，我还从来没碰到过这么一堆糟糕的素材！"亨丽埃塔宣称，他看看伊莎贝尔，又看看沃伯顿勋爵，然后又把目光这位贵族转到他的妹妹和拉尔夫身上。"你们好像有什么事；看起来都很沮丧，就像刚收到一封不吉利的电报。"

"你确实把我们看穿了，斯塔克波尔小姐，"拉尔夫低声说，朝她意味深长地点了点头，领着大家走出了画廊，"我们是都有心事。"

伊莎贝尔跟在他们两个后面；莫利纽克斯小姐挽着她的胳膊，和她并排从光滑的地板上走过;看来她的确很喜欢伊莎贝尔。沃伯顿勋爵走在另一边,双手背在身后,眼睛低垂着。他一直默不作声,过了一会儿才问道:"你要去伦敦,是这样吗?"

"我想这已经安排好了。"

"什么时候回来?"

"几天后,不过恐怕不会停留很长时间。我要和姨妈去巴黎。"

"那,我什么时候能再跟你见面?"

"很长时间内你是不会再见到我的,"伊莎贝尔说,"不过有一天会的,我希望。"

"你真的希望?"

"真的。"

他默然走了几步,然后停下来,伸出手说:"再见。"

"再见。"伊莎贝尔说。

莫利纽克斯小姐又吻了吻她,然后两人就离开了。这之后伊莎贝尔没有去找拉尔夫和亨丽埃塔,而是回了自己的房间。可是晚餐前,杜歇夫人在去客厅的时候拐进了她的房间,找到了她。"我最好还是告诉你,"这位女士说:"你姨父已经告诉我你和沃伯顿勋爵之间的关系了。"

伊莎贝尔想了想,说:"关系?那根本不是什么关系。他只见了我不过三四面,这是最奇怪的。"

"你为什么告诉你姨父而不是我?"杜歇夫人不动声色地问。

女孩又犹豫了一下,然后说:"因为他更了解沃伯顿勋爵。"

"不错。可是我更了解你。"

"这我可不敢说。"伊莎贝尔笑着说。

"的确,我也不敢说了解你;特别是看到你脸上这副得意的表情。别人会以为你太高看自己了,以为你中了头奖!我觉得,你拒绝了沃伯顿勋爵的求婚,是因为你还指望着更好的。"

"啊,姨父可没有这样说。"伊莎贝尔叫道,脸上仍然微笑着。

第十五章

已经安排好了，两位女士会在拉尔夫的陪同下去伦敦。杜歇夫人对这次伦敦之行却没什么好话，说这样的计划只有斯塔克波尔小姐能想得出来，又问《访谈者》的记者是不是要把大家带到她喜欢的小旅社里住宿。

"我不在乎她把我们带到哪里去住，只要是有当地特色，"伊莎贝尔说，"我们去伦敦为的就是这个。"

"一个能拒绝英国勋爵求婚的姑娘，当然什么都不在乎，"她的姨妈说，"当然不会拘泥于小事的。"

"你希望我嫁给沃伯顿勋爵吗？"伊莎贝尔问。

"当然。"

"我以为你不喜欢英国人呢。"

"不错；不过正是因为这个才要利用他们。"

"这就是你对婚姻的看法吗？"伊莎贝尔又大胆说道，好像姨妈并没有怎么利用杜歇先生。

"你姨父又不是英国贵族，"杜歇夫人说，"不过，就算他是，我大概也还是要住在佛罗伦萨。"

"你觉得沃伯顿勋爵会让我变得比现在更加好吗？"女孩饶有兴致地问道，"我不是说，我已经好得不能再好了。我的意思是……我对沃伯顿勋爵的爱还不至于让我嫁给他。"

"那你拒绝他是对的，"杜歇夫人用她尖细的嗓门说，"不过，下次再有大人物求婚，希望能让你满意。"

"我们最好还是等到那时候再讨论。现在我真希望不要再有什么求婚了，这让我很烦恼。"

"如果你一直过波希米亚式的生活，恐怕就不会再有这些烦恼了。不过，我已经答应拉尔夫了，不去批评什么。"

"拉尔夫说的都是对的，我会按他说的做，"伊莎贝尔回答说，"我非常相信拉尔夫。"

"他的母亲很感谢你！"这位女士冷冰冰地笑道。

"我也觉得她应该这样！"伊莎贝尔忍不住说。

拉尔夫已经向母亲保证，他们青年男女三个游览一下首都风光，不会有什么不妥，可是杜歇夫人却持不同的观点。就像很多在欧洲生活了多年的美国妇女，她在这种问题上已经失去了美国人的宽容，反对来自大洋彼岸的年轻人享有的自由，这尽管没什么可指责的，可有时态度也过于审慎，几乎没有必要。拉尔夫陪伴着女士们到了城里，将她们安顿在一家安静的小旅店里，就在和皮卡迪利大街①交叉的一条小街上。他本想把她们带到父亲在温切斯特广场的房子里去，那是一座宽大、沉闷的府第，在一年的这个季节，总是笼罩在寂静之中，棕色的荷兰麻布窗帘都拉得严严实实的。不过他转念一想，因为厨子在花园山庄，那里没有人为她们准备一日三餐，于是普拉特旅馆就成了她们在伦敦的住宿地。拉尔夫自己在温切斯特广场住了下来，那里有他的安乐窝；而且，因为经历过更深刻的恐惧，他也不害怕厨房的冷锅冷灶。不过他大大利用了普拉特旅馆的资源，每天一大早就去拜访同来的朋友们。普拉特先生穿着一件鼓鼓囊囊的大号白色马甲，会亲自为女士们揭开饭菜的盖子。拉尔夫来后，总是说他已经吃过早餐，然后大家会拟定一个当日的游览计划。九月的伦敦仿佛一张空洞的脸，只残留着前日涂抹的痕迹。年轻的拉尔夫不得不时常带着抱歉的口吻提醒他的同伴们，城里一个人也没有。每次他这样说，都会被斯塔克波尔小姐大大嘲笑一番。

"你的意思是说那些贵族们都不在城里吧？"亨丽埃塔说，"如果他们全都不在，也不会有谁想他们，恐怕你再也找不到比这更好的证据了。我觉得这里充满生机。这里没有什么人物，没错，可是这里有三四百万大众。你管他们叫什么——中下阶层？对你来说，他们不过

---

① 伦敦著名的繁华大街。

是伦敦的人口而已,根本不算什么。"

拉尔夫赶忙宣称,那些贵族们留下的空白,斯塔克波尔小姐都足以填补,此时此刻再也找不到比他更满足的人了。这倒是实话,九月凝滞的空气里,这座半空的巨大城池蕴含着它特有的魅力,仿佛包裹在一块积满灰尘的布料里的彩色宝石。比起他来,两位同伴兴致高昂得多;陪伴她们游览一天后,晚上他就独自回到温切斯特广场的房子里,拿起大厅里桌子上的蜡烛,走进阴沉沉的宽大餐厅,进去后,那蜡烛就是里面唯一的光亮了。广场上一片寂静,屋子里也一片寂静,他打开餐厅里的一扇窗户透风,听到一个孤独的警察缓慢的踱步声和皮靴的咯吱声。而他自己的脚步声,在这空荡荡的房子里,听起来也格外响亮;地板上的一些地毯已经收了起来,不管他走到哪里,脚步声都会在房子里忧郁地回荡。他坐在一张扶手椅里,巨大的餐桌暗沉沉的,在微弱的烛光下射出零零星星的闪光;墙上的画都是深色调,显得模糊而破碎。许久以前举行的宴会,宴会上的欢声笑语,似乎还幽灵般地游荡。也许是因为此刻他的想象力过于活跃,才有了这样的幻觉;因为他在椅子上坐的时间太久了,早已过了他应当上床睡觉的时间。他就这样坐着,什么也没做,甚至连晚报也不看。尽管这时他脑子里在想伊莎贝尔,可我还是要说,他什么也没做。因为对他来说,想想伊莎贝尔不过是消遣而已,不会有任何结果,也不会给任何人带来好处。在他眼里,表妹似乎从来没有像现在这样迷人过。这些日子以来,她就像个旅行家一样,体味着这座城市的深刻与浅薄。伊莎贝尔有那么多的假设,那么多的结论,那么多的激情;如果她是来寻找地方特色的,那么她在哪儿都能看到它。她的问题多得让拉尔夫无法回答;很多东西的历史原因、社会效果,她都有一套大胆的宏论,让他无法接受,同样又无法辩驳。几个人不止一次地去了大英博物馆,还去了那座更加灿烂的艺术王宫,它在单调的郊区开辟了一大片土地,陈列各种古代文物。他们在威斯敏斯特大教堂参观了一个上午,又乘坐一便士的小蒸汽船去了伦敦塔;他们在公立和私人的画廊里欣赏名画;多次在肯星顿花园的大树下憩息。亨丽埃塔是个精力充沛的观光客，而且比拉尔夫想的要更宽容一些。的确，伦敦很多地方让她失望，因为她总是对美国城市概念的优点念念不忘。不过，面对伦敦黯淡的高贵，她尽了她最大的努力，只不过偶尔叹口气，随口感叹一声"啊！"之后就不再说什么，沉浸在自己的回想中了。其实，就像她自己说的，她不过是没有看到自己想要的东西而已。"我对没有生命的东西不感兴趣。"她在国家美术馆对伊莎贝尔说；而且，在接下来的时间里，她也很少有机会能瞥见人们的内在生活，这让她苦恼不已。透纳的风景画①、亚述的公牛②，都不能代替文人墨客餐桌边的高谈阔论，她希望的是在这些场合见到大不列颠的天才和名流们。

"你们的公众人物在哪里？你们的男女知识分子在哪里？"站在特拉法尔加广场③的中央，她这样问拉尔夫，好像指望在这里碰到几个。"你说，柱子上的那个算一个——纳尔逊勋爵④？他也是一个勋爵？难道他还不够高贵，还要把他顶在一百英尺高的半空？那都是过去了——我不在意过去；我想看到的是当今的优秀人物。我说的不是将来，因为我对你们的将来不看好。"可怜的拉尔夫，他结交的人中并没有几个一流的头脑，他也没兴趣扯着某个名人的衣服攀谈，这在斯塔克波尔小姐看来真是可悲，简直是胸无大志。"要是在那边，我就会直接登门拜访，"她说，"告诉我他，管他是谁，素已久闻大名，故而亲自来见。不过听你的口气，这里不时兴这个。你们这里破规矩一大堆，可是没一个能帮上忙的。当然，我们是有些超前。看来，我不得不放弃社会方面的报道了。"尽管亨丽埃塔每天拿着旅行指南和铅笔跑来跑去，而且还给报社写了一篇有关伦敦塔的报道（她在里面描述了简·格雷夫人⑤的处死过程），可还是很沮丧，觉得自己没有很好

---

① 约瑟夫·马洛德·威廉·透纳（1775—1851），英国画家，他对光、色彩和空间的抽象的处理影响了法国印象派画家，他的作品包括《太阳穿过蒸汽升起》(1807)和《雨、蒸汽和速度》(1844)。
② 古代亚述的艺术作品，以粗犷雄壮著称。
③ 伦敦著名广场，周围有国家美术馆等。
④ 霍雷肖·纳尔逊（1758—1805），英国海军上将，在尼罗河战役（1798）中打败法国舰队，结束了拿破仑征服埃及的企图。
⑤ 简·格雷夫人（1537—1554），英国历史上执政时间最短的女王，又称"九日女王"，被玛丽·斯图亚特女王囚禁在伦敦塔中并处死。

地完成任务。

伊莎贝尔离开花园山庄前发生的那件事,在她心上留下一道痛苦的伤痕;回想起沃伯顿勋爵当时惊讶的神态,她仿佛又感到了那冰冷的气息,觉得它就像回涌的波浪一样拂面而来;她只好抱住头,等那气息消失。可是她当时只能那么做,这没有什么可怀疑的。然而,即使她必须这样做,还是显得很不得体,就像一个僵硬的姿势一样不优雅。她并不想以自己的行为而骄傲。不过,虽然她的骄傲打了折扣,却混合着一种甜蜜的自由感,当她随着那两位互不般配的同伴,在这座伟大的城市游逛时,它就会不时以一种奇怪的方式流露出来。走进肯星顿花园,她会拦住在草地上玩耍的孩子们,通常是那些穷孩子,问他们的名字,给他们六个便士;碰到漂亮的,就亲吻他们一下。拉尔夫注意着她的一举一动,也注意到她这些奇怪的仁慈行为。一天下午,他邀请伊莎贝尔她们到温切斯特广场喝茶消遣,还把房子收拾得尽可能整齐。在座的还有一位客人,一个性情和善的单身汉,他是拉尔夫的老朋友,恰好也在城里,而且,虽然刚刚认识斯塔克波尔小姐,同她交流起来好像既不觉得困难,也不会害怕。班特林先生年方四十,身材矮胖,头发梳得油光水滑,脸上始终笑吟吟的;他穿戴得体,见多识广,什么事都能让他高兴,无论亨丽埃塔说什么,都会纵声大笑,他为她斟了好几次茶,还陪她欣赏了拉尔夫可观的古董收藏。之后,主人提议到广场上散散步,就当是户外的娱乐,班特林先生在有限的场地上陪她走了好几圈,而且,每次她提起内在生活,都会有很多话要说,而且热烈地辩解道:

"哦,我明白了;我敢说你一定觉得花园山庄很冷清。那里的人都多病多痛的,当然不会有什么活动。杜歇身体不好,这你知道;医生绝对禁止他留在英国,他回来只是为了照顾他的父亲。老先生身上也有一大堆病,我相信。他们说是痛风,可是就我所知,他的器官有毛病,而且已经很严重了,要不了多久,你看着,他就会走的。因为这些事,那里当然会闷得要死;我都奇怪他们居然会有客人来,他们能为客人做什么!我还知道杜歇先生经常和他妻子吵嘴;你知道,她和她丈夫分开住，这是你们美国人的作风，真怪。如果你希望住在一座热闹的房子里，我建议你去南部和我姐姐潘斯尔夫人住一阵，她住在贝德福德郡。我明天就给她写信，我敢保证她会很高兴邀请你去的。我知道你需要的是什么——一个经常排演戏剧、组织野餐会等等诸如此类活动的地方。我姐姐就是这样一个女人，她总是忙着弄这个弄那个，而且总是喜欢那些能帮她弄的人。我敢说她回信时一定会邀请你去的，她非常喜欢优秀的人，还有作家们。她自己也写东西，你知道；不过她写的东西我也不全看。她写的都是诗，我不大喜欢诗歌——除了拜伦的。我想你们美国人很喜欢拜伦吧。"班特林先生接着说。看到斯塔克波尔小姐听得入迷，他的话也就愈发多起来，漫无边际，随意转换话题。可他还是很细心，始终不忘一点，那就是请亨丽埃塔去贝德福德郡和潘斯尔夫人住一段，这让她很兴奋。"我明白你想要的是什么，你要了解真正的英国式的消遣。杜歇家根本不是英国人，这你知道；他们有自己的生活方式，说话方式，饮食习惯，甚至自己的宗教信仰——我觉得是很古怪的一种。我听说，老先生认为打猎是罪恶的活动。你得赶快去我姐姐那里，赶上那里的戏剧演出，我敢肯定她会很高兴请你扮演一个角色的。你一定演得很好；我知道你很聪明。我姐姐四十岁了，有七个孩子，可是她要演主角。尽管长得一般，化上妆她就漂亮极了——这我*得*为她说话。当然，如果你不乐意也可以不演。"

就这样班特林先生一边滔滔不绝，一边和亨丽埃塔在温彻斯特广场的草地上散步。尽管草地上面散落着伦敦的烟灰，可还是让人流连忘返。亨丽埃塔觉得身边这个单身汉很讨人喜欢，他生气勃勃，嗓音悦耳，对女性的优点很敏感，还提出那么多诱人的建议。她很看重他提供的机会。"我还不大确定。不过如果你姐姐邀请我的话，我就会去的。我觉得这是我的责任。你说她姓什么？"

"潘斯尔。这名字很怪，不过还不坏。"

"我觉得名字没什么好坏。不过她的头衔是什么？"

"哦，她是个男爵夫人；这头衔很适中。是个很不错的地位，可也不是高不可攀。"

"我不知道我是不是高攀得上你姐姐。她住的地方叫什么——贝德福德郡？"

"她住在那个郡的最北面，一个乏味的地区。不过你不会在意的。如果你在那里的话我也一定会想办法去的。"

所有这些对斯塔克波尔小姐来说真是太好了，等到不得不和潘斯尔夫人热心的弟弟分手，她已经依依不舍了。前天她恰好在皮克迪利大街碰到了两个阔别一年的老朋友：克莱布斯姐妹。两位小姐来自特拉华州的威明顿，一直在欧洲大陆旅行，现在准备启程回国了。亨丽埃塔和她们在皮克迪利大街的人行道上聊了很久，尽管三位女士同时开口，还是有说不完的话。于是，三人约好，第二天下午六点亨丽埃塔到她们在杰明大街上的住处一起吃晚饭。现在她想起了这个约会，就先来和拉尔夫和伊莎贝尔道别，然后准备去杰明大街。拉尔夫他们坐在广场另一边的花园式椅子上，正忙着——如果可以这么说的话——愉快地聊天。比起斯塔克波尔小姐和班特林先生之间的谈话，这两个聊的内容就不那么实际，没什么目的了。伊莎贝尔和她的朋友商定好一个合适的时间，在普拉特旅馆会合；这时，拉尔夫说，他要为斯塔克波尔小姐叫一辆马车，她不能走路去杰明大街。

"我想你是说，我一个人走过去不够体面！"亨丽埃塔大声说，"仁慈的力量啊，我怎么到了这一步？"

"你完全不用自己走过去，"班特林先生豪侠地插进来说，"我很高兴陪你过去。"

"我不过是害怕你迟到罢了，"拉尔夫回答说，"那两位可怜的女士一定以为，我们不肯放你过去。"

"你最好乘马车去，亨丽埃塔。"伊莎贝尔说。

"如果你信任我，我为你叫马车，"班特林先生又说，"我们可以一边走一边找。"

"为什么不能信任他，你说呢？"亨丽埃塔问伊莎贝尔。

"我不知道班特林先生能为你做什么，"伊莎贝尔恳切地说，"不过如果你愿意，我们可以一起陪你走，直到你坐上车。"

"不用担心，我们两个就可以了。来吧，班特林先生，用点心，给我找辆好车。"

班特林先生保证一定全力以赴，两人就离开了，留下女孩和她的表兄在广场上。暮色已经染上九月的晴空，四下一片寂静。四方的广场上，周围那些高大的建筑都黑黢黢的，窗户上的百叶关闭着，没有一丝光亮。走道上空荡荡的，两个附近陋巷里的孩子，因为听到里面有异常的动静，把头从生锈的铁栅栏里伸进来。除了他们，能够看到的最清楚的东西就是东南角上那只大大的红色邮筒了。

"亨丽埃塔会请他一起上马车，陪她去杰明大街的。"拉尔夫说。他总是叫斯塔克波尔小姐亨丽埃塔。

"很可能。"他的同伴说。

"不过，也许她不会这样说的，"拉尔夫接着说，"不过班特林先生会请求她，让他也进去的。"

"这也很可能。真高兴，他们两个这么好。"

"她征服了他。他觉得她是个了不起的女人。他们的关系也许会进一步的。"

伊莎贝尔停顿了片刻。"亨丽埃塔是了不起，可是他们两个不一定能走很远。他们永远也不会了解对方的。他根本不了解她是什么样的人，她对班特林先生的认识也不一定对。"

"相互的误解是结合的基础，这最通常不过了。不过要了解鲍勃·班特林并不难，"拉尔夫又说，"他是个很简单的人。"

"是的，可是亨丽埃塔更简单。哎，请问，现在我怎么办？"伊莎贝尔问道。她环顾四周，暮色中，广场上几处有限的园艺景色显得郁郁葱葱。"我猜，你不会提议我们两个坐上马车游伦敦打发时间吧？"

"要是你不讨厌，我们为什么不能就待在这里？天气很暖和；还要半个小时天才会黑；如果你允许，我想点上一根雪茄。"

"请随意，"伊莎贝尔说，"只要你能陪我到七点钟。到时我就回普拉特旅馆，享用一顿简单寂寥的晚餐——两个荷包蛋，一块小松糕。"

"我可以和你一起吃晚饭吗?"

"不,你还是去你的俱乐部吃饭吧。"

他们又漫步回到了广场中央的椅子那里,拉尔夫点燃了一支雪茄。如果能加入伊莎贝尔刚才描述的小小晚餐,将会带给他极大的快乐;可是,既然不能去了,似乎遭到拒绝也让他高兴。此刻,在渐浓的暮色中,身处这座拥挤的城市中央,他很珍惜与她独处的时刻;这让他觉得,她好像需要依靠他,处在他的权利支配之下。可是他只能含糊地行使这权利,最好的方式就是顺从地接受她的决定。而他也的确很愿意这样做。"为什么不让我和你一起吃饭?"停了一会儿他问道。

"因为我不喜欢这样。"

"我想你厌倦我了。"

"一个小时之后我才会厌倦你。你看,我能未卜先知。"

"哦,在这一个小时内我会让你高兴的。"拉尔夫说。可是他没再说什么,伊莎贝尔也没有答话,两人就这样在静静地坐着,似乎与刚才拉尔夫的承诺相矛盾。他觉得她在沉思,而且想知道她在想什么;猜测有两三个主题很可能吧。最后,他开口了。"今晚你不要我陪伴你,是因为你有别的客人吗?"

她转过头来,用美丽清澈的眼睛瞥了他一眼。"别的客人?我会有什么客人?"

他一个人也说不出来;这让他的问题显得很傻,又很唐突。"你有很多朋友是我不知道的。你的整个过去都没有我的份,这很不正常。"

"可你有我的未来。你知道,我的过去是在大海的那边,和伦敦没有任何关系。"

"啊,未来就坐在你身边,好极了。最重要的是近水楼台。"拉尔夫又点燃了一支雪茄。他想,也许伊莎贝尔的意思是,她已经收到消息,卡斯帕·古德伍德已经过海峡去了巴黎。点上雪茄后他吸了一会儿，又说道："刚才我向你保证，要让你高兴；可是你看，我没能做到。事实是，要想让你这样的人高兴，简直是自不量力。你又怎么能在意我可怜的努力呢？你要求很高——在这些事情上你的标准很高。我至少应该叫进来一支乐队，或一群江湖骗子。"

"一个江湖骗子就够了，你演得很好。请继续，再有十分钟我就会大笑了。"

"我向你保证，我是很严肃的，"拉尔夫说，"你的确要求很高。"

"我不知道你在说什么。我没有任何要求！"

"可你什么也不接受。"拉尔夫说。她的脸红了，好像突然间猜到了他的意思。可是他为什么要和她说这些呢？他犹豫了片刻，然后继续说："有些话我很想和你谈谈。是我想问的一个问题。好像我也有权利来问，因为我对你的答案很感兴趣。"

"请问吧，"伊莎贝尔柔声说，"我会努力让你满意的。"

"那好，希望你不要在意，沃伯顿已经告诉了我一些发生在你们之间的事。"

伊莎贝尔几乎惊跳起来，可她控制住了；只是坐在那里，看着打开的扇子。"很好，我想他会告诉你的，这很自然。"

"我已经得到了他的允许，让你知道他已经告诉我了。他仍然抱着一些希望。"拉尔夫说。

"仍然？"

"至少几天前。"

"我想现在不会有了吧。"女孩说。

"那我真为他难过，他是一个很诚实的人。"

"请问，是他让你跟我说的？"

"不，不是这样。他告诉我是因为他太难过了，没别的办法。我们是老朋友了，而他当时极度失望。他给我写了一封信，请我过去看他，于是我骑马去了洛克雷，就在他和妹妹过来用午餐的前一天。他情绪很低落，因为刚刚接到你的信。"

"他给你看我的信了吗？"伊莎贝尔突然间傲慢地说。

"绝对没有。不过他告诉我你回绝得很干脆。我很为他难过。"拉尔夫又说了一遍。

伊莎贝尔沉默了一会儿，最后说道："你知道他一共见过我几次？"她问，"五到六次。"

"这是你的荣耀。"

"我不是要显弄这个才说的。"

"那你是为什么？难道是为了证明可怜的沃伯顿头脑发昏？我很知道你不是这样想的。"

伊莎贝尔当然不能说她是这样想的；可是她也没说别的。"如果沃伯顿勋爵没有请求你为他说话，那你现在和我争论是没有什么私心的——或者只是因为你想争论。"

"我根本不想和你争论什么。我不想干涉你的事。只是我对一点很感兴趣，那就是，你心里是怎么想的？"

"真是太感谢了！"伊莎贝尔有些不自然地笑道。

"当然，你会觉得，这和我无关，我是在掺和你的事。可是我为什么不能和你说说这事呢？既不让你恼火，也不让我难堪？如果没有一点特权，做你的表兄又有什么用呢？我仰慕你，又不求回报，如果没有一点补偿，这又有什么用呢？因为身体病弱，我不能参加生活的游戏，只能做个旁观者，如果我花了这么大的价钱，买到了门票，却不能观看你人生的表演，这又有什么用呢？告诉我，"拉尔夫接着说，而伊莎贝尔也紧跟着他的逻辑，专注地倾听着，"你拒绝沃伯顿勋爵时是怎么想的？"

"怎么想的？"

"你的逻辑是什么？是什么想法导致你做出如此非凡的举动？"

"我不想和他结婚——如果这算是逻辑的话。"

"不，这不算——这我已经知道了。你知道，这不是什么理由。你当时是怎么想的？你想的肯定不只是这个。"

伊莎贝尔想了一会儿，用一个问题代替了回答。"你为什么说这是非凡的行为？你母亲也这么想。"

"沃伯顿是个地地道道的好人,几乎没有缺点。而且,就像这里的人说的,他就是个聚宝盆。他有无尽的财富,而他的妻子会被当作极为尊贵的人。他兼具了内在的优点和外在的优势。"

伊莎贝尔看着她的表兄,似乎要看看他还能再说些什么。"那么,我拒绝他是因为他太完美了。我自己并不完美,配不上他。再说,他的完美会让我羞愧恼怒的。"

"你的回答很巧妙,可是并不坦率,"拉尔夫说,"其实你认为,对你来说这世上没有什么是完美的。"

"你觉得我有这么好吗?"

"不,你没有,可是你很挑剔,即便没有自以为完美的理由,也仍然是这样。可是,十个女人当中有九个,即便再挑剔,也会对沃伯顿另眼看待的。也许你还不知道,他是如何受人追捧。"

"我也不想知道。可是,"伊莎贝尔说,"有一天我们谈起他的时候,好像你提到他身上一些古怪的东西。"

拉尔夫抽着烟思忖着。"希望我当时说的话对你没什么影响,因为我说的那些不是缺点:不过是他所处的地位的一些特点。如果我知道他要向你求婚,是绝对不会说这些的。我想,我那天的意思是,他是个怀疑主义者。在你的影响下他会变成一个信仰者的。"

"我不这么认为。那些事我根本不懂,我也不觉得要承担这样的任务。看来你很失望,"伊莎贝尔又说,温柔而怜惜地望着拉尔夫,"你很想促成这桩婚姻。"

"一点也不。我绝对没有一点这方面的意思,也不想装模作样地给你什么建议。我只想做你人生的观众——对此我兴浓意厚,这就让我满足了。"

她叹了口气,叹息声清晰入耳。"希望我也能像你一样,对自己感兴趣!"

"你又不够坦诚了;你一定对自己很感兴趣。不过,你知道吗?"拉尔夫说,"如果你给沃伯顿的确实是最终的回答,我很高兴。我不是为你高兴,更不是为他。我是为我自己高兴。"

"难道你也在考虑向我求婚吗？"

"不。从我刚才说的角度来看，向你求婚简直是致命的；那就等于杀了每天早上为我提供美妙无比的煎蛋的金鹅。那只鹅是我疯狂的幻想的象征。我的意思是，我将看到一个拒绝嫁给沃伯顿勋爵的年轻姑娘会有怎样的人生，那该有多精彩！"

"这也是你妈妈等着看的。"

"啊，会有很多人看的！我们会紧紧盯着你的人生。我不会看到全部，不过很可能会看到最有趣的一段。当然，如果你嫁给我们的朋友，也会有非凡的人生——尊贵的，应当说是显赫的人生。不过相对来说，那还是有些乏味；因为一切都预先规划好了，没有意外。你知道，我多么喜欢出其不意的东西。现在，游戏已经掌握在了你的手中，我指望着你能给我们一场精彩的演出。"

"我不大明白你的意思，"伊莎贝尔说，"不过有一点我明白。我可以告诉你，如果你指望什么精彩演出，一定会失望的。"

"让我失望只能让你自己失望——你会很难过的！"

她没有直接回答；拉尔夫的话有一定的道理，值得考虑。最后，她突然说："我只是不想把自己拴住，我不明白这有什么不好。我不想以结婚开始人生。一个女子能做的事还有很多。"

"没有什么事她能做得比这更好。当然你有多方面的天赋。"

"两面就够了。"伊莎贝尔说。

"你是最迷人的多边形！"她的同伴脱口而出。可是，瞟了一眼身边的女孩，他变得严肃起来，为了证明这一点他接着说："你想体验人生——如果做不到，你宁可死去，就像那些年轻人说的。"

"我并不想像那些年轻人说的那样体验人生，不过我的确想看看身边的世界。"

"你要饮尽人生这杯酒。"

"不，我并不想碰那杯酒，那是杯毒酒！我只想亲眼观察人生。"

"你只想观察，不想体验。"拉尔夫说。

"如果一个人足够敏锐，我不觉得这有什么区别。我很像亨丽埃塔。有一天我问她是否想结婚,她说:'不,要到我看到欧洲之后!'我也是,在我还未看到欧洲之前,我不想结婚。"

"你想俘获一个国王,这很清楚。"

"不,那还不如嫁给沃伯顿勋爵呢。不过,天已经黑了,"伊莎贝尔接着说,"我得回去了。"她站起身来,可是拉尔夫却坐在那里,看着她。看到拉尔夫没有动,她也停了下来;两人互相凝视着,他们的眼神——特别是拉尔夫的眼睛——似乎都在述说着无法用语言表达的含义。

"你已经回答了我的问题,"最后,他说道,"你已经告诉了我想知道的。我很感激你。"

"好像我并没有告诉你什么。"

"你告诉了很重要的东西:这个世界吸引着你,你想投身其中。"

她银灰色的眼睛在幽暗的暮色中闪着光亮。"我从未这样说过。"

"我想,你的意思就是这个。不要否定它。多么美好的愿望!"

"我不知道你要把什么强加在我身上,我并没有什么冒险精神。女人不同于男人。"

拉尔夫慢慢从椅子上站起身来,两人一起走向广场的大门。"是的,"他说,"女人很少吹嘘她们的勇气。男人却经常这样做。"

"男人有勇气可吹嘘!"

"女人也有。你很有勇气。"

"足够我坐上马车回普拉特旅馆了,不过也仅此而已。"

拉尔夫打开大门,出来后又关好。"我们去找辆马车。"他说。两人朝临近的一条街走去,希望能碰到车。这时,拉尔夫又问伊莎贝尔是否能送她回旅馆。

"不要,"她回答,"你很累了,你必须回家上床休息。"

马车找到了,他帮她坐了进去,又在车门口耽搁了一会儿。"要是别人忘了我是个可怜的病秧子,我就会觉得很不习惯,"他说,"可是要是别人放在心上,我觉得更糟!"

第十六章

她不希望他送自己回家,并没有别的意思,只是觉得这些天来她已经占用了他太多时间;过多的帮助会让一个美国女孩觉得"不太自在",美国女性的独立精神让伊莎贝尔决定自己度过这几个小时。此外,她很喜欢独处的片刻,这在她到英国后就很少有了。在家的时候,她尽可以奢侈地享受孤独,现在她很怀念它。这天晚上,伊莎贝尔是为了独处而婉谢了表兄的陪伴,可是发生了一件事,让她的理由失去了真实性,如果有个批评家看到的话,一定会撕下这个理论的漂亮外衣。快到九点时,伊莎贝尔还坐在光线昏暗的普拉特旅馆,伴着两支高高的蜡烛,试图读一本从花园山庄带来的书。可是,映入眼帘的却不是印在书上的字迹,而是拉尔夫下午和她说的那些话。突然,旅店侍者戴着手套的指节敲响了门,接着像炫耀胜利果实一样递进来一位客人的名片。伊莎贝尔定睛一看,只见卡斯帕·古德伍德先生的名字映入眼帘。她让侍者等在那里,没有给他任何吩咐。

"要我把那位先生带进来吗?小姐?"他带着点怂恿的口气问。

伊莎贝尔迟疑着,一边犹豫,一边瞥着镜子。"可以。"最后她说。她一边等他进来,一边整理着头发,其实是在给自己打气。

卡斯帕·古德伍德很快进来了,他和她握了握手,却没有说话,直到侍者离开房间,才问道:"为什么没有给我回信?"他的声音急促、深沉,还有些专横——他是个坚持己见的人,问的问题也总是很直接。

她没有回答,却问了一个现成的问题:"你怎么知道我在这里?"

"斯塔克波尔小姐告诉我的,"卡斯帕·古德伍德说,"她对我说,今晚你也许会独自在家,可能会想见我。"

"她是在哪里见到你,告诉你这些的?"

"她没有见我,只是给我写了信。"伊莎贝尔沉默了。两人都没有坐下，就站在那里，似乎都带着一种挑战、至少是对立的神气。"亨丽埃塔从来没告诉过我给你写了信，"最后，她终于说道，"她这样做不对。"

"难道你这么不愿意看到我？"年轻人问道。

"我只是没料到。我不喜欢这样的意外。"

"可是你很清楚我在城里，碰到是很自然的。"

"这是碰到吗？我以为不会见到你，在伦敦这么大一个地方这是很可能的。"

"看来，你甚至不愿意给我写信。"她的客人接着说。

伊莎贝尔没有回答，满心想的是，亨丽埃塔·斯塔克波尔把她出卖了，至少此刻她是这么认定的。"亨丽埃塔太不为别人考虑了！"她愤愤地说，"简直是肆意妄为。"

"恐怕我也是——我也不具备那些优点，或别的什么优点。如果她有错，那也是我的错。"

伊莎贝尔看着他，觉得他的下巴从来没像现在这样方正。她有些不悦，可是又换了口气。"不，你没什么错，你和她不一样。我想，你只是做了你认为必须要做的事。"

"确实是这样！"卡斯帕·古德伍德不自然地大声笑道，"不管怎么说，现在我已经来了，能坐下吗？"

"当然，请坐。"

她回到自己的座椅，她的客人也随便找了个地方坐下，他对这些客套一向很少在意。"我每天都在期待着你的回信。哪怕就给我写几行字也行。"

"并不是怕麻烦才没有写；我可以洋洋洒洒写上四大页，写四页和写一页没什么不同。我的沉默是有目的的，"伊莎贝尔说，"因为我觉得这样做最好。"

他坐在那里，凝视着她的眼睛；等她说完，他垂下了眼睛，盯着地毯上的一个点，好像在努力克制着自己，只说他应该说的话。他是个有力量的人，可现在他的强大却毫无用武之地；他已经敏锐地察觉到,他做错了,而展现他的强势力量只能更加突出他的谬误。伊莎贝尔并不是不能利用一下面对这样一个人所取得的优势。不过,尽管不想当面炫耀,她还是很高兴能带着胜利的口吻对他说:"你知道,你不该给我写信的!"

卡斯帕·古德伍德抬起眼睛,又一次凝视着她,目光仿佛是从盔甲的面具后面射出来的一般。他觉得自己根本没有错,而且随时准备为自己的权利辩护,不仅这一次。"你说过,你不要再听到我的消息;这我知道。可是我不会接受这样的规定的,我跟你说过,你很快就会收到我的信的。"

"我并没有说永远不要听到你的消息。"伊莎贝尔说。

"那就是五年、十年、二十年,这都一样。"

"你觉得都一样吗?我觉得有很大区别。我可以想象,十年后,我们会很愉快地通信的。到时我的书信风格也会变得成熟的。"

她这么说的时候,眼睛转向一边,因为心里知道,这些话并不真诚,远不如倾听人的表情那样严肃。可是,她最终还是把目光转到了他身上。这时,他问了一个不相干的问题。"你在姨父这里过得很高兴吗?"

"是的,非常高兴,"她停了下来,又突然嚷道,"你这样不依不饶又有什么好处?"

"好处是不会失去你。"

"你不可能失去本不属于你的东西,你没有权利这样说。"接着,伊莎贝尔又说:"即便是站在你自己的立场上,你也应该知道什么时候该放手。"

"我让你讨厌。"卡斯帕·古德伍德沮丧地说;他感受到了打击,可他的话好像并不是要博得她的同情,而是为了面对事实,正视它,再采取行动。

"是的,你一点也不让我高兴,你的到来很不合时宜,怎么说都是。最糟的是,你完全没有必要用这种方式来证明你不受欢迎。"他当然不是那种脆弱敏感的性格,针扎一下就会流血;从认识他起,她就摆出一副神气，好像他比她更了解什么对她好，让她不得不保护自己；所以打一开始，她就明白，百分百的坦率是对付他的最好武器。想要不伤害他的感情，或者试图从旁边躲开他，就像躲开一个不太坚决地挡在路上的人，无论你做得多么灵巧敏捷，对卡斯帕·古德伍德来说都是白费心思。要知道，他一向坚定不移，不放过任何机会。并不是说他没有弱点，而是因为，无论是被动的时候还是主动的时候，他表现得总是那么强大、坚韧；即使受了伤，如果需要，他也完全能够自己包扎伤口。所以，她一边揣度着对他可能造成的伤害，一边还是坚信，这个人生下来就披着盔甲，能够抵御任何攻击。

"这我无法接受。"他简单地说。他如此大度，让她觉得害怕；因为她知道，他很容易就可以证明，他并不总是让她讨厌。

"我也不能接受，我们之间不应该是这样的。要是你能够把我从你的脑子里开除出去几个月，我们就可以和好如初的。"

"我知道。如果我能一段时间不想你，就能做到永远不再想你。"

"我可不要永远。那会让我不高兴的。"

"你要知道，你的要求是不可能的。"年轻人说。他这个形容词用得好像理所当然，让她有些不舒服。

"你就不能努把力？"她问，"你一向很坚强；在这件事上为什么就不能坚强一点？"

"努把力？"看到她没有作声，他又接着说，"对于你，除了疯狂地爱着你外，我无能为力。如果一个人很坚强，他的爱也只能更坚强。"

"这话是有道理，"的确，我们的年轻姑娘也感觉到了这话的分量，它就如同一只诱饵，带着无限真诚和诗意，打开了她的心房。可是她很快硬下心肠，说："不管想不想我，随便你；只是请你不要再打搅我。"

"到什么时候？"

"嗯，一两年吧。"

"到底多长？一年和两年差别太大了。"

"那就两年。"伊莎贝尔步步紧逼。

"那我会有什么好处?"她的朋友则毫不退缩。

"我会很感激你。"

"那我的报酬呢?"

"难道慷慨的行为需要报酬吗?"

"当然,因为我做出了巨大牺牲。"

"慷慨总是需要牺牲的。男人总是不理解这个。如果你做出牺牲,会赢得我的钦佩的。"

"我根本不在乎你的钦佩,一丁点儿也不在乎,那没什么可炫耀的。你什么时候和我结婚?这是唯一的问题。"

"永不,如果你让我对你的感觉一直像现在这样的话。"

"如果我就这样,会怎么样?"

"你会让我烦死的!"卡斯帕·古德伍德又一次垂下眼睛,望着他的帽顶,脸变得通红。伊莎贝尔看到,她的尖刻终于见效了。这对她立刻具有了某种意义——让她感觉很经典,很浪漫,仿佛能够补偿她什么,她又怎么说得清楚?"痛苦中的强者"是最能打动人的,尽管眼前古德伍德的表现并没有多少感染力。"为什么让我说出这样的话?"她声音颤抖着说,"我只想好好对你。知道别人喜欢我,却不得不劝说他不要这样,你以为这样我好受吗?你也要为我考虑;我们每个人都不得不从自己的立场来判断。我知道你很为我着想,已经尽力了;你有充分的理由这样做。可我真的不想结婚,现在也根本不想谈论这个。也许我永远不会结婚——永远。我完全有权利这样做;你这样逼迫一个女人,强迫她违背自己的意志,这是很残忍的。如果我让你感到痛苦,我只能说对不起。这不是我的错;我不能为了让你高兴就嫁给你。我不会说,我永远是你的朋友,因为我觉得,在现在的情况下,说这种话就像是在嘲讽你。不过有一天,你会看到的。"

卡斯帕·古德伍德听着伊莎贝尔的这番话,眼睛一直盯着帽子上的商标,直到她的话说完很久才抬起眼睛。可是看到伊莎贝尔双颊通红,显得那么热切、迷人,他又心绪紊乱了,无法分析她话里的含义。"我马上就回去……明天就走……我不会再打搅你了,"最后,他终于吐出几句话来,"只是,"他又重重地说道,"我受不了看不到你!"

"别担心。我不会出什么事的。"

"你会和别人结婚的,这确定无疑。"卡斯帕·古德伍德坚定地说。

"你觉得这样指责我很高尚吗?"

"为什么不?很多人都会向你求婚。"

"我刚刚告诉你我不想结婚,我几乎可以肯定,我永远不会结婚。"

"你是说了。'几乎可以肯定'?真让我喜欢!我不相信你说的话。"

"谢谢。你是在指责我撒谎?好把你甩掉?你说的真是太文雅了。"

"我为什么不能这么说?你没有给我任何承诺。"

"是的,不能给你的就是承诺!"

"你觉得你靠得住,也许,甚至还相信你是靠得住的。可其实不是的。"年轻人继续说,好像在做最坏的打算。

"那好吧,就当我靠不住。随你怎么想。"

"可是,我不知道,"卡斯帕·古德伍德说,"哪怕我一直看着你,是不是就能防止这种事发生。"

"你真不知道吗?我真是很怕你。你觉得我这么容易动心吗?"她突然变了声调,问道。

"不——我不这么想;我会这么安慰自己的。可是,世上有一些非常出色的人物,这是一定的;而只要有一个就够了。那个最耀眼的人会直接找到你。逊色的人你当然不会接受。"

"如果你说的耀眼指的是聪明绝顶的话——因为我也想不出你还能有什么其他意思,"伊莎贝尔说,"我不需要什么聪明人教我如何生活。我自己会明白的。"

"明白怎么一个人生活？希望如此。等你找到了，希望你能教教我！"

她看了看他，然后轻快地笑了笑。"哦，*你应该结婚*！"她说。

如果此刻，他感觉伊莎贝尔的话仿佛是来自地狱的声音，恐怕也是可以原谅的。她是否有清晰的理由来放这一箭，无从说明。他不应该总是一副虎视眈眈、饥肠辘辘的样子，可是，她对他的感觉就是*这样*。"上帝饶恕你！"他从牙缝里挤出这几个字，转过了身去。

伊莎贝尔的口气有点重，是有些不对；过了一会儿，她觉得有必要为自己辩护一下。最简单的办法就是找出他的错。"你对我很不公平——你不知道我的情况！"她突然说，"我是不会轻易被俘虏的——而且事实已经证明了。"

"哦，是的，在我这里，而且证明得很清楚。"

"我在别人身上也证明了。"她停顿了片刻，"上个星期我拒绝了一桩婚事，人人都会说那是一桩显赫的婚事。"

"很高兴听到这个。"年轻人严肃地说。

"这样的求婚很多女孩都会接受的，无可挑剔。"伊莎贝尔并没有准备讲这件事，可是既然开口了，就想一吐为快，好为自己正名。"他能带给我显赫的地位，还有大笔的财富——而且我很喜欢他。"

卡斯帕怀着极大的兴趣注视着她。"是个英国人吗？"

"一个英国贵族。"伊莎贝尔说。

听到这个，她的客人起初默不作声，后来说道："很高兴你让他失望了。"

"所以说，你并不是唯一不幸的人，还是心平气和吧。"

"他可不是我的同伴。"卡斯帕没好气地说。

"为什么？——我已经彻底拒绝他了。"

"那他也不是我的同伴。再说，他是个英国人。"

"请问，英国人不是人吗？"伊莎贝尔问。

"哦，那些家伙？起码不是*我们*这样的人，所以，他们怎么样我才不管。"

"看来你很生气，"女孩说，"这件事我们已经说得够多的了。"

"是的，我很生气。请原谅！"

她转过身去，背对着他走到打开的窗户前，凝视着灰蒙蒙的街道。街上空荡荡的，只有一盏汽灯发出混浊的光亮，还算有些生气。两人都没有说话；卡斯帕在壁炉旁徘徊着，眼神忧郁。他知道，她是在请他离开；可是他甘愿冒险，让自己讨厌，也要固守阵地。他太需要她，不能轻易放弃，而他远涉重洋也就是为了从她口中获取只言片语的承诺。她离开窗户，站在他面前。"我都已经告诉你了，你对我还是这么不公平，现在我很后悔告诉你这些，因为你根本不在意。"

"啊，"年轻人大声说，"你是考虑到*我*才说的！"他停了下来，唯恐她会否认这个愉快的假设。

"当时我是有一点想到你的。"伊莎贝尔说。

"一点？我不懂。如果你明白我对你的感受，如果它在你心里还有一定的分量，就不能说只有'一点'。"

伊莎贝尔摇了摇头，就好像要甩掉一个大错误。"我拒绝了一个最善良，最高贵的绅士。好好想想吧。"

"那么我谢谢你，"卡斯帕·古德伍德庄重地说，"非常感谢你。"

"现在你最好回去。"

"不能再见你了吗？"他问。

"我想最好不要。你肯定会提起这个的，而且你看到了，这不会有任何结果。"

"我向你保证，不会再说一个让你不高兴的字。"

伊莎贝尔想了想，说："一两天后我会回姨父家去，我不能请你去那里。那样做也太自相矛盾了。"

卡斯帕·古德伍德也考虑了一下，说："你对我也要公平。一个多星期前我收到了去你姨父家的邀请，可我谢绝了。"

她没有掩饰自己的惊讶。"谁邀请你的？"

"拉尔夫·杜歇先生，我想是你的表哥。因为没有你的同意，我想我不能接受。我猜恐怕是斯塔克波尔小姐请他邀请我的。"

"当然不会是我。亨丽埃塔真是离谱。"伊莎贝尔又加了一句。

"不要太责怪她——都是因为*我*。"

"我不会的,你做得很对,谢谢你。"想到沃伯顿勋爵和古德伍德先生险些在花园山庄相遇,她不禁打了个寒战,有些后怕:沃伯顿勋爵该会多尴尬啊。

"离开你姨父家后,你会去哪里?"她的朋友问。

"我和姨妈去国外——去佛罗伦萨,还有其他地方。"

伊莎贝尔安静的回答仿佛一股冷风,让年轻人凉彻心肺;他好像看到她被翻滚的漩涡越卷越远,而他却无从进入。可他还是很快地问道:"你什么时候回美国?"

"也许很长时间都不会回去。我在这里很快乐。"

"你要放弃你的国家?"

"别像个孩子!"

"唉,我真的要看不见你了!"卡斯帕·古德伍德说。

"我不知道,"她很庄严地回答说,"世界这么大,有那么多地方,相互毗邻,绵连无尽,可是对我来说却很小。"

"对*我*来说却很大!"卡斯帕·古德伍德叹道。他的单纯几乎打动了我们的年轻姑娘,可她还是表现得坚定决绝,毫不让步。

伊莎贝尔的坚决来自最近信奉的一种体系,一种理论,她要将它执行到底。过了一会儿,她说:"我想要的是——是躲开你的视线,不要认为我很无情。如果我跟你在一个地方,我会觉得你在监视着我,我不愿意那样——我珍视我的自由。如果世界上有我所爱的东西,"她又带着那种庄严的口气,接着说,"那就是我的自由。"

这庄严的宣告打动了卡斯帕·古德伍德,让他肃然起敬,然而,在这崇高的氛围中,他却仍然无所畏惧。在他的心目中,她始终是长着翅膀的,要美丽而自由地飞翔——他宽大的手臂,坚强的步伐,从来不惧怕来自她的任何力量。伊莎贝尔的话,如果本来是要让他震惊,却没有达到目的,只是让他微笑着发现,原来他们有共同的愿望。"谁会比我更不愿意束缚你的自由?还有什么,比看到你完全独立——做你想做的任何事,更让我幸福?正是为了让你独立,我才要和你结婚。"

"那是美丽的诡辩。"女孩说,脸上挂着一个更美丽的微笑。

"一个未婚的女性——一个你这样年龄的女孩——是不会自由的。有各种各样的事她不能做,她的每一步都会受到限制。"

"问题在于她怎么看待自由,"伊莎贝尔充满感情地回答,"我已经不再年少——可以做我想做的事情——我属于独立自主的那一类人。我没有父亲也没有母亲;我不富有,性格严肃;我也不漂亮。所以,我不会胆怯,也不会拘泥于世俗;事实上我也承担不起这些奢侈。而且,我要靠我自己来判断一切;我想,即使判断错了,也比不做判断更加高贵。我不想只做羊群中的一只绵羊;我想选择我的命运,了解人们的生活,而不是只知道那些别人认为可以告诉我的事。"她停顿了一下,却不容她的同伴回答。当他刚要说话的时候,她又继续说:"让我这样说吧,古德伍德先生。你说,你害怕我会和别人结婚,你对我真是太好了。如果你听到任何我要结婚的风声——女孩子们结婚的消息总是传得比什么都快——不要相信它。记住我和你说过的话:我珍视我的自由。"

伊莎贝尔的这番建议说得慷慨激昂,眼中闪烁着坦诚的光芒,不由得古德伍德不信。总的来说,他放心了,这从他的话中都听得出来。他热切地说:"你不过是想旅行两年?我很愿意等两年,这期间你可以做任何想做的事情。请告诉我,这就是你想要的。我不希望你拘泥于世俗,难道你觉得我很世俗吗?你想提高你的思想?在我看来你的思想已经够深刻了;不过,如果你想四处转转,看看不同的国家,我很愿意帮助你,无论以什么方式,只要我能做到。"

"你很慷慨;这我早已知道了。帮助我的最好方式就是,回到大海的那边,离我尽量得远。"

"别人还以为你要做什么天大的坏事!"卡斯帕·古德伍德说。

"也许吧。如果我觉得有趣,我也希望可以自由地去做。"

"好吧,"他慢腾腾地说,"我会回去的。"他伸出手,想表现出满意而自信的样子。

然而，伊莎贝尔对他的信任，却远远大于他对伊莎贝尔的信任。并不是说他真的以为她会干出什么大坏事来；而是他考虑再三，还是觉得前途未卜，因为伊莎贝尔保留了她的选择权。她握住他的手，对他油然而生一股敬意；她知道他多么在意自己，因而觉得他真是个心地高贵的人。两人就这样站着，互相望着对方，手握在一起，伊莎贝尔握得也很有力。"这就对了，"她柔声说道，"做个理智的人，你不会失去任何东西。"

"两年之后我会来找你的，不论你在哪里。"他又恢复了自己惯有的坚定。

我们已经领略过，我们的年轻姑娘态度多变；听到这个，她的语气也陡然变了。"啊，记住，我没做任何承诺——绝对没有！"接着，她又换了稍稍柔和的声调，好像是要帮助他离开："还要记住，我不会轻易地被俘虏！"

"你会厌倦你的自由的。"

"也许吧，而且很可能。到了那一天，我会很高兴见到你的。"

她已经把手放到通往卧室的门把手上，却又停在那里，看看她的客人会不会离开。看起来他还是不想离开，他的肢体在说，他不愿意；他的眼睛在痛苦地说，他无法接受。"我要进去了。"伊莎贝尔说，然后打开门，走进了另一间屋子。

屋里很暗，只有一点模糊的光线从窗外旅馆的院子里透进来，把黑暗冲淡了一些。伊莎贝尔隐隐辨认得出家具的轮廓，暗淡的镜子，还有宽大的四柱床。她静静地站在那里，倾听着，终于，她听到卡斯帕·古德伍德走出客厅，关上了身后的门。她又站了一会儿，然后忍不住突然跪在床前，把脸埋在双臂中。

第十七章

她不是在祈祷,而是在颤抖——浑身都在颤抖。她很容易就会受到震动,而且经常受到震动,现在更是像受到击打的竖琴一样嗡嗡作响。她只想躲进琴套里,把自己裹在棕色的荷兰麻布里,可还是希望能遏制住这一冲动,而她一直保持着祈祷一样的姿势,这似乎也帮助她保持了镇定。卡斯帕·古德伍德的离开让她欣喜万分,摆脱掉他就像清偿了一笔久久压在心头的债务,而且拿到了签字画押的收条。她一边享受着这份如释重负的喜悦,一边稍稍低下了头;这感觉很强烈,让她的心怦怦直跳;她感到高兴,可也有些羞愧——觉得有些不应该,仿佛亵渎了神灵。过了十几分钟,她才站起来,回到客厅时还在微微颤抖着。她仍然很激动,这有两个原因:一部分是因为刚刚和古德伍德先生谈论了很长时间,其他恐怕还是因为她感受到了自己的力量,这让她兴奋不已。她坐在刚刚坐过的扶手椅上,拿起书,却没有打开。她靠在椅背上,发出一声充满希冀的、低柔的叹息,每当碰到什么事,而光明的一面已经深刻地呈现出来时,她就会这样。然后,她就沉浸在两周内拒绝两个热忱的追求者的幸福中了。她在卡斯帕·古德伍德面前描述了一幅自由的壮丽蓝图,可她对自由的热爱却还仅仅停留在理论上,还未能真正实施它。可现在,她觉得好像已经做了什么;她尝到了快乐的滋味,如果不是战斗的快乐,至少也是胜利的快乐;她做了她真正想做的事。她意气风发,可是眼前却浮现了古德伍德先生的身影,他正穿过昏暗的街道,垂头丧气地走在回家的路上,仿佛是在指责她。这时,门开了,她站了起来,担心他是不是又回来了。结果不是,是亨丽埃塔·斯塔克波尔赴约回来了。

斯塔克波尔小姐立即发现,我们这位小姐"经历"了什么事,至于是什么,并不需要过多猜测。她径直走到朋友面前,后者却没有迎接她。伊莎贝尔正为把卡斯帕·古德伍德打发回美国而高兴,这很容易让人觉得,她是因为他来看她而高兴的;不过她清楚地记得,亨丽埃塔没有权利为她设陷阱。"他来了吗,亲爱的?"亨丽埃塔满怀希望地问道。

伊莎贝尔转过身去,什么也没说。"你做得不对。"最后她说。

"我做了最应该做的事。希望你也能做得一样好。"

"你又不是法官。我不能信任你。"伊莎贝尔说。

这样的评价很不中听,可是亨丽埃塔完全不在乎自己,并不在意话里的指责;她只关心自己的朋友说这话是什么意思。"伊莎贝尔·阿切尔,"她也用同样干脆严肃的口气说,"如果你和这里的任何一个人结婚,我就再也不会和你说一句话!"

"最好等有人向我求婚了,你再来威胁我!"伊莎贝尔回答说。她从没和亨丽埃塔提过沃伯顿勋爵的事,现在也不愿为了给自己辩护,就告诉她自己已经拒绝了那位贵族。

"哦,只要你去了大陆,很快就会有人向你求婚的。安妮·克莱默在意大利已经接到过三次求婚了——可怜的小安妮,她可不漂亮。"

"如果安妮·克莱默没有被俘虏,我怎么会?"

"那是因为别人没怎么坚持;可对你就不一样了。"

"真是抬举我了。"伊莎贝尔并没有戒备。

"我不是在抬举你,伊莎贝尔,是要告诉你实话!"她的朋友大声说,"你不会告诉我,你没有给古德伍德先生任何机会吧?"

"我觉得没有必要什么都告诉你;刚才我已经说了,我不信任你。不过既然你对古德伍德先生这么感兴趣,我也不瞒你,他即刻就回美国。"

"什么?你说你把他打发走了?"亨丽埃塔几乎尖叫着说。

"我请他不要管我的事;现在也请你这样做,亨丽埃塔。"斯塔克波尔小姐一时很沮丧,然后走到壁炉架上的镜子前面,脱下帽子。"晚餐愉快吗?"伊莎贝尔问。

可是这样无关紧要的问题不会挡住她的朋友。"你知道你在干什么吗,伊莎贝尔·阿切尔?"

"刚才我正要睡觉。"伊莎贝尔继续故作轻松地回答。

"你知道你在漂向什么地方吗?"亨丽埃塔追问道,手里拿着帽子,优雅地向外一伸。

"不,一点也不知道,而且觉得这样很好。乘着一辆轻快的马车,驾着四匹快马,行驶在暗沉沉的夜色中;你看不到路,只听到马车嘎达嘎达前行的声音——这就是我对幸福的理解。"

"古德伍德先生绝对不会教你说这些话——简直就像下流小说里面的女主人公,"斯塔克波尔小姐说,"你在沿着错误的方向漂过去。"

朋友的横加指责让伊莎贝尔有些恼火。但她还是尽量去想,这话有没有道理。可是她找不到,所以只能说道:"看来你真的很喜欢我,亨丽埃塔,管得这么宽。"

"我很爱你,伊莎贝尔。"斯塔克波尔小姐动情地说。

"如果你很爱我,就别这么管我。我请古德伍德先生这么做,现在也请你这样做。"

"小心你太自由了。"

"古德伍德先生也这么说。可我告诉他,我宁愿冒险。"

"你是个赌徒——你让我害怕!"亨丽埃塔大叫道,"古德伍德先生什么时候回美国?"

"不知道——他没告诉我。"

"恐怕你也没问吧。"亨丽埃塔理直气壮地嘲讽道。

"我让他很不高兴,所以也没有权利问他。"

斯塔克波尔小姐当时觉得,这理由简直是对她的话的蔑视,可是最终,她只是说:"伊莎贝尔,如果我不是很了解你,会觉得你没心没肺!"

"小心,"伊莎贝尔说,"你要把我宠坏了。"

"恐怕我已经把你宠坏了。现在,我希望至少他能和安妮·克莱默一起回去。"亨丽埃塔说。

第二天早上,她告诉伊莎贝尔,她决定不回花园山庄了(老杜歇先生已经跟她说过,欢迎她再回去),而是留在伦敦,等着班特林先生的姐姐——潘斯尔夫人的邀请。他已经跟亨丽埃塔许诺过了。对于自己和拉尔夫·杜歇这位热情的朋友之间的谈话，斯塔克波尔小姐很随意，都告诉了伊莎贝尔，还信心十足地说，她很相信，这次她已经抓住了什么，一定会大有收获的。一旦收到潘斯尔夫人的邀请信——班特林先生实际上已经保证，那封信一定会来的——她就会立刻启程去贝拉福德；要是伊莎贝尔想知道她都见到了什么，一定会在《访谈者》上找到的。看来，这次她一定会领略到英国生活的内在部分了。

"你知道你在漂向什么地方吗，亨丽埃塔·斯塔克波尔？"伊莎贝尔模仿着朋友头天晚上的口吻问。

"我要飘向的是一个重要的位置——美国报业的女皇。要是我的下一篇报道不在整个西方竞相转载，我就把我的擦笔布吞下去！"

她已经和朋友安妮·克莱默小姐约好去购物，算是克莱默小姐告别欧洲的一部分；她在欧洲大陆收获了三次求婚，至少在这里还是有人喜欢她的。于是，亨丽埃塔很快就去杰米大街找她的同伴了。她离开不一会儿，拉尔夫·杜歇就来了。一进门，伊莎贝尔就发现他有什么不对。他很快就告诉了表妹原因。他收到了母亲的电报，父亲旧病复发，而且很严重；母亲很担心，让他即刻回花园山庄。至少这次，杜歇夫人对电报的喜爱没有受到批评。

"我想最好先去见一下名医马修·霍普爵士，"拉尔夫说，"很幸运，他正好在城里，十二点半会见我，我会让他去花园山庄的——他已经在伦敦和花园山庄给我父亲看过几次病，所以一定会去的。两点四十五有一趟快车，我会乘这趟车回去。你可以跟我回去，也可以在这里多待两天，都由你。"

"我当然和你回去，"伊莎贝尔答道，"我想我不会帮上什么忙，可是姨父病了，我应该在他身边。"

"我相信你很喜欢他，"拉尔夫略带犹豫地、高兴地说，"你欣赏他，这是世人都做不到的。因为他超凡脱俗。"

"我非常爱戴他。"伊莎贝尔停了一下说。

"真是太好了。除了他的儿子，他是你最大的爱慕者。"

这话让她很高兴,可是心里还是暗暗舒了一口气,在爱慕自己的那些人中,起码杜歇是不会向她求婚的。当然,她不会对拉尔夫说这些,而是告诉他,她离开伦敦还有其他理由。她已经有些疲倦,不想待在这里了;而且亨丽埃塔也要走了——去贝德福德郡。

"贝德福德?"

"是的,去班特林先生的姐姐,潘斯尔夫人家,他答应会邀请她去的。"

拉尔夫本来很忧虑,听到这个却忍不住笑了出来。不过,他突然又严肃起来。"班特林先生真有勇气。不过要是信在路上丢了怎么办?"

"我想英国邮政是值得信赖的。"

"伟大的荷马也有打盹的时候。"拉尔夫说。"不过,"他换了用稍稍轻快的口气接着说,"大好人班特林从来不会打盹,况且,不管发生什么事,他都会照顾好亨丽埃塔的。"

拉尔夫去见马修·霍普爵士,伊莎贝尔也收拾东西准备离开普拉特旅馆。姨父的危险近在眼前,她站在打开的箱子前,茫然四顾,居然不知道该放什么,眼泪也突然涌了出来。也许是因为这个,等拉尔夫两点钟回来接她去车站的时候,她还没完全收拾好。斯塔克波尔小姐在起居室里,刚刚吃过午饭,见到拉尔夫,急忙站起来,探问他父亲的病,还说她很难过。

"他是位了不起的老人,"她说,"一生忠诚,直到最后。如果这是最后的话——请原谅我这样说,可是我们也得做最坏的打算。我很抱歉不能去花园山庄了。"

"你在贝德福德会找到更多快乐的。"

"在这种时候找快乐真是太不应该了。"亨丽埃塔这话说得很得体,可她紧接着又说了一句:"我想以此来纪念这最后一幕。"

"我爸爸会活很长时间的。"拉尔夫简单地说。然后他找了个轻松的话题,问斯塔克波尔小姐将来的打算。

因为拉尔夫身处危难,她也就大度了许多,说多亏他自己才认识了班特林先生。"他告诉我很多我正想知道的东西,"她说,"所有那些社交方面的东西,还有王室的事。可我不清楚,他说的那些王室的事,是不是在给他们贴金;可是他说,这只是因为我看问题的方式独特而已。我现在想要的是事实;一旦有了事实,我就会弄明白的。"然后她又说,班特林先生下午会带她出去,真是太好了。

"去哪里?"拉尔夫大胆问了一句。

"白金汉宫。他会带我去看看,这样我就知道他们是怎么生活的了。"

"啊,"拉尔夫说,"我们真是找对人了。但愿我们听到的第一个消息就是,你受邀去温莎堡。"

"如果他们邀请我,我肯定会去的。只要开了头,我就不会害怕。不过,"亨丽埃塔又说,"我有一件事不满意;我不放心伊莎贝尔。"

"她又干什么坏事了?"

"嗯,这事我以前跟你说过,现在再跟你说说也无妨。我讲什么事,总是有头有尾的。昨晚古德伍德先生来过了。"

拉尔夫睁大了眼睛,心里一揪,脸都红了。他记得,伊莎贝尔在温切斯特广场和他告别的时候,说并不是因为普拉特旅馆有什么人等她,才拒绝拉尔夫陪伴她共进晚餐的。现在,他不得不怀疑表妹在骗他,这又给了他痛苦的一击。可是,他连忙安慰自己,伊莎贝尔和恋人约会,关他什么事?年轻小姐们不便张扬这些事情,这在哪个时代,都是有教养、得体的表现。拉尔夫很有策略地回答说:"那么,照你上次跟我说的话,这下可合了你的意了吧。"

"他来见她这件事?那当然,就当时来说。不过这是我的一个小阴谋;我告诉他我们在伦敦,等我安排好那天晚上出去,就给了他一个口信——只有'聪明人'我才给。我指望他来的时候,她会一个人在家;我也不瞒你,我当时是希望你能让开道的。他来了,可他还不如不来。"

"伊莎贝尔对他很冷酷?"——得知表妹没有骗他,拉尔夫松了口气,脸色也和缓了许多。

"具体什么情况我不知道。不过她没让他满意——她把他打发回美国了。"

"可怜的古德伍德先生!"拉尔夫叹着气说。

"她好像只想把他甩掉。"亨丽埃塔自顾自地接着说。

"可怜的古德伍德先生!"拉尔夫又说了一句。必须承认,他这话说得很机械,并不能准确表达他的想法;他心里想的是另外一回事。

"这不是真心话。我看你根本不在意。"

"啊,"拉尔夫说,"请记住,我根本不认识这位有趣的年轻人——从来没见过他。"

"嗯,我会去见他的,告诉他不要放弃。如果伊莎贝尔不回心转意,"斯塔克波尔小姐说,"那好吧,那我就放弃。我是说,我放弃伊莎贝尔!"

第十八章

　　拉尔夫想，在这种情况下，伊莎贝尔和朋友的分别会有些尴尬，就先表妹下了楼，去旅馆门口等着。稍过了一会儿，伊莎贝尔也跟着下来了。拉尔夫看她的眼神，猜想亨丽埃塔一定忠告了她什么，而她没有接受。两人回到花园山庄，一路沉默着，谁都没说话。等候在车站的仆人也没有什么好消息——这让拉尔夫又一次庆幸，马修·霍普爵士已经答应坐五点的车过来，并在这里过夜。到家后，他得知杜歇夫人一直守着老人，现在也在他身边；拉尔夫心里想，原来母亲需要的，只是适合的机会而已。美好的品质只有在重大的关头才会闪现。伊莎贝尔回到了自己的房间，觉得整个房子都寂静无声，似乎预示着风暴的来临。一个小时后，她下楼找她的姨妈，想问问杜歇先生的病情。她去了书房，可是杜歇夫人并不在那里。好天气也没有了，空气阴冷潮湿，她也不能像往常一样去户外散步。伊莎贝尔正要摇铃，叫个仆人到她房间问问情况，突然听到了一些声响，就打消了这个念头。那是一阵低低的音乐声，显然是从大厅那边传来的。她知道姨妈从来不碰钢琴，那么这个音乐家很可能是拉尔夫，正自弹自乐。既然他有心思弹琴，看来已经不再为父亲的病忧虑了。女孩几乎又恢复了她欢快的心情，朝那和谐的乐声传来的地方奔过去。花园山庄的客厅极其宽大，而钢琴放在离门口最远的尽头，所以女孩进门的时候，并没有让坐在钢琴前面的人发觉。这人既不是拉尔夫，也不是他母亲，而是一位夫人；尽管她背对着门口，伊莎贝尔还是立刻发觉，这位夫人自己并不认识。她身材丰满，衣着考究，伊莎贝尔端详着她的背影，心中有些惊讶。看来，这位客人是在她外出的时候到的。伊莎贝尔回来后和两个仆人说过话，其中一个是姨妈的侍女，可两人都没提到她。不过，伊莎贝尔已经明白，听候差遣的职责总是伴随着守口如瓶的美德。而且，她也清楚地感觉到，姨妈的侍女对她很冷淡；她觉得伊莎贝尔不怎么信任她,就像一片从手中溜掉的光闪闪的羽毛,无法把握。有客人来访,当然不会令人烦扰,伊莎贝尔还保留着少年时的想法,认为任何新朋友都会对自己的人生有重要的影响。她脑子里一边这么想着,一边发觉,那位夫人琴弹得非常好。她弹的是舒伯特①——伊莎贝尔虽然说不上是第几首,可听得出是舒伯特。那乐声传达着技巧,传达着感情,传达着弹琴人自己的理解。伊莎贝尔悄悄坐在最近的椅子上,等待着乐曲的终结。待到曲尽,她站了起来,感到一种强烈的愿望,想谢谢这位弹琴者,而那陌生的夫人也很快转过身来,好像刚刚意识到她的存在。

"真是美极了,您的演奏让这乐曲更美了。"伊莎贝尔带着由衷的欢喜说,话音中也洋溢着青春的热情。

"你没觉得我打搅了杜歇先生吧?"这位音乐家说,甜美的嗓音与听琴人的赞美相得益彰。"这房子很大,他的房间离这里又很远。我想也许我可以弹两下,而且,我只是……只是轻轻地弹一弹②。"

"这是个法国人,"伊莎贝尔心里想,"她说话的口音像是法国人。"这样想着,我们的女主人公觉得眼前这位客人更加吸引她了。"希望姨父正在好起来,"伊莎贝尔说,"我想,听到这样动听的音乐,他也会觉得好很多的。"

夫人想了想,笑道:"恐怕人生有些时刻,即便舒伯特也无法安慰我们。不过,那应当是最艰难的时刻吧。"

"那我现在不处在那样的时刻,"伊莎贝尔说,"所以,如果能再听你弹点什么,我会很高兴。"

"如果你喜欢——我很乐意。"她欣然坐了回去,按了几个和弦,伊莎贝尔也坐近了一些。可这位新客人突然停了下来,手放在琴键上,半转身子,回过头来。她大约四十岁,并不漂亮,神态却很迷人。"请原谅,"她说,"你是那个外甥女——那个年轻的美国人,

---

① 弗朗茨·彼得·舒伯特(1797—1828),奥地利作曲家,他的 600 多部声乐及钢琴作品完善了德国歌唱艺术。
② 原文为法语。

是吗?"

"我是姨妈的外甥女。"伊莎贝尔简单地说。

钢琴边的夫人静坐了片刻,又满怀兴趣地回头看了一眼,说:"很好,我们是同胞。"接着她开始弹了起来。

"这么说她不是法国人。"伊莎贝尔低低地说。既然相反的假设让她充满浪漫的幻想,那么现在说明了身份,恐怕会让她失望。可事实并不是这样;有趣的美国人,比法国人更少见。

夫人的琴声和刚才一样,柔和而肃穆;随着音符的流动,屋里的阴影也渐渐浓重了起来。秋日的暮色围拢进来,伊莎贝尔坐在那里,看得到外面已下起了一阵急雨;雨水刷洗着冷清清的草坪,冷风摇动着大树。最后,琴声停了,她的同伴站了起来,微笑着走近她,不等伊莎贝尔道谢,就说道:"真高兴你回来了;关于你,我已经听说了很多了。"

伊莎贝尔觉得她很迷人,可还是有些唐突地回答说:"是听谁说起我的?"

陌生人稍稍犹豫了片刻,然后说:"你姨父。我来了三天了,第一天时他请我去了他的房间。然后就不断地说起你。"

"你不认识我,一定很厌烦吧。"

"不,只是让我很想认识你。后来就更是这样了,因为你姨妈一直和杜歇先生在一起,我很孤单,自己很无聊。看来我选错了拜访的时间。"

这时,两个仆人一前一后进了房间,一个拿着灯,一个端着茶盘。看来杜歇夫人也知道这里的茶宴,她很快也到了,准备喝茶。她和外甥女打了招呼,可看起来就像掀开茶壶的盖子,看看里面的茶水一样,两个动作没有实质性的差别,都没表现出多大热情。等问到丈夫的病情,她也不能说有什么好转;不过当地的医生在他身边,希望他和马修·霍普爵士的会诊能让情况明朗一些。

"我想,你们两位已经认识了吧,"她说,"如果还没有,我建议你们认识一下;因为我们——我和拉尔夫——要守着杜歇先生的病床，只要这种情况继续下去，你们除了彼此之外，就没别的什么人做伴了。"

"我对你还一无所知，只知道你是个了不起的音乐家。"伊莎贝尔对客人说。

"不止这个，还有很多要知道的呢。"杜歇夫人用她干巴巴的嗓音说。

"我肯定，没有多少会让阿切尔小姐满意的！"那位女士轻声笑道，"我是你姨妈的一位老朋友，在佛罗伦萨住过很久，我是梅尔夫人。"她报出自己的名字，好像说的是一个身份还算显赫的人。不过对伊莎贝尔来说，这没有提供多少信息；她只是仍然觉得，梅尔夫人的风度比她碰到的任何一个人都要迷人。

"别看她的名字像个外国人的，可她不是，"杜歇夫人说，"她出生在——我总是不记得你的出生地。"

"那么我告诉你也没多大意义了。"

"不，正相反，"杜歇夫人可不会放过任何一个逻辑错误，"如果我记得，你告诉我就显得多余了。"

梅尔夫人笑了笑，瞟了伊莎贝尔一眼，那眼神洞察人世，超越国界。"我是在国旗下出生的。"

"她总喜欢故弄玄虚，"杜歇夫人说，"这是她最大的缺点。"

"啊，"梅尔夫人叫道，"我有很多要命的缺点，可这并不是其中之一；至少不是最严重的。我是在布鲁克林的海军造船厂降生的。我父亲是美国海军的一位高官，当时在那里任职——一个很重要的职位。我想我应该热爱海洋，可我恨它。这就是我不回美国的原因。我热爱陆地；爱上什么东西是很重要的。"

杜歇夫人对她的客人的评价，却没有影响到伊莎贝尔。她冷眼观察着，觉得梅尔夫人的脸富于表情，善于交流，反应机敏，在她看来，这样的面孔下绝对不会是深藏不露的性格。她看起来心智丰富，动作轻快自如，尽管没有一般认为的美貌，却极富魅力，夺人魂魄。梅尔夫人个子很高，体态优美，身体的每个部分都圆熟柔润，却又恰到好处,丝毫不显笨重。五官算不上纤巧,却很匀称,肤色光洁健康。一双灰色的小眼睛睿智明亮,里面不可能有愚蠢——有些人会说,甚至不可能有眼泪。她的嘴很大,嘴唇丰厚,笑的时候会向左边微微上翘,让很多人觉得很奇怪,一些人觉得很不自然,还有为数不多的几个认为很迷人。伊莎贝尔倾向于把自己归到最后一类。梅尔夫人一头浓密的金发,梳成很"古典"的样式,让伊莎贝尔觉得她好像是尊女神头像——朱诺或尼俄伯①。她的双手又白又大,形状优美,因为本身就很漂亮,所以它们的主人宁可不要装饰,没有戴任何宝石戒指。我们知道,伊莎贝尔刚开始把她认作法国人;再看她,就觉得她是德国人——一个出身高贵的德国人,也许是奥地利人,一位男爵夫人、伯爵夫人,甚至是王妃。可是,人们无论如何不会想到,她来自布鲁克林——当然了,如果说,如此高贵的风度与她的出身格格不入,这样的论调也站不住。美国的国旗曾经在她的摇篮上飘扬,星条旗的自由之风也许影响了她对人生的看法,不过她却没有丝毫彩旗飘飘的张扬和轻浮,只有来自丰富阅历的沉静和自信。然而,阅历并没有熄灭她的青春,只是让她心平气和,顺其自然。总之,她有热情,有冲动,却控制得恰到好处,让伊莎贝尔觉得这真是完美的组合。

  女孩一边想着,一边和旁边的两位夫人一起用茶。可是不一会儿,茶会就中断了。伦敦的名医到了,仆人们立即把他引到了客厅。杜歇夫人将他请入书房私下交谈,梅尔夫人和伊莎贝尔各自回房,要到晚饭时再见。想到会再见到这位有趣的女人,伊莎贝尔感觉,笼罩在花园山庄的悲伤气氛似乎也减轻了。

  晚饭前,她来到客厅,发现这里空无一人;不过不一会儿,拉尔夫就到了。他好像不那么焦虑了,马修·爵士的判断比他的预想要乐观。医生说,在三四个小时之内,留下护士陪伴老人就足够了,所以拉尔夫、他的母亲和来自伦敦的著名医生就可以到餐厅吃饭了。不一

---

① 朱诺是罗马神话中主神朱庇特的妻子,主司婚姻、生育和妇女。尼俄伯是希腊神话中的一位王后,因为自夸导致她的十二个子女全被杀死,她悲伤不已,后化为石头。

会儿，杜歇夫人和马修爵士也来了，梅尔夫人是最后一个。

趁梅尔夫人还没到，伊莎贝尔问拉尔夫："告诉我，梅尔夫人是什么人？"

拉尔夫站在壁炉边，说："我见过的最聪明的女人，也包括你。"

"我觉得她很讨人喜欢。"

"你肯定会喜欢她的。"

"所以你邀请她来的？"

"我没有邀请她，我们从伦敦回来时我还不知道她在这里。没有人邀请她。她是我母亲的朋友。就在我们去伦敦后，我母亲收到她一封信，说她已经到了英国（她经常住在国外，不过总是在这里住很长时间），希望到这里来住几天。她到哪里都受欢迎，完全可以做出这样的请求。我母亲当然毫不犹豫；她是这世上我母亲唯一钦佩的人。如果不是她自己，她最想做的就是梅尔夫人（当然了，她最欣赏的还是自己）。那可是天大的改变。"

"她很迷人，"伊莎贝尔说，"而且琴弹得漂亮极了。"

"她干什么都很漂亮。她是个全才。"

伊莎贝尔看了表哥一会儿。"你不喜欢她。"

"不，恰恰相反，我曾经爱上过她。"

"她对你不感兴趣，所以你不喜欢她。"

"怎么能这么说？那时梅尔先生还活着。"

"现在不在了？"

"她是这么说的。"

"你不相信她的话？"

"不，我相信。这话很符合常理。梅尔夫人的丈夫当然有可能去世了。"

伊莎贝尔又瞪了表哥一眼。"我不知道你是什么意思。你话里有话。梅尔先生是谁？"

"梅尔夫人的丈夫。"

"你真可恶。她有孩子吗？"

"一个也没有——真是万幸。"

"万幸?"

"我是说那孩子。她准会把孩子教坏的。"

伊莎贝尔又要说表哥可恶了,可这时,他们谈话的主人公出现了。她快步走来,一边道歉,一边扣紧镯子。她穿着深蓝色的低领绸衣,项上戴着一串古怪的银项链,稍稍遮盖着裸露的雪白胸脯。拉尔夫向她殷勤地伸出手臂,只有不再是情人的人才会如此夸张。

可是,即便拉尔夫仍然爱着她,现在也有别的事要考虑。马修名医当晚在花园山庄过夜,第二天早上回去。和杜歇先生的私人医疗顾问谈过话后,医生同意了拉尔夫的请求,过一天再来看看病人。过了一天,马修·霍普医生再次来到花园山庄,可是这一次,他的诊断结果就不大妙了。老人的病情在二十四小时内恶化,身体极度虚弱。拉尔夫寸步不离地守在床边,经常觉得父亲的大限好像近在眼前。当地的医生很有见识,比起大名鼎鼎的伦敦同行,拉尔夫心里更信任他。除了有他时刻诊看外,马修·霍普爵士也来了好几次。杜歇先生大部分时间都在昏迷,一直在昏睡,几乎没有说话。伊莎贝尔很想为老人尽点力,于是大家允许她在其他看护休息的时候守护老人。(杜歇夫人也是老人的一个看护,而且看护的时间不是最短的。)老人好像从来没有认出过伊莎贝尔,她心里不停地想:"也许他会在我在这儿的时候死去。"想到这里她就很激动,睡意全无。有一次他眼睛睁开了一会儿,看着伊莎贝尔,好像有了意识,可是等到她走进跟前,希望他能认出她时,他却又闭上了眼睛,陷入了昏迷。然而第二天,他有很长一段时间恢复了神志,这时只有拉尔夫在身边。老人开始说话了,这让儿子很高兴,他说马上就让人帮他坐起来。

"不,孩子,"杜歇先生说,"除非你打算让我坐着进坟墓,就像一些古人那样——是古人吗?"

"啊,爸爸,别这么说,"拉尔夫轻声说,"你可不能否认,你好多了。"

"如果你不说,我也没必要否认,"老人说,"我们为什么要在最后时刻躲躲闪闪?我们以前从来不这样说话。我总要死的,生病的时候死去,比身体好的时候死去更好。我病得很重——从来没这样严重过。你不想证明我的病还会比这更严重吧?那就太糟了。你不会?那很好。"

把这话说清楚后他安静了下来;不过等下一次拉尔夫在他身边时,他又开始说话了。护士去吃晚饭了,拉尔夫独自在值班。他刚刚替换了从午饭时就开始看护的杜歇夫人。房间里唯一的光亮就是摇曳的炉火,这在最近已经变得很必要了。拉尔夫高高的影子投射在墙壁和房顶上,不停地变换着古怪的形状。

"谁在我身边——是我的儿子?"老人问。

"是的,你的儿子,爸爸。"

"没有别人?"

"没有。"

杜歇先生沉默了片刻;然后说:"我想和你谈谈。"

"不会让你累吗?"拉尔夫劝说道。

"那也没关系。我会有很长时间休息的。我想谈谈你。"

拉尔夫靠近床边,俯过身去,手放在父亲手里。"你最好选一个高兴点的话题。"

"你就是,你一向很聪明,我一直很为你骄傲。要是你能做点什么,我该有多高兴。"

"如果你离开了我们,"拉尔夫说,"我能做的就只有思念你。"

"这是我最不希望的;我要谈的就是这个。你要有新的兴趣。"

"我不需要新的兴趣,爸爸。旧的已经有很多了,足够我应付的。"

老人躺在那里,看着他的儿子;他的脸是一个垂危者的脸,可他的眼睛还是丹尼尔·杜歇的眼睛。他似乎在考虑拉尔夫的兴趣。"当然了,你有你母亲,"最后他说,"你会照顾她的。"

"我母亲会照顾好自己的。"拉尔夫回答说。

"嗯,"父亲说,"也许等她上了年纪会需要一些照顾的。"

"我不会等到那一天了。她会活得比我长。"

"很可能；可不能因为这个就……"杜歇先生没有把话说完，无奈地叹了口气，没有争辩什么，又沉默了。

"别为我们操心，"儿子说，"我和母亲相处得很好，你知道。"

"你们相处得很好是因为你们一直分开住，这不正常。"

"如果你离开了，也许我们会经常见面的。"

"嗯，"老人的目光有些游离，"我死了，你母亲的生活也不会有很大变化的。"

"也许她的变化比你想象的要大。"

"她会更有钱，"杜歇先生说，"我给她留了一个好妻子应得的钱，就像她是个好妻子。"

"按照她自己的理论，她确实是，爸爸。她从来没有打搅过你。"

"啊，有些打搅还是很幸福的，"杜歇先生喃喃地说道，"比如说你给我的打搅。不过自从我病了，你母亲就不那么……那么……让我怎么说？那么出格了。我想，她知道我已经注意到了。"

"我一定会告诉她的，真高兴你这么说。"

"这也不会有什么不同；她这样做不是为了让我高兴。是为了让……让……"他躺在那里，努力在想她为什么这么做。"她这么做是因为她愿意。不过我想说的不是这个，"他接着说，"我想说说你。你会很有钱的。"

"我知道，"拉尔夫说，"不过希望你别忘了一年前我们说的话——当时我告诉你，我需要用多少钱，请你把其余的用在更好的地方。"

"是的是的，我记得。几天后我立了一份新遗嘱。这真是破天荒头一遭了——一个年轻人居然要求立对自己不利的遗嘱。"

"并没有对我不利，"拉尔夫说，"要是给我一大份财产照管，倒是对我不利了。像我这样的身体，我是花不了多少钱的。够用就是丰富了。"

"你会有足够的钱的——还会更多一点。我给你留的钱足够一个人用了——也足够两个人用。"

"那太多了。"拉尔夫说。

"啊,别这么说。我走了,你要做的最好的事,就是结婚。"

拉尔夫已经知道父亲要说什么了,他做出这样的提议也不是第一次。杜歇先生总是通过这样巧妙的方式,乐观地看待儿子可能会延续的岁月。以前拉尔夫总是用玩笑应付过去,可现在的情况不允许他这样。他只好靠在椅子上,望着父亲恳切的目光。

"我的妻子并不怎么爱我,可我生活得也很幸福,"老人继续用巧妙的方式说服儿子,"所以,如果你和一个同杜歇夫人不一样的人结了婚,你的生活该有多幸福啊。毕竟,和她不一样的比和她一样的要多。"拉尔夫仍然没有说话;他的父亲停了停,接着轻轻说:"你觉得你表妹怎么样?"

听到这个拉尔夫一惊,接着勉强笑道:"你是说我和伊莎贝尔结婚?"

"最后应该是这样。难道你不喜欢伊莎贝尔?"

"不,很喜欢。"拉尔夫说着,从椅子上站了起来,走到壁炉边。他站在那里,弯下身来,机械地拨了拨火。"我很喜欢她。"拉尔夫重复道。

"那么,"他的父亲说,"我知道,她也很喜欢你。她告诉过我她很喜欢你。"

"她说过愿意嫁给我吗?"

"没有。可她也不会有什么不可以的。她是我见过的最迷人的姑娘。她也会对你好的。这件事我已经考虑了很久了。"

"我也是,"拉尔夫说,又回到了床边,"我想告诉你也无妨。"

"这么说你是爱上她了?我敢说一定是的。她的到来就像是安排好的。"

"不,我没有爱上她;可是如果……如果情况不一样,我会的。"

"啊,事实总是不像想象的那么好,"老人说,"如果你等它们发生改变,就什么也不要做了。我不知道,你是不是知道,"他接着说,

"不过,在我现在这个时刻,说这个应该不会有什么要紧:前几天有人向伊莎贝尔求婚,可她拒绝了他。"

"我知道,她拒绝了沃伯顿勋爵,他自己告诉我的。"

"所以,这说明其他人就有机会了。"

"前几天在伦敦,另外一个人试了试他的运气——不过一无所获。"

"那个人是你吗?"杜歇先生着急地问。

"不,是伊莎贝尔的一个老朋友;一个可怜的先生,他从美国赶来就是为了这个。"

"哦,我为他感到难过,不管他是谁。不过这只是证明了我刚刚说的——机会是你的了。"

"亲爱的父亲,就算是这样,我也把握不住,这岂不是更大的遗憾。我没有多少固定的信念,不过有几点倒是深信不疑。一是表兄妹间最好不要结婚,还有就是,患有晚期肺病的人更不应该结婚。"

老人虚弱地抬起手,在眼前摇了摇。"这么说是什么意思?你看事物的方式会把一切都弄糟的。一个二十多年来从没见过的表妹又算什么表妹?我们大家都是兄弟姐妹,如果这就不能结婚,人类就要灭亡了。你的肺也是一样。你比过去好多了。你需要的是过正常的生活。和一个你喜欢的漂亮姑娘结婚,比抱着错误的信念独身下去要好得多。"

"我并没有爱上伊莎贝尔。"拉尔夫说。

"刚才你还说,你只是觉得不应该爱上她,否则你会的。我想让你明白没有什么不应该的。"

"这只会让你疲倦的,亲爱的爸爸。"拉尔夫说。父亲的执着和坚持到底的力量让他很吃惊。"那时我们会怎样呢?"

"要是我不为你打算,你会怎么样?你不需要为银行做任何事情,而且你也不需要再担心我。你说你有很多兴趣,可我一个也找不出来。"

拉尔夫交叉着双臂,靠在椅子上,眼珠一动不动,陷入了沉思。

然后，仿佛是鼓足了勇气，他说："我很喜欢我的表妹。可不是你希望的那种。我也许活不了多长时间，可是我希望有足够的时间，让我看到她会做什么。她是完全独立的，我对她的生活不会有多少影响。可是我想为她做点什么。"

"你想怎么做？"

"给她的船帆鼓一点风。"

"什么意思？"

"让她能够做她想做的事情。比如，她想看世界，那我就想给她的钱袋里放些钱。"

"啊，你已经想到这一点了，我很高兴。不过我也想到了。我已经给她留了一笔遗产——五千镑。"

"这真是太好了；你真的很仁慈。可我还想做得多一点。"

每当听到金钱方面的建议，丹尼尔·杜歇就会变得非常敏锐，这是他一生养成的习惯。现在，病弱还未完全抹杀生意人的精明，隐约的警觉又浮现在他的脸上。"我很想听听。"他轻声说。

"伊莎贝尔没有什么钱。我母亲告诉我她一年只有几百美元。我想让她变得富有。"

"你认为怎样才算富有呢？"

"富有就是能够满足自己的想象。伊莎贝尔有丰富的想象力。"

"你也有，我的儿子。"杜歇先生专心听着，可是有些困惑。

"你对我说，我会有足够两个人用的钱。我希望的是，请你帮我摆脱掉那多余的部分，把它送给伊莎贝尔。把我应得的遗产分成相等的两份，把第二份给她。"

"这样她就能想做什么就做什么？"

"绝对想做什么就做什么。"

"没有另一半？"

"什么另一半？"

"我刚才说的。"

"和她结婚的……某个人？正是为了避免她结婚，我才想分她一半财产。如果她有了丰厚的收入，就不会为了生活而嫁人。我这样处心积虑，就是为了防止这个。她渴望自由，而你的遗赠会让她自由。"

"看来，你已经把一切都想好了，"杜歇先生说，"可我不明白你为什么请我做。钱是你的，你完全可以自己把钱给她。"

拉尔夫睁大了眼睛。"啊，亲爱的父亲，我是不能给伊莎贝尔钱的！"

老人咕哝了一声。"还说你不爱她！你想让我顶这个好名儿？"

"的的确确。我只是希望把它列为你遗嘱中的一条，千万不要提及我。"

"那你是想让我立个新遗嘱？"

"几个字就可以了。下一次你再觉得有精神，就可以做了。"

"那你得给希拉里先生拍个电报。没有律师我可什么都做不了。"

"明天你就能见到希拉里先生。"

"他会以为我们吵架了，你和我。"老人说。

"很可能，这正中我意，"拉尔夫微笑着说，"而且，为了演好戏，我先说好，我会对你很不客气的，让你觉得恐怖又陌生。"

父亲似乎被拉尔夫的幽默触动了，琢磨着它的意思，躺在那里没有说话。"只要你高兴，我做什么都可以，"最后，杜歇先生说，"可是我不知道这样做是不是对。你说你想为她鼓点风，可是难道你不害怕鼓得太多了吗？"

"我希望看见她永远跑在风的前面！"拉尔夫说。

"你这么说，好像这一切都是为了让你高兴。"

"没错，很大程度上的确如此。"

"我还是不大明白，"杜歇先生叹道，"现在的年轻人和我们当初可不一样了。我年轻的时候，如果我喜欢一个姑娘，我想做的可不仅仅是看着她。你的顾虑我是不会有的；你的想法也都是我不会有的。你说伊莎贝尔想要自由，富有可以避免她为了钱结婚。难道你是说，她会那样做吗？"

"她当然不是那样的女孩。不过现在她没有过去那么多钱了。她的父亲给了她一切，因为他总是花他的本金。现在的她只能靠那盛宴的残汤剩水生活了，而她根本不知道那是多么可怜的一丁点儿——她还不理解。我母亲已经都告诉我了。等她被真真正正地抛到这个世界上，她就会明白了。到时，她就不得不意识到，有很多愿望是她不能满足的；而我一想到这个就会为她难过。"

"我给她留了五千镑。有了这些钱，她能满足自己的很多愿望。"

"确实能。可是她很可能会在两三年内就花光的。"

"你觉得到时她会很奢侈？"

"很可能。"拉尔夫安静地微笑着说。

可怜的杜歇先生，他精明的头脑已经不起作用了，很快陷入了困惑中。"那么这只是时间问题。她也会把那一大笔钱花光的。"

"不——我想一开始，她也许会无所顾忌，大手大脚：她可能会分给两个姐姐一部分。不过之后她就会冷静下来，看到自己前面还有漫长的人生，然后量入为出地使用她的钱。"

"这么说，你全都打算好了，"老人无奈地说，"看来你是真的喜欢她。一定的。"

"你不能说我走得太远，这样说是矛盾的。因为你也希望我多走一步的。"

"唉，我不明白，"杜歇先生说，"我还是理解不了你的想法。我觉得这么做有些不道德。"

"不道德？亲爱的爸爸？"

"让一个人的生活变得如此容易，我不知道这样做是否正确。"

"这要看是什么人。让一个优秀的人一帆风顺只会是善举。帮助善良的意志得以实现，难道还有什么比这更高尚的行为？"

这话有些费解，让杜歇先生思忖了好一会儿。最后他说："伊莎贝尔是个可爱的小家伙儿；可是你觉得她有这么好吗？"

"她配得上人生最好的机遇。"

"嗯，"杜歇先生肯定地说，"有了六万英镑，她会碰到很多机会的。"

"毫无疑问。"

"当然,只要你愿意,我都会做的,"老人说,"我只想弄明白一点。"

"那么,亲爱的爸爸,现在你理解了?"儿子抚慰地说,"如果不理解就不要费神了。我们不提它了。"

杜歇先生静静地躺了很久,拉尔夫以为他已经不再想了。可后来,他又清清楚楚地开口说:"先告诉我这个,难道你就没有想过,一个有六万英镑的年轻姑娘,会成为那些贪财的家伙们眼中的猎物?"

"她顶多被哄骗一次。"

"一次就够了。"

"不错。是有这样的风险,这个我也已经想到了。我想,风险是有的,可是并不大,而且我也准备好了冒这个险。"

可怜的杜歇先生,他精明的头脑已经变得糊涂,现在他的迷惑又转成了赞叹。"啊,你已经完全陷入爱河了!"他又说了一遍,"不过我看不出来,这样做你会有什么好处?"

拉尔夫俯过身去,轻轻地抚平父亲的枕头;他知道两人谈话的时间已经太长了。"我所得到的好处,就是我刚才说的,我希望伊莎贝尔能满足她的需要——这样也就满足我的想象的需要。不过我居然要利用你,这真丢脸!"

第十九章

　　就像杜歇夫人说过的,花园山庄的主人病重期间,伊莎贝尔和梅尔夫人就彼此为伴了,好像两人若是不亲密起来,就不够礼貌一样。两人当然都是以礼相待,可除此之外,她们还彼此欣赏。当然,用义结金兰形容她们之间的关系,还有些过分,可是两人都心照不宣,会让时间来证明她们的友谊。伊莎贝尔这里完全是一颗诚心,尽管她还不能完全承认,和新朋友的密切关系,就是她想象中最高贵的友谊。的确,她经常想,自己是否曾经和什么人,或者能够和什么人建立亲密的友谊。对于友谊,就像对其他感情一样,她心目中也有一个理想。而现在的友谊,在她看来,也和过去的情况一样,似乎还没有完全体现她的理想。不过她经常提醒自己,理想是不能够完全实现的。那是因为,理想是一种只能相信,不可目睹的东西——是一种信念,而不是经验。但是经验会为我们提供一些对理想的可靠的模仿品,而智慧的作用就是从中得到最大的收获。当然,总的来说,伊莎贝尔还从未遇见过比梅尔夫人更可爱、更有趣的人。友谊的一大障碍,就是不断地重复自身性格中那些令人厌倦、一成不变、别人早已熟悉的东西。而在梅尔夫人身上,比起她以前见过的所有人,都更难发现这一错误。女孩的信任之门从未像现在这样敞开过;她把很多过去从未给别人说过的事情,都告诉了这位亲切的女听众。有时她对自己的坦率也感到吃惊,有些担心:就好像把珠宝箱的钥匙交给了一个相对陌生的人。这些精神的宝石是伊莎贝尔拥有的唯一有价值的东西,所以就更有理由要好好保管它们。不过,事后她总会提醒自己,永远不要因为犯了慷慨的错误而懊悔,如果梅尔夫人没有她以为的那些优点,这对梅尔夫人来说是更大的悲哀。但毫无疑问,她具备很大的优点——她有魅力、有同情心、有智慧、有教养。不仅如此(因为伊莎贝尔的人生经历中也碰到过几个女性,可以用这样的词语来评价她们,她的运气还不至于坏到连一个这样的人也没见过的地步），她超凡脱俗，卓越非凡。世上有很多和蔼可亲的人，可梅尔夫人既不善良得平庸，也不伶俐得过头。她懂得如何思考——这是女人很少具备的能力——而且她的思考总会有收获。当然，她也懂得如何感受。伊莎贝尔和她相处了不到一个星期，就对此确定不疑了。这确实是梅尔夫人的一大天赋，是她最美好的才能。生活切切实实影响了她；而她也切切实实地感受了生活。和她在一起时，每当女孩向她讲述起那些自认为很重要的事时，她总是能很快、很轻松地理解她，这让女孩很满意。情感对她来说已经成了历史，这是事实。她并不讳言，情感的喷泉，由于在某个时期曾经猛烈地喷涌过，现在已经无法像过去一样自然地流淌了。而且，她打算、也希望不要再经历感情了。她大方地承认，过去她曾经有些疯狂，而现在一定要保持绝对的清醒了。

"现在，我比过去更有判断力了，"她对伊莎贝尔说，"不过我觉得，这是我花了代价赢得的权利。人只有到了四十岁，才会学会判断；在这之前，我们太急迫、太强烈、太残酷，而且太无知。很遗憾，你还要经历很长一段时间才能到四十岁。可是，任何一种获得都是某种形式的失去；我经常想，过了四十岁，人就不能真正地感受了。那清新、敏锐的感受力就会消失了。你会比一般人更长久地保持你的感受力；如果若干年后我能再见到你，那该有多好。我想知道，生活会把你变成什么样子。不过有一点是肯定的——生活不会毁坏你。它会磨砺你，却不会击碎你。"

伊莎贝尔接受了这番鼓励，就像一个新兵，刚刚在一场小小的战斗中获得了荣誉，还在气喘吁吁，肩膀上就给他的上校轻轻拍了几下。就好像这是权威人士对她的优点的承认。即便是梅尔夫人轻轻的一句话，也会有这样的效果，因为无论伊莎贝尔告诉她什么，她总是立刻说，"哦，亲爱的，我也曾经历过；就像所有的一切，都过去了。"让梅尔夫人惊讶几乎是不可能的，这让她的很多朋友都多少有些难以忍受。可伊莎贝尔，尽管也很希望自己的话能给别人留下深刻印象，现在却不想这样。她对这位明智的同伴太真诚，太感兴趣了。

况且，梅尔夫人这么说时，也从不会用得意或吹嘘的口吻，它们更像是冷静的忏悔，从她的心头流露。

　　连续的坏天气降临到了花园山庄；白天越来越短，草坪上也不再有愉快的茶会。但我们的年轻姑娘和她的朋友在室内长时间地交谈。而且，尽管阴雨绵连，两位女士还是经常外出散步，随身携带着防雨用具——它们在英国的气候和英国人的天才智慧的共同作用下，已经几近完美。梅尔夫人几乎什么都喜欢，包括英国的雨。"总是下着那么一点，又从来不是太多，"她说，"从来不会把人淋湿，却总是那么沁人心脾。"她说，英国最好的东西就是味道——在这个独特的小岛上，总是弥漫着一股雾气、啤酒和烟灰混合的味道，那么好闻。不管这听起来有多奇怪，可这是英格兰民族的芳香。她还经常抬起身上穿的英国大衣的衣袖，把鼻子凑上去，呼吸那清新的羊绒气息。而可怜的拉尔夫·杜歇，一旦秋天切切实实地降临，就几乎成了囚徒；天气不好就无法到户外去。他经常站在窗前，双手插在口袋里，脸上带着半是羡慕，半是挑剔的神情，望着伊莎贝尔和梅尔夫人各自撑着伞沿着林荫道走去。花园山庄周围道路坚硬，即便是在多雨的天气也不会泥泞。两位女士回来时，脸上总是红扑扑的。她们会看看干净、坚固的靴子，然后说外出散步带给她们说不出的好处。午饭前梅尔夫人总是有事情做。伊莎贝尔很羡慕她每天上午都有工作，甚至有些嫉妒。我们的女主人公一向被认为是个博学多才的人，而且一直以此为傲。可是现在，梅尔夫人的天资、才识、禀赋，仿佛一座私密的花园，让伊莎贝尔心神向往，却无法进入。她就像走错了方向，还停留在花园的墙外。这位女士在很多方面为她树立了榜样，她发觉自己在仿效她。不止一次，每当朋友的某些才华闪现出来，伊莎贝尔就会暗暗想："我真希望能*像她一样*！"很快，她就知道，自己从一个高人那里又学到了一些东西。确实，没有多久她就感觉到，自己已经"深受影响"了。"只要是好的影响，"她自问，"又会有什么害处？有利的影响越多越好。只要接受它的时候小心谨慎——明白这是走向哪里就可以了。我当然会这样做的，这一点毫无疑问。不用担心自己太易受他人左右；我的弱点不就在于太坚持自己了吗？"人们说，模仿是最真诚的赞美；梅尔夫人深深触动了伊莎贝尔，让她无限仰慕，又绝望地自叹弗如，可是，与其说她也希望像朋友那样光芒四射，不如说她只想突出她的光彩。她非常喜欢她，可是她的光芒让她目眩止步，而不是吸引她走上近前。她经常想，如果亨丽埃塔·斯塔克波尔知道她们的国土居然会产出这样一个人，而她却如此仰慕她，会怎么想？她一定会严厉地批评她的。亨丽埃塔绝不会欣赏梅尔夫人；尽管她说不出到底为什么，可觉得一定会是这样。同时，她也完全相信，如果有机会见到，她的新朋友会对她的老朋友产生好的印象：梅尔夫人性情幽默，感觉敏锐，一定会公正地评价亨丽埃塔的，而且，一旦认识她，就会展现出她待人接物的从容风度，那是斯塔克波尔小姐望尘莫及的。她的人生经历似乎使她掌握了一切事物的试金石，也许在她充满亲切的记忆的口袋里，藏着开启亨丽埃塔的价值的钥匙。"这真是了不起，"伊莎贝尔认真地思考着，"这是最大的成功：能够更好地理解别人，超过了别人对你的理解。"她接着想到，这就是贵族精神的本质。单从这一点来看，人们也应当追求一种贵族生活。

也许我没有描述清楚伊莎贝尔的思路，没有说明她为什么会认为梅尔夫人代表了贵族生活——梅尔夫人自己从来没有这样说过。她见过大场面，结识过大人物，可从没有扮演过什么大角色。她不过是一个小人物，没有显赫的出身，同时又太了解这个世界，不会去愚蠢地幻想，自己也能在其中占据重要的位置。她见过一些幸运的少数人，完全清楚他们的命运和她的不同之处。不过，尽管梅尔夫人有自知之明，并不把自己算作那华丽的场景中的一员，她在伊莎贝尔的想象里却有一种高贵的气质。这么优雅，这么有教养，这么聪明，这么自如，而且对这些并不在意，拥有如此的举止和谈吐——这真是一个高贵的女士。她似乎集聚了整个社会的精华，拥有它所有的艺术与魅力——或者，难道这一切都是她所造成的迷人的效果，是她在这世上的价值所在？难道，即便有所距离，这一切都是她的存在为这个喧嚣的世界所提供的优雅与精美？早餐后她一封接一封地写信，因为寄给她的信也纷至沓来：和她信件往来的朋友之多，也是让伊莎贝尔惊异的一点。有时她陪伴梅尔夫人步行到村里的邮局寄信，她告诉她，她的朋友很多，甚至都不知道怎么应付，而且总是有什么事情发生，可以写在信里。她热爱绘画，画几笔速写也如同脱下一副手套那么容易。在花园山庄，她经常带上一张轻便的小凳子和一盒水彩，外出享受一个小时的阳光。她也是一个了不起的音乐家，这个我们已经知道了。晚上她经常会弹点什么，而每当她坐到钢琴边时，人们就会毫无怨言地放弃倾听她美妙谈话的乐趣。自从认识她后，伊莎贝尔就为自己可怜的琴艺感到羞愧，自愧技不如人。尽管在家的时候她也算是个天才，可是，每当她坐到琴凳上，背对着客厅时，大家就会觉得，他们所失去的要比得到的多。梅尔夫人既不写信，也不画画，也不碰钢琴的时候，就会忙着刺绣这项美妙的工作：绣一些椅垫、窗帘或壁炉架上的饰品，都精美无比；而她大胆、自由的想象力和娴熟的针法相得益彰。她从来不会闲下来，如果不在忙着我刚刚说的这些事，她就会读些什么（伊莎贝尔觉得她阅读"所有重要的东西"），或者散步，或者一个人玩纸牌，或者和同伴聊天。无论做什么，她总是那么礼貌得体，从来不会无礼地走开，也不会坐得太久。她可以随时拿起手头的消遣，也可以随时放下；她一边手上忙活，一边谈话，而且看起来对两者都不在意。她会把她的绘画、她的刺绣随意送人；她会从钢琴边站起来，或者留在琴凳上，完全取决于听的人的意愿，而她总是能猜出他们想要什么，从来不会出错。她总是那么善解人意，同她在一起生活，是再舒适、再享受不过了。如果对伊莎贝尔来说，她有什么缺点，那就是她不太自然。这并不是说她矫揉造作，或装腔作势，没有什么女人比她更不受这些庸俗弱点沾染的了。伊莎贝尔的意思是，她的个性被社会习俗包裹得严严实实，她的棱角也被磨得平平整整。她太柔顺，太有用，太圆熟，太完美。总之，她是个完完全全的社会动物，超乎人们的想象。在乡间别墅成为生活时尚之前的世世代代，哪怕最文雅的人，也保留着某些健康的自然痕迹，而即便是这些许残余，在梅尔夫人身上也被抹得干干净净。伊莎贝尔发现，很难想象梅尔夫人独处的时候是什么样子。她好像只存在于各种各样的人际关系中,无论是直接的还是间接的。人们会怀疑,她是否和自己的灵魂有交流?可是,人们最终会得出结论,迷人的外表并不一定意味着肤浅;这不过是一种错误的观念,到青年时期才刚刚摆脱。梅尔夫人并不浅薄——她不是这样的。相反,她很深刻;她的行为依然能够表达她的性格,因为它用的是一种符合习俗的语言。"难道语言不也是一种习俗?"伊莎贝尔自言自语道。"她是有深度的人,不像我见过的某些人,装着用独创的符号来表达自己。"

"我想你一定经历过很多痛苦。"有一次,她的朋友提到了什么,好像意义很深远,她就趁机问道。

"你为什么会这么想?"梅尔夫人微笑着问,好像是在做猜谜游戏,而且觉得很有趣。"希望我没有显得垂头丧气,因为被人误解了。"

"不,你没有。不过有时你说起话来,让我觉得,那些一直很幸福的人是说不出来的。"

"我并不总是很幸福,"梅尔夫人说,仍然微笑着,严肃中却带着一丝嘲弄,好像她是在告诉一个孩子什么秘密,"这真是太好了!"

可是伊莎贝尔却理解她话里的嘲弄意味。"很多人让我觉得,他们从来没有感受过。"

"你说得很对。铁罐当然要比瓷罐多。可是,你要相信,无论是铁罐还是瓷罐,身上都会有痕迹;即便是最坚硬的铁罐,某个地方也会有那么一点划痕,或是一个小洞。我一直自鸣得意,觉得自己很坚固;可是,如果要我跟你说实话,那么,我也曾经被重重地摔打过,猛烈地敲击过,身上布满缺口和裂缝。可是因为修补得很巧妙,到今天还很好用;我尽量能留在碗橱里——那个安静、阴暗的角落,散发着陈腐的香料的味道。可是,如果把我拿到强烈的太阳光下——亲爱的,你看到的将是一副可怖的面目!"

我不知道是不是在这个时候,还是某个其他场合,当两人的谈话出现这样的意味时,梅尔夫人告诉伊莎贝尔,有一天她会告诉她一个故事。伊莎贝尔说她一定会很高兴听的，而且不止一次地提醒她兑现诺言。而每次，梅尔夫人总是请求她推迟一下；最后，她坦率地告诉自己年轻的朋友，必须要等到两人更加了解的那一天。这一天肯定会到的；一段漫长的友谊已经清清楚楚地展现在她们面前。伊莎贝尔同意了，不过同时问道，是不是梅尔夫人不够相信自己——觉得她有可能泄露她的秘密？

"不，不是因为我害怕你会告诉别人，"和她一起做客花园山庄的人说，"相反，我担心的是，你会闷在心里拷问我。你对我的评价会很严厉；因为你正处在冷酷无情的年龄。"眼下，她更想和伊莎贝尔谈论伊莎贝尔，而且对我们的女主人公的过去、情感、观点和未来都表现出了极大的兴趣。她促使伊莎贝尔不停地讲述自己，而她则带着极大的善意倾听。这让女孩大受鼓舞，也让她更加滔滔不绝。她的这位朋友认识很多显赫的人物，而且，据杜歇夫人说，还和欧洲最优秀的人交往过。她一面惊诧不已，一面对自己也另眼相看——因为自己居然能博得一个交游如此广阔的人的青睐。能够和梅尔夫人众多的相识一比高下而胜出，这让伊莎贝尔很高兴。也许是为了满足这种感觉，她频频请求梅尔夫人回忆过去。她曾经在很多国土上生活过，社会关系遍布许多国家。"我并不认为自己有什么教养，"她会说，"可我想，我了解我的欧洲。"有一天，她提到要去瑞典，和一位老朋友住几天；有一天又说要去马耳他，见一位新朋友。英国是她常住的地方，非常熟悉。为了伊莎贝尔，她讲了很多这个国家的社会习俗和民族性格方面的东西。"毕竟，"她总喜欢用这个词，英国人是世界上最容易相处的民族。

"你可不要觉得奇怪，她会在杜歇先生弥留的时候住在这里，"老先生的妻子告诉她的外甥女，"她是个不会犯错误的人；是我见过的做事最得体的女人。她能来是为我好；为此她推迟了拜访很多显贵的人家。"杜歇夫人说，她从来不会忘记，到了英国，她的社会价值就降了两三级。"她有很多供选择的地方；从来不会少一个住处。不过我请她这时候来住一段，是想让你认识她。我想这对你有好处。塞丽娜·梅尔没有缺点。"

"如果不是因为我已经很喜欢她了,这些话会让我吃惊的。"伊莎贝尔回答说。

"她永远不会有任何——哪怕是一点点——'瑕疵'。我把你带到这里,就想给你最好的东西。你的姐姐丽莲告诉我,她希望我能给你足够的机会。我让你和梅尔夫人相识,这就是一个机会。她是欧洲最出色的女人之一。"

"比起你对她的评价,我更喜欢她本人。"伊莎贝尔坚持说。

"你以为,有一天你会找到她的错误吗?如果找到了,告诉我一声。"

"那对你来说太残酷了。"伊莎贝尔说。

"不用担心我。你永远也不会找到的。"

"也许。不过如果有,我敢说我是不会看不到的。"

"她知道世界上所有应该知道的东西。"

这次谈话之后,有一次伊莎贝尔对她们的朋友说,她希望她知道,杜歇夫人认为她完美无瑕。听到这个,梅尔夫人说,"谢谢你,不过恐怕你姨妈的意思是,我就像一只从来不会出现误差的钟表,至少表面看来。"

"你是说,你还有疯狂的一面,是她从来没有见过的?"

"啊,不,恐怕我最隐秘的一面是我最柔顺的部分。我的意思是,对你姨妈来说,完美无瑕意味着用餐时从来不迟到——是到*她*那里用餐时。顺便说一下,你们从伦敦回来那天我并没有迟到;我进客厅时正好是八点;是你们提前了。完美无瑕意味着收到信的当天就要回信,住到她这里来的时候不要带太多行李,还有小心不要生病。对杜歇夫人来说,这些就意味着美德,能够把美德化为具体行动,真是好事。"

听得出来,梅尔夫人的话里含有大胆、直率的批评意味,不过,即便这些指责对伊莎贝尔有一定效果,她也不觉得是恶意的。例如,女孩从来不会想到,杜歇夫人这位才华出众的朋友是在毁谤她。有很多理由可以说明这一点。首先，伊莎贝尔明白她话里的细微含义，而且很赞同；第二，梅尔夫人话里有话，意味深长；而第三，很清楚，如果一个人和你不拘礼节地谈论你的近亲，这是令人愉快的，关系亲密的表现。随着时间增长，这样深层的交流也越来越多，而伊莎贝尔最明显的感觉就是，她的同伴更希望把阿切尔小姐自己当作谈论的话题。尽管她也时常提到自己的人生，却从不会谈论过多；她既不是庸俗的自我主义者，也不是无聊的长舌妇。

"我已经老了，旧了，褪色了，"她不止一次地说，"我就像一张上星期的旧报纸，了然无趣。你却很年轻，充满朝气。你属于今天；你拥有最重要的东西——你拥有现在。我也曾拥有过它——我们都拥有过那么短暂的一段。可是你会拥有更长的时间。所以，我们还是来谈谈你；你说的一切我都会感兴趣的。我喜欢和年轻人交谈，这说明我已经老了。我想这也是不错的补偿。如果我们自己不能拥有青春，我们还能在身边找到它，而且我真的觉得，这是理解它、感受它的更好途径。当然，我们必须同情它——我会一直这样的。我不知道，对老年人我有时是不是不够友善——希望不要；当然，有些老年人很让我爱戴。可是我永远会匍匐在年轻人脚下；他们打动我，吸引我。我给你的是一张全权委托书①，一切由你；只要你愿意，你甚至可以对我无礼；我不会在意的，只会把你宠坏。你说，我说起话来好像有一百岁？好吧，如果你愿意这么想，我是有一百岁；我在法国大革命之前就出生了。啊，我亲爱的，我来自远方②；我属于过去的世界。可是我并不想谈论旧世界，我想说的是新世界。你一定要多告诉我一些美国的事；你跟我说的可不多。我还是个可怜的孩子时就被带到了这里，然后就一直在这里，对那个辉煌、可怕、有趣的国家几乎一无所知，这真可笑，或者说丢脸——那当然是最伟大最好玩的国家。这里还有很多像我这样的人，可以说都是一群可怜的家伙。人要生活在自

---

①② 原文为法语。

己的土地上；不管它怎样，都是你本来属于的地方。如果说，我们不是好的美国人，那一定是可怜的欧洲人；我们不属于这里。不过是些寄生虫，匍匐在土地的表面；却没有在土地里扎根。这一点我们至少应该明白，不要去幻想什么。女人可能还会好过些。在我看来，女人在哪里都不会有属于她的地方；不管到哪里，她都只能是攀附在生活的表面。你不同意，亲爱的？你觉得可怕？你说你决不会爬？不错，我没见过你弯腰曲背的样子，你比很多可怜的家伙都站得更直。很好，而且，总的来说，我也觉得你不会卑躬屈膝地生活的。可是那些男人们，那些美国人，我请问你①，他们又能在这里做什么呢？他们努力想安排好在这里的生活，可我并不羡慕他们。看看可怜的拉尔夫·杜歇：你能说，他是什么样的人？幸运的是他有肺炎；我说这是他的幸运，因为这让他有事可做。他的肺炎就是他的事业；代表了他的身份。你可以说：'哦，杜歇先生，他照管他的肺，他知道很多关于天气的知识。'可是，如果没有这个，他是谁？他代表什么？'杜歇先生：一个生活在欧洲的美国人。'可是这没有任何意义——不可能找到比这更没有意义的话了。'他很有教养，'人们这么说，'收藏了很多古老的鼻烟壶。'玩这些收藏，真是太可怜了。我讨厌听到这个词，觉得荒唐可笑。至于他可怜的老父亲，那就是另一回事了；他有自己的身份，而且很显赫。他代表的是一家大的金融机构，这在我们这个年代，比什么都好。至少，对于一个美国人，这是很大的荣耀。不过我还是认为，你的表哥患有伴随终生的慢性疾病，只要不至于送命，是件很幸运的事。这比鼻烟壶要好多了。你说，如果他没有病，就会做点什么的？——他会接替父亲在银行的职位？可怜的孩子，这一点我很怀疑；我觉得他根本就不喜欢银行。当然了，你比我更了解他，不过去我也曾经很了解他，所以才这样怀疑。最糟糕的一个例子是我的一个朋友，也是我们的同胞。他住在意大利（也是在少不更事的时候就被带了过来），是我见过的最讨人喜欢的人之一。将来你一定要认识他。等你们见了面，你就知道我是什么意思了。他叫吉尔

---

① 原文为法语。

伯特·奥斯蒙德，住在意大利；关于他能说的就只有这么多了，你能明白的也就只有这些。他非常聪明；天生是要成就大事业的；可是，就像我跟你说的，一句话就把他说尽了——他是奥斯蒙德先生，住在意大利，什么也不做①。没有事业，没有名声，没有地位，没有财产，没有过去，没有将来，什么都没有。哦，对了，他画画，没错——画水彩；和我一样，只不过比我好一点。他的画不怎么样，总的来说，这倒让我很高兴。幸运的是他懒散，所以懒散成了他的身份。他可以说：'哦，我什么也不做；我是懒到极点了。除非早上五点钟起床，否则今天就什么都做不了。'就这样，他成了一个例外；让你觉得，只要他早些起床，就会做些什么的。他从来不和一般人提自己的画；他很聪明，不会这样做的。不过他有个小女孩——一个可爱的小女孩；他经常提起她，对她是全身心地付出。如果当好爸爸也是一种职业的话，他一定做得很出色。可是，恐怕这比鼻烟壶好不了多少；也许还不如呢。告诉我，美国人都干什么？"梅尔夫人接着问。这里必须打个括号，说明一下。这些想法她并不是一次就说出来的，我把它们放在一起是为了读者的方便。她提到了佛罗伦萨，奥斯蒙德先生住在那里，杜歇夫人在那里拥有一座中世纪的住宅；她还提到了罗马，在那里她有一个临时的住所②，里面装饰着上好的古旧织锦缎。她提到很多地方、很多人，甚至很多"话题"；她也不时地提起花园山庄善良的老主人，以及他康复的希望等等。从一开始，她就觉得恢复的可能性很小，她估计他所剩的生命时，显得那么肯定、明确、自信，让伊莎贝尔很是惊讶。一天晚上，她确凿无疑地宣称，他不会好了。

"马修·霍普爵士跟我说过了，说得很明白，又很巧妙，"她说，"就在晚餐前的时候，他站在那儿，火炉边上。他谈吐得体，让人觉得很舒服，真是位大医生。我不是说，他说了什么和这直接有关的话。但他说得很巧妙，又很得体。我跟他说，在这个时候，我还泰

---

①② 原文为法语。

然自若地待在这里，心里很不自在，觉得自己很没眼色，因为我又照顾不了病人。他回答说：'您必须留下来，必须留下来；您的工作还在后面。'难道这不是说，杜歇先生要走了，而我留下来会有点用处，可以安慰他的家人？话说得多圆满！不过，其实我根本起不了什么作用。你姨妈自己会安慰自己的；她需要多少安慰，只有她自己知道。可是要另外一个人给她安慰，那剂量就很难掌握了。你的表兄另当别论；他会很怀念他的父亲。可我绝对不会去安慰拉尔夫先生；我们的关系没到这个份上。"梅尔夫人话里不止一次地透漏出，她和拉尔夫·杜歇之间有些说不清的嫌隙；于是，伊莎贝尔抓住这次机会问她，他们是不是不好。

"不，我们是好朋友，可他不喜欢我。"

"你对他做过什么不好的事吗？"

"什么也没有。不过不喜欢是不需要理由的。"

"不喜欢你？我觉得这需要一个很好的理由。"

"你真是太好了。不过你还是准备好一个，等到那一天用。"

"到我开始不喜欢你的那一天？决不会有那一天的。"

"我也希望；因为你一旦开始这样，就永远不会转变看法。你的表哥就是这样；他始终没有摆脱这种情绪。这是出自本性的反感——我想我可以这样说，而且都在他那边。我对他没有任何看法；尽管他对我很不公平，可我丝毫没有忌恨他。我要的只是公正。当然，他是一个绅士，不会私下里说别人的坏话。都摊在桌面上[①]。"过了一会儿，梅尔夫人又说："我并不害怕他。"

"希望你不要。"伊莎贝尔说，又说拉尔夫是世界上最善良的人了。可是，她记起来，自己第一次向他问到梅尔夫人的时候，他回答的态度也许会让这位夫人觉得是暗中诋毁。他们之间一定发生过什么，伊莎贝尔心里说，可是并没有再多想下去。如果那是重要的事，就应该尊重；如果不重要，也不值得她关心。尽管她喜欢了解一切，

[①] 原文为法语。

却不会掀开幕布，窥探阴暗的角落，对此她本能地退避三尺。在她的头脑中，求知欲和满足于无知的美好能力安然相处。

可是有时，梅尔夫人会说一些很让她震惊的话，让她当时就抬起疏朗的眉毛，过后也会久久思量。"如果能回到你这样的年龄，我愿意付出一切。"有一次，她突然带着苦涩的口吻说道。尽管她惯常的雍容大度已经冲淡了不少悔恨的味道，可还是无法完全掩盖。"如果我能够重新开始——如果我的人生仍然在我的前面，该有多好！"

"你的人生当然还在你前面。"伊莎贝尔温柔地说道，因为这些话让她感到有些震慑。

"不，最美好的部分已经过去了，而我却一无所获。"

"你当然不是一无所获。"伊莎贝尔说。

"怎么不是——我得到了什么？既没有丈夫，也没有孩子，没有财产，没有地位，也没有曾经美丽过的痕迹，而我从来没有美丽过。"

"你有很多朋友，亲爱的夫人。"

"我可不这么自信！"梅尔夫人叫道。

"啊，你错了。你有回忆，你风度，有才华——"

可是梅尔夫人打断了她。"我的才华又带给了我什么？什么也没有。而我还要继续使用它们，帮我度过光阴和岁月，假装忙来忙去，假装对此一无所知，不过是自欺欺人。至于我的风度和回忆，最好不要提它们。你会是我的朋友，直到有一天，友谊对你来说有了更好的用处。"

"不会的，你看着吧。"伊莎贝尔说。

"是的，不会，我也会努力留住你的。"她的同伴用严肃的目光看着她。"我说希望回到你的年龄，是希望能够具有你的品质——像你一样坦率、慷慨、真诚。如果这样，我的人生就会好一点。"

"有什么让你遗憾的事吗？你想做却没能做到的事？"

梅尔夫人拿起一本乐谱，无意识地一页页翻着——她是坐在钢琴前，刚才开始说话的时候，才突然从琴凳上转过身来。"我曾经雄心勃勃！"最后，她说。

"这么说，你的愿望没有实现？那一定是很高的期望。"

"是的，*曾经*很高。现在提起来会让我显得很可笑。"

伊莎贝尔猜想，那会是什么样的期望——难道梅尔夫人希望头戴一顶王冠？"我不知道你心目中的成功意味着什么，可我觉得你已经很成功了。对我来说，现在的你就是成功的最好例子。"

梅尔夫人把乐谱扔到一边，微笑着说："那你认为什么是成功？"

"你一定会觉得我的想法平淡无奇。成功就是，看到青春的梦想成真。"

"啊，"梅尔夫人低声叫道，"可我从来没有看到过！当然，我的梦想太遥远了——简直是荒谬。上帝原谅我，我又在做梦了！"说着，她转过身去，神态肃穆地按响了琴键。次日，她对伊莎贝尔说，她对成功的定义很美，却也很悲哀。以这样的标准来衡量，谁又能够成功？青春的梦想为什么会如此迷人？因为那是神圣的梦想！谁又能看到这些梦想成真？

"我看到了……看到了其中的一些。"伊莎贝尔鼓起勇气说道。

"已经看到了？那一定是昨天的梦想。"

"我很小的时候就开始做梦了。"伊莎贝尔微笑着说。

"啊，如果你指的是小孩子的愿望——一条粉红色的缎带，一只会闭眼睛的洋娃娃——"

"不，我指的不是这些。"

"或者是一个有着漂亮小胡子的年轻人，跪倒在你的脚下？"

"不，也不是这个。"伊莎贝尔坚定地说。

梅尔夫人好像注意到了女孩的真诚。"我猜你就是这个意思。我们都曾经有过带小胡子的年轻人。那个人是一定会出现的，这不算。"

伊莎贝尔稍稍沉默了一会儿，然后突然冒出一句离题的话，可这又确实是她的风格。"为什么不算？有各种各样的年轻人，不可一概而论。"

"而你的是个模范青年——你是这个意思吗？"她的朋友笑着说，"如果你碰到的恰恰是梦中的人儿，那么这是成功，我真心祝贺你。只是，如果是这样，你为什么没有和他一起飞到他亚平宁山中的城堡？"

"他没有什么亚平宁山的城堡。"

"那么他有什么？四十大街上一座丑陋的砖房？别对我说这个，我认为这不是理想。"

"我根本不在乎他有什么房子。"伊莎贝尔说。

"那你真是太不成熟了。等你活到我的年龄，就会看到，每个人都有他的外壳，而你必须考虑一个人的外壳。所谓的外壳，我指的是一个人整个的外部包装。没有什么独立的男人或女人，我们每个人都是由很多外部的附属物组成的。所谓的'自我'到底是什么？它从哪里开始？又到哪里结束？它遍及所有属于我们的东西——之后才返回到自身。我知道，我的很大一部分自我在于我选择的衣服。我很尊敬物质！一个人的自我——对别人来说——就是能够表达自我的那些东西；而他的房子、他的家具、他的衣服、他读的书、他交的朋友——这些东西都是具有表达力的。"

这些话很玄妙，可是也并不比梅尔夫人已经说过的一些话更难懂。伊莎贝尔喜欢思辨，却无法附和朋友这种对人的个性的大胆分析。"我不同意。我跟你的想法不一样。我不知道我是不是很好地表达了我自己，但是我知道，没有什么其他的东西能够表达我。那些属于我的东西并不能成为衡量我的尺度；相反，所有的东西都是一种限制，一种障碍，完全是任意强加给我的。至于你刚才说的我选择穿的衣服，当然也不能表达我；上帝保佑，不要让它们来代表我！"

"你穿得很好。"梅尔夫人轻松地插了一句。

"也许吧；可我不希望别人用衣服来判断我。我的衣服也许能够反映裁缝师的风格，可是它们不能代表我。首先，穿上这些衣服并不是我自己的选择，这是社会强加给我的。"

"那你愿意不穿衣服出门吗？"梅尔夫人问道，显然要结束她们的讨论。

我必须承认，伊莎贝尔没有对梅尔夫人提过任何有关沃伯顿勋爵的话，在卡斯帕·古德伍德这件事上也是缄口不言。当然，我曾经描述过，我们的女主人公对这位才华出众的女性充满青春的忠诚，这也许会让我那些话显得有些不可信。不过，她并没有隐藏有人向她求婚的事实，甚至让她的朋友知道那是多么难得的机遇。沃伯顿勋爵已经离开了洛克雷，带着他的妹妹们去了苏格兰；不过，他不止一次地写信给拉尔夫，询问杜歇先生的健康状况；女孩并不是佯羞诈愧之辈，不会为此感到尴尬，倘若他还在附近，一定会亲自上门探病的。沃伯顿勋爵为人做事无可挑剔，可她相信，如果他来花园山庄，就会见到梅尔夫人，而如果他见到她，就会喜欢她，而且向她吐露心声，告诉她自己爱上了她年轻的朋友。可是，事实是，这位女士前几次来花园山庄的时候——每次停留的时间都比这次要短——他要么不在洛克雷，要么没有来杜歇家拜访。所以，尽管她知道沃伯顿勋爵的名字，也知道他是当地大名鼎鼎的人物，却没有想到他是杜歇夫人刚刚到来的外甥女的求婚者。

虽然有时候，女孩也后悔自己说得太多，可并没有完全信任梅尔夫人，对她还是有保留的。尽管如此，梅尔夫人还是对她说："你还有大好时光。你还什么也没有做——你要做的事还在前面，这真让人高兴。女孩子拒绝掉一两桩好婚事，这是件好事——当然，只要这不是她可能遇到的最好的求婚。不过，有时也要有一点世俗的态度；如果我这话听起来很庸俗很讨厌，请原谅。只是不要为拒绝而拒绝。能够行使力量当然很让人高兴，可是接受也能表现一个人的力量。总是有一种危险，那就是，一直拒绝下去。这并不是我犯的错误——我拒绝得不够多。你是一个可人儿。我真希望你能嫁给一位首相。可是严格来说，你知道，你并不是一般所说的那种'理想的婚配对象'[①]。你非常漂亮，又很聪明，就你本身来说，你是无可比拟的。看起来你对世俗财产没有任何概念，不过从我对你的印象来看，你的经济状况不是太难堪。希望你有一些钱。"

---

① 原文为法语。

"希望如此！"伊莎贝尔简单地说。显然这时她已经忘记了，对于那两位殷勤的绅士来说，自己的贫穷根本不是什么问题。

尽管有马修·霍普爵士善意的挽留，梅尔夫人还是没有留到最后，而可怜的杜歇先生的病势，现在也坦率地说明了。她还有别人的邀请，现在不得不去履行承诺了。于是，她离开了花园山庄，走之前说好，在她离开英国之前，无论如何会再到这里，或城里的其他地方，看望杜歇夫人的。和伊莎贝尔的告别，甚至比两人的相识更像是一段友谊的开始。"我要接连去六个地方，可是我不会见到比你更好的人了。那些都是老朋友；人们在我的年龄就不会结交新朋友了。我对你是大大地破例了。所以，你要记住这一点，尽可能往好里想我。你要报答我，那就是相信我。"

作为回答，伊莎贝尔亲吻了梅尔夫人。尽管有些女性很善于亲吻，有这样那样的亲吻，伊莎贝尔的拥吻却让梅尔夫人很满意。她走后，我们的年轻姑娘就很孤独了。她只有在吃饭的时候才会见到姨妈和表哥，而且发现，在见不到杜歇夫人的那些时间里，只有一小部分她是用来照顾丈夫的。其他时间她都待在自己的房间里，即便是她的外甥女也不能进入，到底她在做什么是个秘密，也难以理解。吃饭的时候她也很严肃，而且很沉默；可是她的严肃并不是一种态度——伊莎贝尔看得出来，那是一种信念。伊莎贝尔想，姨妈是不是在后悔以前过于自行其是；不过关于这一点，也没有明显的迹象——没有眼泪，没有叹息，也没有超越正常限度的夸张的情感。杜歇夫人好像只是觉得，她需要整理整理思绪，把事情好好考虑一下；她有一本小小的道德账簿，里面用尺子打出一条条精准的直线，分出栏目；还有一个尖尖的金属搭扣，而且保存得很整洁。可是她内心的思虑一旦讲出来，就会带上实用的味道。"要是我知道会发生这些事，就不会邀请你现在过来了，"梅尔夫人走后她对伊莎贝尔说，"我会等到明年再请你过来。"

"那样的话，也许我就不可能认识我姨父了。我很高兴现在能来。"

"那好。可是我并不是要让你见你姨父，才把你带到欧洲的。"这完全是实话，可是就像伊莎贝尔感觉的，时候把握地却不完全对。现在，她有了足够的空闲来思考。她每天独自外出散步，在书房里浏览图书，迷茫地打发时间。她关注的事情之一，就是朋友斯塔克波尔小姐的动向，而且一直和她保持通信往来。比起朋友那些公开发表的报道，伊莎贝尔更喜欢她私人信件的风格；也就是说，她觉得，如果没有发表，那些报道都写得很棒。不过，亨丽埃塔在欧洲的事业却不如预期的那样成功，即便是从她个人的运气来讲，也不够圆满。她急于一睹为快的大不列颠生活的内在风采，仍然像鬼火般飘忽不定，在她眼前跳跃。潘斯尔夫人的邀请信，不知道是什么原因，始终没有到，而可怜的班特林先生，尽管为人和善，又头脑聪明，却无法解释那封明明已经寄出的信件，怎么会下落不明。不过对亨丽埃塔这件事，他显然感到很内疚。因为这次去贝尔福德没有成行，觉得有责任为她安排新的旅程。"他说，他认为我应该去欧洲大陆看看，"亨丽埃塔写道，"他自己也在考虑去那里，所以我想他的建议是真诚的。他不明白我为什么不去领略一下法国生活；而我也确实想看看这个新生的共和国，这也是事实。班特林先生并不喜欢这个共和国，不过他还是想去一趟巴黎。我得说，他比我想得更体贴周到，不管怎样，我总算见到了一位彬彬有礼的英国人。我总是对他说，他应该是个美国人，你真应该看看，他听了有多高兴。每当我这么说的时候，他总是放声大叫道：'啊，不过真的，那好吧！'"过了几天，她写信来，说已经决定在周末去巴黎，班特林先生答应去送她——也许会一直陪她到多佛。亨丽埃塔又说，她会在巴黎等待伊莎贝尔的到来；信里根本没有提杜歇夫人，好像伊莎贝尔要独自一人开始欧洲大陆之旅似的。想到拉尔夫对这位不久前的伙伴很感兴趣，我们的女主人公就把亨丽埃塔信里讲的一些事告诉了他。拉尔夫听了《访谈者》驻外记者的经历，却似乎有些忧虑。

"看来她干得不错，"他说，"居然跟随一位前骑兵军官去巴黎！如果她想要写什么，这件事就足够精彩了。"

"当然,这是有些不合规矩,"伊莎贝尔说,"不过,就亨丽埃塔这边来说,她是完全坦荡的,如果你认为不是这样,那就错了。你永远也不会理解亨丽埃塔的。"

"请原谅,我完全理解她。刚开始我是不了解,不过现在我已经找到了理解她的切入点。不过,我恐怕班特林还没找到;也许会不止一次地感到惊讶的。哦,我理解亨丽埃塔,就像她是我创造的!"

伊莎贝尔根本不相信这话,可是也没有继续争论下去,最近这些日子以来,她对表哥总是很宽容,充满同情。梅尔夫人离开后不到一个星期,一天下午,她坐在书房里,手里拿着一本书,但心思却集中不到书上。她坐在一张靠窗的宽大长椅上,从那里可以望见沉寂、潮湿的花园。书房的位置恰好对着房子的入口,她可以看见医生的四轮马车,已经在门前等待了两个小时了。她有些奇怪,医生为什么会停留这么久;终于,她看见他出现在门廊上,站在那里,慢慢戴上手套,看了看马的膝盖,然后钻进马车,驾车离开了。伊莎贝尔坐在原处,又待了半个小时。房子里安静极了,没有一点声响,等她听到屋里厚密的地毯上传来的轻柔缓慢的脚步声,不禁一惊。她从窗前迅速转过身来,看见拉尔夫站在面前,两手仍然放在口袋里,脸上却全然没有了惯常若有若无的微笑。她站起身来,动作和眼神里都是疑问。

"结束了。"拉尔夫说。

"你是说姨父他……"伊莎贝尔说不下去了。

"我亲爱的父亲一个小时前去世了。"

"啊,可怜的拉尔夫!"她轻声哭泣起来,向他伸出了双手。

第二十章

大约两周后,梅尔夫人乘坐一辆轻便马车,来到了温切斯特广场的一座住宅前。她走下马车,看到餐室墙外的两扇窗户中间,悬挂着一块整洁的大木板,木板刚刚油漆过,黑底白字,上面写着:"本屋出售",还写着代理人的名字,有意者可与之联系等字样。这位客人叩响了黄铜的大门环,一边等着开门,一边心想:"他们真是不浪费一天时间,这是个讲究实际的国家!"她走进房子,上楼到会客室去,看到的是一片主人即将离去的景象。墙上的画已经摘了下来,放在沙发上;窗帘卸了下来,地板上已经没有地毯。杜歇夫人很快出来接待了她,简单明了地说,她知道她会说些安慰话的。

"我知道你要说什么——他是个好人。这个我比谁都清楚,因为我给了他更多的机会去表现这一点。所以我想,我是个好妻子。"杜歇夫人还说,后来她的丈夫显然也看到了这个事实。她说:"他对我很宽容,我没有说比我期望的更宽容,因为我并没有期望过。你知道,总的来说我并没有这么期望过。不过,依我看,尽管我经常住在国外,过着一种——你可以说是无拘无束的——外国式的生活,他还是愿意承认,我从来没有欣赏过任何其他人。"

"只除了你自己。"梅尔夫人心里说,当然不会让人听到。

"我从来没有为了任何其他人牺牲我的丈夫。"杜歇夫人像往常一样简短有力地说。

"哦,是的,"梅尔夫人心想,"你从来不会为别人做任何事!"

这些无声的评论带着一些挖苦的意味,也许需要一点解释。因为它们同我们目前对梅尔夫人性格的了解有所不同——当然,我们对她的了解还很肤浅,也和我们对杜歇夫人所作所为的了解不相符合;况且,梅尔夫人完全有理由相信,朋友的最后一句话并没有影射她,所以就这些话更需要解释了。真正的原因是,在她跨入门槛的那一刻，就明白，杜歇先生的过世会产生一些微妙的后果，那会使一小部分人受益，而她则不在这些人之列。这件事当然会有一定的后果，她在花园山庄停留的日子里，脑子里就一直在盘算这个。当然，心里预见是一回事，真正面对大量的事实又是一回事。刚才她还满心想着能分到一份财产——她几乎要说一份赃物了，可现在就被排除在外，这激怒了她。我无意把她描述成一只贪婪的野兽，虎视眈眈，血口大开，可是我们已经知道，她怀才不遇，心愿未遂。如果有人问，她当然会说——而且面带骄傲的微笑——她没有丝毫权利能够在杜歇先生的遗产中分一杯羹。她会说："我们之间什么关系也没有，没有那样的关系，可怜的人！"说着，用拇指和中指打个响指。我还得赶紧加上一句，尽管此刻她心痒难熬，却很小心，掩饰得滴水不漏。毕竟，尽管对自己的损失满心怜悯，她对杜歇夫人的收获也同样祝福。

"他把这座房子留给了我，"这位新寡的夫人说，"当然了，我是不会住在这里的；我在佛罗伦萨的房子比这好得多。遗嘱刚刚公布了三天，可我已经要出售这房子了。我在银行也有股份，不过我不知道，是不是必须把它留在那里。要是能我当然会取出来的。花园山庄当然留给了拉尔夫；不过我不知道他是不是能够维持它。当然，他也得到很多，很有钱了，不过他的父亲已经捐赠掉了很多；佛蒙特州那几个隔了三代的远亲也有遗产。不过，拉尔夫很喜欢花园山庄，雇上一个包干杂活的女仆，再有一个园丁，他完全可以在夏天住在那里。不过，我丈夫的遗嘱中有一条很不寻常，"杜歇夫人接着说，"他给我外甥女留了一笔财产。"

"一笔财产！"梅尔夫人轻声重复道。

"伊莎贝尔拿到了大概七万镑。"

梅尔夫人的双手原本交叉着放在膝盖上，听到这个，她把它们举了起来，按到胸前，双手仍然交叉着，同时睁大了眼睛，瞪着她的朋友，叫道："啊，聪明的小家伙！"

杜歇夫人很快看了她一眼。"你这是什么意思？"

梅尔夫人登时脸红了，眼睛也随即垂了下来。"能够获得这样的成就当然很聪明。而且还不费吹灰之力！"

"是没费力气，不过不要说这是什么成就。"

梅尔夫人很少会懊悔说错了话，然后再尴尬地收回。她的智慧体现在坚持自己说的话，却让它听起来很合理。"亲爱的朋友，伊莎贝尔是世界上最迷人的姑娘，所以才会有七万镑留给她。她的魅力中有很大一部分是她的聪明。"

"我敢说，她从来没想过我丈夫会给她留下什么；我自己也没想到，因为他从来没跟我说过他的想法，"杜歇夫人说，"再说她也没有什么权利，她是我的外甥女，可这对他来说不算什么。不管她得到了什么，都是不经意的。"

"啊！"梅尔夫人回答说，"这才是大手笔！"

杜歇夫人并不怎么同意。"那姑娘是很幸运，这我不否认。不过她现在只是给弄懵了。"

"你是说，她不知道该拿这些钱怎么办？"

"我想她还没考虑过这个。她还没弄明白这是怎么一回事。就好像一门大炮突然在她身后放了一炮；她的第一反应是看看自己有没有受伤。遗嘱的主要执行人亲自来找她，很殷勤地通知了她这件事。这才不过三天。事后他告诉我，他向她宣布遗嘱后，她突然哭了起来。钱会留在银行，用于银行的事务，她可以支取利息。"

梅尔夫人摇了摇头，睿智的微笑中也露出一点慈祥。"真是太妙了！等她取过两三回后，就会习惯的。"沉默了一会儿后，她突然问道："你的儿子怎么看这件事？"

"遗嘱没有宣读他就离开英国了——疲惫和忧虑已经让他支撑不住了，他要尽快到南方去，现在还在去里维埃拉①的路上，我还没收到他的信。不过他父亲做的任何事，他都不会反对的。"

---

① 一个狭窄的沿海地区，位于阿尔卑斯山脉与地中海之间，从法国东南部一直延伸到意大利西北部，是旅游胜地。

"你不是说,他的那份减少了吗?"

"那完全是他愿意的。我知道,他曾经劝说他父亲为美国人民做些什么。他可从来没有把自己放在第一位。"

"问题是他把谁放在第一位!"梅尔夫人说。她若有所思地望着地板,沉默了一会儿。最后,她抬起眼睛问道:"我能看看你那位快活的外甥女吗?"

"你可以看她。不过你不会觉得她很快活。这三天来,她肃穆得就像契马布埃①的圣母像!"说着,杜歇夫人摇铃叫来仆人,去请伊莎贝尔。

仆人去后,伊莎贝尔很快就出来了。看到她,梅尔夫人想,杜歇夫人的比喻是有道理的。女孩看起来苍白、严肃——即使是对姨父深切的哀悼也无法缓和这种神情。可是看到梅尔夫人,最明媚的微笑又回到了她的脸上。梅尔夫人上前两步,把手放在我们的女主人公的肩上,端详了她一会儿,然后亲吻了她,好像是回报伊莎贝尔在花园山庄给她的那个亲吻。这是眼下,这位客人对她年轻的朋友获得遗产所做的唯一表示,而且做得优雅得体。

杜歇夫人无意留在英国等待房屋出售,她选了几样家具摆设,准备运到她的另一个住所,把房子里其他的物品交给拍卖商处理,就启程去欧洲大陆了。她的外甥女当然随行。现在,她有足够的时间来考虑,该如何衡量、使用这笔梅尔夫人暗暗向她祝贺的飞来横财了。伊莎贝尔经常考虑自己获得了财富这个事实,而且从很多不同的角度来看待这件事。不过现在,我们不会去追随她的思路,或解释清楚她的心情为什么很沉重。尽管她没能*立刻*高兴起来,这并没有持续多长时间;很快,女孩就认定,富有是件好事,因为那意味着你能*有所作为*,而能够有所作为是美好的。它是软弱的对立面——特别是女性的软弱。软弱是笨拙的,而行动却那么优美。当然,对于一个娇美的年轻姑娘,软弱也很优美,但伊莎贝尔告诉自己,毕竟,还有一种更高

---

① 乔瓦尼·契马布埃(1240?—1302?),拜占庭风格的意大利画家,作有《圣母和天使》等名画。

的优美。当然，就目前来说，她只是给丽莲和可怜的伊迪丝各汇去了一张支票，之后就没有什么可做的了，这倒是真的。因为身穿丧服，姨妈新寡，两位女士不得不一起度过一段安静的时光，伊莎贝尔却很感激有这么清静的几个月。对于获得的力量她态度严肃，她用柔和而凌厉的目光审视着她的力量，却不急于去施展它。直到和姨妈后来在巴黎逗留的几个星期中，她才第一次使用这力量，尽管使用的方式却显得很微不足道；不过这也很正常，因为在巴黎这样一座以商店驰名的城市中，这是最自然的方式了；而且，杜歇夫人给了她毫无保留的建议和指导。对于外甥女突然从一个穷姑娘变成富家女，她的态度是非常实际的。"现在你是一个有钱的小姐了，你必须知道如何扮演这个角色——我是说扮演好。"她对伊莎贝尔说，而且说过之后就没有再说第二遍。她还说，伊莎贝尔首要的责任是把一切都收拾漂亮。然后接着说："你不知道怎么照管你的东西，但你必须学习。"这是她的第二个任务。伊莎贝尔听从了姨妈的教导，但目前，她的想象力还没有点燃。她渴望着机会，而这并不是她想象中的机会。

杜歇夫人很少改变计划，丈夫辞世之前就已经决定在巴黎度过一部分冬天，现在也觉得没有理由放弃这一计划，更没有理由剥夺她的同伴这次机会。尽管她们大多时间深居简出，但她还是非正式地把伊莎贝尔引荐给了由她的同胞们组成的小圈子。这些侨居国外的人大都住在香榭丽舍大街附近，性情和善，杜歇夫人和其中很多人都交往密切。他们有共同的侨居经历，共同的信念，有一样的消遣，感到一样的厌倦。伊莎贝尔看到他们频繁地造访姨妈的旅馆，对他们就有一些苛刻的评论，这无疑是因为最近一时，她突然强烈地意识到作为人的责任感。她觉得，他们的生活尽管奢华，却没有活力。晴朗的星期天下午，这些寓居国外的美国人通常忙于相互拜访，伊莎贝尔就表达了这一观点，结果招致了不满。听她说这话的那些人，靠了他们的厨师和裁缝，看起来都温和可亲，堪为典范，尽管大家都承认她很聪明，也有两三个觉得，她其实不比那些时髦新戏里的人物更聪明。"你们在这里过着这种日子，这会把你们带到哪里？"她喜欢这么说，"好像不会通往任何地方,我想你们自己也觉得厌倦吧。"

杜歇夫人觉得这个问题更应该由亨利埃塔·斯塔克波尔提出来。两位女士在巴黎见到了亨利埃塔,而伊莎贝尔经常和她见面。因此,杜歇夫人有理由对自己说,她的外甥女也许还没有这么聪明,不至于在所有的问题上都有独到的见解,她这种观点也许是从她的记者朋友那里借过来的。伊莎贝尔第一次说这样的话是在两位女士拜访卢斯夫人时。卢斯夫人是杜歇夫人的老朋友,也是现在她在巴黎唯一去拜访的人。卢斯夫人自路易·菲利普①时代就住在巴黎;她经常开玩笑地说她是一八三〇年的一代。不过这句话的幽默意味不是每个人都能领会的,这时,她就不得不解释道:"哦,是的,我属于浪漫主义的一代。"她的法语始终没能说地道。星期天下午她总在家,身边簇拥着那些和她心神相通的人,而且始终是那几个。其实她所有的时间都是待在家里的,在这座华美城市一个舒适的角落里,完好地重复着她那土生土长的巴尔的摩口音。她那位尊贵的丈夫,卢斯先生,是位身材高瘦、头发灰白、干净整洁的绅士,戴着一副金边眼镜,头上的帽子总是有些向后斜。因为太太总是在家,他只能对巴黎的"娱乐"做精神上的赞誉;"娱乐"是他的口头禅,而你永远不会猜到,他有什么正事可做,需要忙里偷闲地去娱乐。他的一项消遣是每天去美国银行家俱乐部,那里有一个邮局,几乎和美国乡村小镇上的一样,大家可以在那里轻松地聊天。天气好的时候,他会在香榭丽舍大街的长椅上坐上一个小时。他在自家的餐桌前吃得很好,饮食也讲究,椅子下面是打蜡的地板,那是卢斯夫人最得意的,自认为比法国首都任何一家的都光亮。偶尔,他会和一两个朋友在英国咖啡馆用餐,他点菜的才能不仅是朋友们的福气,连这里的领班都大为钦佩。这就是人们知道的他所有的娱乐,可这已经消磨了他将近半个世纪的时光,当然也证实了他经常挂在嘴边的那句话,没有比巴黎更好的城市了。就这些条

---

① 路易·菲利普一世(1773—1850),法国国王(任期1830—1848),在1830年的七月革命中推翻波旁王朝后执政,在1848年革命中退位。

件来说，卢斯先生自认为，只有在这里他才可以享受生活。没有什么地方能比得上巴黎；不过必须承认，卢斯先生不像早年那样赞扬这个他醉生梦死的城市了。在供他消遣的资源中，他的政治观点是不容忽视的，那可是填充他看似空虚的生活的有力因素。和很多侨居的同胞一样，卢斯先生是一个骄傲的——或者说根深蒂固的——保守分子，对法国新建立的政府嗤之以鼻。他坚信这个政府不会持续很久，而且年复一年地对你说，它的倒台指日可待。谈到法国人民时，他经常这么说："得把他们压下去，先生，压下去；除了铁腕加铁蹄，没有什么能对付他们。"而他理想中美好、光辉、英明的统治是被取代的帝国政府。"巴黎远没有皇帝时期迷人了。他①知道怎么让这个城市更愉快。"卢斯先生经常对杜歇夫人说。她也和他持相同的观点，总是说，他们辛辛苦苦地漂洋过海，为了什么？不就是为了摆脱共和国吗！

"哦，夫人，从前我坐在香榭丽舍大街上，在工业宫对面，看到皇家马车从杜勒雷宫进进出出，一天共有七次，我记得有时还有九次那么多。可现在你能看到什么？不用说，当年的风尚已经一去不复返了。拿破仑知道法国人需要什么。巴黎，我们的巴黎，她笼罩在阴云之下，除非他们让皇帝回来。"

卢斯夫人星期天下午的聚会上有一位年轻人，伊莎贝尔和他聊了很多，而且发现他有很多有价值的知识。他叫爱德华·罗齐尔，大家都叫他奈得·罗齐尔，是纽约人，在巴黎由父亲教养成人；而他的父亲碰巧是已故的阿切尔先生的一位早年好友。在爱德华·罗齐尔的印象中，伊莎贝尔还是一个小女孩；当年，小阿切尔们被扔在纽沙特尔的一家旅馆里，保姆和一位俄国贵族跑了，而阿切尔先生却有些日子行踪不明，正是他的父亲救了她们。（当时他和儿子在那里旅行，凑巧住在那家旅馆里。）伊莎贝尔也清清楚楚地记得那个干净整洁的小男孩，头发上总是散发着好闻的洗发水的香味儿。他有自己专门的保

---

① 指拿破仑三世。

姆,她要保证在任何情况下都盯紧他。伊莎贝尔曾经和这主仆二人在湖边散步,觉得小爱德华就像天使一样漂亮——在她心里,这样的比喻可绝不是俗套,因为她对天使类型的面孔有明确的定义,而她这位新朋友完全符合她的想象。一张粉红的小脸,头上戴着一顶蓝色的天鹅绒小帽,衬着绣花的硬领,这就是她孩提时梦想中的天使面孔。而且,后来有很长一段时间,她都坚信那些天国的居民之间是用一种奇怪的法式英语交谈的,表达的是最正确的想法,就像爱德华跟她说话时一样。他对她说,他的保姆为了"保护"他,不让他到湖边去,而小孩一定要听保姆的话。如今,奈德·罗齐尔的英语已经进步了不少,至少法语味道已经不那么明显了。他的父亲已经不在,他也不需要保姆了,可是年轻人仍然遵守他们的教导——从来不靠近湖边。他的身上仍然有一股好闻的味道,有一种让人心神愉悦的东西。他是个温和优雅的青年,品位极佳——懂得古瓷,美酒,书籍装帧,熟读《戈塔年鉴》[①],知道最好的商店,最好的旅馆,以及火车到达和离开的时刻。他和卢斯先生一样,能点一桌好菜,而且,随着不断积累经验,完全有可能成为那位先生的接班人。而他用柔和、天真的口气发表的,也是和他一样偏执的政治观点。他在巴黎有一套漂亮的寓所,里面装饰着古老的西班牙圣坛花边,这让他的很多女性朋友都很嫉妒,她们说,他用来装饰壁炉的织物,比很多公爵夫人高贵的肩膀上披的都要好。不过,通常每年冬天他都会在波城[②]待一段,有一次还在美国住了两个月。

他对伊莎贝尔很感兴趣,清楚地记得那次在纽沙特尔散步时,她坚持要到湖边去。听到伊莎贝尔刚才那些话,他似乎又从中感觉到了同样的叛逆味道。对于我们的女主人公的问题,他回答得彬彬有礼——也许没必要这么礼貌。"带到哪里?阿切尔小姐?啊,巴黎通向所有的地方,你必须先到这里,否则就哪里也到不了。到欧洲的每

[①] 德国出版商尤斯图斯·佩特斯(1749—1816),自 1763 年起在戈塔地方出版的一种法文刊物,记载世界各地系谱学等方面的统计资料。
[②] 法国西南部一城市,位于波尔多南部比利牛斯山麓。是一个四季旅游中心,以其自然风景和冬季运动驰名。

个人都得从这里通过。你的意思不止是这个?你是说它有什么益处?啊,可是,人又怎么能参透未来呢?你怎么能预测未来会发生什么事呢?如果那是条愉快的路,我不在乎它通向哪里。我喜欢这条路,阿切尔小姐;我喜欢这条可爱的、古老的柏油路。你是不会厌倦的——只要你试一下,就不会厌倦的。你觉得你会的,可你不会;总是会有一些新鲜事。就拿德福奥旅馆①来说吧,有时一个星期会有三四场拍卖会。除了在这里,哪里还能买到这样的东西?不管别人怎么说,我还是觉得很便宜,只要你能找对地方。我知道很多好地方,不过不告诉别人。如果你高兴,我会告诉你的,这可是给你的特殊待遇;只是你不要告诉别人。去什么地方之前一定要先问我;请你先向我保证这一点。总的来说,不要去那些林荫大道,那里没什么可买的。凭良心说,我相信没有人比我更了解巴黎,这不是说大话②。有时间你和杜歇夫人一定到我那里用早餐,看看我收藏的那些东西;其余的我就不说了!③最近大家都在谈论伦敦,吹捧伦敦是潮流。可那里有什么?——你在那里什么也找不到。没有路易十五④风格的东西,没有第一帝国⑤的风格,有的永远是安妮女王⑥的风格,那用来装饰卧室是不错的——或者洗漱间,可客厅就不合适了。我把人生都消耗在拍卖商那里了?"罗齐尔先生接着回答伊莎贝尔的另一个问题。"哦,没有;我没那么多钱。真希望我有。你觉得我无所事事;你的表情告诉了我——你有一张表情丰富的脸。希望你不要介意我这么说,我只是在提醒你。你觉得我应该做点什么,我也这么想,模模糊糊地有这么个想法。可是你一旦具体到做什么,就得打住了。我不可能回国当个店老板。你觉得我很适合?啊,阿切尔小姐,你高估我了。我很会买,可我不会卖。你应该看看,有时我想处理掉自己的一些东西有多难!让别人买你的东西,比你去买别人的东西,需要更高的才能。有

---

① 巴黎一家旅馆,内有法国主要艺术品拍卖行。
②③ 原文为法语。
④ 法国国王,1715 年至 1774 年在位。
⑤ 指法兰西第一帝国(1804—1815)。
⑥ 英国女王,1702 年至 1714 年在位。

时候我想，那些人真是太聪明了，那些让我买的人！啊，不，我当不了店老板。我也不能当医生，那是个令人厌恶的职业；我也做不了牧师，我没有信仰。《圣经》里那些名字我也念不准，很难，特别是《旧约》里的。我不可能做律师，我不懂——你们叫什么来着？——美国的法律程序。还有别的吗？在美国没有一个给绅士做的职业。我想做个外交官；可是美国的外交官也不是给绅士准备的。我想你见过前任的……"

亨利埃塔·斯塔克波尔这段时间经常和她的朋友在一起，罗齐尔先生下午来问候卢斯夫人的时候，她也在场。听到他这么说，就会打断他，然后教训他一番，让他明白美国公民的责任。她觉得他太不正常了，比可怜的拉尔夫·杜歇还要糟。不过，亨利埃塔现在比往常更喜欢批评，因为伊莎贝尔最近的状况让她内心警觉起来。她没有祝贺这位年轻姑娘的好运，并请她原谅自己没这么做。

"如果杜歇先生问我，要不要给你留钱，"她坦率地说，"我会告诉他，'绝对不要！'"

"我知道，"伊莎贝尔回答说，"你觉得这将是个伪装的诅咒。也许是的。"

"把钱送给一个你不大关心的人——这就是我要说的。"

"比如给你？"伊莎贝尔开玩笑地说。接着，她换了一种口气说："你真的以为它会毁了我？"

"我希望它不会毁掉你；不过它肯定会助长你那些危险的倾向的。"

"你是说我喜欢奢华——铺张浪费？"

"不，不，"亨利埃塔说，"我指的是道德方面的危险。我不反对奢华；我们应该尽可能生活得优雅。看看我们那些西部城市的华美生活，我看这里没有什么可以与之相比的。我希望你永远不要陷入庸俗的声色享乐中，不过我担心的不是这个。你的危险在于你完全生活在你自己的梦想中，你太不了解现实——不了解现实的辛劳、挣扎、苦难，甚至还有罪恶，你不了解你周围的世界。你太天真了，你有太多美丽的幻想,你刚得到的几万英镑会越来越把你和几个自私自利、没心没肺的人关在一起,他们会有兴趣维持你的幻想的。"

伊莎贝尔似乎看到了一幅恐怖的图景。她睁大了眼睛,问道:"我有什么幻想?我一直尽力不做梦。"

"嘿,"亨利埃塔说,"你想过一种浪漫的生活,让自己高兴也让别人高兴。无论是怎样的生活,你都要献出自己的灵魂,这样才能从中获得一些意义。无论哪一种,从你这样做的那一刻起,它就不再浪漫了,我告诉你,那将是严峻的现实!而且,你也不能总是愉悦自己,也要尽力让别人高兴。我承认,这个你很乐意做。但是还有更重要的事——有时你还不得不让某些人不高兴。你必须做好准备,决不能退缩。这不适合你——你太喜欢赞扬了,希望别人觉得你好。你以为我们可以高举那些浪漫的观点,躲避那些不愉快的责任——这是你最大的幻想,亲爱的。可我们不能。在人生的很多时刻,你必须准备好不取悦任何人——甚至你自己。"

伊莎贝尔悲哀地摇了摇头,看起来有些困惑,似乎很恐惧。"亨利埃塔,对你来说,"她说,"现在也是这样的时刻吧。"

斯塔克波尔小姐在巴黎的旅行当然不是生活在梦境里,就工作来说,巴黎之行比她在英国的停留更有成效。班特林先生已经回英国了,不过亨利埃塔在巴黎的头四个星期里,他一直陪在她身边;班特林先生身上可没有什么不切实际的东西。伊莎贝尔从朋友那里知道,两人关系非常密切,这对亨利埃塔是很有好处的,因为这位绅士很了解巴黎。他向她解释一切,带她看了很多东西,是她忠实的向导和翻译。他们一起吃早饭,吃午饭,一起去剧院,又一起吃晚饭,几乎全部时间都在一起了。亨利埃塔不止一次地对伊莎贝尔说,他是个真正的朋友;而她也从来没料到自己会这么喜欢一个英国人。不知道为什么,伊莎贝尔总觉得《访谈者》的记者和潘斯尔夫人的弟弟之间的同盟很有趣,而且她觉得,这对双方来说都是相互信任的表现,想到这个,她就觉得更有趣了。因为她总怀疑,两人是彼此误解了——他们都很单纯,都被对方错误地引导了。不过两人的单纯都是值得尊敬的。在亨利埃塔这边，她美好地相信，班特林先生对充满活力的新闻传播事业充满兴趣，而且也同意巩固女性记者的地位；而她的同伴也同样美好地认为，如果仔细分析的话，（他认为自己是有能力分析一下的），斯塔克波尔小姐不过是拿《访谈者》当借口——他从来弄不清这是一本什么杂志——表达自己的感情而已。两位独身者都在暗中摸索，可不论怎样，他们都提供了对方所需要的东西。班特林先生生性迂缓散漫，恰好欣赏这个果断、机敏、自信的女人；她闪闪发亮、桀骜不驯的眼睛，她的清新整洁，都把他迷住了。对班特林先生来说，生活似乎很乏味，可现在，亨利埃塔点燃了他，让他的脑子也转得快了起来。而亨利埃塔也喜欢这样一位绅士的陪伴，他好像是经过了某些昂贵、曲折、甚至是"古怪"的过程，专门为她打造，用他的方式为她服务的。他无所事事，一般来说这是不可原谅的，但这对于一个忙着跑来跑去的同伴来说却绝对是件好事。对于亨利埃塔提到的任何问题，不论是社会的还是实际的，他都能给出一个简单明了、合乎传统的回答，尽管不能说详尽彻底。她常常发现，班特林先生的这些答案很好用，而且在向美国赶发邮件的压力下，修饰一番，都能写到报道里和读者见面。不过，恐怕她的确是在滑向深渊，变得世故老练起来。伊莎贝尔曾经警告过她这个，而且满以为亨利埃塔会愉快地加以反驳。伊莎贝尔面前也许存在着危险；可在斯塔克波尔小姐这边，恐怕也不能指望永远安心于采取一个腐朽堕落的阶层的观点。伊莎贝尔继续好心好意地警告她；在我们的女主人公嘴上，潘斯尔夫人这位殷勤的弟弟有时就成了嘲弄取笑的对象。但是在这一点上，亨利埃塔的脾气却出奇得好。她明知伊莎贝尔会讽刺她，还是会兴高采烈地说起她和这位"老于人情世故"的先生在一起度过的时光——这个词在她那里已和以前不同，已经没有恶意了。她会很快忘记刚刚说过的玩笑话，不由自主地激动起来，谈起班特林先生陪伴下的几次旅行。她会说，"哦，我现在对凡尔赛宫是完全了解了；我和班特林去过了。我要好好看看它——我出门的时候就跟他说，我做事是很彻底的；所以我们在旅馆住了三天，把那个地方逛了个遍。天气很好——

好像是印度的夏天,只是没那么晴朗。我们就住在那个公园。关于凡尔赛宫我没什么不知道的了,没错。"亨利埃塔好像已经和她这位殷勤的朋友约好了,春天在意大利见面。

第二十一章

杜歇夫人在抵达巴黎之前,已经定下了离开的日子,二月中旬就启程南下了。途中她在意大利地中海岸的圣雷莫①耽搁了一下,看望在那里的儿子。拉尔夫在悠然飘荡的白云下,度过了一个沉闷却阳光灿烂的冬季。伊莎贝尔自然和姨妈同行,不过,杜歇夫人按照她一贯朴素的逻辑,已经给了她很多选择。

"现在,你完全是自己的主人了,你就像枝头的小鸟一样自由。我不是说你以前不自由,不过你现在的立足点完全不同了——财产会给你树立保护屏。有了钱,你可以做很多事情;可是如果你很穷,做这些事情就会受到严厉指责。你来去自由,可以独自去旅行,可以有自己的房子:当然,我的意思是找一个人同住——一个老朽的夫人,身穿织补过的开司米,染着头发,在天鹅绒布上作画。你不喜欢这样吗?当然,你想怎样就怎样。你可以把斯塔克波尔小姐当作同伴②,有她没人会登门的。不过,我觉得你还是跟着我更好,当然你没责任非要这样。不管你喜欢不喜欢,这样做是有一些好处的。我不认为你会喜欢,不过我建议你做些牺牲。当然了,无论刚开始和我在一起时有多新鲜,现在都已经消失了。你现在看到的是我本来的面目——一个无聊、固执、小心眼的老太太。"

"我一点都不觉得你无聊。"伊莎贝尔这样回答。

"这么说你觉得我固执,小心眼?我早就告诉你了!"杜歇夫人高兴地说,觉得伊莎贝尔的评价很正确。

目前伊莎贝尔还是和姨妈在一起。因为尽管她有很多奇怪的想法,对一般认为的体面还是很尊重的。一个年轻小姐,如果没有什么

---

① 意大利西北部一城市,是意大利里维埃拉一带著名的旅游胜地。
② 原文为法语。

亲戚陪伴，就像一朵没有绿叶的鲜花。的确，杜歇夫人再也没有像在阿尔巴尼的第一个下午那样言谈风致；那天的她穿着潮湿的防水斗篷，坐在那里，三言两语勾勒出欧洲为一个有品位的年轻人提供的机会。不过这在很大程度上是女孩自己的错；她已经大致了解了姨妈的经历，又很有想象力，而姨妈却没有多少想象的才能，因此她总能预见到姨妈会做出怎样的判断，会有怎样的感情。不过，除了这个，杜歇夫人有很大一个优点；她就像圆规一样诚实可信。她僵硬坚定的作风让人觉得很舒服；你准确地知道能在哪里找到她，也绝不会在什么地方偶遇她。她时刻照看着自己的地盘，可是绝不对别人的领域过分好奇。渐渐地，伊莎贝尔暗暗对她产生了一些怜悯：她的生活状况似乎很乏味，因为她的个性很隐藏，不会提供多少接触面来促进人际间的交往。没有任何温柔和同情能够有机会攀附在那表面上——无论是随风飘散的花朵，还是柔软宜人的青苔。她与人交往不主动，所给予的可供交流的表面，换句话说，不过像刀刃那样厚薄。不过，伊莎贝尔很有理由相信，随着年事日高，她会不再只考虑自己的方便，会模模糊糊地感受到其他的一些东西，做出更多的让步——她会有更多的感觉，多于她独立的生活态度的要求。她正在学会牺牲自己始终如一的行为方式，而更多地考虑那些不太重要的东西，那些需要特定理由的偶然事件。杜歇夫人为了同体弱多病的儿子待几个星期，绕了一大圈才到达佛罗伦萨，这就不符合她一贯以来从不改变既定计划的生活态度；因为过去几年来，她最明确的几个信念之一就是，只要拉尔夫想见她，他应该随时记得，克里桑蒂尼宫有一大套房间是为他这个少爷准备的。

"我想问你一个问题，"到达圣雷莫的第二天，伊莎贝尔问年轻人，"我不止一次地想问你，可一直很犹豫，该不该写信。现在见面了，我的问题也就显得很简单。你知道你父亲要留给我这么多钱吗？"

拉尔夫比平时略略伸长了腿，眼睛凝视着地中海。"我知不知道，又有什么关系，亲爱的伊莎贝尔？我父亲很固执。"

"这么说，"女孩说，"你确实知道。"

"是的,他告诉我了。我们还谈了谈这个事。"

"他为什么这样做?"伊莎贝尔突然说。

"哎,这是对你的一种赞美。"

"赞美什么?"

"赞美你的存在,因为你是这么美丽。"

"他真是太喜欢我了。"她很快说道。

"我们都这样。"

"如果这是真的,我会很难过的。幸好我不相信。我需要的是受到公正的对待;这就是我想要的。"

"很好,但是你必须记住,对一个可爱的人儿,公正不过是感情的点缀。"

"我并不是什么可爱的人儿。我正在问你一个很现实的问题,你怎么能说这样的话?你一定觉得我很娇弱!"

"我觉得你很困扰。"拉尔夫说。

"我是感到很困扰。"

"为什么?"

她沉默片刻,然后脱口说道:"你觉得让我突然间这么有钱是件好事吗?亨利埃塔可不这样认为。"

"哦,该死的亨利埃塔!"拉尔夫粗声说,"如果你问我,我会很为你高兴的。"

"这就是你父亲这样做的原因?为了让你高兴?"

"我和斯塔克波尔小姐的态度不一样,"拉尔夫口气变得严肃了一些,"我觉得你有了钱是件很好的事。"

伊莎贝尔的眼睛严肃地看着他。"我不知道,你知不知道什么对我好,或者你是不是在乎这个。"

"你放心,如果我知道,我是很在乎的。要我告诉你是什么吗?不要折磨你自己。"

"不要来折磨你,我想你是这个意思。"

"这个你做不到的,我已经有抵抗力了。不要太认真。不要老是问自己,这是不是对你好,那是不是对你好。不要过于责问你的良心——那就像是在乱弹琴,会让它走调的。把你的良心留给更重大的事情。不要太急于塑造你的性格——这就像要掰开一朵包得紧紧的娇嫩的玫瑰花苞。按照你愿意的方式生活,你的性格会自然形成的。大多数事情对你都是好的;例外是极少数,而一份优厚的收入并不是其中之一。"拉尔夫微笑着停了下来;伊莎贝尔倾听着,迅速地跟随着他的逻辑。"你的思维能力太强——而且太讲良心。"拉尔夫又说道。"你认为那些事不对,这是没有道理的。放松你的神经,不要太紧张,展翅飞翔。这样做是不会有错的。"

正如我所说,她一直热切地倾听着;而她的理解力也一向很敏捷。"不知道你是否很欣赏你说的这番话。如果是,你要承担很大责任。"

"你让我有些害怕了,不过我想我是正确的。"拉尔夫说,保持着他的好情绪。

"不管怎样,你的话还是很正确的,"伊莎贝尔接着说,"再正确不过了。我太关注自己了——就像医生开处方一样看待人生。我们为什么总要考虑,事情是否对我们有益?好像我们是躺在医院的病人?为什么我要害怕做错?好像我的对错关系着整个世界!"

"你是给建议的最佳人选,"拉尔夫说,"我甘拜下风!"

她看着他,好像没有听到他在说什么;可是,她却在沿着他点燃的思路思考。"我想更多地关注世界,而不是关注我——可我总是回到我自己。这是因为,我害怕,"她停了下来,声音有些颤抖,"是的,我害怕,我不能告诉你。一大笔财富意味着自由,这让我害怕。财富是如此美好,需要好好利用。如果做不到的话就太令人羞愧了。所以,必须要不停地思考;永远努力去做好。我不知道,没有力量是不是更大的幸福。"

"对于软弱的人来说,这是更大的幸福,这我确信。对于弱者来说,不致受人蔑视是需要极大努力的。"

"你怎么知道我并不软弱?"伊莎贝尔问。

"啊,"拉尔夫说,脸上的红潮没有逃过女孩的眼睛。"那样的话,我就太失望了。"

地中海岸风光迷人,我们的女主人公对之越熟悉,就越着迷,因为这是迈进意大利的门槛,通向那世人仰慕之地的大门。她还未能深刻地领略意大利的风采,但它就像一片希望的土地,在她眼前延伸,将用无穷的知识满足对美的渴望。她每日陪伴着表兄在海边散步,每一次都用充满渴望的眼神眺望大海。她知道,热那亚就在大海的那一边。即将踏上伟大的旅程,她却很高兴稍作停留,即便是在门口盘旋,也让她兴奋不已。她还觉得,这更像一段和平的插曲,仿佛乐曲的锣鼓声突然停止。她不能保证自己的人生将是一曲激昂的乐章,可是她也经常在想象中为自己绘制人生的蓝图,它展现了她的内心世界,有她的希望、恐惧、幻想、抱负和困境,充满戏剧性。梅尔夫人曾对杜歇夫人说,等到我们的年轻朋友往口袋里伸过五六次手后,就会习惯被慷慨的姨父放得满满的荷包了。和过去很多次一样,事实证明,这位女士很有洞察力。拉尔夫·杜歇曾赞扬表妹的道德情感很容易被点燃,也就是说,她能很敏锐地领会一个好的建议。在这件事上,他的建议也许帮上了忙;至少在离开圣雷莫之前,她已经习惯了富有的感觉。这个意识也在她对自己的很多观念中找到了合适的位置,而且通常绝不是一种不愉快的感觉。它可以实现无数良好的意愿。伊莎贝尔沉浸在迷宫般的幻想里;总的来说,一个富有、独立、慷慨的女孩,对自己的机会和责任抱着广阔而人道的观念,可以做很多美好而崇高的事情。因此,在她的心目中,财富成了自身更美好的一部分。它赋予了她重要性,在她的想象中,甚至带给她某种理想的美。别人认为财富带给了她什么,这是另外一回事,我们到时候也会再谈到的。我刚才提到的那些幻想,和另外一些思考纠缠在一起。伊莎贝尔更喜欢遥想未来,而不是回顾过去;可有时,当她谛听着地中海波涛的沉吟声时,也会向过去投上一瞥。她的目光停留在两个人身上,尽管距离日渐遥远,他们的形象仍然清晰鲜明;无需多费工夫,就能辨认出那是卡斯帕·古德伍德和沃伯顿勋爵。奇怪的是,这两个充满活力的人物，这么快就已经不在我们这位年轻姑娘的生活中占据重要位置了。对于不在眼前的往事，她总会怀疑它们的真实性；但需要的时候，经过一番努力，她也会唤回对往事的信心，可是即便那是愉快的往事，这番努力也会让她感到痛苦。过去往往像是已经死去，它的复活似乎带着末日审判的幽光。而且，女孩从不想当然地以为，她会在别人的心中占据长久的位置——不会愚蠢地去妄想留下不可磨灭的痕迹。如果发现自己已经被遗忘了，她也许会有些受打击；但是，在所有的自由中，她认为最甜蜜的就是遗忘的自由。从情感上来说，她并没有把自己的最后一个先令交给卡斯帕·古德伍德，也没有交给沃伯顿勋爵，然而她却无法不感觉到，他们都欠她的情。她当然记得，她会再收到古德伍德的信；不过那将是一年半之后了，到那时很多事情都会发生。确实，她无法对自己说，她的美国追求者会找到一个更适合求婚的女孩子；因为，虽然一定会有很多这样的女孩，她也根本不相信这将会是吸引他的优点。可是她也想到，她自己也会发生变化，也许会对那些非卡斯帕的东西失去兴趣（即使这样的东西看起来很多），尽管这会让她觉得丢脸。到那时，她会平心静气地接受他身上那些本质的因素，而现在，她却觉得这些东西阻止了她自由地呼吸。可以想象，有一天，她会发现，这些束缚她的东西其实是隐藏的幸福——它们就像坚固的花岗岩筑成的防波堤，为她提供了一个风平浪静的港湾。不过那一天只能在它到来的时候才会到来，她也不能握紧双手，一心等待。至于沃伯顿勋爵，她觉得，无论是出于谦逊的高贵品质，还是出于骄傲，她都不应该去希望，他会在心中继续珍视她的形象。她已经决定，不再心里保留两人之间曾经有过的任何东西，这一点很明确；所以，如果他也做了相应的努力，也是完全正当的。这想法似乎带着一些嘲弄的味道，其实并不是。伊莎贝尔坦然地相信，勋爵阁下经过适当的过程，会克服心中的失望。这件事让他很受伤害——这她相信，甚至还能从中感到某种快乐；但是，勋爵这样一个聪明人，她又对他如此尊敬，如果受了伤，就会留下一个不成比例的大大的疤痕，这也是荒谬的。何况，伊莎贝尔对自己说，英国人喜欢过得舒心，要是沃伯顿勋爵总是对一个偶然相识、自以为是的美国女孩念念不忘，恐怕也不会感到舒心。她自诩，如果有一天，她听别人说他娶了一位本国的年轻女子，那姑娘会为他做得更多，会更值得他去爱，她会丝毫没有痛苦地接受这个消息，甚至不感到惊讶。这将证明，他相信她很坚定——这也是她希望的。只有这样才会满足她的骄傲。

第二十二章

五月初的一天，一群人聚集在佛罗伦萨一座古老的别墅里，这时老杜歇先生过世已约有六个月了。别墅坐落在罗马门外覆盖着橄榄树的一座小山顶上，拥有很多房间。而房间里的这几个人，倘若在一个画家的眼里，则是一幅极好的构图。这是一座长形的建筑，看起来简单而空洞；房顶向外延伸很长，正是托斯卡纳①人喜欢的风格。它坐拥环绕佛罗伦萨的低矮群山，旁边是一株株墨绿的雪松，三五成群，笔直挺拔。从远处看，别墅就和这些雪松形成一幅和谐的长方形图画。房子的前面是一个小小的乡间广场，青草遍地，显得很空旷，占据了山顶的一部分。房子正面的墙上凿出几个窗户，不均匀地分布着；每个窗户里面，沿着底座都砌有一张石头长凳。对于某些人来说，这是个很有用的地方，他会懒洋洋地在窗前漫步，脸上挂着怀才不遇、孤高傲世的神情，看似泰然自若，自诩与世无争，而在意大利，不知出于什么原因，这副表情总能给人罩上一层卓尔不群的优雅外衣。这座建筑的正墙古旧结实，饱经风霜，气势恢宏，却似乎拒人于千里之外。它仿佛是一个人戴的面具，而不是他的脸；它有厚重的眼睑，却没有眼睛。其实，房子真正面向的是另一边——是它的后面，那里风景明丽，地势开阔，午后洒满阳光。而别墅仿佛高悬在山坡顶上，俯瞰着狭长的阿诺河②谷，谷内雾气氤氲，呈现出意大利特有的色彩。别墅附带着一座狭窄的花园，像梯田一样层层降低，园里生长着一丛丛的野玫瑰，还有几张古老的石头长凳，上面长着苔藓，让太阳烘烤得热乎乎的。庭院的围墙很低，若是一个人倚靠在上面，会觉得高度正合适。围墙下面，地势渐走渐低，掩映在蒙眬的橄榄丛

---

① 意大利西北部的一个地区，位于亚平宁山脉北部、利古里亚海和第勒尼安海之间。
② 意大利中部的河流，发源于亚平宁山脉北部，流程约241公里（150英里），后注入利古里亚海。亚诺河的洪水曾使佛罗伦萨的艺术珍藏遭到严重破坏。

和葡萄园中。不过,我们关心的并不是房屋的外部环境,在这春光明媚的季节、阳光灿烂的上午,住在这里的人恐怕更喜欢待在阴凉的室内。底楼的窗户极具建筑特色,庄重威严。站在广场上看过去,你会觉得它们的功能不是提供与外界的交流,而是阻止外人窥入,让人望而却步。窗户上打了很多木条,而且位置很高,纵使你的好奇心再强烈,即便你踮起脚跟,可还没等走到跟前,就会无可奈何地放弃。别墅的内部被隔成几间独立的套房,居住者大多是长期住在佛罗伦萨的外国人,他们身上已经没有明显的民族特征了。其中的一套房间并排开着三个心怀猜忌的窗户,里面坐着一位绅士,还有一个小女孩,两位修道院的修女。不过,这套房间并不像我们刚才的描述那样肃穆,因为它的门又宽又高,现在正打开着,通向植物丛生的花园;而高大的铁栅栏也不时漏进充足的意大利阳光。这是一个舒适的地方,而且很奢华,处处流露出主人精心的布置,高雅的情调。房间里装饰着花色各异的褪色织锦缎和挂毯,摆放着精雕细刻的橡木橱柜,都被时间磨得光亮平滑;镶着四方画框的绘画作品笔触古朴自然,同时又具有浓厚的学院派风格;还有一些古怪的黄铜器或陶器,都是中世纪遗留下来的古董。意大利一直是艺术品的宝库,直到现在仍然没有耗尽。这些古旧的装饰同屋里的现代家具搭配和谐,看来,房间的设计已经在很大程度上考虑到,这是慵懒的一代;值得注意的是,所有的椅子都宽大柔软,一张设计精巧的写字桌占据了房间的很大空间,一望而知是十九世纪伦敦的风格。屋里有很多书籍、杂志和报纸,还有几张小幅的水彩画,画面古怪而精美。其中一幅摆放在客厅的画架上,前面站着我刚才提到的那个小姑娘。此刻,当我们开始关注她的时候,她正在默默地观赏这幅画。

  可是屋里的其他人并没有陷入沉默——或完全的沉默中;只不过他们的谈话断断续续,显得有些尴尬。两位修女坐在各自的椅子里,似乎还不是很自在;她们保持着最后的矜持,脸上带着审慎的表情。两位都是相貌一般、体态丰满、五官柔和的女人,身穿亚麻布料的衣服,质地僵硬,精纺的裙褶就像是钉在衣服上。这样完全不具个性色彩的装扮更让她们显得谨慎谦逊，仿佛是在履行公事。其中一位已经有了年纪，皮肤细嫩，两颊圆乎乎的，戴着眼镜；看起来比她的同伴更有辨别力，而且在此次拜访中起主要作用。这次拜访的目的，很明显与那位年轻的女孩有关。女孩是大家关注的对象，她戴着帽子——式样极为简单，和身上的薄棉布裙一样简朴；相对她的年龄，这条裙子显得有些过短，尽管它肯定已经被"放大"过了。那位绅士应该是在接待两位修女，看来女孩是他托付给她们照管的。此刻，他似乎也意识到自己面临的困难，因为与温顺的人交流和与强大的人交流一样艰难。同时，他的注意力明显地被那个安静的女孩占据了，她背对他的时候，他的目光就凝重地落在那纤弱的背影上。他大约四十岁，头很长，形状端正；头发还算浓密，只是有些过早的花白了，而且剪得很短。他有一张漂亮的窄脸，五官极其标准，比例极为匀称；唯一的缺点是——它们给人一种过于尖锐的感觉。而之所以会有这种效果，他的胡子功不可没。胡子的形状是十六世纪肖像画上的风格，嘴唇上面还有一撇漂亮的小胡子，胡须的尖端往上翘着，浪漫而华丽，让胡子的主人显得很有异国情调，又带着传统神韵，说明他是个讲究品位的绅士。可是，他那双敏锐而挑剔的眼睛——他的眼神既迷蒙又凌厉，既聪明又严厉，让人觉得这既是一个观察者，也是一个梦幻者——会让人相信，他只有在精挑细选的范围内才会讲究格调，而且只要他去寻找，就一定会找到。至于他的民族、国籍，你会觉得困惑不已，难以确定；那些让这样一个问题显得简单而无味的明显特征，他身上一概没有。如果他的血管里流着英国人的血，恐怕已经混合了一些法国或意大利的血液；如果他是一枚精美的金币，却没有通常铸币上的以供流通的印记或标志；他是一枚精美繁复的奖章，为特殊使命而打造。他身材清瘦，看起来无精打采，个头不高不矮。看他的穿着，人们就会明白，对于衣着，他唯一在意的就是杜绝庸俗，其余都无关紧要。

"亲爱的，你觉得怎么样？"他问那个小女孩。他用的是意大利语，而且很说得自然，但是这绝不会让人相信他是意大利人。

孩子专注地打量着这幅画。"很漂亮,爸爸。是你自己画的吗?"

"当然是我画的。你不认为我很聪明吗?"

"是的,爸爸,你很聪明;我也在学画画。"说着,她转过身来,现出一张漂亮的小脸,脸上凝固着极其甜蜜的微笑。

"你应该给我带一幅画得最好的来。"

"我带了很多,都在我的箱子里。"

"她画得很用功。"年长的修女说,用的是法语。

"听您这么说,我很高兴。是您在教她吗?"

"幸亏不是我①,"那位修女说,脸有些红了,"这不是我的工作。我不教课,把这个工作留给那些优秀的人来做。我们有位很好的绘画老师,他是……是……他叫什么?"她问身边的同伴。

她的同伴望着地毯。"是一个德国名字。"她用意大利语说,好像她的话需要翻译一样。

"是的,"另外一个接着说,"他是个德国人,已经在我们这里很多年了。"

女孩并没有注意他们的谈话,而是走到了大房间敞开的门前,站在那里,望着花园。"而您,我的修女,是法国人。"绅士说。

"是的,先生,"拜访者温和地回答,"我用自己的语言和学生说话。我不懂外语。可是我们也有来自其他国家的姐妹——英国、法国、爱尔兰。她们都说自己的本国语。"

绅士微微笑了笑。"那我的女儿也受过一位爱尔兰女士的教导了?"说完,他发现两位客人猜得到这是一个玩笑,可是却不明白里面的意思,于是立刻接着说,"你们的教育很完备。"

"哦,是的。很完备。我们一切都有,而且都是最好的。"

"我们还有体操课,"那位意大利修女试着说,"不过并不危险。"

"希望不危险。这是您的科目吗?"这个问题引得两位女士率真地笑了;等她们安静下来,接待两人的绅士瞟了女儿一眼,说她长

---

① 原文为法语。

高了。

"是的,不过我想她不会再长了。她的个头不会很——大。"那位法国修女说。

"这我并不在意。我欣赏像书一样的女性——精彩却不长。不过,"那位绅士说,"我找不到什么具体原因,为什么我的孩子个子不高?"

那位修女温和地耸了耸肩,好像是说这些事情不是她们能够明白的。"她很健康;这是最好的。"

"是的,她看起来身体很好,"女孩的父亲凝视了她片刻,然后用法语问道,"你在花园里看什么?"

"我看到很多鲜花。"她用甜美细小的声音回答说,口音一如她的父亲一样好听。

"是的,可是好的不多。不过,既然有,你就出去为这两位夫人采一些来。"

孩子回过头来,脸上带着喜悦的笑容。"真的可以吗?"

"啊,只要我允许。"父亲说。

女孩又看了看年长的修女。"真的可以吗,嬷嬷?"

"听你父亲的话,我的孩子。"修女说,脸又红了。

女孩得到了允许,就高兴地走下台阶,很快就看不见了。"你们没有宠惯她们。"父亲满意地说。

"她们的一切都要经过允许。这是我们的规定。她们的请求一般都会得到允许,可是必须请示。"

"哦,我完全同意你们的规定;我相信你们的体制一定是很好的。我把女儿交给你们,是要看看你们会把她调教成什么样子。我有信心。"

"一定要有信心。"修女安静地回答说,透过镜片凝视着他。

"那么,我的信心得到回报了吗?你们调教的结果如何呢?"

修女垂下了眼睛,然后说:"一位虔诚的基督徒,先生。"

主人也垂下了眼睛,可是,他这样做也许是和修女出于不同的原因。"是的。还有呢?"

他看着来自修道院的女士,也许在想,她会说一个诚实的基督徒就是一切;可是她尽管很单纯,并不会如此直率。"一个迷人的年轻小姐——一个真正的小女人——对你来说一个只会让你心满意足的女儿。"

"她看起来很温柔,"父亲说,"她很漂亮。"

"她是完美的,没有缺点。"

"她小时候没有任何缺点,我很高兴你们也没有给她。"

"我们非常爱她,"那位眼镜女士庄重地说,"至于缺点,我们怎么会给她我们没有的东西?修道院和俗世是不一样的①,先生。她是我们的女儿,也许你也会这样说。她还那么小时就到我们那里了。"

"在所有今年要离开的孩子当中,我们最怀念的就是她。"那个年轻的修女低声附和着说。

"啊,是的,我们会一直谈论她的,"另一个说,"我们会把她当作新来的孩子们的榜样。"说着,这位修女似乎发现她的眼睛模糊了;她的同伴搜寻了一会儿,很快抽出一条质地优良的手帕来。

"你们是否将要失去她,还不确定,没有什么是一定的。"主人很快又说道,不过并不是因为他看到了修女们的眼泪,而好像是他说了让自己最满意的话。

"我们相信这话,也很高兴。十五岁就离开我们是有些太早了。"

"哦,"这位绅士说,语气欢快活泼,是刚才所没有的,"并不是我愿意把她带走。我希望你们能永远拥有她!"

"啊,先生,"那位年长的修女说,一边微笑着站了起来,"她的确很好,可是她是为这个世界准备的。"

"如果所有的好人都藏在修道院里,这个世界怎么办?"她的同伴柔和地问道,也站了起来。

显然,这个问题比这位善良的女人料想的要严肃得多;于是,那

---

① 原文为法语。

位眼镜女士采取了妥协的方法,轻松地说:"幸好,到处都有好人。"

"如果你们要离开的话,这里就少了两个好人。"主人殷勤地说。

这个俏皮话似乎有些过头,让两位单纯的女士无从回答,只是互相看了看,得体地表示不赞同;不过很快,女孩回来了,掩盖了她们的不知所措,她手里抱着两束玫瑰:一束纯白,一束纯红。

"您来挑,凯瑟琳嬷嬷,"孩子说,"只是颜色不同,贾斯丁嬷嬷;每束的玫瑰都一样多。"

两位修女互相看了看,都有些犹豫,两人都笑着说:"你想要哪一束?""不,你先挑。"

"我要红的,谢谢你,"戴眼镜的凯瑟琳修女说,"我的肤色偏红。回罗马的路上这些玫瑰会给我安慰的。"

"啊,它们是坚持不了多久的,"女孩说,"真希望我能给您一点持久的东西!"

"你给了我们记忆,我的女儿。这是持久的!"

"真希望修女也能穿戴漂亮,那我就把我的绿珠子给你了。"女孩接着说。

"你们今晚回罗马吗?"女孩的父亲问道。

"是的,还是坐火车。那里有很多事要做。"

"你们不疲倦吗?"

"我们从不感到疲倦。"

"啊,有时会的,我的姐姐。"那位年轻的信徒低声说。

"至少今天不会。我们在这里已经休息得很好了,上帝保佑你。[①]"

两位修女和女孩吻别的当儿,主人走上前去为她们打开出去的门;这时,他发出一声轻轻的叫喊,站在那里,眼望着前面。这扇门通向一间前厅,厅的上面是像礼拜堂一样的拱顶,下面红砖铺地;一位女士刚刚走进来,在一个身穿破旧的仆役制服的年轻仆人的带领下,正向我们的朋友们聚集的那个套房走过来。站在门口的绅士,在

---

① 原文为法语。

发出那声叫喊后，就没有再说话；那位女士也默默地走上前来。他没有迎接她，既不说话，也没有向她伸出胳膊，而是往一边站了站，让她进到客厅里。走到门口她迟疑了一下，问道："有人在吗？"

"你会看到的。"

她走进去，发现自己面对着两位修女和她们的学生，女孩站在两位嬷嬷中间，两只手分别挽着她们的胳膊，正走过来。看到这位新来的客人，三个人都停了下来，那位女士也停了下来，看着她们。年轻的女孩低柔地叫了一声："啊，梅尔夫人！"

客人微微有些吃惊，可是很快就摆出一副亲切的态度。"是的，是我，我来欢迎你回家。"说着，她向女孩伸出双手。女孩也立刻走上前来，让她亲吻额头。梅尔夫人吻了一下这个漂亮的小人儿的额头，然后朝两位修女报以微笑。两位女士也向她深深鞠躬，却不允许自己抬眼正视这位气度不凡、光彩照人的女士，好像她带来了某些外部世界的光芒。

"这两位女士把我女儿送回了家，现在她们要回修道院去。"那位绅士解释说。

"啊，你们要回罗马？我刚从那里过来，现在那里很美。"梅尔夫人说。

听了这话，两位修女只是站在那里，双手装在衣袖里，未置可否。这里的主人就问新来的客人，离开罗马有多久了。"她到修道院来看过我。"女孩抢在这位女士回答之前说。

"我去了不止一次呢，潘茜，"梅尔夫人理直气壮地说道，"难道我不是你在罗马最好的朋友吗？"

"我记得最清楚的是最后一次，"潘茜说，"因为你告诉我，我要离开那儿了。"

"你告诉她这个了吗？"孩子的父亲问道。

"我不大记得了。我对她说的，都是我觉得能让她高兴的话。我到佛罗伦萨已经一个星期了。还指望你去看我呢。"

"如果我知道你在这里，一定会去的。可是这些事人们一般不会靠灵感就知道的,尽管我认为人们应该心有灵犀。坐吧。"

两人说话时的语气很特别——声音压得很低,显得谨慎而安静——不过这种语气却是出于习惯,而不是有什么特定的目的。梅尔夫人向四周看了看,找了个地方坐下。"你要送她们去门口吗?不要让我打断了你们的送别,"接着,她又用法语对两位修女说,"再见,夫人们。"好像是要打发她们走。

"这位女士是我们的一位好朋友;你们在修道院一定见过她,"接待她们的主人说道,"我们很信任她,她会帮助我做决定,假期结束后是否要把我女儿送回修道院。"

"希望您的决定对我们有利,夫人。"戴眼镜的修女大胆说道。

"那是奥斯蒙德先生在开玩笑,我什么也决定不了,"梅尔夫人说,可是好像也是在开玩笑地说,"我相信你们的学校一定很好,可是奥斯蒙德小姐的朋友们必须记住,她毫无疑问是为这个世界而存在的。"

"我刚刚也对先生这样讲,"凯瑟琳修女回答说,"我们的教育正是为了让她适合这个世界。"她低声说道,瞥了一眼潘茜。女孩站在稍远的地方,正盯着梅尔夫人身上雅致的外套。

"你听见了吗,潘茜?你天生是为这个世界而存在的。"潘茜的父亲说。

女孩用她纯洁年轻的眼睛盯着他,然后说:"难道我不是为你而存在的吗?爸爸?"

爸爸很快轻声笑了一下。"这并不矛盾!我也是世界的一部分,潘茜。"

"请允许我们告退,"凯瑟琳修女说,"无论什么时候,你都要善良、聪明,而且快乐,我的女儿。"

"我一定会回去看你们的。"潘茜回答说,一边又重新挽住了两位修女的胳膊,可是梅尔夫人很快打断了她。

"和我待着吧,亲爱的孩子,"她说,"你的父亲会送这些好人们到门口的。"

潘茜失望地瞪大了眼睛，可是没有反对。很明显，她的头脑里装的都是服从，而且是对任何权威的服从。对于他人对她的命运的操纵，她只能被动地旁观。"难道我不能送凯瑟琳嬷嬷上马车吗？"她还是温柔地请求道。

"你留在这里会更让我满意。"梅尔夫人说，两位修女又深深向这位客人鞠了一躬，然后随同奥斯蒙德先生走进了前厅。

"哦，是的，我会留下来。"潘茜说，然后站到梅尔夫人身边，伸出她的小手，放到这位女士手中。可她还是向窗外张望着，眼泪涟涟。

"我很高兴，她们教会你要听话，"梅尔夫人说，"小女孩应该这样。"

"哦，是的，我很乖。"潘茜温柔而热切地大声说，几乎是在自夸，好像她说的是自己弹琴的技艺。接着，她轻轻叹了口气，低得几乎听不见。

梅尔夫人握着她的手，把它们放到自己的手掌中端详着。她的目光很挑剔，可是她找不到任何瑕疵。那孩子的小手娇嫩美丽。"我希望她们总是要求你戴手套，"继而又说，"小姑娘们都不大喜欢戴。"

"我过去也不喜欢，可现在很喜欢了。"孩子说道。

"很好，我会送给你一打，作为礼物。"

"谢谢你。什么颜色？"潘茜很感兴趣地问道。

梅尔夫人想了想说："有用的颜色。"

"而且很漂亮？"

"你喜欢漂亮的东西？"

"是的；可是——可是并不是很喜欢。"潘茜说，带着一点苦行僧的味道。

"啊，不会太漂亮的。"梅尔夫人笑着说。她抓住孩子的另一只手，拉到跟前；看完后，她又看了那孩子一会儿，然后说："你会很想念凯瑟琳嬷嬷的，是吗？"

"是的——当我想到她的时候。"

"那就不要去想她。也许有一天，"梅尔夫人又说，"你会有另外一位妈妈的。"

"我觉得没有必要，"潘茜说，又柔柔地叹息一声，用取悦的口吻说，"我在修道院已经有三十多位妈妈了。"

这时，前厅又响起了女孩父亲的脚步声，梅尔夫人站了起来，松开了女孩的手。奥斯蒙德先生走了进来，关上门，看也没看梅尔夫人，而是径直把几张椅子放回原处。他的客人目光跟随着他的走动而移动，等着他开口说话。最后，等了一会儿，她只好说道："我希望你能去罗马。我还以为你会亲自去接潘茜呢。"

"你当然会这么想的；不过恐怕这不是我第一次让你的盘算落空吧。"

"是的，"梅尔夫人说，"你让我觉得反复无常。"

奥斯蒙德先生又在屋里忙活了一阵——这里有足够的空间供他走动——就像一个人为了逃避尴尬的场面而拼命找别的事做。可是很快，他所有能够找到的事都弄完了；除非他再拿起一本书，就没什么事做了。可是他并没有，而是把手背在身后，望着潘茜。"你为什么没去送凯瑟琳嬷嬷？"他突然用法语问。

潘茜犹豫着没有开口，眼睛望了望梅尔夫人。"我让她留下来的。"这位女士说，已经又找了个地方坐下。

"啊，这很好。"奥斯蒙德赞同地说。说着，他也坐到一张椅子里，身体微微前倾，双肘放在扶手上，两手交叉在一起，看着梅尔夫人。

"她要给我一些手套。"潘茜说。

"亲爱的，你没有必要告诉所有人。"梅尔夫人说道。

"你对她真是太好了，"奥斯蒙德说，"她应该拥有任何需要的东西。"

"我觉得她已经不需要那些修女了。"

"如果我们要讨论这个问题，她最好还是不要留在屋里。"

"让她留下来，"梅尔夫人说，"我们说点别的。"

"如果你们愿意我可以不听。"潘茜的话说明她心地坦率，而且对自己很有信心。

"你可以听，可爱的孩子，因为你不会懂。"她的父亲回答说。于是，那孩子顺从地到门口坐了下来，用她纯洁的目光张望着花园。奥斯蒙德先生则转过头来，和另外一位同伴说："你今天看起来起气色尤其好。"

"我一向都一样。"梅尔夫人说。

"你总是一样。从来没有变化，你是个绝好的女人。"

"我想是的。"

"不过，你有时会改变想法。你从英国回来时告诉我，目前是不会离开罗马的。"

"我说过的话你居然记得这么清楚，真让我高兴。我是这么打算的。我来佛罗伦萨是见我的几位朋友，她们刚到这里，而我当时对她们的行程并不确定。"

"这倒像是你的理由。你总是在为你的朋友们操劳。"

梅尔夫人直视着主人，笑道："你这话也更像你说的——完全不是真心话。不过，我也不把这当作什么严重的过错，"她接着说，"因为，如果你不相信你说的话，你也没理由一定要相信。我并没有为了朋友毁掉自己，所以，我配不上你的赞美。我很关心自己。"

"不错。不过你的自我中包括那么多别人的自我——几乎包括所有人，所有事。我从来没见什么人的生活像你这样，关系到那么多其他人的生活。"

"你认为，什么才是一个人的生活？"梅尔夫人问道，"他的外表？他的行动？他的工作？他的社交？"

"你的生活就是你的野心。"奥斯蒙德说。

梅尔夫人看了看潘茜，低声说道："不知道她能不能听懂。"

"看到了吧，她不能留在这里！"潘茜的父亲苦笑了一下，然后用法语对女儿说，"到花园里去为梅尔夫人采几朵花来，我的小可爱。"

"我正想去呢。"潘茜应了一声，立刻站起身来，一声不响地离开了。她的父亲跟着她到了门口,看着她,然后又走了回来,可还是没有坐下,而是站着,或者说来回踱着步,好像是要获取一种其他的姿态所没有的自由感。

"我的野心主要是为了你。"梅尔夫人说,带着某种勇气抬眼看着他。

"还是我刚才说的。我是你的生活的一部分——我,还有千百个其他人。你不自私——这我承认。如果你自私的话,那我又是什么呢?有什么词汇能够恰当地形容我呢?"

"你懒散。对我来说这是你最大的缺点。"

"我觉得这是最大的优点。"

"你什么也不关心。"梅尔夫人严肃地说。

"是的,我关心的东西是不多。可是你又能说这是什么过错呢?不管怎样,懒散是我不去罗马的一个理由。不过只是其中之一而已。"

"你去不去并不重要——至少对我来说;当然我会很高兴见你的。我很高兴你现在不在罗马——如果一个月前你去了那里,现在也许就不会在佛罗伦萨了。现在,我希望你在这里做些事情。"

"别忘了,我很懒散。"奥斯蒙德说。

"我记得很清楚,不过还是请你忘掉它。这样做会让你名利双收。这件事并不需要你费什么力,而且会非常有趣。你有多久没有结识新朋友了?"

"自从认识你后,我就再也没有认识过其他人。"

"那现在是你再认识一个的时候了。我想让你认识我的一位朋友。"

奥斯蒙德先生这时又走到了打开的门前,看着女儿在强烈的阳光下走来走去。"对我有什么好处吗?"他直截了当地问道,语气却依然宜人。

梅尔夫人停顿了片刻,然后说:"会让你快乐。"她的回答里没有丝毫仓促回应的味道;她已经把一切都计算好了。

"你知道,要是你这么说,我是相信的,"奥斯蒙德走到她面前说,"在有些方面,我完全相信你。比如,你知道什么交往是好的,什么是坏的。"

"所有的交往都是坏的。"

"请原谅。我觉得你具备这方面的知识——这可不是所有人都有的智慧。而且你是通过实际经验获得的,这是正确的方法;你已经比较了成千上万的人,这简直是不可能的。"

"那我现在邀请你享用我的智慧。"

"享用?你以为我一定会享用?"

"我希望你会。一切都取决于你。只要我能诱使你做点努力!"

"啊,你又来了。我知道你要有无聊的事了。这个世界上——能够发生在这里的——又会有什么值得努力的事呢?"

梅尔夫人脸红了,似乎自己是好心没好报。"别傻了,奥斯蒙德。没有人比你更知道什么是值得努力的。难道我不了解过去的你吗?"

"是有些值得努力的事情,可是,在我可怜的生活中,没有一件是可能发生的。"

"你要努力让它们实现。"梅尔夫人说。

"这话好像有些意思。你的朋友是谁?"

"就是我到佛罗伦萨来见的人,是杜歇夫人的外甥女。杜歇夫人,你不会忘记吧。"

"外甥女?外甥女总让人想起年轻无知。我知道你来的目的了。"

"不错,她很年轻——二十三岁。是我的一位好朋友。我第一次见到她是在英国,几个月之前,我们之间很快就建立了深厚的友谊。我非常喜欢她,而且做了我平素不会做的事——我仰慕她。你也会的。"

"只要我想,就不会。"

"的确。可是你会情不自禁的。"

"她美丽?聪明?富有?魅力倾人?既聪慧绝伦,又无比善良?只有具备这些条件,我才会去认识她。你还记得吧,不久前我跟你说过,如果不符合这些描述,就不要跟我提。我已经见过太多黯淡无光的人了，不想再认识一个。"

"阿切尔小姐并不黯淡；她像清晨一样明亮。她符合你的描述；所以我才想让你认识她。她满足你的一切条件。"

"也就是马马虎虎吧。"

"不，完全符合。她美丽非凡、才华横溢、高贵大方，而且，对一个美国人来说，出身体面。她还非常聪明，温柔善良，而且，她还有一大笔财产。"

奥斯蒙德先生默默地听着这些话，眼睛望着为他提供这些信息的人，似乎脑子里开始盘算了。"你想拿她怎么办？"最后，他问道。

"你已经看到了，让她进入你的生活。"

"难道她不应该有更好的前途吗？"

"我不敢说我知道别人应该有什么，"梅尔夫人说，"我只知道我能够对他们做什么。"

"我真为阿切尔小姐感到难过！"奥斯蒙德发出这样的感慨。

梅尔夫人站了起来。"这说明你对她已经开始感兴趣了，我注意到了。"

两个人面对面地站着，梅尔夫人低头整理着她的披肩。"你看起来好极了，"奥斯蒙德又说了一遍，比刚才说的时候还让人觉得突兀，"你有想法。你有想法的时候是你最美的时候，这非常适合你。"

无论什么时候，只要两人刚见面，特别是有外人在场的情况下，他们的神态语气就会显得小心谨慎，半吐半露，仿佛是在迂回地接近对方，在用暗语表达自己的意思。而彼此这样做的结果，是让对方更加小心翼翼。梅尔夫人当然比她的朋友更能成功应对尴尬的场面；可是即便是梅尔夫人，在这种场合下，也会失去她通常的泰然自若，尽管她很想将自己最好的举止展现给主人。可是，需要指出的是，在某一时刻，两人之间的隔膜会突然消失，让他们无遮无拦地面对对方，比同任何其他人在一起时都更加亲密。这正是此刻发生的情况。他们面面相对，彼此间洞若观火，了若指掌；这给他们带来一种满足，以弥补彼此因被对方洞穿而带来的不便或困窘。"我真希望你不要这样冷酷，"梅尔夫人安静地说，"这一向不适合你，现在也不适合你。"

"我不像你以为的那么冷酷。经常会有些东西打动我——比如你刚才为我设计的那个雄心勃勃的计划。我不知道为什么它会打动我，我不理解。可是，不管怎样，我是被打动了。"

"时间久了你就更不会理解了。有些事你永远不会明白。也没有什么特别的理由需要你这样做。"

"你是个非同凡响的女人，几乎比任何人都知道的多，"奥斯蒙德说，"我不明白你为什么会觉得杜歇夫人的外甥女对我很重要，而……而……"他没有说下去。

"而我自己对你来说无关紧要？"

"我当然不是这个意思。我是说，我已经认识了你这样的女人，而且欣赏你。"

"伊莎贝尔·阿切尔比我要好。"梅尔夫人说。

她的同伴笑了一声。"你这么说，看来你一定不在乎她。"

"你是说我会嫉妒？请回答。"

"因为我？不，我压根没这么想。"

"那么，两天后你去找我。我住在杜歇夫人家里——克里桑蒂尼宫——那姑娘也在那里。"

"你为什么一开始不直接请我去，不要提那个姑娘？"奥斯蒙德说，"反正她一直在那里。"

梅尔夫人看着他，仿佛没有什么问题是她没有想到的。"你想知道为什么吗？因为我已经向她提到过你。"

奥斯蒙德皱起眉头，转过身去。"我宁愿不知道。"过了一会儿，他指着画架上的那张小幅的水彩画说："你看到了吗？——我最新的作品。"

梅尔夫人走近看了看，说："是威尼斯的阿尔卑斯山？——你去年画的那幅素描？"

"是的——你真是什么都能猜到！"

她又看了一会儿，然后转过身来说："你知道，我不喜欢你的画。"

"我知道,可是我总是觉得很奇怪。我的画比大多数人的都要好。"

"很可能。可这是你唯一——擅长的事,这太不够了。我想让你做很多别的事:那些才是我的野心。"

"没错,你已经告诉我很多次了——那些不可能的事。"

"那些不可能的事。"梅尔夫人说。接着,她换了一种口气:"你这幅画其实还是不错的。"她环顾四周——打量着屋里的古旧家具、绘画、挂毯、褪色的丝绸表面。"至少你的房间品位超群。我每次来都会像第一次一样印象深刻;从没见过比这更好的。你在这方面的天分实在无人可比。你的眼光实在让人赞叹。"

"我讨厌我的眼光。"吉尔伯特·奥斯蒙德说。

"你一定要让阿切尔小姐过来看看。我已经告诉她了。"

"我不反对展示我的东西——只要看的人不是傻瓜。"

"这些事你总能做得很好。作为你的博物馆的导游,你有特殊的天分。"

对于梅尔夫人的赞美,奥斯蒙德只是看起来更加冷漠,其实却很在意。"你说她很有钱?"

"她有七万英镑。"

"你都算清楚了?[1]"

"她的财产无可怀疑。可以说,是我亲眼所见。"

"太让人满意了!——我是说你。如果我去见她,要见她母亲吗?"

"母亲?她没有母亲——也没有父亲。"

"那个姨妈——你说是谁?——杜歇夫人?"

"我会把她支走的,这很容易。"

"我并不讨厌她,"奥斯蒙德说,"我倒很喜欢杜歇夫人。在她身

---

[1] 原文为法语。

上能看到一种老式的东西，它越来越少见了——在她身上却显而易见。可她儿子，那个傲慢的家伙——他也会在吗？"

"在，可他不会妨碍你的。"

"他是头十足的蠢驴。"

"我想你错了。他非常聪明。可是我在的时候他就不愿意在那里，因为他不喜欢我。"

"还有比这更蠢的吗？你说她长相不错？"奥斯蒙德接着问。

"是的，不过我不会再多说了，恐怕你到时候会失望。来吧，开始吧。这就是我希望你做的。"

"开始什么？"

梅尔夫人沉默了片刻。"当然是你和她结婚。"

"为了这个结束而开始？我还要再看看。你这也告诉她了？"

"你把我当什么？她又不是一件粗糙的工具——我也不是。"

"不过，"奥斯蒙德沉思了一会儿说道，"我还是不明白，你的野心是什么？"

"这个问题，等你见到阿切尔小姐，就会明白的。现在不要忙着下结论。"说着，梅尔夫人走向了通往花园的门，站在门口往外看。"潘茜的确长漂亮了。"她说。

"我看也是。"

"不过她在修道院里待的时间太长了。"

"我不知道，"奥斯蒙德说。"她们把她教导得很好，我很喜欢。她很迷人。"

"那不是修道院的功劳。那是孩子的天性。"

"我想两者都有。她像珍珠一样纯洁。"

"她怎么还不把花给我送来？"梅尔夫人说，"她好像不着急。"

"我们自己过去拿吧。"

"她不喜欢我。"客人喃喃地说道，然后撑起阳伞，随同主人一起走进了花园。

第二十三章

杜歇夫人到佛罗伦萨后，梅尔夫人也在这位女士的邀请下到了这里——杜歇夫人邀请她在克里桑蒂尼宫住上一个月。深谋远虑的梅尔夫人又向伊莎贝尔提起了吉尔伯特·奥斯蒙德，希望她能认识他；不过她说的时候并没有很当回事，远不像她把女孩介绍给奥斯蒙德时那么费力。这也许是因为，伊莎贝尔不反对梅尔夫人的任何提议。这位女士在意大利，一如在英国，都有大批的朋友，既有本地人，也有各种各样的外国人。她已经向伊莎贝尔提到了很多人，女孩都很愿意认识——当然了，她说，在这茫茫世界上，伊莎贝尔想认识谁就认识谁——而且把奥斯蒙德先生放到了名单的头几名。她说奥斯蒙德先生是自己的一个老朋友，认识他已经十几年了，是最聪明、最风趣的人之一——当然，只是在欧洲。一句话，奥斯蒙德非同寻常，完全处于另一个境界。他并不总是讨人喜欢——远非如此，他讨人喜欢与否，很大程度上取决于他的情绪好坏，兴致高低。心情不好的时候，他也会和任何其他人一样情绪低落、意志消沉，可在这些时期他看起来就像一位郁郁寡欢的流亡王子。可是，如果他关心起什么来，对什么发生了兴趣，或是遭到了什么他乐于接受的挑战——而且要恰到好处——你就会感受到他的聪明灵秀，他的卓越非凡。不过和很多人不一样，他并不是因为会隐藏自己，不轻易暴露内心的真实想法，才会表现出这样的品质。他也反复无常，任性而为，不会让自己的光芒在所有人面前闪耀——不过，伊莎贝尔很快就会发现，所有值得结交的人几乎都是如此。不过，梅尔夫人说，她保证伊莎贝尔一定会觉得奥斯蒙德先生才华横溢，光彩照人。他很容易厌倦，太容易了，无法忍受乏味的人；不过一个像伊莎贝尔这样才思敏捷、教养深厚的女孩，一定会让他惊喜不已；他的生活中太缺乏这种惊喜了。无论如何，他是一个不容错过的人。如果想住在意大利，就不能不认识吉尔伯特·奥斯蒙德这个朋友。除了两三个德国教授,没有人比他更了解这个国家。如果教授们拥有更多知识的话,他拥有最多的却是感悟和体味——而且纯粹是艺术家的风格。伊莎贝尔记得,在花园山庄的时候,曾经和梅尔夫人有一次深入的谈话,其间她的朋友提到了奥斯蒙德。她有些好奇,到底是什么把这两个高贵的人联系在了一起?她一直有一种印象,感觉梅尔夫人的关系一般都很有历史,这也是这位了不起的女人所产生的魅力之一。至于她和奥斯蒙德先生之间的关系,听她的话,似乎也不过是一种多年的平淡友谊。伊莎贝尔说她很高兴认识一位能够获得梅尔夫人多年高度信任的人。"你应该多见些人,"梅尔夫人说,"尽可能见更多的人,这样就会习惯他们了。"

"习惯他们?"伊莎贝尔重复了一遍,目光也变得很严肃,这经常会让人觉得她缺乏一点幽默感。"为什么?我不害怕他们——我很习惯他们,就像厨师习惯穿他的大褂。"

"我的意思是说,适应他们,这样就可以藐视他们。这是对大多数来说。你会挑出为数不多的几个,几个你欣赏的人,做你的朋友。"

梅尔夫人这话里含有一丝讥讽的味道,这在她并不常见;可是伊莎贝尔并没有警觉,因为她从来不认为,一个人的见识愈广,就越会心怀崇敬。尽管如此,美丽的佛罗伦萨还是激起了她的崇敬之心,让她觉得比梅尔夫人保证的还要可爱;即使她个人的鉴赏力和感悟力还无法让她完全领略这座城市的魅力,她那些聪明的同伴们就像神父一样帮她破解其中的秘密。确实,她不缺少艺术的启发,拉尔夫过去的热情重新焕发起来,很高兴再次为自己年轻、好奇的表妹作向导。梅尔夫人一般留在家里,佛罗伦萨的艺术精品和历史古迹她已经看了很多遍了,而且总有别的事情要做。可是她对所有的东西都记忆犹新,娓娓道来——她记得佩鲁吉诺①画的那幅巨幅作品右下角的内容,记得旁边那幅画上圣伊丽莎白双手的姿势。她对很多著名艺术品的风格

---

① 佩鲁吉诺(1445—1523?),意大利画家,其最著名的作品是在西斯廷礼拜堂的壁画《基督圣彼得授钥匙》(1481—1482)。

都颇有见解,而且经常和拉尔夫看法不同,甚至针锋相对。她为自己的观点辩护时心思独到,却又始终温言软语。伊莎贝尔听着两人之间的讨论,心想自己可以从中获得很多进益,而这些好处是她在别的地方,比如阿尔巴尼,得不到的。在晴朗的五月的上午,正式的早餐之前——在杜歇夫人的府邸,中午十二点摆早餐——她和表哥漫步在佛罗伦萨狭窄、肃穆的街道上,走进某座历史久远的教堂,在阴暗中稍作休息,或步入一座人迹寥寥的修道院,在拱形屋顶的厅堂里停留片刻。她徜徉在美术馆和宫殿中,欣赏着那些绘画和雕塑,而此前它们在她心目中还只是一串伟大的名字;从中她积累了学识,尽管有时候还很有限;获得了某种预知的能力,而之前经常是一片空白。首次踏上意大利的土地,青春和热情让她全身心地投入精神的朝拜中;面对那些永恒的天才之作,她感到心脏的怦然跳动;看到那些褪色的壁画和黯淡的大理石雕塑,她潸然泪下,眼前一片模糊,却备感甜蜜。然而,每天回家时比出发时更加快乐——杜歇夫人的住处是一座宏伟的建筑,庭院宽大气派,高大阴凉的房间里,十六世纪的雕梁画栋和华丽的壁画俯视着商业时代熟悉的日常用品。多年以前,杜歇夫人就定居于此。这座建筑历史久远,坐落在一条狭窄的街道上;宅第的名字让人想起中世纪的宗派斗争,从正面看有些阴暗,不过这可以从低廉的租金和明亮的花园中得到补偿。花园中,大自然也仿佛和这座历经风霜的宫廷建筑一样古老,让经常使用的房间空气清新,花香宜人。而对伊莎贝尔来说,居住在这样的地方,就像时时把一只古老的海螺放在耳边,让想象随着那永恒的嗡鸣声起起伏伏。

吉尔伯特·奥斯蒙德前来拜访梅尔夫人了,也被引见给了房间另一头悄无声息的年轻姑娘。交谈中伊莎贝尔极少说话,甚至很少微笑,即便是当那两个人都期待地看着她时也缄口不言。她端坐在那里,好像是在看戏,而且是花了一大笔钱才得到的座位。杜歇夫人不在场,于是,那两个人就趁机任意行事,挥洒自如,以达到出彩的效果。他们谈到了佛罗伦萨人、罗马人,这里的国际性社会,简直就是两个出色的演员,在完成一场没有报酬的演出。一切都让人觉得已经排练了多次，早已准备就绪。梅尔夫人似乎在暗示伊莎贝尔什么，好像她正站在舞台上；而伊莎贝尔虽然并没有破坏场面，却无视任何获悉的提示——尽管，当然，她这样做大大地委屈了她的朋友，因为梅尔夫人已经告诉奥斯蒙德先生她值得信赖。不过，这样的情况绝非仅此一次：即便是在更重要的场合下，伊莎贝尔也不会试图去炫耀自己。不知为什么，这位来访的客人似乎遏制住了她，让她毫无施展之力——好像更重要的是要让他给自己留下深刻印象，而不是自己产生什么效果。另外，她也没有什么技巧，能够做出别人希望的样子：当然，没有什么比显得光彩夺目更让人高兴的了，可是她并不想在别人的安排下闪光，别人越是希望这样，她就越不愿意。公正地讲，奥斯蒙德显得教养良好，一无所求，一切都从容自若，甚至他刚刚显露的智慧，也是如此。他的脸，他的头，都说明他是一个敏感的人，这就更讨人喜欢了；他并不英俊，却相貌优雅，就像乌菲兹桥上长长的画廊里悬挂的一幅肖像[①]。他的声音也很好听——奇怪的是，它虽然很清晰，却不知为什么缺少某些甜润的韵味。这也的确是她拒绝插话、缄口不语的原因之一。他的话就像是来自玻璃的震颤，如果她伸出手指，就会改变它的音高，破坏整体的和谐。可是，他要走了，她不得不说话了。

"梅尔夫人，"他说，"答应我，下周的哪天，到我山顶的住处坐一坐，在花园里喝杯茶。如果您和她一起来会带给我更多欢乐。那里很美，大家都这么说——景色一览无遗。我女儿也会很高兴的——或者说，我会很高兴，因为她太小，还没有什么强烈的情感——我会非常非常高兴。"奥斯蒙德先生停了下来，没有说下去，似乎有些不好意思。

稍后，他又说："如果您能认识我的女儿，我会很快乐。"

伊莎贝尔说她很愿意见见奥斯蒙德小姐，如果梅尔夫人带她去山顶，她会很感谢。得到这样的保证后，客人就离开了。之后，伊莎贝

[①] 乌菲兹美术馆，意大利著名美术馆，最具特色的是它丰富的文艺复兴时期的收藏品。

尔满以为她的朋友会责备她表现木讷。可是让她惊讶的是——当然了，梅尔夫人行事从来不会按部就班——这位女士却对她说："你刚才很迷人，亲爱的，恰如人所愿，你从来不会让人失望。"

如果受到叱责，伊莎贝尔也许会有些生气，不过她很可能会欣然接受；可是，奇怪的是，梅尔夫人说的这些话倒让她感到不悦，自从两人相识以来，这还是第一次。"我并没想那样，"她冷冷地说，"我想我没有责任取悦奥斯蒙德先生。"

梅尔夫人显见地脸红了，不过我们知道，收回自己的话可不是她的习惯。"亲爱的孩子，我指的并不是他，那个可怜的人；我指的是你自己。他喜欢你，这当然没话说；他是否喜欢你也无关紧要！不过我觉得你喜欢他。"

"我是喜欢他，"伊莎贝尔老实地说，"可是我也看不出这有什么大不了。"

"所有关于你的事对我来说都很重要，"梅尔夫人回答说，脸上带着倦怠的高贵神色，"特别是当它还关系到另外一个老朋友的时候。"

不论伊莎贝尔对奥斯蒙德先生有什么责任，必须承认，这已经足够让她去找拉尔夫，问了一大通关于他的问题。她觉得，因为个人的磨难，拉尔夫的判断会有些扭曲，不过自鸣得意地相信，自己已经考虑到了这一点，学会了如何理解他的话。

"我认识他吗？"表兄说，"哦，是的，我'认识'他，不是很熟，不过足够了。我从来没想去结交他，而他，很明显，也从来不认为我对他的幸福是不可缺少的。他是谁？做什么？他是个模糊不清、无法解释的美国人，在意大利住了有三十年，或不到。为什么说他无法解释？只是用来掩盖我的无知罢了，我不知道他的祖辈，他的家庭，他的出身。不管这些，他也许是个王子，乔装民间；再说，他也确实像个王子——一个因为过于挑剔，一怒之下而放弃爵位的王子，自此后隐姓埋名，放荡山野。他过去一直住在罗马，不过最近几年搬到了这里，我记得听他说过，罗马已经变得庸俗了。庸俗让他恐惧，这是他的特殊之处，其他还有什么我就不知道了。他靠他的财产生活，至于多少，庸俗地讲，我想不会太多。他是个贫穷却诚实的绅士——他自己这么说。他很年轻就结了婚，然后失去了妻子，有个女儿，我想。他还有个姐姐，嫁给了本地区的一个小伯爵或者什么的；我记得以前曾经见过她。我应该说，她比弟弟要好些，不过简直无法忍受。我记得她还曾经有些过流言。我不会建议你去认识她的。不过你为什么不去问梅尔夫人这些人？她知道的比我要多得多。"

"我问你是想知道你们两个的意见，你的还有她的。"伊莎贝尔说。

"我的意见算什么！如果你爱上了奥斯蒙德先生，你会在乎我怎么想？"

"也许不会怎么在乎。不过同时呢，我还是会觉得有些重要的。有关危险的信息越多就越好。"

"我可不同意——这些信息本身会成为危险的。现在我们对周围的人知道的太多；我们听到的太多。我们的耳朵里，我们的脑子里，我们的嘴巴里，都塞满了各种各样的人。不要在乎任何人告诉你的关于任何其他人的任何事。依靠自己去判断每个人，每件事。"

"这正是我想做到的，"伊莎贝尔说，"可是如果你这样做的话，别人就会说你自负。"

"不要去理睬他们——这就是我的观点；不要理会别人如何评价你的朋友或敌人，也不要理会别人如何评价你自己。"

伊莎贝尔想了想。"我想你是对的，可是有些事情我还是无法不在意，比如说有人攻击我的朋友，或者有人赞扬我的时候。"

"你当然有评判那些评论者的自由。不过，"拉尔夫又说道，"如果你把他们当作评论者来评判，就会讨厌他们所有人！"

"我要亲自去看奥斯蒙德先生，"伊莎贝尔说，"我答应他去拜访他了。"

"拜访他？"

"去看他那里的风景，他的画，他的女儿——我具体也不知道是什么。梅尔夫人会带我去；她说很多女士都去拜访他。"

"啊，有梅尔夫人陪伴你可以去任何地方，放心吧①，"拉尔夫说，"她认识的都是最优秀的人。"

伊莎贝尔没有再提奥斯蒙德先生，可是立刻对表兄说，她不高兴他说起梅尔夫人的口气。"你的话好像别有用心。我不知道你是什么意思，不过如果你有什么不喜欢她的理由的话，你就应该要么直说，要么什么也别说。"

拉尔夫却一反常态，急切地反驳伊莎贝尔的指责。"我说起梅尔夫人来，从来就像当面和她说话一样：毕恭毕敬。"

"没错，毕恭毕敬。这正是让我觉得不舒服的地方，太夸张了。"

"我这样做是因为有人夸大了梅尔夫人的优点。"

"请问谁夸大她的优点了？我？如果是的话，我对她可没起什么好作用。"

"不，不，是她自己。"

"啊，我不同意！"伊莎贝尔急忙大声说，"如果这世上有什么女人，她对生活只有渺小的要求——"

"你说对了，"拉尔夫打断了她，"她的谦卑被夸大了。她和渺小的要求根本挂不上——她完全有理由拥有宏大的理想。"

"这么说她也拥有巨大的优点了？你自相矛盾了。"

"她的优点确实无可比拟，难以描述，"拉尔夫说，"她的一切都无可指责。她的美德仿佛浩瀚的沙漠，没有一个脚印，她是我知道的唯一不给人任何机会的女人。"

"什么机会？"

"啊，比如说，叫她傻瓜的机会！她只有这么一个小小的缺点，是我知道的唯一如此的女人。"

伊莎贝尔不耐烦地别过脸去。"我不明白你在说什么，你的话对我简单的头脑来说太荒谬、太矛盾了。"

"让我解释一下。我说她夸张并不是说她庸俗——说她吹嘘，夸

---

① 原文为法语。

大其词，过分美化她自己。我的意思是，简单说，她过于追求完美——过分强调她的优点。她太善良，太仁慈，太聪明，太博学，太多才多艺，一切都太好了。总之，一句话，她太完美了。跟你说实话，她让我神经紧张，我在她面前的感觉就像那个普普通通的雅典人在'公正的阿里斯提得斯'①面前一样。"

伊莎贝尔凝视着表哥；可是这一次，如果他的话音里还潜藏着一丝嘲讽精神，他的脸上却没有丝毫调侃的意味。"你想把梅尔夫人从你的生活中驱逐出去？"

"不。她是再好不过的伴侣。我喜欢梅尔夫人。"拉尔夫·杜歇简单地说。

"你真讨厌，先生！"伊莎贝尔大声说。接着又问道，有关这位了不起的朋友，他是不是知道什么不光彩的事情。

"什么都没有。难道你不明白这就是原因吗？任何人的性格中，你都会发现一点瑕疵；哪一天，只要我肯花上半个小时，就会在你的身上找出一个小缺点。至于我，当然了，我就像一只美洲豹，浑身都是缺点。可是在梅尔夫人身上，什么都没有，没有，没有！"

"我就是这么想的！"伊莎贝尔扬了扬头说，"这就是为什么我这么喜欢她。"

"她是你需要认识的最佳人选。既然你想了解世界，那你不可能找到比她更好的向导了。"

"你的意思是说她老于世故？"

"世故？不，"拉尔夫说，"她就是这个伟大广阔的世界！"

拉尔夫说他喜欢梅尔夫人时，当然没有什么暗藏的恶意，就像伊莎贝尔当时所理解的。拉尔夫·杜歇是到处寻找乐趣的，如果这位社交艺术的女皇不能带给他任何消遣，他将无法原谅自己。他对梅尔夫人既有深深的同情，又有强烈的反感。当然，尽管拉尔夫给予了她公正的对待，但是，倘若母亲的家里没有她，他的生活也不至于变得无

---

① 阿里斯提得斯（前530？—前468？），雅典政治家，将军。

聊。可是，不知出于什么无法说清的原因，拉尔夫·杜歇早已学会了关注，而没有什么比梅尔夫人的表演更能持久地让他关注的了。他细细地品味着她，他让她站在自己面前——那种随时随地，那种恰如所愿，即便她自己都无法超越。有时他几乎为她感到难过；不过奇怪的是，越是这些时候，他就越少流露自己的同情和仁慈。他知道，她曾经野心勃勃，充满渴望，而如今她所获得的成就远远低于她内心的预期。她经受了刻苦完美的训练，却没有获得任何奖品。她一直是平凡的梅尔夫人，一位瑞士商人的遗孀，收入微薄，交游广阔，大多时间和别人住在一起，像一本广受喜爱的新书，里面充满愚蠢的傻话。拉尔夫知道，有那么五六个人，他们的地位是她在不同的时候极其觊觎的，而她现在的状况，同这些人相比，形成鲜明的对照，这简直具有一丝悲剧意味。拉尔夫的母亲觉得儿子和他们这位温蔼可亲的朋友相处愉快；在杜歇夫人看来，两个人一定有很多共同之处，因为他们都根据一种天才独创的为人处世理论行事——也就是说，她自己的理论。至于伊莎贝尔和母亲这位杰出的朋友之间的亲密关系，拉尔夫也考虑了很多，可是他早已下定决心，即使没有什么阻碍，也不把表妹据为己有；他尽力而为，随遇而安，就像面对其他不甚如意的事一样。她们的友谊会自然而然地朝正常的方向发展，不会永远持续下去。因为这两位优秀的女士都不是对方所认为的那样，等到有一天她们发现了这一点，两人的友谊即便不决裂，也会渐渐冷淡下去。同时，他也很乐于承认，同那位年长女士的谈话会很有益于那个年轻的姑娘，她还要学习很多东西，而梅尔夫人无疑是最好的导师。伊莎贝尔不会由此受到伤害。

第二十四章

不久,她就去山顶拜访奥斯蒙德先生了。很难预见这样一次访问会给她带来什么灾难。没有什么比这一天更美好的了——那是一个柔和的下午,正值托斯卡纳仲春时节,两位同伴驾车出了罗马门。这座建筑巨大的上部结构朴实无华,雄踞在轮廓优美清晰的拱形门口之上,更衬托出它的简约、恢宏。马车逶迤前行,穿越高墙夹道的小巷,墙内的果园里鲜花盛开,低垂的枝桠伸出墙外,令小巷内清香阵阵。最后,她们来到了那个小小的广场;它并不方正,却是一流的城市广场,奥斯蒙德先生居住的别墅就坐落在此。那长长的棕色墙壁成为广场上最主要的、至少是最巍峨的景观。伊莎贝尔随同她的朋友穿过一座高大的庭院,房屋的阴影清晰地投射在地面上,两边是轻盈的拱形游廊,隔院相对,纤细的廊柱周身缠绕着开花的植物,顶端阳光灿烂。这个地方有一种威严和肃穆,好像一旦你走进去,就需要挣扎一番才能出来。可是,伊莎贝尔现在想的当然不是出来,而是向前走。奥斯蒙德先生在阴凉的前厅迎接她——即便是五月,这里仍然很阴凉——并随同她的向导,带她进了我们先前已经描述过的那间套房。梅尔夫人走在前面,这时伊莎贝尔在后面稍作停留,同奥斯蒙德聊了几句,并大方地走上前去,问候了坐在沙发上的两个人。其中一个是小潘茜,她给了她一个亲吻;另外一个是位女士,奥斯蒙德先生对伊莎贝尔说那是她的姐姐,吉米奈伯爵夫人。"这是我的小女儿,"他说,"刚从修道院出来。"

潘茜穿着一件短小的白色裙子,漂亮的头发整齐地梳拢在一只发网里,脚上是一双带袢的小鞋,鞋袢扣在脚踝上。她向伊莎贝尔行了一个小小的传统屈膝礼,然后走上前来接受她的亲吻。吉米奈夫人只是点了点头,没有站起身来;伊莎贝尔看得出,她是个很时尚的女人。她长得黑瘦,一点也不漂亮,五官让人联想起某种热带的鸟类——鼻子像鸟喙一样长,一双小眼睛骨碌碌乱转,嘴和下巴都使劲地向后缩着。不过,多亏了各种各样夸张的表情——强调、惊奇、恐惧和喜悦,她表现得还不至于完全没有人的特点;至于她的外表,看得出来,她很了解自己,已经把自己的特点发挥到最佳程度了。她的衣服繁缛精致,闪闪发光,雅致考究,看起来就像小鸟亮闪闪的羽毛,而她的举止轻快突兀,就像是一个落在枝头上的小动物。她做出很多姿态,伊莎贝尔从没见过如此装模作样的人,就立刻把她归入最为矫揉造作的一类女人中。她记起来拉尔夫并不推荐她去结交她;而她很快就承认,随便扫上一眼,就知道吉米奈夫人是个肤浅的人。她的表演就像是在猛烈地挥舞着全面停战的旗子——飘舞的白色丝绸横幅。

"你要相信,我很高兴见到你。我告诉你,我是知道你要来这里,才亲自过来的。我从不来看我的弟弟——我让他去看我。这座山顶的房子简直是无法忍受——不知道到底是什么勾住了他的魂儿。说真的,奥斯蒙德,总有一天,你会毁了我的马的,如果它们受了伤,你要赔我两匹。我今天听到它们喘得呼哧呼哧的;我告诉你,我听到了。坐在马车里,听到自己的马呼哧呼哧喘气,这真是太难受了;而且,听起来让人觉得它们情况不对劲。不过我的马总是很好,不管缺什么我都不会缺好马,总是用最好的。我的丈夫懂得不多,不过他懂马。意大利人一般不懂马,不过我的丈夫喜欢所有英国的东西——根据他对英国可怜的理解。我的马也是英国马——所以,要是它们出了事,那就更可惜了。我得告诉你,"她很快又对着伊莎贝尔说,"奥斯蒙德并不经常请我来;我觉得他不喜欢我在这里。今天过来完全是我自己的主意。我喜欢见新的人,我知道你一定是个新人。不过别坐那儿,那张椅子不像看起来那么好。这里有几张椅子坐着很不错,不过也有几张很糟糕。"

她一边说,一边不停地摇头晃脑,咂嘴咂舌,声音尖利急促,口音听起来就像是在亲切地召回自己处在逆境中的纯正英语,或者说是纯正美语。

"亲爱的,我不喜欢你来?"她的弟弟说,"我相信你是无价之宝。"

"我没看到有什么糟糕的东西,"伊莎贝尔环顾四周,回答说,"我觉得一切都很美,很珍贵。"

"我是有几件好东西,"奥斯蒙德承认,"的确,我这里没有很差的。不过也没有我真正喜欢的。"

他站在那里微笑着环顾四周,似乎有些窘迫。他的态度既超脱又关切,显得很奇怪。他似乎在说,只有真正的"价值"才有意义。伊莎贝尔很快就得出结论:简单纯粹并不是这个家庭的特点。即便是那个从修道院里来的小女孩——穿着整洁的白色小裙子,一张顺从的小脸,双手合拢放在身前,好像将要享用她的第一次圣餐——即便是奥斯蒙德先生的小女儿,她的完美中也并非完全的天然,完全的质朴。

"有几件乌菲兹和佩蒂美术馆①的东西,那才是你喜欢的。"梅尔夫人说。

"可怜的奥斯蒙德,他的那些旧窗帘和十字架!"吉米奈伯爵夫人猛然插嘴叫道,不过并没有特意对谁。说的时候她笑对着伊莎贝尔,还从头到脚地打量她。

她的弟弟并没有听见她说的什么;他似乎是在考虑应该对伊莎贝尔说什么。"想喝点茶吗?——你一定很累了。"最后,他终于想出来一句话说。

"不,不累,我一点也不累,我又没做什么,怎么会累?"伊莎贝尔觉得好像需要一种坦率的态度,直截了当,毫不掩饰;冥冥中似乎有某种感觉,或是她对这里的总体印象——她无法辨清到底是什么——剥夺了她所有将自己推上前去的意愿。这个地方,这样的情况,聚集的这些人,似乎意味着比表面上看来更多的含义;她要去观察,去理解——而不是简单地说些虚套的客气话。可怜的伊莎贝尔,

---

① 意大利著名美术馆,位于佛罗伦萨,始建于1458年,起初为王室宫殿,馆内藏有许多著名画家拉斐尔的代表作。

无疑,她并不知道,很多女性会说些好听的话来掩盖她们的观察和理解。必须承认,她的骄傲有些警觉。一个她曾经听说过很多次,并激起了她的兴趣的男子,邀请她到自己的家;一望而知,他才情卓著,举止不凡,而她也不是个随意登门拜访他人的年轻女士。现在,她已经来了,如何招待就看他的聪明才智了。伊莎贝尔觉察到,奥斯蒙德先生并没有像期望的那样轻松自如地承担他的责任,不过,这并没有让她变得迟钝,而且,在这个时候,我们可以判断说,也没有让她变得宽容。"我真是个傻瓜,让自己毫无意义地卷入……!"她甚至可以想象,他心里这样说。

"如果他给你看了他那些小玩意儿,而且每件东西都给你上一课,回到家你就会累了。"吉米奈伯爵夫人说。

"我不担心,不过,如果我感到疲倦,至少学到了一些东西。"

"恐怕不会很多。不过我姐姐最害怕的就是学习,任何东西。"奥斯蒙德先生说。

"哦,这我承认;我不想再知道什么东西了——我知道的已经太多了。人懂得越多,快乐就越少。"

"你不应该在潘茜面前贬低知识的价值,她还没有完成她的教育呢。"梅尔夫人微笑着打断说。

"潘茜不会知道任何有害的东西的,"孩子的父亲说,"潘茜是一朵修道院的小花。"

"哦,修道院,修道院!"吉米奈夫人激动地叫道,像鸟一样竖起了羽毛。"别跟我说修道院!你在那儿什么都有可能学到;我自己就是一朵修道院的花。我并不自认很好,可是那些修女们却这样说。你明白我的意思了吗?"她对伊莎贝尔说。

伊莎贝尔并不确定自己是否理解她的话,就回答说,自己不善于理解别人的争论。于是,伯爵夫人也说,她讨厌争论,可是她的弟弟却很喜欢——他总是要讨论问题。"对我来说,"她说,"一个人要么喜欢一件东西,要么不喜欢;人当然不可能喜欢所有的东西。可是也没必要非去找个什么理由——你永远不知道,这样做会有什么结果。

有些东西让人觉得很好，可是却没什么理由；有些东西有很充足的理由，却让人感觉不好。难道你还不明白吗？我根本不在乎什么理由，我只知道自己喜欢什么。"

"啊，这当然很好。"伊莎贝尔微笑着说，心下想，也许认识这个像小鸟一样轻快的人并不一定会导致智力的停滞。如果说伯爵夫人讨厌争论，伊莎贝尔此时也对此毫无兴趣，她向潘茜伸出手，心里高兴地想道，这样的动作不会让自己陷入任何会导致观点分歧的争论中。吉尔伯特·奥斯蒙德显然对姐姐的口气感到绝望，就将谈话引到另外的话题上。他坐在女儿的对面，看到小女孩正害羞地用自己的手指轻轻拨弄着伊莎贝尔的手指，就将女儿从椅子上拉了过来，终止了她的行为，他让她站在自己的两膝之间，靠在自己身上，用胳膊搂住了她纤细的小身体。孩子定定地凝视着伊莎贝尔，纯粹的目光中似乎没有任何目的，却明显地表明她喜欢她。奥斯蒙德先生谈到了很多东西；梅尔夫人曾经说过，只要他愿意，就会变得很讨人喜欢；而今天，只过了一小会儿，他看起来就不仅想要讨人喜欢，而且下定决心非要如此不可。梅尔夫人和吉米奈伯爵夫人坐在一边，轻松随意地谈着一些两人都熟知的人；不过不时地，伊莎贝尔耳中会传来伯爵夫人的大呼小叫，大概是她的同伴说了什么，她就一头扎进对方原本清楚明白的谈话中，就像往水池里扔进一根木棍，弄得水花四溅。好像梅尔夫人要看看，她到底能做作到什么程度。奥斯蒙德先生谈到了佛罗伦萨、意大利、居住在这个国家的幸福，以及这种幸福的日渐减少。住在这里既有让人满意的地方，也有缺点；缺点有很多；外地人总是太过乐于把这个地方当作浪漫的所在。对于那些普通人，那些失败的人——就是那些无法实现他们的愿望与感情的人，这的确是个舒缓心灵的浪漫所在：他们可以将那温存浪漫留在身边，甘于贫困而免于遭到嘲笑，就像你保留一个传家宝，一处继承来的很不方便的地产，尽管他不会给你带来任何益处。所以，住在这个拥有如此之多美好事物的国家，有很多益处；一些美丽的景色你只能在这里才能看到。可是除此之外，你不会得到任何其他人生的好处，只有一些很糟的东西。可是渐渐地，你会养成一种特性，它会影响一切。意大利一无例外地宠坏了很多人；有时，他甚至愚蠢地想到，如果自己待在这里的时间少一点，就会成为一个更好的人。这儿让人变得懒散、浅薄，沦为二流人物。它不会锻炼你的性格，换句话说，不会培养你成为一个社会上成功的厚脸皮，一个活跃在伦敦或巴黎的人物。

"我们是很恬和的人，也很土气、褊狭，"奥斯蒙德先生说，"我很清楚，自己就像一把生锈的钥匙，没有一把锁能够让它打开。和你谈话似乎将它磨出一些光亮——我并不敢妄称我能打开你智慧的头脑，那把复杂的锁！可是，我见不了你几次，你就会走了，也许我就再也见不到你了。住在一个人来人往的国家就是这样。如果那些来的人不合人意，就已经很让人难过了，可是如果他们让人高兴，结果就更让人难过了。你刚刚喜欢上他们，可他们却要走了！我已经被欺骗了很多次；已经不再缔结什么友谊，不让自己受到吸引。你想留下来——永久住下来？那真是太好了。啊，是的，你的姨妈可以保证；我可以信赖她。哦，她是个老佛罗伦萨人；真的，是这里的老人；不是那些现代人，他们不过是佛罗伦萨的局外人。她属于美第奇家族①的时代；萨佛纳罗拉②被烧死的时候她也一定在场，我不知道她是否也向火堆中扔了一把碎木屑。她的脸很像一些早期绘画中的人物；那些窄小冷漠、线条分明的脸庞，一定也会有很多表情，可是看起来几乎总是一样。我可以给你看看吉兰达约③壁画中她的肖像，真的。我这样说你的姨妈，你不会生气吧？希望不要。我觉得你不会的。也许你会觉得这更让你不高兴。我向你保证，我的话里没有分毫的不尊重，无论是对你还是你的姨妈。要知道，我是你姨妈的一个特殊的崇

---

① 意大利贵族，出了三个教皇（利奥十世，克莱蒙七世及利奥十一世）及两个法国皇后（凯瑟琳·美第奇和玛丽·美第奇）。"大"科西莫（1389—1464）是这个家庭中第一个统治佛罗伦萨的人。"高贵的"洛伦索（1449—1492）是一位杰出的学者与艺术家的赞助人，受到其赞助的包括米开朗基罗和波提切利。
② 吉罗拉默·萨佛纳罗拉（1452—1498），意大利改革家，多明我修道会的托钵修士。他有大量追随者，在1494年将梅第奇家族逐出佛罗伦萨。他后来因批评教皇亚历山大六世而被逐出教会并处死。
③ 多米尼科·吉兰达约（1449—1494），佛罗伦萨画家，尤以其叙事壁画著名，如《圣方济各生活的片段》（1483—1485）。

拜者。"

伊莎贝尔的主人极尽所能地取悦她,口气亲密而信任;我们的女主人公不时地看看梅尔夫人,而后者只是用心不在焉的微笑迎接她的目光,从中年轻的姑娘似乎得不到任何不祥的暗示。最后,梅尔夫人向吉米奈伯爵夫人提议去花园走走;于是,伯爵夫人站起身来,抖抖身上的羽毛,唰唰地向门口走去。"可怜的阿切尔小姐!"她打量着屋里的其他人,带着意味深长的同情口吻大声说,"她已经进入这个家庭了。"

"对于一个拥有你的家庭,阿切尔小姐有的当然只会是同情。"奥斯蒙德先生笑着说,笑声中尽管带着一丝嘲弄的味道,也含有更为细致的耐心。

"我不明白你是什么意思!我肯定,她不会在我身上发现任何缺点,只除了你告诉她的。我比他说的要好,阿切尔小姐,"伯爵夫人接着说,"我不过是个傻瓜,一个讨厌鬼。他是这样说的吧?啊,看来,你让他很高兴。他开始讲他心爱的东西了吗?我先跟你打个招呼,有那么两三个他一说起来就没完没了。所以你最好把帽子去掉吧。"

"我并不知道奥斯蒙德先生喜欢什么话题。"伊莎贝尔说,已经站起了身。

伯爵夫人做了一个用力思考的姿势,一只手的手指并拢着,拍着自己的脑门说:"等等,让我告诉你。一个是马基雅维利;另外一个是维多利亚·考隆①;还有一个是梅特斯塔西欧②。"

"啊,据我所知,"梅尔夫人说,一边用手臂挎住吉米奈夫人的胳膊,似乎要她去花园,"奥斯蒙德先生从来没有这样丰富的历史知识。"

"啊,你,"伯爵夫人跟随着梅尔夫人,边走边说,"你自己就是

---

① 维多利亚·考隆(1492—1547),意大利女诗人,米开朗基罗的朋友。她的作品收集在《诗歌与书信》(Poetry and Letters)中。
② 皮埃特罗·梅特斯塔西欧(1698—1782),意大利诗人,其歌剧作品主导了十八世纪的歌剧剧坛。

马基雅维利——就是维多利亚·考隆！"

"可怜的梅尔夫人！下面我们就会听到她就是马基雅维利了。"吉尔伯特·奥斯蒙德无可奈何地叹道。

伊莎贝尔已经站了起来，以为他们也要去花园；可是主人却仍然站在原处，双手放在上衣的口袋里，看不出有离开房间的意思；而他的女儿则用两个胳膊环抱着他的一只手臂，紧紧靠着他，仰着小脸，眼睛从他的脸上转到伊莎贝尔的脸上。伊莎贝尔等待着，带着一种难以言喻的满足，等待着主人引导自己的行动；她喜欢听奥斯蒙德先生的谈话，喜欢他的陪伴；她清楚地意识到，自己有了新的朋友，而这总是能让她暗暗地兴奋。顺着大房间打开的两扇门，伊莎贝尔看到梅尔夫人和伯爵夫人踏着细密的草坪，在花园里漫步；她转过身来，眼睛浏览着身边的物品。她想，奥斯蒙德先生应该给她看自己的收藏；那些绘画，那些橱柜，都像是古董。过了一会儿，伊莎贝尔朝一幅画走去，想要仔细看看；可是她刚要走过去，突然听到奥斯蒙德先生问道："阿切尔小姐，你觉得我的姐姐怎么样？"

她有些吃惊地看着他，说："啊，请不要这样问我——我还几乎没怎么见过她呢。"

"是的，你不过是刚刚见到她；可是你一定已经发现了，她没有多少可看的。你觉得我们这个家庭怎么样？"他带着冷冷的微笑接着说。"我想知道，一个陌生的完全不带偏见的人会怎么看我们。我知道你会说什么——你还没有留意，没做观察。当然，今天不过是粗粗的一瞥。但是，如果将来有机会，请你注意一下。有时我会想，我们已经陷入了一种很坏的生活方式中。远离祖国，居住在不属于我们的东西、不属于我们的人们之间，没有责任，没有关系，没有任何可以将我们凝聚在一起、将我们维系下去的东西；和外国人结婚，养成一些模仿来的趣味，却和我们生来的使命开玩笑。不过，我得说明，我指的更多的是我自己，而不是我姐姐。她是位诚实的女士——比表面上更加诚实。她很不幸，不过，因为天性缺乏严肃的东西，她用喜剧而不是悲剧来表现它。她嫁了一个可怕的丈夫，尽管我并不确定她对他是否已经尽力而为了。不管怎样,有一个可怕的丈夫当然是一件让人难堪的事。梅尔夫人给了她很多很好的建议,可是这就像给一个孩子一本字典,让他去学习语言。他能够查到那些字,合起来却不知道是什么意思。我的姐姐需要语法,可不幸的是她没有语法头脑。请原谅我用这些琐事来烦扰你;我姐姐说得很对,我们已经把你带入这个家庭了。让我把那幅画拿下来,这儿光线不够。"

他把画拿下来,走到窗前,指出很多画上奇怪的地方。她观看了其他的艺术品,他又告诉了她很多东西。对于一个在初夏的午后前来拜访的年轻小姐来说,这些东西似乎都是再适宜不过的了。他的绘画,他的浮雕和挂毯都很有趣;可是过了一会儿,伊莎贝尔就觉得它们的主人更有趣;而且,尽管这些艺术品厚厚地包围着他,他的魅力却是独立于它们之外的。他不像她见过的任何人;她知道的所有人都可以大致归为五六种。有那么一两个例外,比如说,她的姨妈莉迪亚就哪一种都不算。还有一些人,相对来说比较独特——是的,礼貌地讲是独特——例如古德伍德先生,她的表兄拉尔夫,亨利埃塔·斯塔克波尔,沃伯顿勋爵,梅尔夫人。不过从本质上来说,一见到他们,她就会发现,这些人属于她脑海中已有的某种类型。然而她的脑子里却没有合适奥斯蒙德先生的类别——他是个额外的特例。她当时并没有意识到这些,可是事实正逐渐地呈现在她眼前。此刻,她只是对自己说,也许她会发现,这位"新的朋友"是极为非凡的。梅尔夫人已经拥有了那种罕见的品质,可是,当它出现在一位男性身上时,就立刻展现出别样的魅力与风采!与其说是他的言谈,他的举止,倒不如说是他所没有表现出来的东西,让他在她的眼里愈发卓尔不群,就像他给她看的那些奇异的符号,印在古老的盘子的底面,或是十六世纪的绘画的角落里;然而,他并不放纵,并不偏离普通正常的生活习惯,独特却不古怪。她从未见过如此气质高贵,生性优雅的人物。他的特殊之处首先来自他的外表,然后就会渗透弥漫到那些无法把握、难以捉摸的东西上去。他柔软细密的头发,精雕细刻的五官,明净成熟而细润的肤色,平整均匀的胡须,还有他纤瘦轻柔的体态,让他的任何动作,哪怕是伸出一根小手指头,也会如同某个含义丰富的动作,产生意味深长的效果——所有这些个性特点,在我们敏感的年轻姑娘眼里,都代表了一种品质,一种浓缩,一种不可言喻的允诺——它向她允诺,他将是她的兴趣所在。当然,他有些挑剔,有些苛求;也许还敏感易怒。敏锐的感觉控制着他——也许控制得太厉害了,让他无法忍受粗俗的烦扰,让他只能生活在自己的世界中,一个经过分拣、筛选和安排的世界,思考着艺术、美和历史。他用艺术的品位衡量所有的一切——也许只用它,就像一个自知病入膏肓的病人,最后只会咨询他的律师:正是这让他与众不同。拉尔夫也具有类似的特点——似乎把人生当作是一种鉴赏;可是在拉尔夫身上,它显得反常,滑稽而多余,可在奥斯蒙德身上却是最主要的基调,一切都与之和谐。当然,她还远远没有完全理解他;他的意思并不总是清楚明了。例如,他说自己土气、褊狭的时候,她就很难理解——她觉得,这些正是他最不可能具有的东西。难道,这不过是一种自相矛盾的说法,并无恶意,只是为了迷惑她?或者,这是良好教养的最完美表现?她相信,到时候,自己会弄明白的;那将是很有趣的过程。如果拥有如此的和谐是土气、褊狭,那么大都会的完美又意味着什么?她会问这些问题,尽管已经感觉到,主人是一个害羞的人;而他这样的羞怯——因为神经过于敏感、感觉过于敏锐而导致的羞怯——同最高贵的教养是一脉相承的。它几乎是一种证明,一种除了庸俗的东西之外,衡量一切的标准或尺度,千真万确:一旦出现什么庸俗的东西,他一定会确信地意识到。他并不是一个轻松自信的人,生性肤浅而滔滔不绝,喋喋不休;他挑剔自己,也挑剔他人;尽管苛求别人,可是为了把他们想得好一点,也许他也用嘲弄的态度看待自己:这更证明他并不低俗,并不自以为是。如果不是他的内向,也就无法逐渐呈现出如此细腻、成功的转化,达到这样的效果,让她感觉如此美妙,如此迷惑。他突然问她对吉米奈伯爵夫人的看法,这无疑是因为他对她感兴趣;不大可能是因为他需要别人的帮助来了解自己的姐姐。他居然如此有兴趣,说明他有一个思索的脑袋,可是他居然为了好奇而牺牲姐弟之间的感情,这一点却是奇怪。这是他所做的最古怪的事。

除了接待她的这个房间,还有两个房间,也充满了浪漫的气息,伊莎贝尔又在这里待了一刻钟。里面所有的东西都珍贵、罕见,而奥斯蒙德先生继续做她最友好的向导,带着她欣赏一件件精美的物品,手里仍然拉着他的小女儿。他的热情几乎让我们年轻的朋友感到惊讶,疑惑他为什么要为她花费这么多工夫。他传递给她如此多的美和知识,它们累积在一起,让她喘不过气来。现在已经足够了;她已经无法集中精力听他说了;她的眼睛专注地望着他,似乎很专心,可是心里并不在意他告诉她的东西。也许,他以为她在任何方面都聪颖敏捷,比真实的她更加游刃有余。梅尔夫人很可能善意地美化了她;这真遗憾;因为他最终会发现她的本来面目的,到那时恐怕她原本具有的智慧也无法让他原谅自己所犯的错误。伊莎贝尔感到很疲惫,这是因为她努力想要显得很聪明——她相信梅尔夫人一定是这样描述她的;也是因为她害怕(这在她真是少见)暴露自己——不是暴露自己的无知,对此她并不怎么在意——而是害怕自己可能会显得感觉迟钝,品位低下。如果她表达了对某件东西的喜爱,而在他高超的教化之下,他认为她不应该喜欢;或者她对某件东西并不在意,而一个真正启蒙过的头脑会立刻为之流连忘返——这些都会让她十分懊恼。她希望自己不要出丑——她见过一些女人闹了笑话,却还一无所知,泰然自若——这是个警告。于是,她对自己该说什么,注意到了什么,忽略了什么,都小心翼翼,比过去任何时候都谨慎。

他们回到了第一个房间,那里已经摆好了下午茶。可是,因为另外两位女士还在花园的露台上,而伊莎贝尔还没有领略外面的景色,也是这里的最独特之处,奥斯蒙德就没有耽搁,带她步入了花园。梅尔夫人和吉米奈伯爵夫人已经叫人把椅子搬了出来,因为这个下午实在可爱,伯爵夫人就提议在外面用茶。于是,潘茜就奉命去叫仆人,把茶具拿到外面。太阳渐低,金色的阳光变得深沉,在绵延的群山和山下的平原上投下紫色的阴影,火焰一般燃烧,和那些仍然沐浴在阳光之下的地方一样浓烈。这里景色奇绝,空气沉静而肃穆;那无边的风景，花园一般耕种的土地，庄严的轮廓，富饶的山谷，微微凸凹的群山，仿佛人为笔触般点缀其间的房屋——一切都辉煌而和谐，古典而优雅。"你看起来很高兴，我想你一定会再来吧？"奥斯蒙德说，一边把他的同伴带到了露台的一个角上。

"我当然会再来，"她回答说，"尽管你刚才说住在意大利不是一件好事。不过，你说的一个人生来的使命是什么？我想知道，如果我要在佛罗伦萨住下来，会放弃什么生来的使命？"

"一个女人生来的使命是到她最受欣赏的地方。"

"问题是要找到这个地方。"

"很对——她经常会浪费很多时间去寻找。人们应该明明白白地告诉她。"

"这样的问题一定要明白地告诉我。"伊莎贝尔微笑着说。

"不管怎样，我很高兴听到你说要在这里长住下来。梅尔夫人的话让我觉得你更喜欢四处漂游。我记得她说过你计划环游世界。"

"我对我的计划感到很惭愧，我每天都会有一个新计划。"

"我不明白你为什么要惭愧，那是最大的幸福。"

"我觉得它太肤浅了，"伊莎贝尔说，"人们应当经过深刻的考虑，选择一种生活，然后忠诚于它。"

"这么说，我不肤浅。"

"你从来没有过计划吗？"

"有过，那是很多年以前，今天我还在按照那个计划生活。"

"那一定是个很好的计划。"伊莎贝尔做了个大胆的评价。

"很简单。就是尽可能心平气和地生活。"

"心平气和？"女孩重复道。

"不焦虑——不争取，不奋斗。听天由命。知足常乐。"他说得很慢，每句话之间都短暂地停顿一下；他的目光清明智慧，凝视着来访者的眼睛，脸上的神态清楚地说明，他已经下了决心，要倾诉衷肠。

"你认为这很简单？"她轻轻反问道。

"是的，因为它是消极的。"

"那么你的生活是消极的吗?"

"如果你愿意,就把它当作是积极的。不过,它肯定的只是我的淡漠。请注意,不是我与生俱来的淡漠——我天生并不淡漠。而是我经过思考和努力而获得的自我放弃。"

她不能理解他;问题好像是他是否在开玩笑。为什么这样一个让她觉得保留了大笔的内心财富的人,会突然间敞开心扉?这是他的事,可是他的倾诉很有趣。"我不知道你为什么要放弃。"过了片刻她说。

"因为我一无所能。我没有前途,没有钱,也不是天才。我甚至没有天分;很早的时候我就做了自我衡量。我不过是个苛求的年轻绅士,挑三拣四。世界上只有两三个我嫉妒的人——比如说,俄国的沙皇,土耳其的苏丹!有时我也嫉妒罗马的教皇——嫉妒他所享有的尊重。如果能受到那样的尊敬我也会很高兴的;可那是不可能的,而任何低于这些的东西我都不感兴趣。所以,我就决定不再去追求功名。即便是最贫穷的绅士也可以尊重自己,幸运的是,我是个绅士,尽管我一无所有。在意大利我什么也做不了——甚至不能当一个意大利的爱国者;那样的话我必须离开这个国家;可我太喜欢它了,不能离开它,更不要说,我对它如此满意,不希望它有任何变化。所以,我就依照我刚刚说过的那个计划,在这里度过了很多年。我一点也不难过。并不是说我没有什么想要的东西,只是我喜欢的东西太明确——太有限。我的生活中发生的事,除了我自己,没有任何人能够窥见;比如,讨价还价买到一个耶稣受难的旧十字架(当然,我从没买过什么贵的东西),还有一次,我在一张画板上发现了科勒乔①的一幅素描,已经被一个心血来潮的蠢材涂抹得面目全非了。"

如果伊莎贝尔完全相信奥斯蒙德先生这些话,就会发现他的生活不过是贫乏而无聊的,可是她的想象力为之提供了人性的因素,她相

---

① 安东尼奥·阿莱格林·达·柯勒乔(1494—1534),文艺复兴高潮期意大利画家,以其运用阴暗对照法著名。他的作品包括宗教画(如《平安夜》)和壁画(如1518年帕尔马市圣保罗修道院的壁画)。

信，这些他并不缺乏。他的生活中还有很多其他人，而他并没有说到；当然，她不能指望他进入这个话题。现在，她有意地克制自己，不去探求更多的秘密；她并不想暗示他，他没有告诉她一切，那样就显得过于随意，不够体贴——那简直庸俗不堪。他当然已经告诉了他很多东西。可是，她现在想做的是适当地表示对他的同情，因为他成功地保存了自己的独立。"那真是美好的生活，"她说，"放弃一切，除了科勒乔！"

"哦，我已经用我自己的方式，把它变成了一种好事。别以为我是在抱怨。任何人的不幸都是自己造成的。"

这话的含义太广泛了，于是，她转而找了一个具体的话题。"你一直住在这里吗？"

"不，不是。我在那不勒斯住了很久，在罗马也住过多年。不过到这里来也有一段时间了。也许，我需要改变一下生活；做些别的事。我要考虑的不只是我自己了。我女儿正在长大，也许她不会像我一样对科勒乔和十字架这些东西感兴趣。我要做最适合潘茜的事情。"

"是的，应该这样，"伊莎贝尔说，"她是一个多么可爱的小女孩。"

"啊，"吉尔伯特·奥斯蒙德发出一声美好的感叹，"她是个小天使！是我最大的幸福！"

第二十五章

就在两人继续着这样一种近距离的谈话的时候（它在我们停止关注后，又继续了一段时间），梅尔夫人和吉米奈伯爵夫人打破了持续的沉默，开始交谈起来。她们坐在那里，神态中似乎有所期待，却没有表达出来；特别是吉米奈伯爵夫人，比起身边这位朋友，她的性格更容易紧张，缺少自我掩饰的技巧，来掩盖内心的焦虑不安。看不出来两位女士到底在期待什么，也许她们自己也不是很清楚，梅尔夫人等待着奥斯蒙德把他们年轻的朋友从他们私下的谈话中解放出来，而伯爵夫人因为梅尔夫人在等待，也在等待着。伯爵夫人这么等着，似乎觉得是时候找点小麻烦了。也许她早就在寻找空隙了。她的目光跟随着弟弟和伊莎贝尔舒缓的脚步，看着他们走到花园的尽头，然后对身边的同伴说，

"亲爱的，要是我不恭喜你，你会原谅我吧！"

"很乐意，因为我根本不知道你为什么要恭喜我。"

"难道你没有什么深思熟虑的小计划？"伯爵夫人朝单独待在一旁的那两个人点着头说。

梅尔夫人的目光也朝同一个方向望去，然后转过来，安静地看着自己身边的人。"你知道，我从来不大了解你。"她微笑着说。

"只要你愿意，没有人比你理解得更清楚。依我看，你现在只是不想理解。"

"从来没有人像你这样对我说话。"梅尔夫人严肃地说，不过口气却并不辛辣。

"你是说那些你不爱听的话？奥斯蒙德有时不也说吗？"

"你弟弟说的话都是有目的的。"

"是的，有时是恶毒的目的。如果你的意思是说我们两个不一样，我不如他聪明，不要以为这会让我不好受。不过你最好听听我的

意思。"

"为什么?"梅尔夫人说,"有什么关系吗?"

"如果我不同意你的计划,我想你应该知道这点,以便认识到其中的危险——要是我干涉的话。"

梅尔夫人看起来好像准备承认这话的重要性,可是过了一会儿,她安静地说:"我没有你想的那么老谋深算。"

"我讨厌的不是你的算计,而是你算计错了。就像眼下这件事。"

"你自己一定做了大量的计算才发现这个。"

"不,我可没有这个时间。我不过是今天才见到这姑娘,"伯爵夫人说,"我是突然间想到的。我很喜欢她。"

"我也是。"梅尔夫人也提了一句。

"不过你表达的方式却很奇怪。"

"当然,我给了她认识你的机会。"

"那真是她能遇到的最好的事了!"伯爵夫人尖声说。

梅尔夫人沉默了一会儿。伯爵夫人的态度真是恶劣,简直是卑鄙;不过这并不新鲜;她的眼睛望着莫雷洛山蓝紫色的山坡,陷入了沉思。"亲爱的夫人,"最后,她说,"我劝你不要太激动。你刚刚指的事关系到三个人,他们都打定了主意,比你要坚决得多。"

"三个人?当然了,你,还有奥斯蒙德。不过,难道阿切尔小姐也很坚决?"

"和我们一样。"

"啊,那么,"伯爵夫人兴奋地说,"如果我让她相信,抵制你们两个是她的利益所在,她一定会成功做到的!"

"抵制我们?你为什么把我们说得这么难听?既没有人强迫她,也没有人欺骗她。"

"我可不觉得。你们什么都做得出来,你和奥斯蒙德。我指的不是奥斯蒙德自己,也不是你自己。可是,你们两个加在一起就会很危险——就像是化学反应。"

"那你最好别管我们的事。"梅尔夫人微笑着说。

"我并不想插手你的事——不过我会和那个姑娘说的。"

"可怜的艾米,"梅尔夫人低声说,"我不明白你脑子里到底在想什么。"

"我对她很感兴趣——这就是我脑子里想的。我喜欢她。"

梅尔夫人犹豫了片刻,说:"我觉得她并不喜欢你。"

伯爵夫人瞪大了明亮的小眼睛,表情也凝固在了脸上,显得很古怪。"啊,你真是危险——你自己就够危险的了!"

"如果你想让她喜欢你,就不要在她面前说你弟弟的坏话。"

"我想你不会以为,只见了两次面她就会爱上他吧?"

梅尔夫人看了看伊莎贝尔,又看看这里的主人。他正斜靠在栏杆上,抱着双臂,面对着她;而此刻的她,尽管凝视着四周的风景,很明显却没有完全沉浸在这自然的景观中。梅尔夫人望着她的时候,她正低垂下眼睛,倾听着,也许还有些羞涩,一边把阳伞的伞尖抵在小路上。梅尔夫人从椅子里站了起来,坚定地说:"没错,我认为正是如此!"

潘茜已经把那个衣衫褴褛的年轻男仆叫了过来。他穿着破旧的仆役制服,一幅古怪的模样,活脱脱一个画上的旧式人物,简直就是伦吉①或是戈雅②"画"上去的。他拿着一张小桌子走了出来,放在草坪上,然后回去端茶盘;拿来后就又消失了,回来时拿着两把椅子。潘茜怀着极大的兴趣看着他忙来忙去,两只小手交叠着放在短小的裙子前面;不过,却没有上去帮忙的意思。等茶桌摆放好之后,她轻轻走到姑妈前面。

"您觉得爸爸会反对我为大家准备午茶吗?"

伯爵夫人用挑剔的目光看了她一会儿,没有回答她的问题。"我可怜的侄女,"她说,"这是你最好的裙子吗?"

"啊,不,"潘茜回答说,"这只是一件平常穿的衣服。"

---

① 彼得罗·伦吉(1702—1785),意大利著名画家。
② 弗朗西斯科·戈雅(1746—1828),西班牙浪漫主义画派画家。

"你说今天是平常的日子？在我来看你的时候？——更不要说梅尔夫人和那边那位漂亮的小姐。"

潘茜思考了片刻，望着眼前的三个人，眼睛严肃地从一个人身上转到另一个身上，然后，脸上绽出一个美丽的微笑，说："我有一件漂亮的，不过即便是那一件也很朴素。我为什么要在你的漂亮东西旁边展现它呢？"

"因为那是你最漂亮的衣服；对我来说你永远要穿最漂亮的。我看她们没把你打扮好。"

孩子爱惜地抚了抚身上那件样式过时的裙子。"这件衣服正适合准备茶点——您不这样认为吗？您觉得爸爸会让我做吗？"

"这个我回答不了，我的孩子，"伯爵夫人说，"我觉得你父亲的想法是深不可测的。梅尔夫人更了解他。去问她。"

梅尔夫人像平时一样优雅地微笑了一下，说："这个问题很重要——让我想想。我觉得，你的父亲看见自己细心的小女儿为他准备好了茶点，一定会很高兴的。这是一家的女儿分内的责任——等她长大以后。"

"我也这样想，梅尔夫人！"潘茜大声说，"您会看到，我弄得有多好。每人一勺。"接着，她就在茶桌前忙活开了。

"我要两勺。"伯爵夫人说。她和梅尔夫人一起关注着潘茜的一举一动。"听着，潘茜，"伯爵夫人开口说，"我想知道你觉得你们那位客人怎么样？"

"啊，她不是我的客人——是爸爸的。"潘茜纠正她说。

"阿切尔小姐也是来看你的。"梅尔夫人说。

"那我真高兴。她对我很好。"

"这么说你喜欢她了？"伯爵夫人问道。

"她很迷人——很迷人。"潘茜用她清晰细小的嗓音回答说。"我真喜欢她。"

"你觉得她也会让你父亲喜欢吗？"

"啊，伯爵夫人！"梅尔夫人低声打断她，转而对潘茜说，"去叫他们来喝茶。"

"您等着看吧,他们一定会喜欢的!"潘茜骄傲地说,然后就去叫他们了;她的父亲和伊莎贝尔仍然逗留在露台的一端。

"阿切尔小姐要是成了她的母亲,当然要知道孩子是不是喜欢她,这很有趣。"伯爵夫人说。

"如果你的弟弟再婚,也不是为了潘茜,"梅尔夫人回答说,"她马上就十六岁了,到那时她需要的将是一个丈夫,而不是一个继母。"

"你也会给她找个丈夫?"

"我当然会很操心她是否能有个幸福的婚姻。我想你也一样吧。"

"说实话,我不!"伯爵夫人大声说,"我自己已经够了,为什么还要把丈夫看得这么重要?"

"你的婚姻并不幸福,这是我要说的。我说的丈夫指的是一个好丈夫。"

"根本没有好的。奥斯蒙德也不会是一个好丈夫的。"

梅尔夫人闭目片刻。"刚才你有些恼火;我不知道这是为什么,"她很快说道,"我想,到了你弟弟或是你侄女真要结婚的那一天,你是不会真的反对的;至于潘茜,我相信有一天我们会一起为她找个丈夫的,那将很有意思。你认识的人很多,会帮上很大忙的。"

"是的,我是很恼火,"伯爵夫人回答说,"你经常让我生气。你的冷静简直让我不能理解。你是个奇怪的女人。"

"我们保持行动一致,恐怕会更好。"梅尔夫人接着说。

"这说这话是在威胁我吗?"伯爵夫人站起身来问。

梅尔夫人安静地摇摇头,好像觉得很有趣。"当然不是,你没有我的冷静!"

伊莎贝尔和奥斯蒙德此时正慢慢走过来,伊莎贝尔还拉着潘茜的一只手。"你真的相信他会让她幸福?"伯爵夫人质问道。

"如果他和阿切尔小姐结了婚,他会做得像个绅士。"

听到这话,伯爵夫人激动地手舞足蹈起来。"你是说,像大多数的绅士一样?真是谢天谢地!奥斯蒙德当然是个绅士;这一点你不需要提醒他的姐姐。可是，他以为他能和任何一个他想要的女孩结婚？奥斯蒙德是个绅士，没错；可是，我得说，我从来没有，的的确确从来没有，见过像他这样心高气傲的家伙！他凭什么这样？我真的不明白。我是他亲姐姐；好像应该知道吧？请问，他是谁？他做过什么了不起的事？如果他的出身有任何尊贵的地方——如果他是由什么高级的材料制成的——那我也能有点眉目。如果我们的家族曾经有任何的名望和荣耀，我一定会好好地利用它们：它们一定会流到我的血液中。可是没有，没有，什么也没有。当然了，某某人的父母是很有魅力的人；可是，你的父母也很迷人，这我毫不怀疑。现在每个人都很迷人。甚至我也很迷人；别笑，真的有人这样说过。至于奥斯蒙德，他好像以为自己是神灵的后代。"

"你爱怎么说就怎么说。"梅尔夫人说，不过我们可以相信，她还是挺认真地听了伯爵夫人这阵连珠炮般的话，因为她的目光从说话的人脸上移了开来，两手忙着拨弄着衣服上的缎结。"你们奥斯蒙德家是一个优秀的家族——你们的血统一定很纯正。你的弟弟是个聪明人，就算他没有什么证据，也很相信这一点。你在这个问题上很低调，可是你自己也很优秀。你是怎么说你的侄女的？那孩子是个小公主。当然，"梅尔夫人接着说，"奥斯蒙德如果想娶阿切尔小姐，也不是一件容易的事。不过他可以努把力。"

"我希望她拒绝他，这样就可以让他脚踏实地些。"

"我们不要忘记，他是最聪明的人之一。"

"这我已经听你说过了。不过到现在为止，我还没有发现他做过什么事。"

"他做过什么？他没有做过任何不需要做的事。而且，他知道如何等待。"

"等待阿切尔小姐的钱财？她有多少？"

"我并不是这个意思，"梅尔夫人说，"阿切尔小姐有七万镑。"

"那真遗憾，她这么可爱，"伯爵夫人感叹道，"要做牺牲品，任何女孩都可以。她不需要出众。"

"如果她不出众,你的弟弟也不会看她第二眼。他必须要最好的。"

"是的。"伯爵夫人回答说。两人走上前去迎接伊莎贝尔他们。"他是很难满足的。所以,想起她的幸福,我就不寒而栗!"

第二十六章

吉尔伯特·奥斯蒙德又来见伊莎贝尔了，也就是说，他去了克里桑蒂尼宫。他在这里也有其他的朋友，对杜歇夫人和梅尔夫人也一直不远不近，彬彬有礼。可是两位夫人中的头一位还是注意到，在两个礼拜中他造访了五次。她把这和另外一个事实比较了一下——对此她并不需要费力就可以回忆起来：通常，每年两次拜访就足够他表达对杜歇夫人尊贵身份的敬意了，而且他从来不会选择梅尔夫人住在这里的时候来拜访她——梅尔夫人每隔一段时间就会来住几天。他不会是为梅尔夫人而来的；他们是老朋友，他从不需要专门为她而这样劳烦。他不喜欢拉尔夫——这个拉尔夫告诉过她——所以，也不大可能是奥斯蒙德先生突然对她的儿子有了兴趣。拉尔夫一向不露声色，把一件文雅的外衣披在身上，它就像一件没有做好的松松垮垮的外套，并不太合身，可他却从不脱掉。他认为奥斯蒙德先生是个很好的伙伴，而且，出于好客，愿意在任何时候见他。不过他并不自鸣得意，觉得最近他们这位客人的频繁造访是为了修复过去的隔阂；他对当前的情况看得更清楚。伊莎贝尔是吸引奥斯蒙德的人，而且，公正地说，她也具备足够的吸引力。奥斯蒙德是一个批评家，一个追求最完美事物的人，因此，对于这样一个罕见的尤物，他当然会充满好奇。所以，当母亲对他说，奥斯蒙德先生心里的想法很清楚时，拉尔夫回答说，他很同意她的观点。很早以前，杜歇夫人就把他放在了自己为数不多的交往名单里；尽管她不太明白，他到底是通过什么手段，什么方法——看起来毫不费力，却很聪明——能够让他在任何地方都广受欢迎？因为他不是一个常来打扰的客人，也就没有机会让她讨厌，而且，他在她面前表现得好像他有没有她完全无所谓，就像她有没有他也无所谓，而这种品质，她一直认为，提供了和她交往的基础，尽管这很奇怪。不过，想到他脑子里盘算的是要和她的外甥女结婚，这就让她很不高兴。这样的结合，在伊莎贝尔这边来看，几乎是病态，是自甘堕落。杜歇夫人清楚地记得，那个姑娘刚刚拒绝了一位英国贵族，而一个连沃伯顿勋爵都无法征服的年轻小姐，怎么会满足于一个的业余美国艺术家，一个中年鳏夫，还带着一个离奇的孩子，默默无闻，收入不明？这根本不符合杜歇夫人对成功的理解。大家可以看到，她对婚姻采取的并不是感情的观点，而是政治的——这种观点通常是很有理由的。"我相信她，她不会傻到听他的话的。"她对儿子说；拉尔夫回答说，伊莎贝尔听不听他的话是一回事，而怎么回答他的话又是另一回事。他知道，她已经听过很多人说的话，可是，就像他父亲说的，她又反过来让他们听她的话；而且，在他认识她的这区区几个月里，又看到了一个新的追求者出现在了她的大门口，这真是很有趣。她想领略人生，而命运的确如她所愿；一连串优秀的绅士拜倒在她的裙下，这比其他任何情况都对她有好处。拉尔夫不相信她会停留在第三个。她会半开着大门，保留着谈判的机会；可是她绝不会允许第三方进来。拉尔夫把自己的想法，就用这样的风格，告诉了他的母亲；而杜歇夫人则看着他，好像他是在跳快步舞。他说话的方式太有想象力，太生动了，也许他用聋哑人的语言和她说话还更好一些。

"我不明白你的意思，"她说，"你的比喻太多了；我可不懂那些象征或暗喻。所有的语言中我最尊敬的两个字就是'是'和'否'。如果伊莎贝尔想和奥斯蒙德先生结婚，她就会这么做，所有你那些比喻都没有用。让她自己去为她所做的事找个好比方吧。关于那个美国的年轻人，我知道的不多；我想她没有花很多时间考虑他，恐怕他也没有耐心等她了。只要她看上了奥斯蒙德先生，没有什么能够阻止她嫁给他。这很好；没有人比我更加赞成自我满足的了。可是她喜欢那些奇怪的东西，完全有可能因为奥斯蒙德先生那些漂亮的观点，或者那些米开朗基罗手稿之类的东西而嫁给他。她希望做到无私，好像天底下她是唯一一个处在自私的危险之下的人！等他有了她的钱来花的时候，他会很无私吗？你父亲去世之前，她就是这么想的，这之后她就更是这么认为了。她应该嫁给一个她可以确信是无私的人，而最好的证据就是他有自己的财产。"

"亲爱的母亲,我并不担心,"拉尔夫说,"她是在愚弄我们大家。她要让自己高兴,这当然;不过,她的方式是既要近距离地观察人性,又要保持她的自由。她已经开始了探索的征程,我想,她不会在一开始,因为奥斯蒙德先生的一个手势,就改变航程。她也许会稍稍放慢一下航速,停留片刻,可是在我们知道之前,她的航船就又消失得无影无踪了。请原谅,我又用比喻了。"

杜歇夫人也许可以原谅拉尔夫的暗喻,却无法对伊莎贝尔放心。她担心地对梅尔夫人说:"你什么都知道;也一定知道这个:那个奇怪的家伙是不是在向我的外甥女求爱?"

"吉尔伯特·奥斯蒙德?"梅尔夫人睁大了她清澈的眼睛,好像突然明白了什么,惊讶地说道,"上帝保佑,会有这样的事?!"

"难道你就从来没想到过?"

"你这话让我觉得自己像个傻瓜,不过说实话,我真没想到。可是,"她又说道,"伊莎贝尔有这个想法吗?"

"哦,我要去问问她。"杜歇夫人说。

梅尔夫人想了想。"别让她有这个想头。这件事应该去问奥斯蒙德先生。"

"我可不能,"杜歇夫人说,"我不能让他当面质问我,这和我有什么关系?——考虑到伊莎贝尔的情况,他一定会这么说的,脸上还会带着那副模样。"

"我去问他。"梅尔夫人自告奋勇。

"可是,这事——对*他*来说——和你又有什么关系?"

"正因为跟我没有任何关系,我才能去说。这不关我任何事,所以他就可以随便支吾我。可是,从他的话里我就能知道他的真实想法。"

"等你打探出眉目了,千万让我知道,"杜歇夫人说,"不过,如果我不能去问他,至少我能去问伊莎贝尔。"

她的同伴觉察到,这是要去警告伊莎贝尔。"别这么快就跟她说,她会浮想联翩的。"

"我这辈子从来没干涉过谁的想法。可是我一直相信,她会干出——嗯,不合我心意的事的。"

"是的,你不会喜欢的。"梅尔夫人语气肯定地说。

"你说我怎么会喜欢?奥斯蒙德先生没有一丁点儿实在的东西给她。"

梅尔夫人又一次沉默了,若有所思地微笑着,嘴唇比过去更加迷人地向左角翘起。"我们来说说清楚。吉尔伯特·奥斯蒙德当然不是最有希望的一个。不过他这个人,在有利的情况下,会很让人动心的。据我所知,他已经不止一次地让人动心了。"

"别跟我说他那些风流韵事!大概都是些无情无义的勾当,在我看来一文不值!"杜歇夫人大声说,"正是因为你说的这些,我才希望他不要再来了。他在这世上,除了十几幅古画,一个没教没养的小丫头,一无所有!"

"那些古画现在值很多钱,"梅尔夫人说,"他的女儿还年幼无知,不会有任何害处。"

"也就是说,那是个无聊的小丫头。你是这个意思吧?在这里,没有财产,她没指望能嫁进好人家;所以,伊莎贝尔要么养活她,要么给她备一份好嫁妆。"

"伊莎贝尔也许不会反对好好待她的。我看她蛮喜欢那个可怜的孩子的。"

"所以,奥斯蒙德先生更应该待在家里,不要乱跑。不然的话,过不了一个星期,我的外甥女就会得出结论,她的人生使命就是要证明,继母也会牺牲自己——而为了证明这一点,首先她必须先成为一个继母。"

"她会是个可爱的继母,"梅尔夫人微笑着说,"不过,我很赞同你的话,她最好不要匆忙地就决定自己的人生使命。要改变一个人的使命,就像改变一个人的鼻子的形状一样困难:它们都处在核心地位,一个位于脸的中央,一个处于性格的中心——必须从很早就开始。不过我会去弄清楚，回来告诉你的。"

所有这些伊莎贝尔一概不知；她根本没有想到，自己和奥斯蒙德先生的关系正在他人的热议中。梅尔夫人没有说过任何让她警觉的话；也没有特意地提起过他，就像对其他任何佛罗伦萨的绅士一样，无论是本地的还是外国的，这些人现在正络绎不绝地前来拜见阿切尔小姐的姨母。伊莎贝尔觉得他很有意思——她得出这样的结论，她喜欢这样想他。从他山顶的房子回去时，她的心中已经带走了一幅画面，而她后来对他的了解，丝毫没有冲淡它；它融合了其他的猜想与憧憬、往事中的往事，如此和谐地幻化在她的眼前：一位安静，智慧，敏感，高贵的绅士，漫步在甜美的阿诺河谷上方长满青苔的阶地，手里牵着一个小女孩，她的清纯为童年的优美增加了新的魅力。这画面没有明媚华美之处，她却喜欢它暗淡柔和的色调，和弥漫其间的夏日黄昏的氛围。它诉说着内心的故事，切切地打动着她；它表现了一种选择，在各种事物、主题之间的选择，在——她应该如何表达？——贫乏的联系和丰富的联系之间的选择；它绘出了一个迷人的地方，一种孤独、勤勉的生活；那生活中有过去的忧伤，也许今天还会隐隐作痛；有骄傲的情怀，也许包含了过多的自尊，却是一种高贵；那生活关注的是美，是碧玉无瑕，那么自然，又那么和谐，让它仿佛在画面的下方延伸，流淌过画家布置的远景，那整齐匀称的意大利花园中层层的台阶，阶地和喷泉——让那忧虑却无奈的父亲的情怀，天然露珠般滋润着贫瘠干涸的土地。而在克里桑蒂尼宫，奥斯蒙德先生的举止依然如旧；刚开始似乎有些踌躇胆怯——哦，毫无疑问，他是那么的害羞！——然后就会拼尽全力去克服它（只有同情的眼睛才会看到这一切）；这样努力的结果是轻松活泼的言谈，非常肯定却有些咄咄逼人，而且总是充满意味。奥斯蒙德先生的言谈中透露着自我炫耀的迫切愿望，但是并没有因此而有什么不妥；他坚信自己的想法，传达出很多坚定的信号，这让伊莎贝尔毫不困难地相信，他一定是个真诚的人——比如，他会明白而又得体地感谢任何赞同他的话，特别是阿切尔小姐说的话。让这位年轻姑娘喜欢的还有，尽管他说的话很有趣,却不像她见过的某些人一样,是为了达到什么哗众取宠的"效果"。他发表自己的意见时,会出现很奇怪的情况,就好像他早已习惯了这些观点,每天都和它们生活在一起;好像它们是一些用旧的、磨光的圆柄、把手、手柄,材质优良,只要需要,随时可以安装成新的手杖——而不是因为急需而现从普通的树木上匆忙折下来的枝条,拿在手上挥舞起来,都显得太新,太扎眼。有一天,他带来了自己的小女儿;伊莎贝尔也很高兴又见到这个小姑娘。她走到在场的每个人面前,让他们亲吻自己的额头,让伊莎贝尔觉得,她活生生就是法国戏剧中天真无邪的少女①。伊莎贝尔从未见过潘茜这样的小女孩;美国女孩完全不一样——英国少女也不同。她恰如其分地待在自己在这世上的小小位置上,显得那么和谐,那么完美;人们可以看到,她的思想是那么天真,那么幼稚。她坐在伊莎贝尔旁的沙发上,穿着纱罗的轻薄小外套,戴着梅尔夫人给她的一双实用的灰色单扣小手套。她就像一张白纸——外国小说中理想的少女②。伊莎贝尔希望在这张洁白光滑的纸面上,写下的是熏陶性格、开发心智的文字。

  吉米奈伯爵夫人也来拜访伊莎贝尔了,不过伯爵夫人可完全是另外一回事。她当然不是一张白纸,而是已经布满了不同的人留下的笔迹。杜歇夫人并不以她的来访为荣,说她的身上污点斑斑,一目了然。的确,伯爵夫人在克里桑蒂尼宫的女主人和罗马来的客人之间引发了很多讨论。聪明的梅尔夫人并不总是令人厌倦地附和别人,她会恰当地利用这里的女主人所能接受的表达异议的限度,巧妙自如地提出不同的想法。杜歇夫人声称,这个道德败坏的女人一定很早就明白,她在克里桑蒂尼宫不受尊重,而她此刻居然出现在这里,真是厚颜无耻。伊莎贝尔已经大概知道了这个屋檐下流行的对伯爵夫人的评价:大概意思是,奥斯蒙德先生的姐姐行为失检,又处理不善,完全失控——至少,只要问到这些事,都会得到这个结果——导致她声名狼藉,关于她的流言四处传播,各不相同,没有固定的说法。她的婚

---

①② 原文为法语。

姻是母亲安排的——那是一个更能干的女人，觊觎外国的贵族头衔，而现在，她的女儿，公道地说，也许已经对那头衔全不在意了——嫁给了一个意大利贵族。他大概有什么口实落在她手上，让她决心报复，浇灭心头怒火。不过伯爵夫人也大大安慰了自己一番，甚至行为放肆。而她的借口也早已湮没无考，消失在她错综复杂的经历中了。尽管伯爵夫人过去就想来，杜歇夫人却从来没有同意过接待她。佛罗伦萨并不是一个奉行清规戒律的城市，可是杜歇夫人却说，即便如此，一定的界限也是要的。

梅尔夫人却热情而机智地为这位不幸的夫人辩护。她说，她不明白杜歇夫人为什么要把这个女人当替罪羊；她没有造成任何真正的危害，只不过是好事没做好。界限当然是要划的，可是要划就要划直：如果把吉米奈伯爵夫人排除出去，那一定是一条弯曲的粉笔线。如果是那样的话，杜歇夫人最好关上她的大门；只要她留在佛罗伦萨，这恐怕是最好的做法了。我们要做到公正，不能随意地排斥某人。伯爵夫人的行为当然不够谨慎，那是因为她不如其他女人那么聪明。她是个好人儿，只是太不聪明；可是，从什么时候起，这成了将一个人驱逐出上流社会的理由了？再说，关于她的绯闻已经很久没有听到了，说明她已经痛改前非，还有什么比她热切地希望加入杜歇夫人的圈子能更好地证明这一点呢？伊莎贝尔对这些有趣的争执不置可否，甚至连听的兴趣都没有。她对这位不幸的夫人很友好，很热情，这已经足够了。伊莎贝尔觉得，无论她有多少过失，可有一样优点，她是奥斯蒙德先生的姐姐。既然自己喜欢弟弟，也应该试着去喜欢姐姐。虽然事情变得越来越复杂，可她还是能够做些简单的推理。在山顶的时候她对伯爵夫人的印象不怎么好，不过很高兴有机会补救。奥斯蒙德先生不是说了吗？她是一个令人尊敬的人。吉尔伯特·奥斯蒙德这句话很简略，不过梅尔夫人对它做了进一步补充。梅尔夫人告诉了她很多奥斯蒙德没有说的东西，包括可怜的伯爵夫人的婚姻，还有那不幸的后果。伯爵是古老的托斯卡纳家族成员，可是却没有多少财产，所以很愿意接受艾米·奥斯蒙德，以及她的母亲提供的一笔有限的嫁妆——数目大概相当于弟弟得到的那份遗产；因此，尽管艾米是否美貌值得怀疑，却没有妨碍她的人生。不过，吉米奈伯爵后来继承了一笔钱，就意大利人来说，现在他们很富有了，不过艾米一向穷奢极侈。伯爵是个无耻的恶棍，让妻子抓到很多口实。她没有孩子，三个孩子都在不满一岁的时候就夭折了。她的母亲自以为学识优雅，颇为自负，在报纸上发表一些叙事诗，还为一份英国周刊撰写关于意大利的文章。伯爵夫人结婚三年后，她的母亲去世了。有关她父亲的情况，就如同朦胧的黎明一样，消失在美国大陆那边。不过据说最早以富有放浪著称，而且早已不在人世。梅尔夫人说，这些从奥斯蒙德身上都可以看到——看得到他是在女人的教养下长大的；不过，公平地说，别人都会以为，抚养他的一定是个更理性的女性，而不是那个美国科琳——奥斯蒙德夫人喜欢别人这么叫她。丈夫死后她把孩子们带到了意大利，杜歇夫人还记得她刚到时那几年的样子，而且认为她是个讨厌的势力鬼。不过，对杜歇夫人来说，这样的评价可是很反常，因为她自己也和奥斯蒙德夫人一样，赞成政治性的联姻。伯爵夫人是个不错的朋友，不像看起来那么愚蠢；跟她在一起只要记住一条原则就够了，那就是不要相信她说的任何一句话。梅尔夫人总是尽力把她说得很好，这都是为了她的弟弟。奥斯蒙德先生感谢任何对艾米的友善之举，因为他有些觉得（如果他不得不承认的话）她损毁了他们的名声。当然，他不喜欢她的风格，她大呼小叫，眼里只有自己，品位低俗，亵渎一切真理：她折磨他的神经，她不是他喜欢的那类女人。那他喜欢什么样的女人？哦，正好是伯爵夫人的反面，一个习惯于把真理当作神圣的女人。伊莎贝尔都无法记清，在半个小时之内，她的客人就亵渎了多少次真理：她觉得，伯爵夫人就是个实在的傻瓜。她说的全都是她自己；她多么高兴认识阿切尔小姐；谢天谢地，她是个真正的朋友；佛罗伦萨人有多么卑鄙；她是多么厌烦这个地方；她多么想换个地方住住——伦敦，巴黎，华盛顿；在意大利，除了一些旧花边，几乎不可能找到什么漂亮的穿戴；世界到处都在变得那么可爱，而她过的是一种多么痛苦多么闭塞的生活。梅尔夫人饶有兴趣地听着伊莎贝尔的复述，不过，她其实并不需要听到这些来打消心中的恐惧。她并不害怕伯爵夫人，而且，她还能表现得不怕她——这是最正确的做法，而她做得到。

这时，伊莎贝尔还有一位客人。这个人，即便是在她背后，也很难说她的好话。那就是亨利埃塔·斯塔克波尔。杜歇夫人去圣雷莫后，她也离开了巴黎，照她所说的，一边工作，一路南下，沿意大利北部各城市，于五月中旬到达了阿诺河地区。梅尔夫人仅仅瞟了她一眼，就把她从头到脚看了个透。她强压着心头的绝望和痛苦，决定忍受她。事实上，她下定决心去喜欢她。她不是一朵玫瑰花，闻之清香，可她会是一株荨麻，握之扎手。梅尔夫人亲切地把她打入了无关紧要的一类人物，而伊莎贝尔觉得自己没有看错朋友的智慧，早已知道她会如此宽宏大量。亨利埃塔的到来是班特林先生公布的。他从尼斯过来——亨利埃塔当时在威尼斯——希望能在佛罗伦萨见到她，可她还没到，只好失望地来到了克里桑蒂尼宫。亨利埃塔是两天后到的，而且让班特林先生激动难耐；这完全可以理解，因为自从凡尔赛一别后，他再也没有见过她。大家都觉得他的情况很有趣，不过只有拉尔夫·杜歇说了出来。那是在他自己的房间里，没有别人，班特林抽着一根雪茄，拉尔夫就尽情地揶揄了一番"评论狂"亨利埃塔和她的英国后援，把两人的故事演绎成了一出——天知道是什么——疯狂喜剧。好先生班特林好心好意地接受了拉尔夫的玩笑，而且很坦率地承认他觉得这是一次很好的智力历险。他非常喜欢斯塔克波尔小姐，觉得她的肩膀上有一颗绝妙的脑袋；她不会整天想着应该说什么话，想着别人会怎么看她做的事，还有*他们*做的事——而他们已经做过很多事了！有这样一个女人做伴，真是太惬意了。斯塔克波尔小姐从来不在意别人怎么看，那么，既然她都不在意，他还在意什么？可是他的好奇心已经被吊起来了；他很想知道，她到底有没有在意的时候。他做好了准备，她去哪儿他就去哪儿——他觉得自己没有理由率先退出。

亨利埃塔没有任何退出的迹象。离开英格兰后她的前途就光明起来，现在正在尽情享受着丰富的写作材料。的确，她不得不放弃窥探欧洲内部生活的希望；在欧洲大陆，要了解社会生活比在英格来遇到的问题还要多。可是大陆生活有很多外在的东西，看得清、摸得着，而且，比起岛国居民的那些晦暗难懂的习俗，更容易转化成文字报道。她生动地打比喻说，在国外，你在外面看到的，就好像是一幅挂毯的正面；而在英国，你看到的只是反面，根本不知道它的正面是什么图案。有历史头脑的亨利埃塔不得不痛苦地承认这一点；她已经对了解那些神秘的东西感到绝望，现在正更多地关注外在的生活。她在威尼斯已经钻研了两个月，从这里向《访谈者》发过去一份全面周详的报道：刚朵拉、广场、叹息桥①、鸽子，还有那些年轻的船夫，唱着塔索的诗歌。②《访谈者》也许有些失望，可是至少，亨利埃塔看到了欧洲。目前，她的计划是继续南下，在疟疾爆发之前到达罗马——她大概以为，那是在固定的某一天内突然爆发的；有了这个打算，她在佛罗伦萨就只能待几天时间。班特林先生会和她一起去，她还对伊莎贝尔说，班特林以前去过那里；再说，他是军人出身，而且接受过古典教育——他在伊顿③读的书，在那儿他们学的只有拉丁文和怀特-麦尔维尔④——所以，斯塔克波尔小姐说，在凯撒⑤的城市里他将是一个最有用的同伴。这时，拉尔夫也告了伊莎贝尔一个好主意，说在他本人的陪伴下，她也应当去朝拜罗马。她原打算明年在那里待上半个冬天——这是个不错的想法；不过先领略一下这个地方也没什么坏处。美好的五月还剩下了十天，而五月对于真正热爱罗马的人来说，是最珍贵的月份。伊莎贝尔会爱上罗马的，这是预先注定的。何况，她还有一位可以信赖的同性朋友同行，而她因为还有很多其他事情要

---

① 建于十七世纪初的巴洛克建筑，桥名"叹息"得于拜伦的诗篇。
② 托夸多·塔索（1544—1595），意大利诗人，著有史诗《被解放的耶路撒冷》(1581)，记叙了第一次十字军东征中攻占该城的情形。
③ 伊顿学院，是英格兰最大和最有名望的公立寄宿学校，1440年由亨利六世创建。
④ 怀特-麦尔维尔（1821—1878），苏格兰小说家，代表作是历史小说《角斗士》(1863)。
⑤ 尤利乌斯·凯撒（前100—前44），罗马将军、政治家、历史学家，他入侵了大不列颠王国（前55）并征服了他的政敌庞培的军队（前48），又追击其他敌人至埃及，他在此立克娄巴特拉为女王（前47），返回罗马后，被罗马人民授予终身一人统治的权力（前45），次年被谋杀。

做，也许不会很缠人。梅尔夫人会留在杜歇夫人这里；她之所以离开罗马是要到这里消夏，所以不会回去。她说，很高兴能安安生生地待在佛罗伦萨，而且已经关闭了她的住处，把厨子打发回了老家帕莱斯特里纳①。不过，她催促伊莎贝尔接受拉夫的提议，而且向她保证初识罗马一定是无法轻视的经历。其实伊莎贝尔并不需要催促，四个人忙着安排他们的小小旅程。而杜歇夫人在这件事情上也做了让步，同意伊莎贝尔在没有成年妇女陪伴的情况下出行。我们看到，她已经开始慢慢相信，应该让自己的外甥女独立了。伊莎贝尔的准备工作之一是在临行前见一面吉尔伯特·奥斯蒙德，还向他说了去罗马的事。

"我想和你一起去，"他说，"我想看见你出现在那个美妙的地方。"

她毫不犹豫地说："那你也去。"

"可是你会有很多人和你在一起。"

"啊，"伊莎贝尔承认，"当然我是不会自己去的。"

他沉默了一会儿。"你会喜欢那里的，"最后他说，"它已经被破坏了，可是你还是会热烈地赞美它的。"

"那我应该讨厌它吗？因为，可怜的老罗马——民族的尼俄伯②，你知道——已经被破坏了？"她问。

"不，不是这样的。她经常遭到破坏，"他微笑着说，"要是我去了，我的女儿怎么办？"

"你不能把她留在别墅里吗？"

"我不知道我是不是愿意这样做——尽管有一位很好的老夫人照看她。我请不起家庭教师。"

"那就带上她。"伊莎贝尔不假思索地说。

奥斯蒙德先生神情有些黯然。"她整个冬天都在罗马，在她的修

---

① 意大利历史名城，位于罗马东部 25 公里处。
② 本句出自英国诗人拜伦（1788—1824）的长篇叙事诗《恰尔德·哈罗德游记》第四部，句中"尼俄伯"源自希腊神话，其十四个儿子因自夸而全被杀死，她悲伤不已，后化为石头；后来比喻因丧失孩子而终身悲叹的妇女。

道院里，再说，她太小，还不能享受旅行的快乐。"

"你不想把她带出来？"伊莎贝尔问。

"不，我觉得小女孩不应该介入社会。"

"我是在一种完全不同的体制下长大的。"

"你？哦，那在你身上是成功的，因为你……你很特殊。"

"我不知道这是为什么。"伊莎贝尔说，不过，她似乎觉得奥斯蒙德的话有些道理。

奥斯蒙德先生没有解释，只是接着说："如果加入罗马的一个社交圈子能让她像你，我想我明天就会把她带过去。"

"别让她像我，"伊莎贝尔说，"让她就是她自己。"

"我可以把她送到我姐姐那里。"奥斯蒙德先生思量着说。他几乎是在寻求建议；好像他很愿意和阿切尔小姐讨论自己的家务事。

"是的，"她赞同地说，"我想那就不会让她像我了！"

伊莎贝尔离开佛罗伦萨后，吉尔伯特·奥斯蒙德在吉米奈伯爵夫人府上见到了梅尔夫人。在场的还有其他人，伯爵夫人的客厅里总是熙熙攘攘，谈论的话题也无所不包；可是过了一会儿奥斯蒙德离开了他的座位，坐到梅尔夫人后面靠边的一张软榻上。"她想让我和她一起去罗马。"他低声说。

"和她一起？"

"她在那里的时候，希望我也在。她说的。"

"我看是你提议的，她同意了。"

"我当然给了她一个机会。可是她很鼓励我——非常鼓励。"

"我很高兴——不过不要过早地庆祝胜利。你当然要去罗马。"

"啊，"奥斯蒙德说，"我不得不工作了，这都是因为你这个主意！"

"别假装你不喜欢——你真是忘恩负义。这么多年来你还没碰到过这么好的差事呢。"

"你把它带给我的方式才漂亮呢，"奥斯蒙德说，"我要感谢的是这个。"

"恐怕不一定吧。"梅尔夫人回答说。她靠在椅背上,带着惯常的微笑环视着四周。"你给她留下了很好的印象。你对她的印象也不错,我已经亲眼看到了。你去杜歇夫人家跑了七次,恐怕不是为了我吧。"

"那姑娘不叫人讨厌。"奥斯蒙德安静地同意。

梅尔夫人的眼睛落在他身上,紧绷着嘴唇,然后说:"难道你对这么个妙人儿就只有这句话?"

"只有?这还不够?你听过我对任何人有更高的评价吗?"

她没有回答,仍然优雅地望着四周,随时准备和别人聊天。"你真是深不可测,"最后,她低声说,"我真害怕,我要把她推进一个深渊了。"

他几乎是很高兴地接受了这句评价。"你不能退出了——你已经走得太远了。"

"很好,可是下面的事要你来做了。"

"我会的。"吉尔伯特·奥斯蒙德说。

梅尔夫人默不作声,奥斯蒙德也又换了个座位;可是等她起身离开的时候,他也跟着走了。杜歇夫人的四轮马车停在院子里,等候着它的客人。等奥斯蒙德帮自己的朋友坐进马车,他站在原地,拦住了她。"你太不谨慎了,"她有些不耐烦地说,"我走的时候你不该动的。"

他已经脱下了帽子,举了举手道歉。"我总是忘记这个,我还不习惯。"

"你真是深不可测。"她又说了一遍,抬眼望了望房屋的窗户,这是一座现代建筑,坐落在新城区。

他没有在意她的话,而是自顾自地说:"她真的很迷人。我几乎没见过比她更美的。"

"听到你这么说,我很高兴。你越喜欢她,对我就越好。"

"我非常喜欢她。她完全是你描述的那样,而且,我觉得,会很忠诚。她只有一个缺点。"

"什么?"

"她的想法太多。"

"我警告过你她很聪明。"

"幸运的是,她那些想法都是很坏的。"奥斯蒙德说。

"那有什么幸运的?"

"夫人,因为她必须舍弃它们!"

梅尔夫人靠在座位上,眼睛直愣愣地望着前方,然后吩咐了车夫。可是她的朋友又一次拦住了她。"如果我去罗马潘茜怎么办?"

"我会去照顾她的。"梅尔夫人说。

第二十七章

　　我无法充分地描述我们的年轻姑娘如何被罗马深深地吸引，分析她踏在古罗马会议广场遗址①的路面上的感觉，或记录她跨过圣彼得大教堂的门槛时脉搏跳动的次数——我不会去做这样的尝试。我只要说一句话就足够了：她的印象正是像她这样一个涉世未深、充满渴望的人会感受到的。她一直热爱历史，而眼前就是历史；它就在街道的石头上，在太阳的光束里。任何伟大的事件都会让她浮想联翩；而在罗马，她的目光所及的任何一个地方，都曾经发生过某件伟大的事。所有这些都强烈地撼动着她，然而撼动的却是她的内心。她的同伴们会觉得她比平时要沉默，而拉尔夫·杜歇，当他似乎无精打采、目光呆滞地越过她的头顶，遥望远方的时候，其实是在全神贯注地观察她。伊莎贝尔自己觉得非常快乐；她甚至愿意承认，这是她品尝到的最快乐的时刻。人类的过去是那么可怕沉重，可是那近在眼前的感觉，仿佛让它突然插上了翅膀，在湛蓝的天空飞舞。不同的感觉交织在她的心头，她简直不知道它们会将她带往何处。她压制着内心的喜悦，在沉思中四处游览，感觉到的往往比她实际看到的更丰富，同时很多在默里②的书中提到的东西她却没有看到。罗马，就像拉尔夫说的，关照的是人的心灵。成群的喧闹的游客已经离开，那些肃穆的地方又回复了原本的庄严。天空一片碧蓝，从长满青苔的裂缝中喷溅的泉水已不再冰凉，而那汩汩的音乐也更加清晰；在温暖明亮的街道上，无意中在角落里你会发现簇簇鲜花。一天下午——那是我们的朋友们在罗马停留的第三天——他们去古罗马会议广场遗址看最新的发掘。最近一段时间，这样的工作加大了力度。他们沿一条现代的街道

---

① 罗马帝国会议广场，建于公元前五世纪，并一直持续到公元二世纪。该广场位于罗马中央，由一些庙宇、拱门和公共建筑组成。
② 默里是十八、九世纪伦敦著名的出版商，曾印行了一系列各地的导游手册，包括罗马在内。

走下来,来到了圣道①,迈着敬仰的步伐漫步其上;然而,每个人的敬仰又各不相同。亨利埃塔·斯塔克波尔感受最强烈的是古罗马的街道铺设得很像纽约;古老的街道上,战车留下的辙痕很深,清晰可辨,而纽约街头的钢铁车辙则代表着美国生活的高强度、快节奏,喧闹刺耳,这两者何其相似。太阳已经开始西沉,天空雾蒙蒙的,闪着金光;那些断裂的石柱,模糊的基座,在废墟上交错地投下长长的影子。亨利埃塔和班特林先生走开了,班特林把尤利乌斯·凯撒说成一个"厚脸皮的老小子",把亨利埃塔逗乐了;拉尔夫详细地为我们的女主人公解释着、说明着,似乎早已做好了准备,要满足她那倾听的耳朵。几个谦卑的导游还在当地逗留,其中一个听候着二人的差遣,历史学家般重复着他的课程,尽管旅游的旺季已近尾声,却依然无损它的流利。广场远远的一角正在进行挖掘,导游就提议,如果先生和小姐愿意过去,也许能看到什么有趣的东西。这个主意博得了拉尔夫的兴趣,可伊莎贝尔因为走了很多路,已经很疲惫了,就敦促同伴,尽管去满足自己的好奇心,而她会在原地耐心地等待。这样的时刻,这样的地方,正合她的心意——让她愿意独自待一会儿。于是,拉尔夫就随同导游过去了,而伊莎贝尔则坐在一根倒落的石柱上面,附近就是朱庇特神庙②的遗址。她渴望短暂的孤独,却没能享受多长时间。她的四周是凸凹不平的废墟,那是罗马的过去,经过漫长的岁月侵蚀,却依然留下那么多个体生命的痕迹。尽管充满浓厚的兴趣,她的思绪却没有在这废墟上过多停留,而是经过一连串难以追述的微妙跳跃,漂移到别的领域和事情上;它们对她更加有吸引力。在罗马的过去与伊莎贝尔的未来之间,是一段遥远的距离,而她的想象却轻易地将它一步跨越,舒缓地盘旋在离她更近、更富饶的地方。她的眼睛望着铺在脚下的一排破碎却依然整齐的石板,陷入了沉思,没有听到走

---

① 古罗马最著名街道,为凯旋的将军们骑马游行和向朱庇特致谢的所在。该街道一端为朱庇特神庙,一端为罗马圆形竞技场。
② 古罗马最伟大的宗教庙宇,据说完成于公元前 509 年,建于卡匹托尔山上(Capitol),该山为罗马七丘之一。

近的脚步声,直到一个身影映入眼帘。她抬起头,看见一位绅士——那绅士不是拉尔夫,不是他已经从挖掘的地方回来了,说很无聊。眼前这位先生也和伊莎贝尔一样惊诧;他脱下帽子,望着惊讶中的伊莎贝尔发白的脸。

"沃伯顿勋爵!"伊莎贝尔失声叫道,一边站了起来。

"我不知道是你。我刚转过弯来,就碰上了你。"

她四处张望张望,一边解释说:"我自己在这里。不过我的同伴们刚刚离开我。我表哥去那边看他们工作去了。"

"啊,"沃伯顿勋爵的眼睛朝伊莎贝尔指的方向远远望去,说,"是的,我看到了。"此刻,他已经恢复了镇定,能够稳稳地站在她面前,他似乎想表现一下自己的镇定,可是显得很亲切。"别让我打搅你,"他说,看了看她身后那根废弃的石柱,"恐怕你很累了。"

"是的,我的确有些累了,"她犹豫了一会儿,可还是坐了下来,说,"不要让我妨碍你。"

"没什么。我是一个人,什么事也没有。我不知道你在罗马。我从东方过来,只是经过这里。"

"你在做一次长途旅行。"伊莎贝尔说,她从拉尔夫那里知道沃伯顿勋爵不在英国。

"是的,我到国外已经六个月了——就在最后见你不久。我去了土耳其、小亚细亚;前几天从雅典过来。"他试图不要显得窘迫,可这并不容易,他凝视了眼前的姑娘一会儿,只能放弃。"你希望我离开吗,还是允许我待一会儿?"

他的话让她很感动,说道:"我希望你不要离开我,沃伯顿勋爵,我很高兴能见到你。"

"谢谢你这么说。我可以坐下吗?"

伊莎贝尔当作座位的那根柱子刻有凹槽,可以为几个人提供休息的地方,即便是对勋爵这样一个身材高大的英国人也绰绰有余。于是,那个伟大阶层的样板,就坐在了我们的年轻姑娘身边;在五分钟内,他随意地问了她几个问题,却不知道伊莎贝尔的回答是什么,有的问题他居然问了两遍；他也告诉了她很多自己的情况，但伊莎贝尔比他镇静得多，他的话都一无遗漏地进入了她女性细密的意识中。他不止一次地重复说，没想到会遇上她；很明显，这次偶遇让他猝不及防。他语无伦次，说到某些东西保存完好，又忽而说它们很庄重，说到某些东西是多么可爱，又忽而感叹它们是多么不可思议。他晒黑了，显得温暖而灿烂，甚至浓密的胡须也被亚洲的火焰烤得发亮。他穿着宽松的混纺质料的衣服——在国外的英国人经常这样穿着，既为了方便，也为了显示自己的英国身份。他安静的双眼看起来是那么令人愉悦，古铜色的皮肤新鲜而干燥，他身材魁梧，举止谦逊，一望而知就是一个绅士，一个旅行者；他是英国人的代表，无论是在什么地方，任何对英国人抱有亲切的情感的人都不会否认这一点。伊莎贝尔注意到了这些，也为自己一直喜欢他而高兴。尽管有些慌乱，沃伯顿勋爵保留了自己所有的优点——那些品质仿佛是一座华美房屋的本质——如果可以这样比喻的话，就像内部的固定装置和装饰，不会轻易移动，从而变得庸俗，只有整体的崩裂才会使之挪动。他们自然而然地谈到了很多发生的事情：伊莎贝尔的姨父的过世，拉尔夫的健康状况，她怎么过的冬季，她的罗马之旅，何时回佛罗伦萨，这个夏天的安排，他们住的旅馆；又说起了沃伯顿勋爵的旅行，他的行程，目的，看到了什么，以及现在的住所。最后，两人都停了下来，这片刻的沉默似乎比两人已经说过的话还要多，几乎不需要他来说最后一句话。"我给你写过好几次信。"

"给我写信？我从来没有收到过你的信。"

"我没有寄。都烧掉了。"

"啊，"伊莎贝尔笑了，"你烧了比我烧了更好。"

"我想你不会喜欢的。"他接着说，他的简单打动了她。"我觉得，好像我没有权利用信件来打搅你。"

"我会很高兴有你的消息的。你知道我多么希望……希望……"可是她停了下来，如果她把自己的想法说了出来，那将会很直白。

"我知道你会说什么。你希望我们永远是好朋友。"沃伯顿勋爵的表达确实很直白；可是他似乎很愿意这样说。

她觉得，自己也只能说："请不要再说这些了。"可她又意识到，这和刚才勋爵的话相比，听起来也好不了多少。

"如果你允许我说，那将是对我的小小安慰！"她的同伴坚定地大声说道。

"我不能违心地去安慰你。"女孩说。她安静地坐在那里，身体微微向后一仰，内心感到一阵胜利的欢乐。六个月前，她的回答没有给他多少满足。是的，他迷人，强大，英勇；没有比他更好的人了。可是她的回答还是一样。

"你不去试图安慰我，这很好，这也由不得你自己。"在这样一种奇怪的胜利感中，她听到了他的回答。

"我希望我们会再见面。因为我不害怕你会再让我觉得我做了对不起你的事。可是如果你这样做的话——它带给我的痛苦将会比快乐更多。"说着，她有些刻意地庄重地站了起来，看着她的同伴。

"我不想让你感觉痛苦；当然我没有权利这样说。我只想让你知道一两件事——这样，似乎对我也更公平一些。以后我再也不会回到这个话题。去年我对你说的话都是我感受至深的；我无法去想别的事情；我试图忘却——积极地，有计划地去忘却。我试图去注意别人。我告诉你这些是想让你知道，我已经尽了我的责任。可是，我没有成功。也是出于同样的原因我才到国外去——能走多远就走多远。别人说旅行可以转移注意力——对我却没有用。自从见你最后一面以来，我一直在不停地想你。现在我还是一样。我依然爱你，当时我对你说的每一句话，都依然没有改变。就在此刻，在我对你说话的时候，我又一次悲哀地感觉到，我是多么难以自拔地爱着你。啊——我无法不这样说。可是，我并不是要坚持；只是这一刻而已，一会儿就过去了。也许我还要说一句，就在我碰到你的几分钟前，尽管我根本没想到会遇见你，我以我的名义担保，我正希望着能够知道你在哪里。"他已经恢复了自制，说完后就完全自如了。他就像在对一个小小的委员会演讲——平静而清晰地做着一个重要的陈述；不时地看看一张藏在帽子里的小纸条（这帽子摘下后没有再戴上）。而委员会一定会觉得他的陈述是真实可信的。

"我经常想起你，沃伯顿勋爵，"伊莎贝尔说，"你要相信，我经常想你。"接着，她换了一种口吻，更加温柔，却不让她的话有更多的意味："这对我们两个都没有什么不好。"

他们一起走过去，她很快问起了他的妹妹们，又请他代为问候她们。他没有再提起两人之间那个重大的话题，只是在清浅安全的水域轻轻点几下。不过，他想知道她何时离开罗马，得知她在这里的期限后很高兴地说那个日期还很遥远。

"刚才你为什么说你只是路过罗马？"她有些担心地问。

"啊，我说路过，并不是说我们可以把罗马当作是克拉法姆火车站①。路过罗马是说在这里停留一两个星期。"

"就直接说吧，我在这里的时候，你也会在这里！"

他微红的脸色，他的微笑，似乎是他的回答。"你不会喜欢的。你会害怕我经常见你。"

"我是不是喜欢，没有关系。我当然不能让你因为我的缘故离开这个可爱的地方。不过说实话，我有些害怕。"

"害怕我会重新开始？我保证我会很小心的。"

他们渐渐停下了脚步，此刻面对面地站着。"可怜的沃伯顿勋爵！"她充满同情地说，希望这话对两人都好。

"的确，沃伯顿勋爵很可怜。可是我会小心的。"

"也许你会难过。可是你不能让我难过。我不允许。"

"如果我相信我能让你难过，我一定会试一试的。"听到这个她又抬起了脚步，他也跟上前去。"我再也不会说一个让你不高兴的字了。"

"很好。如果你说了，我们的友谊也就结束了。"

"也许有一天——过一段时间——你会给我许可。"

---

① 英国伦敦一火车站名。

"许可你让我不高兴?"

他犹豫了一下。"让我再告诉你……"可是他克制住了自己,"我会把它藏起来的,我会一直藏着它。"

拉尔夫·杜歇观看发掘现场的时候,斯塔克波尔小姐和她的护卫也来了,现在,三个人从挖掘地点周围一堆堆的泥土和石块后面浮现了出来,看到了伊莎贝尔和她的同伴。可怜的拉尔夫惊喜交加,大声向朋友打着招呼,亨利埃塔则尖声叫道,"天哪,是那个勋爵!"拉尔夫和他的英国邻居简单庄重地互相问候——在英国的邻居之间,长时间分离后都会用这种方式来打招呼。斯塔克波尔小姐用她大大的眼睛理智地打量着这个晒得黑黝黝的旅行者,不过很快就和这个突然出现的人物建立了联系。"我想你不记得我了,先生。"

"哦,不,我当然记得你,"沃伯顿勋爵说,"我邀请你来我家。可你没有来。"

"不是什么人邀请我都会去的。"斯塔克波尔小姐冷冷地说。

"啊,那我不会再邀请你了。"洛克雷的主人笑着说。

"如果你再邀请的话,我一定会去的,一定!"

兴高采烈的沃伯顿勋爵也显得很肯定。班特林先生一直站在一边,没有说话,趁这个空儿向勋爵阁下点了点头,后者亲切地说了一句"哦,原来你也在这儿,班特林",然后是两人的握手。

"哼,"亨利埃塔说,"我不知道你也认识他!"

"我想不一定我所有的熟人你都认识。"班特林先生幽默地说。

"我以为如果一个英国人认识一个勋爵,他一定会告诉别人的。"

"啊,恐怕班特林羞于提到我。"沃伯顿勋爵又笑了。这让伊莎贝尔很高兴,她轻轻舒了一口气,和大家一起回去了。

第二天是星期天,上午她写了两封长信——一封给姐姐莉莲,一封给梅尔夫人,不过在两封信件里面,她都没有提到,一个曾经遭她拒绝的求婚者又用另一次求爱威胁着她。星期天的下午,所有虔诚的罗马人(而最虔诚的罗马人往往是来自北方的蛮族)都会依据习俗,到圣彼得大教堂做晚祷;我们的朋友们也商议好一起驾车去教堂。午饭后，离马车过来还有一个小时，沃伯顿勋爵来到巴黎旅馆拜访两位女士，拉尔夫·杜歇和班特林先生一起出去了。来访者似乎要向伊莎贝尔证明昨天晚上做出的承诺；他既小心又坦率——没有固执地纠缠，也没有僵硬地疏远。他让伊莎贝尔去判断，他会是一个多么好的朋友。他说到了他的旅行，波斯、土耳其；斯塔克波尔小姐问到这些国家是不是"值得"她去，他向她保证这些地方为一位女性的事业提供了广阔的空间。伊莎贝尔对他做出了公正的判断，可是她不明白他为什么要这样做，为什么要向她证明自己的真诚和教养，他期望得到什么回报。如果他只是想软化她，只是想告诉她他是一个好人，那他大可不必。她了解他所有的优点，不需要他现在做的这些来说明。此外，他现在罗马，让她觉得一切都在复杂化，不过这却是一种错误的复杂——她喜欢的是事情沿着正确的方向复杂化。沃伯顿勋爵结束了他的拜访，说他会在圣彼得找她，还有她的同伴们。伊莎贝尔只能说，请他一切以自己方便为宜。

教堂的前面是宽阔的空地，当她漫步在棋盘般镶嵌的地砖上时，遇到的第一个人就是他。伊莎贝尔不是那些自视甚高的观光者，会失望地认为圣彼得的规模远远小于它的名气。入口处是一块巨大的皮帘，不停地掀开，又重重地摔下去；她从皮帘下进入教堂，发现自己置身于高远的穹顶之下，那里香烟缭绕，使得弥散在空气中的光线，在大理石、镀金表面、马赛克和青铜制品的反射中愈加强烈——就在这一刻，伟大的感觉从她心头油然而生，让她头晕目眩。在这最初的印象之后，就是足够她的想象高飞的空间。她像个小孩或乡下人一般惊异地注视着四周，默默地向这静止的崇高致意。沃伯顿勋爵走在她的身边，说起了君士坦丁堡的圣索菲亚教堂；她有些害怕，恐怕他会停下来，提醒她注意他表现得有多好。晚祷还没有开始，不过在圣彼得有足够的东西可观赏。在这巨大的空间里，包含着某些几乎世俗的成分，它既可能是肢体的行为，也可能是精神的活动；所以，那些交杂的朝拜者和观光客，不同的个体或人群，都可以随意而行，不会引起什么冲突或非议。在这光华灿烂的伟大中，个人的轻率微不足道。

不过，伊莎贝尔和她的同伴们没有任何愧疚；只有亨利埃塔——似乎是出于责任——坦率地说米开朗基罗绘制的穹顶比起华盛顿的国会大厦要逊色很多。不过她也只是小声向班特林先生大概表达了自己的不满，在《访谈者》的专栏文章里才会看到她明确的想法。伊莎贝尔和勋爵阁下一起在教堂内转悠，当他们走近入口左边的唱诗班时，教皇的歌唱者们的声音从天而降，飘洒在聚集在门口的大量民众头上。人群中既有罗马本地人，也有好奇的观光客，人数不相上下；两人站在人群的外围，看着神圣的合唱团穿越而过。拉尔夫、亨利埃塔和班特林先生一定是在里面，伊莎贝尔越过层层的人群向前望去，看到午后的阳光在香烟中变得白银般明亮，似乎同那壮美的歌声融合在一起，透过高大的窗户的浮雕壁龛，倾泻而下。过了一会儿，歌声停止了，沃伯顿勋爵似乎在等着和她一起走开。伊莎贝尔只能跟随着他；可这时，她发现吉尔伯特·奥斯蒙德站在面前；他似乎刚才就站在她身后不远的地方。他走近她，极尽礼节——似乎要适应这个神圣的地点。

"你决定来了？"她伸出手说。

"是的。我昨天晚上过来的，今天下午去了你的旅馆。他们告诉我你在这里，所以我来这里找你。"

"其他人在里面。"她决定这样说。

"我不是为其他人而来的。"他立即回答说。

她移开目光，沃伯顿勋爵在看着他们，也许已经听到了这话。突然间她想起来，他那天上午来花园山庄向她求婚的时候，说的也是这句话。奥斯蒙德的话让她两颊绯红，她的记忆也没能够驱散它。她为两人互做介绍，以此来掩盖自己的失态，幸好这时班特林先生从唱诗班那里走了出来，用英国式的英勇在人群中劈开一条路，后面跟着斯塔克波尔小姐和拉尔夫·杜歇。我刚才说"幸好"，这也许只是表面的情况；因为一看到这位来自佛罗伦萨的绅士，拉尔夫·杜歇看起来似乎并不觉得有多高兴。不过，他并没有失礼，马上好心地对伊莎贝尔说，她所有的朋友马上就会都聚集在她身边的。斯塔克波尔小姐在佛罗伦萨已经见过奥斯蒙德先生，而且已经找到机会对伊莎贝尔说，她不喜欢他，就像不喜欢她其他的爱慕者一样——杜歇先生、沃伯顿勋爵，甚至是巴黎的小罗齐尔先生。"我不知道你身上到底有什么，"她喜欢这样说，"你是个好女孩，可你总吸引那些最不正常的家伙。我唯一尊敬的就是古德伍德先生，可他正好是你不欣赏的。"

"你觉得圣彼得怎么样？"这时，奥斯蒙德先生问我们的年轻小姐。

"很大，很明亮。"她满意地回答说。

"它太大了，让人觉得自己渺小无比。"

"在人类最伟大的神殿里，难道不应该有这样的感觉吗？"她问道，一边很为自己的措辞得意。

"如果是个小人物，在任何地方，都应该是这种感觉。不过，无论是在教堂，还是在其他任何地方，我都不喜欢这种感觉。"

"看来，你真该当教皇！"伊莎贝尔记起了他在佛罗伦萨时说的话，大声说道。

"啊，那该有多好！"吉尔伯特·奥斯蒙德说。

这时，沃伯顿勋爵走到了拉尔夫跟前，两人走向了一边。"和阿切尔小姐说话的是什么人？"勋爵阁下问道。

"他叫吉尔伯特·奥斯蒙德——住在佛罗伦萨。"

"还有呢？"

"就这些了。哦，对了，他是个美国人；不过人们已经忘记了——他几乎一点也不像个美国人。"

"他认识阿切尔小姐很久了吗？"

"三四个星期。"

"她喜欢他吗？"

"她正在考虑。"

"她会吗？"

"会发现……？"

"她会喜欢他吗？"

"你是说她会接受他的求婚吗？"

"是的,"沃伯顿勋爵停顿了片刻,说道,"我想问的正是这个可怕的问题。"

"也许不会,只要我们不去阻止它。"拉尔夫回答。

勋爵阁下瞪大了眼睛,不过很快就明白了。"这么说我们要保持完全的沉默?"

"像坟墓一样沉默。一切都看运气!"拉尔夫接着说。

"万一她会呢?"

"也许她不会呢?"

听到这个,沃伯顿勋爵先是沉默,然后又说道:"他很聪明吗?"

"非常聪明。"拉尔夫说。

他的同伴思考着。"还有什么?"

"你还想要什么?"拉尔夫咕哝了一句。

"你的意思是说*她*还想要什么?"

拉尔夫挽起他的手臂,转过身来:他们必须加入大家了。"她不想要任何*我们*可以给她的东西。"

"好吧,如果她不要你给……"勋爵阁下宽和地说,跟着拉尔夫走了过去。

第二十八章

　　第二天晚上,沃伯顿勋爵又去旅馆看望他的朋友们,在那儿得知他们去了剧院。他乘车到剧院,心想可以到包厢去找他们——这是意大利生活的轻松之处。这是一座二等戏院,他走进去,环顾着空阔阴暗的大厅。一幕剧刚刚结束,正好可以让他去找朋友们。他的目光掠过两三层包厢,然后在最大的一个里面看到了一位女士。那位女士他一眼就认了出来——阿切尔小姐面对舞台坐着,半被包厢的帘幕挡着;身边有一位绅士,斜靠在椅子里,是吉尔伯特·奥斯蒙德。包厢里好像只有他们两个人;沃伯顿勋爵想,也许其他人趁着幕间休息的空儿,到较为凉爽的大厅里去了。他在原地站了一会儿,看着那对有趣的人,考虑着是否应该上去打破他们的其乐融融。最后,他觉得伊莎贝尔已经看到了他,这让他下了决心,不应该特意回避。于是他向楼上走去,在楼梯上遇到了拉尔夫·杜歇。他正慢慢地走下来,帽子无精打采地斜在一边,双手仍和往常一样放在老地方。

　　"我刚才看见你在下面,就下来找你。我觉得很孤单,需要陪伴。"拉尔夫迎着他说。

　　"你有很好的伴侣,只是你把她抛弃了。"

　　"你是说我表妹?哦,她有客人,不需要我。斯塔克波尔小姐和班特林去咖啡馆吃冰淇淋了——斯塔克波尔小姐喜欢冰淇淋。我觉得他们也不需要我。歌剧糟透了;女人们一个个都像洗衣女工,唱得像孔雀。我心情很不好。"

　　"你最好还是回去吧。"沃伯顿勋爵直截了当地说。

　　"然后把我的年轻姑娘留在这个郁闷的地方?啊,不,我得看着她。"

　　"她好像不缺朋友。"

　　"是的,所以我才要看着。"拉尔夫的语气又充满了嘲讽和伤感。

"如果她不需要你,恐怕也不需要我。"

"不,你不一样。你去包厢,坐在那里,我去走走。"

沃伯顿勋爵进入包厢,伊莎贝尔就像对待一个可敬的老朋友一样迎接他。这让他隐隐自问,她多么奇怪地跨越了时间。他和奥斯蒙德先生昨天已经见过了,两人互相打了招呼。自从他进来后,奥斯蒙德先生就冷冷地坐在一边,似乎对他们提到的任何话题,他都不屑理睬。让这第二个客人惊异的是,歌剧院里的阿切尔小姐光彩照人,甚至有些兴奋;不过,也许这是一种错觉,因为她一直是个目光敏锐、行动轻快、举止活泼的年轻女子。而且,她的谈话更说明她头脑清楚,透露出巧妙而刻意的善意,表明她完全有能力控制自己,没有受到任何打扰。可怜的沃伯顿勋爵一时间迷惑不已。她已经正式地拒绝了他,而且是以一个女人最决断的方式;那么,她为什么要花费这样的心思,运用这样得体的方式,最重要的是,这样似乎要弥补什么的语气——似乎她一切都已经准备好了?这些都意味着什么?她的声音装得那么甜美,可是她为什么要用在他身上?其他人回来了;那出乏味无聊的老套歌剧又开演了。包厢很大,如果他愿意坐在稍稍靠后的阴影里,完全可以留下来。他就这样坐了半个小时,奥斯蒙德先生仍然坐在前面,双肘放在膝盖上,身体前倾,就在伊莎贝尔后面。沃伯顿勋爵什么也没听到,从他坐的这个晦暗的角落里,映衬着剧院里阴暗的光线,他看到的只有那年轻姑娘清晰的轮廓。又一幕结束了,这次没有人动。奥斯蒙德先生和伊莎贝尔说着话,沃伯顿勋爵留在他的角落里。不过,没过一会儿,他就站了起来,向女士们道别。伊莎贝尔没有说一句挽留他的话,这又让他迷惑了。为什么她对他的这一面——那虚假的一面——这么重视,而对另一面——那真实的一面——却毫不理会?他的迷惑让自己很生气,又因为生气而更加气恼。威尔第[①]的音乐无法安慰他,于是他离开了剧院,徒步返回住处;

---

① 朱塞佩·威尔第(1813—1901),意大利歌剧作曲家,其作品包括《吟游诗人》(1853)、《阿依达》(1871)和《奥赛罗》(1887)。他因把意大利歌剧推到最完美的艺术形式而著名。

茫然不知前路地穿行过曲折的街巷；在这悲剧性的罗马街道上，星空下曾经凝聚了多少比他的痛苦更加沉重的哀伤啊。

"那位绅士是个什么样的人？"他退场后奥斯蒙德问伊莎贝尔。

"无可挑剔，难道你没看出来吗？"

"他拥有半个英格兰，他就是这样一个人，"亨利埃塔说，"这就是人们说的自由国家！"

"啊，他是个大产业主了？幸福的人！"吉尔伯特·奥斯蒙德说。

"你把那叫幸福——做许多可怜人的主人？"斯塔克波尔小姐高声说，"他有很多佃农，几千个。能够拥有什么是件好事，可是对我来说没有生命的物品就足够了。我不想要拥有活生生的血肉、思想和良心。"

"我觉得你也拥有几个人，"班特林先生打趣地说，"我想知道沃伯顿勋爵是否也像你驱使我一样驱使他的佃农。"

"沃伯顿勋爵是一个激进主义者，"伊莎贝尔说，"他的观点很前卫。"

"他的石头围墙也很前卫。他的地产上围着巨大的铁栅栏，方圆三十英里，"亨利埃塔向奥斯蒙德先生解释道，"我很想让他和我们波士顿的激进分子谈谈。"

"他们不赞成铁栅栏吗？"班特林先生问。

"除非是用来关住那些邪恶的保守分子的。我总觉得跟你说话时，就好像隔着一道顶端有碎玻璃的围墙。"

"你很了解他吗？这个没有被改革的改革家？"奥斯蒙德问伊莎贝尔。

"就他带给我的好处来说，很了解。"

"什么样的好处？"

"嗯，我很愿意喜欢他。"

"'愿意喜欢'，咳，这是一种很强烈的感情！"奥斯蒙德说。

"不，"她想了想——"愿意讨厌才是强烈的感情。"

"那你想让我对他产生强烈的感情吗？"奥斯蒙德笑道。

她沉默了一会儿，接着却带着一种与这个轻松的问题不相称的严肃态度回答说。"不，奥斯蒙德先生；我从不敢激起你对他的厌恶。无论如何，"她又轻松地说道，"沃伯顿勋爵是个很好的人。"

"很有能力？"她的朋友问。

"能力超群，就像他看起来那么好。"

"你是说好得如同他好看的外貌？他是很好看。这真是太可恶了，他居然能这么幸运！——一个英国巨头，再加上聪明、英俊，还拥有你的赞赏，这真是太完美了！这是个让我嫉妒的人。"

伊莎贝尔饶有兴趣地考虑着这个人。"你好像总是在嫉妒什么人。昨天是教皇；今天是可怜的沃伯顿勋爵。"

"我的嫉妒是没有危险的；连只老鼠都伤害不了。我没想消灭他们——只想成为他们。你看，这只能毁灭掉我自己。"

"你想当教皇？"伊莎贝尔说。

"想——不过要想实现这个目标我应该早点开始。不过，"奥斯蒙德转了话题，"你为什么说你的朋友可怜？"

"女人——那些很好、很善良的女人——有时会同情她们伤害了的男人；这是她们表达仁慈的绝好方式。"拉尔夫开口说。这是他第一次插话，语气中的嘲讽是那么坦率绝妙，以至于会让人以为他没有任何目的。

"请问，我伤害过沃伯顿勋爵吗？"伊莎贝尔扬起眉毛问道，好像第一次听到这个说法。

"如果是真的，他也是活该。"亨利埃塔说。这时，幕布拉开了，芭蕾要上演了。

在接下来的二十四小时内，伊莎贝尔都没见到这个别人塞给她的受害者。不过在去剧院的第二天，她在朱庇特神殿的美术馆里遇见了他。他正站在镇馆之宝——《垂死的角斗士》雕塑① 前面。她是和同伴们一起来的，其中也有吉尔伯特·奥斯蒙德的份。几个人上了楼

---

① 又名为《垂死的高卢人》，为一座大理石雕塑，雕塑描述的是一次希腊战争中一位不愿屈服于命运的勇士形象。这是位战败的勇士。1816 年前该雕塑一直陈列于法国卢浮宫，之后归还意大利，为世界上久负盛名的雕塑作品，其复制品陈列于世界各地博物馆。

梯,进入了第一个也是最好的一间展室。沃伯顿勋爵轻松地和她谈着话,不过过了一会儿,他说他要离开美术馆了。"也要离开罗马了,"他又说道,"我得和你说再见了。"听到这话,伊莎贝尔此刻却有些难过。这似乎很矛盾,也许是因为她已经不再怕他再次提出求婚了;她有了别的想法。她几乎要说出自己的遗憾,可是忍住了,只是祝他旅途愉快。他看着她,无从知道她的想法,"恐怕你会以为我很'善变'。前几天我还跟你说要在罗马多停留几天。"

"哦不,你当然可以轻易地改变想法。"

"确实是这样。"

"那么,一路顺风①。"

"你这么着急摆脱掉我。"勋爵阁下沮丧地说。

"不是这样的。只是我不喜欢分别。"

"我做什么你都不在意。"他又可怜巴巴地说。

伊莎贝尔看了他一会儿。"啊,"她说,"你没有遵守诺言。"

他的脸红了,就像个十五岁的小男孩。"如果我没有做到,那是因为我做不到;这就是为什么我要离开。"

"那么,再见。"

"再见,"可他仍然拖延着,"我什么时候能够再见到你?"

伊莎贝尔犹豫着,可是她好像有了一个好主意,很快说道:"等你结婚后。"

"那是不可能的。等你结婚后才有可能。"

"那也可以。"她微笑着说。

"是的,可以。再见。"

两人握手道别,然后他就离开了,把她独自留在这光荣的地方,这古老而璀璨的大理石中间。她坐在房间中央,茫然地望着四周的雕塑,目光落在它们优美而漠然的脸上,似乎在倾听着那永久的沉默。每当你长久地注视着一组希腊雕塑时,都会感觉到那崇高的静谧;至

---

① 原文为法语。

少在罗马,没有这种感觉是不可能的。仿佛庆典即将开始,高大的门已经关上,那和平的感觉如同一件巨大的白色斗篷一样徐徐地覆盖住你的灵魂。我特别指出是在罗马,因为这里的空气仿佛是一种灵敏的媒质,能够为你传导这样的印象。金色的阳光同这些印象混合在一起;而过去那深沉的寂静,到今天仍然如此生动,尽管它只是一团充满了名字的虚空,却会像施了魔咒一样让这些印象显得如此庄严。在朱庇特神殿的美术馆里,百叶窗半闭着,将清晰而温暖的阴影投射在一件件石雕上,让它们显得更加柔和,似乎有了生命。伊莎贝尔久久地坐在那里,陶醉在它们静止的优美之中,心中好奇地揣测着,它们都经历过什么,那空洞的眼睛看到的是什么,它们的嘴唇又讲述着什么样的语言,在我们的耳朵听来又会有多么奇异。暗红色的墙壁让这些雕塑显得更加栩栩如生,光滑的大理石地板折射出它们的美丽。她过去已经见过它们,现在又一次享受着欣赏它们的快乐,甚至更多;因为她很高兴,自己在这一刻又是独自一人了。最后,她的注意力终于慢慢地松弛下来,被生活中更加生动的潮水吸引过去了。一名游客偶然走了进来,在"垂死的角斗士"前停下来,凝视了一会儿,从另一扇门出去了,在光滑的地板上留下窸窸窣窣的脚步声。半个小时后,吉尔伯特·奥斯蒙德又出现了,明显是走在了其他人前面。他慢慢朝她踱步过来,双手背在后面,脸上习惯地带着询问的表情和迷人的微笑。"我很吃惊,你居然一个人在这里,我还以为你有同伴呢。"

"我有——而且是最好的。"她说着,眼睛望了望安提诺乌斯和福纳斯[①]的塑像。

"你觉得它们比那位英国贵族还好?"

"啊,我的英国贵族已经离开我一会儿了。"她站了起来,故意有些生硬地说。

奥斯蒙德先生注意到了她的生硬,觉得这是由他的问题引起的。

[①] 安提诺乌斯(110—130),罗马皇帝哈德良(117—138年在位)的随从,古罗马时期小亚细亚的美少年,传说为哈德良的同性恋人,21岁时不幸溺死于尼罗河,后被封为神;福纳斯:罗马神话中管农牧的神,呈人形,有角、耳朵、尾巴,有时还有羊腿。

"恐怕那天晚上我听到的是真的了：你对那位贵族先生太冷酷了。"

伊莎贝尔注视着那个被击败的角斗士，说："那不是真的。我一直很小心，对他很好。"

"这正是我的意思！"吉尔伯特·奥斯蒙德回答说。他感到很高兴，很兴奋，所以需要对他的玩笑解释一下。我们知道他喜欢真品奇物，喜欢优等的、精致的东西；现在他看到了沃伯顿勋爵，认为他是英格兰民族以及贵族阶层的优秀代表；那么，拥有伊莎贝尔对他就有了新的吸引力——她曾经拒绝了一位如此高贵的人，从而身价倍增，有资格跻身他的精心收藏之列。吉尔伯特·奥斯蒙德对英国的贵族阶层很仰慕；并不是因为它的优越性，这些他觉得很容易超越；而是因为它具有强大的现实的力量。他从来无法原谅自己的命运之星没有把他放在英国公爵的位置上；因而也估量得到伊莎贝尔这出人意料的行为的价值。他要结婚的女人要有这样非凡的举动，才配得上他。

第二十九章

拉尔夫·杜歇对吉尔伯特·奥斯蒙德的个人优点是有认识的；不过我们知道，那天他和自己那位优秀的朋友谈话的时候，对此却大打了折扣。可是在罗马接下来的游览中，他也许真的会觉得，对于这位绅士的行为举止，自己是有些狭隘。奥斯蒙德每天都有一段时间和伊莎贝尔及她的朋友们在一起，最后让大家都觉得，他是最容易相处的人。谁能看不见呢？他言语机敏，举止得体，性情愉快——也许这正是为什么拉尔夫指摘他这种老式的做派不过是肤浅的交际手腕而已。尽管心怀嫉妒，伊莎贝尔的表亲也不得不承认，他现在是个讨人喜欢的同伴。没有什么能够搅扰他愉快的心情，他总是知道应该知道的东西，总是能够说出应该说的话，体贴周到，就像你要抽烟时，亲切地为你擦亮火柴。他的快乐溢于言表——对于一个生活中没有多少惊喜的人来说，他真是快乐极了，几乎要拍手欢呼了。这不是说他显得特别的兴致高昂——在欢乐的乐曲声中，他绝不会去用指节敲响那面大鼓：他尤其厌恶高亢刺耳的音符，他称那是乱弹琴。他觉得阿切尔小姐的行为有时过于迅速，甚至有些莽撞。很遗憾，她有这个缺点，要是没有的话，她就可以说是完美无缺了；她就会像手掌中把玩的光滑的象牙雕刻一样，完全符合他的需要。他的快乐没有声响，而是深埋在内心。在这五月将尽的罗马，他知道了什么叫心满意足，那就像悠然漫步在鲍格才宫①的松树下，随意穿行于草坪上甜美的小花和长满青苔的大理石雕塑之间。一切都让他欣喜，这么多让人高兴的东西同时出现，他生平还是第一次。往日的记忆、欢乐，又重新显现；一天晚上，在回自己的小旅馆的路上，他写了一首十四行诗，还给它加了一个题目——《再见罗马》。过了几天，他把这首格律正确又立意新

---

① 鲍格才家族为意大利贵族世家。

巧的小诗给伊莎贝尔看,说这是意大利的传统——用对缪斯①的赞颂来纪念生活中的重要事件。

他总是独自地享受快乐:他愿意承认,他经常会痛苦地意识到那些谬误的、丑陋的东西;那露珠般可以想见的幸福极少会洒落在他的头上,滋润他的精神。可现在他很幸福——他这一生还从来没有如此幸福过。他的幸福建立在庞大的基础之上,简而言之那就是成就感——这是最让人心情舒畅的感觉。奥斯蒙德从来没有享受过太多的成就感,一直忍受着饥饿的煎熬;这一点他很清楚,也经常提醒自己。他经常在心里对自己说:"啊,不。我还没有被宠坏;当然,我没有被宠坏。如果死之前我真的成功了,我一定会彻底地赢得它。"他不由自主地以为,"赢得"这一恩赐似乎只需要暗暗地渴望它就够了,花费的努力也仅限于此。当然,他的人生也不是完全没有成功过;他完全可以向一个旁观者指出,这里、那里,他也曾经勉强得到过一些荣誉。不过,他的成功有些过于久远,有些则微不足道。现在的成功得来的似乎很轻松,没有想象中的那么艰巨——也就是说来得很快——这只是因为他做了罕见的努力,他自己都无法相信能够花费这么大的精力。能够有什么东西来炫耀自己的"才干"——能够有所展示——一直是他青年时期的梦想;可是随着岁月蹉跎,任何能够明显地证明他世所稀有的才华的条件,都让他觉得越来越庸俗可憎;就好像要灌下一大杯一大杯的啤酒,以此来宣扬自己"酒量大喝不倒"。如果哪家博物馆墙上挂着的一幅无名画作有知觉、有眼睛的话,也许会理解这种特殊的快乐:终于,突然间,人们注意到了这幅画高超却被忽略的风格,辨认出它出自某位大师之手。而他就是女孩经过别人的小小指点后发现的"风格";现在,不仅她自己欣赏他,她还会将他的高超之处传播到世人那里,而他不需要花费丝毫力气。她会为他效劳,他的等待总算没有白费。

这位年轻的姑娘早已定好了离开罗马的日期,可就在这不久前,

---

① 希腊神话中宙斯和记忆女神的九个女儿,每一个掌管不同的文艺或者科学。

她收到了杜歇夫人的电报,大概是说:"六月四号自佛罗伦萨往贝拉乔①,若你无它想法带你同去。若滞留罗马就不再等。"在罗马滞留是件很惬意的事,可是伊莎贝尔有别的想法,于是她告诉姨妈立刻回佛罗伦萨。她把这告诉了吉尔伯特·奥斯蒙德,他回答说,他已经在意大利度过了很多的夏季和冬天,现在想在圣·彼得大教堂凉爽的阴影下多流连几天。十几天内他不会返回佛罗伦萨,这期间她已启程前往贝拉乔了。这就是说也许有几个月他都不会再见到她。这番谈话发生在我们的朋友们住的旅馆,那是间装修过的大会客室;当时已经很晚了,拉尔夫·杜歇准备第二天就带表妹回佛罗伦萨。奥斯蒙德来的时候发现女孩独自一人;斯塔克波尔小姐结识了一家可爱的美国人,住在四楼,刚刚沿着似乎没有尽头的楼梯上去看他们了。亨利埃塔在旅行时会随意地结交一些朋友,有几个她最珍视的朋友都是在火车的车厢里结识的。拉尔夫在安排第二天的行程,留下伊莎贝尔一个人。房间装修成黄色,仿佛是一片茫茫的荒野。椅子和沙发是橘黄色的,墙壁和窗户上悬挂着紫色和金色的窗帘和帷幕。镜框和画框都夸张华丽,屋顶往上深深凹进去,画满了裸体的缪斯和小天使。对奥斯蒙德来说这个地方丑陋得简直让人难受;俗丽的颜色,虚伪的华丽,就好像庸俗的谈话,自吹自擂,谎话连篇。伊莎贝尔手里拿着一本安培②的书,是刚到罗马时拉尔夫给她的;不过,虽然她把书放在膝盖上,手指却茫然地放在那里,没有耐心继续她的学习。她身边的桌子上点着一盏灯,上面罩着粉红色的薄纸灯罩,为整个场景蒙上了一种淡淡的玫瑰色,显得很奇异。

"你说你会回来的,可是谁知道呢?"吉尔伯特·奥斯蒙德说,"我想你很可能就要开始你的世界之旅了。你没有任何回来的必要;你可以做任何你选择的事情;你可以漫游整个世界。"

"啊,意大利也是世界的一部分啊,"伊莎贝尔说,"半路上我也

---

① 意大利北部科摩省一城市名,位于科摩湖畔。
② 安培(1775—1836),法国物理学家。

会来这里的。"

"在环游世界的路上？不，不要这样做。不要把我们放在括号里——要给就给我们一个整章。我不想在你旅行的路上见你，更希望是在结束之后。我想在你已经疲惫而厌倦的时候再见到你。"过了一会儿，奥斯蒙德又说："我喜欢那个时候的你。"

伊莎贝尔低垂着眼睛，手指抚摸着安培先生的书。"你好像没做什么，就让事情变得很可笑；我甚至觉得，你也不是完全无意的。你不尊重我的旅行，你觉得这很可笑。"

"你为什么这样说？"

"你看到了我的无知，我的谬误，我这样满世界游荡，好像它属于我一样，而这只不过是因为……因为我有力量这样做。你觉得一个女人不应该做这样的事。你觉得这是鲁莽而不光彩的。"她用同样的口气说，一边用裁纸刀磨着书页的纸边。

"我觉得这是件美好的事情，"奥斯蒙德说，"你知道我的想法——我已经告诉你很多了。我告诉过你，应该让生活成为一件艺术品，你不记得了？你最初显得很吃惊；可是后来我告诉你，在我看来，这正是你在做的。"

她从书上抬起头。"世界上你最厌恶的就是低劣、愚蠢的艺术。"

"也许吧。可我觉得你的生活是清晰而美好的艺术。"

"如果明年冬天我去了日本你一定会嘲笑我的。"她接着说。

奥斯蒙德露出一个明显的笑容，却不是嘲笑，因为两人的谈话中并没有诙谐幽默的味道。事实上，伊莎贝尔很严肃；这他以前也看到过。"你的想象力真是惊人！"

"我说对了。你觉得我的想法很荒唐。"

"我会不惜一切代价去日本，那是我最想看的国家之一。你不相信吗？我那么喜欢漆器？"

"我可没什么理由，我对古漆器也没什么爱好。"

"你有更好的理由——你有去那里的财力。你认为我在嘲笑你，你错了。我不知道你怎么会有这样的想法。"

"你觉得我有能力去而你没有，如果你真的认为这很荒谬，也没什么了不起的。你无所不知，而我一无所知。"

"所以你才更需要旅游、学习，"奥斯蒙德微笑着说，"再说，"他又加了一句，好像这一点很重要，"我也不是无所不知。"

他这话很严肃，可是伊莎贝尔并不觉得奇怪，她在想的是，生活中最快乐的时刻——她愿意这样来描述在罗马的些许几天——就要结束了；她沉思着，把这段时光比作是一个古代的小公主，身穿盛装华服，长裙拖地，需要多名侍从或史官执起裙裾——这一段幸福时光就要结束了。这段时间的乐趣大都要归功于奥斯蒙德先生，她很自然地想到了这一点；对此她已经做出了足够公正的评价。不过，她对自己说，如果有再也不会见面的危险，也许那也很好。幸福的东西不会重复，而她的航船已经调头，朝向了大海，就像刚刚在一座浪漫的岛屿上享用了紫葡萄的大餐，微风吹起，她又要驶离它了。也许她会回到意大利，发现他已经变了——是一个似乎曾经让她快乐的陌生人；也许最好不要回来冒这个险。可是如果她不再回来，那将是更大的遗憾，它意味着这段乐章就此结束了；她感到一阵心痛，似乎触到了泪腺。这情感让她沉默了，吉尔伯特·奥斯蒙德也沉默了，只是看着她。"去所有的地方，"最后，他用低沉温柔的声音说，"尝试一切；从生活中获得一切。去获得幸福——获得成功。"

"你说成功是什么意思？"

"嗯，就是能够做你想做的事情。"

"可是，对我来说，成功就是失败！总是自负地做自己想做的事，会让人厌倦的。"

"没错，"奥斯蒙德安静又敏捷地答道，"我刚刚说过，有一天你也会厌倦的。"他停顿了一会儿，然后接着说："我不知道是否最好等到那个时候，再告诉你我想说的话。"

"啊，我不知道你要说什么，所以不能给你建议。不过，"伊莎贝尔又转了话题，说，"我厌倦的时候是很可怕的。"

"我不相信。有时你会生气——这我相信，尽管我从来没见过。

不过我肯定你永远也不会'乖戾'的。"

"即使我发脾气也不会吗?"

"你不会发脾气的——你会控制它,那将非常美丽。"奥斯蒙德带着崇高而热切的情怀说。"能够看到这种情形,一定是美妙的时刻。"

"但愿我现在就能控制住!"伊莎贝尔紧张地叫道。

"我不担心;我会抱起胳膊,欣赏你。我说的都是认真的。"他的身子向前倾过去,双手放在膝盖上,眼睛望着地板。"我想对你说的是,"最后,他抬起眼睛,继续说,"我发现,我爱上了你。"

她立刻站了起来。"啊,等我厌倦了你再说这个吧!"

"等你厌倦了听别人这样说?"他坐在那里,抬起眼睛,望着她。"你可以现在就听,或者永远也不听,这都由你。可是我必须现在就说。"她已经转身走开,可是又停了下来,凝视着他。两人就这样久久地互相注视着——那是人生关键时刻的注视,长久而充满意义。接着,他站了起来,走近她,带着深深的尊敬,好像害怕他表现得过于随便。"我爱上了你,千真万确。"

他重复着那句话,语气是那么冷淡、任性,好像只是为了说出来,而不指望得到什么回应。泪水涌入她的眼睛:她感到一阵揪心的疼痛,好像滑动了一道精美的门闩——是向后,还是向前,她无法说清。他站在那里,那些话让他显得那么优美、慷慨,赋予他初秋般金色的气息;可是,说实话,她还是退却了——尽管仍然面对着他。就像以往一样,遇到类似的情况,她仍然是退却。"哦,请不要这样说。"她说,强烈的口气中透露中一种恐惧,好像这一次她同样害怕选择,害怕必须做出决定。她的内心深处埋藏着一种感觉,在她的意识里,那是一种可以信赖的情感,等待着被唤起。它的力量似乎能够驱逐所有的恐惧,可她却感到害怕。它就像银行里的大笔存款,储存在那里——你会害怕哪天不得不去动用它。仿佛一旦触动了,它就会全部迸发出来。

"对你来说,我想,这没什么重要的,"奥斯蒙德说,"我没有什么可给你的。我所拥有的——对我来说足够了,对你却不够。我没有财产，没有名气，没有任何外在的优势。所以，我什么也给不了你。我告诉你我爱你，只是因为我觉得这不会让你不悦，也许有一天会带给你一些快乐。它让我快乐，相信我。"他站在她的面前，体贴地向她俯过身去。他的手颤抖着，缓缓转动着刚才摘下来的帽子，这动作显得很窘迫，却很可敬，并不古怪。他抬起头，他的脸尽管遭受了强烈的感情的劫掠，却坚定而优美。"这丝毫不让我痛苦，因为它很简单。对我来说，你永远都是这个世界上最重要的女人。"

伊莎贝尔审视着处于这样一个角色中的自己——看得很专注；啊，她让这个角色充满了魅力，她想。可是，她要说的话并没有表露一点内心的自鸣得意之感。"你没有让我不悦，可是你应该知道，即便你没有触犯谁，也可能给她带来搅扰和烦恼。""搅扰"，她听到自己说，这真是个可笑的字眼。可是当时她能想到的就是这个愚蠢的词。

"我完全清楚。当然你会觉得意外，感到吃惊。可是，如果仅此而已，它很快就会过去的。也许还会留下些什么，它也许不会让我感到羞愧。"

"我不知道会给我留下什么。无论如何，你看，我并没有六神无主，"伊莎贝尔说，脸上挂着一个苍白的微笑，"我还没有被搅扰到无法思考的地步。而现在我想的是，很高兴我们马上就要分别了——我明天离开罗马。"

"这个我当然无法同意。"

"我几乎不认识你。"她突然说；接着脸就红了，因为她听到自己说的正是几乎一年前对沃伯顿勋爵所说的话。

"如果你不走，就会了解我了。"

"我会在别的时候再做这件事。"

"希望如此。我很容易了解。"

"不，不，"她强调说——"你不真诚。了解你并不容易；没有比你更难了解的人了。"

"啊，"他笑了，"我这么说是因为我了解自己。也许我是在吹嘘，不过确实是这样的。"

"很可能，不过你很聪明。"

"你也是，阿切尔小姐！"奥斯蒙德大声说。

"刚才我可不是。不过我还是有一些聪明的——我觉得你最好还是走吧。再见！"

"上帝保佑你！"吉尔伯特·奥斯蒙德说，一边抓住了伊莎贝尔的手。她并不想把手给他，却没有做到。然后，他又说道："如果我们再见面，你会发现我和你离开的时候一样。如果我们再也见不到了，我也会一如既往。"

"非常感谢。再见。"

然而，伊莎贝尔的客人安静而坚定；好像他可以自己离开，却不能被别人打发走。"还有一件事。我从来没有请求过你什么——哪怕是请你将来能想我一想；对这一点，你应该给我公正的评价。可是我希望你能帮我一个小忙。几天内我不会回去；罗马很可爱，对于一个处于我这样的心情的男人来说是个好地方。哦，我知道，你也因为要离开而感到难过；不过你这样做是遵从你姨妈的意愿，这是对的。"

"她并没有这个意愿！"伊莎贝尔奇怪地脱口而出。

奥斯蒙德原本似乎要说些什么和这些话相称的话，可是改变了主意，只是说："啊，那好。你和她一起走是合情合理的，非常正确。无论做什么事都要合情合理；我赞成这样的做法。请原谅我的傲慢。你说你不了解我，可是，等你了解了，就会发现我多么尊重礼节。"

"你不遵循传统吗？"伊莎贝尔严肃地问。

"我喜欢你用的这个词！不，我不遵循传统：因为我就是传统本身。你不明白吗？"他微笑着停顿了一会儿。"有机会我愿意解释一下。"接着，他突然请求道："请你再回来吧。"他的话虽然很突兀，却明快自然。"会有多少东西让我们讨论啊。"

她垂下眼睛。"刚才你说想让我帮个忙，是什么？"

"请你在离开佛罗伦萨之前，去看看我的小女儿。她独自留在别墅里；我决定不把她送到我姐姐那里，她的想法和我一点也不一样。

告诉我的女儿,她要深深地爱她可怜的父亲。"吉尔伯特·奥斯蒙德柔声说道。

"我很高兴去看她,"伊莎贝尔答应说,"我会告诉她你的话。再一次向你道别。"

这一次他很快就毕恭毕敬地离开了。等他走后,她站在那里,环顾着四周,然后慢慢坐了下来,脸上带着一种决绝的表情。她就这样坐着,双手交叠着,眼睛望着丑陋的地毯,直到其他人回来。她内心的震动还未平息,可是却宁静而深沉。刚才所发生的事,在过去的一个星期中,她在想象中已经提前去迎接了:可是现在,当它真正来临的时候,她却停了下来——那崇高的原则似乎崩溃了。这个年轻姑娘的思维是很奇怪的,我只能把我看到的告诉你,并不指望能让它显得正常而自然。就像我刚才说的,她的想象力停滞不前了:有一片宽阔而朦胧的地带,让它无法穿越——那是一片晦暗而充满未知的土地,看起来含混莫测,甚至暗伏着危险,就像冬日暮色下的沼泽一般。然而,她还是决定穿过去。

第三十章

第二天，她在表兄的陪护下回到了佛罗伦萨。拉尔夫·杜歇在火车上通常会因为行为受限而烦躁不安，可是这次却感觉良好。火车急匆匆地把他的同伴从那座因为吉尔伯特·奥斯蒙德的青睐而显得与众不同的城市带走了——这几个小时将是一个更加宏伟的旅行计划的第一步。斯塔克波尔小姐留在后面；她准备去那不勒斯，而班特林先生会帮助她执行这个小小的计划。六月四日之前伊莎贝尔会有三天时间在佛罗伦萨，她决定利用最后一天完成她的许诺，去看潘茜·奥斯蒙德。不过，因为梅尔夫人一句话，她差点调整了计划。这位女士还住在杜歇府上；不过也就要离开佛罗伦萨了。她的下一站是托斯卡纳山区一座古老的城堡，是这个地区一位贵族的宅邸。她有几张城堡的图片，就给伊莎贝尔看了看，那是一座庞大的宅子，城墙上是一个个的垛口。这让伊莎贝尔觉得，能够结识他们（梅尔夫人说，她"一直"都认识他们）真是一项难得的荣誉。她向这位幸运的女人提到，奥斯蒙德先生请她去看望他的女儿，不过并没有说他还曾向她示爱。

"啊，真有这么巧的事！①"梅尔夫人叫道，"我也在想着走之前去看看那个孩子，这是件好事。"

"那我们可以一起去。"伊莎贝尔按照情理说。我说"按照情理"，是因为她提出这个建议时并不是很热情。她原本想的是，自己去单独完成这次小小的、似乎具有某种神圣意义的旅程。她更愿意自己去。不过，她考虑更多的还是她的朋友，很愿意牺牲自己这点秘密的情怀。

那位女士想得很周到。"不过，为什么我们两个人都要去？最后这几天，我们都有很多事要做。"

---

① 原文为法语。

"那好,我可以自己去,没关系。"

"我不能想象你要独自去……去一个英俊的单身汉家里。他是结过婚的——不过那是很久以前了!"

伊莎贝尔瞪大了眼睛。"奥斯蒙德先生又不在家,这有什么关系?"

"他们并不知道他外出了,你知道。"

"他们?你说谁?"

"所有的人。不过也许不是特别指某个人。"

"如果你可以去,为什么我不能?"伊莎贝尔问。

"因为我是个邋遢的女人而你是个漂亮的小姐。"

"就算这样吧,可我是做过承诺的,你并没有。"

"你把你的承诺看得太重了!"这位年长的妇女说,语气里带着温和的嘲弄。

"我很看重我的承诺。你很吃惊吗?"

"你是对的,"梅尔夫人想了想,而且也说了出来,"我真的觉得,你希望对那个孩子好。"

"我很想好好对她。"

"那就去看她吧,没有谁会更聪明。告诉她如果不是你去了,我就会去的。或者,"梅尔夫人又说道,"还是不要告诉她了。她不会在意的。"

伊莎贝尔乘坐一辆敞篷马车,光明正大地沿着弯曲的道路来到了奥斯蒙德先生山顶的住宅。一路上她都在想她朋友说的那句话——"没有谁会更聪明",到底是什么意思。偶尔,从这位女士的口中,会冒出一两句晦涩难懂的话,就像敲响了一个不和谐的音符。不过,这种情况很少发生,她一向稳稳地把握着自己谨慎的航船,使它行驶在宽阔的海面上,而不是在凶险的海峡中。伊莎贝尔·阿切尔又怎么会在乎那些无聊的人们的庸人自扰?难道梅尔夫人的意思是:就算有些事情必须偷偷摸摸地,她也一定能做到?当然不是:她一定有别的意思——她启程之前的时间安排得很满,没有空闲解释这个问题。不过，将来她会考虑的；有些事情她很想弄清楚。伊莎贝尔跟随仆人来到了奥斯蒙德先生的客厅，听到潘茜在另一个房间弹奏钢琴的声音。小姑娘正在"练习"，看来她是在严格地完成作业；这让伊莎贝尔很高兴。她径直走了进去，一边抚了抚裙子，睁大了一双热切的眼睛，似乎是要向女孩父亲的屋子致以应有的尊敬。伊莎贝尔在这里坐了半个小时，而这期间，潘茜就像童话剧里扎着翅膀的小仙女，在看不见的木偶线的牵引下飞来飞去——她不是那种咭咭呱呱的女孩子，却和伊莎贝尔说了很多话；她对她的事很感兴趣，也是为了表示对她的尊敬，因为伊莎贝尔是那么亲切，那么关心她的情况。她让伊莎贝尔感到讶异，她还从来没有如此近距离地将这朵白色的小花放在鼻子底下，闻那精心培育的芬芳。这孩子教育得多好啊！我们年轻的姑娘充满赞叹地说。她被教导得多么可爱、培养得多么完美，同时又是多么纯朴、多么自然、多么天真！伊莎贝尔一向对性格和品质的问题感兴趣，就像人们所说的，喜欢探求人的内心秘密。直到现在，她也一直在饶有兴致地思索，这个纤弱的小姑娘真的是一无所知吗？她表现得无比坦诚，难道这只是自我意识的完美表现？这是她装出来的样子，来取悦父亲的客人，还是她洁白无瑕的天性的直接表达？奥斯蒙德先生的房间美丽、空落、幽暗，窗户半遮蔽着以抵挡暑气；夏日灿烂的日光穿过这里那里的缝隙，轻松地透射进来，在浓重的阴暗中点亮那消褪的色彩，或暗淡的鎏金画框，散发出柔和的微光。在伊莎贝尔和房屋主人的女儿谈话之后，可以说，这个问题已经有了答案。潘茜确实是一张白纸，成功地保持了单纯而雪白的表面；她没有手段，没有心计，没有脾气，甚至没有天分——只有一些精致的小小本能：用来结识朋友，避免犯错误，照管一个旧玩具或一件新衣服。然而，她如此柔弱、如此动人，会轻易沦为命运的牺牲品。她不会有任何反抗的意志和力量，不会意识到自身的重要性；她很容易会感到迷惑，轻易地被碾得粉碎：她的全部力量只在于知道在什么时候、到哪里寻求依靠。伊莎贝尔请她带她再去其他的房间走走，潘茜就和她的客人一起在屋子里转了一圈，还说了自己对几件艺术品的看法。她说起了自己的希望、要做的事、父亲的愿望；她并非自以为是，只是觉得这位尊贵的客人一定想知道这些，自己应该为她提供信息。

"请告诉我，"她说，"爸爸在罗马去看凯瑟琳嬷嬷了吗？他跟我说有时间就会去的。也许他没有时间。爸爸需要很多时间。他想去谈谈我的教育问题，你知道，它现在还没结束呢。我不知道他们还能对我做什么。可是，我的教育好像远没有结束。有一天爸爸告诉我，他想亲自完成我的教育，因为在修道院的最后一两年，那些教大女孩的老师们收费都很贵。爸爸没有多少钱，如果他不得不为了我付那么多钱，我会感到很难过的，因为我觉得我不值。我学得不够快，也不大记得住东西。我能记住别人要我做的事情——特别是我喜欢的，可是那些书上学的东西就不行了。有一个小女孩，是我最好的朋友，他们把她从修道院带走了，她只有十四岁，为了给她准备——你们在英语里怎么说？——一份嫁妆①。英语里不用这个词？希望我没说错；我的意思是，他们是要为她结婚攒钱。我不知道爸爸是不是为了这个才要攒钱——为了让我结婚。唉，结婚需要那么多钱！"潘茜叹了口气，接着说，"我想爸爸是在为这个省钱。当然，我还太小，不应该想这些，也不喜欢任何绅士，我是说除了他。如果他不是我的爸爸，我倒愿意和他结婚；我宁愿做他的女儿，而不是一个陌生人的……妻子。我非常想念他，当然也不像你想的那样，因为我不经常和他在一起。爸爸主要是假期和我在一起。我更想念的甚至是凯瑟琳嬷嬷；不过你一定不要告诉他这个。你不会再见他了吗？我真难过，他也会难过的。所有来这里的人当中我最喜欢你了。这也不是什么了不起的赞美，因为没有很多人到这里来。你今天过来真是太仁慈了——从你那里过来要这么远；因为我只不过是个孩子。哦，是的，我一直做孩子应该做的事。你是什么时候放弃那些孩子的事情的？我想知道您多大了，不过我不知道该不该问。在修道院里她们告诉我们，永远不要询问别人的年龄。我不想做任何别人不愿意的事；那样就会让人觉得没

---

① 原文为法语。

有教养。我自己……也不会喜欢被别人吓一跳。爸爸为所有的事情定了规矩。我很早就睡觉了。太阳从那边落下去时我才去花园。爸爸严格地命令我,不能被太阳晒着。我一直喜欢这里的景色;那些山是那么美。在罗马的修道院里只能看到房顶和钟楼。我每天练习三个小时。我弹得不好。你也弹琴吗?希望你能为我弹点什么。爸爸觉得我应该听些好的音乐。梅尔夫人弹了几次,我最喜欢梅尔夫人的就是这个了,她弹得很熟练。我永远也不会弹得那么流畅。我也没有好歌喉——只有一副小嗓子,听起来就像在石板上写字时唧唧扭扭的声音。"

伊莎贝尔满足了这个满怀敬意的愿望,脱下手套,坐在钢琴前。潘茜则站在她的身边,看着她雪白的手指轻快地掠过琴键。停下来后,她亲了亲这个孩子,向她告别。她紧紧地拉着她,长久地注视着她。"做个好孩子,"她说,"让你的父亲高兴。"

"我想,这就是我的人生目的,"潘茜回答说,"他没有多少快乐,他是个忧伤的人。"

听到这话,伊莎贝尔满怀兴趣,可又不得不掩饰住自己的心情,觉得这简直是一种折磨。她的骄傲和礼节迫使她这样做;然而,她的思想里却有一些其他的东西,让她感觉到一种强大的力量,推动她去和潘茜谈论她的父亲,可是她很快就把它遏制住了。如果能听这孩子、让这孩子说说她的父亲,她会多高兴。可是她刚一意识到这些念头,就不敢想下去了。她感到恐惧:她居然想要利用这个小女孩——她为此而自责,而且她还希望能够在空气里留下她陶醉的气息,也许他那敏感的心灵还能感觉得到。她已经来了——已经来了;可是她只待了一个小时。她很快从琴凳上站了起来;可在这个时候,她还是又停留了一会儿,仍然拉着她的小伙伴,让她柔美纤细的身躯靠近自己一些,几乎是嫉妒地看着她,因为她是最亲近他的人。她不得不承认——能够和这个天真、弱小的小家伙儿谈论吉尔伯特·奥斯蒙德,将会让她多么兴奋而快乐!可是她什么也没有说;只是又亲了亲潘茜。她们一起穿过前厅,走到通向院子的大门前。这时,年幼的女主人停下了脚步,充满渴望地望着前方。"我不能再往前走了。我向爸爸保证过,不会走出这道门。"

"你做得对,应该服从他的命令,他对你的要求都是有理由的。"

"我会永远服从他的。可是你什么时候会再来?"

"恐怕很久不会了。"

"希望你能尽快来。我只是一个小女孩儿,"潘茜说,"可是我永远会盼望你的。"那个小小的身影站在高大阴暗的门廊下,望着伊莎贝尔穿过整洁晦暗的庭院。大门打开了,射进一片耀眼的光芒,接着,她就消失在大门外的光亮中。

第三十一章

伊莎贝尔回到了佛罗伦萨，不过这是很长时间之后了。这一段时间充满了故事，不过这不是我们要特别关注的。我们的注意力再次集中到了春日将尽的某一天，那时她刚刚回到克里桑蒂尼宫不久，距离我们刚刚讲述的那些事已经有一年了。这一天，她独自待在一间小会客室里——杜歇夫人将很多房间用于社交活动——神情间似乎在等待着什么人。高大的窗户打开着，尽管绿色的百叶已经半拉了下来，花园里明亮的空气还是透过宽阔的间隙，让房间充满芬芳和温暖。我们的年轻姑娘在窗前驻足片刻，双手背在身后，微微不安地向外凝望着。可她还是无法安定下来，只能在屋里漫无目的地走来走去。不过，她并不是想在客人走进房间之前，能够看到他；因为这座宫殿的入口并不通过花园，那里永远笼罩在私密和安静之中。她宁愿在他到来之前做一番猜测，而看她的表情，这给了她很多事情可做。她发现自己神情严肃，过去一年周游世界的经历让她更加稳重。她会说，她已经走过了很多地方，纵览了各种民族，所以，在她自己的眼里，她已经是一个不同的人了。她已经不再是两年前那个来自阿尔巴尼的轻率女孩，在花园山庄的草坪上开始探索欧洲。她自认为收获了智慧，了解了更多的人生，这是那个曾经傻乎乎的小女孩所无法想象的。所以她的思绪并没有在现在的上空盘旋，紧张地扑棱着翅膀，而是飘向了过去。许多有趣的画面涌现出来，有风光，也有人物，而后者也许更加多一些。有些浮现在她脑海中的人物我们已经认识了。比如，我们的女主角的姐姐，埃德蒙德·拉德洛的妻子，和事佬莉莲；她从纽约过来，和亲戚们住了五个月。她把丈夫留在了家里，却带上了孩子们；伊莎贝尔担当了一个未婚姨妈的责任，对孩子们既慷慨又温柔。拉德洛先生在最后时间，终于从法庭辩论的辉煌战绩中抽出了几个星期时间，风驰电掣般越过大洋，在巴黎和两位女士度过了一个月，随后带妻子回家。即便是依美国人的看法,小拉德洛们也还没有到旅行的年龄;所以和姐姐在一起的时候,伊莎贝尔就把活动的范围限制在一个小圈子内。莉莲和孩子们是七月的时候,在瑞士和伊莎贝尔碰面的。于是,他们在阿尔卑斯山明媚的天气中度过了一个夏季;山谷中鲜花烂漫,厚厚地覆盖着草地。在温暖的下午,两位女士和孩子们会悠闲地漫步上山,而巨大的栗子树为他们提供了遮阴的休息地。后来他们去了法国的首都,莉莲崇拜这里,而且用仪式般昂贵的方式朝拜它。伊莎贝尔却觉得这里浮华喧闹,在这些日子里,她回忆着罗马,想象着如果自己在那里,会做些什么。也许是在一间闷热拥挤的房间里,手绢里藏着一只装着刺激性物质的小瓶。

拉德洛太太把自己献给了巴黎,就像我刚才说过的。可是,即便身处圣坛之上,她还是心存疑虑,满怀困惑,无法打消。等到丈夫来后,就更加懊恼,因为他根本不理会她的东猜西想。伊莎贝尔一直是两人的话题;可是埃德蒙德·拉德洛就像过去一样,对妻妹可能做的任何事,或任何没有做的事,都不会感到惊奇、难过,或迷惑。拉德洛太太的思想活动丰富而多样。她一会儿觉得这个年轻妹妹应该回家,在纽约找幢房子——比如说罗斯特,里面有一个漂亮的花房,就在她家的拐角处,然后成家;她觉得这再自然不过了。可是一会儿,她又忍不住感到惊讶,这个女孩怎么没有嫁给一个豪门贵族。她猜想着各种各样的可能,可是总的来说,就像我说的,已经不再那么兴奋了。她很高兴伊莎贝尔获得了大笔财富,比自己得到这么多钱还要高兴。她觉得,这正好为她妹妹虽然纤瘦,却绝不卑微的形象提供了合适的场景。可是,伊莎贝尔的进步却没有她期望的那样大——而进步,在莉莲的脑子里,不知为什么,总是和那些上午的拜访、晚间的沙龙聚会联系在一起。毫无疑问,伊莎贝尔的头脑获得了大踏步的进步,可是在社交上好像却没有取得多少的成功,而拉德洛太太还指望着瞻仰她的战利品呢。莉莲对成功的概念是极其模糊的,可这正是她希望伊莎贝尔给她的——让她看到成功的具体形式和内容。伊莎贝尔应该和她在纽约时一样出色;而拉德洛太太也问丈夫,她在欧洲是不是没有纽约所给她的那些个有利条件。我们知道,伊莎贝尔已经成功地征服了不止一个人——至于是否不如她在家里时的成就,这倒是个微妙的问题,很难回答;而且,我再说一次,她并没有把这些胜利公之于众,而原因并不完全是出于自鸣得意。她没有告诉姐姐沃伯顿勋爵的事,也没有透露半个字儿奥斯蒙德先生的想法。她不想说,这就是沉默的最好原因。把一切埋在心里,悄悄地独自品尝那浪漫的时刻,岂不是更加浪漫;她没有意愿要向可怜的莉莲去寻找什么建议,更不愿将那珍贵的一页永远翻过去。可是莉莲并不了解这些细微的感情,于是只能说,妹妹的人生虽然有个轰轰烈烈的开端,却虎头蛇尾——况且,伊莎贝尔越是经常想起谁,比如说,奥斯蒙德先生,就越是对他只字不提,这更确定了莉莲的感觉。这样的情况经常发生,于是拉德洛太太就认为伊莎贝尔已经失去了勇气。继承一笔财产是多么令人激动的一件事,可结果却如此不可思议,这当然让欢天喜地的莉莲大惑不解;也更让她觉得伊莎贝尔和一般人一点也不一样。

可是在亲戚们离开之后,我们的年轻姑娘的勇气可以说是达到了顶端。她所设想的远比在巴黎过冬更加大胆——巴黎有些地方很像纽约,巴黎就像漂亮优雅的散文——而她和梅尔夫人的密切联系也更激发了她天马行空的想象力。十一月末的一天,亲爱的莉莲随同丈夫和孩子们乘车去利物浦上船。火车驶离了优斯顿车站①,伊莎贝尔转身离开了月台;就在这一刻,她感受到一种从未有过的强烈的自由,感受到无限的胆略和无边的力量。她要尽情地享受它,这会给她带来益处,对此她非常清楚;她要做于己有益的事情——我们知道,这是她一向遵守的原则,而她的努力就是不断地寻找好的东西。为了充分利用和家人在一起的机会,直到最后一刻,她陪伴着这些低调的旅行者从巴黎一路而来。她本想把他们送到利物浦,可是被埃德蒙德·拉德洛阻止了,请她不要这样做;这让莉莲有些不安,尽问一些无法回答的问题。伊莎贝尔目送着火车离去,向大一点的小外甥送了一个飞

---

① 伦敦一火车站名。

吻。那性格外露的孩子做了个危险的动作,从车窗向外探出大半个身子来,把离别变成了狂欢。她回到了伦敦雾气弥漫的街道上,世界就在她眼前——她可以想做什么,就做什么,这么多激动人心。可是现在她要做的事却很谨慎,只是想从优斯顿广场步行回旅馆。十一月的下午,暮色早早降临;在浓重昏黄的雾气中,街灯呈现出微弱的红色;我们的女主人公独自一人,而优斯顿广场距离皮卡迪利大街①还有很长一段路程。可是伊莎贝尔却乐于完成这趟危险的旅程,甚至故意迷路,为了获得更多的快感;一名好心的警察轻易地帮她找到了正确的路,这甚至让她有些失望。生活让她如此着迷,即便是渐浓的暮色中的伦敦街头也带给她极大的乐趣——熙熙攘攘的人群,来去匆匆的马车,灯光闪耀的店铺,一切都笼罩在潮湿的黑暗与灿烂中。那天晚上,回到旅馆,她给梅尔夫人写信说一两天内会动身回罗马。她一路辗转到了罗马,却没有在佛罗伦萨稍作停留,而是经威尼斯,取道安科纳②南下而来。她独自完成这次旅行,只除了一个仆人,没有任何人陪伴,因为本应当保护她的人都不在身边。拉尔夫·杜歇在科孚岛③过冬,而斯塔克波尔小姐在去年九月,就被《访谈者》的一封电报召回了美国。杂志为她提供了一个全新的领域,比起这些腐朽的欧洲城市更能施展这位天才女记者的卓越才华;再加上班特林先生许诺很快就会去看她,于是,亨利埃塔就一路欢欣地回到了美国。伊莎贝尔给杜歇夫人写了封信,为自己未能出现在佛罗伦萨向她道歉。姨妈的回信是典型的杜歇夫人风格。她曾经清楚地说过,道歉对她来说就像泡沫一样毫无意义,而她自己从不做这种无聊的文字游戏。一件事要么去做,要么不做,没有什么"本应当"去做,那就像谈论未来的人生,或事物的起源一样,属于毫不相干的领域。她的回信很坦率,不过并没有坦率到像看起来那样(这在杜歇夫人是少有的)。她很容易就原谅了外甥女不在佛罗伦萨停留的决定,原因是,她觉得这说明

---

① 伦敦繁华的大街之一,位于优斯顿车站南面。
② 意大利中部一城市,邻亚得里亚海。是重要的港口和工商业中心。
③ 希腊爱奥尼亚群岛中的一个岛屿。

吉尔伯特·奥斯蒙德已不再是个问题了。于是，她留心观察，看他是否会找个理由去罗马，后来发现他并没有因为未能出现在那里而内疚，心里就安慰了一些。

而在伊莎贝尔这边，她在罗马待了不到两个星期，就和梅尔夫人商议去东方做一次小小的朝拜。梅尔夫人说，她的这位朋友真是闲不住，不过很快又说，她自己也想去看看雅典和君士坦丁堡，这个念头已经折磨她好久了。于是，两位女士就择日上路了，在希腊、土耳其和埃及转了三个月。伊莎贝尔在这三个国家发现了很多有趣的事，可梅尔夫人还是说，即便在最具有经典意义的地方，在那些被认为最能体现出宁静与思考的场景中，她也会感到不协调。伊莎贝尔的旅行很匆忙，甚至有些不顾一切；她就像一个干渴的人，喝了一杯又一杯。而梅尔夫人就像一位宫廷侍女，气喘吁吁地跟在微服出游的公主身后。这次旅行是应伊莎贝尔之邀；一个女孩家独自一人出行，恐怕不合礼法，她的同伴给了她所需要的体面。如人所料，她很好地完成了自己的任务，恰切，妥当：不显露自己，只是做一位回报丰厚的游伴。达到这样的效果没有任何困难，一路上见到这对内敛却引人注目的旅伴的人，大都看不出来谁是出资人，谁是受益人。如果说，对梅尔夫人了解越深，就越会觉得她好，这并不足以说明她给朋友留下的印象，因为伊莎贝尔一开始就觉得她大度温厚。在三个月的亲密接触后，伊莎贝尔觉得更了解她了；她的性格逐渐显露了出来；而这个备受羡慕的女人最终兑现了诺言，亲口讲述了自己的过去——这真是太好了，因为伊莎贝尔已经听其他人讲过，所以就更渴望听听梅尔夫人自己是怎么说的。那是个悲哀的故事（对已故的梅尔先生来说是这样的。他是个冒险家，她说，尽管原本看似老实。那是很多年以前，他利用了她的青春和无知，那些现在才认识她的人当然很难相信这一点），也充满了惊天动地、让人心碎的情节；这让伊莎贝尔纳闷，一个有过如此经历的人怎么还会对生活保持着新鲜的兴趣？她对梅尔夫人所表现出来的新鲜有了更深刻的认识。她觉得那似乎是职业性的，甚至有一点机械，就像一个演奏家的小提琴，装在盒子里，可以方便地到处携带；或者是一名职业骑师心爱的赛马，已经配好马鞍，装好笼辔，完全听从驾驭。伊莎贝尔一如既往地喜爱她，可是总觉得有一个幕布尚未揭开的角落，总觉得她就像个判了无期徒刑的演员，永远生活在公众之中，永远扮演着一个角色，永远穿着戏服。梅尔夫人曾经说过，她来自遥远的地方，属于一个"古老"的世界；的确，伊莎贝尔总有一种抹不去的感觉，好像她曾经生活在完全不同的社会，有着与自己截然不同的社会道德观和价值观，那似乎是另一个星球。

伊莎贝尔相信，骨子里梅尔夫人有着不同的道德观。当然，大凡有教养的人，一般都会持类似的道德观；可是我们的年轻姑娘觉得，她的价值观似乎有些不对，就像商店里的货品一样，打了折扣。出于年轻人的轻狂，她认为凡是同自己不一样的，都不如自己的好。正是有了这样的想法，她才得以从她的谈话中捕捉到偶尔闪现的一丝残酷，或一句言不由衷的虚伪之词，尽管这位女士已经将仁慈善良提升为一门精妙的艺术，她的高傲和尊贵容不得任何狭隘的欺骗。她对人类动机的理解，从某些角度看，也许是在某个颓废的王国的宫廷中获得的，有些看法我们的女主人公闻所未闻。当然，她不是所有的东西都听说过，这很自然；世界上有些东西她最好还是不要听到。有那么一两次，她的朋友甚至让她害怕，她忍不住叫道："上帝原谅她，她不理解我！"这样的发现让她感到震惊，也让她有些茫然、郁闷，似乎里面包含着某种预示，尽管这看起来有些不合情理。当然，梅尔夫人卓越的才智会突然间得到证实，打消她的郁闷；可是这种感觉就像最高水位线一样，尽管伊莎贝尔对她的信任就像潮水般或涨或落，却始终超不过那条线。梅尔夫人曾经说，她相信，友谊一旦不再加深，就会立刻开始降低，你或者更加喜欢一个人，或者不那么喜欢他了，这之间没有什么平衡点。换句话说，静止不动的情感是不存在的——一定是朝某个方向发展的。无论是不是这样，女孩都无暇顾及，因为这些天里，她从来没有感受到过像现在这样多的浪漫，简直多不胜数。我并不是指她在开罗一带游览，凝视着金字塔时的怦然心动；或是站在雅典卫城的断壁残垣中,眺望着萨拉米斯① 海峡时的感慨万千;尽管这些感觉都是那么深沉,永远不会忘怀。事实是,伊莎贝尔三月末从埃及和希腊回来,又在罗马停留了一段。刚到几天,吉尔伯特·奥斯蒙德就从佛罗伦萨风尘仆仆地赶来了,并在这里待了三个星期。因为伊莎贝尔是住在他的老朋友梅尔夫人这里的,所以两人不可避免地几乎每天见面。四月将尽,她给杜歇夫人写信,说很高兴接受早已收到的邀请,去克里桑蒂尼宫看望姨妈。这段时间梅尔夫人仍在罗马。姨妈自己在家里;表哥仍然在科孚岛。可是,佛罗伦萨每天都在期盼着拉尔夫;伊莎贝尔已经有将近一年没有看到他了,她正怀着一颗挚爱的心来欢迎他的归来。

---

① 希腊雅典以东的萨尔尼科湾一岛屿。公元前 480 年在发生于该岛东北沿岸附近的一次重大海战中,西米斯托可斯率领希腊人打败波斯舰队。

第三十二章

可是，刚才她站在窗口的时候，心里想的并不是他，也不是我前面大略叙述的任何事情。盘踞在她心头的并不是过去，而是即将到来的时刻。她完全有理由相信，将会有一场吵闹，而她不喜欢吵闹。她在思考的并不是对马上就要出现的客人说什么；这个问题已经解决了。他将要对她说什么——这才是有趣的问题。不过，无论他说什么，都不会是什么好听的话——这一点她确信无疑，所以眉宇间才会愁云密布。除了这一点，她的心境一片明朗；她已经把心中的忧愁放到了一边，漫步在微微颤抖的光华中。她只是觉得有些老了——却获得了与之相称的价值，就像古董商的收藏中一件罕见而昂贵的藏品。不过，她心头的不安和疑虑没有持续多久，一名仆人出现在她面前，手里的托盘上放着一张名片。"请那位先生进来，"她说，然后继续凝望着花园，直到听见仆人退出、来人进来并关上门的声音，才转过身来。

卡斯帕·古德伍德站在那里——伊莎贝尔从头到脚打量了他一番，明亮却冷淡的目光似乎是在拒绝他，而不是欢迎他。他是否也和伊莎贝尔一样，获得了某种成熟感，也许无法即刻察觉；不过，我可以说，在伊莎贝尔挑剔的目光下，他没有表现出任何时间为他带来的损伤。笔直、强壮、硬朗，既没有青春的标识，也没有岁月的痕迹；他既不天真，也无弱点，所以谈不上有什么实际的哲学。他的下巴还像过去一样，看起来主动、坚定；在当前这样的危急时刻，它更是显得倔强冷酷。他风尘仆仆，神色疲惫；一开始什么都没有说，好像还没有喘过气来。这让伊莎贝尔有了些许思忖的时间："可怜的人！他有能力做多少大事，却如此浪费他的才华和精力，这太可惜、太可怕了！一个人是无法让所有人满意的，这又是多么的无奈！"想了这么多，最后她只能说："我简直无法让你明白，我多希望你不要来！"

"这我相信。"说着,他四处看了看,想找个地方坐下。看来,他不仅来了,还准备留下来。

"你一定很累了。"伊莎贝尔说,一边也坐了下来;她给了他机会,她想,够慷慨了。

"不,我一点也不累。你什么时候见过我累?"

"是的,从没有,我真希望有过!你什么时候到的?"

"昨天晚上,很晚,坐的是一趟像蜗牛一样慢的火车,居然还说是特快。这些意大利火车的速度就像美国的葬礼。"

"很恰当——你一定觉得是来埋葬我的!"她勉强微笑了一下,给自己鼓劲,告诉自己,眼前的情况没有什么很严重的。她已经把这件事从头到尾想过了,她现在很清楚,自己既没有背信弃义,也没有擅改合约;可是尽管如此,她还是害怕眼前的人。她为自己的害怕感到羞耻,同时也发自内心地谢天谢地,因为除此之外,她没有什么别的可羞愧的。他盯着她,那么倔强、执拗;他的执拗中怎么就没有一点机变?他的目光就像坚硬阴沉的光束,沉甸甸地落在她的身上。

"不,我没有那种感觉,我无法认为你已经死了。可是,我真希望如此!"他坦率地说。

"太感谢了。"

"我宁愿你死了,也不愿你嫁给别人。"

"你真是太自私了!"她激烈地回复道,这是她的心里话,"即便你不幸福,可别人还有权利。"

"很可能我是很自私。可是你这么说我一点也不在乎。现在你说什么我都不在乎了——我已经感觉不到了。你觉得最残酷的事,对我来说也不过是针刺一下罢了。经过了你干的事,我不会有任何感觉了——我是说只除了这件事。我会感受终生的。"

古德伍德先生完成了自己的宣言,他的语速很慢,好像每说一个字,都经过了审慎的思考,语气很僵硬,干巴巴的,好像是在说别人的事。他的美国口音也没有给这番率直的话带上任何感情色彩。可是这并没有打动伊莎贝尔,却更让她生气。不过,也许愤怒对她有好处，因为这让她更有理由控制自己。为了克制住自己，过了一会儿，她换了一个不相干的话题。"你什么时候离开纽约的？"

他仰起头，好像是在计算时间。"十七天以前。"

"你走的一定很快，尽管火车很慢。"

"我尽可能地快了。能快一天是一天。"

"那也不会有什么用，古德伍德先生。"

"对你是的——不会有用。可对我不一样。"

"我看你也不会从中得到什么的。"

"那要看我怎么说！"

"当然。可对我来说你只是在折磨你自己。"接着，她又转变了话题，问他是否见到了亨利埃塔·斯塔克波尔。他愣了一下，好像是说他从波士顿一路赶到佛罗伦萨不是来讨论亨利埃塔·斯塔克波尔的，不过还是清楚地回答说，离开美国之前他曾和这位年轻女士在一起。"是她去找你的吗？"伊莎贝尔问。

"是的，她在波士顿，就去了我的办公室。就是我收到你的信的那一天。"

"你告诉她了吗？"伊莎贝尔有些焦急地问。

"哦不，"卡斯帕·古德伍德简单地说，"我不想那样做。她很快就会听说的，她什么都能听到。"

"我会给她写信的，然后她会回信，把我骂一顿。"伊莎贝尔很确信地说，一边又试着笑了笑。

卡斯帕却仍然是一脸坚定严肃的表情。"我想她很快就会过来的。"他说。

"专门来骂我？"

"我不知道。她好像觉得还没有彻底地了解欧洲。"

"很高兴你告诉我这个消息，"伊莎贝尔说，"我必须为她的到来做点准备。"

古德伍德先生的眼睛盯着地板，过了一会儿，抬起头说："她认识奥斯蒙德先生吗？"

"一点点。她不喜欢他。当然，我结婚又不是为了让亨利埃塔高兴。"她说。如果她能考虑一下斯塔克波尔小姐的意见的话，也会对可怜的卡斯帕有好处；可是他没有这么说；只是立即问道，她什么时候结婚。她的回答是还不知道。"我只能说很快。我谁都没告诉，只除了你，还有另外一个人——奥斯蒙德先生的一位老朋友。"

"难道你的朋友们不赞成这桩婚事吗？"他问。

"我真的不知道。我刚才说了，我不是为了朋友们才结婚的。"

"那么，这位吉尔伯特·奥斯蒙德先生是谁？他是做什么的？"他又问道；他没有发出感叹，也没有做任何评论，只是问问题，而且问得直截了当，没有任何转弯抹角。

"谁？做什么？谁也不是，什么也不是，只是一位很善良，很值得尊敬的人。他没有工作，"伊莎贝尔说，"他也不富有，他没有任何特别值得称道的。"

她不喜欢古德伍德先生的问题，可是她还是告诉自己，她应该尽可能地让他满意。可是，可怜的卡斯帕·古德伍德却没有表现出多少满意；他身体僵直地坐着，眼睛凝视着她。"他来自什么地方？他是哪里人？"

他拖长的美国口音从来没像现在这样让伊莎贝尔不悦。"他不来自任何地方。他大部分时间住在意大利。"

"你信上说他是美国人。难道他没有老家？"

"有，可是他已经忘记了。他离开那里时还是个孩子。"

"难道他从来没有回去过？"

"他为什么要回去？"伊莎贝尔问，激动地为奥斯蒙德辩护道，"他没有职业。"

"他就算为了旅游也该回去一趟。难道他不喜欢美国？"

"他不了解美国。还有，他安静、简单——他在意大利生活得很满足。"

"意大利和你。"古德伍德先生沮丧又明白地说，其实他并无意造什么警句。"他干过什么？"他又突然问道。

"干过什么让我嫁给他的事？什么也没有，"伊莎贝尔耐心地回答说，可是口气也变得坚硬了，"如果他干过什么大事，你就会原谅我一些？不要问我了，我嫁的是一个完全无足轻重的人。不要对他有任何兴趣，你不会找到的。"

"你是说，我不会欣赏他。可是你根本不认为，他是一个完全无足轻重的人。你认为他高贵，认为他伟大，尽管没人这么想。"

伊莎贝尔的脸更红了。她发觉，此刻的古德伍德异常敏锐，而她一向觉得他缺少细腻的思维和感觉；这真说明，情感能够给认知带来多少帮助！"你为什么总是回到别人怎么说？我无法和你讨论奥斯蒙德先生。"

"当然，你不会。"卡斯帕理智地说。他坐在那里，显得那么倔强、无助，好像他们不仅无法讨论这个，也没有其他东西可说。

于是，伊莎贝尔开口说："你看，你什么也没有得到——我不能给你一点安慰，一点满足。"

"我也没指望你能给我多少。"

"那我不知道你为什么要来。"

"我来是希望能再见你一面——即便你是现在这个样子。"

"谢谢你。可是如果你能等一等，以后我们总会再见面的，那时我们的相见就会比现在好得多。"

"等到你结婚后？这是我最不愿意发生的。那时你就会变了。"

"不会变很多的。你知道，我仍然会是你的好朋友。"

"那会更糟。"古德伍德先生神情阴郁地说。

"啊，你真是固执！我不能为了让你死心，就向你发誓我讨厌你。"

"如果你这么说的话我也不在乎！"

伊莎贝尔按捺住心中的焦躁，站起身来，走到窗前，向外眺望了一会儿。等她转过身来，看到她的客人还在原处，一动不动。她向他走了几步，又停了下来，把手放在刚才坐过的椅背上。"你的意思是，你过来只是想来看看我？也许这只对你有益。"

"我希望能听到你的声音。"他说。

"你已经听到了,你看,你并没有听到什么好听的。"

"可我还是很高兴。"说着,他站了起来。

那天早上,她接到了消息,他已经到了佛罗伦萨,如果自己同意他会在一个小时内来见她;这让她感到痛苦和烦恼。她心神烦乱,情绪低落,可还是告诉他的信使,说他可以随时过来。等见到他,她的情绪依然没有好转;他的出现充满了沉重的意味。而她无法同意这其中的含义——权利、谴责、规劝、反驳、期望——期望她能改变主意。可是,如果他有这些意思的话,他并没有明白地说出来;而奇怪的是,我们的年轻姑娘却开始憎恨这位客人令人钦佩的自我控制力。他的沉默,他难过的样子,都只是更加激怒她;他的手强壮、刚健,让她心跳加速。她感觉自己越来越激动,她告诉自己只有一个女人犯了错误时,才会这样生气。可她并没有犯错误;很幸运,她不需要去吞咽这个苦果;可是,她还是希望他能够责骂她,哪怕一点点。她曾经希望他的拜访不会太久;因为这没有意义、也不妥当;可现在当他要转身离开的时候,她却感到一阵突然的恐惧,害怕他没有说出什么可以让她为自己辩护的话就离开。一个月前,她给他写信的时候,曾经用心地措辞,告诉她自己要结婚了,那时她并没有为自己做多少辩护,现在她想做得好一点。可是,如果她没有错,为什么要为自己辩护呢?伊莎贝尔慷慨地希望古德伍德先生生她的气。她突然忍不住委屈地叫道:"我没有欺骗你!我是完全自由的!"好像是在指责他错怪了自己。而古德伍德,如果之前还没有拼尽全力地控制自己,听到这种口气,也会死命地做到这一点的。

"是的,这我知道。"卡斯帕说。

"我早就跟你说过,而且说得很清楚,我要按照我的选择来做。"

"你说,你也许永远也不会结婚,而且你让我相信这会是真的。"

她想了想,说:"对我目前的想法,没有谁比我自己更感到意外的了。"

"你告诉我,如果我听说你要结婚了,不要相信,"卡斯帕接着说,"二十天前,我从你那里听到这个消息,我记着你说过的话,就想也许是弄错了,我之所以跑过来,一部分也是为了这个。"

"如果你希望我亲口再说一遍,那我马上就可以做到。是真的,没有错。"

"我一进屋就明白了。"

"如果我不结婚,对你又有什么好处?"伊莎贝尔有些暴躁地说。

"那也比现在好。"

"你很自私,就像我刚才说过的。"

"我知道。我的自私就像一块顽石。"

"即便是顽石也有破碎的时候!如果你能理智一点,我会再见你的。"

"我现在不理智吗?"

"我不知道该对你怎么说。"她突然可怜巴巴地说。

"很长时间内我不会打扰你了,"这个年轻人说,他向门口迈了一步,可是又停下了,"我到这里来的第二个原因是我想知道,你如何解释你为何改变了主意?"

她的谦卑突然间消失了。"解释?你认为我必须解释吗?"

他默然地注视着她。"你一定有很好的理由,我相信。"

"我也相信。你觉得,如果我愿意的话,我能够解释清楚吗?"

"不,我不这么想。好了,"他说,"我已经见到你了,已经做了我想做的事。"

"你千里迢迢,长途跋涉,又有什么结果。"她说,感觉到自己的回答很贫乏。

"如果你担心这会击垮我——或是怎么的——完全没有必要。"他转过身去,这一次毅然决绝;两人没有握手,也没有做任何道别的动作。"我明天会离开佛罗伦萨。"他的声音没有一丝颤抖。

"我很高兴!"她激动地说。他离开五分钟后,她猛然大哭起来。

第三十三章

可是,这一阵狂风暴雨很快就平息了,等到一个小时后她见到姨妈时就已经痕迹全无了。伊莎贝尔向姨妈摊牌了。我用了这个词,是因为她知道杜歇夫人是不会满意的;她想见到古德伍德先生之后再告诉她,所以一直等到现在。她隐隐约约地觉得,如果在告诉古德伍德先生之前就把事情公之于众,似乎对他不够诚实。她想听到他会怎么说,可是他给的却只有只言片语,让她很失落,又很愤怒,觉得浪费了时间。可是她不会再浪费下去了;在正午的早餐前,等杜歇夫人进入客厅,她开始说话了。"莉迪亚姨妈,我有事要跟您说。"

杜歇夫人微微惊跳一下,然后用几乎是凶狠的目光看着她。"你不用告诉我,我知道是什么。"

"我不明白你怎么会知道。"

"就像我知道什么时候窗户开了——因为感觉有空气进来。你要嫁给那个人。"

"你指的是哪个人?"伊莎贝尔庄重地问。

"梅尔夫人的朋友——奥斯蒙德先生。"

"我不知道你为什么叫他梅尔夫人的朋友。难道他只是某个人的朋友?"

"即便不是——看在她为他效劳的分上,也该给她做朋友!"杜歇夫人高声说。"我没想到她会这样,太让我失望了。"

"如果你以为梅尔夫人和我的婚姻有任何关联,那就大错特错了。"伊莎贝尔冷冷地说,却无法掩盖内心的激动。

"你以为你有足够的魅力吸引那位绅士,不需要什么人去鼓动他?没错,你是很有魅力,可是,如果没有她在后面怂恿的话他才不会注意到你呢。他是个自视甚高的家伙,可他不愿意花费一点力气。梅尔夫人为他出了力。"

"他自己也费了不少力!"伊莎贝尔不自然地大声笑道。

杜歇夫人使劲点了点头。"那是,他总得让你喜欢上他。"

"他甚至去讨好你。"

"有一段时间,是的。所以我对他很生气。"

"要生就生我的气,不要生他的气。"女孩说。

"哼,我对你一直很生气,这话也不能让我高兴!就是因为这个你才拒绝沃伯顿勋爵的?"

"请不要再提这个。很多人都喜欢他,我为什么就不能?"

"那些人在最疯狂的时候,也没想过和他结婚。*他什么也没有*。"杜歇夫人道出了原因。

"所以他也不会伤害我。"伊莎贝尔说。

"你以为你会幸福吗?没有人这样做会幸福的,这你应该知道。"

"那我就创个先例。结婚是为了什么?"

"你为了什么,天知道;一般来说,结婚关系就是合伙人关系——就像成立了一个公司。可你合伙的公司呢,所有东西都要你带过去。"

"就是说,奥斯蒙德先生没有钱?你说的是这个意思吗?"伊莎贝尔问。

"他一文不名,默默无闻,无足轻重。我很看重这些东西,也敢这么说;我觉得这些东西很重要。很多人也这么想,这么做。只不过他们会找另外一个理由。"

伊莎贝尔犹豫了一下。"我看重所有有价值的东西,我想。我也很喜欢钱,所以才希望奥斯蒙德先生能拥有一些。"

"那就把钱给他,可不要把你给他。"

"他的名字对我来说就足够了,"女孩接着说,"他有个好名字。我可没有这么好的名字。"

"所以你才更应该为自己找个好名字。有名的美国名字就那么十几个。难道你是为了救济他才结婚的吗?"

"我有责任告诉你我要结婚的消息,莉迪亚姨妈,可是我想,我没有责任向你解释原因。即便有责任我也无从解释。所以，请不要规劝我了；在这件事情上我说不过你。我没法讨论这个。"

"我不是在规劝你，只是在回应你：我总得表现得像听到消息的样子。我早就看出来了，可是什么也没说。我从来没有干涉你。"

"你没有，我也很感激你。你一直很体谅。"

"不是体谅——是不愿意费事，"杜歇夫人说，"可是我会找梅尔夫人的。"

"我不明白你为什么总要把她拉进来。她是我的好朋友。"

"也许吧，可她没做好我的朋友。"

"她又没对您做什么。"

"她欺骗了我。她几乎向我保证过，会阻止你订婚。"

"她阻止不了。"

"她什么都能办到，所以我才一直喜欢她。我过去觉得，她能担当任何角色，可我的理解是她是在不同的时间扮演不同的角色。我没想到她会同时扮演两个角色。"

"我不知道她在你那里扮演的是什么角色，"伊莎贝尔说，"那是你们之间的事儿。她对我一直很诚实，很友善，很忠诚。"

"忠诚，当然，她希望你嫁给她的代表。她告诉我，她会看着你，干涉你。"

"她那样说是为了让你高兴。"女孩回答，可是也意识到这样的解释很苍白。

"让我高兴？通过欺骗我？她很了解我，不会做这样的事的。难道我现在高兴？"

"我觉得让你高兴从来都不是一件容易的事，"伊莎贝尔只好回答说，"如果梅尔夫人知道你会得知真相，她骗你又会有什么好处？"

"她赢得了时间，你看到了吧。我在这边等着她干涉，而你却大踏步地前进了，而她呢，她在给你敲边鼓。"

"就算是吧。可是刚才你也承认了，你看到我在前进，所以即便她提醒你了，你也不会阻止我的。"

"我不会，可是有个人会。"

"你指谁？"伊莎贝尔用力盯着姨妈说。

杜歇夫人明亮的小眼睛还像往常一样凌厉，似乎是要让伊莎贝尔的凝视延续下去，而不是在回视她。"你会听拉尔夫的吗？"

"如果他诽谤奥斯蒙德先生，我也不会的。"

"拉尔夫不会诽谤任何人，这你很清楚。他很在乎你。"

"我知道，"伊莎贝尔说，"也知道其中的分量，因为他知道无论我做什么，都是有道理的。"

"他从不相信你会做这个。我告诉她你可能会的，可他跟我辩论，说你不会的。"

"他那么说只是为了辩论，"女孩微笑道，"你并没有指责他欺骗了你，为什么要指责梅尔夫人呢？"

"他从来没说过要阻止你。"

"那我真高兴！"伊莎贝尔快活地高声说。"我真希望，"她紧接着又说，"等他到的时候，你第一个告诉他的就是我要结婚了。"

"我当然会说的，"杜歇夫人说，"这件事我不会再跟你说一个字，可我先通知你，我会和别人说的。"

"这随你。我只是想说，由你来宣布比我更好。"

"我同意，这样更合适！"于是，姨妈和外甥女一起用了早餐；杜歇夫人说到做到，这期间没有再说吉尔伯特·奥斯蒙德一个字。不过，沉默一会儿后，她问自己的同伴一个小时前拜访她的是什么人。

"一位老朋友——一位美国绅士。"伊莎贝尔说，两颊不由得红了。

"当然是美国绅士。只有美国绅士才会在上午十点钟造访。"

"是十点半，他时间很紧；今天晚上就要走。"

"难道他昨天不能来吗，在正常时间来？"

"他昨天夜里才到。"

"他在佛罗伦萨只待了二十四个小时？"杜歇夫人大声说，"这可真是个美国绅士。"

"的确。"伊莎贝尔说。想到古德伍德为她所做的一切,也一反常态地对他心生敬佩。

两天后拉尔夫到了,伊莎贝尔知道杜歇夫人会在第一时间告诉他这个重大的情况,可他却好像并不知情。两人最先谈到的当然是他的健康,伊莎贝尔还有那么多关于科孚岛的问题。拉尔夫走进房间时,伊莎贝尔不由得被他的样子吓了一跳——她已经忘记了他病容满面的样子。尽管经过了科孚岛的休养,今天的他看起来仍然气色低迷,伊莎贝尔不知道是他的健康真的恶化了,还是因为她已经不习惯和一个病人生活在一起了。可怜的拉尔夫,虽然年岁增长,却没有获得一点传统上的英俊。如今病患缠身,却丝毫没有缓和他天生的怪异。形销骨立,憔悴不堪,却一如既往地敏锐,一如既往地玩世不恭,他的脸就像一只纸糊的灯笼,虽然点亮了,却摇曳不已。他瘦削的双颊上胡须稀稀落落,线条分明的鼻子显得更加尖锐。他整个儿显得是那么消瘦,又高又瘦,松松垮垮,就好像是一副随意拼凑出来的骨架。棕色的天鹅绒夹克已经成了他永久性的装束;双手也永远放在了口袋里;他步履蹒跚,脚步踉跄,行走拖沓,一切都说明他的身体已经处于无望的状态。也许正是这种古怪的步法,才更加凸显出了他的个性——一个幽默古怪的病人,甚至连他本身的病弱也成了打趣调笑的对象。也许虚弱的身躯是他玩世不恭的主要原因,对他来说,在这人世间继续存在的理由早已无法寻找。伊莎贝尔已经喜欢上了他的丑陋;他的笨拙让她觉得亲切。它们在日日相处中变得甜蜜,让她觉得正是这些词汇给了他魅力。他是那么迷人,以至于她尽管知道他身体不好,也能从中感到一些安慰;他的健康似乎并不是缺陷,反而让他获得了精神上的优势;它将他从所有来自某个专长、某个职业的情绪中解放出来,让他豪奢地独享个人的空间。如此形成的个性是令人愉快的;疾病的陈腐已经无法侵入他;他承认自己病入膏肓、去日无多;却不知怎么没有陷入正式的生病状态。这就是表哥在女孩心中的形象;只有在静下心来,好好考虑时,她才会怜悯表哥。可她经常会陷入沉思,因而就会对表哥抱有很多同情;但她总是害怕将这精华虚掷——那是何其珍贵的情感,对于施予者来说比对于任何其他人都要珍贵。可是现在,不需要太多敏锐的情感就会感受到,拉尔夫有多可怜,他的生命期限已经无法正常地延续了。他有一颗活跃、自由、高尚的灵魂,他的智慧光芒四射,没有任何迂腐、浅薄的炫耀,可是他却罹患绝症,这令人心痛。

伊莎贝尔又一次意识到,生活对一些人是艰难的,而展现在她面前的人生却如此轻松,这时,她的心中就会微微地感到羞愧。拉尔夫不会喜欢她的订婚,这她已经做好了准备;尽管她爱拉尔夫,却并不准备让他的不满毁坏目前的状况。即便没有他的同情,她也不会有任何怨恨,这个她也做好了准备,或者说想到了;因为只要是她迈向婚姻的任何一步,他都会挑剔,这是他的特权——或者说,是他的一贯作风。表兄对表妹的丈夫总会做出一副讨厌的样子;这太正常、太经典了;就像表兄总会装得爱慕表妹。拉尔夫要是不吹毛求疵,他就什么都不是了;在相同的情况下,她当然希望自己的婚姻能让他高兴,能让所有人高兴;可是,如果认为自己的选择可以得到他的认可,而且认为这很重要,无疑也是荒唐的。再说,他的观点又是什么呢?他曾经表现得好像她应该嫁给沃伯顿勋爵;可这只是因为她拒绝了这个优秀的人选。如果当初她接受了他,拉尔夫一定会摆出另外一副腔调;他总是唱反调。任何婚姻都会有人批评,一桩婚事的本质就是供人随意批评。只要她愿意,她也可以把自己的结合大加批判一番,批得一无是处!可是,她还有别的事情要做,所以她欢迎拉尔夫来做这件事,免得她操这份心。伊莎贝尔准备好了十万分的耐心和容忍。他一定也看出来了,所以他的沉默就更显得奇怪了。三天过去了,他对这件事还是一言不发,于是,我们的年轻姑娘有些不耐烦了:就算他不喜欢,至少也要走一下形式啊。可怜的拉尔夫,我们比他的表妹更了解他;我们很容易相信,在拉尔夫回到克里桑蒂尼宫的日子里,他的内心已经走过很多形式了。可以说,他的母亲就是用这个重大的消息来欢迎他的,它比杜歇夫人母性的亲吻感觉更加冰冷。拉尔夫感到震惊,羞辱;看来,他所有的考虑全都错了,他就要失去这世界上自己最感兴趣的人了。他就像一艘惊涛骇浪中没有舵的小船,在房子里到处游荡,或者坐在花园里的一张大藤椅上,伸着两条长腿,脑袋后仰,帽子拉下来盖在眼睛上。他的心一片冰冷,还没有什么比这件事更让他难过。他能做什么?他能说什么?如果他已无法让那女孩收回决定,难道他还会去喜欢她的选择吗?只有具备成功的把握才能去挽回她。她已经被那个男人的高超手段所征服,很难让她相信他有任何肮脏邪恶之处;除非能够说服她,否则,任何劝说都会显得卑鄙龌龊。无论是说出自己的真实想法,还是掩盖,对他来说都同样困难;他既无法真心同意,他的反对也没有任何希望。同时他知道——或者说他猜想——这对未婚男女正天天相互重复着自己的誓言。这段时间奥斯蒙德很少出现在克里桑蒂尼宫;可是伊莎贝尔每天都会在别的地方和他见面;他们的订婚已经公开了,所以她可以自由行事。这个月她为自己准备了一辆马车,这样就不至于欠姨妈的情,用杜歇夫人的马车做她反对的事。早上,她会驾车去凯西那[①]。这片郊外的空地在清晨的时候是少有人打搅的,而在那最幽僻的地方,我们年轻的姑娘和她的情人一起,漫步在意大利灰蒙蒙的雾霭中,聆听着夜莺的歌唱。

---

① 凯西那:佛罗伦萨西部一公园名。

第三十四章

　　一天早上，午间用餐前半个小时，她外出驾车回来，在宫殿的院子里下了车，却没有走上宽大的楼梯，而是穿过院子，沿一道拱廊，进入了花园。此时此刻，无法想象还有什么地方比这里更加优美。午间的花园笼罩在一片静寂中，树荫四垂，温暖而静谧，让那阴凉的地方仿佛宽敞的洞穴。拉尔夫坐在一片清晰的阴影中，特耳西科瑞女神①的雕像旁——那是一个正在跳舞的仙女；纤细的手指，飞舞的裙裾，典型的贝尔尼尼风格②。他的姿态很放松，让伊莎贝尔觉得他睡着了。她的脚步轻轻踏过草坪，并没有惊醒他。她站在那里，静静地看了他一会儿，打算转身离去。可这时，他睁开了眼睛；于是，伊莎贝尔就坐在一张敦实的椅子上，和拉尔夫的一样。尽管有些生气，怪他对自己漠不关心，她还是看得出来，他心里装着什么事。不过，她想的是，他之所以心不在焉，一方面是因为健康恶化，身体虚弱，一方面和他从父亲那里继承来的财产有关——杜歇夫人告诉过伊莎贝尔，拉尔夫的处置方式很特殊，遭到了银行其他合伙人的反对，而他的母亲本人也不同意。她说，他应该去英国，而不是来佛罗伦萨。他离开那里已经很长时间了，而且对银行的事情不比对巴塔哥尼亚高原③更操心。

　　"抱歉吵醒你了，"伊莎贝尔说，"你看起来很累。"
　　"我是很累，可是并没有睡着。我在想你的事情。"
　　"因为这个才累？"

---

① 希腊神话中主管舞蹈和合唱的女神，九个缪斯之一。
② 乔瓦尼·洛伦佐·贝尔尼尼（1598—1680），意大利雕塑家、画家和建筑家。意大利巴洛克风格的杰出代表，以其流畅、动感的雕塑，如《阿波罗和达佛涅》（1622—1624）及其为包括圣彼得大教堂在内的许多教堂的设计而著称。
③ 南美洲阿根廷南部和智利间的一高原，从里奥科罗拉多一直延伸到麦哲伦海峡，从安第斯山脉一直延伸到大西洋。

"是的。因为没有任何结果。道路漫长，而我始终没有到达终点。"

"你希望的终点是什么？"她合上阳伞问道。

"那就是，能够清楚地告诉我自己，应该如何看待你的订婚。"

"别为这个想太多。"她轻描淡写地说。

"你是说这不关我的事？"

"如果超过了某个界限，是的。"

"那个界限就是我想确定的。我想，你也许会觉得我没有礼貌。我还没有祝贺你呢。"

"我当然注意到了。我想知道你为什么如此沉默？"

"有很多原因。现在我就告诉你。"拉尔夫说。他拉下帽子，放在地上，然后坐在那儿注视着她。他靠在椅子上，在贝尔尼尼的庇护下，头抵着大理石雕塑的基座，两只胳膊耷拉着，双手放在椅子空余的地方上。他看起来很难受，很不舒服；他犹豫了很久。伊莎贝尔什么也没有说；看到别人尴尬的样子她通常会感到难过，可是她已下定了决心，不给拉尔夫任何机会，让他说一个亵渎她的高贵选择的字。"我想，我还没有完全从惊诧中恢复过来，"最终他这样说道，"我原以为，你会是最后一个投进罗网的人。"

"我不懂你为什么说投进罗网。"

"因为你就要被装进笼子里去了。"

"如果我喜欢我的笼子，那就用不着你操心了。"她回答说。

"这正是我想知道的，也正是我在考虑的。"

"如果你考虑过了，也许会明白，我已经全都想好了！我做得很好，我很满意。"

"你一定变了很多。一年前你把自由看得比什么都重要；那时候你唯一想做的就是了解人生。"

"我已经看到了，"伊莎贝尔说，"我承认，现在我觉得它的广阔并不怎么诱人。"

"我也不讳言是这样的；只是你让我觉得，你很热爱它，你想体验所有的一切。"

"我已经明白,要做如此宏大的一件事是不可能的。必须选择一个角落,精耕细作。"

"这正是我想的:所以必须选择一个最好的角落。整个冬天,我读着你那些轻松愉快的信件,根本不知道你在选择。你一字未提,你的沉默让我失去了警惕。"

"这样的事我是不可能写信跟你说的。再说,将来会怎样我也一无所知,这些都是最近发生的事。不过,如果你没有失去警惕的话,"伊莎贝尔问,"你会怎么做?"

"我会说'再等等'。"

"等什么?"

"啊,多一点光亮,多一点了解。"拉尔夫说,脸上挂着一个滑稽的笑容,与此同时双手又放进了口袋里。

"那么我的光亮来自哪里?来自你?"

"也许我能为你擦出一两朵火花。"

伊莎贝尔已经脱下了手套;她把它们放在膝盖上,轻轻地抚平。这个温和的动作并不是她内心意思的表达,因为她的话没有丝毫抚慰的味道。"你在兜圈子,拉尔夫。你想说的是你不喜欢奥斯蒙德先生,可是你害怕。"

"'怀恨在心却不敢举手一击'?我想让*他*痛苦,是的——可不是你。我害怕的是你,不是他。如果你和他结婚,我这样说恐怕不会有什么好结果。"

"*如果我和他结婚*!难道你还指望能说服我不这么做?"

"这对你来说当然太愚蠢了。"

"不,"伊莎贝尔过了一会儿说,"这太让我感动了。"

"这是一回事。你可怜我,这让我显得很荒谬。"

她又抚了抚她的长手套。"我知道你非常爱我。这是我无法忘记的。"

"看在老天的分上,不要忘记这一点。时时刻刻想着它。它会让你相信,我是多么地希望你能幸福。"

"可是你根本不相信我!"

两人沉默了一会儿;温暖的正午时光此刻似乎在倾听着。"我相信你,可我不相信他。"拉尔夫说。

她抬起目光,睁大了眼睛定定地看着他。"现在你说了;我很高兴你说得很清楚。可是你会因此而痛苦的。"

"如果你是正确的,就不会。"

"我很正确,"伊莎贝尔说,"我没有和你生气,还有什么比这更好的证明?我不知道我是怎么回事,但我确实不生气。刚开始的时候我是有一点,可那已经过去了。也许我应该生气,可是奥斯蒙德先生不会这样想的。他只是想让我了解一切;这就是我为什么喜欢他。你什么也没有得到,这我理解。对你来说,我最好还是个女孩,所以你有充足的理由,希望我永远是这样。你的建议都很好,你总是给我好建议。不,我不生气,我心平气和;我一直相信你的智慧。"她接着说,吹嘘着自己的平静,却透露出遏制不住的兴奋。她渴望自己是正确的,这渴望如此强烈,它打动了拉尔夫的内心,让他觉得就像是来自一个被他伤害的人的抚摸。他想要打断她,想要告诉她她是正确的;有一阵他甚至很可笑地自相矛盾,愿意收回自己所说的话。可是她不给他机会,兀自说着;她感到了某种英勇,仿佛看到了一线光明,她想朝着这个方向前进。"我知道你的想法很特殊;我也很愿意听。它一定是无私的,这我可以感受得到。所以,和你争论有些奇怪,当然,我也要确切地告诉你,如果你想劝阻我,还是放弃了吧。太晚了;你不会让我移动半步。就像你说的,我投进罗网了。当然,你不会高兴听到这个,可是你的痛苦只能是你想象的。我永远也不会责备你。"

"我想你也永远不会,"拉尔夫说,"这根本不是我想象的你的婚姻。"

"请问,我的婚姻是什么样的婚姻?"

"啊,我很难说清。我不知道具体应该是怎样的,可我知道不应该是什么。我没想到你会选择……唉，那种类型。"

"奥斯蒙德先生的类型怎么了，如果他是一个类型的话？他见解独特，与众不同，这就是我在他身上看到最多的，"女孩骄傲地说。"你凭什么反对他？你根本不了解他。"

"是的，"拉尔夫说，"我对他所知甚少。我也承认，没有什么事实或者证据来证明他不是个君子。可是，尽管如此，我还是禁不住感觉到，你在冒险，冒一个巨大的风险。"

"婚姻永远都是巨大的冒险，他的风险和我的一样大。"

"那是他的事！如果他害怕了，那就请他退出。我祈求上帝，让他退出吧。"

伊莎贝尔斜靠在椅子上，抱着双臂，凝视着表兄。"我不能理解你，"最后，她冷冷地说，"我不明白你在说什么。"

"我一直以为，你会嫁给一个更重要的人。"

我说了，她的语气一直很冷静；可听到这个，一团火焰跃上了她的脸颊。"对谁来说更重要？我觉得，一个人的丈夫应该是对她最重要的人，这很清楚。"

拉尔夫也有些激动；自己刚才的态度让他感到懊恼。他的肢体动作好像是说，他要改变现在的状况；他挺直了身子，向前靠过来，双手放在膝盖上。他的眼睛盯着地面；脸上带着一副可敬的决绝的神情。"我马上就会告诉你，我是什么意思。"他很快说。他激动极了，简直有些迫不及待；既然已经说开了，就要一吐为快。不过，他还是希望尽可能地温柔。

伊莎贝尔略等了等——就又郑重其事地开口了。"奥斯蒙德先生在各个方面都关心他人，在这一点上他无与伦比。也许有比他更高贵的性情，可是我还没有结识它的那份荣幸。奥斯蒙德先生是我知道的最优雅的人；他对我来说足够好，足够有趣，足够聪明。他所拥有的、所代表的已经深深地吸引了我，远远超过了那些他可能缺少的。"

"我曾经快乐地幻想着你美好未来，"拉尔夫没有理会她的一番话，而是自顾自地说道，"我为你绘制出了高远的人生，它带给我多少乐趣。可是里面不会有这样的事情发生。你不会这么轻易、这么快地就摔下来。"

"你说摔下来?"

"嗯,这就是我对你现在的感觉。在我的心目中,你仿佛是在碧空中展翅高飞——在一片光明中自由航行,翱翔在芸芸众生之上。可是突然间,有个人抛出一只枯萎的玫瑰花——它根本不可能射中你——可是你却直落下来,摔在地上。这太让我伤心了,"拉尔夫大胆地说了出来,"比我自己摔下来还要心痛!"

他的同伴的脸上浮出了愈加痛苦而困惑的神情。"我根本不知道你在说什么,"她又说了一遍,"你说你为我规划人生,而且从中获得很多乐趣——这我无法理解。不要玩得太高兴了,不然我会以为你在拿我取乐。"

拉尔夫摇了摇头。"我对你抱有远大的理想,我不害怕你不信我。"

"你说我展翅高飞,自由航行,这是什么意思?"她接着问,"我还从来没有飞得像现在这么高过。对一个女孩来说,她能达到的最高的高度就是嫁给一个——一个她喜欢的人。"可怜的伊莎贝尔不觉陷入了说教中。

"正是你喜欢那个人,我才想提醒你,亲爱的表妹。我想说,你的那个人应该具有更加积极、更加广阔、更加自由的性格。"拉尔夫犹豫了一下,然后又说道:"我无法摆脱这样的感觉——不知道为什么,我总觉得奥斯蒙德先生有些……嗯,狭小。"这最后两个字,他说得似乎没有多大自信;他害怕她又会勃然大怒。可是让他惊讶的是,她很安静;似乎在考虑。

"狭小?"她说道,让这两个字听起来似乎有着无限的意味。

"我觉得他心胸狭窄,为人自私。他把自己看得太重要了!"

"他非常看重自己,我并不因为这个而指责他,"伊莎贝尔说,"一个人尊重自己,才会更加尊重他人。"

她的口吻很理智,一时间几乎让拉尔夫恢复了信心。"是的,可是一切都是相对的,一个人应当感受到同其他事物——其他人的联系。我认为奥斯蒙德先生没有做到这一点。"

"我所知道的只是他和我的关系。这一点他做得很好。"

"他代表了品位。"拉尔夫接着说,一边努力地想,如何才能用最好的方式表达出吉尔伯特·奥斯蒙德性格中险恶的东西,如何让他的描述听起来不至于像是对他的诋毁,避免让自己陷入被动。他希望能够客观地、理智地描述他。"他用这来判断一切,衡量一切,他所有的好恶都取决于它。"

"幸运的是他的品位很高雅。"

"的确很高雅,因为正是这个才让他选你做新娘。可是,你见过这样的品位——这样一种高雅的品位——被触怒的时候吗?"

"我希望永远不要让我的丈夫失望,希望不会碰到这样的运气。"

听到这些话,拉尔夫突然间激动地脱口说道:"啊,你这样做太任性了,太不值得了!你的人生不是为了让别人用这种方式来对你评头品足——你应该有更好的命运,而不是时刻警惕着不要触怒一个干瘪的半瓶醋艺术家的神经!"

伊莎贝尔猛地站了起来,他也做出了同样的动作,两个人就这样面对面地站着,注视着对方,好像他侮辱了她,在她面前掷下了挑战书。可是,她只是低声说:"你太过分了。"

"我已经说了我心里想的——我说出来是因为我爱你!"

伊莎贝尔顿时脸色苍白:难道他也是那串无聊名单中的一个?她突然间渴望能够击败他。"啊,这么说,你也不是没有私心的啦!"

"我爱你,可是我的爱没有任何希望。"拉尔夫很快说,脸上挤出了一个微笑,觉得刚才说了原本不想说的话。

伊莎贝尔走到一边,凝望着阳光灿烂而寂静无声的花园;可过了一会儿,又转身回来,走到他跟前。"恐怕你刚才的话都是绝望中的疯话!我无法理解——可是这也没关系。我现在不是在和你争论;我不应该这样,那是不可能的;我只是试图听从你的意见。我很感谢你,因为你努力地解释了你的想法。"她温柔地说,好像刚才让她愤然起身的怒气已经消退了。"你是个好人,你真的感觉到了危险,就想警告我；可是我不能向你保证会考虑你说的那些话；我会尽快地忘掉它们。你也试着忘掉它吧；你已经尽了你的责任，没有人能够做得更多了。我无法向你解释我的感觉，我的想法，即便能够做到的话也不会。"她停顿了片刻，接着却换了不同的口气；尽管拉尔夫一心渴望能够从中发现某些让步的痕迹，可还是注意到了这一点。"我无法同意你对奥斯蒙德先生的看法；我不能说那是正确的，因为我是从另一种角度来看他的。他不重要——不，他不重要；他是一个对名利地位这些所谓的重要丝毫不在意的人。如果你说他'狭小'就意味着这个，那么他是很'狭小'，随你这么说。可是我却说这是一种宏大——是我见过的最宏大的东西。我不想和你就一个我将要嫁给他的人而争论。"伊莎贝尔重复道。"我一点也不想去维护奥斯蒙德先生；他没那么弱不禁风，不需要我为他辩护。我想，也许你会觉得，我怎么能这样平静这样淡漠地谈论他，好像他是一个和我无关的人。我不会和任何人谈论他，只除了你；而对你，在你说了那些话之后——我也只会做最后一次回答。请问，你希望我的婚姻是唯利是图的吗——就是人家说的野心勃勃的婚姻？我只有一个野心，那就是自由地跟随一种美好的情感。我曾经有其他的野心，可是它们都消失了。你反对奥斯蒙德先生，是因为他没有钱吗？这正是我喜欢他的地方。幸运的是我有足够的钱，我从来没有像今天一样感谢它。有时候，我甚至想去跪在你父亲的墓前；他做了一件非常善良的事，也许他自己都没想到；他让我有力量和一个贫穷的人结婚——一个高贵而淡然地安于贫困的人。奥斯蒙德先生从来不会争权夺利——他不在意任何世俗的荣耀。如果这就是心胸狭窄，这就是为人自私，那么好吧。我不会被这些词吓倒，甚至不会感到不高兴；我只是很遗憾，你也会犯这样一个错误。其他人也许会这样，可是我很惊讶你居然也会。如果一个绅士出现在你的面前，你应该看得出来——你应该知道什么是美好的灵魂。奥斯蒙德先生从不会犯错误！他知道一切，理解一切，他拥有最善良，最温柔、最高贵的精神。你产生了一些错误的想法。这很遗憾，可我也无能为力；这更多的是你的事，不是我的。"伊莎贝尔停了下来,注视着表兄;虽然她小心地维持着平静的态度,她的双眸还是被一种情感点亮了,那是一种混合的情感,其中既有愤怒和痛苦——那是刚才他的话所引起的,也有受伤的骄傲,因为她不得不为自己的选择而辩护,而她自认为这选择是如此的高贵而纯洁。尽管她停了下来,拉尔夫还是没有说话;他看得出来,她还没有说完。她一脸的崇高,却又一脸的迫切;她平静而淡漠,却又激动而热忱。"你喜欢我和什么样的人结婚?"她突然问道,"你说展翅高飞,自由翱翔,可如果她结了婚,就必然要脚踏实地。她有普通人的情感和需要,她有一颗心,所以她必须和某个具体的人结婚。因为我没有和沃伯顿勋爵建立更好的关系,你的母亲到现在都不肯原谅我;更让她恐怖的是,我中意的人没有任何沃伯顿勋爵那样的条件——没有财产、没有头衔、没有荣誉、没有房产、没有土地、没有职位、没有名声,没有任何可夸耀的东西;但让我满意的正是所有这些没有。奥斯蒙德先生只是一个很孤独,很有教养,很诚实的人——不是什么了不起的大阔佬。"

拉尔夫听得很专心,好像她说的每个字都值得好好考虑;其实,他只有一半心思在考虑她的话,另一半被她强烈的热忱和信念占据了——看得出来,她充满热情和信仰,这印象重重地压在他的心头,让他无法承受。她错了,可她坚信她的错误;她被欺骗了,可她却令人悲哀地始终如一。她为吉尔伯特·奥斯蒙德编织了一套美好的理论,她爱的并不是他的"所有",而是他的"没有"所装扮出来的美德;这正是她的性格。拉尔夫回忆到,他曾经对父亲说,希望为她加把力,让她有能力满足自己的想象。他这样做了,而她也好好利用了他奢侈的礼物。可怜的拉尔夫,他感到痛心,感到羞耻。伊莎贝尔用低沉、庄严、充满自信的声音说完了最后几个字,为讨论画上了一个句号;然后转身朝房里走去,似乎正式地结束了两人的谈话。拉尔夫跟在她身边,一起穿过院子,走到宽大的楼梯下。他在这里停了下来,伊莎贝尔也停住了脚步。她转向他,一脸欣喜,一脸感激——这很奇怪,但的确如此,因为他的反对让她更加清楚地明白了自己行为的意义。"你不上去用早餐吗？"她问。

"不，我不需要早餐，我不饿。"

"你应该吃点东西，"女孩说，"你几乎靠空气活着。"

"没错。我应该回花园去再吃上一口。我走了这么远只是想说一句话。去年我告诉过你，如果你陷入痛苦，我会觉得自己被残酷地出卖了。这就是我现在的感觉。"

"你觉得我会痛苦？"

"只要犯了错，就会有痛苦。"

"好吧，"伊莎贝尔说，"我永远也不会向你诉苦！"说完，她就走上了楼梯。

拉尔夫站在那里，双手插在口袋里，眼睛跟随着伊莎贝尔；高墙深院，一阵寒气悄悄袭来，让他打了个寒噤，于是他回到了花园，在佛罗伦萨的阳光中用了早餐。

第三十五章

伊莎贝尔和她的恋人在凯西那散步的时候,没想过告诉他在克里桑蒂尼宫他有多么不受欢迎。姨妈和表兄很谨慎,不赞同她的婚姻,可是这并没有给她造成多大的影响;这只说明,他们不喜欢吉尔伯特·奥斯蒙德。他们的不喜欢并没有让伊莎贝尔有所警觉;她甚至不觉得有什么遗憾的;因为这只是让一个事实更加清楚,那就是,她是为了自己而结的婚,这是多么的荣耀。人们做很多事情是为了让别人满意,可在这件事上,是要让自己满意;伊莎贝尔的恋人举止高贵,令人仰慕,这更坚定了她的信心。吉尔伯特·奥斯蒙德坠入了爱河,在这些平静、明朗的日子里,每天都屈指可数,他的愿望就要实现了。对于这时的他,拉尔夫·杜歇所做的那些严厉的批评,比任何时候都显得不公正。他的批评对伊莎贝尔所产生的唯一效果就是让她明白,浓烈的爱情把它的牺牲品和所有人完全隔绝开来,只除了她深爱的人。她感到自己同每一个认识的人都脱离了关系,包括她的两个姐姐,她们都给她写了信,出于责任地祝她幸福,同时也很惊讶,她的配偶不是个什么大人物,拥有一大串趣闻轶事——当然了,这一点她们表达得很含糊;还有亨利埃塔,她知道,她一定会跳出来反对她、劝阻她的,可是已经太晚了;还有沃伯顿勋爵,他会自我安慰,这是一定的;还有卡斯帕·古德伍德,他也许不会这样做;还有她的姨妈,她的婚姻观冷酷、浅薄,让她鄙视,而且对此毫无歉意;还有拉尔夫,他大谈什么对她抱有远大的理想,又是他那些古怪的念头,不过是要掩盖他自己的失望罢了。拉尔夫当然希望她永远都不要结婚——因为他乐于看到一个单身女子的历险记。他是因为失望才愤怒地诋毁那个人,因为那是她更欣赏的人,甚至超过了拉尔夫:伊莎贝尔相信,拉尔夫是怒火中烧,而且很得意自己能够想到这一点。她是很容易朝这方面想的,就像我说的,现在的她已经倾注了所有的情感，没有多少空余给那些次要的需求了；而且，她已经接受了这样一个想法，要像她这样欣赏吉尔伯特·奥斯蒙德就必然要切断所有其他的联系，这是发生在她命运中的一次事件，甚至可以说是一种装饰。她欣赏他，从中品尝到了甜蜜的滋味，那滋味让她意识到，什么是着迷，什么是倾倒；那是无情的浪潮，招人怨恨，同所有赋予爱情的美德，所有传统的荣誉一样伟大；她几乎被震慑了。那是幸福中悲哀的部分；一个人的权利就意味着另外一个人的受伤。

奥斯蒙德的内心燃烧着胜利的喜悦，可是，如此壮丽的火焰却没有冒出浓烟。他内心的满足不会以任何庸俗的形式显现；在这个最为重视自我表现的人身上，兴奋只能转化为一种自我控制的狂喜。这样的性格让他成为一个最好的情人；让他永远表现出一副倍受感动、随时准备奉献的样子。我说过，他从来不会忘形；所以他从来不会忘记要表现得优雅、温柔，永远戴着面具——这对他的确不是什么难事——好像他的心在不断地震颤，他对婚姻怀有多么深刻的理解和期望。他年轻的恋人让他满意极了；梅尔夫人送给了他一份不可估价的大礼。她精神高贵，而且调谐得温和柔美，还有什么比同这样的人一起生活更美好的事儿？难道她的温柔不是供他独享？而她的高贵是要展示给世人，他们只仰慕优越的举止，高傲的神情？还有什么比同聪敏而富于想象的头脑为伴更让人高兴的礼物——它就像一个光华精美的表面，会折射出他的思想，却不是简单地重复它们？奥斯蒙德不愿意看到自己的思想被完全机械地复制，那会让它看起来干瘪而愚蠢；他更希望它得到新鲜地表现，就像音乐让"文字"变得更美。他不会想要一个愚钝的妻子，他的自负不容他有这样粗俗的表现；而这位姑娘的智慧就像一只银盘——而不是泥制的陶器——他可以在上面装满成熟的鲜果，而它会把它们装饰得更美，于是他们的谈话对他来说就会像一道甜点一样可口。他在伊莎贝尔的完美中发现纯银般的质地，他甚至可以用他的指节敲击她的想象力，让它发出银铃般的响声。尽管从来没人告诉过他，可他完全清楚，女孩的亲戚朋友一致反对两人的结合；但他一直把她当作一个完全独立的人，似乎没有必要为她家人的意见表示遗憾。不过,有一天早上,他突然提了出来。"他们不同意是因为我们两个在财富上的差异,"他说,"他们以为我爱的是你的钱。"

"你指的是我姨妈——我表哥?"伊莎贝尔问道,"你怎么知道他们怎么想?"

"你从没告诉过我他们赞成这件事。那天我给杜歇夫人写了一封信,可她没有回。如果他们高兴的话总会有所表示,可他们现在保持沉默,这是因为我贫穷而你富有,这是再明显不过的解释了。当然了,一个没有钱的人要娶一个有钱的女孩,必须要做好准备,承受这些非难。我根本不在乎这些;我在意的只有一件事——那就是你是否有丝毫的怀疑。我不关心别人怎么说,对他们我一无所求——也许我连想知道的愿望都没有。我自己从来没有如此关心过这些东西,上帝原谅我,为什么今天——当我所有的一切都已经得到了补偿的时候——要这样做?我不会装模作样地说:你有钱,这让我很遗憾;不,我很高兴你有钱。你的一切都让我高兴——无论是金钱还是美德。金钱这东西,如果你去追求它,它就会很可怕,可是如果你和它不期而遇,它就会很美好。然而,我觉得,我已经充分证明了,我对它的渴望是多么的有限;我这辈子从来没试图去赚过一分钱;我们看到,大多数人都会不惜一切地攫取金钱,比起他们,人们不应该怀疑我。不过,如果你的家人怀疑我,那是他们的事;再说,他们这么想也是合乎情理的。有一天,他们会喜欢我的;到那时,你也会因此更喜欢我。我要做的并不是让自己成为别人仇恨的对象,而是感谢生活,感谢爱,就这么简单。""爱上你让我变得更好了,"又有一次,他说,"让我变得更睿智、更平和——这我不会否认——更明亮,更美好,甚至更坚强。过去我曾经渴求过很多东西,因为得不到而愤怒。理论上来讲,我是很满足的,这我告诉过你。我为限制了自己的需求而自夸。可是我也会屈服于愤怒;也会有病态、愤恨的时刻,受着饥渴和欲望的折磨,却毫无结果。而现在,我是真正地满足了,因为我想象不到还有什么更好的。就好像一个人正在昏暗的暮色中艰难地拼读书上的字句,这时他的面前突然点亮了一盏灯。我瞪大了眼睛,辛苦地阅读人生这本书,却没有看到什么足以补偿我的痛苦。现在我可以好好地阅读了,而且发现那是一个让人高兴的故事。我亲爱的姑娘,我简直无法告诉你,展现在我们面前的是怎样的人生——等待我们的是怎样漫长的夏日午后。那是意大利的后半日——它弥漫着金色的雾霭,阴影刚刚开始拉长,阳光、空气、田野,那么神圣,那么精妙,这是我终生喜爱的,也是你今天喜爱的。请相信我,我们一定会相亲相爱的,我看不到任何做不到这一点的原因。我们得到了我们喜爱的一切,更不用说还得到了彼此的心。上天赋予我们赞美的能力,让我们拥有几个至关重要的信念。我们既不愚笨,也不卑劣,也不受任何愚昧无知或单调乏味的束缚。你新鲜欲滴,而我久经风霜。我们还有我那可怜的小女儿,她会给我们带来欢乐;我们会想办法,为她安排小小的人生。一切都柔和、甜美——那是意大利的色彩。"

　　他们订了很多计划,也留给自己很多空间;当然了,目前他们会住在意大利,这是一定的。意大利是他们相遇的地方,它见证了两人的第一次相见,也应当见证他们的幸福。奥斯蒙德在这里有一些老关系、老朋友,伊莎贝尔也有新结识的朋友、新的体验,这些似乎向她保证,未来将是一种高层次的生活,充满了对美的感受。她曾经渴望无限延展的生活,可是现在,它却被她心里的另外一种想法所取代了,那就是,生活,如果没有属于个人的责任,将是一片空虚,只有责任才会把一个人的精力聚集在一个点上。她对拉尔夫说,在这一两年内,她已经"见识了生活",她已经厌倦了,可她厌倦的不是生活,而是仅仅观察生活。如果永远不结婚,她所有的热情、向往、思想,她对自身独立的高度珍视,她最初的信念,又都会有什么结果呢?现在,这一切被纳入了一种更加原始的需求中,这令她将无数的问题置之脑后,不顾一切地去满足它,因为它化解了她无限的欲望。它在瞬间将一切变得简单,它从天而降,仿佛灿烂星光,不需要任何解释。他是她的爱人,这就解释了一切;他是她的,她会对他有用。她会谦卑地屈服于他,她可以带着一种骄傲和他结婚;她不仅是在索取,而且也是在付出。

有那么两三次,他把潘茜也带到了凯西那——潘茜比一年前高了一点,却没怎么长大。她将永远是个孩子,她的父亲已经做了这样的判定。虽然她已经十六岁了,他还会牵着她的手,当他要和身边的漂亮女士小坐一会儿的时候,还会告诉她,自己去一边玩。潘茜穿着一条短裙,一件长外衣;她的帽子看起来总是显得太大。她会很高兴地走到一边去,迈着细碎敏捷的步子,走到小径的尽头,回来时脸上带着微笑,似乎是期望得到赞许。而伊莎贝尔也会大大地赞许她,赞许中含带着个人情感,这是孩子满怀挚爱的天性所渴求的。她观察着她的一举一动,好像这对她自己来说也很重要——潘茜已经代表了她需要提供的某些帮助,她需要面对的某些责任。她的父亲总是把她当孩子看待,还没有向她解释过自己和这位举止优雅的阿切尔小姐之间的新关系。"她不知道,"他对伊莎贝尔说,"她不会去猜测;她觉得你和我只是好朋友,到这里来散步是很自然的。我觉得她是那么天真,那么美好;这正是我喜欢的样子。有时候我会想,我并不是一个失败者,不,在两件事上我成功了:我要和我深爱的女人结婚;如我所愿,我用传统的方式养育了我的孩子。"

他在所有事情上都喜爱"传统的方式";这让伊莎贝尔很有感触,觉得这是他那些美好、安静、真挚的品质的一部分。"不过我觉得,只有告诉她,你才知道是不是成功了,"她说,"你必须看看她的反应。也许她会吓坏的——也许她会嫉妒。"

"这我并不担心。她自己也非常喜欢你。我会再隐瞒一段时间——看看她是不是会想到,如果我们没有订婚,就应该那样做。"

对于潘茜的天真,奥斯蒙德似乎抱着一种艺术家、雕塑家一样的欣赏态度,这让伊莎贝尔印象很深;她也欣赏潘茜的天真,可她更多的是关切,是道德方面的。所以,几天后,奥斯蒙德告诉她已经给女儿说明了情况时,伊莎贝尔很高兴。潘茜只说了短短的一句话——"哦,那我就有一个漂亮的姐姐了!"她既没有惊讶,也没有焦虑;没有像他预期的那样失声惊叫。

"也许她已经猜到了。"伊莎贝尔说。

"不要这样说。如果是这样我会生气的。我想她只是有一点吃惊;不过她接受这个事实的方式证明,她的举止完美无比。这也是我希望的。你自己会看到的,明天她会亲自祝贺你。"

第二天的会面是在吉米奈伯爵夫人府上,潘茜的父亲已经把她带到了那里,她知道伊莎贝尔下午会来回访伯爵夫人。伯爵夫人得知要和伊莎贝尔成为姑嫂后去拜访了她,可是到了杜歇夫人府上她却不在家。我们的年轻姑娘被引到了伯爵夫人的客厅,潘茜迎了上来,说姑妈很快就来。这天潘茜和这位女士在一起,她要教导她如何待人接物,小姑娘已经到了学习这个的年龄。不过,照伊莎贝尔看,应该是小姑娘教她的亲戚如何行为举止;两人一起等待伯爵夫人的时候,潘茜的表现更说明伊莎贝尔的判断是正确的。一年前,她的父亲最终决定把她送回修道院,接受最后的礼仪教导;看来,凯瑟琳修女践行了她的诺言,潘茜是为这个伟大的世界打造的。

"爸爸告诉我,您已经同意和他结婚了,"那位优秀女士的学生说,"这真让人高兴,我想你们很合适。"

"你觉得我会适合你吗?"

"你再适合我不过了。不过我的意思是,你和爸爸之间很合适。你们两个都很安静,很严肃。你没有爸爸安静——甚至也没有像梅尔夫人那样;可是你比很多其他人都要安静。他不会找一个,比如说,像我姑姑那样的人做妻子。她总是动个不停,总是很激动——特别是今天;等她来了你就会看到了。在修道院里她们说评价长辈是不对的,可是我想,如果是善意的评价应该没什么大碍。你会成为爸爸的好伴侣,会让他高兴的。"

"我希望对你也是。"伊莎贝尔说。

"我是有意先说他的。我已经告诉过你,我对你是什么想法;从一开始我就喜欢你。我崇拜你,如果你能一直在我眼前、在我身边,那我真是太幸运了。你会是我的模范,我会努力仿效你,只恐怕我的模仿很拙劣。我为爸爸高兴——除了他我还需要一些别的。没有你我不知道他怎么会得到那些他需要的东西。你会是我的继母,可是我们不要用那个词。继母总是很冷酷;可是我想你不会的,不会掐我,也不会推我。我一点也不担心。"

"我的小潘茜,"伊莎贝尔温柔地说,"我会永远疼爱你的。"很奇怪的,她仿佛突然看到,她怯生生地走上前来,请求她疼爱她;这让她不禁打了个寒噤。

"那太好了,我就没有什么可害怕的了。"孩子急忙回答道,好像已经准备好了。她都接受了什么样的教导,好像是——或者说,她对不守规矩而遭受的惩罚是多么恐惧!

她对姑姑的描述没有错;吉米奈伯爵夫人的翅膀比过去更加扑棱个不停,走进房间时把空气都搅动了。她先亲了亲伊莎贝尔的额头,然后是两颊,好像是遵照什么古老的仪式。她把客人拽到了沙发上,然后左右端详着她,脑袋扭来扭去,就好像她坐在画架前,手里拿着画笔,打量着画布上已经安插好的一组人物,经过了深思熟虑,正要这里那里添上几笔。之后,她就开始滔滔不绝了。"如果你指望我祝贺你,我只能请你原谅了。我想你也不会在乎我是不是祝贺你的;我相信,你这么聪明——是不会在意那些一般小事的。不过我很在意要不要撒谎;我从来不说谎,除非有什么好处。从你这儿,我看不会有什么好处——特别是,你也不会相信我的。我不会说漂亮话,就好像我不会做纸花,不会做荷叶边的灯罩——我不知道怎么说。我做的灯罩总是会着火,我做的玫瑰花总比真的要大,我说的谎一听就是假的。就我自己来说,我很高兴你和奥斯蒙德结婚;可我不能说我也为你高兴。你灿烂无比——你知道,大家都是这么说你的;你继承了大笔财产,又长得漂亮,而且与众不同,不乏味;所以,有你这样的人在家里是件好事。我们的家庭是很优秀的,你知道;奥斯蒙德会告诉你的;我母亲很出色——人们都叫她美国的科琳。可是我们堕落了,可怕地堕落了,也许你会把我们捞出来。我对你很有信心;我有很多事想告诉你。我从来不祝贺任何要结婚的姑娘;婚姻是个铁笼子,可我觉得,人们也应该让这笼子不那么可怕。我想潘茜不应该听这些;

可是她来我这里就是为了这个——了解社会。她要知道,等在她面前的是多么恐怖的事,这没什么坏处。我刚知道我弟弟在打你的主意的时候,我想写信给你,用最严厉的措辞,劝阻你,不要听他的。可是我想这是背叛,我讨厌所有背叛的事。再说,就像我说的,我自己也很喜欢你;毕竟,我是自私的。再说了,你是不会尊敬我的,一丁点儿也不会,我们永远也不会亲密起来。我倒是愿意,可你不会的。不过,总有一天,我们会成为好朋友,你是想不到的。我的丈夫会来见你的,尽管他和奥斯蒙德没什么交情,这个也许你知道。他喜欢去看漂亮的女人,可你我不害怕。第一,他干什么我不管;第二,你根本不会把他放在眼里,你永远也不会对他感兴趣;尽管他很笨,可还是能看出来,你不是他的类型。如果你愿意听,将来我跟你说说他的事。你觉得我的侄女是不是不应该待在屋里?潘茜,去我屋里练会儿琴。"

"请让她留下来,"伊莎贝尔说,"我不想听任何潘茜不能听的话!"

第三十六章

一八七六年的一个下午，将近傍晚时分，一位长相英俊的年轻男子，按响了一套面积不大的公寓的门铃。这套公寓位于罗马一座年代久远的房子里。门一开，该男子就问梅尔夫人可在。开门的女仆长相一般，整洁利落，相貌看像个法国人，一举一动看得出是夫人的贴身仆人。女仆把年轻人让进一间不大的客厅，客气地问了他的名字。"爱德华·罗齐尔。"年轻人答道，并坐下来开始耐心等候女主人的出现。

也许读者还没有忘记，罗齐尔先生是巴黎美国人社交界的点缀；不过我们还应记住的是他有时会从这个圈子里消失。有好几个冬天，罗齐尔先生都会在波城待一段时间；而且他的习惯一旦养成了，就不易摆脱，所以谁也保不准他不会几年如一日地每年都造访这个可爱的胜地。可是一八七六年夏天的一次邂逅，不仅改变了他眼下的想法，也改变了他惯常的打算。他在上恩格达恩①住了一个月，在圣莫里茨②偶遇了一位迷人的姑娘。这个女孩儿当即就引起了罗齐尔先生的特别关注；因为这就是他长期以来魂牵梦绕的梦中情人。罗齐尔先生向来谨小慎微，从不鲁莽，当时克制住了自己激情，没有向对方表白。那位姑娘要前往意大利，罗齐尔先生则事先和朋友约定在日内瓦见面。可是道别的时候，罗齐尔先生觉得，如果再也见不到这个女孩儿了，他会陷入浪漫的不幸之中。要见到奥斯蒙德小姐最简单的办法就是秋天去趟罗马，她和家人住在那里。罗齐尔先生开始了去往意国首都的长途跋涉，并在十一月一日抵达了那里。整个经历很愉快，不过对于这位年轻男子而言，这件事情还有一种英雄主义。罗马的空气臭名昭著，里面含有很多有害物质，十一月份尤其如此；没有经验的

---

① 瑞士东部尹河的一个山谷，分为西南部的上恩格达恩和东北部的下恩格达恩两部分，是著名的游览风景区。
② 瑞士东南部一城市，位于库尔东南偏南的因河河畔，是著名的滑雪胜地。

他很有可能呼吸到这些东西。不过，幸运女神总是眷顾那些勇敢者。这位名叫罗齐尔的冒险家每天三粒金鸡纳霜①，到一个月结束的时候，就没有理由抱怨自己的蛮勇了。某种程度上他也算好好利用了自己的时间——他花了大量的时间想发现潘茜·奥斯蒙德身上有什么缺点，只是无果而终。潘茜·奥斯蒙德完美无瑕，实实在在天生尤物。想起她，罗齐尔就会爱潮涌动，良久不能平息，那情形就像他想起了一件德累斯顿产的瓷制牧羊女。也确实，处于豆蔻年华的奥斯蒙德小姐，带有一丝洛可可式风格②，正是罗齐尔心仪的那种，所以他怦然心动就不足为奇了。罗齐尔比较喜欢轻佻时代的东西，这一点从他对梅尔夫人客厅陈设的关注上可以轻易看出。梅尔夫人的客厅里也陈列了各种式样的古董，不过以上两个世纪的东西居多。不由得，罗齐尔举起单片眼镜，开始环顾四下。"哎呀！夫人确实收藏了一些宝贝呀！"他不无艳羡地自言自语。客厅很小，塞满了家具，让人感觉似乎到处都是褪色的丝绸和微型塑像，人动一动，它们就要跌落。罗齐尔站了起来，小心谨慎地走了一圈，伏在有小摆设的桌子上看了看，又好好端详了端详凸饰有奢华图案的靠垫。梅尔夫人进来的时候，看见罗齐尔正站在壁炉旁，壁炉罩是用缎子做的，他的鼻子紧贴在壁炉罩的蕾丝荷叶边上。他煞有介事地举着它，似乎在闻。

"这是古威尼斯风格的，相当不错。"梅尔夫人说。

"放在这里有点儿可惜，您应该穿上它。"

"有人告诉我你在巴黎有更好的，类型一样的。"

"嗯，不过我可不能穿。"客人笑着说。

"为什么不能！我有比这穿起来更好的蕾丝。"

罗齐尔又恋恋不舍环视了一遍客厅。"您真的有些好东西。"

"没错，不过我恨它们。"

"您想处理掉一些吗？"年轻人迫不及待地问。

---

① 一种味苦、无色、不定形的粉末或晶体状生物碱，从某些金鸡纳树皮中提取，用在医药上来治疗疟疾。
② 一种十八世纪初起源于法国的有精心刻意用大量的涡卷形字体、树叶及动物形体点缀装饰的艺术风格，尤指建筑和装饰艺术。

"不想。有东西恨着也挺好：干活儿才能发泄呀！"

"我喜欢我的那些东西，"罗齐尔先生边说边坐了下来，由于承认所有这些脸颊绯红起来，"不过我来这里跟您说话，并不是为我的或您的这些东西。"他停了一下，又接着说，不过越发柔情蜜意："在我眼里，全欧洲的古玩也不及奥斯蒙德小姐重要！"

梅尔夫人睁大了眼睛。"你来就为告诉我这个？"

"我想征求您的建议。"

梅尔夫人凝视着他，善意地皱起眉头，不停地用自己又白又大的手抚弄着下巴。"你很清楚，恋爱的男人不问计。"

"要是他处境艰难呢？而且事情又经常如此。我知道自己以前也萌发过爱情，可从未像这次夺人魂魄——的确如此。我就是想知道您觉得我的情景乐观与否。我担心奥斯蒙德先生看不上我……呃，就是说觉得我不值得成为他的藏品。"

"你希望我做些什么？"梅尔夫人美臂交叠，漂亮的嘴巴翘向左侧道。

"您能替我美言几句吗？我将感谢不尽。我要去叨扰奥斯蒙德小姐，得事先知道她父亲同意我们交往，不然的话于事无益。"

"考虑得很周到，这对你没坏处。看来你觉得我把你当成罕物了，这你可有些草率了。"

"您待我很好，所以我才来的。"年轻人说。

"对于藏有路易十四时期玩意儿的人，我都礼遇有加；那些东西现在可不多见了，能值多少谁也说不准。"说到这里，梅尔夫人左边嘴角一动，表明她是在开玩笑。

罗齐尔一点儿也没注意，他全神贯注，紧张惶恐。"噢，我还以为您是喜欢我这个人呢！"

"我很喜欢你；你高兴的话，我们不再深究下去了。我可能有些傲慢，请见谅。的确，作为一位年轻人，你无可指摘。不过，我得告诉你，潘茜·奥斯蒙德的婚姻不是我能左右的。"

"我没那么想，我只是觉得您和她家人相熟，能说上些话。"

梅尔夫人想了想问:"你指谁?"

"当然是她的父亲和——英语怎么说来着?——继母①。"

"毫无疑问,奥斯蒙德先生是她的父亲。不过他妻子很难称得上是奥斯蒙德小姐的家人。奥斯蒙德夫人管不了小姐的终身大事。"

"真遗憾,"罗齐尔温和而真诚地叹了口气,"我以为奥斯蒙德夫人会喜欢我的。"

"可能性很大——前提是她丈夫不那样。"

罗齐尔双眉紧蹙。"他们两个意见不一?"

"事无分类,他们总是意见相左。"

"唉,真遗憾,"罗齐尔说,"不过我也管不了,奥斯蒙德夫人很喜欢潘茜。"

"的确,她很喜欢她。"

"潘茜也很依恋奥斯蒙德夫人。她告诉过我自己如何喜爱奥斯蒙德夫人,好像她就是自己的亲生母亲。"

"呵,看来你和这个可爱的孩子肯定有过亲密的谈话,"梅尔夫人说,"有没有表白过自己的情感?"

"从未!"罗齐尔高声道,戴着手套的手也举了起来——手套戴得规规矩矩。"没有得到她父母的允诺,我是不会的。"

"你一直在等这个允诺吗?你很有原则,还彬彬有礼。"

"我感觉你是在嘲笑我,"年轻人喃喃着,靠到椅子上,开始抚弄自己的胡须,"我没想到您会这样,梅尔夫人。"

梅尔夫人静静地摇了摇头,就像一个从自己的角度看待事物的人。"你误会我了。我认为你行事脱俗,无可挑剔。就是这样。"

"我不愿意烦扰她,那样只会让她心烦意乱。我实在太喜欢她了。"奈德·罗齐尔说。

"不管怎么样,很高兴,你告诉了我,"梅尔夫人接着说,"给我点时间,或许能帮你些什么。"

---

① 原文为法语。

"我说过你就是我该求助的人!"梅尔夫人的客人迅即兴奋地大声说。

"你很机敏,"梅尔夫人淡然道,"我说或许能帮你,前提是这是件好事。现在假定是这样的,我们稍稍商议一下。"

"我绝对心地坦荡,"罗齐尔正经八百地说,"我说不上完美无瑕,不过绝无恶行。"

"都不是正面的。还有,恶行也要看人们怎么界定的。你有什么正面的东西?有什么美德?除了你的西班牙蕾丝和德累斯顿茶杯,你还有什么?"

"我每年收入颇丰——大约四万法郎;加上我精于安排,这个收入能保证我们生活安逸逍遥。"

"逍遥,谈不上;安逸,还可以。这也看你住在哪里。"

"噢,在巴黎,在巴黎我想可以。"

梅尔夫人的嘴巴朝左侧翘了起来。"可这样的生活并非声名显赫。到时候你就不得不利用你那些茶杯,可它们有可能会碎的。"

"我们不想声名显赫。只要奥斯蒙德小姐的每件东西都很漂亮就足够了。一个人像她那么漂亮,即便——呃,很便宜的珐琅也无妨。她只要穿细棉布衣物就可以了——不必戴首饰。"罗齐尔若有所思地说。

"首饰你都不让她戴?听了你这套理论,她真要好好感谢你了。"

"我保证,这是正确的;而且我相信她会接受这番道理的。这些她都懂,这就是我爱她的原因。"

"她是很可爱的小姑娘,最整洁不过——而且落落大方。不过,据我所知她父亲什么也给不了她。"

罗齐尔几乎没有反驳。"我从未想过他会。话又说回来,无论如何,他过得都像个富人。"

"钱是他妻子的,她给奥斯蒙德先生带去了一大笔财产。"

"而奥斯蒙德夫人很喜欢自己的继女,或许她能给她一些。"

"你这个害相思病的土小子,眼睛可够尖的!"梅尔夫人一边笑一边感叹。

"我很尊重嫁妆的价值,没有也无所谓,但我不轻视它。"

"奥斯蒙德夫人可能更愿意把钱留给自己的孩子。"梅尔夫人继续道。

"她自己的孩子?她明明没有呀!"

"她将来也许会有。以前她有一个小男孩,两年前夭折了,只有六个月大。兴许她还会有其他孩子。"

"要是那样能让她高兴,我祝愿他们会有一个。她很出色。"

梅尔夫人差点儿就打开了话匣子。"呵呵,关于她有很多可以聊。如你所言,她的确很出色!不过,我们尚未弄清楚你是不是个理想的配偶,没有恶行可不意味着收入。"

"请原谅,我不太同意,我觉得那就是。"罗齐尔一板一眼地说。

"凭着你的天真,你们会成为感人的一对的。"

"我觉得您低估我了。"

"你没那么天真?说真的,"梅尔夫人说,"一年四万法郎加上好的性情,当然值得考虑。我不是说会欣然接受;的确,有些机会还不如这个。不幸的是,奥斯蒙德先生可能觉得还有更好的机缘。"

"毫无疑问,这有可能。可他女儿的感受呢?没有比她嫁给自己爱的人更让她高兴的了。她的确爱我,您知道。"罗齐尔言辞恳切地补充说。

"我知道——她爱你。"

"啊!"年轻人叫道,"不出所料,您就是可以帮我的人。"

"要是你没有问过她,我不清楚你是怎么知道这一点的。"梅尔夫人接着说。

"这样的事情,是不需要问了之后才知道的,像你说的,我们是天真的一对,那请问您如何知道的?"

"我这个不天真的人是怎么知道的?我是靠我的狡猾知道的。把这事交给我吧,我会替你弄明白的。"

罗齐尔站了起来,不停地抚平自己的帽子。"您的口吻很冷淡。

请不要只是弄明白那是怎么回事儿，重要的是让事情沿着应该的方向发展。"

"我会尽力而为，会尽可能地发挥你的优势。"

"非常感谢。这期间我会和奥斯蒙德夫人交流一下。"

"多加小心①！"梅尔夫人站起身说，"别让她掺和，否则你会前功尽弃。"

罗齐尔盯着帽子，思忖着这里的女主人是否是自己该求助的人。"你把我弄糊涂了。我和奥斯蒙德夫人是老朋友，而且我觉得她乐见我取得成功。"

"那就做她的老朋友，随便你；她老友越多越好，因为她和一些新朋友总是龃龉不合。不过眼下不要让她帮你救场。她丈夫兴许看法不一，建议你不要增加他们间的分歧。顺便说一句，对奥斯蒙德夫人我是心怀善意的。"

可怜的罗齐尔脸上显出惊讶的神情：想不到向潘茜·奥斯蒙德求婚有这么复杂，按照他喜好的正常途径进行还不行。这时他良好的判断力帮他解了围。通常，这一点会隐藏起来，给人感觉他就是个谨慎的收藏家，能挑中"最好的古玩"。"我觉得没必要那么重视奥斯蒙德先生！"他大声说。

"有必要，你应该替奥斯蒙德夫人考虑。你说你们是老朋友，你能看着她遭罪？"

"肯定不会。"

"所以小心为上。我打探好情况之前，不要轻举妄动。"

"梅尔夫人，不要轻举妄动？您知道我坠入爱河了。"

"噢，别着急！你不听我的建议，还来这里干什么？"

"您很帮忙，我会听您的话的，"年轻人许诺说，"我只是担心奥斯蒙德先生很难对付。"他一边朝门口走，一边语气温和地补充道。

梅尔夫人笑了几声。"这已经说过了，不过他太太也不是省油

---

① 原文为法语。

的灯。"

"啊,她很出色!"临了,奈德·罗齐尔重复说。

他暗下决心,自己应该表现的像个志存高远的人;何况自己也已是个言行谨慎的楷模。为了让自己开心,他打算隔三岔五地拜访奥斯蒙德小姐家:想想自己答应梅尔夫人的,他觉得没有什么不妥。他翻来覆去地想着梅尔夫人的话,一边又一遍地斟酌她审慎的口吻。他去找她,就像巴黎人说的,对她推心置腹①;不过他有可能着急了些。他很难将自己和鲁莽联系在一起——他甚少因此而招致批评。不过,他和梅尔夫人的交情只有一个月,这也是事实。仔细想来,自己觉得梅尔夫人容易相处,可这的确也不意味着她会把潘茜·奥斯蒙德送进他的怀抱,尽管他张开双臂迎接着她。梅尔夫人确实待他和善,在奥斯蒙德小姐的圈子里,她也算是个考虑周到的——众人中,她显得亲昵而陌生,尤其引人注目(对此,罗齐尔百思不得其解)。也有可能他高估了这些优势。总之,没有什么特别原因让梅尔夫人替自己舟车劳顿。可爱的女人于谁都可爱,罗齐尔求助于梅尔夫人,是因为觉得她赏识自己,想到这些他感觉自己好像是个傻瓜。很有可能她只是在打自己那些古玩的主意——她曾这样开过玩笑。她莫不是觉得自己会送两三件藏品给她?他会倾其所有,只要梅尔夫人能玉成自己和奥斯蒙德小姐的好事。这些似乎是贿赂的话径自说出实在勉为其难,不过他希望梅尔夫人相信这一点。

抱着这些想法,罗齐尔又一次来到了奥斯蒙德夫人家里,参加她每周四都举办的晚会,借着这个机缘,他的出现就可以解释为一般的礼貌之举。罗齐尔先生垂青已久、却不敢冒昧的人物,寓居之地位于罗马正中心。这是一处规模宏大、色泽暗淡的建筑,位于法尔内塞宫②边上,下方是一个阳光充足的广场。按罗马人的标准,年轻潘茜的居第也是一座宫殿;不过在心怀忐忑的罗齐尔看来,却成了地牢,

---

① 原文为法语。
② 位于意大利首都罗马,为该国十六世纪最宏伟的宫殿。

真是可怜。自己日思夜想的女子竟然囿居在一座堡垒样的建筑内，加之她的父亲刁蛮刻薄、很难取悦，罗齐尔觉得这不是什么好兆头。潘茜一家的宅第有一个刻板的古罗马名字，它让人回想起历史、犯罪、狡诈和暴行。这座建筑在默里书中曾被提及过，游客们参观时，我们可以模糊地感觉到他们的失望、压抑。在主楼层上有卡拉瓦乔①的壁画，在装饰华丽的拱形凉廊上有一排残损的雕塑，和一些满是灰尘的水瓮。这个宽敞的凉廊下方是一个潮湿的院子，泉水从长满苔藓的洼陷处喷出。若不是眼下罗齐尔这么心事重重，他会正确看待黑岩宫，会理解奥斯蒙德夫人的心情——她曾告诉罗齐尔，是出于对当地色彩的喜爱，她和丈夫才选择了这个寓居之所。这里的确有浓郁的本地色彩。比起他对利摩目②珐琅器的了解，他对建筑学知之甚少，尽管这样，他依旧能从窗子的尺寸和檐板的细节上辨别出这座宫殿气势恢宏。不过，一种想法萦绕在罗齐尔的心头：处于豆蔻年华的女孩子们先是困于深闺，远离真爱；之后迫于变为修女的恐惧，不得不随便嫁人。然而，不可否认，一旦罗齐尔走进奥斯蒙德夫人那暖意融融、装点奢华的会客室，就正确地意识到了一点：他承认这些人对"奢侈品"见解独特。这纯粹是奥斯蒙德自己的品位——压根儿不是奥斯蒙德夫人的。奥斯蒙德夫人在他第一次登门拜访时就告诉过他。那时候，罗齐尔沉思良久，不知道他们收罗的"法国货"是否比自己在巴黎的那些要好。他当时就不得不承认他们的是比自己的好很多，而且作为一位绅士，他征服了自己的妒忌，向女主人表达自己对她那些藏品的赞叹。从奥斯蒙德夫人那里他得知，在他们结婚之前，奥斯蒙德先生就藏品丰富；过去三年里，奥斯蒙德先生的收藏的确又增加了一些好东西，不过最好的收藏是他在没有奥斯蒙德夫人的建议协助下完成的。对于这些话罗齐尔用自己的原则进行了解读。他对自己说，"建议"意味着"金钱"。吉尔伯特·奥斯蒙德在自己穷困潦倒的时候

---

① 即米开朗基罗·梅里西·达·卡拉瓦乔（1573—1610），意大利巴洛克画家。
② 法国中西部一城市，其陶瓷工业开始于十八世纪。

搞到了最价值连城的藏品，这一事实印证了他奉若圣典的规则——只要有耐心，一个收藏家可以要多穷有多穷。一般情况下，罗齐尔在出席周四晚会时，他的注意力会首先集中在会客室的墙上，那里有三四幅东西他垂涎欲滴。不过和梅尔夫人那一番叙谈后，他开始感受到自己形势不妙。现在，进得门来，他就开始迫不及待地四处张望，找寻这家的千金。进门的时候，脸上的微笑也失去了往常那种视一切为当然的绅士风度，变得紧张不安。

第三十七章

潘茜不在前面几个屋子里。这是一套面积很大的房间,天花板向上凹起,墙面上覆盖着红色绸缎,已经陈旧。这儿通常是奥斯蒙德夫人待的地方——不过今晚她不在这里,围坐在壁炉旁的是一伙趣味相投的老友。室内光线柔和,四下漫射,显得绯红。这里的藏品体积都较大,空气中总是有花香。这种场合,潘茜很有可能会在后面几个房间。那里是年轻人的最爱,有茶水供应。奥斯蒙德站在壁炉前,背着手,一只脚抬着在烘干鞋底。他旁边零零散散地站着五六个人,在谈论着什么——奥斯蒙德并没有参加他们的谈话。他的眼睛里流露出一种常有的神情:好像他在关注着那些比外表看来更加有价值的东西。罗齐尔进来时无人通报,所以奥斯蒙德没有注意到他。罗齐尔心里明镜似的,他此行是为了见奥斯蒙德夫人,而非奥斯蒙德先生;可年轻人罗齐尔谨小慎微,还是走上前去同奥斯蒙德先生握了握手。奥斯蒙德依然故我,伸出左手道:

"一向可好?我妻子这会儿可能在别处。"

"别担心,我会找到她的。"罗齐尔意兴盎然地说。

奥斯蒙德用锐利的目光打量了打量罗齐尔,后者平生还是第一次这么受人凝视。"梅尔夫人已经告诉了他,他不怎么同意。"罗齐尔自己思忖着。他原以为梅尔夫人会在这里,现在却看不到。或许她就在其他哪间屋子里,也可能随后就到。罗齐尔不怎么喜欢吉尔伯特·奥斯蒙德,觉得他在摆架子。可他知书达理,在这方面决不愿受人指摘,不会很容易就生气。罗齐尔环顾四周,尴尬地笑了笑。不一会儿,他说:"我今天看见一件不错的卡颇迪蒙德①瓷器。"

奥斯蒙德起初什么也没说,不过继而一边烤他的鞋底一边回答

---

① 卡颇迪蒙德:那不勒斯王查理三世的宫殿,十八世纪初产瓷器,质量十分精美,远近驰名。

说:"我才不在乎卡颇迪蒙德瓷器呢!"

"你的兴趣没有丢吧?"

"那些破盘烂碗?哦,没错,我那上面的心早就淡了。"

一时间罗齐尔忘记了自己微妙的处境。"你不是要让出一两件吧?"

"不,我一件也不想出让,罗齐尔先生。"奥斯蒙德说,眼睛依然盯着自己的客人。

"噢,你是想保有,而不是增加。"罗齐尔饶有兴致地说。

"没错。我没有什么东西需要成双配对的。"

罗齐尔感到自己的脸红了起来,为自己缺乏自信而懊恼。"啊,我有!"就是他所有能嘀咕的,而且随着自己扭转身去,就连这点嘀咕的效应也没有完全达到。罗齐尔向隔壁的房间走去,碰见了从幽深的门道里走出来的奥斯蒙德夫人。身着黑色天鹅绒礼服,奥斯蒙德夫人显得高贵、奢华,正如罗齐尔前面告诉我们的;她光芒四射,却又温文尔雅,叫人赞叹!我们知道在罗齐尔先生心里奥斯蒙德夫人是什么形象,也知道他在和梅尔夫人的谈话中,用了怎样的词汇表达对她的崇拜。与他对奥斯蒙德夫人继女的喜爱一样,罗齐尔对奥斯蒙德夫人的崇拜也部分基于他对浮华的慧眼独具和他感悟真实的天性,以及对难以名状的价值的一种直觉,这种直觉与"失",抑或是"得"没有关系,它就像是察觉"光泽"的秘密。得益于他对那些纤巧器皿持之以恒的痴迷,罗齐尔至今依然保有这种直觉。此时此刻,奥斯蒙德夫人有可能满足了他这种喜好。时光在她身上留下的唯一痕迹就是丰富了她,年青的风采还未褪去,只是在她身上显得更加恬静。似乎她的渴望不如以往那么迫切,那曾是她的丈夫暗暗不喜欢的——她看起来更能等待了。无论如何,现在以我们年轻的罗齐尔看来,站在装饰华丽的门道里的奥斯蒙德夫人活脱一位落落大方的画中人。"没错吧,我从不缺席,"罗齐尔说,"不过,要是我缺席的话,谁会每次都来呢?"

"没错,这里面我们俩认识最早。可我们别回忆那些美好的往事了,有一位年轻的小姐我想介绍给你。"

"噢,悉听尊便。什么样的年轻小姐呀?"罗齐尔显得非常彬彬有礼，不过这并非他来此的初衷。

"就是坐在壁炉旁、身着粉红的那位，没个人和她说话。"

罗齐尔稍显迟疑。"奥斯蒙德先生就不能和她聊聊？他离她只有六尺远呀。"

奥斯蒙德夫人也迟疑了一下。"她不是很活泼，而且他不喜欢无聊的人。"

"可她适合我吗？哦，现在有点难！"

"我的意思只是你待人周到，助人为乐。"

"您丈夫也一样呀。"

"他不是的——对我而言。"奥斯蒙德夫人微微一笑。

"这正好表明他会对别的女性周到体贴。"

"我也这么对他说呢。"奥斯蒙德夫人说，依然微笑着。

"对不起，我想要杯茶。"罗齐尔接着说，一面渴望地朝远处张望。

"太好了，顺便也给我的年轻小姐端一杯。"

"好吧，不过那之后我就任由她去了。眼下我最真实的想法是非常渴望和奥斯蒙德小姐聊一会儿。"

"呀！"伊莎贝尔转身道，"这我可爱莫能助！"

五分钟后，他已经将那位粉红女郎让进了另外一间屋子，还递给她一杯茶。与此同时，他也在想，他和奥斯蒙德夫人讲了刚才我节录的那些话，是否有违自己对梅尔夫人所许的诺言。这样的问题足够这个年轻人苦思冥想好大一会儿的。不过考虑的结果是他开始无所顾忌，当然这是相对而言。他不再理会什么许诺。刚才他威胁会任由其去的粉红女郎的命运结果并不悲惨，因为潘茜很快走过来和她闲聊起来。罗齐尔递上的那杯茶就是潘茜倒的，她还是那么喜欢沏茶。爱德华·罗齐尔没有怎么参与两位女士的会谈，只是忧郁地坐在一侧，看着自己可爱的心上人。假如我们以罗齐尔的眼光观察潘茜，就会很难看到三年前那个唯命是从的小女孩儿的影子了。那时，在佛罗伦萨的凯西那，她的父亲会打发她去散一会儿步，好和阿切尔小姐讨论一些成年人的绝密大事。不过,端详一会儿后我们会发现,假如十九岁的潘茜已经出落成一位淑女,其实她并不能完全适应这一角色;假如她已经出落得美貌无双,不幸的是她还缺乏一种气质,就是在女性的外表中人们所尊敬的风度;假如她衣着新颖,可她的表情却直言不讳地表明,她对衣服非常爱惜——似乎它们只是临时借给她的。似乎爱德华·罗齐尔正是那种会注意到这些缺憾的人;其实,这位姑娘身上的一切特点,不论好的坏的,他都尽收眼底。只是他有自己的词汇来描述潘茜的这些特点,其中一些还温情脉脉。"不,她很独特——她绝对独一无二。"他常对自己说。而且你也最好别梦想罗齐尔会向你坦陈潘茜缺少风度。风度?有什么大不了的,她的风度可与可爱的公主媲美。你说看不出,这只能说明你没有观察力。它既不摩登,也不刻意,不会在百老汇产生任何反响。这位小巧玲珑、不苟言笑的闺中少女,穿着她紧绷纤巧的礼服,怎么看都像委拉斯开兹①画笔下的公主。这于爱德华·罗齐尔而言已经足够,他觉得潘茜很老式,但让人赏心悦目。潘茜那渴望的眼睛,迷人的双唇,纤弱的身材,就像一个孩子的祈祷一样令人怦然心动。他现在迫切地想知道潘茜究竟喜欢自己到什么程度,这种想法让他在椅子上好像如坐针毡。他感觉浑身发热,只得用手帕轻拍自己的额头,这么左右不是他生平还是头一遭。潘茜是一个完美的法式少女②;人们是不能对一位法式少女提出这样的问题让她回答的。罗齐尔一直以来梦想娶一位法式少女,而且这位法式少女还不应该是法国人,因为他觉得这个国籍有可能使问题复杂。他相信潘茜连报纸都没有读过,至于小说,充其量也就是瓦尔特·司各特爵士的。一位美国的法式少女,有什么比这更理想呢?她很可能直爽、阳光,尚不曾独自生活、收到过男人们寄来的情书,抑或是跟随别人去剧院,观看风尚喜剧③。罗齐尔自己也无法否认,眼下就径直向这位涉世未深的尤物表达爱慕,其实是有违礼仪的;不过他也禁不住

---

① 迭戈·委拉斯开兹(1599—1660),西班牙著名巴洛克式画家。
② 原文为法语。
③ 讽刺上流社会风俗习惯的喜剧。

要问自己，到底礼仪在这个世界上有多神圣。难道自己对奥斯蒙德小姐这一腔真情就一文不值？对自己而言它非常重要——千真万确，不过对这座房子的主人而言很可能并非如此。有一点值得庆幸：哪怕梅尔夫人已通告奥斯蒙德先生这个年轻人的心愿，他或许尚未正告潘茜要提防这件事。告诉潘茜一位谈吐不凡的年轻男子爱上了她，这不是奥斯蒙德的做法。不过，罗齐尔这位谈吐不凡的年轻男子的确爱上了潘茜，种种现实的羁绊都让他恼火。吉尔伯特·奥斯蒙德为何用左手的两个手指和自己握手？假如奥斯蒙德举止无礼，他自己当然也可以鲁莽。那位身着虚荣的玫瑰色衣服的女子的母亲走了进来，并特意冲罗齐尔扭捏地一笑，说要马上带女儿去征服其他的年轻人了。这位了无趣味的女子应了一声母亲的召唤，母亲和女儿就一块儿离开了。这之后罗齐尔觉得自己可以大胆行事了。现在就看他愿不愿意和潘茜独处了。这是他第一次和潘茜独自在一起，也是第一次和待字闺中的少女独处。机会难得，可怜的罗齐尔又开始轻拍自己的额头。他们所在的房间边上还有一个小房间，打开着，而且也点着灯，不过由于客人不是很多，整晚没人光顾。现在这个房间依然没人，色调呈浅黄色，里面有几盏台灯。从门外看，那里俨然就是合法爱情的圣殿。罗齐尔目不转睛地从门外看了一阵，他担心潘茜会落荒而逃；如果真的这样，他觉得自己肯定会伸手拦住她。可是潘茜留在刚刚那个粉红姑娘离开他们的地方，也看不出她要加入房间远侧的另外一伙客人。罗齐尔继而想潘茜是不是吓呆了，连动都动不了了。他又看了一眼潘茜，这让他相信她并没有惊慌失措。现在他认为，潘茜还太天真，不知道自己的处境。再三迟疑之后，罗齐尔问潘茜自己能否去看看那个黄色的房间，因为它显得迷人而且圣洁。罗齐尔曾和奥斯蒙德到过那间屋子，为了看那里的法兰西第一帝国的家具，尤其是欣赏那座钟表（其实他不怎么喜欢），它体积庞大，样式古典，也是那个时期的。这样一来罗齐尔开始感觉自己在行动了。

"当然可以，"潘茜说，"要是你乐意，我可以带你看。"她一丁点儿都没有畏惧。

"这正是我想听到的,你太善解人意了。"罗齐尔低声道。

他们一起走了进去。罗齐尔发自内心地觉得这个房间很丑陋,而且显得冰冷,似乎潘茜也有同感。"这间屋子不是为冬季的聚会准备的,是为夏天,"她说,"这都是爸爸的品位,他有很多这些东西。"

他是有很多,罗齐尔心里说,不过有一些很不上档次。他环视了四周,这种情况下几乎不知道该说什么。

"自己家里的布置,奥斯蒙德夫人难道就不管不问吗?她就没有自己的嗜好?"他问。

"呵,当然有,很多。都是关于文学的,"潘茜说,"她也喜欢和人谈天。这些爸爸也喜欢,我觉得他无所不知。"

罗齐尔沉默了一会儿。"有一件事情我确信他知道!"他突然开始滔滔不绝起来。"他知道我来这里,虽然是出于对他的敬意,对奥斯蒙德夫人的敬意——她是那么迷人,"年轻人说,"可实际上是来见你的!"

"来见我?"潘茜睁大了她有些不解的眼睛。

"来见你,这就是我的目的。"罗齐尔重复说,陶醉在和权威的决裂中。

潘茜站在那里看着他,天真,用心,坦率。羞怯之情尽显在她的脸颊上。"我想也是为了这个。"

"这不会让你感到不愉快吧?"

"我说不清,也不知道,你从未跟我讲过这件事儿。"潘茜说。

"我一直担心会冒犯你。"

"你没有冒犯我。"年轻的女孩儿微笑着喃喃道,就像天使刚刚吻了她。

"这么说,潘茜,你喜欢我?"罗齐尔轻轻地问,感觉幸福无比。

"是的,我喜欢你。"

他们已经走到了壁炉台边,那座庞大、冷峻的帝国钟表就位于其上。深处室内,外面没有人能看见他们。在他听来,潘茜方才所讲六个字的语调简直就是天籁之音,作为回答他也只能拿起她的手握一会儿。继而罗齐尔将潘茜的手举到了自己的唇边。潘茜没有回绝,纯洁、信任的微笑仍旧荡漾在她的脸上,只不过有些莫可名状的被动。潘茜喜欢他——潘茜一直喜欢他。现在一切皆有可能!潘茜已经准备好了——潘茜早就准备好了,就等自己向她表白。若不,潘茜会苦等终生。盼望已久的话语既已听到,潘茜就好像桃子般从摇晃的树上应声而落。罗齐尔感觉这时拥潘茜到自己身边,她一定不会反抗,还会听话地靠在自己胸前。这间黄色的会客室是法兰西第一帝国时期的样式,在这里如此行事确实鲁莽。潘茜已经知道,他是为自己而来的,而且她对这件事的处理是多么妙不可言呀!

"你对我非常重要。"罗齐尔低声说,试着提醒自己礼仪还是要讲的。

潘茜对着自己被吻过的手看了一会儿。"我爸爸知道这件事吗?"

"你不是刚说过他无所不知吗?"

"我觉得你最好弄清楚。"潘茜说。

"嗯,亲爱的,一旦得到你的允诺,我会弄清楚的!"罗齐尔在潘茜耳畔低声说。随之潘茜转身朝其他房间走去,脸上带着一丝坚定的神色,似乎在说他们应该马上跟她父亲提出要求了。

与此同时,其他房间的人们已经感受到了梅尔夫人的到来。她所到之处,都会雁过留声。她如何能做到这一点,即便是最聚精会神的旁观者也语焉不详。她嗓音不高,不太爱笑,走路不快,衣着简朴,没有什么与众不同的方法来吸引旁人的注意。她豁达美丽,笑容可掬,恬静安详。她总是气定神闲,而且这种特质在某种因素的作用下一直扩散。待众人回头看个究竟时,却发现是突然的静谧。这种场合,她尽可能保持不声不响。和更加光艳夺目的奥斯蒙德夫人拥抱后,梅尔夫人在一个短沙发上坐了下来,开始和房子的主人交谈起来。两个人先是一番老生常谈——公共场合下,他们通常会比较在意那些繁文缛节,接着目光游移的梅尔夫人问年轻的罗齐尔先生可否出席了今晚的聚会。

"几乎一个小时前他就来了——不过现在看不到了。"奥斯蒙德说。

"那潘茜在哪儿?"

"在另外一间屋里,那里有几个客人。"

"罗齐尔可能就在其中。"梅尔夫人说。

"你想见他吗?"奥斯蒙德问道,语气空洞,听了叫人厌烦。

梅尔夫人盯着奥斯蒙德看了一会儿。他的每一种腔调她都了如指掌,连一个八分音符也不会忽略。"是的,我想告诉他我已经把他的心事转告给你了,只是你兴趣不大。"

"别和他那么讲。那样的话,他会试着让我感兴趣的,这正是我讨厌的。就告诉他我厌恶他那个提议。"

"可你并不厌恶呀。"

"这不重要。反正我不喜欢。今晚我已经亲自让他明白了这一点,我故意对他粗鲁。这种事情很让人讨厌。不用着急的。"

"那我对他说你需要时间,好好考虑。"

"别,不要那样。他会无休无止的。"

"我给他泼冷水,他也会一样无休无止的。"

"我知道。不过一种情况是他会找机会跟我解释、讨论,这最最乏味;另一种情况是他兴许会不言不语,玩儿一些更隐蔽的把戏,那样至少我会清闲一些。和驴子一样的家伙说话,是我最不愿意的。"

"你就这样称呼可怜的罗齐尔先生?"

"哦,他太让人讨厌了——总是说他那些马略尔卡陶器①。"

梅尔夫人低下头,脸上隐约浮现出一丝微笑。"他是一个有身份的人,性情可爱,更重要的是他一年有四万法郎的进项!"

"太寒酸了——不过稍稍体面而已,"奥斯蒙德打断说,"这可不是我给潘茜做的打算。"

"那好。不过他已经答应我,不会和潘茜讲。"

"你也信他说的?"奥斯蒙德心不在焉地问。

---

① 十六世纪产于意大利的装饰用陶器。

"完全相信。潘茜对他很在意,大概你觉得这并不重要。"

"我一点儿都不觉得这很重要,而且我也不相信潘茜心里会有他。"

"不相信当然更方便一点。"梅尔夫人不动声色地说。

"潘茜和你讲过自己爱上了他吗?"

"你把潘茜看成什么了?你又把我看成什么了?"过了一会儿梅尔夫人说。

奥斯蒙德把脚抬起放在另外一个膝盖上,让自己纤弱的踝关节得以休息。他的手习惯性地紧握着脚踝——他漂亮、修长的食指和大拇指可以形成一个环,宽度与脚踝相当——然后瞪着前面看了一会儿。"对这种事情,我早有准备;我就是这么教她的。一切都为了这个——一旦这种情形出现,她应该按我喜欢的那样行事。"

"我不担心她不这样做。"

"这就是的,那还有什么麻烦?"

"我看没有。不过我还是建议你不要断了罗齐尔先生的念想;留着他,会有用的。"

"我不会的,你自己留着吧。"

"很好。我会给他找个安静的所在,告诉他今天的这些事情。"他们交谈的大部分时候,梅尔夫人一直在左顾右盼。此种情形下,这是她惯常的做法;她还有一个习惯:谈话中有很多停顿,双眼看起来没有任何表情。在说完我上面录下的那句话后,她也做了个长长的停顿,还没有等她来得及接上原来的话,就看见潘茜从隔壁走了出来,后面紧跟着爱德华·罗齐尔。女孩子朝前走了几步,继而停住了,站在那儿看着梅尔夫人和她父亲。

"他已经和她讲过了。"梅尔夫人继续对奥斯蒙德说。

她的同伴连头都没回,说:"你不是相信他的承诺吗?他该吃一顿马鞭。"

"他打算把这事儿摊牌。可怜的年轻人!"

奥斯蒙德站了起来,目光犀利地看了女儿一眼。"没关系。"他低声说，同时转身而去。

过了一会儿，潘茜走到梅尔夫人边上，举止可爱有礼，不过并不亲密。梅尔夫人对她的反应也不那么亲昵，只是从沙发上欠了欠身，并报以友好的微笑。

"您可是有点儿迟到了。"小家伙轻嗔道。

"我的心肝儿，我迟到了吗？我可没觉得。"

梅尔夫人站起身来，可并不是为了对潘茜表示礼貌，而是朝爱德华·罗齐尔走去。罗齐尔很快走了上来，如释重负似地低声说："我已经和她说过了！"

"这我知道，罗齐尔先生。"

"她跟你说了？"

"对，她告诉我了。剩下的时间警觉一点儿，明天下午五点一刻去见我。"梅尔夫人言辞冷峻，随即转过身去，她的姿态里透着一些不屑，这让罗齐尔嘟嚷着诅咒了一句，不过很有分寸。

罗齐尔不打算和奥斯蒙德说话，现在时间、地点都不合适。不由自主地，他朝伊莎贝尔走去，后者正坐着和一位年长的夫人聊天。罗齐尔在伊莎贝尔的另一侧坐了下来。年长的夫人是位意大利人，据此罗齐尔推定她不懂英文。"你刚才说不会帮我，"他开始对奥斯蒙德夫人说，"要是你知道了……要是你知道了……你或许会有不同的想法！"

伊莎贝尔看他犹豫不决，就问道："要是我知道什么？"

"她觉得很好。"

"你这是什么意思？"

"呃，就是我们已经达成了共识。"

"她完全错了，"伊莎贝尔说，"那是不可能的。"

可怜的罗齐尔瞪着伊莎贝尔，真是又生气又恳求。他脸上突然掠过的红晕表明他觉得自己受到了伤害。"没有人这么待过我，"他说，"到底是什么在和我过不去？大家一向不是这么看我的，我早可以结二十次婚了！"

"很遗憾你没有,不是说你没有结二十次,满意的婚姻一次就够了,"伊莎贝尔接着说,脸上带着和蔼的笑容,"你不够有钱,配不上潘茜。"

"潘茜一点儿都不在乎有多少钱。"

"对的,可她父亲在乎。"

"哦,没错,他就是那样!"年轻人大声说。

伊莎贝尔站起身离他而去,连和那位年长的夫人道别都没有。接下来的十分钟里,罗齐尔装腔作势地欣赏了一番吉尔伯特·奥斯蒙德的微型画收藏。这些微型画整齐地摆放在一小块又一小块天鹅绒衬布上。不过他却视而不见,脸颊绯红,受伤的感觉充溢全身。千真万确,以前他从未受过如此羞辱,他通常认为自己比较优秀。他知道自己如何优秀。假如这个谬论不是这么恶毒,他会一笑了之的。他又找了一下潘茜,她已经不见踪影了。他现在最想做的就是离开这个房子。离开之前,他又和伊莎贝尔说了几句。他刚才对她言辞不恭,这对他来说不是惬意的回忆——这可能是唯一说明他不够优秀的证据。

"方才我不应该那么说奥斯蒙德先生,"他开口说,"可你一定要记得我的状况。"

"我记不得你说过什么。"伊莎贝尔冷冷地说。

"呵,你不高兴了,所以也不会帮我了?"

伊莎贝尔沉默了一会儿,接着换了口气:"不是我不愿意,是我不能!"她几乎有些激动地说。

"要是能帮的话,请一定,哪怕一点也行,我再不批评你丈夫了,他就是天使。"

"这个引诱真是太大了。"伊莎贝尔脸色凝重而又高深莫测地说——罗齐尔后来心里就是这样描述的。伊莎贝尔深深地看了一眼罗齐尔,那眼神也那么高深莫测。不知怎么的,这让他想起自己从小就认识伊莎贝尔了;那目光很锐利,他有些不喜欢,于是自己走开了。

第三十八章

次日，罗齐尔去见梅尔夫人。叫他吃惊的是梅尔夫人并没有怎么斥责他。不过她还是让罗齐尔保证不再擅自妄动，直到事情有些明确了再说。奥斯蒙德先生对女儿期望很高。当然，由于他不愿意给女儿一份嫁妆，他的这些期望就可能遭到批评，甚至还会有人嘲笑。即便如此，梅尔夫人依然建议罗齐尔不要带着那种腔调；只要罗齐尔能保持耐心，他就有可能得到幸福。对于罗齐尔的示爱，奥斯蒙德先生不怎么感兴趣；不过谁也保不准哪天他会回心转意。潘茜永远不会逆其父而行，这一点罗齐尔不用怀疑，因此着急没一点儿用。奥斯蒙德先生需要先打理好自己的心态，才能接受一个自己迄今为止想也没想过的提议，结果要顺其自然，威逼利诱不会有用的。罗齐尔说，在这期间，自己可能是世界上最不好过的人了，梅尔夫人说自己也很同情他。可正如她刚才所言，一个人不可能得到所有自己想要的东西，她自己也有过这方面的教训。罗齐尔自己给吉尔伯特·奥斯蒙德写信毫无意义，奥斯蒙德就是这样告诉梅尔夫人的。他希望这件事情近几个礼拜里先缓一缓，要是他有什么令罗齐尔先生高兴的想法，他自己会给罗齐尔先生写信的。

"看见你和潘茜聊天，他很不开心。啊，你那样，他非常不开心。"梅尔夫人说。

"我很乐意有机会听他这样告诉我！"

"那样的话，他会告诉你很多你不愿意听见的东西。下个月去得尽可能少些，余下的交给我来料理。"

"尽可能少？少到什么程度，由谁来定呢？"

"由我来定。周四的时候，你可以跟其他人一样参加晚会，其他时间不要去，也不要为潘茜心神不宁。我保证她什么都懂；她天生恬淡安静，会默默忍受一切的。"

爱德华·罗齐尔很为潘茜心神不宁，不过还是依照忠告，直到下个周四晚会才又去了趟黑岩宫。当天那里有一场宴会，因此罗齐尔虽然去得早，客人已经为数不少了。跟往常一样，奥斯蒙德坐在第一间屋子的壁炉边上，眼睛看着门口。为了不显得特别失礼，罗齐尔不得不过去和他说话。

"你这么识趣，我很高兴。"潘茜父亲说，那双专注、警觉的眼睛似合又睁。

"我没识什么趣，只不过我得到一则口信，我想这是口信。"

"你收到了？从哪里得到的？"

在可怜的罗齐尔看来，这就是在羞辱自己。过了一会儿，他扪心自问，一个笃定的恋人到底应该牺牲多少。"梅尔夫人告诉我的，我的理解这是你的意思——也就是说你无意给我想要的机会，让我向你解释我的打算。"他自以为这话讲得不卑不亢。

"梅尔夫人和这事儿毫无干系，干吗向她求计？"

"我只是征询她的意见，这样做的原因是我感觉她和你很熟识。"

"她太自以为是了，她并不怎么了解我。"奥斯蒙德说。

"很遗憾，我这样做是因为她让我感到有希望。"

奥斯蒙德盯着炉火看了一会儿说："我给女儿标价很高。"

"再高也高不过我出的价。我诚意娶她不就是很好的证明吗？"

"我希望她的婚姻风风光光。"奥斯蒙德冷冷地继续说，态度傲慢。如果不是处在现在的情绪中，可怜的罗齐尔对此会佩服有加的。

"就我而言，我当然认为她和我结婚是风风光光的，她嫁给了最爱自己的人，恕我冒昧，也是她最爱的人。"

"关于我女儿爱谁，我没有必要接受你的说法。"与此同时奥斯蒙德抬起了头，脸上掠过一丝笑容，冷冷淡淡。

"这不是我的说法，你女儿自己讲的。"

"我没听到。"奥斯蒙德接过话说，身体微微前倾，眼睛盯着靴子尖儿。

"先生，她和我发过誓的！"罗齐尔声音尖利，有些愠怒。

他们两位的声音在这以前压得很低,突然这么一声引得客人们竞相关注。等这个小插曲平息了,奥斯蒙德不为所动地说:"我相信她自己都不记得发过这样的誓。"

他们两个刚才谈话的时候,一直面朝壁炉站着。说完最后一句话,本宅主人重新扭转身来,面朝大家。罗齐尔还没来得及回答,已注意到一位自己从未见过的绅士走了进来。按照罗马人的习惯,来客无需自报家门。一进门,来人就准备上前与这里的主人寒暄。主人脸上这时是殷勤却茫然的微笑;客人长相英俊,一副络腮胡子显得很漂亮,很明显来自英国。

"显而易见你已经认不得我了。"来人面带微笑道,脸上的笑容比奥斯蒙德的还要意味深长。

"噢,没错,现在我想起来了,真想不到您会来。"

罗齐尔径自走开去找潘茜。和往常一样,他在隔壁找到了潘茜,途中他又碰上了奥斯蒙德夫人。罗齐尔感到自己义愤填膺,所以和女主人招呼都没打,只是毫不客气地说:"你丈夫真是个冷血动物。"

奥斯蒙德夫人脸上又露出了他上次见到的那种高深莫测的微笑。"你不能指望每个人都像你那样热情似火吧。"

"我装不来冷酷,不过我头脑清醒。他都跟他的女儿说了些什么?"

"不知道。"

"你难道就不好奇?"罗齐尔追问道,感觉奥斯蒙德夫人也那么不顺眼。

起初她什么也没回答,继而说:"不好奇!"语调突兀,眼神也较之以前明显游移不定,这表明她所言非真。

"要是我不信你说的话,请不要生我的气。奥斯蒙德小姐在哪儿?"

"在拐弯儿的地方准备茶水,别打扰她。"

罗齐尔马上就找到了他的朋友,刚才是由于人来人往把潘茜给挡住了。罗齐尔注视着潘茜,而潘茜则全神贯注在自己的工作上。"他究竟跟潘茜讲了什么?"他又期期艾艾地问,"他和我说潘茜已经放弃我了。"

"潘茜没有放弃你。"伊莎贝尔压低嗓门说,没有看罗齐尔。

"啊,谢谢你这么说!我不去打扰她了,你觉得需要多久就多久!"

罗齐尔话刚出口,就注意到伊莎贝尔脸色有变;他意识到奥斯蒙德正朝她走来,身边是方才进来的那位绅士。他打量了打量那位绅士,发现他尽管相貌堂堂,而且很明显阅历丰富,却有些紧张不安。"伊莎贝尔,"她丈夫说,"我给你带来了一位老朋友。"

奥斯蒙德夫人笑容可掬,不过和她的老朋友一样,显得有些局促不安。"见到沃伯顿勋爵我真是太高兴了。"她说。罗齐尔转过身去,心里想着,既然自己和奥斯蒙德夫人的谈话被打断了,就不太有必要再遵守自己刚刚许下的诺言了。他很快察觉到,奥斯蒙德夫人这时是不会注意到自己的行动的。

说实在的,罗齐尔想得也不错,伊莎贝尔的确暂时已经顾不到他了。她吓了一跳,自己都不知道那是喜悦,还是伤痛。沃伯顿勋爵呢,与她相反,既然已经和她面对面了,索性表现得自己对局面很有信心。即便如此,沃伯顿勋爵灰色的眼睛里依然闪烁着不一样的美好光芒,让人感到,他的一切都是多么真诚。他比以前"富态"了不少,有些显老了,不过站在那里显得还是气宇轩昂、头脑冷静。

"你肯定没想到我会来,"他说,"我刚到这里;实际上我是今晚刚到这里。瞧瞧,我可是分秒必争地来向你表达我的敬意的;我知道周四你一定在家。"

"不得了,你周四聚会的名声都远播英格兰了。"奥斯蒙德对妻子说。

"沃伯顿勋爵实在叫人感激,这么马不停蹄地就赶来了,我们太荣幸了。"伊莎贝尔说。

"哦,不过到这里总比待在那些讨厌的旅馆里强。"奥斯蒙德接着说。

"那旅馆还不错。感觉跟我四年前见到你们那会儿没什么两样。记得吗？我们是在这罗马城第一次见面的，已经有些时间了。你还记得我在哪里和你们分手的吗？"勋爵问自己的女主人。"是在朱庇特神殿，在那里的第一间展室里。"

"我也记得，"奥斯蒙德说，"当时我也在。"

"没错，我记得你也在。离开罗马时我很难过——真的很难受，不知怎么的，想起来都觉得有些凄凉；所以一直不想旧地重游，直到今天才来。话又说回来，我知道你们在这里住，"伊莎贝尔的老朋友接着对她说，"说真的，我经常念起你们；这里住着肯定很有趣。"他补充说，同时环顾了一下四周，看了看伊莎贝尔井然有序的居所，从那目光里，也许她还能捕捉到他旧日的苦楚。

"您什么时候来，我们都欢迎。"奥斯蒙德客气地说。

"多谢。自上次以来，我从未离开过英格兰，上月的时候我还以为我这辈子都不会再出门了。"

伊莎贝尔聪颖过人，这时已经对这次和沃伯顿勋爵相见的意义心中有数，于是她说："我这里你的消息也不断。"

"希望没什么负面消息，我的生活简直就是一片空白。"

"历史上的极盛时期都是那样。"奥斯蒙德试探着说。奥斯蒙德一直在兢兢业业地扮演着男主人的角色，现在似乎感觉自己的任务已经完成了。他对妻子的老朋友殷勤备至，无可挑剔。他的态度谨小慎微，又诚挚坦率，却感觉那么不自然。这个缺点，沃伯顿勋爵恐怕当时已经察觉到了，因为总体上说，勋爵是一个很自然的人。"我失陪了，您和伊莎贝尔聊，"奥斯蒙德又说，"你们有些回忆我是无法分享的。"

"恐怕你会因此错过很多的！"沃伯顿勋爵冲走开的奥斯蒙德说，话音里充满了对他慷慨之举的无尽感激。客人这时转过身来，面对着伊莎贝尔，深深地注视着她，那眼神深不可测，又渐渐变得严肃起来。"见到你，我再高兴不过了。"

"我也很高兴；您很赏光。"

"你注意到没有,你有些——变了?"

她稍稍迟疑道。"是呀——变了很多。"

"我可不是说变得不好了,不过又叫我怎么说变得好了呢?"

"换我,就没那么多顾虑,想怎么说就怎么说。"她无所畏惧地说。

"啊,对我来说——这是很长一段时间;要是没有什么东西来证明这一点,那倒是很遗憾的。"他们两个坐了下来。伊莎贝尔询问了沃伯顿勋爵妹妹们的近况,以及其他一些无关痛痒的东西。沃伯顿勋爵逐个回答着她的问题,似乎这些问题他很感兴趣。过了一会儿,伊莎贝尔发觉——或者说她觉得自己发觉——沃伯顿勋爵不像以前那样,对她拼尽全力了。时间在他的心房上留下了印记,没有冷却它,只是让它能更从容地呼吸。伊莎贝尔感到自己对时间的尊重又一下子高涨起来。她的朋友的举手投足,无疑彰显着他的志得意满,他乐得人们,至少是伊莎贝尔,知道自己多么幸福。"有件事儿我必须马上跟你讲,"沃伯顿勋爵接着说,"拉尔夫·杜歇和我一起来了。"

"你带他来了?"伊莎贝尔着实吃惊不小。

"他现在旅馆里,太累了,已经睡下了。"

"我去看他。"她脱口而出。

"我也这么想。我感觉你结婚后还没怎么见过拉尔夫。你们的关系实际上有些……有些太正式。所以我才有些犹豫——就像个笨拙的英国佬。"

"我跟以前一样喜欢拉尔夫,"伊莎贝尔答道,"可是,他为什么来罗马?"她轻声问,虽然问题很尖锐。

"他快不行了,奥斯蒙德夫人。"

"这样的话,罗马并不适合他。前面我收到他的信说不愿意到海外过冬了,就留在英格兰,待在室内——他所谓的人工环境。"

"他太可怜了,人工环境并没有让他好起来!三个礼拜前,我去花园山庄他那里,发现他已病重得不行了。他的病情年年在加重,眼下身上丁点儿力气都没了,连烟都不抽了!没错,他营造了人工环境，房子热得就好像到了加尔各答①。可是莫名其妙的他突然要去西西里②，我简直不能相信；医生、他的朋友，没有一个相信的。我估计你知道，他妈妈现在美国，这样就没人能阻止他了。他固执己见，认为在卡塔尼亚③过冬能救了自己的命；他嘴上说会带上仆人、家具，让自己舒舒服服的，其实他什么也没带。我劝他至少走海路，不会太疲惫；他却说讨厌大海，也希望能在罗马歇歇脚。这些我觉得都是不经之谈，不过还是决定跟他一块儿来。我就像是——美国怎么称呼来着？缓和剂。可怜的拉尔夫现在不怎么执拗了；我们是两个星期前离开英格兰的，一路上他都在使性子。他不觉得暖和，我们越往南走，他倒越觉得冷。他倒是有个好人照顾他，但我担心人力的帮助已经救不了他了。我建议他带个聪明一点儿的人跟着——我的意思就是一位医术不错的年轻医生，他不听。不怕你不愿意听，我觉得杜歇夫人真是挑对了时间，这个时候去美国。"

伊莎贝尔一直认真地听着，脸上满是痛苦和疑惑。"姨妈去美国时间很固定，其他事情不会耽误她的；时间一到，她就出发。依我看，即便拉尔夫奄奄一息了，她也会踏上旅途的。"

"有时我是觉得他奄奄一息了。"沃伯顿勋爵说。

伊莎贝尔一下子站了起来。"我现在就去看他。"

沃伯顿勋爵拦住了她，看到自己的一句话有这么快的效应，他感到很不安。"我不是指今晚。跟前些日不同，拉尔夫今天在火车上看起来相当不错。你知道的，他喜欢罗马，所以一想到我们马上要到罗马了，他就特别有精神。一个钟头前我和他道了晚安，他对我说自己很累，不过很开心。我没有和他讲我要来这里，其实我是和他分手后才决定来这里的。那时候我想起来，拉尔夫曾告诉我你定期举办聚会，恰恰就是今天周四。我就想来告诉你他在这里，这样或许你就不用再等他来看你了。我记得他说过没给你写过信。"伊莎贝尔现在没

---

① 印度东北部的港市。
② 意大利南部一岛屿，位于意大利半岛南端以西的地中海。
③ 西西里岛东岸港市。

有必要说她会谨遵沃伯顿勋爵之言,她坐在那里,看起来像只飞不出去的小鸟。"当然,我自己也想见你一面。"客人又殷勤地补充说。

"我搞不懂拉尔夫怎么想,我就觉得有些冒险,"伊莎贝尔道,"我更愿意他待在花园山庄那些厚厚的墙里面。"

"在那儿就他一个,只有那些厚厚的墙陪着他。"

"你总是去看他,真是太热心肠了。"

"呵,亲爱的,我也没有什么别的事儿呀。"沃伯顿勋爵说。

"正好相反,我们听说你事业上可是轰轰烈烈;大家都把你称作杰出的政治家,在《泰晤士报》上我还不断看到你的大名。加一句,你看来对《泰晤士报》并不那么毕恭毕敬,跟以前一样,你还是一副激进派的样子。"

"我可没觉得有这么如日中天,我对这个世界的理解已经两样了。自打我们离开伦敦,杜歇就一直在和我郑重其事的辩论。我说他是最冥顽不化的保守派,他则说我是哥特人①的国王——说我从头到脚,无不是个野蛮人。你看,他身上还是有活力的。"

关于拉尔夫伊莎贝尔有很多问题想问,不过她克制住了自己。明天一早,她可以自己去看个清楚。伊莎贝尔察觉到,沃伯顿勋爵很快就不愿再说这个了,他似乎还想说些其他的。她觉得沃伯顿勋爵已经从过去的打击中恢复过来,而且对此她现在愈发有信心;更重要的是,她在面对这个问题的时候,心里已不再觉得苦涩。以前对于自己而言,沃伯顿勋爵总是一副急急忙忙、难以妥协的样子,让她排斥、难以接受;因此第一次又见到他时,她的印象很糟,感觉祸端从此开始了。现在她放心了,可以看出沃伯顿勋爵只是想和自己友好相处,她也要慢慢理解,他已经放下了她,而且也不会干那些连暗示都弄得昭然若揭的傻事了。当然,这也不是什么报复——伊莎贝尔深信他表现得这么清醒,不是为了惩罚她。伊莎贝尔对沃伯顿勋爵的估计一点儿没错,他只是希望她能善意地理解他,知道他已经放弃了过去的意

---

① 古代日耳曼蛮族之一,这里泛指野蛮人。

图。沃伯顿勋爵的放弃是健康、果敢的,那些情感上的伤害因此失去了滋生的温床。英国的政治治愈了他,伊莎贝尔料到了这一点。男人们的运气要好一些,一向可以无拘无束地行动,从而疗好自己的创伤,这让她有些嫉妒。当然沃伯顿勋爵也谈起了过去,但并无他意;甚至他还谈起了他们此前在罗马的相遇,觉得那是一段美好的时光。他又告诉伊莎贝尔,听说她结婚了,自己非常关心,而能认识奥斯蒙德先生更是一件快事——因为上一次很难说是认识了。在伊莎贝尔那么重要的历史时刻,他没有给她写信;不过他并没有因此向伊莎贝尔致歉。言里言外沃伯顿勋爵只暗示了一种讯息:他们两个是老朋友,而且是很熟悉的那种。沃伯顿勋爵沉默了一会儿,脸上挂着微笑,环顾着自己的四周,看起来好像是在欣赏一出乡下的表演,陶然自乐。突然,他和伊莎贝尔玩起了简单的猜谜语游戏,恐怕也只有相熟的朋友能做到这一点了。

"啊,听着,我猜你很幸福,应有尽有,对吗?"

伊莎贝尔快活地笑了笑,因为沃伯顿勋爵的腔调好像是在演喜剧。"你是不是想我不幸福的话,会和你讲的?"

"噢,我不晓得,真是那样的话,你一定要跟我讲。"

"好吧。侥幸的是,我现在蛮不错的。"

"你的房子很不错。"

"对,挺舒服的。不过那不是我的功劳——是我丈夫的功劳。"

"你的意思是他安排的这一切?"

"对呀,我们来的时候这里什么也没有。"

"那他一定很聪明。"

"他天生擅长室内装饰。"伊莎贝尔说。

"这东西时下很流行,不过你肯定也有自己的想法。"

"我没什么想法,就高兴坐享其成,我提不出什么好的建议。"

"这就是说你总是接受别人的建议喽?"

"大多数情况下,我都乐意。"

"太好了,我现在就给你个提议。"

"多谢了。不过，现在我得先行使一下我的优先权，比如介绍你认识一些今晚的客人。"

"哦，千万别，我喜欢坐在这里，除非你要介绍那位穿蓝裙子的女孩儿给我。她长得可真迷人。"

"正和那位脸颊红润的青年聊天的那个吗？那是我丈夫的女儿。"

"你丈夫运气太好了。她太可爱了！"

"你一定要和她认识一下。"

"过一会儿吧，我很高兴能认识她。这会儿从这里看着她也挺好。"不过很快他就不朝那边看了，目光又坚决地回到了奥斯蒙德夫人身上。"你注意到没有我刚才犯了个错误，说你变了？"他马上又说，"在我看来，你仍然是老样儿。"

"不过，我觉得婚姻是个很大的变化。"伊莎贝尔言语中泛着欢快。

"大部分人都深受影响，不过对你的影响很小。你知道我不喜欢结婚。"

"你不要搞错呀。"

"你该理解的，奥斯蒙德夫人。话又说回来，我的确想结婚。"他补充说，很坦率。

"这很简单。"伊莎贝尔说，并站起身来。这之后她突然意识到这话自己说太不合适，于是痛苦之情溢于言表。沃伯顿勋爵或许察觉到了她内心的难过，很大度地不去提醒她，她可没在这方面给他提供方便。

他们两个聊天这会儿，爱德华·罗齐尔在一个长软椅上坐着，边上就是潘茜的茶桌。一开始，他若无其事地和潘茜聊些芝麻蒜皮的琐事；潘茜问他那个和继母说话的陌生绅士是谁。

"是个英国爵爷，"罗齐尔说，"别的就不清楚了。"

"不知道他是否想喝点儿茶。英国人可是很喜欢喝茶的。"

"别操那个心了，我有正经事和你说。"

"别那么大声，大家能听到。"潘茜说。

"你只要一直保持这个姿势,他们就听不到,这样你看起来心无旁骛,只关心茶壶什么时候开。"

"刚加了水,用人们从不知道加!"潘茜叹口气说,语气里满是责任感。

"你知道你父亲刚刚和我说了些什么?他说你上周和我说的不算数。"

"我的话不一定都当真,你怎么能指望一个年轻女孩子那样呢?不过我和你说的是当真的。"

"他告诉我你已经把我忘了。"

"哦,不,我没有。"潘茜说,漂亮的牙齿露了出来,脸上是固执的微笑。

"一切如旧喽?"

"唔,也不全是。爸爸还是很严的。"

"他都对你做了些什么?"

"问我你跟我怎么样了。我全告诉他了。他就说不许我嫁给你。"

"别把他的话放心上。"

"哦,不行,我得听他的。爸爸的话不能违背。"

"为了像我这样爱你的人也不能吗,而且你自称也爱我?"

潘茜拿起茶壶盖儿,看着它发了一会儿呆;继而她说出了五个馨香扑鼻的字:"我依然爱你。"可其中深意只有她自己能懂。

"那于我又怎样呢?"

"喔,"潘茜说,双目圆睁,甜美,迷茫,"我不知道。"

"你让我失望。"可怜的罗齐尔呻吟着说。

潘茜沉默了一会儿。她把一个茶杯交给一个仆人。"请不要再说了。"

"是不是说我该满意了?"

"爸爸说我不该和你交谈。"

"所以你就听他的,牺牲我?哦,太过分了!"

"希望你能等一等。"女孩子说,言语中明显听得出颤抖。

"你给我希望的话，我肯定等，可你要了我的命。"

"我不会不理你的——喔，决不会！"潘茜接着说。

"他会逼你嫁给别的人。"

"我不同意。"

"那我们等什么？"

潘茜又迟疑了。"我和奥斯蒙德夫人说说，她会帮我们的。"大部分时间潘茜就是以这种方式称呼她继母的。

"她不会怎么帮我们的。她害怕。"

"怕什么？"

"我猜是你父亲。"

潘茜摇了摇她的小脑袋。"她谁也不怕，我们一定要耐心。"

"哦，我最讨厌这个词。"罗齐尔痛苦地说，显得心烦意乱。这时他顾不了上层社会那些繁文缛节了，把头埋进了手里，坐在那里盯着地毯，那姿势看起来非常忧伤。马上，他感觉自己边上有很多人在走动。抬头一看，潘茜正在行屈膝礼——仍然是她在修道院里学的小孩子那种，对方是那位英国爵爷，奥斯蒙德夫人把他刚刚介绍给潘茜。

第三十九章

表妹伊莎贝尔婚后，拉尔夫·杜歇和她见面的次数竟然还没有她婚前多，细心的读者理应不会感到奇怪。在拉尔夫看来，伊莎贝尔的婚姻不是爱情的结果。我们已经读到，他表述过自己的想法，在此之后就再也没声响了。伊莎贝尔没有邀请他完成那次讨论，这成了他们关系的转折点。那次讨论带来了很大变化，是那种让他害怕而不是冀望的变化。讨论没有熄灭伊莎贝尔践行婚约的热情，却几乎破坏了一段友谊。打那时起，他们再没有提起拉尔夫对吉尔伯特·奥斯蒙德的看法；由于两人默契地对此保持缄默，也算彼此坦诚以待了。可变化就是变化，拉尔夫就经常这样告诉自己。伊莎贝尔没有原谅他，她永远都不会：这就是拉尔夫得到的。伊莎贝尔以为自己原谅了拉尔夫，而且也不介意他的说法。伊莎贝尔慷慨、高傲，这些想法也是事实。拉尔夫的看法得到证实与否，他实际上都让伊莎贝尔觉得冤屈，而这种冤屈女人最易念念不忘。身为奥斯蒙德之妻的她，不可能再成为拉尔夫的朋友。她现在享受着自己期待的那种幸福，而有人先前竟蓄意要夭折它，对此她没有其他的，只有蔑视；相反，就算他的话应验了，她也会恨他，因为她曾许下诺言决不会让他知道，这会给她带来巨大的精神压力。这就是在表妹婚后的一年里，拉尔夫对未来的预见，晦暗可怖。也许他的想法有些病态，不过我们得记着他的身体状况不是最好。叫拉尔夫聊以自慰的是，他可以表现得洒脱自如，正如自己希望的那样。而且，他见证了伊莎贝尔和奥斯蒙德先生共结同心的仪式，该仪式是在六月份的佛罗伦萨举行的。从母亲那里拉尔夫得知，伊莎贝尔起初想着在故乡举办婚典，奥斯蒙德也信誓旦旦，再远的旅途也无妨；可她又主张一切从简，所以最后决定在最短时间内找个最近的牧师把这事儿给办了，最好在婚礼中体现美国这一特征。因此，婚礼是在一个美式小教堂内举行的。那天很热，出席的只有杜歇夫人和她儿子，潘茜·奥斯蒙德，以及吉米奈伯爵夫人。过程如此简朴，一部分是因为两个应该到场的人缺席；假如他们到场，整个过程会丰富很多。梅尔夫人收到了邀请，不过无法离开罗马，写了一封礼貌的致歉信。古德伍德先生告诉伊莎贝尔，亨丽埃塔·斯塔克波尔工作在身，没办法离开美国，所以伊莎贝尔没有邀请她；不过亨利埃塔写了封信，只是没有梅尔夫人的那么礼貌得体。她信里说，假使自己能跨越大西洋，她将不仅仅是个见证者，还将是个批评者。她晚些时候才回到欧洲，秋天和伊莎贝尔在巴黎见了面，当时她好好地展示了一下自己的批判才华。批判的中心人物是可怜的奥斯蒙德；他不甘示弱，于是亨丽埃塔不得不向伊莎贝尔说明，她走出的这一步使她们之间的关系出现了隔阂。亨丽埃塔感觉自己有必要告诉伊莎贝尔："绝对不是奥斯蒙德娶了你，而是你娶了奥斯蒙德"。事情的发展会证明，她和拉尔夫·杜歇不谋而合，这连她自己都没想到，只是比起后者，她做事果断，很少后悔。不难看出，她的第二次欧洲之旅并非一无所成。奥斯蒙德对伊莎贝尔说自己实在跟这位美女记者合不来，后者的回答是，依她看是奥斯蒙德待亨丽埃塔太苛刻；就在这时，讨人喜欢的班特林先生出现了，建议他们南下西班牙，小住几天。亨丽埃塔发表的报道中，发自西班牙的是最受欢迎的；尤其是一篇发自阿尔罕布拉宫①、取名《摩尔人和月光》的，一般认为是她的代表作。私下里，伊莎贝尔也挺失望的，觉得丈夫其实不用跟可怜的亨丽埃塔太较真儿。她甚至都怀疑丈夫理解玩笑的能力，或者他说俏皮话的能力——这本应是他的幽默感所在——是不是恰好有些缺失。对于这件事，作为正享受着幸福时光的伊莎贝尔而言，她没什么好怨忿亨丽埃塔那受伤的良知。奥斯蒙德感觉她们的友谊简直就是畸形，想象不出她们有什么共同之处。在他看来，班特林先生的旅伴简直就是天字第一号庸俗女人，同时还寡廉鲜耻。对于后面一种评价，伊莎贝尔提出异

---

① 建在山顶俯视西班牙格拉纳达（Granada）的一座堡垒及宫殿。由摩尔国王于十二至十三世纪修建。爱尔罕布拉宫为西班牙摩尔建筑的典范。

议，而且言辞激烈，这让奥斯蒙德又一次陷入困惑：妻子的一些嗜好是不是太离奇了。伊莎贝尔的唯一解释就是，自己喜欢结交一些与自己尽可能不同的人。奥斯蒙德则质疑："那你怎么不和自己的洗衣女工来往呢？"对此伊莎贝尔的回答是自己担心洗衣工不喜欢她。可现在亨丽埃塔太喜欢她了。

在伊莎贝尔婚后两年的大部分时间里，拉尔夫从未见过她。伊莎贝尔开始在罗马居住的那年冬天，他是在圣雷莫度过的；春天的时候他的母亲和他在一起，后来又陪他去了英国，看看他们在银行都干了些什么——这事她是不可能让他去完成的。拉尔夫续租了他在圣雷莫的小别墅，接下来的冬天他也是在那里度过的；可是这年四月底的时候，他南下去了罗马。这是拉尔夫在伊莎贝尔婚后第一次和她直面相对；当时拉尔夫非常迫切地想和伊莎贝尔再见一面。伊莎贝尔不断给他写信，只是信里没有一件事儿是他关心的。拉尔夫问母亲伊莎贝尔的日子是怎么过的，他母亲的回答很简单：她想伊莎贝尔在过好每一天。杜歇夫人不能想象和没有见到的人如何交流，也没有刻意掩饰和不常见面的外甥女的疏远。看起来年轻的伊莎贝尔的生活足够体面，可杜歇夫人依然认为她的婚姻很寒酸。想起伊莎贝尔的成家，她一点都不高兴：她坚持认为那不是一桩好买卖。在佛罗伦萨的时候，杜歇夫人不断和吉米奈伯爵夫人闹别扭，她因此尽量减少和他们的来往。吉米奈伯爵夫人让她想起了奥斯蒙德，而后者又让她想起了伊莎贝尔。这些日子伯爵夫人鲜有流言，可杜歇夫人也并不觉得这是什么好现象：这正说明以前她是多么容易被说三道四。更容易让她想起伊莎贝尔的是梅尔夫人其人，只不过她和杜歇夫人的关系已经发生了明显变化。伊莎贝尔的姨妈曾直言不讳地告诫梅尔夫人，她扮演的角色很不光彩。梅尔夫人从未和人拌过嘴，给人的印象是没有谁值得自己去吵。她和杜歇夫人来往了差不多好几年，从没有流露出半点厌烦的样子，这简直是奇迹。现在梅尔夫人的嗓门提得很高，她说对于这种指控，她不屑于反驳，因为那辱没了自己。不过她还是理直气壮地补充说，她的行为很简单，她只相信自己看到的东西；而她看到的是：伊莎贝尔不着急出嫁，奥斯蒙德也不死乞白赖地讨好——他反复的造访不说明什么，只是因为他在自己的山顶寓所里闷得要死，出访不过是为了找点儿乐子。伊莎贝尔的感情深藏于自己的心中，而她在希腊和埃及旅行时也蒙蔽了身边人的眼睛。梅尔夫人祝福他们的婚姻，从未想过这是什么坏事。说她在里面扮演了什么角色，不管是单重的还是双重的，都是对她的诋毁，自己肯定要据理力争。毫无疑问，因为杜歇夫人的态度，也因为多少美好时光形成的神圣习惯受到了损伤，争执过后，梅尔夫人去英国住了几个月，那里她的名声未受影响。杜歇夫人冤枉了梅尔夫人，一些冤屈甚至难以原谅。可梅尔夫人还是默默忍受了，从她的尊严里人们总能找出一些优雅的东西来。

　　正如我所说，拉尔夫本打算自己亲眼看看。也是因此拉尔夫又觉得自己很傻，因为他已经让女孩有所警觉了。他出错了牌，现在局面无可挽回。他什么也不会看到，什么也不会知道：在他面前，伊莎贝尔将永远戴着面具。他当初正确的做法应该是，对她的婚姻表示高兴，这样，用拉尔夫的话说，到后来真相大白的时候，伊莎贝尔可能会愉快地对他说，他是个傻瓜。要是能知道伊莎贝尔到底是什么情况，拉尔夫情愿被她称作傻瓜。可现在的情况是，伊莎贝尔既不拿拉尔夫的失误开玩笑，也不辩称自己的信心得到了印证。假如伊莎贝尔戴有面具，肯定是面部遮严的那种。面具上的表情安详、呆板、机械，好像画上去的。那不是她的表情，拉尔夫说——它代表了什么东西，甚至在宣扬着什么。伊莎贝尔失去了自己的孩子；这带给了她痛苦，不过却是她偶有提及的痛苦。这件事情她可以说很多，远多于和拉尔夫说的那一点。而且这件事情发生已经六个月了，它属于过去，哀婉的表情伊莎贝尔业已收起。她给大家的印象是自己在领导世界生活潮流；拉尔夫就听人说过，她拥有"一个迷人的位置"。拉尔夫注意到伊莎贝尔留给别人一种印象：她叫人艳羡，而且芸芸众生中，看起来能认识她似乎成了一种特权。她的宅邸不对所有人开放；她每周举办聚会，可并不是每个人都会理所当然地收到邀请。她生活里伴有某种奢华，可这只有她社交圈里的人能看出来，因为在奥斯蒙德夫妇平素的生活里，似乎没有什么可以让你屏气凝神，评头论足，甚至表达钦佩。从中拉尔夫辨察出了男主人无处不在的影响：他一清二楚伊莎贝尔不会精雕细琢自己的形象，她没那能力。她留给他的印象是非常喜爱活动，喜爱聚众寻乐，秉烛夜游，长途旅行，不辞辛苦，同时还热衷于消遣，高兴结交，既兴趣广泛也不避厌倦，她喜焦点人物，也好罗马寻常巷陌，喜欢接触旧时代那些鲜有人问津的遗迹。对如此众多的兴趣她平等视之，不加区别，而不像过去，她希望自己能在各方面得以提高，会运用拉尔夫的智慧来加以辨别。她的一些即兴之举有时很暴烈，她的一些尝试有时很粗糙，这让拉尔夫很骇异。在拉尔夫看来，比着婚前，她甚至说话、走路、呼吸都快了。毫无疑问，她学会了夸张。过去的伊莎贝尔多么注重事实，醉心于心平气和的争论，喜欢智力游戏（在热烈而友好的讨论中，有人会给她致命一击，一点儿情面也不留，而她只是举重若轻，全不当回事儿，那时的她迷人无比）；而现在她似乎觉得人们赞同还是反对都没有多大意义。过去她充满好奇心，现在却对一切无动于衷；冷漠归冷漠，她的精力却比以往充沛。她依然身材苗条，外表也没有过于成熟，却比以往可爱。她装扮富丽，光彩夺人，可这使人们觉得她的美貌有些傲慢。哎，伊莎贝尔本性善良，那是什么力量叫她变得这么不同以往？她步履轻盈，现在脚步后是拖地的织物；她头脑聪颖，现在顶着华贵的装饰。自由自在、才思敏捷的女孩俨然成了另外一个人。站在拉尔夫面前的是位养尊处优的贵妇，似乎在代言着什么。伊莎贝尔代表什么？拉尔夫问自己。他只能说她代表吉尔伯特·奥斯蒙德。"天哪，这是怎样的一种职能呀！"拉尔夫感叹。世事变迁让他百思不得其解。

正如我所说，拉尔夫对奥斯蒙德了如指掌，他的每一步他都洞若观火。拉尔夫明白奥斯蒙德是如何不温不火，不越雷池一步，如何调整、规范、并推动着他们的生活方式。这些奥斯蒙德都轻车熟路，他终于有了可供自己加工的对象。他一向注重效果，他的效果是精心设计的。他取得这些效果的方式不落俗套，并且手段高超，不过动机就没那么上得了台面了。奥斯蒙德机关算尽，他将自己的世界笼罩在让人嫉妒的圣洁中，让人觉得可望而不可即，相信他的房子与众不同，他以一种冷峻的面目出现在世人面前，以显示独特，而就是这样一个人，伊莎贝尔却认为他拥有崇高的道德。拉尔夫对自己说："他的加工对象太完美了，与以前的相比，现在的对象潜力无穷。"拉尔夫很聪明，不过按照他自己的理解，这次他不是一般的聪明：他暗中发现，奥斯蒙德表面上只在意内在价值，其实他完全是在为世俗世界活着。外面看奥斯蒙德似乎是世界的主宰，其实远非如此；他实际上只是它卑微的奴仆，外界的关注度成了他成功的标杆。从早到晚，奥斯蒙德都在关注世界；世人也真傻，从来不曾猜疑他的这种把戏。他做的一切都是故弄姿态，一个不经心的人很难看破，还会误认为是他的即兴之举。在奥斯蒙德之前，拉尔夫还没有碰见一位这么工于算计的人：他的爱好、研究、成就、收藏统统只有一个目的。他在佛罗伦萨山顶寓所的生活也是多年来刻意保持的姿态。他在心中不断刻画自己的形象：离群索居，生活倦怠，疼爱自己的女儿，举止得体抑或无礼，这些都是这一傲慢而神秘形象的特征。他的志向不是取悦世人，而是取悦自己，办法就是鼓噪起大家的好奇心，然后拒绝满足它。戏弄世人曾让他感觉美妙无比：在他的平生所为中，和阿切尔小姐结婚是让他感到最快意的。目前的情形是，可怜的伊莎贝尔一定意义上成了轻易就被愚弄的世人的代表，她的天性彻底被蒙蔽了。拉尔夫当然有坚持这种看法的合理性：他坚信这些想法，并为此颇受打击，正因如此，他为了荣誉也不会抛弃它们。现在我只是简要地描述了一番这些想法基本内容。当然，拉尔夫非常善于让事实为他的理论服务——甚至他在罗马的那一个月里，自己钟爱的女人的丈夫似乎一点儿都没有把他当成对头——这也可以说明他的理论。

对吉尔伯特·奥斯蒙德而言，拉尔夫现在不那么重要：这不是说他像朋友一样重要，而是他无足挂齿。奥斯蒙德之所以和拉尔夫打交道是因为他是伊莎贝尔的表兄，还患有重病。他恰如其分地向拉尔夫嘘寒问暖，关心他的身体，问候他的母亲，征求他关于冬季天气的看法，问拉尔夫在旅馆里住得是否舒服。在他们为数不多的几次见面中，无关痛痒的话他从不和拉尔夫讲。他在拉尔夫面前一向举止文雅，明显是成功人士和失败者的关系。即便这样，最后，拉尔夫心里还是敏锐地察觉到，奥斯蒙德没有给妻子提供多少便利，使她能继续接待杜歇先生。他不是嫉妒——他不需要这种借口，没谁会妒忌拉尔夫，他只是让伊莎贝尔为她从前的友谊买单——时至今日这友谊她还保有很多。拉尔夫起初不知道伊莎贝尔会付出这么多，而一旦他的怀疑变得强烈，拉尔夫就识相地走开了。可这样做他就使伊莎贝尔失去了一项有趣的活动：她一直在纳闷儿，是什么美好的原则在维系他的生命。她得出的结论是他对聊天的爱好，他的话比以往更风趣了。他已经不再散步了，已不再是个趣味横生的漫步者。他一天到晚都坐在一把椅子上——几乎随便一把椅子都行。他一切都依靠别人代劳，所以要不是他的谈话深思熟虑，你会误以为他是个盲人。现在读者朋友对拉尔夫的了解比伊莎贝尔还深刻，这样就知道该怎么破解这个谜团了。拉尔夫尚存一息的原因很简单，就是他还没有充分欣赏自己在这个世界上最感兴趣的人：他的愿望没有得到满足。更多精彩值得发掘，他舍不得就此罢手。拉尔夫想看看伊莎贝尔会对她的丈夫怎么样，或她的丈夫会对她怎么样。这只是大戏的第一幕，而拉尔夫决心要看完整场演出。他的决定效果明显，让他多活了十八个月，一直到他和沃伯顿勋爵一同回到罗马。外表看来，这个决定让拉尔夫似乎要永远活下去，这就有了我们前面读到的杜歇夫人无牵无挂地远赴美国。对杜歇夫人而言，她的儿子拉尔夫生性古怪，于他人无益，别人也无益于他。较之以往，最近她感觉儿子思想上有很多困惑。诚如前言，是悬念让拉尔夫苟延残喘到现在，那么在沃伯顿勋爵告诉了伊莎贝尔拉尔夫已到罗马后，她的此番造访拉尔夫寄宿的旅馆也有同样的感情成分——她很想知道拉尔夫目前是个什么状态。

　　第一次见面伊莎贝尔和拉尔夫待了一个小时，随后她又去了几次。吉尔伯特·奥斯蒙德定期来看望拉尔夫；有时他们会遣马车来接拉尔夫，他于是也不止一次去过黑岩宫。时间过去了两个星期，拉尔夫对沃伯顿勋爵说，经过慎重考虑，他决定不去西西里了。那时他们两个正在一起用餐，之前沃伯顿勋爵在罗马城四周的平原上游逛了一天。他们起身离开餐桌，沃伯顿站在烟囱前点燃一支雪茄，可是又立刻从嘴边拿开了。

"不想去西西里了？那你去哪儿？"

"呃，我哪儿也不打算去了。"拉尔夫坐在沙发上说，一点儿都不觉得难为情。

"你打算回伦敦吗？"

"哦，拜托，不回去，就待在罗马。"

"罗马不适合你，这里不够暖和。"

"会的，我会让它适合我。我这一阵子不是很好吗？"

沃伯顿勋爵盯着他看了一会儿，吸了一口雪茄，似乎还在仔细地端详着那根雪茄。"当然啦，目前你比在旅途中要好很多；我都不知道你是怎么撑过来的。可是我弄不懂你的情形，我建议你去西西里。"

"我不能去，"可怜的拉尔夫说，"我尝试够了，不能再往前走了，旅途叫我感到害怕。想想看，要是我到时候进退两难怎么办！我可不想在西西里平原上命赴黄泉，普洛塞尔皮娜①就是在那里被拖入冥间的。"

"那你来为了什么？"勋爵问。

"当时是一根筋，现在我发现那不行。我现在哪里不重要，所有的疗法都试过了，各种气候我也都挺过来了。既然我如今在这里，就待在这里好了。我在西西里可没有表妹——更不用说已婚的了。"

"不用说你表妹是个诱因。可你忘了医生怎么说了？"

"我没有问他，也不会睬他怎么说的。要是死在这里，奥斯蒙德夫人会给我发丧的，不过我不会在这儿死的。"

"我也不希望那样。"沃伯顿勋爵继续若有所思地抽着雪茄，他接着说："呃，我得说我本人也很高兴你不再坚持去西西里，去那里我心里挺怕的。"

---

① 罗马神话女神，曾被冥王掠走。

"原来这样，不过你本来不用担心的，我可不会拖你跟我一块儿上火车。"

"我肯定不会让你一个人上路的。"

"亲爱的沃伯顿，我可没指望你过了罗马还陪着我。"拉尔夫大声说。

"我的打算是一路陪着你，直到你安顿下来。"沃伯顿说。

"你真是个基督徒，太善良了。"

"然后我会再回到这里。"

"然后你再回英格兰。"

"不，不，我要留下来。"

"好吧，"拉尔夫说，"要是我们都想留下来，就让西西里见鬼去吧！"

他的同伴没有说什么，坐在那里看着炉火，最后抬起头说："听着，你老实讲，"他突然问，"我们出发的时候，你真的要去西西里吗？"

"哦，你这么问我太过分了①！我先问个问题：和我一起出来你真的全是看在友情的分儿上？"

"我不知道你这话什么意思。我就是想到海外走走。"

"我猜咱俩是各怀心腹事。"

"别替我操心了，我是打算来这里一段，这没什么秘密的。"

"没错。记得你曾说想见见外交部长。"

"我们见过三次面了，他很有趣。"

"我感觉你忘了来这里的目的了。"拉尔夫说。

"或许吧。"同伴的声音有些低沉。

这两位先生都是一种类型的，都不是开诚布公的人。两人一路从伦敦到罗马走来，丝毫没有提及各自的心中要务。他们曾讨论起那个老话题，不过在他们的视野中它已经没了自己原有的位置。两位到罗

---

① 原文为法语。

马后，有很多事情都跟这个话题有关，即便如此他们依旧保持着沉默，吞吞吐吐，欲言又止。

"不管怎么说，我还是建议你问问医生的看法。"停顿之后，沃伯顿勋爵突然说。

"医生的话会让一切泡汤，只要有可能，我不会让它发生。"

"那奥斯蒙德夫人怎么看？"拉尔夫的朋友问。

"我还没有和她说，或许她会说罗马太冷了，甚至会自告奋勇和我一起去卡塔尼亚；她有那种可能。"

"我是你的话，会很高兴的。"

"她丈夫不会高兴的。"

"喔，是的，能想象得到。尽管我觉得你不一定要考虑他的喜好，那确实与他有关。"

"我可不想再让他们因为我产生矛盾。"拉尔夫说。

"是不是已经有一些了？"

"已经万事俱备了，她跟我一走就会引爆。奥斯蒙德不喜欢妻子的表兄。"

"这样的话，他当然会吵两句，不过话又说回来，你留在这里他就不吵了？"

"我打算看看。上次我在罗马的时候，他就演了一出，当时我觉得自己有必要离开；现在我觉得自己有必要留下来，保护表妹。"

"杜歇老弟，你去保护她——！"沃伯顿勋爵说，脸上挂着微笑。可同伴脸上的表情让他没有把话说完。"对我来说，你在这些事情中的义务是个有趣的问题。"他改口说。

拉尔夫没有立刻回答。"是的，我保护她的力量很单薄，"他终于答道，"我那些攻击性的力量更单薄，奥斯蒙德压根儿就不会把我放在眼里。可不管怎样，"他补充说，"有些事情我很好奇，希望看看。"

"那你是在用健康满足好奇心呀？"

"我不怎么关心自己的健康，只关心奥斯蒙德夫人。"

"我也是，只是和以前不一样。"沃伯顿勋爵很快补充说。直到现在他才找到机会暗示这一点。

"你觉得她快活吗?"拉尔夫问,勋爵的话让他有了勇气。

"这个,我不知道,也没怎么想过;前天晚上她对我说自己很快活。"

"啊,她和你说的,当然啦。"拉尔夫一边笑一边大声说。

"我不知道,我觉得自己似乎是那种她有可能诉苦的人。"

"诉苦?她永远也不会那样做。她干了蠢事——她知道自己干了什么;她最不可能向你诉苦。她很谨慎。"

"她不用那么谨慎,我不会再向她求婚了。"

"很高兴听你这么说。关于*你的*义务,至少是无可怀疑的。"

"哦,是的,"沃伯顿勋爵正色道,"无可怀疑!"

"那让我问你个问题,"拉尔夫继续说,"你对那个小女孩儿那么殷勤,就是为了说明这个事实:你不会再向她求爱了?"

沃伯顿勋爵有些吃惊;他站起来走到壁炉前面,紧紧地盯着它。"你是不是觉得那很可笑?"

"可笑?要是你喜欢她,一点都不可笑。"

"我觉得她真是个瓷娃娃;那样年纪的女孩儿还没这么让我喜欢的。"

"她很迷人,呃,至少不伪装。"

"不过我们年龄差距太大——至少二十年。"

"沃伯顿勋爵,"拉尔夫说,"你很认真吗?"

"绝对认真——至少现在是这样。"

"我很高兴,天助我们,"拉尔夫大声说,"老奥斯蒙德该多么得意呀!"

他的同伴蹙起了眉。"听着,别让事情变了味儿;我不会为取悦*他*而向他女儿求婚的。"

"他依然会非常高兴。"

"他不是那么喜欢我。"勋爵说。

"那么喜欢?沃伯顿勋爵,你的身份的缺点就是,那些人不一定非要喜欢你才希望跟你套关系。眼下这种事，要是换了我，我就会放心，他们是真的喜欢我。"

沃伯顿勋爵当时的心情，似乎是不愿意认真考虑那些不言自明的道理——现在他在考虑的是一个特例。"你觉得她会高兴吗？"

"那个女孩儿吗？当然高兴。"

"不是，我是说奥斯蒙德夫人。"

拉尔夫看了他一会儿。"伙计，她跟这件事有什么关系吗？"

"不管她怎么想，都有关。她很喜欢潘茜。"

"没错——没错。"说着，拉尔夫慢慢站了起来。"这个问题很有趣：她对潘茜的喜爱会在多大程度上影响她。"他双手插在口袋里，在那儿站了一会儿，眉头紧锁。"我希望，你知道，你千万要……要确定一点。见鬼！"他打住了，"我不知道该怎么说。"

"不，你知道；没有你不知道怎么说的。"

"哦，这个很不好说。你心里要有数，奥斯蒙德小姐和她继母很近，我希望你不要把这当成是她最大的优点，好吗？"

"天哪，杜歇！"沃伯顿勋爵怒吼道，"你把我看成什么人了？"

第四十章

　　伊莎贝尔婚后没怎么看到过梅尔夫人,她经常不在罗马:一次她在英国住了六个月,另一次她又在巴黎度过了一部分冬天。她无数次拜访那些遥远的朋友,似乎在说与以前相比,将来她不会长期住在罗马。说她过去长居罗马,只是说她在那里一直有一套公寓而已。该公寓位于品西安①的一处风水宝地,阳光充足,不过老是空关着。这其实说明了将来也不会有人常来居住;一段时期里,这个危险常常让伊莎贝尔感到遗憾。日积月累的了解一定程度上改变了梅尔夫人一开始给她留下的印象,不过谈不上彻底改变;伊莎贝尔依然欣赏、钦佩她。梅尔夫人从头到脚遮掩得天衣无缝,其实看到一个人为了应对社会竞争而全面武装自己,也是不错的享受。梅尔夫人为人谨慎、低调,但装备精良,且操控娴熟,伊莎贝尔越来越觉得她久经沙场。她永远不觉得疲惫,再厌恶的事情也对她无可奈何,似乎她从不需要休息或者安慰。她有自己的观点,很多以前还跟伊莎贝尔讲过。伊莎贝尔知道自己的朋友有很好的教养,表面上自我克制能力极强,而在这下面是她的高度敏感。意志是她生活的主宰;她一路走来,带着某种英勇的意味,似乎她已经掌握了诀窍,猜到了某种生活的艺术的窍门。随着年龄的增长,伊莎贝尔对低俗不堪已经熟识。世界暗无天日的时候,她一针见血地问自己,装模作样地活着为了什么。以前她喜欢有激情地活着,喜欢一刹那间发现的可能,喜欢冒一次险的新想法。少女时代,她习惯了一波接一波的兴奋,几乎没空儿枯燥沉闷。梅尔夫人恰恰相反,她遏制自己的激情,时至今日她什么都不喜欢,生活里只有理性与智慧。有些时候,伊莎贝尔宁愿舍弃一切,好让自己驾驭这种艺术;要是自己的好朋友梅尔夫人在边上,她会恳求援

---

① 罗马市内一座山丘名。

助。与以前相比,她越发意识到这种艺术的优势。它可以给自己一个坚毅的外表,就好像一副银质的盔甲。

不过我说过了,直到最近我们和女主人公重新会面,我们关心的女中豪杰才回到罗马,住了一段时间。结婚以来,这段时间伊莎贝尔和梅尔夫人见面最多,只不过眼下她的需求和爱好都发生了改变。她现在不会像过去那样再去梅尔夫人那里征询建议,梅尔夫人那些聪明的窍门她已经不想再了解了。有了麻烦,她肯定会自我消解,因为坦陈自己的失败并不能让生活变得容易。不用怀疑梅尔夫人对自己非常有用,她对任何一个社交圈子都是锦上添花,可是在别人处境微妙时,她会有用吗?对她的朋友而言,从她那里获益的最好办法就是她怎么做,你就怎么做,像她那么坚强、聪明——说实话,伊莎贝尔经常都是这么想的。梅尔夫人从不承认烦恼。有鉴于此,伊莎贝尔也不止一次地下决心,对自己的烦恼置之不理。再续基本上已经断绝的交往,伊莎贝尔也发觉自己的老朋友有很大改变,变得几乎疏远了——把她那种装模作样,谨小慎微的态度推到了极致。我们知道拉尔夫·杜歇一向认为,梅尔夫人喜欢夸张,装模作样——说得通俗一点,就是容易过火。伊莎贝尔从不同意这种指责,其实她是从没有理解。在她眼里,梅尔夫人举止优雅,总是"静若处子"。不过她不希望介入奥斯蒙德一家的居家生活,这件事情让年轻的伊莎贝尔终于觉得梅尔夫人有点过火了。这样行事当然不得体,甚至很突兀。她牢牢记着一点,伊莎贝尔已经嫁给奥斯蒙德,自己的兴趣现在已经转移;尽管她对吉尔伯特·奥斯蒙德和他的幼女潘茜了若指掌,无人能及,可重要的是:她不是这个家庭的一员。她很警觉,不被问到从不谈及奥斯蒙德一家人的事情,有时是迫不得已才讲一下自己的看法;她担心有人说她管闲事。我们知道梅尔夫人一向坦诚,有一天,她就坦诚地告诉了伊莎贝尔自己这种担心。

"我一定得当心,"她说,"毫无疑问,我可能很容易地就伤害了你。可能我的初衷是最最单纯的那种,可你还是会受伤。我得记着我先于你很久就跟你丈夫认识了,这一点我时刻不能大意。要是你不聪明，你可能会猜疑我。你可不傻，这我很清楚。可我也不傻呀，所以我还是决定不蹚这浑水。小伤小害的很快就造成了，而且犯错误的时候大家都是不经意的。当然啦，当初要是我打算追求你丈夫，我有十年的时间好利用，而且也没什么阻碍；所以我没有理由今天才开始，现在的我年老色衰，大不如前。假使我装作在你们家里占据一个本不属于自己的位置，让你不高兴，你也不会那么指责我；你只会说我忘了某些界限。我可不会忘。好朋友当然不会老是那样想，也不会怀疑自己朋友不义。我一点儿都不怀疑你，只是怀疑人类的本性。别以为我是自找没趣儿；我这人只是不太注意自己的言行，这一点我觉得跟你说话的时候就足以证明了，就像现在这样。总之一句话，假如你还是要猜疑我，我只想说应该是我犯了一些小错误，绝对不是你丈夫。"

杜歇夫人说是梅尔夫人安排了吉尔伯特·奥斯蒙德的婚姻，此种说法伊莎贝尔思考了三年。我们知道她一开始的反应：吉尔伯特·奥斯蒙德的婚姻也许是梅尔夫人安排的，但伊莎贝尔·阿切尔的肯定不是，那是造物主的安排，上帝的意旨，命运的巧合，是来自万事万物亘古不变的神秘力量；其实伊莎贝尔几乎不知道是什么。说实话，她的姨妈的牢骚，主要是批评梅尔夫人表里不一，而不是指责她做了这件事：是她引发的这桩怪事，然后又推卸了自己的罪责。在伊莎贝尔心里，这种罪责并非深重。如果说，是梅尔夫人怂恿自己建立了一生中最重要的关系，她也不能说她有什么罪责。这就是结婚前她对这事的想法，那是在她和姨妈争执过之后，那时她还可以用一种几乎是历史学家的，充满哲理的语调，对自己年轻单纯的经历进行内心的反省和思考。假如梅尔夫人意图改变自己的状态，她也只能说，那是个很好的想法。另外，和她在一起，梅尔夫人一向光明磊落，从没掩饰过自己对吉尔伯特·奥斯蒙德的好感。可结婚后，伊莎贝尔却发现丈夫对这件事的看法有些别扭；谈话的时候，他很少高兴提及他们的社会关系中这颗最饱满最圆润的念珠。

"你不喜欢梅尔夫人吗？她可是老说你的好话。"一次伊莎贝尔对他说。

"我只告诉你这一次,也是最后一次,"奥斯蒙德回答,"我现在没有以前那么喜欢她;我看见她就烦,真的不愿意讲。她很出色,不过有些近乎离谱!很高兴她不在意大利,这有利于放松,一种道德上的放松。别那么经常提她,那样好像她又回来了;她回来还有很长时间。"

实际上,梅尔夫人的回归仍然有些过晚,也就是说再晚的话,就有可能永久失去一些优势。不过同时,像我们前面看到的,如果说她感觉到了不同,伊莎贝尔的感觉也不怎么和以前一样。梅尔夫人对形势的认识和以前一样深刻,但没有过去那么叫人满意了。不管别的东西缺不缺,一个没有得到满足的心理最不缺的就是理由;这些理由就像六月里疯长的毛茛那样层出不穷。的确,梅尔夫人为吉尔伯特·奥斯蒙德的婚姻助过一臂之力,如今这已经不再是感谢她的理由;最终,也可以说她没有什么值得感谢的。随着时间的推移,感谢的理由越来越少;一次伊莎贝尔自言自语地说,如果没有她的话,也许事情就不是现在这个样子。毫无疑问,这种想法马上就给遏制住了,这也让伊莎贝尔惊出一身冷汗。"无论发生什么,自己都要秉持公正,"她说,"自己的担子自己挑,别老是往别人身上推!"刚才我已经简要地描述过,梅尔夫人觉得有必要为她目前的行为向伊莎贝尔道歉,而且做得很巧妙,这让伊莎贝尔的这种想法受到了考验;因为在梅尔夫人细致的分析,坦荡的信念中,似乎有某种几乎是嘲讽的意味,叫伊莎贝尔听来很刺耳。眼下在伊莎贝尔心里,什么都模模糊糊,是剪不断理还乱的遗憾,乱作一团的恐惧。听了朋友刚才说的那段话后,她转身离开了,感到孤立无援:梅尔夫人对她在想什么知之甚少!而她自己也无从解释。猜疑梅尔夫人吗,猜疑他和吉尔伯特的关系?似乎这也与现实不符。她倒是希望自己是在嫉妒,在某种意义上这也会让她为之一振。从某种意义上说,那不也是幸福的一种迹象吗?梅尔夫人很聪明,甚至给人的印象是,她比伊莎贝尔自己还了解自己。我们的年轻姑娘一向不缺少决心——其中很多具有高尚的性质,不过,她现在的决心(在她的内心深处)比任何时候都多。当然这些决心都有些相似性，它们可以归结为一个决定：如果她将要遭受不幸，那不应当是她自己的错。她谦卑却崇高的性格总是志存高远，力争最佳，到现在为止，还没怎么受过严重的打击。因此，它坚持公正，而不是用卑鄙的报复来出卖自己的价值。将梅尔夫人和由此而生的失望联系起来算得上是卑鄙的报复，尤其是她不能从中得到真正的快意。也许这能满足她的愤恨之心，却不会让她感到自由。不能说她当时没有睁大眼睛，这不可能；假如真有一个女孩子可以自主行事，那她就是。当然，坠入情网的女孩肯定不是自由的，但她的错误却纯粹源于其自身。她面前没有阴谋，没有陷阱；她看了，也考虑了，最后做出了选择。犯了这样错误的女人，要想弥补只有一条路——那就是好好地（哦，以那种最隆重的形式）接受它。做一次傻事已经足够了，尤其是它将让你抱恨终生，再做一次的话，也不会抵销它。伊莎贝尔打定主意要保持沉默，这其中包含有某种高尚的情操；正是这一点支撑着她。即使如此，梅尔夫人小心谨慎的行为依然没错。

拉尔夫·杜歇到罗马约一个月后的一天，伊莎贝尔和潘茜一块儿散完步回来。伊莎贝尔现在很感谢潘茜，这不仅仅是因为她决心要保持公允，其实也是出于她对那些单纯、弱势事物的恻隐之心。她珍爱潘茜：她的生活里没有什么比这个小家伙对自己的依恋更重要的了，而那种因此而生的甜美对她来说也同样重要。那种感觉软软滑滑，似乎一只小手儿放在了自己的手里。对潘茜而言，这不仅仅是一种情感，更是一种炽烈的信仰，难以抗拒。对伊莎贝尔而言，潘茜对她的依赖带来的不只是快乐：在她无法为自己的行为找到动机时，这成了一个明确的理由。她曾对自己说，我们一定要负起应负的职责，而且还应该期待它越多越好。潘茜的依恋是一次直接的敦促，意思大概是这是一次机遇，也许不那么显赫，但这是毫无疑问的。可这是什么样的机遇呢？伊莎贝尔几乎不知道，总的来说，她之于潘茜比起潘茜之于她更称得上是机遇。伊莎贝尔曾经认为她的小伙伴很难理解，现在想起来，她都觉得好笑；现在她知道了，潘茜之所以显得不好理解是因为她当时眼力迟钝。她难以想象会有人这么用心地——几乎就是全力以赴地,去取悦别人。但打那以后,她见识了这种体察人情的能力是怎么运作的,现在知道如何理解它了。它就是她的整个生命,是一种天赋。潘茜没有会妨碍这种天性的骄傲;生活中她有很多崇拜者,不过并没有因此而自命不凡。她们两个经常形影不离,奥斯蒙德夫人身边总少不了继女的身影。伊莎贝尔喜爱自己的伙伴,就好像一个人拿着芳香四溢的花束,花束的花儿都是一样的。记着不要忘了潘茜,无论出于什么缘故也不要忘了她——这是她认为自己一定得做到的。除了父亲,和伊莎贝尔在一起是最令女孩开心的,她脸上的表情说明了一切。她极其尊敬自己的父亲,这也是难怪的,因为身为人父是吉尔伯特·奥斯蒙德最大的欢乐,他对她总是极尽温柔。伊莎贝尔明白潘茜高兴和自己待在一起,也知道她苦思冥想想讨自己开心。她拿定了主意,博她欢心最好的办法是消极一些,就是不要给她找麻烦。这个主意当然和她现有的麻烦没有什么关系。所以她那么顺从,却又不失精巧,那么驯服,却又不失想象力。她小心谨慎,不让自己显得急不可耐地要同意伊莎贝尔的主张,这样就不会让人误解她可能有其他想法。她从不插嘴,也不问与社会相关的问题;她乐意听到别人的嘉许,甚至会因此面色灰白,却从不主动争取。她只是充满期待地看着——随着年龄的增长,这种态度让她的眼睛美艳无比。在黑岩宫居住的第二个冬天,她开始参加宴会,舞会;担心奥斯蒙德夫人太累,她总是在适当的时候首先提出离开。伊莎贝尔知道自己年轻的伙伴对深夜的舞会钟爱有加,和着乐曲,款步轻移,她就像是个细心的仙女;所以她很感谢潘茜作出的牺牲。何况对潘茜来说,社交完美无缺,甚至连其中招人嫌的部分她也喜欢——舞厅里的闷热,餐桌上的乏味,门口的拥挤,以及等马车时的尴尬。白天的时候,在马车里,旁边坐着继母,潘茜会一直保持一种欣赏的坐姿,看起来很小巧。她前倾着身子,面带微笑,乍一看还以为她是第一次出来兜风呢。

我说的那一天,她们两个乘车出了城门;半个小时后,她们嘱咐车夫在路边等着,两个人在城边平原的浅草上信步走开;那里即便是冬天的月份也散落着纤美的鲜花。这几乎是伊莎贝尔每日必修的一课：她喜欢散步，且步履轻快，当然比起她乍到欧洲的时候要慢一些。这种活动非潘茜的最爱，不过她还是很喜欢，原因是没有什么她不喜欢的。走在父亲妻子的旁边，她的步子会短一些。回罗马的路上，继母会照顾潘茜的喜好，在品西安或鲍格才别墅那里绕一圈。在一个洒满阳光的山谷里，她采了一大把鲜花，那里距罗马城墙尚有一段距离；一回到黑岩宫，她就直奔自己的房间，把花放进了水里。伊莎贝尔要到自己通常待的客厅里去——该客厅从宽敞的前厅那里数起是第二个，得从楼梯进去。吉尔伯特·奥斯蒙德对里面进行了大量的装饰，可即便如此，仍不能改变那里过于简陋的感觉。刚刚走到客厅的门口，伊莎贝尔停了下来，因为她感觉似乎有些不对头。实际上这也不是什么陌生的感觉，不过这次她觉得不同以往；她脚步很轻，几乎没有声响，这使得她有时间完整地看清楚眼前的一切。梅尔夫人在里面，还戴着帽子；吉尔伯特·奥斯蒙德正和她说话。一时间他们没有意识到伊莎贝尔走了进来。这种场景伊莎贝尔当然不是头一次碰到，但她没有看到的是——至少是没有注意到，他们的谈话眼下变成了一种亲密的沉默，而伊莎贝尔一眼就能看出，自己的闯入会吓他们一跳。梅尔夫人正站在地毯上，远离壁炉；奥斯蒙德则坐在一把很深的椅子里，靠在那里看着梅尔夫人。和往常一样，她的头还是那么挺直着，不过眼睛盯着奥斯蒙德。首先让伊莎贝尔感到好奇的是奥斯蒙德坐着，而梅尔夫人站着，一种不同寻常的感觉吸引了她。接着是她发现他们正在交换自己的看法，现在是临时停下来在各自心中盘算；他们面对着面，很放松，就像多年的老友那样，不言不语中彼此就知道了对方的想法。这也没什么不正常，他们本来就是老朋友。只是这件事情留下一种印象，只持续那么一会儿，就像是突然闪过的光线。两人相互的位置、关注对方的眼神，都让伊莎贝尔感觉似曾相识。不过，等伊莎贝尔将这些都看清的时候，这种想法已经结束了。梅尔夫人已经看到了她，原地不动向她表示了欢迎。与此相反，她的丈夫马上跳了起来，然后就嘟囔着自己想散散步，在征得他们客人的原谅后离开了客厅。

"我是来看你的，想着你可能已经回来了；一看你没回来，我就在这儿等你。"梅尔夫人说。

"他就没请你坐下？"伊莎贝尔笑着说。

梅尔夫人打量了打量她。"啊，对，请了；我正要走呢。"

"你一定得再待一阵子。"

"行。我来这儿是有点儿原因，有些事情让我放不下。"

"我以前就说过，"伊莎贝尔说，"没什么大事你是不会来的。"

"那你也清楚我说过的话，不管我是来，还是不来，我的动机只有一个：我爱你。"

"没错，你是和我说过。"

"你刚才的神色告诉我你并不相信我的话。"梅尔夫人说。

"喔，"伊莎贝尔答道，"我最不会怀疑的，就是你的动机的深厚意义！"

"要不了多久，你就要质疑我的话真不真诚了。"

伊莎贝尔很严肃地摇了摇头。"我知道你待我一直很好。"

"只要你允许我那样；只不过你并不总是理解，那么我只能任由你自己了。不过我今天来不是要帮你什么的，是另外的事情。我来是为了免除我自己的一个麻烦：把它转给你。刚刚我一直和你丈夫讨论这件事儿。"

"这可吓我一跳，他不喜欢麻烦的。"

"这我清楚，尤其是别人的麻烦事儿。不过呢，我想你也不喜欢。但是无论如何，喜欢还是不喜欢，你都要帮我这个忙；是关于可怜的罗齐尔先生的。"

"噢，"伊莎贝尔若有所思地说，"那不是你的麻烦，是他的。"

"他一个礼拜去我那儿十次，说潘茜的事儿，所以已经成了我的麻烦了。"

"对的，他想娶潘茜，我都知道。"

梅尔夫人犹豫了一下说："从你丈夫的言谈中我感觉你并不全都了解。"

"他怎么会知道我知不知道呢？他从来没和我谈起那件事。"

"或许是因为他不知道该怎么说起它吧。"

"不过，这种问题他一向不犹犹豫豫的。"

"没错，一般来说他很清楚自己需要想些什么。可今天他不知道了。"

"你刚才在告诉他吗？"伊莎贝尔问。

梅尔夫人不由自主地笑了，笑得还很欢快。"你不觉得自己很冷淡吗？"

"是的，我不得不这样。罗齐尔也和我谈过。"

"他那样是有原因的：你和那孩子那么亲近。"

"啊，"伊莎贝尔说，"我给了他那么多安慰！要是你觉得我冷淡，我不知道*他*是怎么想我的。"

"我相信他肯定认为你能帮他更大的忙。"

"我无能为力。"

"至少和我相比，你能多帮他一些。不知道他发现我和潘茜之间有什么神秘关系，一开始他就来找我，似乎他的前途都在我手里攥着。现在他是不断地来催促我，看还有多大希望，要么就是给我诉苦。"

"他真是坠入情网了。"伊莎贝尔说。

"他——陷得很深。"

"潘茜也不例外。"

梅尔夫人把头低下去了一会儿。"你认为潘茜迷人吗？"

"天底下最可爱的小姑娘，只是还很幼稚。"

"罗齐尔先生也没什么阅历，他与潘茜相爱应该顺理成章。"

"是的，"伊莎贝尔说，"他的见识不过手帕那么大——那种带花边的小手帕。"她的幽默最近越来越像嘲讽了；不过马上她也惭愧起来，竟然拿潘茜那样天真的追求者开涮。"他挺善良，也老实，"她赶紧补充，"而且实际上也不傻。"

"他向我保证潘茜喜欢他。"梅尔夫人说。

"我不知道，没问过潘茜。"

"你就从没探探她的口风？"

"我不应该是那个人，那应该是她爸爸。"

"哦，你也忒死板了！"梅尔夫人说。

"我得有自知之明呀。"

梅尔夫人又朝她笑了笑说："要帮你可不容易。"

"帮我？"伊莎贝尔板起脸问，"你什么意思？"

"惹你不高兴很容易。你现在明白了我谨慎一些有多正确吗？不管怎么样，我跟你说，和奥斯蒙德我也是这样说的，潘茜小姐与爱德华·罗齐尔先生的好事儿和我没关系了。我无能为力①！我无法和潘茜说起罗齐尔，尤其是，"梅尔夫人补充说，"尤其是在我觉得他不是位优秀的丈夫的情况下。"

伊莎贝尔想了一下，然后笑着说："你别不管呀！"说完后，她又补充了一句，不过语调两样，"你做不到——你对这件事太感兴趣了。"

梅尔夫人缓缓地站了起来，很快地瞥了一眼伊莎贝尔，就像几分钟前，掠过我们女主人公脑海的那个启示那么快。只不过这一次后者什么也没注意到。"下次你问问他，然后你就知道了。"

"我没法问他了：他已经不来这里了，吉尔伯特早就让他明白，他在这里不受欢迎。"

"哦，对的，"梅尔夫人说，"我忘了那茬儿——那可是他郁郁寡欢的根源。他说奥斯蒙德羞辱了自己。不管怎么说，"她继续道，"奥斯蒙德并没有像他认为的那样讨厌他。"梅尔夫人站了起来，似乎是要结束她们的谈话，却又欲走还留，上下打量着伊莎贝尔，显而易见还有话要说。伊莎贝尔注意到了这些，甚至梅尔夫人在想什么都猜了八九不离十，不过伊莎贝尔没有主动提及，她有自己的原因。

"要是你告诉罗齐尔这些，他会高兴的。"她笑着回答。

---

① 原文为法语。

"我当然告诉过他；而且他感觉自己受到了鼓励。我告诉他要耐心，情况并非不可挽回，前提是他要保持沉默，少安毋躁；可惜的是他现在满脑子都是妒嫉。"

"妒嫉？"

"妒嫉沃伯顿勋爵，他说沃伯顿勋爵总是在这里。"

伊莎贝尔有些疲惫，所以一直坐着。听到梅尔夫人这么说也站了起来。"哦！"她只是叫了一声，慢慢朝壁炉走去。她从梅尔夫人前面走过，然后在壁炉台子上的镜子前面站了一会儿，将一绺散开的头发整理好。梅尔夫人将这一切都看在了眼里。

"罗齐尔先生很可怜，一直说沃伯顿勋爵非常有可能爱上潘茜。"梅尔夫人继续道。

伊莎贝尔沉默了一会儿，继而从镜子那里转过身来。

"的确，没有什么事儿是不可能的。"良久之后她回答，口气严峻，谨慎小心。

"我也是这么跟罗齐尔先生说的，而且你丈夫也是这么认为的。"

"这个我不清楚。"

"问问他，你就知道了。"

"我不会问他的。"伊莎贝尔说。

"请原谅，我忘了你说过了。当然了，"梅尔夫人补充说，"你对沃伯顿勋爵其人其事肯定比我了解得多。"

"我觉得没有必要跟你隐瞒，他很喜欢我的继女。"

梅尔夫人又很快地看了一眼伊莎贝尔。"喜欢她，你是说——这是罗齐尔先生的想法？"

"我不清楚罗齐尔先生的想法，不过沃伯顿勋爵告诉过我，他很为潘茜着迷。"

"那你和奥斯蒙德说过吗？"这句话直截了当，有些迫不及待，梅尔夫人几乎是脱口而出。

伊莎贝尔注视着梅尔夫人。"我想适当的时候他会知道的；沃伯顿勋爵自己有嘴，知道怎么表达自己。"

马上梅尔夫人就意识到自己嘴比平时快了,这让她脸色有些潮红。过了一会儿,等脸上的绯红褪去,她又若有所思地说:"这比和可怜的罗齐尔先生过一辈子要理想。"

"我觉得要理想得多。"

"太让人兴奋了,这会是一段美好的姻缘。他真是太好了。"

"他太好了?"

"对呀,居然能看上一个天真幼稚的小丫头。"

"我不这么看。"

"你这么说真是很仁慈,不过毕竟潘茜·奥斯蒙德——"

"毕竟潘茜·奥斯蒙德是他认识的人中最迷人的!"伊莎贝尔大声说。

梅尔夫人瞪大了眼睛,她的确有些不知所措。"哎哟,我刚才还觉得你对她不屑一顾呢。"

"我是说她视野不够开阔,她也的确是那样。沃伯顿勋爵也好不到哪里。"

"你要是这个意思的话,我们人人都有份儿。如果潘茜配得上,那更好。可要是她一门心思喜欢罗齐尔先生,她这样做不值。太不合情理了。"

"罗齐尔先生是个讨厌鬼!"伊莎贝尔突然大声说。

"我很同意你的看法,而且得知他不再指望我点燃他的激情,我非常高兴。以后他再去我那儿,迎接他的将永远是闭门羹。"梅尔夫人拢了拢披风,打算离开;可这时伊莎贝尔一句听起来不相干的要求,让她迈向门口的脚步停了下来。

"即便如此,还是对他客气一些吧。"

她耸起了肩,眉毛也挑了起来,站在那儿看着自己的朋友。"你这么自相矛盾,我真弄不懂!我绝对不会再对他客气了,因为那是虚伪。我希望看见她嫁给沃伯顿勋爵。"

"你最好等到他向潘茜表白。"

"要是你说的不假,他会向她表白的,尤其是,"梅尔夫人顿了一下说,"如果你做做他的工作。"

"如果我做做他的工作?"

"这对你来说不是什么难事儿,他很看重你的意见。"

伊莎贝尔皱起了眉头。"谁说的?"

"杜歇夫人和我说过,肯定不会是你——你是绝不会告诉我的!"梅尔夫人微笑着说。

"这种事我当然没有和你说起过。"

"机会好的话,*也许*你也会,比如我们相互信任的时候。话又说回来,你的确没怎么跟我说起过,自那以后我就经常这么想。"

伊莎贝尔也这么想,有时还颇感得意,可现在不能承认,原因大概是她不希望自己看起来为此而兴奋不已。"看来我姨妈成了你优秀的通信员了。"她不露声色地说。

"她为这事儿很恼火,满肚子话没处说,所以就告诉了我你拒绝了沃伯顿勋爵的好意。当然我觉得你的选择更好;不过既然自己不愿意和沃伯顿勋爵共结连理,作为对他的补偿,就撮合他和别的什么人结婚吧。"

听着这些,伊莎贝尔脸上没有任何表情,不像梅尔夫人那么神采飞扬。不过,过了一会儿,她说:"这件事和潘茜有关,要是能安排妥当,我真的会很高兴。"听起来通情达理,温文尔雅。听她这么说,她的同伴觉得兆头不错,就抱了抱她,出人意料得体贴;然后她凯旋了。

第四十一章

　　奥斯蒙德很晚的时候走进了伊莎贝尔独处的客厅，当晚第一次提起了这件事。他们一个晚上都在家里；潘茜已经上床休息。晚饭后，奥斯蒙德一直待在一个自己称作是书房的小房间内，整理他的书籍。十点钟的时候，沃伯顿勋爵来了：只要伊莎贝尔告诉他自己会在家里，他一般都是这个时候来。沃伯顿勋爵的目的地并非这里，只逗留了半个小时。在了解了拉尔夫的情况后，伊莎贝尔有意地只和他聊了几句，希望他去和自己的继女多说一些。她佯装阅读，稍后甚至还走到了钢琴边上；心里思忖自己是不是可以走开。现在对于潘茜嫁给风景秀丽的洛克雷的主人这件事，渐渐地她也开始持积极态度了——乍一开始，这件事摆在她面前的时候没怎么引起她的兴趣。梅尔夫人当天下午是往积蓄已久的易燃物品上点了一根火柴。伊莎贝尔不开心的时候，她会在自己四周到处趔摸，看能不能找些事情，自己也好积极地投入一下，这一部分是出于冲动，一部分也是出于自己的一种理论。她有一种认识，觉得不开心是一种病态，很遭罪，与做事情相反。这种认识她很难摆脱。因此不管"干"什么，都是一种解脱，某种意义上可能成了一种疗法。还有，她希望能让自己相信，为了使丈夫高兴，她已经竭尽全力。她暗下决心，不能再让丈夫感到有求于自己的时候，总是那么心灰意懒。他非常乐见女儿和一位英国绅士喜结良缘，这会让他心花怒放，因为这位士绅实在无可挑剔。在伊莎贝尔看来，要是能以此为己任，玉成这桩婚事，自己就算得上一位好妻子。她渴望这样，渴望能言之凿凿地自称是一位好妻子，而且还有证可考。再有，这样做还有其他一些好处。她会因此有事可做，这也正是她所愿；她甚至因此会感觉其乐无穷。果真如此，她或许因此而重获新生。最后，沃伯顿勋爵显而易见对这个迷人的女孩儿颇有好感，所以于他而言这也算是个帮助。考虑到沃伯顿勋爵的情况，这件事真有些"奇怪",但要解释这种印象又无从谈起。任何人都可能为潘茜神魂颠倒,可沃伯顿勋爵应该不在此列。伊莎贝尔总觉得对沃伯顿勋爵来说,潘茜显得太小,太微不足道,甚至可能都有些不自然。在她身上,你能常常感觉到她手边那些洋娃娃气息,而这可不是沃伯顿勋爵梦寐以求的。不过,有谁说得清男人们追求什么呢?他们寻求自己看得到的,不见到就不知道自己喜欢什么。这种事情没有哪个理论是有根有据的,谁也不比谁更有解释力,或更贴近实际。设想他喜欢过伊莎贝尔,现在又喜欢起潘茜来了,两人大相径庭,这看起来很不寻常。不过他对伊莎贝尔的喜爱可能没他想象的那么强烈;话又说回来,假设他当时也同样喜爱伊莎贝尔,现在也应该都归于平静了。因此由于前面的恋爱以失败而告终,很自然他会认为另外一种方式也许会获得成功。我说过,这件事情伊莎贝尔并非全情投入,不过今天她来了劲头,而且甚至还高兴起来。想到做一件让丈夫满意的事,还能让自己这么开心,这挺让她吃惊的。可不幸的是爱德华·罗齐尔挡在了他们面前!

想到这儿,突然照亮前路的光明阴暗了不少。很不凑巧,伊莎贝尔笃信,在潘茜心目中罗齐尔先生是年轻男子中最出类拔萃的;对此她深信不疑,就好像她和潘茜交流过这事一样。伊莎贝尔这么自信让她感觉很辛苦,因为她还要不断地告诫自己不要那么想;这辛苦的情形丝毫不亚于可怜的罗齐尔先生,如果他的脑子里也装了这个想法。和沃伯顿勋爵相比,他毫无疑问差一大块儿。两人财富方面的差距很大,不过主要还是个人魅力方面。这个年轻的小伙子实在是个轻量级的选手,和英国贵族相比,他更像是位了无用处的花花公子。的确,也找不出什么特别的理由潘茜非政治家不嫁;但是如果一个政治家喜欢上了她,那是他的事,潘茜也会由此成为贵族夫人中最受欢迎的一个。

读者也许感觉奥斯蒙德夫人怎么一下子世俗起来,因为她最后对自己说这个困难很可能可以解决。可怜的罗齐尔先生会带来一些麻烦,不过那不会有什么危险,铲除那些不怎么挡道的障碍总是有办法的。伊莎贝尔很清楚自己还没有把潘茜的固执考虑在内,这对付起来最终可能会异常麻烦,不过她倾向于潘茜会在劝说下,顺其自然,而不是坚决反对,原因是在她身上,赞同的天赋发展得绝对比反对的水平高。她会抱定主意,没错,她会的;但至于是什么主意对她而言就不那么重要了。沃伯顿勋爵和罗齐尔先生都很合适——尤其是她看起来还很喜欢沃伯顿勋爵;她曾告诉过伊莎贝尔自己的这个想法,而且毫无保留。她说自己觉得沃伯顿勋爵的谈话是最有趣的——他告诉了她很多关于印度的事。他在潘茜面前总是举止得体,平易近人——这个伊莎贝尔自己也注意到了,她观察到,沃伯顿勋爵和潘茜说话的时候,没有一点屈尊俯就的样子,仿佛时刻提醒自己,她还年轻,思想还很简单,可是又好像她能够理解他谈论的话题,就像她完全能理解流行的歌剧。那是只要注意听音乐和男中音歌唱就够了的。他非常谨慎,显得很友好——这和他以前在花园山庄对待另一位春心萌动的少女一样;女孩子很容易因此而爱潮泛起。她还记得当时自己被这触动的情形,自言自语说要是自己当时和潘茜这样单纯,记忆可能会深刻许多。她当时拒绝沃伯顿勋爵的时候一点儿也不单纯,整个过程和她接受奥斯蒙德一样错综复杂。不过与她相反,潘茜尽管头脑简单,的确懂为什么沃伯顿勋爵和自己说话,而且也挺喜欢他这样。这些谈话不是关于潘茜的朋友,抑或收到的鲜花,而是意大利的状况,农民的生活,著名的谷物税①,糙皮病②,以及罗马社会留给他的印象。潘茜一面用针织她的挂毯,一面看着沃伯顿勋爵,一双眼睛甜美、顺从。朝下看的时候,她会偷偷地朝沃伯顿勋爵瞥几眼,打量打量他的相貌,他的手,他的脚,他的穿着,似乎在认真考虑他。伊莎贝尔提醒自己,即便就相貌而言,他也比罗齐尔先生更胜一筹。不过伊莎贝尔这种时候往往百思不得其解,罗齐尔先生哪儿去了;他不再来黑岩宫了。我说了,这件事对伊莎贝尔的影响很奇特——她期望能做些什么

---

① 1869 年由意大利右翼政府引入,由于民怨很大,1883 年由执政的左翼政府废止。
② 一种由于食用缺乏烟碱酸和蛋白质的食物而引起的疾病,症状为皮肤出疹子、消化和神经系统紊乱及最终心智退化。

令自己的丈夫心满意足。

说它奇特有多种原因,我马上就会谈到。我说起的那个晚上,沃伯顿勋爵在那儿坐着的时候,伊莎贝尔差点儿做出一个重大的决定:离开那儿让自己的两个同伴单独待着。我说是重大决定,因为吉尔伯特·奥斯蒙德会这样认为,而伊莎贝尔也在尽量努力协调与丈夫的立场。她勉强做到了这一点,可还是差那么一口气——就像我前面提到的。她终究难以做到,是因为某种因素制约着她,使她无法完全做到与丈夫的立场一致。确切地说,这不能算是阴险或者卑劣,因为一般来说女性在做这种事情的时候,其初衷还是好的。就伊莎贝尔而论,其本性更接近于女性的一般特征,而不是相反。她当时有些左右为难,不知道该不该从中撮合,这就是她最终没有离开客厅的原因;沃伯顿勋爵又待了一会儿,然后起身告辞去参加聚会,并许诺次日会把详细的情形完整地讲给潘茜听。他离开之后,伊莎贝尔心里盘算,要是刚才自己走开那么一刻钟,是不是一些事情就可能发生了;继而她断言——通常是在心里面——假如他们尊贵的客人希望她出去一会儿,他很容易就能找到告诉她的办法。沃伯顿勋爵走后,潘茜没有说任何有关他的话;伊莎贝尔也有意什么都不讲,因为她发过誓要保持缄默,直到勋爵自己公开这件事。他向伊莎贝尔描述过自己的感受,不过这看起来与他的行动并不吻合,他迟迟没有公开这件事情。潘茜睡觉去了,伊莎贝尔不得不承认自己吃不准现在继女心里有什么盘算;她一向晶莹剔透的年轻朋友,这会儿莫测高深起来。

屋里就剩她一个人,在那儿望着炉火,直到半小时后她的丈夫走了进来。他先是四下里踱了几步,然后坐了下来,跟伊莎贝尔一样望着炉火。不过伊莎贝尔的视线现在已经从壁炉里跃动的火苗转到了奥斯蒙德的脸上。她看着奥斯蒙德,而后者则一言不发。暗中观察已经成了她的一个习惯,这是本性使然;而这种本性和自卫的本能有关,这样说并不夸张。她希望预先尽可能多地了解他的想法,他想说的话,这样她的回答就会有所准备。以前的时候,准备好要回答什么,并不是她的强项;在这方面她充其量也只是来个事后诸葛亮,心里想着要是当时怎么说就好了。不过现在她学会了谨慎,某种程度上是丈夫的表情让她学会了这样。这还是那张她在佛罗伦萨别墅的露台上看到的脸,她的目光还是一样的热切,但是比当时更加敏锐犀利了;与以前不同的是,婚后奥斯蒙德有些发福了。尽管如此,他依然让人觉得与众不同。

"沃伯顿勋爵来过吗?"他不久问。

"来过,停了半个小时。"

"他看见潘茜了?"

"对,他就坐在潘茜边上的沙发上。"

"他和潘茜说了很多吗?"

"他几乎只和她说话。"

"我看他似乎很殷勤,你有这样的感觉吗?"

"我不知道那是什么,"伊莎贝尔说,"我等着你来给它起个名字呢。"

"你这么细心可不多见。"过了一阵子奥斯蒙德说。

"这次我下定决心了,要努力按你希望的那样做,过去我总是做不到。"

奥斯蒙德缓缓地转过头来看着她。"你是打算和我吵架吗?"

"不是的,我想平静地生活。"

"这是再容易不过的,你知道我自己吵不起来。"

"那你故意惹我生气的时候,怎么解释?"伊莎贝尔问。

"我没有故意,要是我那样干过,那肯定也是无意为之。而且我现在可一点儿都不想惹你生气。"

伊莎贝尔笑着说:"没关系,我已经打定主意再也不生气了。"

"这个决定不错,你的脾气不是很好。"

"是的,不是很好。"她推开自己正在读的书,然后拿起潘茜留在桌子上的那块挂毯。

"我之所以没有和你讨论我女儿的这桩事,部分是因为这个,"奥斯蒙德说,他谈到潘茜时经常用这样的称呼,"我担心会遇到阻力——也就是说关于这件事，你也有自己的看法。因为这个，我已经把那个乳臭未干的罗齐尔打发走了。"

"你担心我会替他说话？你注意到了没有，关于他我从没有和你提起过？"

"那是因为我从没给你机会；这些天来，我们很少说话。我知道他和你相熟已久。"

"没错，我们早就认识。"对于罗齐尔，伊莎贝尔其实很少上心，还不如手里拿着的那块挂毯更牵动她的神经。不过，他的确是伊莎贝尔的老朋友，而且在她丈夫面前，她还不很愿意掩饰这种关系。奥斯蒙德会以自己的方式对她的这些老友表示不屑，这反而更让她觉得应该忠诚于自己的朋友；尽管有时，就拿眼下这件事来说，事情本身并不重要。对于回忆，伊莎贝尔有时会心绪难平，觉得那么亲切；而这些回忆其实也没什么大不了，只不过是属于她婚前的那段时光。"不过，就潘茜这件事来说，"她过了一会儿补充说，"我从没鼓励过他。"

"幸好没有鼓励他。"奥斯蒙德说。

"我想你是说对我好吧，因为对他而言这无所谓。"

"说他没有意思，"奥斯蒙德说，"我和你讲了，我已经把他赶走了。"

"对，可是门外的恋人无疑也是恋人；有时他还不止如此。罗齐尔仍然抱着希望。"

"那就让他去希望吧，随他去！我的女儿只要安心坐着，就能成为沃伯顿勋爵夫人。"

"你很愿意这样吧？"伊莎贝尔简单地问，并不像听起来那么装模作样。她打定主意不作任何揣度，因为奥斯蒙德往往会出其不意，以此做为指责她的口实。奥斯蒙德很希望女儿嫁给沃伯顿，这是一段时间以来伊莎贝尔考虑问题的出发点。这不过是她的想法，在奥斯蒙德自己没有说出以前，她什么都不会说。她不会想当然地认为他会觉得沃伯顿勋爵是人中俊杰，下点儿力气是值得的，因为奥斯蒙德家人一般不会费力去求什么。他经常表示，对他来说生活中没有什么值得努力追求的东西,即便是最尊贵的人物他也不会另眼相待;女儿只消在自己身边留心一下,就可以挑个王公贵族做夫君。这样,如果他明确表示渴望沃伯顿勋爵成为自己的乘龙快婿,要是错过了这位贵人,他的替代人选就很难找到,他就会显得自相矛盾。更何况他通常又说,自己什么时候都始终如一。他希望妻子能忽略这一点,放自己一马;而奇怪的是,一个小时前伊莎贝尔都几乎想好了一个取悦他的计划,现在面对着他,她却不肯如他所愿,不愿放他过关。伊莎贝尔很清楚自己的问题在他心理上会产生什么效果:可能就像羞辱他。不过,也不用担心;他有的是办法羞辱伊莎贝尔——有过之而无不及,因此他会等待一些绝佳的表演机会,有时甚至对一些不太好的机会不屑一顾。也许伊莎贝尔只是利用了一个不太好的机会,因为也不会有太好的机会等着她去利用。

不过这一次奥斯蒙德却表现得不卑不亢。"我非常愿意,这会是一桩美妙的婚姻;而且沃伯顿勋爵还有一个优势:他是你的老朋友;他加入这个家庭叫人高兴。真奇怪,潘茜的崇拜者竟都是你的老友。"

"他们很自然地会来看我,一看我他们就见到了潘茜,见到了潘茜他们就自然地爱上了她。"

"我是这么想的,不过你不一定也非要这样。"

"假如她嫁给沃伯顿勋爵,我会很高兴,"伊莎贝尔继续直截了当地说,"他很出色,不过你说潘茜只用安心坐着,但如果她知道了自己要失去罗齐尔先生,她肯定不能再安心坐着了,很可能会蹦起来!"

对此奥斯蒙德似乎并没在意,只坐在那儿看着炉火。

"潘茜愿意成为一位贵妇,"过了一会儿奥斯蒙德说,话语中带着些许体贴,"最重要的是,她一向希望让别人满意。"他又接着说。

"也许是要让罗齐尔先生满意。"

"不对,是让我满意。"

"我想也有我一份儿吧。"伊莎贝尔说。

"对,她很喜欢你;话又说来,她会做我喜欢的事情。"

"只要你有信心就好。"伊莎贝尔继续说。

"同时呢，"奥斯蒙德说，"我希望我们尊贵的客人能把这层窗户纸给捅破了。"

"他已经——和我讲过了。他告诉我如果潘茜确实在乎他，那实在妙不可言。"

奥斯蒙德连忙转过头，只是一开始什么也没说。等了一下，他厉声问："你怎么没告诉过我。"

"我没机会；你知道我们过的是什么日子。今天我是第一次有机会讲。"

"你和他谈起过罗齐尔吗？"

"唔，谈过一点儿。"

"一点都没必要。"

"我想他最好知道，这样……这样……"伊莎贝尔欲言又止。

"这样什么？"

"这样他就可以据此行动。"

"这样他就会退出，是这回事吧？"

"不对，这样他就可以趁着还有时间，再进一步。"

"这种效果现在好像看不到嘛。"

"你得有耐心，"伊莎贝尔说，"你清楚，英国人脸皮薄。"

"这位脸皮可不薄；向你求婚时他就很大胆。"

伊莎贝尔一直担心他会提这事，这让她很不舒服。"对不起，我认为他脸皮很薄。"她反驳说。

他沉默了一会儿，什么也没回答。他拿起一本书，拨弄着书页。这期间伊莎贝尔一声不吭地坐着，注意力都放在了潘茜的挂毯上。"对于他，你肯定有很大影响力，"奥斯蒙德终于开口了，"要是你真想这件事有个好的结果，你不会让自己失望。"

这话让她更难堪，而话里话外她却听不出奥斯蒙德有多少不自然；更要命的是，这和她心里自言自语的一样。"为什么有影响力？"她问，"我做过什么事，能让他听我的驱使？"

"你没有答应嫁给他。"奥斯蒙德说，眼睛还盯着书。

"我绝对不敢对此期望太多。"她回答。

他当即丢下书站了起来,手背在身后站在壁炉前。"哦,我觉得这事主动权在你,你看着办吧。你稍微发点儿善心,这事儿解决起来就易如反掌。想想吧,你要记着我对你抱了多大的希望。"他等了等,想听到她的回答;可伊莎贝尔什么也没说,于是他立刻踱了出去。

第四十二章

伊莎贝尔没有做任何回答，奥斯蒙德的一番话已经令情形再明白不过，她在凝神细想。这些话的含义蓦然间让她心潮涌动，她不敢说话，担心无益。奥斯蒙德走后，她斜靠在椅子上，闭上眼睛，就这样一直坐到深夜，甚至还要晚，在那里苦思冥想。一个仆人进来收拾了收拾壁炉，伊莎贝尔叫他拿些蜡烛来，然后就可以休息了。奥斯蒙德和她说考虑一下他的话，她的确在考虑，也在考虑很多其他的事情。奥斯蒙德说她对沃伯顿勋爵绝对有影响力，这既让她吃惊，也莫名地唤起一种认可。他们之间真的依然维系着某种关系，借此她可以使沃伯顿勋爵宣布自己对潘茜的爱慕之情？这种关系使得他容易答应，因为他想做些什么来取悦伊莎贝尔。迄今为止，伊莎贝尔没有受过这种逼迫，也就没问过自己这个问题；现如今，问题就摆在自己面前，她也看到了它那可怖的答案。没错，他们之间是还有些瓜葛，不过这是沃伯顿勋爵那边的。他第一次来罗马的时候，伊莎贝尔坚信他们之间的联系已经荡然无存；可逐渐地她认识到，这种联系还在，而且不难察觉。它细如蛛丝，有时伊莎贝尔却似乎能听到它颤抖的声音。于伊莎贝尔而言，一切如旧，以前怎么认为的，现在仍然怎么认为；她觉得没有改变这种感情的必要，其实依她看这种感情最适宜了。可沃伯顿勋爵呢？他是不是依然觉得自己是对他来说最重要的女人？他们过去曾有短暂的几次亲密接触，他是不是希望通过重温那些时光而有所收获？伊莎贝尔记忆犹新，发现过这样的迹象，可他希望做什么，意图是什么？显而易见，他发自内心地喜爱不幸的潘茜，可这些又是怎么奇妙地结合在一起的呢？他还爱着吉尔伯特·奥斯蒙德的妻子？如果这样，他想从中得到什么好处？若说他爱上了潘茜，他就不会爱着她的继母；若说他爱着她的继母，他就不会爱上潘茜。要是她利用自己的优势，促成沃伯顿勋爵向潘茜示爱——伊莎贝尔明白他会为自己这样做，而不是为了那个小可怜儿，这是不是就是她的丈夫要她帮的忙？她考虑再三，都觉得这就是自己面临的任务——从她知道自己的老朋友对她的聚会依然情有独钟那一刻起，她就在心里这样对自己说。这不是叫人心情舒畅的使命，而是叫人厌恶。她有些沮丧，心里思忖沃伯顿勋爵伴装喜欢潘茜莫不是为了得到另外一种满足，或者叫做其他一些机会。伊莎贝尔即刻排除了这种可能性，觉得他不至于织下这种精密的骗局，依然相信他诚实无欺。但是假如他对潘茜的喜爱只是自欺欺人的错觉，那还不如弄虚作假好一些。伊莎贝尔考虑着这些险恶的可能，最后完全不知所以。这其中几个是她突然遇上的，尤其显得险恶。过了一阵子，她走出了谜团。揉了揉眼睛，她对自己说，她这样想当然是不够高尚的，但她丈夫的想象力更卑劣。沃伯顿勋爵应当毫无私心，自己对他的重要性也不会超过她希望的程度。除非有相反的情况出现，否则这就是她拿定的主意；而且那相反的情况要得到有力的证明，不能是像奥斯蒙德那样厚颜无耻的暗示。

可是这样的决心并没有给她这个夜晚带来更多的安宁。她满脑子的恐惧，只要稍有间隙，它们就会纷纷涌上她的心头。她想不出是什么让这些想法这么活跃，除非就是下午丈夫和梅尔夫人的谈话给自己留下了怪怪的印象，似乎他们间的交流比自己想象的还要直截了当。这种印象挥之不去，她纳闷儿以前怎么从未有过。除了这，还有他的破坏力，半小时前和他的谈话就是个典型的例子，凡事只要他插手，就有本事叫它黄了，只要让他看一眼，准给她弄砸。她很愿意做些什么，来证明自己对他的忠诚，可现实是只要知道他在期待什么，就会引起一种意图要反对它。这就好像他有一双罪恶的眼睛，似乎他的出现就意味着灾难，他喜欢什么，什么就会遭遇浩劫。这是他本身的错，还是由于伊莎贝尔对他根深蒂固的猜疑所致？他们短暂的婚姻生活有一个最清楚不过的结论，那就是这种猜疑。他们之间出现了一道鸿沟，两人隔沟相望，四目相对，里面尽是所受的欺骗。这种诡异的对立伊莎贝尔做梦都没有想到过，这其中最重要的一条就是双方互相瞧不起。但这不是她的错，她没有玩弄过欺骗的手段，对他只有尊敬与信任。她满怀单纯的信心，迈出了最初的几步，后来却突然发现原来希望中无限延伸，多姿多彩的生活，只不过是一条小巷，阴暗狭窄，尽头却给墙堵死了。这条小巷通往的不是人生的胜景，在那里她沐浴着幸福，俯瞰众生，洋洋得意，尽享优越，评点是非，取舍由己，悲天悯人；它的方向是向下的，往地面的方向，它引领你投向束缚与压抑的地带。在那里可以听到别人的声响，从容自由，但那似乎来自天上；失败的情绪在那里日益加深。这源自她对丈夫深深的猜疑，正是它让整个世界变得暗淡。这种伤感的情绪易于表达，却很难解释；它构成复杂，需要很多时间，以及遭受更多的痛苦才能最终形成。遭受痛苦对于伊莎贝尔不是沮丧、麻木、绝望，而是一种激情，体现于思考、沉思、对于每一种压力的反应；总之，对她来说是一种积极的情形。她把失败的情绪深深埋在内心，沾沾自喜地想，对此没有人怀疑。但奥斯蒙德是个例外。哦，他知道，有时她甚至都认为奥斯蒙德为此陶然自乐。这是一点点出现的——在婚后的生活中，起初他们亲密无间，叫人艳羡，但到第一年结束的时候，她就感觉到了，这让她惊恐不安。从那时起，阴影开始笼罩他们的生活，奥斯蒙德将生活中的亮光一点点熄灭，这似乎是他刻意为之，甚至都可以说是他恶意为之。一开始阴影很淡，模模糊糊，她仍旧可以辨别自己的方向；但是它不断加深加重，间或那阴影会稍稍遁去，但最终她感觉自己未来人生的一些角落已变得漆黑一片。这些阴影不是她的心理在作祟，对此她很有把握，因为她从来都是不遗余力，尽量公正、克己，尊重事实。它们是她丈夫存在的一部分，他的存在是这些阴影的根源，这些阴影是他存在的结果。它们不是他的错误，抑或卑劣行径；除一件事外，她什么也不责怪他，而那也不是什么罪责。依她看，奥斯蒙德没有做错过什么，他既不粗暴，也不凶残：伊莎贝尔只是相信他恨她。她唯一要责怪他的就是这些；而悲哀的是，这不是什么犯罪：假如是犯罪，她还有可能得到赔偿。事实是，他发现她不是原来自己期许中的样子，和他以为的如此不同。一开始他认为自己能改变伊莎贝尔，而且伊莎贝尔也竭尽所能想让他满意。但她依旧还是她——这她无能为力。现在装模作样，或面具示人，或伪装自己都已失去了意义，他了解伊莎贝尔，并有了自己的主意。伊莎贝尔不害怕他，从不担心他会伤害自己，因为他对她的恶意与此性质两样。有可能的话，奥斯蒙德永远都不会让伊莎贝尔找到托词，永远都不会让自己被动。伊莎贝尔审视了一下自己的未来，眼神冷漠、凝滞。她发现奥斯蒙德会战胜自己，因为自己会给他太多的借口，经常让自己处于错误的泥淖。有时伊莎贝尔几乎要可怜他，因为虽然她没有故意欺骗他，她明白，她实际上已经这么做了。奥斯蒙德第一次见到她的时候，伊莎贝尔有意隐藏了自己，让自己显得渺小，装得比实际上微不足道。她这样做的原因是，当时奥斯蒙德使尽浑身解数展示自己特殊的魅力，而她沉醉其中。向伊莎贝尔求婚那年，奥斯蒙德与伊莎贝尔相比，没有改变自己，也没有掩饰自己；但当时伊莎贝尔只看到了他本性的一面，就好像是处于地球阴影里的月亮，人们只能看到它的一面。现在她看到了整个月亮，看到了整个的奥斯蒙德。可以说，她一直默不作声，好让他有自由的空间充分活动；不过即便如此，她还是一叶障目了。

啊，这种魅力曾让她深深折服！它仍没有消失，依然存在：伊莎贝尔仍然非常清楚，是什么让奥斯蒙德看起来那么令人愉快——只要他愿意。他向她求婚的时候，是愿意让自己显得迷人的，而伊莎贝尔当时也乐于陶醉在他的魅力之中，这样奥斯蒙德获得成功就不足为奇了。他成功是因为诚实，时至如今她也没想过否认这一点。他欣赏伊莎贝尔，也告诉过她为什么：她是奥斯蒙德见过的女人中想象力最丰富的。这很可能发自肺腑，因为在那些日子里，伊莎贝尔充满幻想，想象出一个虚无缥缈的世界。他在伊莎贝尔的想象中妙不可言，这来自她痴迷的感觉，和那种激荡的幻想！总之，她当时误读了奥斯蒙德。他的一些特点，组合在一起触动了伊莎贝尔的神经，而且从中她还发现了自己最心动的相貌。他贫寒，孤独，却显得如此高贵——这正是吸引她的地方，似乎给了她机会。那个时候，他的处境，他的心理，他的面庞仿佛都充满一种不可名状的美感。与此同时，伊莎贝尔又感到奥斯蒙德无依无靠，一无所成；不过这种感情表现出来却是温情款款，自然地流露出对他的尊敬。他就像一位满腹狐疑的航海者，在沙滩上徘徊着，等待涨潮的时候，看着大海的方向，却并不朝她走去。伊莎贝尔的机会就出现在这时。她会让他的航船扬帆起航，她会成为他的保护人；爱上他成了一件美好的事。她爱上了奥斯蒙德，迫不及待地而且感情炽烈地奉献了自己——因为她在他身上发现了很多自己喜爱的东西，也因为她可以带给他很多东西，赋予他很多东西。回顾那些激情燃烧的数周，伊莎贝尔发现里面有一种母性的特质，就好像一位女性在自己有所贡献时感受到的那种幸福，因为她的双手上满是礼物。现在看来，假如她当时没有那么富有，她是不会那么做的。这样她的思绪飞向了可怜的杜歇先生。他好施乐善，长眠在英国的草皮之下，却是这有始无终的苦恼的始作俑者！这是事实，尽管荒诞不经。伊莎贝尔的财富对她而言基本上就是负担，压在心头，她渴望着卸下这一重负，将财富转移到一个更好的人身上，放入一个更有准备的容器当中。所以，有什么比把自己的负担交给一个世界上最有品位的男子，更能有效减缓她的压力？除非交给一所医院，可选范围内，她没有再好的方略了。相比较那些慈善机构，吉尔伯特·奥斯蒙德更能让她兴趣盎然。伊莎贝尔的财富来自她不曾料到的继承，她觉得他也许会好好利用这笔财富，从而让伊莎贝尔改变对它的看法，去掉一些因得到意外之财的好运而生的粗俗之感。继承到这笔七万英镑的财产并没有什么美好的；美好的只是杜歇先生把财产留给她这个行为。不过嫁给吉尔伯特·奥斯蒙德、并带给他这样一笔遗产，对她来说就成了一个美好的行为。对他来说也许没那么美好——确实是这样，但那是他的事情，如果他爱她，就不会因为她富有而不开心。难道他不是勇敢地承认，他很高兴伊莎贝尔富有吗？

她问自己，她的结婚是不是出于一种虚假的理论，就是用她的钱做一件自己觉得很了不起的事情，想到这里她双颊发烫。不过，她能很快给出答案：这只是事情的一半。那是因为当时一种激情攫住了她，这里面有奥斯蒙德爱情的炽烈引起的躁动，也有对他性格特点的喜爱。他比别人都优秀：这种想法盘踞在她心头达数月之久，至今相当一部分也未消失，向她证明那是她当时唯一的选择。她所认识的最优秀的男性个体——也就是说最聪明的，成了她的财产；这个个体她只用伸出手去，即可据为己有：现在她认识到了，这本身还是一种奉献行为。伊莎贝尔对奥斯蒙德心智超群的判断没有错，现在她已经完全了解了它。奥斯蒙德的智慧充斥着伊莎贝尔的生活，几乎每个角落都打上了它的烙印。这差不多构成了伊莎贝尔日常起居的环境。假如说是有人捕获了她，他的手一定强壮有力；这样的反思也许有些用处。她没有碰到过谁头脑更机灵、更随机应变、更见多识广、应对引人侧目的场合时更训练有素；她现在要认真对付的就是这么一个仪器一样精准严密的家伙。想起奥斯蒙德好戏连台的骗局，她陷入了无边无际的沮丧。从这方面看，奥斯蒙德居然没有对伊莎贝尔憎恨有加，这也算个奇迹。他第一次显示出憎恨的神情，伊莎贝尔现在还历历在目，那就像是大幕将启的铃声，昭示着他们真正的戏剧化生活的开始。有一天奥斯蒙德对伊莎贝尔说，她的想法太多，必须忘记掉；这些婚前他就告诉过她，只是当时伊莎贝尔没有在意：她是后来才回过神儿来的。可那次她注意到了，因为奥斯蒙德的确是这个意思。从表面上看，他这些话没什么，可是随着经验的增加，再看这些话，她就看到了其中不祥的预兆。他的确就是那个意思——他喜欢伊莎贝尔无观点无立场，只有一个漂亮的外表。伊莎贝尔知道自己想法很多，多得甚至奥斯蒙德始料未及；这要比当初他向她求婚时，她对他所讲的多得多。一点儿不错，她曾经伪善过，她曾经很喜欢奥斯蒙德。她有太多自己的想法；但那就是结婚的原因：与另外一个人来分享这些想法。一个人不大可能将这些想法连根拔起，能做的也就是压制它们，小心谨慎不要讲出来。不过问题还不在于他反对她的观点；这不算什么。伊莎贝尔没有什么观点是不能放弃的，只要能够换回别人的爱，她会迫不及待地牺牲自己的任何观点。可奥斯蒙德意味的是所有的一切——包括伊莎贝尔的性格，她感知问题的方式，她判断问题的方式。这正是她要保留的，在此之前奥斯蒙德鲜有知晓，直到在不知不觉中坐下来与它们面对面时,他才发现,可这时身后的门已经关上了,已经没有退路了。关于生活,伊莎贝尔有自己的看法,而奥斯蒙德则视其为是对自己的冒犯。谁都能看出来她的看法至少是谦卑、随和的!奇怪的是,她就从来没想到,他的观点会这么不同。伊莎贝尔原以为那一定是气势恢弘、发人深思、完美无缺的想法,只有诚实无欺和举止高雅者才能想象得出。难道他没有向伊莎贝尔保证,自己不迷信,不褊狭,没有落后过时的偏见吗?看他的外表,总以为他吸纳着天地间自由的气息,对鸡毛蒜皮的琐事不予理睬,只关心真理和知识,相信无论找到与否,两个聪明的人都应该为此共同求索,至少从中能获取一些幸福,这难道不是事实吗?他告诉伊莎贝尔说自己喜欢传统的东西,可这听起来似乎是一种高尚的宣言:这就是爱好和睦、秩序、体面、慷慨大度、与人为善;本着这些,伊莎贝尔义无反顾地和他走在了一起;而且从他的话语里,听不出任何不祥的东西。可是随着岁月的流逝,伊莎贝尔愈发走入他的生活;在他的带领下,走进他寓居的宅邸,这时,这时她才明白了自己身处何方。

她还记得,当时她是如何恐慌不安,疑虑重重,就这样逐渐了解了自己的住处。走进来之后,她就生活在这四堵墙里,余下的时光也将在它们的包围之中逝去。这座房子漆黑一团,声息皆无,叫人透不过气来。奥斯蒙德美好的心灵既没有赋予这里光明,也没有赋予这里空气;事实上这颗美好的心灵好像是在从高处的一扇狭小的窗户向下窥视,对她发出嘲笑。当然这不是身体上的伤害,那样的话可能还会有个疗法。她可以进出,也有自由,丈夫也十分的彬彬有礼。但奥斯蒙德太自以为是,甚至到了有些叫人吃惊的地步。他表面上斯斯文文,头脑聪明,性格温顺,见多识广,可本质上妄自尊大,不过这很难察觉,就像花丛中隐藏起来的毒蛇。伊莎贝尔也曾觉得奥斯蒙德很了不起,不过不像奥斯蒙德自我感觉那么良好。在更多地了解了他之后,她又怎么可能那么想呢?奥斯蒙德觉得自己是欧洲头一号的绅士,伊莎贝尔也有这样的看法。她一开始就是那么想的,这也的确是她嫁给奥斯蒙德的原因。不过在渐渐明白了与奥斯蒙德结合的涵义后，伊莎贝尔退缩了：婚姻不仅仅是她理解的将名字加在另一个人名字的上面。它意味着这个世界上除了奥斯蒙德羡慕的那三四个尊贵的人物外，其他一概应打倒在地、嗤之以鼻，它还意味着世间万物，只有他那几个想法值得推崇，其他不值一提。不过这也没什么，即便过程再漫长她也会和奥斯蒙德一同走完，原因是他让伊莎贝尔明白了生活中那么多的卑鄙下贱、肮脏龌龊，看到了人类的愚蠢、堕落和无知，这让她深刻地意识到万事万物的粗鄙庸俗，以及洁身自好的崇高美好。可是，这个庸俗、卑劣的世界似乎正是他生活的目标；他的眼睛时刻关注着它，不是为了启迪它、改变它，或者拯救它，而是为了能从中获取对他的优越性的认可。它低俗浅陋，不过也提供了一个标尺。奥斯蒙德和伊莎贝尔谈起过自己如何与世无争，超然世外，成功面前如何从容淡定，不落俗套；这些让后者的确敬仰不已，认为他的超然世外高贵、他的自力更生优雅。可是他最名不副实的特点就是超然世外：她还没见过一个像他这样在意别人的人。伊莎贝尔本人总是开诚布公地表白，自己对这个世界兴趣浓厚，观察同伴让她热情高涨。可是，她也愿意为了个人的生活而放弃自己所有的兴趣和同情心，只要和她相关的那个人能让她相信自己的放弃物有所值！这至少是她目前的想法；这当然要比像奥斯蒙德那样对社会念念不忘要容易一些。

奥斯蒙德不能不关心社会，伊莎贝尔也从没发现他停止过这样做。即便是在他显得最超然世外的时候，他也会透过窗子关注这个世界。他有自己的理想，这和伊莎贝尔竭力保持自己的理想没什么差别；唯一奇怪的就是人们要在那么大相径庭的选项里判断正义与非正义。他的理想是过上贵族的生活，尽享荣华富贵，体面显赫。在伊莎贝尔现在看来，奥斯蒙德认为，他一直过的就是这种日子，至少在本质上是这样。他一分一秒都没有背离过自己的理想；如有背离，他会抱憾终身。这也没什么不妥，伊莎贝尔会同意的。只不过他们对此的理解、联想、愿望迥然不同。伊莎贝尔眼中的贵族生活是渊博的学识与充分的自由的联姻：知识让人有责任感，自由给人愉悦；而于奥斯蒙德，贵族生活完全是一种形式，是一种有意为之、计算精准的态度。他喜欢那些年代久远、奉若神圣、且广为流传的事物；伊莎贝尔也不例外，只是她认为，自己可以有所选择。奥斯蒙德对传统推崇备至，他曾告诉伊莎贝尔世界上最好的事情就是要有传统；要是很不幸一个人没有传统，那得赶紧培养。伊莎贝尔明白他这么说的意思是自己没有传统，而他要好得多。要说的是，伊莎贝尔一头雾水，不知道奥斯蒙德这些传统源自何处。不过，他收集了很多传统，这不用怀疑；伊莎贝尔过了一阵子才慢慢明白。重要的就是要遵从这些传统：这不仅对奥斯蒙德如此，对她也是一样。伊莎贝尔有一个说不清的信念，必须是优秀的传统，才能不仅为拥有它们的人服务，也为别人服务；可是她也不反对那种说法，自己的言行一定要与丈夫那华美的节奏合拍，这节奏从丈夫过去某些未知的时期飘来，尽管她一向信马由缰，散漫随性，离经叛道，反对按部就班。有些事他们一定要做，有些姿态他们一定要摆，有些人他们一定要结识或不要结识。伊莎贝尔看到自己身处这么一个密不透风的体系里，它紧紧包裹着她，尽管就像带有图案的织锦一样美丽；这时，我前面提到的那种漆黑和窒息的感觉就向她袭来；她感觉自己被关进了充满霉味和腐烂气息的房间里。她当然抵制过，开始的时候通过开玩笑、说反话等微妙的方式；后来局面越发严峻起来，她的抵制变得急切、热烈，有时是恳求。她为自由辩护，为选择的行为辩护，为不要在意生活中那些表面和名义上的东西辩护，总之是为不同的天性、渴望、理想辩护。

这时她丈夫的个性显露了出来，挺直倔强，这一点以前还没有触及过。他对伊莎贝尔的话仅报以不屑，而且伊莎贝尔还发现他深以自己为耻——难道他觉得她卑贱低俗、寡廉鲜耻？至少他清楚她是个没传统的人！在奥斯蒙德原来对情形的预判中，他没有料到伊莎贝尔竟能这么坦率，她的观点刊登在一家激进的报纸上或说是一神论[①]鼓吹者的都很合适。就如伊莎贝尔最终领悟到的，真正触怒他的是她有自

[①] 一神论：基督教一派，认为上帝系单一者，反对三位一体的说法。

己的主见。奥斯蒙德的想法就是她的想法才对——她的想法应该像是一方小园子，附属在奥斯蒙德的鹿苑旁。他会小心翼翼地为园子松土，为花儿灌溉；他会锄去苗圃里的杂草，并间或采回一束鲜花。对于一位已拥有广大土地的主人而言，这是一小片很精美的地产。奥斯蒙德不希望伊莎贝尔是个傻瓜；相反，正是她的聪颖让他感到满意。不过他希望伊莎贝尔运用她的智慧时，完全应以他的喜好为准绳；因此他的确不希望她头脑空空，自以为是地说，她的头脑要善于接受。他期望自己的妻子能和自己心有戚戚，想他所想，虑他所虑，同他意见一致，赞同自己的抱负，喜欢自己喜欢的。作为一个男人，奥斯蒙德成就不凡；作为一名丈夫，他至少本性是柔情似水的。所以，伊莎贝尔打心底里也承认这些要求不算什么大不了的傲慢。但就是有些东西她实在不能接受。首先，有一些太肮脏，简直骇人听闻。伊莎贝尔不是清教徒的后代，但是贞洁、正派她还是坚持的。奥斯蒙德看起来永远都不会这么做，他的一些传统观念叫伊莎贝尔吃惊不小。难道所有的女人都有情人？难道所有的女人都撒谎？随便你怎么优秀，只要有钱就可以搞定吗？是不是女人十有六七都对她们丈夫不忠？听了这些，伊莎贝尔对他那些传统越发感到不屑一顾，觉得还没有乡下小酒吧里的流言蜚语值得自己费神一听。她的不屑在那种浊气熏天的氛围里显得卓尔不群。她想起来大姑子身上的污浊之气：难道她丈夫仅以吉米奈伯爵夫人的标准来衡量其他女性？这位夫人撒谎成习，而且她的欺骗还不仅仅限于谎言。在奥斯蒙德那些传统里，看到这些事实就已经足够了，更不要说再这么引申一下了。伊莎贝尔对奥斯蒙德的傲慢自负不屑一顾，正是这让他气不打一处来。奥斯蒙德很多事情都瞧不起，所以也提供了很多给他的妻子；可是她竟然把她轻蔑的炮口调转过来，对准他的观念——这样的危险是他不能允许的。奥斯蒙德很有把握，觉得在伊莎贝尔的意识唤醒之前，她的一切想法已经尽在掌控；她不难想象，当他发现自己过于自信后，心里肯定是恼羞成怒。一个人的妻子要是让自己产生了这样的感觉，那剩下的只有憎恨了。

这种憎恨一开始只是奥斯蒙德的避风港，也是一种调剂，可眼下已经成了他生活的主要内容和慰藉，对此伊莎贝尔现在心里很清楚。这情感很深，因为它是发自内心的；奥斯蒙德看到了，伊莎贝尔终究会将他撇在一边。伊莎贝尔感到这个想法很吓人，一开始觉得那是背叛行为，有可能走向堕落；要是伊莎贝尔是这种看法，那这又会在*他*身上产生多大效果，还用说吗？很简单：他鄙视伊莎贝尔，她没有传统，就连一个一神论教士的道德视野都没有。可怜的伊莎贝尔，从来都不理解什么是一神论！伊莎贝尔相信这就是两人现在的情况，这种想法伴随着她已有一段时间，只是现在她已经不再考虑了。她经常问自己：下一步会发生什么，他们俩的前景如何？他会有什么举动，自己又该怎么应对？要是一个男人憎恨妻子，会导致什么后果呢？伊莎贝尔自己很清楚，她不恨奥斯蒙德，每时每刻都强烈渴望能给他一个惊喜。然而，她经常心里很忐忑，正如我前面提到的，觉得自己一开始就欺骗了他，这种感觉总是盘踞在她心头。从各方面看，他们的结合都不正常，婚后生活也是暗无天日。一周以来，截至今天早上，奥斯蒙德没怎么和她说过话：他态度冷淡，和燃尽的火焰没什么两样。伊莎贝尔知道这里面有些特殊的原因：杜歇留在罗马没走让他很不开心。他认为伊莎贝尔和她表兄见得太勤了——一周前，他就告诉伊莎贝尔，到杜歇下榻的旅馆去见他有些不妥。拉尔夫病病恹恹的，似乎挨一顿骂就能给气死；假如不是这样，奥斯蒙德打算说的绝不止这些。可是，隐忍不发更让他讨厌拉尔夫。这些伊莎贝尔心里明镜儿似的，那清楚劲儿不亚于她对时钟的了解。她非常明白丈夫看见自己喜欢表兄时会如何怒火中烧：他恨不得把她锁到房间里去——伊莎贝尔相信他真想这么干。她相信，总体上自己不想违抗他，可是她也不能装着对拉尔夫不管不问。她清楚拉尔夫来日无多，自己以后再没机会见他了；想到这里她感到拉尔夫很亲切，这种感觉以前她从未经历过。对她而言，什么也不能给她带来欢乐：想想看，一个抛弃了生活的女人，有什么能让她高兴呢？一种压力每时每刻都压在她的心口，周遭的一切似乎都笼罩在一种惨白的光线下。拉尔夫短暂的访问却像黑夜里的一盏明灯：只要和他坐一会儿，伊莎贝尔感觉自己的痛苦，就不知不觉变成了为拉尔夫感到的痛苦。现在她觉得他就像自己的哥哥。她没有哥哥；要是有的话，在她身处困境而哥哥奄奄一息的时候，他也会像现在的拉尔夫一样让自己倍感珍视。哦，对了，假如说吉尔伯特嫉妒自己，也许是有些原因的：和拉尔夫坐在一起聊那么半个小时，并不能让吉尔伯特看起来好到哪里去。这不是因为他们两个说起了他，也不是因为她有所抱怨。他的名字从未在他们之间提起过。道理很简单，拉尔夫大方慷慨，她的丈夫则相形见绌。拉尔夫的谈话、他的笑容、甚至仅仅是他淹留罗马这件事，似乎都包含了某种东西，让她那个阴郁黯淡的生活圈子明亮宽敞了许多。拉尔夫让她感受到了世界的美好，让她感受到事情本来的面目。毕竟，他和奥斯蒙德一样聪明——且不说他更善良。这样一来，她觉得将自己的苦痛掩藏起来不让拉尔夫知道，成了一种献身精神。她精心掩饰；在他们的谈话中，她永远拉上了帷幕，放好了屏风。在佛罗伦萨花园中的那一幕又出现在她的眼前：它从没有消失过。那天上午，他告诫伊莎贝尔离奥斯蒙德远一些。她只要闭上眼睛，就能想象得到当时的场景，听到他的声音，感受得到那温暖、甜美的空气。他怎么能料到这一切呢？太神奇了，太聪明了！他和吉尔伯特一样聪明？能得出那样一个判断，拉尔夫要聪明得多。吉尔伯特远没有这么深刻，这么公正。伊莎贝尔告诉过他，至少从她这里，他永远都不会知道自己正确与否，这也是伊莎贝尔现在最小心谨慎的。这样一来，她就有很多事情好做了，里面饱含了激情、兴奋、信仰。有时女人会在很不同寻常的时候发现自己的信仰：现在伊莎贝尔在表兄面前装腔作势，她感觉这是对他的仁慈。假如拉尔夫哪怕有一丁点时间上当受骗，那么这也许算是仁慈。事实上，伊莎贝尔的仁慈主要是试图让拉尔夫明白，自己曾经受过他的伤害，拉尔夫本人也悔不当初；不过伊莎贝尔心宽胸阔，拉尔夫又沉疴不治，她一点都不记恨他：她甚至细心到刻意不在他面前炫耀自己如何幸福美满。拉尔夫侧卧在沙发上，想到她这种异乎寻常的考虑方式，心中笑了笑；不过他没有介意伊莎贝尔表现出的那种原谅自己的行为。伊莎贝尔就是不想让他知道自己不开心，这样他心里会难受：这是最重要的，至于这对拉尔夫是否公正并不重要。

　　壁炉里的炉火灭了很久了，伊莎贝尔还一个人在鸦雀无声的客厅里待着。她不觉得冷，因为她浑身燥热。午夜的钟声敲响了，接着是凌晨的钟声，伊莎贝尔守了一夜，这些她都浑然不觉。一幕幕回忆使她内心困惑，而且极其亢奋；即使她靠在枕上，它们也会悄然而至，让她不得安寝。我前面已经提到，她相信自己不想违抗他，最好的证明就是，她一个人半夜无眠，尽力要说服自己，把潘茜像自己往邮箱里投封信那样嫁出去也没什么不妥。四点的钟声敲响的时候，她站了起来。她终于要上床休息了，因为这时灯光早已熄灭，蜡烛也已经燃到了烛台。即使这样，走到客厅中央的时候她还是停了一下：站在那里，眼前似乎又出现了记忆中的一幕场景——丈夫和梅尔夫人亲昵地待在一起，交流无拘无束，没有意识到她的到来。

第四十三章

三天后的晚上，伊莎贝尔带着潘茜去参加一个盛大的晚会；奥斯蒙德没有陪她们一起去，因为他从不参加舞会。潘茜还是和往常一样喜欢舞会。她没有将个别的事物普遍化的习惯，还没有让自己在爱情上遭到的阻碍影响到其他的享乐。说她是等待时机或希望智取其父的话，她一定是看到了成功的希望。可伊莎贝尔觉得这不可能；更有可能的是潘茜只希望做一个好女儿。她还没有这样的机会，而她是那种珍视机会的人。和往常相比，她还是那么小心谨慎，还是那么时时刻刻留心自己轻薄的裙子；她紧紧地抱着手中的花束，一遍又一遍地数着花朵的数目，足足不下二十遍。她让伊莎贝尔觉得自己老了，似乎在舞会上翩翩起舞已经很久远了。潘茜非常受欢迎，从不缺少舞伴；所以，她们到达后不久，潘茜就把自己的花束交给了伊莎贝尔，因为她没有跳舞。伊莎贝尔刚刚拿了几分钟，就注意到爱德华·罗齐尔出现在身边。爱德华·罗齐尔站在她前面，脸上已经没有了友善的微笑，取而代之的是军人的刚毅。假如伊莎贝尔不清楚罗齐尔的情况确实很难，看到他这么大的转型，她肯定要笑了。以前罗齐尔身上洋溢着香水草的味道，现在却充满了火药味儿。他盯着伊莎贝尔看了一会儿，显得很严厉，似乎在告诉她自己很危险；接着他的视线又转向了伊莎贝尔手里的花束。他仔细地看了看，眼神变得柔和起来，然后语速很快地说："都是紫罗兰①，肯定是她的！"

伊莎贝尔友好地笑了笑说。"没错，是她的；她交给我替她拿着。"

"奥斯蒙德夫人，能让我拿一会儿吗？"可怜的年轻人问。

"不行，我不相信你。我担心给你就要不回来了。"

---

① 英文中 pansy 大写作人名时为潘茜；小写为花名，紫罗兰。

"我也拿不准会不会那样,也许会拿着它马上离开这里。不过,至少可以给我一朵花吧?"

伊莎贝尔迟疑了片刻,继而仍旧面带微笑地把花束伸了过去。"自己挑一朵吧;我这么做可是很不应该的。"

"啊,奥斯蒙德夫人,要是你不止帮我这么多就好了!"罗齐尔大声说,把单片眼镜放在眼睛上仔细地挑花。

"别插在你的扣眼儿上,"伊莎贝尔说,"千万别那样!"

"我希望她看见;她不和我跳舞,可是我还是想让她知道,对她我依旧有信心。"

"让她知道很好,可让别人知道就不合时宜了。她爸爸告诉过她不要和你跳舞。"

"难道这就是你能为我做的一切?我还指望着你能多帮我一些呢,奥斯蒙德夫人,"年轻人话里带话地说,"你清楚,我们的关系可不是一天两天了——甚至可以说是从我们天真的幼年开始的。"

"别把我说得那么老,"伊莎贝尔耐心地说,"你老是这么说,我也没否认过;不过作为老朋友,我告诉你,假如当初承蒙你向我求婚,我会当即拒绝你。"

"哦,这么说,你并不怎么看得上我;说吧,你是不是觉得我就是个巴黎的混混儿!"

"我很尊重你,不过我并不爱你。我这么说的意思是,我不会为了潘茜而喜欢你。"

"很好,我明白了。你只是可怜我——仅此而已。"说完这话,爱德华·罗齐尔举起他的单片眼镜,漫无目的地把周围都看了一遍。他发现大家高兴得不得了。伊莎贝尔对他的感情有限,对他的帮助远远不够,不过罗齐尔自尊心很强,至少没有流露出这对他有多大的打击。

一时间伊莎贝尔什么也没说。他的举止、他的长相都缺少感人至深的悲剧气节,尤其是他那个单片眼镜更破坏了这种悲剧氛围。可她蓦然间又心有所动:自己的不幸不管怎么说和他的还是有相同之处的。她比以前更加深切地感觉到,这里可以辨认出世界上最动人的东西——尽管它表现得不是很浪漫——年轻的恋人与困境抗争。"你会真的对她好吗?"伊莎贝尔最后低声问。

他低下了头,显得很虔诚;接着把夹在手指间的那朵小花放到嘴唇边。然后他看着伊莎贝尔说:"你可怜我,可你可怜她吗?"

"我不知道,也不能保证。她是要享受生活的。"

"那得看你怎么理解生活!"罗齐尔先生一字一句地说,"受人折磨的生活,她不会享受的。"

"不会那样的。"

"我很高兴听你这么说。她知道自己需要什么;你会明白的。"

"我想她知道;她永远都不会对她父亲说不。啊,她要回来找我了,求求你离开这里吧。"

罗齐尔拖延了一会儿,直到看见潘茜挽着那个殷勤的男子的手臂走了过来,等看清潘茜的脸之后,他就走开了,头高高地扬着;他愿意暂时牺牲,作为权宜之计,这样的姿态让伊莎贝尔深信,他深深地爱着她。

跳舞的时候,潘茜很少会弄得狼狈不堪;一曲过后,她显得容光焕发,美艳俊逸。潘茜等了片刻,然后拿过了花束。伊莎贝尔看着她,发现她在数花;这时她心里说,在她身上肯定有暗流在涌动,其力量之大自己有可能都没意识到。潘茜看见了罗齐尔转身离去,可她什么也没跟伊莎贝尔说;在她的舞伴鞠躬退去后,她只谈刚才的舞伴、音乐、地板以及不常出现的情况:她的裙子不幸给扯破了。尽管这样,伊莎贝尔依然确信,潘茜已经发现了自己的恋人偷走了一枝花;对下一位的邀请她显得落落大方,不过这和她的发现应该关系不大。极度窘迫的情况下依旧淡定从容、彬彬有礼,这里面隐藏着一个更大的企图。又一位满面红光的小伙子带她离开了,这次她带着自己的花束。她走开还没几分钟,伊莎贝尔看见沃伯顿勋爵正穿过人群朝自己走来。不一会儿他就走了过来,向伊莎贝尔问了晚安;她有两天没见到沃伯顿勋爵了。他四下看了看问:"那个女孩子呢?"这已经成了他的习惯,言下之意是指奥斯蒙德小姐。他这种习惯倒也没什么不妥。

"她在跳舞,"伊莎贝尔说,"你说不定在哪儿就能看见她。"

沃伯顿勋爵在跳舞的人群中踅摸了一番,最后看到了潘茜。"她看见我了,不过没怎么注意我,"他接着说,"你怎么没跳呢?"

"你也看到了,我是一朵壁花,乏人问津。"

"愿意和我跳一支吗?"

"多谢。我想你还是和那个女孩子跳吧。"

"没有必要去打断别人,尤其是她不得空的时候。"

"她没忙什么,你可以自己去约。她跳得很投入,在这方面你要嫩一些。"

"她跳得美极了。"沃伯顿勋爵说,眼睛则一直盯着潘茜。"呵,"他接着说道,"她总算朝我笑了一下。"他站在那里,显得帅气、洒脱、自信。伊莎贝尔看着他,不禁和以前一样,又一次感觉到:他这种性格的人竟然会对这么一个小姑娘情有独钟。伊莎贝尔觉得这实在说不通:不管是潘茜身上洋溢出的魅力,还是他的仁慈、善良,抑或是他对快活那种极端、经常的需求,都不足以解释这一点。"我希望和你跳一支,"沃伯顿勋爵过了一会儿转过身来,对着伊莎贝尔继续说,"可是我更想和你聊聊天。"

"没错,那样更好,更般配你的地位。哪有大政治家跳华尔兹的。"

"请口下留情;那你为什么建议我去和奥斯蒙德小姐跳舞?"

"噢,那不一样。你和她跳,很简单,说明你很和蔼,好像是在讨她开心。和我跳,那好像是你在自己寻开心。"

"拜托,我就没权利让自己也高兴高兴?"

"没有,尤其是考虑到你还要为大英帝国负责。"

"该死的大英帝国!你总是拿这个说事儿。"

"你要让自己开心,还是和我聊天儿吧。"伊莎贝尔说。

"我不知道这是不是找开心。你太尖锐了,我老是不得不自卫——今晚我觉得你尤其危险。你真的不跳？"

"我不能离开这儿；潘茜一定会来这里找我的。"

沃伯顿勋爵沉默了一会儿。"你对她真是好得没法说。"他突然说。

伊莎贝尔瞪着他看了一阵子，笑了笑说："你能想象会有人对她不好吗？"

"的确没有；我知道她是多么讨人喜爱。不过即便如此，你还是为她做了很多。"

"我带她外出，"伊莎贝尔说，依然笑盈盈的。"还有就是确保她穿得得体。"

"她肯定从你的陪伴中学到了很多：你和她聊天，给她出主意，还帮助她提高自己。"

"嗯，是呀；假如她不是朵玫瑰，也肯定是住在玫瑰边上。"

伊莎贝尔和她的朋友都笑了起来；只是沃伯顿勋爵有些顾虑，让他不能开怀大笑，他脸上的表情清楚地说明了这一点。"我们尽量都住在离玫瑰近的地方。"犹豫片刻之后他说。

伊莎贝尔转过身去，因为潘茜要回到她这里了；她很高兴她回来，这样可以调整一下现在的气氛。我们知道伊莎贝尔很喜欢沃伯顿勋爵：在她眼里，沃伯顿勋爵本人相当宜人，这要比他所有那些有根有据的成就加起来更重要。在和沃伯顿勋爵的友好关系里，似乎有一种资源，可供不时之需，就好像一个人在银行里有大笔的存款。沃伯顿勋爵在的时候，她会感觉舒服一些；有他在身边，她很安心。他的声音能让她想起人之初，性本善。尽管这样，他离她这么近，把她的好意当作理所当然的事，还是让伊莎贝尔感到不合适。她害怕这样，就有意回避，希望沃伯顿勋爵不要那样。假设他距离自己过近，伊莎贝尔感觉自己会很生气，然后警告他离自己远一点儿。潘茜回到了她身边，裙子又破了一个洞，这是第一个洞的后遗症；她拿给伊莎贝尔看的时候，显得很严肃。参加舞会的很多男士都身着军装，那些可怕的靴刺对女孩子的裙子来说很恐怖。从这件事上可以清楚地看出，女人有多么的智慧。伊莎贝尔专心致志地伏在了潘茜遍体鳞伤的裙子上,她找出一枚别针,把破损的地方修补好;然后笑吟吟地听潘茜讲述刚刚的历险,聚精会神,而且充满同情。她在仔细地揣想沃伯顿勋爵会不会是在尝试着向她示爱,这种情绪与伊莎贝尔的同情心、注意力同增共长,尽管它们之间没有任何关联。这并不仅仅是因为沃伯顿勋爵刚才说的那句话,还因为他说过的别的话,那句话与它们是有关联的,是那些话的继续。给潘茜修补裙子的时候,伊莎贝尔就在想着这些。她曾经害怕会是这样;但果真如此,沃伯顿勋爵肯定也是无意为之,因为他本人没怎么考虑过自己的打算。这不会让局面更有利,只会让事情变得更不可能。如果沃伯顿勋爵能回到事情的正常关系中去,那将是越快越好。沃伯顿勋爵立马就和潘茜聊上了。面对潘茜,他的笑容显得那么纯净、热切,这真是令人大惑不解。潘茜则和往日一样,回答他的问题时带着几分真诚的热望;谈话时,他的身体不得不狠劲儿向潘茜前倾,潘茜那双眼睛也和平时一样上下打量着沃伯顿勋爵健壮的身体,就好像他是在专为她而展示。她总是显得惊慌失措,不过不是痛苦的那种,让人觉得自己不受欢迎;正相反,潘茜的表情说明她喜欢他,而且也知道勋爵已经明白了她的心思。伊莎贝尔看到一位朋友在附近,就撇下了他们一会儿,朝朋友走去,在那儿一直聊到下面的舞曲响起。这支曲子伊莎贝尔知道也已经有人约了潘茜。她很快就找到了伊莎贝尔,脸上带着因心绪不宁而泛起的红晕;关于潘茜的依赖性,伊莎贝尔谨遵奥斯蒙德的看法,即这个孩子没有一点儿自主能力。所以,当伊莎贝尔把潘茜交给她下一位舞伴的时候,那情形就好像她是在将一件贵重的东西暂时借给对方一样。关于这种事,她有自己的看法和想法。有些时候,在她看来,由于潘茜难以想象的依赖性,让她们两个显得很愚蠢。不过,奥斯蒙德对她的角色的描述是:他女儿的保姆,有时候要作出让步,有时候则要严加管教,总之要会合理地变通;他还有一些指令,伊莎贝尔自我感觉已经严格贯彻。其中一些,也许正是由于她的这种严格贯彻,才显得那么荒唐可笑。

潘茜和舞伴走了之后,她发现沃伯顿勋爵又出现在了自己旁边。伊莎贝尔一直盯着他,希望能猜出他的心思。不过沃伯顿勋爵没有一点混乱不堪的表情。"她答应一会儿和我跳。"他说。

"很好。我猜你跟她约的是卡德里尔舞①。"

这时沃伯顿勋爵显得有些尴尬。"没有,我没和她约那个。我约的是四对舞。"

"噢,这你就不聪明了!"伊莎贝尔几乎有些生气地说,"我告诉过她不要和其他人约卡德里尔舞,就担心你会约。"

"可怜的小女孩儿,想想看!"沃伯顿勋爵真诚地笑了起来,"要是你高兴,我会去约她的。"

"要是我高兴?哦,原来你和她跳舞都是因为我高兴——!"

"我怕惹她烦,似乎很多年轻人都在她那里登记排队。"

伊莎贝尔垂下眼睛,迅速盘算着。沃伯顿勋爵站在那儿看着她,伊莎贝尔觉得他在观察自己的表情。她很想请求沃伯顿勋爵将视线移开,不过没有说出来;过了一会儿,她抬起头,只是说:

"请你让我明白一些。"

"明白什么?"

"十天前你告诉我,很想娶我的继女为妻,想你没忘吧!"

"忘记?我早上还给奥斯蒙德写信。"

"呵,"伊莎贝尔说,"他没告诉我收到过你的信。"

沃伯顿勋爵有些结巴地说:"我……我还没寄。"

"也许你是把这件事忘了。"

"没有,我是对信还不满意;你知道,这种信不是很好写。不管怎样,我今晚会把它送出去。"

"凌晨三点吗?"

"我的意思是晚些时候,等到白天。"

"不错,那么你仍希望娶她啦?"

---

① 卡德里尔舞:一种快活的舞蹈,源于十八世纪法国,具有变化的、复杂的形式和舞步,是四对舞的前身。

"的确是很希望。"

"那你不害怕惹她烦了?"趁她的朋友为这个问题目瞪口呆的当儿,伊莎贝尔又接着说:"假如她连跟你跳半个小时的舞都受不了,怎么跳一辈子呢?"

沃伯顿勋爵似有准备,很快回答:"噢,我会让她和别人跳!卡德里尔舞这件事是这样的,我还以为你……你……"

"我会跟你跳?我告诉你了我什么都不会跳。"

"一点儿没错;那样的话我们就可以趁机找个安静的地方聊一聊。"

"哦,"伊莎贝尔一本正经地说,"你太替我考虑了。"

卡德里尔舞乐曲响起的时候,潘茜有了舞伴;她很谦卑,认为沃伯顿勋爵就没打算和自己跳。伊莎贝尔建议沃伯顿勋爵再找个舞伴,沃伯顿勋爵则斩钉截铁地说自己只和她跳,别的不考虑。前面舞会的女主人已经恳请伊莎贝尔能答应一些邀请,跳几支,她都以一点儿也不愿意跳为由婉拒了;现在为了沃伯顿勋爵,她不可能再破这个例。

"其实,跳不跳舞无所谓,"沃伯顿勋爵说,"那是种很粗俗的娱乐;我更愿意聊天。"他还悄悄地说自己找到了一直在揣摩的角落——是一个小房间的一处僻静所在,那里舞会的音乐只能隐约听见,不耽误说话。伊莎贝尔不打算扫他的兴,希望自己也满意而归,就跟着沃伯顿勋爵逶迤出了舞厅。奥斯蒙德希望她始终能看得见自己的女儿,不过她现在是和他女儿的追求者在一起,奥斯蒙德应该不会说什么。她走出舞厅的时候,遇上了爱德华·罗齐尔;他在门廊里站着,双臂抱拢,注视着舞厅,那神情就像一位梦想不再的青年。伊莎贝尔停了一下,问他怎么没有跳舞。

"要是不能和她跳,我当然不跳!"他回答。

"那你最好别待在这儿了。"伊莎贝尔好言好语地劝他说。

"她不走,我就不走!"这时他让过沃伯顿勋爵,看也没看一眼。

不过,这个郁郁寡欢的青年,却引起了这位贵人的注意。沃伯顿勋爵问伊莎贝尔她这位情绪低落的朋友是谁,还说似乎以前在哪儿见过。

"就是我告诉过你的那个年轻人，对潘茜一往情深。"

"啊，是他，我想起来了。他看起来不怎么开心。"

"那是有原因的，我丈夫不愿意理睬他。"

"他怎么了？"沃伯顿勋爵问，"看起来他很不错啊。"

"他的钱不够多，人也不够聪明。"

沃伯顿勋爵兴致勃勃地听着，关于爱德华·罗齐尔的描述似乎叫他很吃惊。"老天，他看起来出身不错呀。"

"是的，可我丈夫很挑剔。"

"哦，我懂了。"沃伯顿勋爵随后停了一下；接着壮了壮胆问："他有多少钱？"

"大约四万法郎一年。"

"就是说一万六千镑？呵，很不错了。"

"我也这么想；不过我丈夫志向远大。"

"的确，我注意到了，你丈夫目标远大。他真的是个白痴吗？我是说那个年轻人。"

"白痴？绝对不是，他很讨人喜欢；他十二岁的时候，我自己就爱上他了。"

"现在他看起来也就十二岁的样子，"沃伯顿勋爵语焉不详地回答，同时往四周看了看，这时候他话里有话地问，"我们在这里坐一会儿怎么样？"

"随你。"那个房间像个闺房，洒满了淡红色的灯光，显得很柔和。当我们这两位朋友走进去的时候，一位太太和一位先生走了出来。

"你对罗齐尔先生这么感兴趣，谢谢你。"伊莎贝尔说。

"他让我觉得好像受了不公正待遇；脸拉得有一尺长。我弄不懂是什么在折磨他。"

"你这人很正直，"伊莎贝尔说，"面对自己的对手，你也那么善良。"

沃伯顿勋爵突然转过身，睁大了眼睛。"对手！你说他是我的对手？"

"当然——只要你们想娶的人是同一个。"

"是同一个——不过，他是一点儿机会都没有的呀！"

"不管这事儿会怎样，你能设身处地替他想想，都让我喜欢你；这说明了你的想象力。"

"为这喜欢我？"说着沃伯顿勋爵疑惑地看着她，"你是说我可笑吧。"

"的确，我是觉得你有些可笑；不过，我喜欢可以被嘲笑的你。"

"呃，好的；我再替他多费点心思。你觉得别人能帮上他什么忙？"

"我不是一直在称道你的想象力吗？你就自己想象吧，"伊莎贝尔说，"你能那么着，潘茜也会喜欢你的。"

"奥斯蒙德小姐吗？喔，自我表扬一下，她已经喜欢上我了。"

"我想是很喜欢。"

沃伯顿勋爵等了一下，用质疑的眼神看着伊莎贝尔的脸。"那么，我弄不懂你什么意思。你的意思难道是潘茜在乎他？"

"我肯定告诉过你，我觉得潘茜喜欢他。"

沃伯顿勋爵的脸庞顿时红了起来。"你告诉过我，除了她父亲的想法，她没有别的想法；而我觉得她父亲看好我……"停了一下，他又面红耳赤地暗示："你明白吗？"

"没错，我和你说过她最大的想法就是让她父亲满意；为此，她有可能会付出很大的努力。"

"我以为这不是什么错误的想法。"沃伯顿勋爵说。

"这当然正确。"伊莎贝尔沉默了一阵子；房间里一直没有别人进来，舞会的音乐传了过来，中间隔着房间，削弱了它的强度。最后，伊莎贝尔说："但我的感觉是，这不会是一个人希望从他的妻子那里得到的感情。"

"我不清楚；不过要是妻子很好，丈夫也觉得她做得对就行了！"

"是的，当然应该这么认为。"

"我是这么想的；我也没办法。当然了，你可以说那是英国人的想法。"

"不，不会。依我看，如果潘茜嫁给你，她会做得很出色。这个你心里应该最有数。可问题是你没有爱上她。"

"啊，奥斯蒙德夫人，我是爱上她了！"

伊莎贝尔摇了摇头。"当你坐在我边上的时候，你希望自己是那样的，但我看不出来。"

"我承认，我不像站在门口里那位那么情深意长；但是这有什么奇怪的？这个世界上有比奥斯蒙德小姐更可爱的吗？"

"也许没有；但爱情和好的理由无关。"

"我不同意你的说法；我有一些好的理由，这让我很高兴。"

"你自然很高兴。要是真真正正坠入情网了，那些理由你就不屑一顾了。"

"啊，真真正正坠入情网——真真正正坠入情网！"沃伯顿勋爵嚷嚷起来，抱着双臂，头往后仰，伸了伸身子。"你不要忘了我四十二了，以前那种样子装不来了。"

"哦，你心里有谱，这就好。"伊莎贝尔说。

沃伯顿勋爵什么也没回答。他头后仰着坐在那里，看着前方。猛然间，他改变了姿势，迅即转向面对自己的朋友。"为什么你这么勉强，这么怀疑我？"

伊莎贝尔看着他的眼睛，一刹那间两人四目相对。要是伊莎贝尔希望从中找到什么答案，她看到了。他的表情中闪烁出一种想法，透出的迹象让伊莎贝尔为自己感到不安——或许是害怕。那是一种怀疑，并非希望；可即使这样，它也告诉了她想了解的东西。他一分一秒都不曾察觉，伊莎贝尔在揣想，他打算娶她的继女，是为了更加接近她；也不曾察觉，她明白之后，认为这种流露很可怕。借助这别人难以察觉的对视，尽管是一眨眼工夫，更深的涵义在两人之间传递；他们当时谁也没有意识到。

"亲爱的沃伯顿勋爵,"伊莎贝尔笑容满面地说,"就我来说,你只管做自己想做的事。"

说完这些她站了起来,走进了隔壁的房间。沃伯顿勋爵看到,那里马上有两位男士和她谈起话来,那是两位罗马的重要人物,看样子他们一直在找她。和他们聊天的时候,伊莎贝尔后悔起来,觉得自己不该出来,有点儿像逃跑。考虑到沃伯顿勋爵没有尾随而出,这种感觉就更明显了。不过话又说回来,对此她也很高兴,不管怎样,她得到了满意的答复。她的确很满意。在回舞厅的路上,她看见爱德华·罗齐尔还在门口那儿,动也没动。伊莎贝尔止住了脚步,又和他说起话来。"你没离开,很正确;我有些你高兴听的。"

"那正是我需要的,"年轻人轻声叹道,"特别是看见你和他那么亲热!"

"别提他;我会尽我所能帮助你。只是恐怕很有限,但能做多少,我就会做多少。"

罗齐尔看着伊莎贝尔,悲观沮丧,将信将疑。"是什么让你这么快就回心转意了?"

"就是觉得你站在门口,太碍事了!"伊莎贝尔回答,说着从他旁边走了过去,脸上带着笑容。半个小时后,伊莎贝尔带着潘茜动身离开;在楼梯口那里,两位女士和众多其他打算离开的客人站在一起,等着自家的马车。马车过来的时候,沃伯顿勋爵走了出来,陪她们走到马车边上。他在门口站了一会儿,问潘茜玩儿得高兴不高兴;潘茜回答了他之后,有些疲惫地朝后一靠。这时候坐在车窗边上的伊莎贝尔用手指做了个手势,示意沃伯顿勋爵等一下。她轻声说:"别忘了把你的信送给她父亲!"

第四十四章

吉米奈伯爵夫人经常觉得很烦——用她自己的话说，都要烦死了；不过，她没有烦死，而是同命运展开了英勇的抗争。她的命运就是嫁给了一位固执己见的佛罗伦萨人。他坚持住在自己的故乡，那里的人们还把他当回事儿，因为他常在牌桌上输钱，尽管经常输，可也没人认为他生性乐于助人。甚至连赢了他的钱的那些家伙也不喜欢吉米奈伯爵；他的族姓在佛罗伦萨还有些意义，可在亚平宁半岛其他地方，就像古意大利联邦各地的硬币一样，一点儿流通性都没有。在罗马，他不过是位呆头呆脑的佛罗伦萨人；这就不难理解他为什么不常光顾那个该死的地方，因为在那里他的一举一动都更显得呆头呆脑，需要不停地解释。伯爵夫人对罗马望眼欲穿，常常愤愤不平自己怎么在那儿没个寓所。说起自己只是偶尔才能进趟罗马，她就羞愧难当。在佛城也有一些出身贵族的人，从没去过罗马，不过这一丝一毫也不能让她觉得好受。只要能去，她从不犹豫；她总这么说。也许这还不是全部，不过她已经说了自己能说的。实际上，她还有很多要说，还经常罗列出她讨厌佛城的原因，并希望自己能在圣·彼得大教堂旁度完余生。这些原因和我们关系不大，简单总结一下不外乎是：罗马是"永恒之城"，而佛城乃弹丸之地，和其他漂亮城市一样。很明显伯爵夫人要将永恒的想法和自己的乐趣联系在一起。她坚信罗马的社会生活要比这里丰富多彩得多；在随便一次冬日的聚会上，你都可以遇上一些名流。佛城没有名流，连一位都没有听说过。她弟弟结婚后，这种不耐烦与日俱增。她笃信弟媳过的日子比自己精彩多了。她没有伊莎贝尔聪明，不过理解罗马还是没问题的。这里面不包括那些罗马的废墟、地下墓穴，甚至纪念碑、博物馆、教堂的典礼、自然景色等，余剩的她自然都能理解。她听闻了很多弟媳的事，非常清楚伊莎贝尔过得不错。的确她也亲眼看到过——那是唯一的一次，那次她享受了一番黑岩宫的盛情款待。那是弟弟婚后的第一个冬天，她在那儿住了一个礼拜；不过自此就没再受邀重温这段美好时光。奥斯蒙德不欢迎她，这她心知肚明；即使这样，她还是要去，奥斯蒙德怎么想她不在乎。真正的问题是她丈夫不许她去，而且钱也一直是个麻烦。伊莎贝尔很友好；伯爵夫人嫉妒她，不过并没有因此而抹杀伊莎贝尔的优点，从一开始她这个弟媳就受到了伯爵夫人的喜爱。她注意到，自己总是能和聪明的女人相处融洽，而不是和像她自己这样的傻女人。那些愚蠢的女人从不懂得她的聪明，而那些聪明的女人——真正聪明的，却一向能看出自己的愚蠢。她发现，尽管她和伊莎贝尔两个人外表迥异，风格也总是不同，还是有一块共同的地方，使得她们最终能站在一起。那地方并不大，不过很坚实；踏上之后，她们就会知道。她和奥斯蒙德夫人一起生活的时光，总感觉到一种叫人开心的惊奇。她总是期待伊莎贝尔"小瞧"自己，而她却一次又一次发现还得再等等。她自问什么时候这才会出现，就像等候烟火释放，四旬斋①到来，或歌剧节开始。这不是说她多在意这个，只是疑惑什么原因让它迟迟没有出现。她弟媳妇看她的眼光只有平视，对可怜的伯爵夫人说不上轻视，也说不上尊重。其实，伊莎贝尔认为轻视伯爵夫人，和对着一只蝗虫讲善恶道德是一样的。她并非对丈夫的姐姐漠不关心，实际上还有些怕她。她对这位大姑子充满好奇，感觉她非同一般。在伊莎贝尔眼里，伯爵夫人似乎没灵魂；像一只明亮罕见的贝壳，有着无瑕的外表和异常粉红的嘴唇，摇一摇里面就会发出声响。显而易见，这声响就是伯爵夫人的精神原则，像是一个瓤有些松的坚果，在她身体里滚来滚去。她很古怪，没法看不起她；她还太反常，没法拿她和别人相比。伊莎贝尔本要再次邀请她（不存在邀请伯爵的问题），可婚后的奥斯蒙德直言不讳地说，艾米愚不可及，干的那些蠢事别人做梦都难梦到。还有一次他说伯爵夫人没心没肺，随后又补充说，他把它们全送掉了，就像一个挂着霜的结婚蛋糕一样，一点一点送掉了。没有

---

① 指复活节前的四十天，基督徒视之为禁食和为复活节作准备而忏悔的季节。

收到邀请当然是伯爵夫人另一个重回罗马的障碍；可是在本书涉及的这段时期，她收到了邀请她去黑岩宫小住几周的邀请。这是奥斯蒙德亲自发出的邀请，信里要求他姐姐一定要随时保持安静。这句话的意思伯爵夫人都悟出来了没有，我不清楚，邀请她无论如何是接受了。此外，她很好奇：上次的时候她有个感觉，就是弟弟找到了对手。弟弟结婚前，她很为伊莎贝尔难过，以至于在心里认真地盘算了又盘算——假如伯爵夫人有认真的想法的话，几乎就要提醒伊莎贝尔得提防着点儿。不过她姑且把这事儿放在了一边，后来她放心了。奥斯蒙德和以前一样高高在上，可他妻子也不是好惹的。伯爵夫人虽然不工于计算，不过她觉得要是伊莎贝尔动了真格的，奥斯蒙德还是要甘拜下风。她现在想知道的就是伊莎贝尔有没有动真格；要是能看见奥斯蒙德的气焰比了下去，对她来说会是极大的享受。

在要动身去罗马的前几天，一个仆人交给她一张来客的名片，上面的内容再简单不过，只有一个名字"亨丽埃塔·C.斯塔克波尔"。伯爵夫人手指按着脑门，就是想不起这么一位亨丽埃塔。这时候仆人说，那位小姐说要是伯爵夫人记不起她的名字，一见她的人准能想起。见到来人的时候，伯爵夫人真的回忆起来，在杜歇夫人府上曾见过一位文艺女性。那是她见过的唯一一位女作家，就是说依然健在的唯一一位，因为她已故的母亲是位诗人。她马上就认出了斯塔克波尔小姐，而且由于斯塔克波尔小姐看起来几乎和原来一模一样，更是很快就认了出来。伯爵夫人性格和善，有这样一位声名显赫的客人拜访，感觉美极了。她心里想斯塔克波尔小姐来这里，是不是与自己的母亲有关——不知道她是否听说过美国的科琳。伯爵夫人的母亲一点儿都不像伊莎贝尔的朋友；她打眼一看就知道这位小姐很现代，从她身上伯爵夫人还能感受到文艺女性们个性（职业个性）方面的变化——这主要指在遥远的国度里。伯爵夫人的母亲在世的时候，通常穿一件紧身的黑天鹅绒衣服，肩膀只能偷偷摸摸地露出一些，上面围一块罗马围巾（天呀，过去的那种衣服！），富有光泽的发卷数也数不清，上面戴着一顶金色的桂冠。她说话又轻又模糊，带着她"克里奥尔"①祖辈们的口音,一般她也这么承认。她叹起气来一个接一个,从没有进取心。伯爵夫人看得出来,亨丽埃塔通常衣装谨严利落,头发梳理整齐,看起来清新活泼、有效率。她的一举一动都那么坦率直爽,让伯爵夫人感到似曾相识。很难想象亨丽埃塔会神情迷茫、唉声叹气,就像你很难想象谁会不写地址就把信寄出去。对这位《访谈者》的记者,她只有一个感觉:与美国的科琳相比,这位记者更与时俱进。她向伯爵夫人解释,拜访她的原因是因为在佛城她只有伯爵夫人这么一个熟人;另外,每到一个国外的城市,她不愿走马观花,总想了解更多。她认识杜歇夫人,可她在美国;即便在佛城,亨丽埃塔也不会前往拜访,因为她并不欣赏杜歇夫人。

"这么说来,你欣赏我?"伯爵夫人有礼貌地问。

"嗯,和她相比,我更喜欢你,"斯塔克波尔小姐说,"我似乎记得,以前见你的时候感觉你很有趣,不清楚是巧合还是那就是你日常的风格。不管怎么说,你说的话给我印象很深,后来在我的文章里,我引用了你的话。"

"哎哟!"伯爵夫人叫了起来,双眼圆睁,有些惊慌失措,"记不清讲过什么不同寻常的话了!真希望自己当时能知道。"

"是关于这个城市女性地位的问题,"斯塔克波尔小姐说,"你有许多惊人之语。"

"女性的处境很不好;你说的是不是这个?然后你记了下来并见报了?"伯爵夫人接着说。"哦,你可一定给我看看!"

"你喜欢的话,我会给他们写信,告诉他们把报纸寄给你,"亨丽埃塔说,"我没有提你的名字,只是说一位出身高贵的夫人,然后我引述了你的观点。"

伯爵夫人忙不迭地往后靠了靠,紧握着的手也摊开了。"你知道吗?你不提我的名字,我非常遗憾。我真的高兴见到我的名字出现在报纸上。什么看法,我也想不起来了,我的想法太多了!我一点儿

---

① 生长于西印度群岛和南美各地的欧洲人后裔。

都不为此害羞。我和我弟弟一点儿都不像——我想你认识他？他觉得自己见报简直是耻辱；假如你提到了他的观点，你永远都甭想让他原谅你。"

"他不用担心，我什么时候也不会参考他的想法。"斯塔克波尔小姐无动于衷且不失礼貌地说。"这也是我想来这里的另外一个原因，"她又说，"你知道奥斯蒙德娶了我最要好的朋友。"

"嗯，是的，你是伊莎贝尔的朋友；我在尽力回忆还知道你些什么。"

"很高兴你是这么着记住我的，"亨丽埃塔郑重其事地说，"不过贵胞弟可不高兴那样，他恨不能斩断我和伊莎贝尔的友谊。"

"别让他得逞。"伯爵夫人说。

"这是下面我想说的，我打算去罗马。"

"我也准备去呢！"伯爵夫人声音很大，"我们一道去。"

"非常乐意，那么我写旅行见闻的时候，会提到你的名字，你是我的旅伴。"

伯爵夫人从坐的椅子上跳了起来，在客人旁边的沙发上坐了下来。"哇，你一定得把报纸寄给我！我丈夫不会喜欢，他也不需要看。而且，他没有阅读能力。"

亨丽埃塔本来就大的眼睛变得更大了。"没有阅读能力？我可以把这也写进我的报道里吗？"

"写进你的报道里？"

"就是登在《访谈者》上，那是我的报纸。"

"呃，请便，只要你高兴；我丈夫的名字也可以提。你会和伊莎贝尔住在一起吗？"

亨丽埃塔抬起头，默默地看了一会儿女主人。"她没有邀请我；我写信告诉她要去罗马，她回信说会在有饮食服务的旅馆里帮我订个房间。是什么原因，她没提。"

伯爵夫人意兴盎然地听着。"原因就是奥斯蒙德。"她意味深长地评论道。

"伊莎贝尔应该有自己的立场,"斯塔克波尔小姐说,"我担心她有了很大变化。以前我告诉过她会这样的。"

"听到这些我很遗憾,希望她有自己的处事方式。我弟弟为什么不喜欢你?"伯爵夫人又直截了当地问。

"我不知道,也不在乎。我很高兴他不喜欢我;没有必要每个人都喜欢我。要是某些人喜欢我,我倒觉得自己不怎么地了。要是一个记者处处受欢迎,他就别指望能干好;只有遭人记恨,他才知道自己的工作进展怎样。一个女人也是这样。不过,我可不希望伊莎贝尔讨厌我。"

"你是说她讨厌你?"伯爵夫人问道。

"不知道,我打算亲自看看。这也是我去罗马的原因。"

"哎呀,这个差事可够烦人的!"伯爵夫人叹道。

"她给我写信时不一样了,这个差别很容易就能看出来,"斯塔克波尔小姐继续说,"要是你了解了什么,麻烦你先告诉我一下,这样我就可以决定我到时候的策略了。"

伯爵夫人下唇噘了噘,又慢慢地耸了耸肩。"我知道得很少:我和奥斯蒙德很少见面,也很少有他的消息。现在看来,他对你我的态度差不多,都不怎么喜欢。"

"不过,你可不是女记者呀。"亨丽埃塔若有所思地说。

"噢,他的理由太多了;不过呢,他们邀请我了——而且还住在他们家里!"接着伯爵夫人很讨厌地笑了起来。此时此地,她压根儿没有理会亨丽埃塔有多么失望,只管自己兴高采烈。

不过,亨丽埃塔对此却也平静。"就是她请我的话,我也不会去;就是说我认为自己不该去。现在,我很开心自己没有必要再下这个决心了。那将会是个很难回答的问题;要撇开伊莎贝尔,我做不到。可要我住在她家,我也不会高兴。有饮食服务的旅馆很适合我。不过这不是问题的全部。"

"罗马眼下很不错,"伯爵夫人说,"那里有各种各样的名人。你听说过沃伯顿勋爵吗?"

"听说过？我和他很熟。你认为他优秀吗？"亨丽埃塔问。

"我不认识他，不过有人告诉我他出身显赫，正在向伊莎贝尔求爱。"

"向她求爱？"

"我是这么听说的；具体我就不知道了，"伯爵夫人淡淡地说，"不过伊莎贝尔绝对是靠得住的。"

亨丽埃塔很严肃地看着自己的朋友，一时间什么也没说。"你什么时候去罗马？"她突然问。

"恐怕要不了一个星期。"

"我明天就走，"亨丽埃塔说，"我觉得自己最好不要等了。"

"哎呀，太遗憾了；我还得做几身衣服。据说伊莎贝尔的客人非常多；不过我会在罗马见到你，我会去你住的旅馆看你的。"亨丽埃塔静静地坐着，陷入了沉思。这时候伯爵夫人突然叫了起来："啊，不和我一起走，你不就写不成我们的旅行了吗！"

对这个担心斯塔克波尔小姐似乎无动于衷：她心里盘算着另外一件事，一会儿就说了出来。"我没把握是不是听懂了你关于沃伯顿勋爵的说法。"

"听懂？我的意思是他很不错；就这些。"

"你觉得向已婚女士求爱很不错？"亨丽埃塔问，一字一句，绝对清楚。

伯爵夫人傻了眼，接着有些粗野地大笑起来："所有衣食无忧的男人都是那样的。你结了婚就懂了！"她补充说。

"这足以成为我不结婚的理由，"斯塔克波尔小姐说，"我只想拥有自己的丈夫，不想再觊觎别人的。你是不是觉得伊莎贝尔有……有错……"她有所停顿，想着该怎么表述。

"我觉得她有错？哦，没有；希望不至于那样。我只是说奥斯蒙德很无聊；我听说沃伯顿勋爵在那儿的时间很多。恐怕你很吃惊。"

"没有，我只是有些担心。"亨丽埃塔说。

"呵，你对伊莎贝尔可不够好！你应该更有信心一些。我跟你说，"伯爵夫人马上补充说，"要是你高兴把他弄走，交给我办好了。"

斯塔克波尔的回答首先是更郑重其事的注视。"你不理解我，"她过了一会儿说，"我没有你臆猜的想法；我不是在那种意义上为伊莎贝尔担心。我只是担心她不幸福——这才是我想弄明白的。"

伯爵夫人头摇得拨浪鼓似的，显得不耐烦，还酸酸的。"这个很可能吧；就我而言，我想知道奥斯蒙德是不是幸福。"斯塔克波尔开始有些让她厌烦了。

"要是她真的变了，肯定这就是根源。"亨丽埃塔继续说。

"你会看到的；她也会和你讲的。"伯爵夫人说。

"哦，她可能不告诉我——这正是我担心的！"

"嗯，假如奥斯蒙德不是像以前那样开心，我不是吹牛，我是能发现的。"伯爵夫人回答。

"这个我不关心。"亨丽埃塔说。

"我可非常关心！假如伊莎贝尔不幸福，我会替她很难过，可也帮不上什么忙。要是我告诉她一些事，可能会让她更难受，可我也找不到什么来安慰她。谁要她嫁给奥斯蒙德呢？听我的话，她早就把他踹了。假如她让奥斯蒙德日子不好过，我知道了也不会怪罪她！可要是她任由奥斯蒙德折磨自己，我是不会可怜她的。话又说回来，这可能性不大。我料想要是伊莎贝尔日子不好过，她也不会让奥斯蒙德好过的。"

亨丽埃塔站了起来；这些在她看来，自然是很可怖的场景。说实话，她并没有希望奥斯蒙德先生过得不幸福；的确他也不可能出现在她飞驰的想象中。总的来说，亨丽埃塔对伯爵夫人有些失望，觉得她的思想总是在一个狭窄的圈子里打转转，比自己想象的还要窄；可里面粗俗的东西倒不少。"他们要是彼此相爱就好了。"她以启发的口吻说。

"他们不会的；奥斯蒙德不会爱任何人。"

"我猜是这样的，可这只能让我更替伊莎贝尔担忧。我明天一定得走。"

"伊莎贝尔自然有她忠实的拥护者，"伯爵夫人说，笑容显得很夸张，"我声明我不会同情她。"

"或许我帮不了她。"斯塔克波尔小姐接着自己没说完的话说，就好像还是实事求是的好。

"不管怎样，你可以希望这样，那很重要。我相信这是你从美国来这里的原因。"伯爵夫人突然又说。

"是的，我想照顾她。"亨丽埃塔平静地说。

她的女主人站在那儿冲她笑，一双小眼睛熠熠闪光，鼻子似乎在急切地张望着，一丝红晕这时也已经爬上她的两颊。"呵，太妙了——妙极了①！这是不是就是大家说的友谊？"

"我不知道人们怎么叫，我觉得自己最好来一趟。"

"她很幸福——她很幸运，"伯爵夫人接着说，"她还有别的人念着她。"说完这，伯爵夫人突然开始动起情来："她比我幸运多了！我和她一样不幸福——我的丈夫很差劲，比奥斯蒙德有过之而无不及。我没有朋友；我以为我有，可他们都纷纷走开了。像你这样设身处地替她着想的朋友，无论男女，我一个没有。"

亨丽埃塔心里一颤，因为伯爵夫人这段苦涩的真情告白流露出了人的天性。她看了一会儿对方，然后说："听着，夫人，我会为你做任何你高兴的事情；我等着你，和你一起旅行。"

"别担心，"伯爵夫人这时很快换了一种口气回答，"只要在报纸上提提我就可以了！"

亨丽埃塔呢，在同她分手前不得不向她解释，自己的罗马之旅容不得丝毫的杜撰。斯塔克波尔小姐是个讲真话的记者，这毫不含糊。辞别伯爵夫人之后，她朝阿诺河边走去。阿诺河泛着黄色，河边的堤岸上阳光灿烂，门脸亮堂堂的旅馆排成一排，都是游客们很熟悉的。在这之前，她已经打听好了自己穿越佛城的路线（这种事情她很擅长），因此得以踌躇满怀地走出那个连接圣三桥的小广场。她继续往

---

① 原文为法语。

左走，朝老桥①走去。她在一家旅馆门口停了下来，从这里可以俯瞰漂亮的老桥。她拿出小笔记本，从里面撕下一张卡片，思考之后用拿出的铅笔写了几句话。我们有特权可以从她的背后看她都写了什么内容；假如我们真这么做了，就会读到一个简短的问句："今晚可否见个面？就一会儿工夫，有要事相商。"接着亨丽埃塔又加了一句：她翌日早上打算动身去罗马。拿着这个纸条，她朝已经在门口上岗的侍者走去。亨丽埃塔问他古德伍德先生在不在；他的回答与其他侍者毫无二致：古德伍德先生约二十分钟前出去了。于是亨丽埃塔将写好的纸条递给侍者，并请他在古德伍德先生回来的时候交给他。离开旅馆后，她继续沿着河岸向前走，来到了乌菲兹美术馆外风格简朴的柱廊上；穿过柱廊，她很快就来到了这座闻名遐迩的美术馆的入口处。进了美术馆，她顺着高高的楼梯往上走，来到楼上展室。连接各个展室的走廊很长，其中一侧装着玻璃，饰有古式的半身雕塑。长廊视野开阔，灿烂的冬日阳光照射在大理石地板上，熠熠闪光。馆内很冷，隆冬时节的几个礼拜里很少有人光顾。现在看来，斯塔克波尔小姐对于艺术之美的探求执着热烈，这是我们迄今不曾注意到的；不过不管怎样，她有自己喜欢的和赞赏的东西。她赞赏的作品之一就是"讲坛"②内科勒乔③那幅小型画作——画中圣母玛利亚在圣子旁边跪着；后者躺在一堆乱草里。圣母在向圣子拍着手，圣子则在高兴地叫着、笑着。亨丽埃塔对于这种亲密的场景尤其喜爱，她认为这是世界上最美好的画作。这次她从纽约去罗马的路上，在佛罗伦萨只停三天；她提醒自己千万不能忘了去看看自己最喜欢的画作。从各方面看，她的审美感都不错，其中包括许多知识分子的责任感。正当她要走近讲坛的时候，一位先生正好从里面走了出来。她出乎意外地叫了起来。站在她面前的正是卡斯帕·古德伍德。

"我刚去过你住的旅馆，"她说，"我给你留了一张纸条。"

---

① 又称"维琪奥桥"，为佛罗伦萨市阿诺河上一桥名，1345年修建。
② 为该美术馆第十八展室名。
③ 原名为安东尼奥·阿莱格林·达（1494—1534），文艺复兴高潮期意大利画家，科勒乔为其出生地名字。

"很荣幸。"卡斯帕·古德伍德貌似真诚地说。

"我这样不是给你面子;以前我也去过你那里,我知道你不喜欢。我只是想和你说件事。"

他盯着亨丽埃塔帽子上的扣形饰物看了一会儿。"愿听其详。"

"你不高兴和我说话,我清楚,"亨丽埃塔说,"不过,我不在乎;我不是为了讨好你才说的。我给你留了纸条,约你到这里和我见面;既然现在见到你了,这也一样。"

"我正要离开,"古德伍德认真地说,"当然了,我现在不走了。"他斯斯文文,可就是没热情。

亨丽埃塔呢,也不期待他会热烈响应;她很认真,不管怎样只要古德伍德听她讲话,她就感激不尽了。即使这样,她的第一个问题还是古德伍德有没有看完所有的画作。

"我想看的都看完了,我已经来了一个小时了。"

"不知道你看没看到我的科勒乔,"亨丽埃塔说,"我是特意来看他的。"她走进讲坛,古德伍德慢慢地陪在一旁。

"估计我已经看到了,不过我不知道那是你的。我记不清那些画,尤其是那种类型的。"亨丽埃塔指给古德伍德自己心爱的画作;古德伍德问是不是她想和自己商量的就是科勒乔。

"不是,"亨丽埃塔说,"我说的事情可没这么和谐!"他们所在的展室面积不大,明亮辉煌,藏有各样上等珍品;现在他们两个几乎独享了这个展室,只有一位馆内的保管人员在美第奇的维纳斯像①旁转悠。"我想让你帮个忙。"斯塔克波尔小姐接着说。

卡斯帕·古德伍德皱了皱眉,并没怎么感兴趣;不过并没显现出为难的样子。这位朋友和以前相比,脸庞老了很多。"这肯定不是什么我喜欢的事情。"他的声音很高。

"的确,我觉得你不会喜欢;要是喜欢,就谈不上帮忙了。"

"哦,说说看。"古德伍德的口吻依然没变,让人听起来觉得他的

---

① 公元前四世纪雕塑家伯拉克西特列斯所作,裸体,双手护身作娇羞状。

耐心是刻意的。

"你或许会说，没什么特殊的理由让你非得帮我；确实我也只知道一个：能得到你的同意的话，我实际上很乐意帮你一次。"亨丽埃塔轻柔、清晰的声音听起来情真意切，没有一点儿算计的意思。听了这话，她表面上沉着冷静的朋友，也不由得感动了。不过，他感动的时候很少会像常人那样表现出来，比如脸红，不正眼看，或者显得羞怯。他只是注意力更加集中，似乎是在更加坚决地考虑这件事。于是，亨丽埃塔继续在那儿毫无私心地喋喋不休，丝毫不觉得形势已经对自己有利了。"我可以这么说——现在看起来时候正合适——要是我曾经打扰过你，那是因为我知道如果哪天你需要烦扰我，我很愿意承受；我觉得有时候是打扰了你，这没什么可怀疑的。不过，为了你我也会不辞劳烦。"

古德伍德迟疑了一下说。"你现在就在不辞劳烦。"

"的确，是有一些。你考虑一下，总的来说，你到罗马去是不是合适。"

"我猜你就要说这个！"他毫无遮掩地说。

"那你已经考虑过了？"

"当然，而且是很认真的。我已经全面考虑过了，否则我也不会这么远地跑到这儿来了。我在巴黎待了两个月，就是这个原因，我一直在考虑这事。"

"恐怕你是根据自己的喜好做出的决定。你觉得那是最好的，因为你自己深受诱惑。"

"对谁最好？按你的理解？"古德伍德问道。

"嗯，首先是你自己，其次是奥斯蒙德夫人。"

"哦，那对她没什么好处！我不自以为是。"

"可这会不会给她造成什么伤害——这才是问题的关键。"

"我不知道这对她有什么影响；对奥斯蒙德夫人而言我什么也不是。不过假如你真想知道，我确实想见她一面。"

"是的，这是你去那里的理由。"

"当然是；难道还有更好一点儿的吗？"

"我想知道，这对你有什么好处？"斯塔克波尔小姐说。

"这恰恰是我不能告诉你的，也正是我在巴黎一直思考的。"

"这只让你心里越发不爽。"

"为什么是'越发'？"古德伍德有些严厉地问，"你怎么知道我不爽？"

"这个，"亨丽埃塔说，迟疑了一下，"似乎还从未有另外一个人让你念念不忘。"

"你怎么知道我念念不忘什么？"他这时面红耳赤，大声叫道，"现在我念念不忘的就是去罗马。"

亨丽埃塔静静地看着他，表情暗淡，却充满希望。"好吧，"她最后说，"我只是想告诉你我的想法；我心里一直在想这个。没错，你可以说那不关我的事，不过那样的话，所有的事情和大家都无关。"

"多谢美意；你这么关心真让我过意不去，"卡斯帕·古德伍德说，"我会去罗马，而且不会让奥斯蒙德夫人受伤害。"

"不伤害她？也许吧；不过，你会帮她吗？这才是问题的症结。"

"她需要帮助吗？"他慢吞吞地问，眼神似乎能把人看穿。

"对于大部分女人来说，任何时候都需要。"亨丽埃塔说，言辞谨慎，有意在回避什么，而且概括得也不如平时有分量。"去罗马的话，"她接着说，"希望你做个真正的朋友，而不是自私的那种！"说完，她转过身去，开始看画。

卡斯帕·古德伍德由她走开了，站在原地看着她在屋里走来走去；但过了一阵子他又和亨丽埃塔搭讪起来。"你一准儿在这儿听到了她的什么事，"然后又接着说，"我很想知道你都了解到了什么。"

迄今为止，亨丽埃塔从未支吾搪塞；眼下这情形可能这么着很合适，不过思量再三之后，她决定还是不要破这种无关痛痒的例了。"是的，我听到了，"她回答说，"不过我不想让你去罗马，就不告诉你了。"

"悉听尊便；我会自己弄清楚。"他说。不过又自相矛盾地说道：

"你听说了她不幸福!"

"哦,这你不会看到的!"亨丽埃塔大声说。

"我希望不会。你什么时候动身?"

"明天,乘晚上的火车。你呢?"

古德伍德犹豫了一下:他一点儿也不想和斯塔克波尔小姐一同前往罗马。他不想趁这个当,这和吉尔伯特·奥斯蒙德的冷漠有本质的差别,可眼下同样显眼。这是对斯塔克波尔小姐品格的褒奖,而非指摘她的过失。在他看来,斯塔克波尔小姐不同凡响,才华横溢;理论上说,他不反感斯塔克波尔小姐所属的群体。在一个日新月异的国家里,女记者在他看来是社会架构中很自然的一部分。他从没读过女记者们的报道,不过认为这些应该有益于社会繁荣。但也正是由于她们享有的显赫地位,使他觉得斯塔克波尔小姐不要过于想当然。她想当然地认为自己只要曲里拐弯提及奥斯蒙德夫人,古德伍德就会心有灵犀。他们在巴黎见面的时候,也就是他到欧洲后的第七周,亨丽埃塔这么来了一次;以后每逢有这样的机会,她从未疏漏过。古德伍德不愿意每时每刻都提及奥斯蒙德夫人;他并非每时每刻都在想她,这个他心里很清楚。他矜持至极,寡言少语;可这位女作家却不断用自己的灯光照亮他内心静谧、不为人知的角落。他希望斯塔克波尔小姐不要这么替他费神,甚至希望她能不要理睬自己;当然他自己也觉得这有些不讲理。除了这些,他刚才还有一些别的想法,这实际上反映了他的坏脾气和吉尔伯特·奥斯蒙德的有多么大的差别。他想马上就去罗马,情愿乘晚上的火车。他讨厌欧洲火车的车厢,人们一坐几个小时,腿碰腿,脸贴脸,极为窄狭;对面的人还来自异国他乡,看一眼就感觉水火不相容,只想打开车窗抒发心中的怨气。要是晚上难受,白天走就更难以忍受,因为至少晚上可以睡一觉,没准儿能梦见美国宽敞的客厅式车厢。可斯塔克波尔小姐要明早才走,他就没办法再乘晚上的车了,因为他的感觉是,对一位无人陪伴的女人来说这是一种羞辱。而且他也不能等斯塔克波尔小姐动身之后再出发,他的耐心坚持不了那么久。第二天走不是很妥当。斯塔克波尔小姐会让他苦恼,叫他感到压抑；一想到要和亨丽埃塔在一个欧洲的火车车厢内消磨一天的光阴，他就气不打一处来。可谁叫她是一个人出门呢，他有义务为她做点牺牲。这件事不存在争议，事情再清楚不过，他必须得那么做。好大一阵子他的表情都极为严峻，然后他说："要是你明天动身，我当然也明天；兴许能帮你些什么。"他说这话的时候，一点都没有那种殷勤的花言巧语，说得清楚明白。

"噢，古德伍德先生，我也这么想！"亨丽埃塔平静地回答。

第四十五章

我前面已经理由充分地描述过,伊莎贝尔知道,由于拉尔夫一直滞留罗马,丈夫很不开心。在她怂恿沃伯顿勋爵要以具体行动来证实自己诚意的次日,她去了趟表兄住的旅馆,丈夫很明显不高兴。这一次和其他时间一样,她心里一清二楚奥斯蒙德为什么反对。他希望自己不要有自由的思想,而且非常清楚,拉尔夫是个自由的使者。伊莎贝尔心里说,正是这样她才要去看看他,当做是精神的调节。以后我们可以感觉到,尽管她丈夫不喜欢,她还是会去享受这种调节,就是说,她得意地认为,小心谨慎地去享受。截至目前,她还没有采取过什么与奥斯蒙德的期望截然相反的行动;奥斯蒙德是她世所公认、登记在册的夫君。想起这样的事实,有时她会凝视良久,眼前一片空白,怎么着也不相信。可这让她思想上压力很大,经常出现在她脑海里的是婚姻那些因袭已久的准则与圣洁。打破这些会让她感到羞耻和恐惧,因为自己出嫁的时候,她没有想到会有这种事情发生,而且相信丈夫的意愿跟自己的一样高尚。她曾郑重其事地把自己的一些东西给了别人,可有一天她不得不要把它们收回;不过,现在她似乎看到,这一天在很快地在向自己走来。这样的仪式会可憎、丑陋,那期间她会尽量视而不见。奥斯蒙德决不会先开口,帮助解决这个问题,他会将所有的责任推给她。迄今他还没有正式禁止她看望拉尔夫;不过伊莎贝尔感觉除非拉尔夫很快离开,否则这项禁令指日可待。而可怜的拉尔夫怎么可能离开呢?天气也让他不可能离开。她很能理解丈夫对此的期待;公平一点,要是他高兴自己和表兄待在一起,她倒不理解了。拉尔夫从未说过反对他的话,即便这样奥斯蒙德剧烈但悄无声息的不满还是生根发芽了。假如奥斯蒙德断然提出这个要求,拿出做丈夫的权威,她就要不得不做出抉择了;这不会是个容易下的决心。这样的前景让她心跳加速,两颊生热。有些时候,出于避免两人当面闹翻的考虑,她莫名地希望拉尔夫会冒险离开这里。每每这种想法占据心头,她都责怪自己懦弱、没勇气;不过这不起什么作用。这倒不是她不爱拉尔夫,实在是因为只要有条路,不至于推翻她生命中最最慎之又慎的行动,也是唯一一件神圣的事情,都会更受她的青睐。推翻先前的决定会让今后的生活变得暗无天日,因为和奥斯蒙德只要公开闹翻一次,就等于永远如此。只要他们两个当面承认双方的需求水火不相容,那就等于认定他们的所有努力都以失败而告终。在他们之间,不存在宽容、妥协,也不存在轻易的忘却或形式上的再适应。之前,他们只努力做好一件事情,可这件事恰恰是要精致优雅;一旦这一点消失了,其他一概无从谈起,因为所有可以想见的成功都无法取代它。现在,伊莎贝尔以自己认为适当的频率前往巴黎旅馆;这个适当性的判断准则就是得体性。这是个绝佳的证明,说明道德其实就是对某种东西的欣赏。今天伊莎贝尔对这一准则的应用异常随意,因为她不可能任由拉尔夫孤独地辞世,除了这个总体的事实外,她还有些重要的事情请教他。这的确既是吉尔伯特的事,也是伊莎贝尔自己的。

她很快就谈到了自己想说的内容。"希望你能回答我一个问题,和沃伯顿勋爵有关。"

"我想我猜到了你的问题。"拉尔夫坐在扶手椅上说。和平时相比,他瘦弱的双腿伸得更开。

"很可能你猜中了,那就请你回答我吧。"

"哦,我可没说能回答。"

"你和他是至交,"她说,"一定看到了很多。"

"确实如此;可想想看,他一定会藏一些掖一些的!"

"他为何要藏掖?这不是他的性格。"

"呵呵,你得记着,现在的情形很特殊呀。"拉尔夫悠然自得地说。

"某种程度上这样,可他真的坠入情网了?"

"依我看,坠得很深;我可以看出来。"

"嗳！"伊莎贝尔有些讥讽地说。

拉尔夫看了看她，好像自己那点儿好心情还打上了神秘的色彩。"听你的话，似乎你失望了。"

伊莎贝尔站了起来，慢慢地抚平她的手套，然后满腹心事地盯着它们。"终究，这跟我没什么关系。"

"你听着很高深呀。"她表兄说。过了一会儿，他又说："请问，你说的是什么？"

伊莎贝尔瞪大了眼睛。"我以为你知道。沃伯顿勋爵告诉我，他最想做的事情就是娶潘茜为妻。我以前跟你说过，只是没听到你有任何说法；我想你今天可以大胆地谈一下你的看法。你是不是认为他真的爱上了潘茜？"

"唉，爱上潘茜？不可能！"拉尔夫非常肯定地大声说。

"但你刚说过他是这样的。"

拉尔夫等了一下。"那是说他爱上的是你，奥斯蒙德夫人。"

伊莎贝尔认真地摇了摇头。"你清楚，那是瞎扯。"

"当然是；不过瞎扯的是沃伯顿，不是我。"

"真无聊。"她说，很高兴这话说得很巧妙。

"我真的应该告诉你，"拉尔夫接着说，"他对我矢口否认这个。"

"你们一起讨论这件事挺好的！他是否告诉过你，他爱上潘茜了？"

"他对潘茜的评价很高，很正确；当然他也跟我说了，觉得潘茜能很好地适应洛克雷的生活。"

"他真的那么想？"

"呀，沃伯顿的真实想法——！"拉尔夫说。

伊莎贝尔又开始抚弄她的手套；这幅手套又长、又宽松，她可以很自在地在上面摸来摸去。不过，很快她抬起了头，然后说："啊，拉尔夫，你一点儿都不帮我！"她突然情绪激动地叫起来。

这是她首次暗示自己需要帮助；听到这话，她的表兄感到非常震撼。他低低地说了很多，有宽慰，有同情，有关爱。他感到自己和伊莎贝尔之间那道鸿沟终于得到了弥合,正是这种想法让他继而大声说:"你肯定很不幸福!"

拉尔夫话音未了,伊莎贝尔已经回复了平静。它的第一个表现就是,伊莎贝尔假装自己没听到拉尔夫都说了什么。"说让你帮我,那是乱说的,"她说,并很快报以微笑,"我用我们家的麻烦来骚扰你,这太可笑了!这事也很简单,沃伯顿勋爵得靠自己让事情有所进展;我可是爱莫能助。"

"他达到目的应该很容易。"拉尔夫说。

伊莎贝尔则不太同意。"对——但他不总是心想事成。"

"很正确。所以你也知道,这始终让我很吃惊。奥斯蒙德小姐也会让我们吃惊吗?"

"让我们吃惊的恐怕还是他;我似乎觉得他终究会放弃。"

"有辱名声的事情,他一件都不会干。"拉尔夫说。

"我对此深信不疑。远离那个可怜的孩子,对他来说这是最体面的事情。这个孩子喜欢的是别人;靠一些奢华的承诺让她放弃自己的爱人,这和行贿是一个道理,很残忍。"

"或许对另外一个人很残忍——就是她喜欢的那个,可沃伯顿没有义务在意这个。"

"不对,这对这个孩子很残忍,"伊莎贝尔说,"要是她经受不住劝说,放弃了罗齐尔先生,她会非常痛苦。你可能会觉得这好玩儿;这可以理解,因为你没有爱上他。对潘茜来说,他的优点就是他爱她。而潘茜一眼就看出来沃伯顿勋爵不是那样的。"

"他会对潘茜呵护备至。"拉尔夫说。

"他对潘茜表现得已经很殷勤了;不过还好,他还没说过什么让潘茜寝食不安的话。他可以明天去我们家,然后很得体地和潘茜说再见。"

"你丈夫怎么看?"

"他不会高兴的,也许他这样是正确的;他只要一件事:让自己满意。"

"他有没有打过发你去办这个差?"拉尔夫大着胆子问了一句。

"我是沃伯顿勋爵的老朋友——我们的交情由来已久,我是说比和吉尔伯特的时间长,我关心他的想法,这没什么不寻常。"

"关心他?让他放弃他的想法?你是这个意思吗?"

伊莎贝尔犹豫了一下,皱了皱眉。"我确认一下,你是在为他求情?"

"谈不上;相反我很高兴他将不会成为你继女的丈夫。否则,他和你的关系太不可思议了!"拉尔夫一边笑一边说,"不过我很担心,你丈夫可能会认为你给他的压力不够大。"

伊莎贝尔发现,自己也可以像拉尔夫那样微笑。"他太了解我了,没指望我给他压力。我想,他自己也没想施加什么压力。我不担心为自己正名!"她轻松地说。

她的面具摘下来了一会儿,可拉尔夫无限失望的是,她又重新戴上了。拉尔夫瞥到了她真实的面容,他多么渴望能深入地看一下。他有一个近乎野蛮的愿望,希望伊莎贝尔会向他抱怨她的丈夫,告诉他,如果沃伯顿勋爵背信弃义,她就要对此负责。拉尔夫心里有数,这就是伊莎贝尔目前的处境;凭着直觉,他已经预感到在这件事上奥斯蒙德会怎么表达自己的不高兴。不会有别的,只会是卑鄙、残忍,无所不用其极。他本打算就此提醒伊莎贝尔,至少让她明白,他对她所处形势的判断,他如何理解这件事。也许伊莎贝尔比他更清楚,不过这不是十分重要;他渴望让伊莎贝尔知道,他并没有上当,这主要是为让他自己满意,而不是为了伊莎贝尔。他屡屡尝试,想让她背叛奥斯蒙德。这么做,他几乎感到自己冷血、残忍、卑鄙。不过这鲜有效果,因为他从未成功。那她为何要来这里?她看起来差点儿就让他有机会打破他们此前的默契,这又是为什么?要是她没有赋予他回答她的自由,那为什么还要咨询他的看法?既然她不愿意提到那个主要因素,他们又怎么谈她幽默地称之为家庭麻烦的那件事呢?这些矛盾本身就是她困窘的体现,而她方才高声求助是拉尔夫唯一要思考的事情。"不管怎么说,你们肯定会意见相左。"他过了一会儿说。伊莎贝尔只字未答，似乎没怎么听懂，拉尔夫就继续说："你们会发现彼此的想法大相径庭。"

"关系和睦的夫妇间，这不稀奇！"伊莎贝尔拿起阳伞。拉尔夫发现她紧张起来，恐怕自己再说什么。"不过呢，这基本上不会让我们吵起来，"她补充道，"因为这只和他利益攸关。这很好理解；毕竟潘茜是他的女儿，不是我的。"说完她伸出手，和拉尔夫告别。

拉尔夫暗下决心，在伊莎贝尔走之前，一定要她让知道自己什么都了解：在他看来这个机会千载难逢。"你可知道，他的利益会让他怎么说？"握着伊莎贝尔手的时候，拉尔夫问。她摇摇头，有些漠不关心，不过也不是制止他。拉尔夫接着说："这会让他说，你没有热情是因为嫉妒。"他顿了顿，这时伊莎贝尔的脸色让他害怕。

"因为嫉妒？"

"因为嫉妒他女儿。"

她腾地脸红了，头往后仰。"你过分了。"她说，那声调拉尔夫从未从她那儿听到过。

"跟我说实话吧，你会明白的。"他回答。

不过伊莎贝尔什么也没回答；她挣脱拉尔夫仍然想握着的手，迅速离开了。她下定决心和潘茜谈一谈；而且当天晚饭前就找到了机会，走进了潘茜的房间。潘茜也已穿戴整齐；她总是走在时间前面：这似乎说明她有充分的耐心，能够落落大方地坐着，并静静地等候。潘茜穿着新置的衣服，正在卧室的壁炉前坐着。梳妆完毕后，她熄灭了蜡烛，这是从小养成的节俭习惯；现在比之以往，她在这方面愈发谨小慎微，所以房间里仅靠壁炉里燃烧的几根木头照亮。黑岩宫的房间又多又宽敞，潘茜待字的闺房也不例外，厚厚的木制天花板颜色深暗；而它幼小的女主人置身其中，似乎只是沧海一粟。她马上起身迎进伊莎贝尔，恭恭敬敬，让伊莎贝尔感觉她似乎比以往任何时候都更加羞怯真诚。伊莎贝尔任务艰巨——可还得尽可能简单地完成它。她内心痛苦而愤怒，可她也告诫自己不能让这些表现出来。她甚至不敢显得过于庄重、或过于严峻，唯恐这会引起惊慌。但是潘茜似乎早已猜透她此行的目的，或多或少是要来担当一个忏悔神父的角色。她把自己一直坐的椅子往壁炉边挪了挪，让伊莎贝尔坐了下来，然后在伊莎贝尔面前的一块垫子上跪了下来，抬起双眼，紧握的手放在继母的膝盖上。伊莎贝尔希望的是能听到潘茜亲口说，她心里并没有沃伯顿勋爵；而要想听到这样的保证，她感觉自己无论如何不能随意去逗她讲出来。她父亲绝对会把这当成背信弃义。伊莎贝尔也的确明白，假如潘茜显现出哪怕是一丝一毫希望沃伯顿勋爵更进一步的迹象，自己的职责就是马上住口。但是，要想盘问潘茜的想法，还不让这显得像是在建议什么，这很难做到。潘茜的想法极为纯朴，幼稚得甚至超过了伊莎贝尔目前为止对此的估计；因此，即便是纯粹试探性的询问，她也会理解成忠告。潘茜在昏暗的火光中跪着，漂亮的衣服映着火光，朦朦胧胧地闪烁着；她双手合着，似乎一半是恳求，一半是屈从；一双善良的眼睛目不转睛地朝上看着，好像充分意识到了形势的严峻。在伊莎贝尔眼里，此时的潘茜就像一个稚气未脱的殉道者，已经做好了牺牲的准备，可她几乎连逃避牺牲的打算都没有。伊莎贝尔告诉她，迄今自己还没有和她谈起过她的婚姻大事的进展情况；这么默不作声不意味着自己不管不问，或一无所知，她只是想给潘茜一个自由的空间；听到这儿，潘茜往前倾了倾身子，脸庞离伊莎贝尔越来越近。她喃喃了一声，显而易见是她深深的期许；然后回答说现在很希望伊莎贝尔能和自己说说这事，并求伊莎贝尔能给她些建议。

"我很难给你建议，"伊莎贝尔回答，"我不知道我该怎么建议你；这个你得找你父亲，一定让他给你个建议，而且最重要的是按他建议的去做。"

听了这些，潘茜垂下头，一时间什么都没说。"我认为和爸爸的建议相比，我更想听你的。"她继而说。

"这讲不通，"伊莎贝尔不动声色地说，"我爱你，可你父亲更爱你。"

"这不是因为你爱我——是因为你是位夫人，"潘茜答道，听起来很有道理，"和男人比起来，一位夫人可以更好地给年轻女孩子出主意。"

"那么我建议你最大程度地尊重你父亲的心愿。"

"嗯，对，"孩子迫不及待地说，"我肯定会。"

"但是现在我要是和你聊你的婚姻大事，那不是为了你，而是为了我，"伊莎贝尔接着说，"我想知道你期待什么，你的愿望，这只是因为这样我就心中有数，知道该怎么做了。"

潘茜瞪大了眼，并很快问："你愿意为我做所有的一切吗？"

"在我答应前，我得先知道都是些什么事情。"

过了一会儿，潘茜对她说自己一生最大的愿望就是嫁给罗齐尔先生。他向她求过婚，她的回答是只要爸爸同意就嫁给他。现在的情况是她爸爸不同意。

"哦，这个不可能。"伊莎贝尔表示。

"对，不可能，"潘茜说，连口气都没叹；明净的小脸儿上依然是专注的神情。

"你需要考虑考虑别的。"伊莎贝尔接着说；听到这句话，潘茜倒是叹了口气，并对伊莎贝尔说这事很难，她尝试过，收获甚微。

"你只会想那些心里有你的人，"她微微一笑说，"我知道罗齐尔先生心里有我。"

"他不应该，"伊莎贝尔义正词严地说，"你父亲已经明白无误地要求他不要有非分之想。"

"他没办法，因为他知道我也想他。"

"你不应该想他，也许他有些理由，但你一个都没有。"

"希望你会给我找一个。"女孩儿大声说，就像在圣母玛利亚面前祈祷。

"很遗憾，我不会做那种尝试，"潘茜现在的圣母玛利亚说，声音不同寻常的冷淡，"假如你知道还有别人在想着你，你会考虑他吗？"

"没有人能像罗齐尔先生那样对我恋恋不舍；而且别人谁也没这权利。"

"噢，可是我不承认罗齐尔先生有这权利！"伊莎贝尔言不由衷地叫道。

潘茜只是盯着她看，不用说给弄糊涂了。利用这个机会，伊莎贝尔开始跟她讲不听他父亲的话有什么可怕的后果。听到这儿，潘茜打断了她，并有把握地说自己什么时候都会听他的话，没他的同意自己不会私定终身。她还用再平静不过的口吻简简单单地说，也许自己永远都不能嫁给罗齐尔先生，但对他的思念将永不停歇。这给人的感觉是她似乎已经做好了一直单身的打算；不过，伊莎贝尔当然也有权利这样理解：她还不懂这是什么意思。她很诚实，已经做好了放弃自己恋人的准备。这或许可以视为朝接受另外一个恋人迈出的重要一步；可眼下很明显，潘茜是不会朝这个方向发展的。她不憎恨父亲，因为她心里没有恨；她心里只有忠实于爱德华·罗齐尔的甜蜜；这包含着一个奇怪却美好的暗示：保持单身甚至比和他结婚更能证明自己对他的忠贞不渝。

"你父亲希望你能嫁得好一点儿，"伊莎贝尔说，"罗齐尔先生的财产太少。"

"你说好一点儿是什么意思？——我觉得那就够好了。我自己没什么财产，为什么非要找一个财产多的？"

"你的财产少正是找个财产多的原因。"说这话的时候，伊莎贝尔觉得多亏了屋里光线暗淡，因为她感觉自己的表情此时此刻肯定是异乎寻常的虚伪。这就是她替奥斯蒙德做的；这也是她必须做的！潘茜一本正经地凝视着自己的眼睛，让她几乎感到无处藏身。她很惭愧，居然对这个女孩儿的意愿如此不在意。

"那你希望我怎么做？"她的同伴轻轻地问。

这是个致命的问题，伊莎贝尔心里打鼓，只能模棱两可地把这关应付过去。"记着，你父亲高不高兴就看你的了。"

"你的意思是和别的什么人结婚——假如父亲这么要求？"

一时间伊莎贝尔不知如何作答；潘茜聚精会神，似乎让周围安静了下来。在一片寂静中，伊莎贝尔听见自己给出了回答："对，和别的什么人结婚。"

女孩子的眼神这时愈发敏锐了；伊莎贝尔相信她在怀疑自己是否真诚。随着她慢慢地从垫子上站起来，伊莎贝尔这种感觉更明确了。她在原地站了一会儿，两只小手也摊开了，接着她颤抖着说："好吧，那我希望不要有人向我求婚！"

"这个问题已经出现了，有人已经准备要向你求婚了。"

"我不相信他准备这么做。"潘茜说。

"情况看起来是——如果他确定这么做的话，就会成功。"

"如果他确定？所以他还没有准备好！"

伊莎贝尔感到这话很尖锐，就也站了起来，盯着炉火看了一会儿。"沃伯顿勋爵可是表现出对你很有兴趣，"她接着说，"你知道我是在说他。"伊莎贝尔发现，自己几乎处在不得不为自己辩护的地位，这和她期待的不一致；而如此引入这位贵人显得太拙劣，也不是她原本打算的。

"他对我很好，我也很喜欢她；可要是你认为他会向我求婚，我想你错了。"

"也许我错了；不过你父亲会欢天喜地的。"

潘茜摇了摇头，脸上挂着一丝睿智的笑容。"沃伯顿勋爵不会为了讨好爸爸就向我求婚的。"

"你父亲希望你会给他点儿鼓励。"伊莎贝尔继续机械地说。

"我怎么鼓励他？"

"我不清楚；你父亲肯定会告诉你。"

潘茜沉默了一会儿，只是继续微笑着，笑得那么灿烂，似乎她很有把握。"不会有危险的……不会有！"她最后断言。

她说这话的时候信心满满，而且似乎因为自己有这样的信心而感到幸福，这更让伊莎贝尔尴尬。她感觉她似乎在指责她不诚实；这样的想法让她厌恶。为了赢回自尊，她差点儿告诉潘茜，沃伯顿勋爵和她说过，是有这样的危险的。不过她没有这么说；她只是尴尬地东拉西扯，说沃伯顿勋爵毫无疑问非常善良、非常友好。

"是的，他很善良，"潘茜答道，"这也是我喜欢他的原因。"

"那又难在何处呢？"

"我一向觉得，他知道我不愿意……你是怎么说的？……鼓励他。他明白我不愿意嫁给他；所以他也想让我知道，他不会打扰我。这就是我说他善良的意思，就好像他对我说：'我很喜欢你；可要是这让你不高兴，我再也不会说了。'我认为这很善良，也很高贵。"潘茜接着说，越来越有信心。"这些就是我们交流的全部内容；而且他也不怎么欣赏我。喔，所以，不用怕，不用怕。"

伊莎贝尔感到惊愕，想不到这个百依百顺的小女孩竟有这么深刻的感悟力。她害怕起潘茜的智慧来，甚至都要后撤了。"你一定要把这跟你父亲说说。"她谨慎地说。

"我不打算。"潘茜则直截了当地回答。

"你不能让他空喜欢一场。"

"也许是吧；不过他要是那样，对我倒有利。只要他相信沃伯顿勋爵有刚才你说的那些打算，随便什么，爸爸就不会再介绍别人。这样对我很有利。"女孩子条理清楚地说。

潘茜条分缕析，显得聪颖过人，这让她的同伴长出一口气，感觉一项重任卸掉了。潘茜心头蕴藏着足够的光亮；而伊莎贝尔觉得，恰恰是自己没有多少光亮，可以分出去为别人照路。可是，她依然告诉自己，一定要忠实于奥斯蒙德；在对待他女儿的问题时，一定要做到问心无愧。受这种情绪的影响，临了她又抛出另一个建议——这样在她看来，自己才算是尽力而为了。"你父亲认为，你至少愿意嫁给一个贵族。"

潘茜站在打开的房门口，为伊莎贝尔打起帘子。"我看罗齐尔先生就像一个！"她郑重其事地说。

第四十六章

一连好几天沃伯顿勋爵都没在奥斯蒙德夫人的客厅里出现了。伊莎贝尔留意到,丈夫没说过任何收到过沃伯顿勋爵来信的话;她还留意到,奥斯蒙德满怀期待,而且已经觉得他们尊贵的朋友让自己等得太久。第四天头上,他转弯抹角说起了这件事。

"沃伯顿怎么了?把我们当成讨账的商贩了,躲着不见?"

"我没有他的任何消息,"伊莎贝尔说,"我是上周五在德国人的舞会上见到他的;当时他告诉我打算给你写信。"

"他没给我写过信。"

"我也是这么想,因为你没跟我提过。"

"这是个怪人。"奥斯蒙德判定说。看到伊莎贝尔并无反驳,他继续问是不是一封信勋爵得花五天时间才能书写完毕。"他遣词造句就这么费力?"

"我不知道,"伊莎贝尔不得不回答,"我从未收到过他的信。"

"从未?我知道你们曾一度经常通信。"

她回答说不是那回事,然后就不言语了。可是翌日下午晚些时候,她丈夫到客厅的时候,又提起了这件事。

"沃伯顿勋爵和你说他要给我写信的时候,你怎么和他说的?"他问。

她有些迟疑。"我记得是告诉他不要忘了。"

"你觉得这事是不是有点儿悬?"

"你说过,他是个怪人。"

"很清楚,他忘了,"奥斯蒙德说,"帮个忙,提醒他一下。"

"你想让我给他写信?"她问。

"我完全同意。"

"你对我期望太多了。"

"哦，对；我是对你寄予厚望。"

"恐怕我要让你失望。"伊莎贝尔说。

"我是屡屡失望，可还是满怀期待。"

"我自然知道；我只能让自己失望！如果你的确想招沃伯顿勋爵为婿，你一定要自己招。"

几分钟的时间里，奥斯蒙德什么也没回答。继而他说："有你从中作梗，这件事没那么易得。"

伊莎贝尔吃了一惊，感到自己开始浑身颤抖起来。奥斯蒙德看她的时候，一双眼睛总是半睁半合，好像他是在考虑她，却又没怎么看她。这让伊莎贝尔觉得他充满险恶的意图。那样子就好像是在说，他尽管讨厌她，可还不得不考虑到她，但实际上已经把她的存在忽略不计了。这种感觉从未像现在这样明显。"我知道你认为我有些卑鄙。"她回答。

"我认为你不值得信任。要是他最终没有把这事提出来，原因就是你在中间下了绊子。我不知道这就是卑鄙：女人们常常觉得可以这么干。我一点儿都不怀疑，你对此肯定有最好的理解。"

"我告诉过你，我会做自己能做的。"伊莎贝尔接着说。

"对呀，这样可以为你赢得时间。"

听了这些话，她想起来自己曾经认为他完美无缺。"看来你是多么希望搞定他！"伊莎贝尔马上大声说。

她这话一说完，就感受到了它全部的功效；只是说的时候倒没有想到。这句话在他们两个之间形成了反差：它让伊莎贝尔记起来，自己曾一度握有这种别人觊觎的利器，可她认为自己是那么富有，以至于抛弃了它。她感到一阵欣喜——她让奥斯蒙德受伤了，尽管这种高兴很可怕。奥斯蒙德的表情很快告诉她，她刚才大声说的话不折不扣都发挥了作用。不过，奥斯蒙德没说别的，只是很快说："没错，我非常希望。"

这时一个仆人走了进来，身后跟着一位客人，正是沃伯顿勋爵。一见到奥斯蒙德，他显然顿了一下。他很快地看了看这里的男主人，又看了看女主人，似乎表明他不愿意打断他们，甚至说明，他已经感到当下的情形不对劲。然后他以英国人的方式开始和他们攀谈起来；这种方式让他看起来有些羞怯，却正好说明他出身高贵；它唯一的缺憾只是不够灵活。奥斯蒙德很尴尬，不知说什么好；倒是伊莎贝尔很快回过神来，说他们正在说起这位客人。听到这儿，她丈夫插嘴说他们不知道他发生了什么事——还担心他已经不辞而别了。"没有，"他解释道，一边笑一边看着奥斯蒙德，"我只是正要离开。"他接下来说自己突然受召回英国，明天或者后天就动身。"要离开可怜的杜歇，太让人遗憾了！"他最后感叹道。

一开始他的两个朋友都默不作声：奥斯蒙德只是靠在椅子上，听他讲；伊莎贝尔不拿正眼看他，因为她想想都知道这时他什么表情。现在伊莎贝尔的视线落在了客人的脸上，由于勋爵小心翼翼地回避与她对视，她的视线可以很自在地在勋爵的脸上停留。不过伊莎贝尔相信，要是能和他有对视的机会，她会从勋爵的眼神里读到很多内容。"你最好带可怜的杜歇一起走。"她立刻听见丈夫语气轻松地说。

"他最好等到天气转暖，"沃伯顿勋爵答道，"现在我可不该劝他旅行。"

他坐了有一刻钟的工夫，听他的话好像短时间里他不会再见到他们了——除非他们真的去趟英国；对此他强烈推荐。他们为什么不在秋天的时候去英国呢？他觉得这是个叫人兴奋的想法——邀请他们去英国，然后再和他住上一个月，这样他就可以力所能及地为他们做些什么，这会让他很开心。奥斯蒙德，据他自己说，只去过一次英国；考虑到他有大量的闲暇，而且那么聪明，这听起来有些不可思议。英国是个适合他的地方，在那儿他一定会过得开心。接着沃伯顿勋爵问伊莎贝尔，还记不记得在那里度过的美好时光，难道不想来个美梦重温。难道她不想再看看花园山庄？那儿真的是个好地方；杜歇没有好好照顾它，不过那个地方你不照管，它也不会差到哪儿去。他们为何不去看望一下杜歇呢？他肯定邀请过他们。没有邀请过吗？可恶的家伙，太没礼貌了！沃伯顿勋爵允诺自己会教训花园山庄的主人；当然这只是个偶然的疏忽,他肯定会很高兴邀请他们去的。在杜歇那里待一个月,再在他自己那里待上一个月,然后拜访拜访他们在那里要认识的其他人,他们肯定会发现这实在是个不错的想法。沃伯顿勋爵还说,这也会令奥斯蒙德小姐高兴,因为她说过她还从没去过英国,而他向她保证过,那肯定是一个值得她看看的地方。当然,奥斯蒙德小姐在哪儿都一样受追捧,用不着非得到英国去,这是命中注定的。不过她肯定会在英国获得巨大成功,一定会的,假如这对她算是个诱惑的话。他问奥斯蒙德小姐在不在家,可否和她道个别?这不是说他喜欢道别——通常他害怕这个;前几天离开英国的时候,他就没和一个两条腿的家伙道别。他本想离开罗马前不和奥斯蒙德夫人做最后告别了,这太打搅她。还有什么比行前告别更乏味的吗?人们想说的话全都说不出来——不消一个钟头就又全想起来了;反过来,人们又往往说很多不该说的,纯粹是因为必须得说点儿什么。这种感觉叫人心烦意乱,理不清头绪。他现在就是这种情况,这就是它产生的效应。如果奥斯蒙德夫人觉得他说了什么不该说的话,请她原谅,这是激动使然。和奥斯蒙德夫人告别太不易了;要离开了,他真的很难受。他本来是要给奥斯蒙德夫人写信告辞的,就不登门了;不过,他肯定会给她写信的,因为他一旦从这里离开,就会想起很多事情忘了讲。他们一定要好好想想去洛克雷的事。

要说在他此次来访的过程中,或者他宣布自己行将离开时有什么尴尬的地方,从表面上都看不出来。沃伯顿勋爵说自己很激动,可也就是说说而已;伊莎贝尔明白既然他已经决定退出,他就会做得干净利索。她替沃伯顿勋爵感到高兴,很欣赏他能这样,以至于希望他能把这事表面上若无其事地应对过去。任何情况下他都能做到这一点,这不是轻率,而只是他一向取得成功的方式。伊莎贝尔认为丈夫对此无能为力,阻止不了他。她在那儿坐着的时候,一种复杂的情形在她心头上演:一方面她听着客人的讲话,恰如其分地回答些什么,或多或少琢磨琢磨他的言下之意,再揣想一下假如他面对的只自己一个时,会说什么;另一方面,她很清楚奥斯蒙德的感受,几乎都要同情他了。奥斯蒙德损失惨重,内心剧痛,却不能破口大骂,以求缓解。他一度目标远大,现在却亲见它烟消云散,而自己还要微笑着坐在这里,捻弄着他的拇指。倒不是说他的微笑装得有多么灿烂;他很聪明,在朋友面前一直不温不火,表情控制得恰到好处。他看起来不动声色,这也的确是奥斯蒙德聪明的一个表现。他现在的表情并不是承认失望,这只是他的惯常习惯:越是痴心渴求,越是面无表情。他自打开始就对这个目标垂涎三尺,但在他那张处乱不惊的脸上,这种渴求没有一丝一毫的流露。他对待可能成为自己女婿的人和对待任何其他人都一样——让人觉得他之所以对他感兴趣,只是为对方好,而不是能带给他吉尔伯特·奥斯蒙德什么好处,因为他已经锦衣玉食、无可或缺。煮熟的鸭子眼看着要飞了,他怒火中烧,不过决不会表露出任何蛛丝马迹,一丝一毫都不会有。这瞒不过伊莎贝尔,这对她也算些许安慰。很奇怪,非常非常奇怪,这会是种安慰。她希望沃伯顿勋爵打败丈夫;而与此同时,又希望丈夫在沃伯顿勋爵面前表现得盛气凌人。奥斯蒙德有令人钦佩的地方;他和他们的客人一样,都有一套习惯的处世方式。这不是指取得成功的方法,不过也几乎同样值得称道,即不做任何尝试。他安静地靠坐在椅子上,了无兴趣地听着对方友好的提议,半藏半掖的解释。好像这些话主要都是说给他妻子听的,跟他无关;至少,(因为也几乎没有别的什么留给他了)他可以自我安慰,他从未亲自插手这件事,而他眼下依然不动声色的表情又会让他始终如一的淡漠姿态显得多么优美。他的样子让人觉得,前来告辞的朋友的一举一动和他的所思所想毫无关系。告别的朋友表现得当然不错,奥斯蒙德的表现则堪称完美。毕竟沃伯顿勋爵的处境好对付;不存在什么原因说他不可以离开罗马。他有过良好的意愿,却一个都没有开花结果;不过他从未表过态,所以毫发无损。表面上,对于客人提议他们去和他住一段时间,以及暗示潘茜会从此次旅行收获成功,奥斯蒙德只是稍感兴趣;所以仅以含糊地表示了认可,而让伊莎贝尔说这还需要认真地考虑。即使在说这些话的时候,伊莎贝尔也想象得到,一幅巨大的画卷突然间在丈夫的心头展开,画卷的中央是潘茜娇小的身影在阔步前进。

　　沃伯顿勋爵提到过要和潘茜道个别,可伊莎贝尔也好、奥斯蒙德也好,没任何表示要打发人去把潘茜叫来。他看起来似乎是说,自己这次拜访时间不会很长;他所坐的椅子很小,帽子还拿在手上,似乎他只要稍坐片刻。但是他坐了又坐;伊莎贝尔不知道他在等什么。她确信这不是为了见潘茜,甚至都觉得他基本上不怎么愿意见潘茜。所以这自然是为了和她单独见面,他有些事情想和她讲。伊莎贝尔并不渴望听到他要说什么,因为她害怕那会是解释,而她根本无需解释。过了一会儿,奥斯蒙德却站了起来,就好像是一位很会察言观色的人,突然想起来这么一位老朋友可能最后有几句话想和女人们说一说。"我晚饭前还有一封信要写,"他说,"失陪了,请原谅;我会看一下我女儿是不是有空,要是她有空,我会告诉她你在这里。当然啦,来罗马的时候,你可一定要来我们这儿坐坐;我妻子会和你讨论去英国旅行的事:这些事情她说了算。"

　　他点点头,结束了自己这简短的几句话,却没有握手;这种道别方式可能有些简单,但大体上符合当时的情形。奥斯蒙德离开客厅之后,伊莎贝尔想,沃伯顿勋爵应该没有借口,说"你丈夫很恼火"之类的话,这会让她听起来极不悦耳。但是假如沃伯顿勋爵还是这么说了,伊莎贝尔自己就要说,"哦,别担心;他不恨你;他恨的是我!"

　　等到客厅里只剩下了他们两个,她的朋友开始表现出一丝不易察觉的尴尬:他换坐到另一张椅子上,随手摆弄着身边的两三件物品。"我希望他能把奥斯蒙德小姐叫来,"他过了一会儿说,"我很想见见她。"

　　"很高兴这是最后一次。"伊莎贝尔说。

　　"我也一样;她对我没什么感觉。"

　　"是的,她是没什么感觉。"

　　"我没有抱什么希望,"他答道。接着他问了句很不着边际的话:"你们会去英国吗?"

　　"我想最好不要去。"

"啊,你还欠我一次拜访;你还记得吗?你本来应该再去一次洛克雷,可你再没去。"

"自那时起,一切都变了。"伊莎贝尔说。

"就我们而言,肯定不是越变越糟;能看见你出现在我家里,"他稍稍停顿了一下,"会让我非常满足。"

伊莎贝尔曾害怕他会解释,但这是他唯一的解释。他们又聊了聊拉尔夫。又过了一会儿,潘茜走了进来;她已经装扮好,只待晚宴;两颊还泛着红晕。她和沃伯顿勋爵握了握手,站在那儿看着勋爵的脸,脸上的微笑凝固了似的。也许勋爵从来都没有察觉到,可伊莎贝尔心里清楚,这种微笑已经接近哭泣的边缘了。

"我要走了,"他说,"想和你告个别。"

"再见,沃伯顿勋爵。"她的声音明显地颤抖起来。

"我还想对你说,非常希望你能过上幸福生活。"

"谢谢,沃伯顿勋爵。"潘茜答道。

他又逗留了一会儿,看了一眼伊莎贝尔。"你一定会很幸福的——你有一位天使保护你。"

"我相信自己会幸福的。"潘茜说,语调听起来就像是一个自信而乐观的人的口气。

"有这样的信心,你会有幸福生活的;不过假如万一有什么不如意,请记着……请记着……"沃伯顿勋爵欲言又止,"有时候想想我,知道吗?"他说,现出一个模糊的笑容。接下来他和伊莎贝尔默默地握了握手,然后起身离去。

伊莎贝尔估计她的继女在沃伯顿勋爵离开客厅之后,一定会泪流满面;可潘茜的表现却很不一样。

"我觉得你就是我的保护神!"她叫道,声音甜美。

伊莎贝尔摇头道:"我可不是什么天使,充其量只是你的好朋友而已。"

"那么你是个很好的朋友,让爸爸对我那么温存。"

"我什么也没要求你父亲呀。"伊莎贝尔疑惑地说。

"他刚刚和我说到客厅来,还很温柔地吻了我。"

"哦,"伊莎贝尔叫道,"是他自己要这么做!"

她完全清楚他这样的做法;这很典型,她以后还会见到很多。他从不会使自己处于错误的境地,即便是对潘茜也不例外。他们那天要外出用晚宴,之后又赴了另外一个晚会,所以直到深夜,伊莎贝尔才有机会单独面对奥斯蒙德。潘茜睡觉前吻了奥斯蒙德,作为回报他抱了抱她,甚至比平时更有力。这让伊莎贝尔不由得怀疑,他是不是借此告诉女儿,她给继母的阴谋诡计给害了。不管怎样,这至少部分地表示了,他继续对妻子有所期待。伊莎贝尔打算和潘茜一起离开;可奥斯蒙德说他希望她稍留片刻,他有话和她讲。然后他在客厅里来回踱了几步,伊莎贝尔则披着披风,站在那儿等着。

"我不明白你打算干什么,"他停了一会儿说,"我想了解了解,以便知道自己该怎么应对。"

"刚才我打算上床睡觉去,我太累了。"

"坐下来休息休息;我不会让你待很久的。不是那儿——找个舒服的地方。"在一张宽大的沙发上,错落有致地散落着许多靠垫,奥斯蒙德把它们归整了归整。不过伊莎贝尔并没有坐在这上面,而是随便坐在了离自己最近的椅子上。炉火已经熄灭,偌大的房间里只有几点灯光。她紧了紧身上的披风,感觉冷得要命。"我想你预备着要羞辱我,"奥斯蒙德接着说,"这种做法愚不可及。"

"我根本不懂你在说什么。"她回答说。

"你把戏耍得可够隐蔽的,而且操纵得很娴熟。"

"我操纵什么了?"

"不过,你还没有完全得逞;我们还会见到他。"他在伊莎贝尔面前停了下来,手插在口袋里,像平常一样若有所思地低头看着她,似乎要让她知道,他根本不屑于考虑她,只把她当作一个令人讨厌的小插曲。

"假如你的意思是沃伯顿勋爵有义务回来,那你想错了,"伊莎贝尔说,"他不背负任何义务。"

"这正是我不满的地方；不过我说他会回来，不是说他那是出于责任感。"

"别的就更没办法了，我想罗马对他已经失去了魅力。"

"啊，不；这个结论太肤浅，罗马的魅力是无穷无尽的。"说完奥斯蒙德又开始来回踱步。"不过，这事也急不得，"他又接着说，"他的想法不错，我们应该去趟英格兰。要不是担心在那儿会见到你的表兄，我估计我会劝你去的。"

"可能你到时候就见不到我表兄了。"伊莎贝尔说。

"我希望这是肯定的；不过，我会尽可能相信这一点。同时我还想看看他的房子，以前你可是和我讲了很多。你们叫它什么来着？花园山庄，那肯定是个迷人的地方。还有，你知道我对你的姨父印象深刻；你让我对他浮想联翩。我希望能看看他生活和去世的地方。当然，这都是小事。你的朋友说得对，潘茜应该到英国去看看。"

"毫无疑问她会很喜欢。"伊莎贝尔说。

"不过还要等很久；明年秋天还早，"奥斯蒙德继续说，"这期间还有些事情更应引起我们的注意。你是不是觉得我很骄傲？"他突然问。

"我觉得你很奇怪。"

"你不理解我。"

"是的，甚至在你侮辱我的时候。"

"我没有侮辱你，也做不到。我只是讲些事实，要是有些让你感到羞辱，那并非我的错。一个事实不容置疑，你把这事整个置于自己的股掌之间。"

"你又要说沃伯顿勋爵吗？"伊莎贝尔问，"他的名字让我厌倦。"

"这事没完之前，你还会再听到。"

她说过，他羞辱了她，可突然之间她觉得这已不再使她感到伤痛。奥斯蒙德的形象在下坠，下坠，这让她头晕目眩，成了她唯一的伤痛。他刁钻古怪，与众不同；他并没有靠近伊莎贝尔。可尽管这样，他病态的热情依旧威力强大；伊莎贝尔不由得很好奇，想知道他靠什么来为自己辩护。"我想和你说的是，我觉得你讲的东西没什么值得听的，"伊莎贝尔过了一会儿回答，"不过，或许我错了；有一件事就很值一听：你能否以明白无误的语言告诉我，你为什么指责我。"

"在潘茜和沃伯顿的婚事上从中作梗。这够明白无误吗？"

"正相反，我对这件事投入了很大的精力。这个我告诉过你；当你说这件事靠我了——我想这是你的话，我就承担起了这个责任。我这么做很傻，可还是那么做了。"

"你那是装模作样；你甚至假装不情愿，好让我更愿意信任你。接下来你开始施展你的聪明才智，让他抽身而走。"

"我想我明白你的意思了。"伊莎贝尔说。

"你告诉我他要给我写信，信在哪儿呢？"她的丈夫质问说。

"我一点也不知道，也没有问他。"

"你半道给截住了。"奥斯蒙德说。

伊莎贝尔缓缓地站起来，白色的披风将她从头到脚裹了个严严实实。她就像是个天使，备受轻蔑，也备受同情。"哦，吉尔伯特，你曾经是这么一个高尚的人——！"她低声喃喃道。

"我可不像你那么高尚。你事事遂愿；你把他赶走，还装作与己无关；你置我于自己希望看到的境地——一个父亲竭力要把女儿嫁给一个爵爷，却滑稽可笑地一败涂地。"

"潘茜并不喜欢他；他的离开让她感到高兴。"伊莎贝尔说。

"这与此事无关。"

"而且他也不喜欢潘茜。"

"这不对；你告诉我他喜欢。我搞不懂你为什么要用这种方式让自己满意，"奥斯蒙德接着说，"你可以找些其他乐子的；我不觉得自己是自以为是，我没有想当然。这件事我一直心态平静，没有走极端。那个想法并非发轫于我；我想都没想的时候，他已经表现出喜欢潘茜。之后，我就全部交给你去打理了。"

"是，你当时很高兴把它交给我去打理；之后这种事情还是请你亲自打理吧。"

他盯着伊莎贝尔看了一会儿,然后转过身去。"我本来以为你是很喜欢我女儿的。"

"尤其是今天。"

"你的喜欢里面有很大的局限性;不过,这也许也很自然。"

"这些就是你想和我说的?"伊莎贝尔问,顺手端起桌子上的一支蜡烛。

"你心满意足了?因为你让我失望透顶?"

"我想你没有完全失望;你还有其他机会,让我错愕的。"

"倒不是那个;这只证明了潘茜有能力嫁入豪门。"

"可怜的小潘茜!"伊莎贝尔一边感叹,一边拿着蜡烛转身离去。

第四十七章

沃伯顿勋爵离开三天后,她从亨丽埃塔·斯塔克波尔那里得知,卡斯帕·古德伍德来到了罗马。在这之前,还发生了一件对伊莎贝尔而言比较重要的事情:梅尔夫人又一次暂时消失了——她去了那不勒斯自己一个朋友那里。那个朋友在波斯利波[①]有一处别墅,日子悠闲自在。梅尔夫人已经不再理会伊莎贝尔高兴还是不高兴,这让伊莎贝尔不由自主地怀疑,这个绝顶谨小慎微的女人莫不是凑巧也绝顶危险。夜里有些时候,她脑海里浮现出一些奇异的场景:她的丈夫和自己的朋友——也是丈夫的朋友,融为了一体,模糊难辨。她觉得自己和朋友有些瓜葛仍未理清;这位夫人还有很多隐秘的地方。这个问题难以捉摸,伊莎贝尔常常耽于这方面的天马行空;不时的,这样的想象会由于一种不可言状的恐惧而打住。所以,当这位可爱的女性离开罗马的时候,伊莎贝尔几乎都能感觉到自己松了一口气。此前,她从斯塔克波尔小姐那里已经得知,卡斯帕·古德伍德到了欧洲——亨丽埃塔和他在巴黎见面后,立即就写信告诉了伊莎贝尔。他本人倒从未给伊莎贝尔写过信;伊莎贝尔想,虽然他在欧洲,很可能也并不怎么想见自己。他们上次见面还是在她结婚前,而且颇有决裂的味道。她记得不错的话,古德伍德当时曾说,他是想最后见她一次。自那时起,古德伍德就成了她早年生活中最不协调的存在,实际上成了唯一让她感到持久伤痛的人。那天早上他离开后,留给伊莎贝尔极大的震撼:那情形就像是光天化日之下两艘船撞在了一起。当天没有雾,也没有暗流;伊莎贝尔只希望把自己的船远远地驶开。可是,就在她手操舵盘的时候,他却撞上了她的船首,而且——让我们把这个比喻讲得完整些——还给这艘轻舟造成了损伤,这在它间或细弱的吱嘎声中

[①] 波斯利波:意大利那不勒斯湾一地名。

依然能听得出来。在伊莎贝尔看来,古德伍德是她在这个世界上唯一结结实实伤害过的人,他是唯一一位有求于她、却没有得到满足的人,所以她害怕见古德伍德。她给古德伍德带去了不快,这不容置疑;可她也无可奈何。他离开自己后,伊莎贝尔曾怒火中烧,大哭了一场;至于为什么生气她自己也不太清楚,可能是觉得他不体谅人。正值她畅享幸福的时候,他却满脸不悦地出现在她的面前;他竭尽全力,让她生活中那些明亮纯美的光辉黯然失色。他并不狂暴,可却留下了狂暴的印象,或多或少,不拘什么事情、什么地方,总有些狂暴的成分。这也许仅仅是因为她自己那一阵莫名的抽泣,以及她随后三四天里对此的感觉。

总之,他最后那次请求所产生的效应也已消退;在伊莎贝尔新婚燕尔的头一年,他已不再出现在她的生活中。他不是那种提起来叫人舒服的人;假如一个人因为你伤心忧虑、神情忧郁,而且你还没办法让这有所缓解,这样的人不想也罢。对于古德伍德不到黄河不死心的心理,如果她能稍存疑虑——就如同她之于沃伯顿勋爵那样,情况也许就跟现在不一样。可是很不幸,它看起来不容置疑,显得盛气凌人、固执己见,让人不愿接近。伊莎贝尔永远都不能对自己说:眼前这位受害者会得到赔偿;对于自己的英国追求者她却可以这么说。她不相信古德伍德先生会找到安慰,即便有,恐怕也无足轻重。一间棉纺厂算不上什么补偿,尤其是用来补偿不能娶到伊莎贝尔·阿切尔所造成的损失。但除了这,她真的想不起来他还有什么——当然除了他那些内在的特质。是的,他的内心很坚强;在伊莎贝尔的记忆里,他从未寻求过外界的帮助。如果说,他扩大了他的生意——她笃信,这是他的努力能够采取的唯一形式——那是因为这能够施展他的抱负,或者是于生意有益;不是因为他希望借此忘记过去。这就让他的形象显得光秃而荒凉,偶尔在回忆中或琢磨的时候想起来,会给人特别的冲击感。在这样一个过度进化的社会,人与人交往中那些棱角分明的东西,已经大多给社会用一张无所不包的帷幔裹严了;所以他的做法就显得不很聪明。他声息皆无;更要命的是伊莎贝尔没收到过他的只言片语，也不怎么听到别人谈及他，这就更加深了他很孤独的印象。伊莎贝尔不断地向莉莲打探他的消息，可莉莲对波士顿的事情一无所知——她的心思都花在麦迪逊大街以东的纽约城①上了。时间一天天过去，伊莎贝尔越来越经常地想起他，而且羁绊也不如以前那么多；她曾不止一次打算写信给他。她没对自己的丈夫讲起过古德伍德——他去佛罗伦萨跟自己见面的事也从未告诉过奥斯蒙德。这种缄默早先并非她对奥斯蒙德缺乏信心所致，纯粹是因为她认为，这个年轻人的失望是他自己的秘密，而不是她伊莎贝尔的。假如她将此事和别人说了，她相信那是不应该的；何况吉尔伯特对古德伍德先生的事情也没什么兴趣。至于自己从未和他通过信，在伊莎贝尔看来，有鉴于他愤恨在心，最好还是不去睬他。即便这样，要是能以某种方式离他近一些，伊莎贝尔会很开心。这不是说她想过嫁给他；她常常耽于思索，而且现在她也已经十分清楚自己的婚姻带来了什么样的后果，但她仍然不会让这样的想法堂而皇之地出现在自己的脑海里。可是当她发现自己麻烦缠身，并希望借助一些东西撇清它的时候，古德伍德就会成为她的一个选择。我以前提到过，她多么需要坚定地认为，自己的不幸不是自身错误造成的。她近期并无去世之虞，可她却希望与所有的人言归于好，也就是让自己的精神世界秩序井然。她不断想起，自己和卡斯帕尚有一笔账未了；她觉得自己现在愿意、也能够了却这笔账；这与以往相比，对卡斯帕而言也更容易。话虽这么说，听说他要来罗马了，伊莎贝尔依旧战战兢兢，因为他会亲眼看到自己的一切是多么混乱不堪，随便别的谁来都比他好。自己的生活对他而言就像伪造的财务状况表，他一准儿会识破。她深信古德伍德是倾其所有要让自己幸福，而其他那些追求者只是部分愿意。有些人她一定不能让他们知道自己的困窘，古德伍德就是其中之一。不过，他到了罗马之后，伊莎贝尔反倒长出了一口气，因为一连好几天他都没有来见自己。

---

① 麦迪逊大街为纽约曼哈顿区一街道名，是美国广告产业的中心，"麦迪逊大街以东的纽约城"喻指纽约市区。

亨丽埃塔·斯塔克波尔要比他及时得多，这不难想象。朋友的来访让伊莎贝尔颇为开心；她尽情享受着她的陪伴，因为现在她已经打定主意，要袒露心扉，这也可以证明，自己并不虚伪。一些特质让她们的友谊曾为别人所嬉笑；她要证明尽管时光流逝，这些非但没有偃旗息鼓，反而日臻丰富，并且依然清晰可辨，这足以让她的忠诚打上英雄主义的烙印；至于那些嬉笑者，他们都不如伊莎贝尔对这些特质情有独钟。亨丽埃塔风采依旧：思维敏捷，聪明漂亮，生气勃勃，整齐利索。她那双异常坦率的眼睛，如同还没有装上百叶窗的窗户，就像光可鉴人的火车站一样明亮。她的服饰明快依旧，而她的观点也一样时刻具有爱国精神。不过，也不能说她没有任何变化；伊莎贝尔觉得她变模糊了。以前她从不含糊其词；尽管一次要问多个问题，她总能一个不落、切中要害。她做每件事都有其原因；动机充满了她的脑子。以前她来欧洲的原因是为了见识；现在她已经见识了欧洲，这些理由已经不复存在。她从不伪称说，自己现在所做的与渴望能为衰败的文明做一次梳理有什么干系；她这次旅行不是出于自己对古老世界进一步的义务，更多的是自己独立于古老世界的表达。她对伊莎贝尔说："来欧洲没什么；我觉得人们没必要为此替自己找那么多理由，这和待在家里没什么两样。这一点很重要。"所以，她此次来罗马并非出于做成一件重要事情的考量；她到过那里，还认真审视过。她现在所做的只不过是表明，自己熟悉这里，知道这里的一切，和任何人一样有权利来这里。这没什么不对，而且亨丽埃塔不是闲得住的人。事实如此的话，她当然也有权利闲不住。尽管她觉得来罗马没什么大不了的原因，但归根结底还是有一个较好的借口的。她的朋友轻而易举就能猜到是什么，同时还看到了朋友那份真诚。她大冬天的横渡波涛汹涌的大洋，是因为她感觉伊莎贝尔不快活。亨丽埃塔猜中过很多事情，可从没猜得像这次这么准确。眼下伊莎贝尔的高兴事不多，可即便有很多，她也会独享一份喜悦，因为她一向对亨丽埃塔评价很高，而这次得到了证实。对于她伊莎贝尔做出过很多让步，可依旧认为，尽管亨丽埃塔有这样那样的不足，仍然是个值得交的朋友。

不过，现在让伊莎贝尔感觉很好的原因并不是她的胜利，而是她可以放心地和这位知己推心置腹。伊莎贝尔对她说自己的日子一点儿都不好，她是第一个听伊莎贝尔这么说的人。亨丽埃塔也尽可能地少绕弯子，直言伊莎贝尔不够朋友。她是个女人，是姊妹，不是拉尔夫，也不是沃伯顿勋爵，更不是卡斯帕·古德伍德；伊莎贝尔可以和她无话不谈。

"是，我不够朋友。"她轻轻地说。她讨厌自己说这些，就尽可能表述得审慎一些。

"他怎么着你了？"亨丽埃塔皱着眉头问，看样子好像是在调查一个江湖郎中的伎俩。

"他没怎么着，只不过不喜欢我。"

"他一向吹毛求疵！"斯塔克波尔小姐提高了嗓门儿，"那你为什么不离开他？"

"我不可能那么做。"伊莎贝尔说。

"为什么不？我倒想听听。你不愿意承认自己做错了，你太傲气了。"

"我不清楚自己是否很傲气；不过我也不能把我的错事都公之于众，那太现眼了；还不如死了算了。"

"你不会总这么认为的。"亨丽埃塔说。

"我不知道自己还会遭遇什么大的不幸；在我看来，我永远都不会那么做。一个人必须为自己的行为负责。大家都知道我和他结了婚；我那时不受任何逼迫，那是我想了不能再想的结果。我不可能那么做。"伊莎贝尔重复道。

"不管可能不可能，你还是变了；我想你该不会说自己喜欢他吧。"

伊莎贝尔争辩说："对，我不喜欢他；我可以和你讲，因为这个隐私让我疲惫不堪。不过这就够了，我不可能站在房顶上向大家宣布。"

亨丽埃塔笑了一声。"你有没有发现自己考虑过于周到了？"

"我不是替他考虑，是为我自己！"伊莎贝尔回答说。

读到这里，大家对于吉尔伯特·奥斯蒙德不喜欢斯塔克波尔小姐就不该大惊小怪了。对于一个会劝说妻子和自己分家另过的年轻女性，本能自然会让他与其势不两立。亨丽埃塔抵达罗马的时候，奥斯蒙德就警告过伊莎贝尔，希望她不要招惹她这位记者朋友。伊莎贝尔的回答是，他无论如何用不着对亨丽埃塔抱有戒心。她对亨丽埃塔说奥斯蒙德不喜欢她，所以不能邀请她来赴宴；不过她们可以很容易地以其他方式见面。伊莎贝尔无拘无束地在自己的客厅里接待斯塔克波尔小姐，还不断带她外出兜风。在马车的另一侧、和她面对面坐着的是潘茜；她身子微微前倾，盯着这位大名鼎鼎的女记者看，充满了尊敬。这有时会让亨丽埃塔很反感。她向伊莎贝尔抱怨，奥斯蒙德小姐那样子似乎是要把她讲的每句话都牢记于胸。"我可不希望别人以那种方式记住我，"斯塔克波尔小姐认真地说，"我认为我说的话都是即兴之词，就像晨报上的文章；而你的继女可好，坐在那儿，好像把所有的旧报纸都保存了下来，就等着哪天拿出来攻击我。"她无法让自己对潘茜有个好的评价；因为在她看来，一个二十岁的女孩儿，不主动积极、沉默寡言、缺少个人主张，这很不正常，甚至可以说是不可思议。很快，伊莎贝尔发现，奥斯蒙德希望自己能为了朋友恳求他，请他接待她；如此一来，他就会让人觉得，为了礼貌待人，他不得不做出牺牲。可是，伊莎贝尔二话没说就接受了他的反对，这使他陷入了应受指责的境地。其实，在你向对方表示轻蔑的时候也有些不利的地方，其中之一就是你不再享受到同情对方时所得到的赞扬。奥斯蒙德很在意得到赞扬，也不放弃对斯塔克波尔小姐的反感；这些因素实难调和。所以，正确的做法应该是，斯塔克波尔小姐前往黑岩宫赴那么一两次宴，这样她就能自己看到，奥斯蒙德因此会有多么不高兴。当然，表面上他一定一如既往，彬彬有礼。可是，他发现两位女士都那么不与人为便，从那一刻起，他脑子里就只有一个念头：希望这位来自纽约的女士能离开这里。很奇怪，他妻子的朋友几乎就没怎么让他满意过；看着有机会，他就此提醒伊莎贝尔。

"毫无疑问,在交友方面你不是很幸运,希望你能再交一些新的。"一天早上他这样对她说,这话与当时的情形风马牛不相及;但听起来却是深思熟虑的结果,不那么唐突。"好像你是特意从芸芸众生中把那些和我格格不入的家伙都精挑细拣出来了。你的表兄我一向认为是个自以为是的蠢货;此外他还是据我所知顶讨人嫌的家伙。可最让人不能接受的是,考虑到他的健康,还不能这么对他说;依我看,他的健康状况是他最大的财富,他因此可以享有别人无法享有的特权。假如他的确病得不行,只有一种办法可以证明,可他看起来不想采取那种办法。沃伯顿很了不起,就无需我多费口舌了。想想那件事,谁都会觉得他傲慢无礼得有些离谱!他好像是参观一套公寓一样,来打量了一番人家的姑娘:试了试门把手,朝窗外望了望,又用手敲了敲墙,看来几乎是要了这房子了。请您签租房合同好吗?这时候他说,总的来看房间太小,而且自己也不愿意住三楼,一定得找间在主楼层上的房子;而且住了一个月后,就离开了这寒伦的小公寓,一个子儿都没付。不过,斯塔克波尔小姐是你最绝妙的发现。我感觉她就像个怪物,体内没有一根神经,什么也别想触动她。我从没把她看成是个女人,这个你清楚。你知道她让我想起了什么?一支崭新的钢笔,这是世界上再讨厌不过的东西。她说话就像是一支笔在写字;顺便问一下,她在稿纸上写的那些报道是不是也这个德性?她思考、移动、走路、观察的样子都和她说话一模一样。你也许会说,我见不着她,所以她就不会给我什么伤害。我看不见她,可能听得到她,一天到晚都是她的声音;它时时刻刻都在我耳朵里,甩都甩不掉。她说的什么我全知道,甚至包括她的音调,她的那些抑扬顿挫。她说了我很多好话,让你很开心;我压根儿不高兴她说我的事儿,那感觉就像我听说,我的仆人在戴我的帽子。"

亨丽埃塔有很多其他事情要讲,并不像吉尔伯特·奥斯蒙德自己想象的那样经常说起他;他妻子也是这么向他保证的。在亨丽埃塔所谈的内容中,有两个也许读者特别感兴趣。她告诉她的朋友,卡斯帕·古德伍德自己已经发现她过得并不幸福;同时,仅凭她的聪明才智，她实在不知道卡斯帕·古德伍德来罗马想要给她的朋友带来什么样的安慰，而且迄今他连面儿都没露。她们在大街上见过他两次，他似乎根本没看见她们。她们当时在马车上，他还是那么习惯性地目不斜视地朝前看，似乎同时只想关注一件事情。伊莎贝尔感觉似乎刚刚见过他，恍若隔日；依然是那副脸庞，那样的步子，和他们上次见面分手时他走出杜歇夫人家时毫无二致。他的装束也和那天一样；他领结的颜色伊莎贝尔还记得。在他身上，除了这些似曾相识的东西，也有一丝陌生感，这让伊莎贝尔又重新感觉到，此次他来罗马是一件可怕的事。和以前相比，他看起来更加高大了；这段时间，他肯定事业蒸蒸日上。她注意到打他旁边经过的行人，都会回头看他，而他只是兀自前行，一张面孔俨若二月天空一般，高高在上。

斯塔克波尔小姐的另一个话题很不一样；她告诉了伊莎贝尔班特林先生最近的消息。班特林先生是去年到的美国；她有些兴奋地说，自己想尽办法，没少关心他。尽管她不知道班特林先生是不是高兴自己这样，不过还是保证说这对他没坏处，因为他离开的时候和刚到那会儿相比，人跟换了一个似的。这次旅行让他长了见识，使他意识到英国不是一切。在他所到之处，大多颇受欢迎；他的想法很简单，不像大家想象的那样，因为一般认为英国人想法要复杂一些。有人认为他装腔作势；亨丽埃塔弄不清楚，他们的意思是不是说他的简单是装出来的。他的几个问题叫人泄气：他认为旅馆的女服务员都是农民的女儿，或者是说农民的女儿都是旅馆女服务员——她实在记不清是哪种说法了。他看起来不怎么能理解那里纷繁芜杂的学校体系，这也的确勉为其难。纵观他的一言一行，似乎一切都多不胜数，他只能留心其中很小的一部分。他选择的这一部分是旅馆系统和内河航运。旅馆似乎让他乐此不疲，每到一处他都要拍张照片。不过最让他感兴趣的是河上的那些轮船，以至于他只愿意乘着大船航行不愿意再干其他的。他们曾经一道儿旅行，从纽约直到密尔沃基①，沿途在妙趣横生

---

① 美国威斯康星州东南部港市，位于五大湖之一的密歇根湖畔，为该州最大城市。

的城市稍作停留。每每再次踏上旅途，他都想知道是不是可以乘船前行。他似乎没有一点儿地理概念，认为巴尔的摩①是座西部城市，还一直期待着到达密西西比河②。除了密西西比河，他好像没听说过美国还有别的河流；所以对于哈得逊河③的存在显得猝不及防，不过最后迫不得已只能承认它和莱茵河④地位相当。他们乘坐在豪华的火车车厢里，高高兴兴地旅行了几个钟头；他不断地向黑人售货员购买冰激凌。他实在不能理解，在火车上还能买到冰激凌。在英国火车上当然买不到冰激凌，也买不到扇子、糖果，几乎什么也买不到！他感觉美国酷热难当；亨丽埃塔对他说自己预料到这是他经历过的最高温。他如今回到了英国，整日打猎——亨丽埃塔说那是在"追猎"；这种从追逐中找乐子的把戏是印第安人的玩艺儿，我们早就不玩了。在英国，大部分人认为我们是带战斧、插羽翎；可是这种装束更多的是为了迎合英国人的习惯。班特林先生不会有时间来意大利找她；不过假如她再去巴黎的话，他希望也去一趟，因为他很想再看一看凡尔赛宫：他对旧制度情有独钟。在这个问题上他们两个意见不一；但这恰恰是亨丽埃塔喜欢凡尔赛宫的原因：在那里人们能目睹旧制度已经荡涤干净，再也看不到王公贵族，相反，她想起有一天，在那里四处闲逛的是五个美国家庭。班特林先生一心希望她再次把英国当作题材，写几篇报道。现在，他觉得亨丽埃塔差不多能接受英国了；何况在过去的几年里英国发生了很大的改变。要是亨丽埃塔来英国，他就会去看望自己的姐姐，潘斯尔夫人，这样他就会把邀请信直接带给她。但上次的那个秘密，他从没有解释。

  卡斯帕·古德伍德终于到黑岩宫来了，此前他先给伊莎贝尔写了一封短信问能否拜访。伊莎贝尔迅即给了答复，说当天下午六点她在家里。一整天她都在考虑古德伍德为何而来，希望从中得到什么好

---

① 美国马里兰州北部一海港城市，位于美国东部。
② 发源于美国中北部湖沼区，南注入墨西哥湾，是世界上最大的河流之一。
③ 美国纽约州东部的河流，在纽约市附近注入大西洋。
④ 西欧的一条河流，由瑞士东部的两条支流汇合而形成，向北及西北穿过德国及荷兰，注入大西洋。

处。截至目前，他给人的印象是一个不会折衷的人：对自己要求的东西宁缺毋滥。伊莎贝尔的热情接待不容怀疑；而且她感觉，自己显得高高兴兴，给他造成错觉，也没什么困难。至少她相信，她已经骗过了他，让他心里嘀咕以前的道听途说不怎么正确。同时，她明白、也相信，他不感到失望；换作别的男人，她相信他们一定会的。他来罗马不是为了觅到什么机会；伊莎贝尔始终没有弄懂他为什么来，而且古德伍德也没给她任何解释。因此他此行的原因只能是：很简单，他想见见伊莎贝尔。换句话说，他来是为了让他自己开心。沿着这个思路，伊莎贝尔急切地思考下去；最终她兴奋地发现自己找到了一个解决方案，它有助于平息这位先生很久以来心头的苦闷。假如他此行的目的是为了自己寻开心，这也正是伊莎贝尔所期望的；因为果真如此，说明他心中已经不再痛苦。如若他不再心痛，一切就如常了，她伊莎贝尔的责任也就没了。毫无疑问，对于消遣，他的态度稍显僵化，可他从不曾放荡不羁、无拘无束，因此伊莎贝尔完全有理由相信，他对自己的所见所闻感到满意。亨丽埃塔相信他，却得不到他的信任，这样的结果就是伊莎贝尔无法从侧面知道，古德伍德心里想些什么。对于泛泛的聊天，他很少加入；这让伊莎贝尔想起几年前自己关于他的一段话："古德伍德先生很会长篇大论，却不会聊天。"他现在还是有很多高见发表，可是却仍旧很少聊天，考虑到在罗马有很多东西可供闲聊。他的到来并不是为了简化伊莎贝尔和丈夫的关系，因为假设奥斯蒙德先生不喜欢妻子的朋友，古德伍德先生也没资格要求他喜欢自己；不同之处就是他是其中最早的一个而已。除了告诉丈夫古德伍德先生是自己很久的一个老朋友外，伊莎贝尔也没其他要对他讲的，因为这句高度浓缩的概括已经说明了一切。出于礼貌伊莎贝尔曾将他引见给吉尔伯特，因此不邀请他参加晚宴以及每周四的聚会有些不可能；每周四的聚会已经让伊莎贝尔感觉非常厌倦，而她丈夫却依然坚持举办，目的与其说是为了邀请到大家，不如说为了省去邀请的麻烦。

古德伍德先生每周四都如期参加聚会，显得一本正经，而且还到的很早。表面上看，他似乎认为这一天举足轻重。不时地，伊莎贝尔会气不打一处来，因为古德伍德有些时候太实事求是；她觉得他应该清楚自己不知道如何和他打交道。可又不能说他傻，因为他一点儿都不傻，只不过为人太老实。他这副老实相让他与众不同；和他在一起，别人也几乎得同样老老实实。她这么想的时候，恰恰是她自以为已经成功地让他相信，自己是最无忧无虑的女人。古德伍德从未质疑过这个，也从未问过她任何个人问题。他与奥斯蒙德相处融洽，这看起来似乎不可能。奥斯蒙德很讨厌别人指望自己干什么；这样的话，他会想尽办法让对方失望。基于这样的原则，他才自寻其乐地喜欢上了这位端端正正的波士顿人，而人们还以为他肯定不会热情待他。他问伊莎贝尔是不是古德伍德先生也想娶她，并表示很惊讶她竟然拒绝了古德伍德先生。和他结婚会很不错，那就像住在某座高耸的钟楼下面，一到时间就钟声大作，带给上空一种奇异的震颤。他宣称喜欢和这位了不起的古德伍德先生聊天；一开始这并不那么容易，你得爬完一段陡峭而且似乎没完没了的楼梯，直到钟楼的顶端。一旦到了那儿，你面前的景象就会豁然开朗，还能感受到一阵清新的微风抚过。大家清楚，奥斯蒙德有取悦他人的能力，现在一股脑儿都用在了卡斯帕·古德伍德身上。伊莎贝尔看得出，古德伍德先生对自己丈夫的评价要高于他以前的想法。在佛罗伦萨的那天早上，他给伊莎贝尔留下的印象是奥斯蒙德给他的印象绝不会好。吉尔伯特不断邀请他参加晚宴；其后，古德伍德先生会和他一块抽根雪茄，甚至还希望看看他的收藏。吉尔伯特告诉伊莎贝尔，古德伍德非常与众不同，他就像英国产的大皮箱那么结实，而且风格也很类似——配有很多皮带以及皮带扣，永远都磨不坏，还带有一把极好的、带专利的锁。卡斯帕很喜欢在罗马城周围的平原上骑马，并为此花了很多时间；因为这个，伊莎贝尔大多是在晚上见到他。一天，她想了想，对他说，要是他愿意的话，他是否可以帮自己个忙。然后她又微笑着补充说：

"不过呢，我不知道自己有什么权利能要求你伸出援手。"

"再没有比你更有权利的人了，"他答道，"我对你保证过，这种权利我从没给过第二个人。"

这个忙是他能否去看望一下她病中的表兄拉尔夫,并尽可能对他好一些,他现在一个人住在巴黎旅馆。古德伍德先生从没见过拉尔夫,不过他会知道这可怜的家伙是谁的。伊莎贝尔没记错的话,拉尔夫曾邀请过古德伍德前往花园山庄。卡斯帕对那次邀请记忆犹新。他不是个想象力丰富的人,不过依然能体会得到一位独在罗马旅馆里奄奄一息的男人,有多么可怜。他去了巴黎旅馆,跟着服务员来到了花园山庄主人的面前,发现斯塔克波尔小姐在山庄主人旁的沙发上坐着。这位女士和拉尔夫·杜歇的关系发生了奇怪的变化。伊莎贝尔没有请求她来看望拉尔夫;可一听说他病了,她就不由分说地自行来探视了。自那以后,她每天必来——不过心里却总认为他们是不可调和的对头。"对,没错;我们是亲密的敌人。"拉尔夫常这么说。他还随意非难亨丽埃塔,简直无所不用其极,说亨丽埃塔来是为了要烦死他。实际上他们成了很要好的朋友,以至于亨丽埃塔疑惑,自己以前怎么就从没喜欢过他。而拉尔夫对亨利埃塔的喜欢,却和以前毫无变化;他一向深信亨丽埃塔是个优秀的朋友。他们无所不谈,但却没有一件事情看法相同;只是谈到伊莎贝尔时是个例外,那时候拉尔夫总是把自己瘦弱的食指放在嘴唇上。另一方面,班特林先生也证明是个可以大聊特聊的话题;谈起他来,拉尔夫可以和亨丽埃塔争上几个小时。争执的起因当然是他们不同的观点:拉尔夫喜欢坚持说那位和蔼的前近卫兵是个十足的马基雅维利。对于这种争论,卡斯帕·古德伍德插不上嘴;不过等到只有他们两个在一起的时候,他发现还有许多别的内容他们可以讨论。必须得说明一下,这里面没有刚离开的那位女士什么事。卡斯帕·古德伍德首先承认斯塔克波尔小姐所有的优点;但仅此而已,随后不会再说任何和她相关的内容。由于一开始的心有灵犀,两位男士也不多聊奥斯蒙德夫人:因为古德伍德也好,拉尔夫也好,都发现这个话题里潜伏着很多危险。古德伍德很为拉尔夫这样一个不同寻常的人难过,觉得他虽然有些古怪,但依然讨人喜爱;想到他已经不可救药,这让古德伍德受不了。不过对于古德伍德而言，总有些事情可以做的；现在就是重复自己前往巴黎旅馆的探视。伊莎贝尔觉得自己的处理很聪明，她巧妙地摆脱了多余的卡斯帕，给他找了份工作，让他成了拉尔夫的看护。她有个计划，打算等到天气一转暖，就打发古德伍德和表兄往北边走。沃伯顿勋爵将拉尔夫带到了罗马，那么古德伍德先生就该把他送回去。这里面似乎恰好有一种对称。伊莎贝尔现在急切地希望拉尔夫离开罗马；她一直担心拉尔夫会在她面前去世，担心这恐怖的一幕出现在自己家门口的旅馆里。自拉尔夫到罗马后，他很少进过伊莎贝尔的家门。花园山庄里房间深邃、暗淡，窗口散射着微弱的光芒，这个时候浓绿的藤蔓也许已经爬上了窗台。这是拉尔夫钟爱的地方，他一定得在自己的房子里过完最后的时光。这些天来，伊莎贝尔觉得花园山庄很神圣，在她过去的生活中，还没有哪一章像那一段一样再也无法恢复。一想起在那里度过的几个月，泪水就涌入了眼眶。我说过，她为自己的聪明才智沾沾自喜；不过现在她需要调动自己所有的才智，因为发生了几件让她棘手、难办的事情。吉米奈伯爵夫人从佛罗伦萨来了，与之随行的不但有她的行李、衣物、喋喋不休的舌头、谎言、轻浮，还有她众多情人的传奇，都荒诞不经、肮脏污秽。爱德华·罗齐尔再次出现在罗马；前些时间他消失了，甚至连潘茜都不知道他去哪儿了。他开始给伊莎贝尔写冗长的信件，虽然总是有去无回。梅尔夫人从那不勒斯回来了；和她说话时脸上带着怪异的微笑："你到底和沃伯顿勋爵都干了些什么呀？"似乎这里有她什么事！

第四十八章

二月末的一天,拉尔夫·杜歇决定返回英国。对此他有自己的理由,不过却认为没有必要和别人说。他和亨丽埃塔说了自己的决定,后者很得意,觉得她已经猜到这些理由;不过她忍着没说出来;只是过了一会儿,她坐在拉尔夫旁的沙发上,问:

"我想你不会一个人走吧?"

"没那么想过,"拉尔夫答道,"我会找些人和我一起走。"

"什么样的'人'?掏钱雇的仆人吗?"

"噢,"拉尔夫诙谐地回答,"毕竟他们也是人呀。"

"里面有女的吗?"斯塔克波尔小姐很好奇。

"你这么说好像我手下有很多!没有,说实话我没雇一位女仆。"

"哦,这么说你不能回英国;一定得有个女人照顾你。"

"过去两个礼拜,你的照顾已经够多了,它还够我受用一阵子。"

"那不够,我想我会和你一起走。"亨丽埃塔说。

"和我一起走?"拉尔夫慢慢从沙发上欠起身来。

"没错,我清楚你不喜欢我,可我还是要和你一起走。你还是躺下吧,这对你身体好些。"

拉尔夫端详了她一阵子,然后又缓缓地坐了回去。"我很喜欢你。"他随即说。

斯塔克波尔小姐以很少见的方式笑了笑。"别以为你那么说就可以把我收买了;我会和你一起走,并且一路照顾你。"

"真是位好姑娘。"拉尔夫说。

"别忙,等我把你安全送回家再这么说;一路上会有很多困难,不过你最好还是回去。"

她走前拉尔夫对她说:"你真的打算照顾我?"

"嗯,我打算试试。"

"那么我告诉你我服从；啊，我服从！"亨丽埃塔离开几分钟后，拉尔夫突然一阵大笑，这或许是他服从的明证。这彻底证明他已经放弃了自己所有的角色，停止了一切活动，还竟然要在斯塔克波尔小姐的监管下踏上横跨欧洲之旅；对他来说这实在不可思议。更怪异的是他满意这样的安排；他很被动，不过心存感激、心情舒畅。他都有些迫不及待地要上路了；也的确，他很想再次看到自己的房子。一切行将结束，最后的结果触手可及。可是他希望在家里撒手尘寰，这是他唯一的希望——一个夏日的早上，将他置于那间宽大、安静的房间里，四肢伸展；这间屋子也是他看着父亲离去的地方。

同一天，卡斯帕·古德伍德也来看他了。他告诉客人斯塔克波尔小姐提出要照顾自己，还要陪他回英国。"呵，这样的话，"卡斯帕说，"我恐怕是可有可无了；我答应了奥斯蒙德夫人陪你回去。"

"天哪，真是太幸福了！你们都这么好。"

"我这么好是看在她的分儿上；不是冲你的。"

"这么说，*她*也很好。"拉尔夫笑着说。

"让大家和你一块儿走？对，也是种好意。"古德伍德回答道，没有理会拉尔夫的玩笑。"不过就我而言，"他接着说，"怎么说呢，和你以及斯塔克波尔小姐一起旅行，好过只和她在一起。"

"比起这两个选择，你更乐意待在这里，"拉尔夫说，"真的你没必要走，亨丽埃塔很能干。"

"这我相信；不过我已经答应奥斯蒙德夫人了。"

"你想想办法，很容易就可以让她原谅你。"

"她无论如何都不会的；她想让我照看你，不过这不是最重要的：最重要的是她想让我离开罗马。"

"啊，你想得太多了。"拉尔夫话里有话地说。

"我让她讨厌，"古德伍德继续说，"她跟我没话可说，就编了这么个说法。"

"呃，这么说要是对她方便，我当然愿意带上你；不过我实在弄不懂方便她什么了。"拉尔夫随即补充道。

"这个嘛,"卡斯帕·古德伍德言简意赅地说,"她觉得我是在监视她。"

"监视她?"

"看她是不是幸福。"

"这个不难,"拉尔夫说,"表面上看,我认为哪个女人也没有她幸福。"

"的确如此,我满意了。"古德伍德冷冷地回答。不过,尽管如此,他还有更多的要讲。"我一直在观察她;作为一位老朋友,我想我有这个权利。她伴装幸福——这就是她干的事儿;我想亲眼看看她有多幸福。我现在看到了,"他继续略带沙哑地说,"更多的我也不想看了;我现在巴望着走。"

"你猜我怎么想?我也觉得现在你该离开。"拉尔夫回答。以上是这两位先生唯一一次关于伊莎贝尔·奥斯蒙德的谈话。

亨丽埃塔在为离开做准备,其中之一是她感到有必要和吉米奈伯爵夫人说两句;后者在斯塔克波尔小姐下榻的旅馆拜访了她:这是对斯塔克波尔小姐在佛罗伦萨拜访她的回访。

"你关于沃伯顿勋爵的说法很不正确,"她对伯爵夫人说,"我感觉你有必要了解这一点。"

"是他向伊莎贝尔求爱那事儿吗?我可怜的小姐,他每天去她家三次,他的印记到处都是!"伯爵夫人嚷嚷道。

"他是想和你的侄女结婚,这是他去她家的原因。"

伯爵夫人眼睛瞪得溜圆,继而轻率地笑了笑:"这是不是伊莎贝尔讲的?按目前看,这故事编得不坏。不过劳驾想想看,要是他希望娶我侄女,怎么不娶呢?大概他现在是去买结婚戒指了,下个月,也就是我走之后,就会带着它回来的。"

"不,他不会回来,因为奥斯蒙德小姐不愿意嫁给他。"

"她很乐于助人!我知道我侄女喜欢伊莎贝尔,可没想到喜欢到这种程度。"

"我听不懂你的话,"亨丽埃塔冷冷地说,同时感到这位伯爵夫人冥顽执拗，不禁心生讨厌，"伊莎贝尔从未向沃伯顿勋爵暗送秋波，我坚信这一点。"

"我的朋友，你和我能知道些什么？我们只知道我弟弟无所不能。"

"我不知道你弟弟的能耐。"亨丽埃塔凛然道。

"我不是抱怨她眉目传情，而是她把沃伯顿勋爵打发走了。我很想见见他；猜猜看，伊莎贝尔是不是认为，我会让沃伯顿勋爵背叛她？"伯爵夫人还是那么坚持，而且还厚颜无耻。"不过呢，我们可以想见得到，伊莎贝尔只是为自己留着他。她家里到处都是他的痕迹，无处不在。哦，没错，他的痕迹到处都是；我相信我还能看到他。"

"喔，"亨丽埃塔过了一会儿说，同时脑海里有了一个可以为《访谈者》写报道的灵感，"与伊莎贝尔相比，他和你在一起或许能获得更大的成就！"

当她把自己愿意护送拉尔夫回去的想法告诉自己的朋友时，伊莎贝尔说她做了一件让她再满意不过的事情。伊莎贝尔一直相信，拉尔夫和这位年轻的女士本质上是可以相互理解的。"我不管他理不理解我，"亨丽埃塔宣称，"重要的是他不能在车厢里离开人世。"

"他不会的。"伊莎贝尔说，还摇着头，以增加自己的信心。

"只要我能阻止，他就不会。我知道你希望我们离开，可不知道你打算干什么。"

"我想一个人待着。"伊莎贝尔说。

"家里有这么多人，你做不到。"

"啊，他们是喜剧的一部分，你和别的是观众。"

"伊莎贝尔·阿切尔，你说那是喜剧？"亨丽埃塔质问，语调颇为严厉。

"你高兴的话，叫悲剧也成。你们都盯着我，这样我很不自在。"

这让亨丽埃塔思索了良久。"你就像只患病的鹿，在寻找最秘密的藏身之所。唉，你真让我觉得无助！"她突然说。

"我并非无助，我有很多事情打算要做。"

"我不是指你,是我自己。这太难受了:我打算来帮你,走的时候你却还是原样。"

"不要那么想,你让我恢复了很多。"伊莎贝尔答道。

"微不足道,就像杯酸柠檬水!我希望你能答应一件事情。"

"我不能;我再不会许诺了。四年前,我庄严发誓;但坚持它,却让我落魄至此。"

"没人鼓励你那么做;不过现在我给你最大的鼓励是:在最坏的情形出现前,离开你的丈夫,这就是我要你答应的。"

"最坏的情形?你指什么?"

"你的性格会毁掉。"

"你是说我的秉性吗?不会的,"伊莎贝尔微笑着回答,"我很小心地呵护着它。你那么随意地建议一位妻子离开她的丈夫,这真让我吃惊;很明显你还没有丈夫!"

"好吧,"亨丽埃塔说,似乎要开始一场辩论,"在我们西部的城市里,这再平常不过了;毕竟,在未来,我们都应该向它们看齐。"不过她的言论却与我们的故事没什么关系,它还有很多其他的情节要展开。她对拉尔夫·杜歇说自己已经做好了离开罗马的准备,随便他挑哪趟火车;听言,拉尔夫也打起精神,准备出发。伊莎贝尔在最后时刻来看他;他说了和亨丽埃塔同样的话。他觉得,伊莎贝尔把他们统统赶走了,感到异常高兴。

对此,她只是轻轻按住拉尔夫的手,脸上掠过一丝微笑,低声说:"亲爱的拉尔夫——!"

作为回答,这已经够了;拉尔夫感到很满足。不过他依旧诙谐、直率地说:"我见你的次数应该再多一些,不过总比不见好。还有就是我听到了很多关于你的说法。"

"像你过的这种日子,真不知道你是从哪里听到的。"

"是空气告诉我的!哦,没人告诉我;我不让别人说起你。他们总是说你'迷人',太乏味了。"

"我是该多看你几次,"伊莎贝尔说,"不过,一个结了婚的人很多时候身不由己。"

"很高兴我没结婚；你到英国的时候，作为一个自由自在的单身汉，我会全程陪同。"他就这么一直说着，似乎他们肯定还会再见面，让人几乎觉得这个想法言之成理。他一点都不提自己大限已近，甚至有可能这个夏天都过不了。要是他喜欢这样，伊莎贝尔更是如此。现实已经清楚不过，他们已经没有必要再在谈话里设路标了。这在以前还没什么不妥；不过这件事也好，还是拉尔夫的其他事情也好，他从不以自我为中心。伊莎贝尔谈到了他的旅程，说应该分成几部分，该注意些什么。"亨丽埃塔会替我注意好一切，"他接着说，"这位女士有一颗金子般的心。"

"她当然会对你全心全意的。"

"会全心全意？她已经这样了！她和我一起走，只是因为她觉得这是她的义务；是对你的义务。"

"是的；这很高尚，"伊莎贝尔说，"对此我很羞愧。你知道，我才是应该陪你回去的人。"

"你丈夫不会高兴的。"

"是，他不高兴；不过无论如何，我要走，也可以走。"

"你有这么大胆的想法让我很吃惊。想想看，我成了妻子与丈夫不和的导火索了！"

"这才是我不走的原因。"伊莎贝尔说得很简单，却很含混。

不过，拉尔夫已经了然于胸。"我该想到这一点的，考虑到你有那么多事。"

"不是那样的；我害怕，"伊莎贝尔说，说完她停顿了一下，然后又重复了一遍，似乎是让自己、而不是拉尔夫听的，"我害怕。"

拉尔夫吃不透，她的口气意味着什么；这听来很奇怪，好像是故意为之，明显缺少感情。难道她犯过什么不为人知的错误，而现在要公开忏悔？抑或她的话只不过是恍然大悟后的自我分析？不管是什么，拉尔夫可不愿意放过这么好的机会。"害怕你的丈夫吗？"

"我害怕我自己！"她边说边站了起来。她站了一会儿，继而补充说:"即便我怕自己的丈夫,那也只不过是我的义务;女人就该那样。"

"哦,没错,"拉尔夫笑道;"不过,作为补偿,总有一些男人非常害怕他们的妻子!"

对这个玩笑她没有理会,却突然转移了话题。"有亨丽埃塔一路带着你们,"她突然提高嗓门说,"古德伍德先生没什么事情好做了!"

"哦,亲爱的伊莎贝尔,"拉尔夫答道,"他习惯了;古德伍德先生在这里*已经*没什么事情好做了。"

她脸红了,接着很快说自己得走了。他们站在一起停了一会儿;拉尔夫握着她的双手。"你是我最好的朋友。"伊莎贝尔说。

"是为了你,我才想……才想活下去;可是我对你却没什么用处。"

想到自己再也见不着拉尔夫了,更大的刺痛涌上了她的心头。她不能接受,不能就这么和他分开。"只要你叫我去,我就会去的。"她最后说。

"你丈夫不会同意的。"

"喔,是的;不过我可以想办法。"

"我会永远记着这句话,它是我最后的快乐!"拉尔夫说。

她只是吻了吻他,算是对此的回答。当天是周四,晚上卡斯帕·古德伍德来到了黑岩宫。他是首批到的客人之一,先和吉尔伯特·奥斯蒙德聊了一阵子;后者在妻子招待客人的时候,几乎总是在场。他们坐在一起,奥斯蒙德谈笑风生,滔滔不绝,看起来思路活跃,兴致很高。他身子后仰,跷着二郎腿,有一搭没一搭地聊着天;而古德伍德则有些坐立不安,还了无生气,在那儿变换着坐姿,摆弄自己的帽子,让下面的小沙发吱嘎作响。奥斯蒙德脸上的微笑刺目、挑衅,他就像一个听到好消息的人,理解力也加快了。他对古德伍德说,自己很遗憾他将离开他们,自己会非常想念他。在罗马他见到的聪明人不多——少的有些让他吃惊。他一定要回来,因为自己是个根深蒂固的意大利人,和他这样一位地道的外国人聊天,让自己感到耳目一新。

"你知道，我很喜欢罗马，"奥斯蒙德说，"不过我最喜欢的是结交一些不迷信这里的人。现代世界说到底很不错；你是一位现代人，从头到尾都是，而且一点也不庸俗。很多我们见过的现代人非常不堪；要是他们是未来的主人，我们宁愿早早地死掉。当然啦，很多时候古人也很无聊。我妻子和我喜欢所有真正意义上的新事物——不是那些伪装的。不幸的是，愚昧、愚蠢依旧，毫无新意。我们看见很多，它们在形式上表现得进步、光明，可那展示的却是庸俗！有种庸俗我认为的确新颖，以前不曾有过。说实话，我在本世纪前的历史中压根儿没有发现过庸俗。在上个世纪，也许人们会零星地看到一些苗头，可是今天它四处弥漫，以至于人们简直都不识何谓精美了。哎，我们喜欢你——！"说到这儿，他犹豫了一下，同时将手轻轻地放在了古德伍德的膝盖上，脸上的微笑既窘迫又自信。"我要说的听起来有些无礼、傲慢，不过请你一定让我说出来。我们喜欢你是因为……因为你让我们不那么抵触未来了。假如像你这样的人多一些——那会多好呀[①]！你知道，我这是在代表我妻子说话，同时也是在为自己说话。我妻子她代表我说话，为什么我不可以代表她？你知道的，我们团结一心，就像烛台和剪烛芯的剪刀。我这话也许太自以为是，我记得听你说过，你从事的是……工商业？你明白，这个行业有些危险，可是你避开了，这一点让我们很佩服。要是我微不足道的恭维让你讨厌，请原谅；幸运的是，我妻子听不见我的话。我的意思是你*可能会成为*……嗯……成为我刚才说的那样。美国整个国家似乎都在阴谋让你变成那样，可是你抵制住了；你身上的一种特质挽救了你。同时，你又那么现代、新式，是我们所知的顶顶现代的人物！随时欢迎你再次光临。"

我前面说过，奥斯蒙德现在心情不错，上面这番话可算是充分的证明。他惯常出言谨慎，不提私事，但刚刚的一席话不知道比平时私

[①] 原文为法语。

密了多少。假如卡斯帕·古德伍德听得再认真一些，也许就会觉得，这个优雅的卫护者很奇怪。不过，我们却可以相信，奥斯蒙德很清楚自己为什么这样；假如他一改往常腔调，不同以往地言语倨傲，夹杂粗鄙，他一定有自己的理由。古德伍德只是隐约觉得他似乎是要恭维，却弄不明白他要恭维什么。说实话，古德伍德几乎不知道奥斯蒙德在高谈阔论什么；他想跟伊莎贝尔单独待着。他只念叨着这件事，对她丈夫的拿腔捏调几乎充耳不闻。他看着她和别人聊天，盘算着什么时候她会闲下来，自己可不可以请她到其他的房间里去。不像奥斯蒙德，他的心情不算好；对周遭的一切，他心里隐隐的有种愤怒。截至目前，他自己并不讨厌奥斯蒙德，只觉得他见多识广、乐于助人，比自己以前想象的，更像是那个伊莎贝尔·阿切尔应该选择的人。在这场公开的竞争中，这里的主人大大战胜了他；可古德伍德太相信公平竞争，因此不会就此贬损他。他并没有积极主动地去把他想得很好，这种情感上的仁爱善良，即便是在他对自己的遭遇几乎甘心接受的日子里，也做不到。在他看来，奥斯蒙德是个很聪明的人，没有正经职业，闲来无事，只能借些精言妙语消遣；但对奥斯蒙德他仅是部分相信：他猜不透奥斯蒙德为什么对自己那么不吝溢美之词，他怀疑后者是不是从中觅得了什么不可告人的乐子。这印证了奥斯蒙德留给他的总体印象：这位得意扬扬的对手天性有些不正常。他心里清楚奥斯蒙德没有理由希望自己不幸，因为他用不着怕自己。他获得的优势无与伦比，足可以让他对一个一无所获的男人和颜悦色。不错，有时候古德伍德会冷酷无情地期许奥斯蒙德魂归九泉，甚至想杀了他；但奥斯蒙德无法了解到这些，因为现实已经让这位年轻人练就了炉火纯青的本领，使得外人如今无法从他表情上看得出他哪怕是激情澎湃的所思所想。他练就这个是为了骗自己，可事实是别人先上了当。此外，他这方面的锤炼也只取得了有限的成功：最好的证据就是，眼下听到奥斯蒙德谈起自己妻子的感情，好像他有权代替她来表达它们时，心中就充斥着强烈却无从表白的愤怒。

这就是他今天晚上在主人的谈话里所捕捉到的全部信息。他清楚地感觉到，奥斯蒙德比平时更加强调，黑岩宫内充满和谐的婚姻生活；他说话的神态煞有介事，似乎自己和妻子事无巨细，同商共量，甜蜜无间，对他们来说"我们"和"我"是一样意思。这其中饱含目的，让我们可怜的波士顿朋友既迷惑又生气，只能聊以自慰地想，奥斯蒙德夫人和她先生的关系和我有什么相干。他没有任何证据，说她丈夫对她的表述是不正确的；而且，要仅以表面的一切来判断她，他肯定会得出伊莎贝尔喜欢自己目前生活的结论，因为从她身上他没有看到任何不满。斯塔克波尔小姐告诉他，她已经没了幻想，可为报纸工作让她变得哗众取宠，并过于喜欢捕捉新闻。此外，自打到了罗马之后，她小心谨慎，不再眼巴巴地盯着古德伍德。说句公道话，这确实不是她真心愿意的。她现在已经了解了伊莎贝尔的真实处境，这使她感到，保持缄默是正确的做法。要想帮助她改变这一现实，不管采取什么行动，最有效的方式决不会是用她的错误来点燃她那些前情人的热情。斯塔克波尔小姐对于古德伍德先生的感情波动一直兴趣浓厚，并持续关注；只不过她现在关注的形式变成了给对方一些精选的美国杂志文摘，有搞笑的，也有其他的。每次邮差来都带给她几份，然后她会细细阅读，并且总是一手握着一把剪刀。剪下来的文章她会放入一个写有古德伍德先生敬启的信封，然后她会亲自送到古德伍德下榻的旅馆。古德伍德从未向她问过一个有关伊莎贝尔的问题；他不远五千里来到这里，不就是想亲眼看看吗？所以，他没有任何理由说奥斯蒙德夫人不幸福。尽管古德伍德认为自己已经不再理会什么，但这种理由的缺失还是促使他心酸地意识到，就伊莎贝尔而言，她的未来里没有他。甚至连他了解真相的意愿都没有得到满足；明摆着，假如伊莎贝尔不开心，连关心她这种事情也轮不上他，一句话：他没希望，没指望，没用处。她精心设计，让他离开罗马；这样的安排让他意识到了自己上述的处境。为她表兄力所能及地做些什么他毫无怨言，不过一想到在自己所能提供的帮助中这是她最乐意笑纳的，古德伍德就心中不爽，因为挑件可以让他待在罗马的活儿，对伊莎贝尔来说不会有什么害处。

今晚他主要考虑的是，明天就要离开伊莎贝尔了，而这一趟的收获只是让他知道，自己和以前一样可有可无。关于伊莎贝尔本人，他什么都没了解到，因为她镇静自若、滴水不漏。他以前曾经满腹心酸，不过都是咬碎钢牙往肚里咽；现在这些辛酸的往事重上心头，他明白了生命有多长，失望就有多久。奥斯蒙德依旧在东拉西扯；模模糊糊的古德伍德意识到他又谈起了和妻子的关系如何融洽。一时间，他感觉这个人似乎有一种魔鬼般的想象力，否则他不会恶毒地挑选这么一个不同寻常的话题。不过说归说，无论他是不是恶魔，伊莎贝尔爱他还恨他，这和他又有什么关系呢？她可能恨他一辈子，可他还是一根稻草也捞不着。"顺便问一句，你和拉尔夫·杜歇一块儿走吗？"奥斯蒙德说，"那就是说，你不会走很快喽？"

"我不知道，他高兴怎样就怎样。"

"你实在是助人为乐；你一定要让我把这一点说明白：我们对你感激不尽。我妻子也许把我们的感受都和你说了。整个冬天杜歇都压在我们心上，有好几次，他看起来都像是永远也不能离开罗马了。他本不该来这里；那种状况还出门，这就不仅仅是鲁莽了，是不替别人着想的表现。我无论如何也不会让自己成为杜歇的负担，就像他现在对……对我妻子和我一样。没有办法，一定得有人照顾他，不过不是每个人都像你这么慷慨。"

"我也没什么别的事。"卡斯帕干巴巴地说。

奥斯蒙德斜着眼看了他一会儿。"你应该结婚，然后就会有数不清的事了！不过那样的话，对于这种发善心的事你就不会那么随叫随到了。"

"你觉得你结婚后有很多事做吗？"年轻人机械地问。

"呃，你看，结婚本身就意味着一种任务：它并不总是主动的，经常是被动的，可这更耗费精力。再说，我和妻子很多事情都是一起做的，读书，学习，写曲子，散步，乘车外出等——甚至像我们彼此刚认识那会儿，一起聊天。到现在为止，和妻子聊天还是让我很开心。假如你厌倦了，听我的话，结婚吧。那样，的确，你的妻子可能会使你厌烦,但你自己永远不会感到厌烦的。你总有话跟自己说——总有思考的内容。"

"我不觉得厌倦,"古德伍德说,"我要思考的事情很多,跟自己要说的话也很多。"

"比要和别人说的话都多!"奥斯蒙德感叹道,并轻松地笑了笑。"你下一站是哪里?就是说把杜歇交给本应看护他的人后——我想他母亲总该要回去守着他了。这位夫人可真够可爱的,把自己的责任忘了个精光!你大概要在英国过夏天吧?"

"不知道,我没什么计划。"

"快乐的单身汉!听起来有些凄凉,却非常自由。"

"噢,的确,我很自由。"

"我希望你也有空回罗马。"奥斯蒙德说;这时他看见又有一拨客人走了进来。"要记着,你一定要来,我们等着你!"

古德伍德本打算早点儿走,可夜色渐浓,他却只能和其他一些相识的人搭讪,找不到和伊莎贝尔搭话的机会。伊莎贝尔总是刻意回避他,这显得有些不合常理;对此他心里满是怨言,难以抑制;他发现,她这是故意为之,可又不露一点痕迹。绝对没有一点痕迹。对于他的注视,伊莎贝尔报以殷勤的微笑,清楚无误,似乎是在招呼他过去帮自己招待一下客人。可是古德伍德拒绝了这些暗示,只以僵硬的不耐烦来回应。他四处徘徊,等着机会,和认识的为数不多的几个人说话;这些人第一次觉得,他说话自相矛盾。这在卡斯帕·古德伍德的确鲜见,虽然他总是和别人意见相左。黑岩宫内一向乐声不断,而且通常很悦耳。在音乐的掩饰下,他尽量控制着自己;聚会快结束的时候,看见人们开始离去,他走近了伊莎贝尔,并低声问自己可否和她在别的房间里说几句话;那个房间他踩过点儿,是空的。伊莎贝尔冲他微笑了一下,意思仿佛是她很愿意满足他的请求,可现实不允许。"恐怕不可能,大家都在道别;我得待在他们看得见的地方。"

"那我就等他们全散了。"

伊莎贝尔犹豫了一下。"喔,那太好了!"她大声说。

于是他等了起来，尽管时间很长。最后，只剩下了几位客人，可他们的腿脚好像都绑在了地毯上，离开不得。吉米奈伯爵夫人，正如她自己所说的，在午夜之前从来不会落单，现在似乎一点儿也没意识到今晚的聚会业已结束。她和几位男宾围坐在壁炉前，时不时还一块儿大笑。奥斯蒙德已经不见了，他从不和客人道别。伯爵夫人会一直延宕下去，这是她在晚上这个时段的习惯，所以伊莎贝尔已经打发潘茜去睡了。她坐在距伯爵夫人他们稍远的地方；从表情上看，好像也希望自己这位大姑子能降低她的声响，好让余下的客人们安安静静地离去。

"现在我可以和你说句话吗？"过了一会儿古德伍德问。

她立马站了起来，微笑着说："当然可以；你高兴的话，我们去别的什么地方。"他们一起离开了伯爵夫人和她那几个朋友；来到另一个房间，可一时间谁也没说话。伊莎贝尔不愿意坐下，站在房间中央，缓缓地给自己扇着扇子；她的姿态于古德伍德而言，再熟悉不过。看来她是要他先说。现在他们两个单独在一起，古德伍德胸中压抑已久的激情开始汹涌澎湃。这让他双眼迷离，周围所有的东西都在面前晃悠。宽敞、明亮的房间这时变得暗淡、模糊起来；透过徐徐升起的薄纱，他感到伊莎贝尔在自己面前盘桓，目光柔和，双唇微启。要是他能看得再仔细一些，会发现她的笑容很僵硬，还有些迫于无奈——她让古德伍德脸上的表情给吓住了。"我想你是要和我说再见吧？"伊莎贝尔开口道。

"是的——不过，我并不高兴；我不想离开罗马。"他老老实实地回答，语气几近感伤。

"我完全想象得到；你对我很好。你很善良，我都不知道怎么形容。"

过了好大一会儿，古德伍德都一语不发。"就这么一句话你就把我打发走了。"

"有朝一日你一定要回来。"她快活地回答。

"有朝一日？你的意思就是从今以后越长越好。"

"哦,不;那不是我的意思。"

"那你什么意思?我实在不懂!不要紧,我说了我会走,就一定会走。"古德伍德又说。

"你什么时候高兴,就什么时候回来。"伊莎贝尔故作轻松地回答。

"我根本不在乎你表兄!"卡斯帕突然说。

"这就是你想告诉我的?"

"不,不,我什么都不想告诉你。我是想问你……"他停了一下,接着说,"你到底是怎么安排自己的生活的?"他声音低沉,语速很快。然后又停了下来,似乎是在等着回答。伊莎贝尔没吱声,所以他又说:"我不懂,我看不透你!我该相信什么——你打算让我怎么想?"伊莎贝尔依旧没言语,只是站在那儿看着他,不再故作轻松。"有人跟我说你不幸福;如果这样,我想知道真相。这对我来说很重要。可你却这么处之泰然,安之若素,看不出一丝破绽。你完全变了,把一切隐藏得严严实实;我从没能接近过你。"

"你已经很近了。"伊莎贝尔语调温和地说,同时也饱含警告。

"可我触及不到你!我想知道真相。你过得好吗??"

"你问得太多了。"

"是——我总是问得很多;当然你不愿意跟我说,只要你不说,我就永远都不会知道。而且这里也没我什么事儿。"听得出,他在努力控制自己;心里面他已经不在乎什么,可表面上还要显得周到体贴。可意识到这是他最后的机会,自己爱过她又失去了她,不管说什么她都会觉得自己是个傻瓜,他突然感到一阵刺痛,低沉的嗓音里多了些颤抖:"你莫测高深,我不得不认为你在隐藏什么。我说根本不在乎你的表兄,那不意味着我不喜欢他;我想说的是,我陪他离开这里不是因为我喜欢他。只要你要我和他一起走,哪怕他是个白痴,我也会同意。假如你让我明天去西伯利亚,我也会去。可你为什么要我离开这儿?这里面肯定有原因。要是你真的和你装的那样心满意足,你是不会在意我在哪里的。我想知道你的真实情况;即便它糟糕透顶，也比我空跑一趟强。那不是我来的原因。我想我不会在意的。我来是为了让自己相信，以后不用再想你了。我没其他的想法，你打发我走是正确的。不过，假如我一定得走，我这么发泄一次也没什么不妥，你说呢？要是你真的受了伤害——要是*他*伤害了你，*我*说的这些可不会伤害你。告诉你我爱你，这就是我来的原因。我本以为是其他的原因，可这才是。我想这是我最后一次见你了，不然我是不会说的。这是最后一次——就让我造次一次吧！我知道我没资格这么说，你也没必要听。可是你没听，你从来都不听，你在想着别的事情。当然，说完这些我就必须得走了；所以至少你要给我一个理由。你叫我离开，这不是理由，这不是真正的理由。从你丈夫的话里我也听不出来什么。"他继续不着边际、语无伦次地说。"我弄不懂他；他对我说你们相互倾慕。他干吗告诉我那些？那和我有什么关系？我和你说话的时候，你很不自然；不过你常这个样子。没错，你把一些东西藏起来了。没错，这和我没关系。不过我爱你。"卡斯帕·古德伍德说。

如他所说，伊莎贝尔看起来很不自然。她看着刚才他们经过的那扇门，举起了扇子，似乎是在警告他。"你迄今表现不错，别弄砸了。"她轻轻地说。

"没人听见我说了什么。你就这么把我赶走了，太绝了。我比以往任何时候都爱你。"

"我知道；你答应离开的时候，我就知道了。"

"这个你管不住——毫无疑问你管不了。要是管得了，你肯定要制止；不幸的是，你没办法。我是说，这对我很不幸。不该要的东西，我什么都不求——什么都不；我只求你满足我一个愿望：你告诉我——你告诉我——！"

"告诉你什么？"

"我可不可以同情你。"

"你高兴那样吗？"伊莎贝尔问，又想弄些笑容出来。

"同情你？当然！这至少意味着在做些什么；为此我不惜今生今世。"

她把扇子举到脸上,遮住了眼睛以外其余的部分。她凝视着古德伍德的眼睛,看了一会儿,然后说:"别为这个耗尽了你的时光;只要偶尔想想就够了。"说完,她回到了吉米奈伯爵夫人那里。

第四十九章

在发生上述几起故事的那个周四聚会上,梅尔夫人并没有出现在黑岩宫;伊莎贝尔留意了,不过没感到惊奇。她们之间发生的事情,并没有增加她们交往的热情;想理解这个,我们还得把时间往后推一推。前面我们提到过,沃伯顿勋爵离开罗马后不久,梅尔夫人从那不勒斯回到了罗马。一见到伊莎贝尔(这里得说句公道话,她是马不停蹄地来看伊莎贝尔的),她开口就问那位贵人哪里去了,似乎朋友应该为此负责。

"请别谈他的事,"伊莎贝尔说,算是回答,"关于他我们最近听到的太多了。"

梅尔夫人头稍向一侧偏了偏,似乎是在抗议;同时左侧的嘴角上露出了一抹笑意。"没错,你是听到了很多;可你要知道我在那不勒斯,没有听到。我本希望在这儿见到他,并向潘茜送上祝贺。"

"你仍然可以祝贺潘茜,只不过不是嫁给沃伯顿勋爵。"

"你竟这么说!我十分渴望这事能成,你知道吗?"梅尔夫人情绪激动地问,只是听起来还没失控。

伊莎贝尔有些心烦意乱,不过也暗下决心不能失控。"所以你不该去那不勒斯的,该留下来关注事情的发展。"

"我很相信你;不过你觉得现在已经不可挽回了吗?"

"这个你最好去问潘茜。"伊莎贝尔说。

"我会问她,你都跟她说了些什么。"

伊莎贝尔注意到,朋友此番前来是来兴师问罪的;这让她平生一种自卫的心理,而上面这些话为这种心理找到了证据。我们知道,梅尔夫人迄今言行谨慎,从不批评人,而且看起来唯恐掺和进别人的事。可显而易见,这一切都是为今天准备的:她杏眼圆睁,让人感到危险;一举一动烦躁不安,即便她那叫人叹服的优游从容也难以掩饰。她感到很失望，这让伊莎贝尔十分吃惊——我们的女主人公从不知道，她对潘茜的婚姻大事会如此热心。此时它以这种方式泄露出来，更加重了奥斯蒙德夫人的惊讶。回荡在伊莎贝尔耳畔的是一阵冷漠、嘲弄的声音，这比以往任何时候都清楚无误，她分不清这声音源自哪里；萦绕在她周围的是一片模糊和空虚。她现在弄明白了，这位聪明、坚强、果断而且老练的女人，这位实际、自我、直觉的化身，在自己的命运中扮演了一个多么强势的角色。伊莎贝尔迄今都没有发现，她与自己的关系这么近；这不是她期待已久的那种近，不是那种宜人的巧合。的确，巧合这种感觉在她内心早已消失，这是从她偶尔看到这位了不起的夫人与自己的丈夫那次亲密地坐在一起开始的；当时她感到震惊。至今她还没生过什么确切的疑心，不过这足以让她对自己的朋友另眼相待；她知道朋友以前的行为是有企图的，现在不得不考虑自己当时的想法是不是简单了一些。啊，没错，是有企图的，是有企图的，伊莎贝尔自言自语道；同时她似乎也从一场贻害无穷的长梦中醒了过来。是什么让她相信梅尔夫人初衷非善呢？不是别的，正是最近出现的猜疑；她的客人以可怜的潘茜为借口，向她发出了挑战，这在她心里促生了效果明显的迷惑。现在猜疑和迷惑结合在了一起。这一挑战所含的某种因素，一开始就招来了一种与其相应的轻蔑；它有一种莫名的活力，在标榜谨言慎行、优雅精致的朋友身上，她从没见到过。毫无疑问，梅尔夫人无意介入；只不过前提是没什么事情好让她介入。或许在读者看来，伊莎贝尔这么仅凭猜测，就质疑朋友数年来真诚的帮助，未免有些匆忙；她的脑子转得的确很快，不过这是有原因的，因为一个离奇的事实正在她心里扩散。梅尔夫人和奥斯蒙德休戚相关：这就够了。"我想，潘茜跟你讲的话，不会让你更生气。"她以此作为对朋友前面一句话的回答。

"我一点儿都不生气，只是非常希望挽回局面。你觉得沃伯顿已经永远离开我们了？"

"我不知道；我不明白你的意思。一切都结束了，请罢手吧。关于此事，奥斯蒙德已经和我讨论了很多；我既不想听，也不想再谈起了。我敢保证,"伊莎贝尔接着说,"他会很乐意和你讨论这个话题的。"

"我知道他想的是什么;他昨晚去看过我了。"

"在你刚刚回来的时候?这么说你全都知道了,所以就没必要向我打听了。"

"我不是在打听,实际上我是想得到同情。这桩婚姻我很期待,很少有什么事情能和这个想法媲美——它符合大家的期望。"

"是的,是你的期望;不过不是当事人的期望。"

"当然,你的意思是我是局外人;没错,这和我没有直接关系,可对一个多年的老朋友而言,就保不齐有什么问题了。你忘了我认识潘茜有多长时间了。当然,你的意思是,"梅尔夫人又说道,"你自己才是当事人之一。"

"不,这绝不是我的意思;这件事让我疲惫不堪。"

梅尔夫人犹豫了一下。"呵,是呀,你的工作已经完成了。"

"当心你说的话。"伊莎贝尔郑重其事地说。

"噢,我当心了;不过或许一点儿也看不出来。你丈夫对你的评价很不客气。"

一时间伊莎贝尔什么也回答不上来,内心充满了痛苦。梅尔夫人这么说等于告诉伊莎贝尔,奥斯蒙德信任她,而反对自己的妻子,这种做法很傲慢,也让伊莎贝尔颇感惊讶;但这不是让她最惊讶的,因为这么短时间里她想不到梅尔夫人是在向自己示威。除非是在确凿无疑的合适场合,梅尔夫人很少会傲慢无礼。现在并不合适,或者至少还不合适。真正让伊莎贝尔难受的是,得知奥斯蒙德在语言上和思想上都不尊重自己,这就像一滴腐蚀性的酸水,滴在了开裂的伤口上。"你想知道我怎么评价*他*吗?"她终于问。

"不想知道,因为你永远也不会告诉我,而且知道了也会让我难受。"

随后是一阵静寂;认识梅尔夫人以来,伊莎贝尔还是第一次觉得她讨人嫌。她希望对方会离开自己。"想想吧,潘茜是多么可爱,别灰心。"她突然说，希望这能让谈话结束。

可是滔滔不绝的梅尔夫人，丝毫不想就这么结束。她只是收了收身上的披风；与此同时，一阵微弱、宜人的香气在空气中弥漫。"我不灰心，倒是受到了鼓舞。我不是来指责你的，如果可能的话，是想了解一下事情的原委。我知道，只要我问你，你就会告诉我。对一个人而言，别人的信任是很了不起的幸事。是的，你不会相信，我会从中得到多大的慰藉。"

"你指的是什么原委？"伊莎贝尔不解地问。

"就是沃伯顿勋爵改变初衷，是出于自身的考虑，还是因为你的相劝。我的意思是，他是为了让自己高兴，还是为了让你高兴？我对你的信任虽有减少，可还是有的，想到这些，"梅尔夫人微笑了一下，继续说道，"我才问了这么一个问题！"她坐在那里审视着自己的朋友，揣度着这些话的效果，然后又说："现在，不要充英雄，理智一点，也别生气。依我看，我这么说是很尊重你的；对任何别的女人我都不会这样，因为我根本不信别的女人会对我讲实话。你就不明白，让你的丈夫知道真相会有多好？的确，他看起来也没什么好办法能略知一二，只是一味毫无根据地猜测。但这不会改变这个事实：明确知道了实际的情形后，他就会改变自己关于女儿未来的看法。假如只是沃伯顿勋爵厌倦了这个可怜的孩子，那很遗憾，这是一回事；但要是他放弃的原因是为了讨你欢心，那是另外一回事。这也很遗憾，但有区别。那么，要是后面这种情况，尽管你不高兴，或许也只好牺牲一下自己了——看着你的继女结婚。你就把他放手给我们吧！"

梅尔夫人这席话说得很小心，她一边说一边看着自己的同伴，很明显认为自己这么说下去没什么大碍。她滔滔不绝的时候，伊莎贝尔面色苍白起来，放在膝盖上的一双手越攥越紧。这倒不是因为她的客人终于认为，现在是傲慢无礼的恰当时机，因为这一点并不很明显；而是因为一种更恐怖的东西。"你是谁——你是干什么的？"伊莎贝尔低声道，"你和我丈夫有什么关系？"很奇怪，此时此刻，她感觉自己和丈夫很近，似乎自己很爱他。

"啊，看来，你还是要充英雄！很遗憾。不过，你别想着我会和你一样。"

"你和我有什么关系？"伊莎贝尔继续问。

梅尔夫人缓缓地站起来，一边还抚弄着自己的暖手筒；与此同时她的眼睛依旧盯着伊莎贝尔的脸。"一切！"她说。

伊莎贝尔没有站起来，坐在那里抬起头看着她；脸上的表情就像是个信徒，等着受到点拨。可这个女人的眼睛里只有漆黑一片。"天哪，太不幸了！"她最后低声道。随之，她身往后仰，双手掩面。杜歇夫人所言不错，是梅尔夫人操纵了她的婚姻。这个想法就像气势汹汹的潮水一样漫过了她的全身。她把手从脸上移开的时候，另一位女士已经走开了。

当天下午，伊莎贝尔一个人乘车出了门。她希望走得远一些，到一个自己能下得车来，能在天底下，在雏菊上踩一踩的地方。在这之前很久，她就引古罗马为知己，因为在一个遍布废墟的地方，她夭折的幸福看起来就会显得自然一些，不会再像一场灾难。在那些几个世纪前就已坍塌、时至如今依然挺立的残垣断壁中，她疲惫的心灵得以休憩；在那些偏僻寂静的地方，她倾吐着自己内心的忧伤。在这种地方，她的忧伤里的现代性质会剥离开来，变成一种客观的东西，这样，当她坐在一个冬日里暖洋洋的角落，抑或是站在一个无人光顾、霉迹斑斑的教堂里时，她几乎可以对它一笑置之，感觉它非常渺小。与庞大的罗马帝国的历史相比，这的确渺小。她有一种感觉挥之不去：人类的命运是有连续性的；这种感觉让她的注意力很轻易地从小的方面转向更大的空间。她对罗马已经非常熟悉，而且很依恋：她的激情里包含着它，并因此而变得稳定沉着。不过她越来越认为这里主要是一个受难的场所。这就是她在那些废弃的教堂里想到的；那里的大理石柱子由早先异教的废墟转化而来，似乎让她在忍辱负重的时候有了个同伴；那发霉的熏香味儿则似乎是由那些久久得不到答复的祈祷混合而成。再没有比伊莎贝尔更加温和，更不坚定的异教徒了。看着祭坛后面颜色暗淡的绘画，或者那一簇簇的蜡烛，即使是最虔诚的信徒,也不会比伊莎贝尔想到的更多,对那些寓意丰富的物品感到无比亲近,或在这种时候产生更多精神上的感应。我们知道,潘茜几乎总是陪伴在她的左右,最近还有吉米奈伯爵夫人,摇摇晃晃地撑着一把粉红的阳伞,给她们乘坐的马车添了亮色。即便如此,在她渴望孤独、环境也相宜的时候,她依旧不时一个人待着。这时候,她有几个去处,最常光顾的大概是低矮的城墙上的一个地方。这段城墙位于一片宽阔的草地边上,后面是圣约翰·拉特兰教堂① 高大、冷峻的正门;从这里眺望,罗马城周围一望无垠的平原和阿尔巴诺山② 绵延无际的轮廓尽入眼底;在这之间多少故事曾经发生,现在它们的印记依然保留着。在表兄和朋友们离开后,伊莎贝尔来这里散心的次数更多了。她看着一个个熟悉的神殿,忧郁的神情也从一处转到另一处;即便是有潘茜和吉米奈伯爵夫人在边上,她依然隐约能感受到那个失去的世界。撇下罗马城墙,马车或者在窄狭的羊肠小道上隆隆前行,那里的野金银花已经开始在树篱上纠缠成一团;或者会在安静的所在等她,那里离旷野很近,这时候她或者在点缀着鲜花的草地上悠闲踱步,渐行渐远,或者坐在一块以前派过用场的石头上,透过那悲伤织成的面纱,眺望着那幅壮丽忧伤的图景——看那强烈和煦的光线,看那在远处起伏、还轻微杂糅的色彩,看那姿态孤寂、一动不动的牧羊人,看那躲在云彩影儿里的小山,起了一丝绯红。

　　这个下午,她已经暗下决心不再去想梅尔夫人,可结果是,这个决心一点儿用都没有,这位夫人的影子不断在她面前晃来晃去。她问自己,对于这位和自己相熟数年的朋友,是不是可以用"恶"这个历史上的重大词汇来形容;这个想法让她像个孩子似的感到恐惧。她只是在《圣经》和其他一些文学作品中知道这个概念,就她自己的认识来说,她对恶还没有切身的体会。虽然她渴望多了解人生,也沾沾自喜自己在这方面小有成就,却还没有获得基本的认识。也许,从这个

---

① 又称为罗马大教堂,为长方形;公元四世纪建造,在十七和十八世纪大规模重建。
② 实为阿尔巴诺丘陵,为死火山群,位于罗马东南方。

词的历史意义来看，即使是深刻的虚伪，也还算不上邪恶。而梅尔夫人只是虚伪而已——尽管那是一种深不可测的虚伪。伊莎贝尔的姨妈莉迪亚早就发现了这个，而且也和自己的外甥女讲过，但后者当时却洋洋得意地认为，自己对人世的看法更丰富；她的人生选择出自自然天性，她的各种解释不落俗套；在对这两点的理解上，她要比可怜的杜歇夫人更胜一筹，因为后者只知道生搬硬套。梅尔夫人心想事成，促成了自己两个朋友的牵手；想到这个，不能不使人感到奇怪，她为什么如此热衷于此事。的确，有些人喜欢成人之美，就像那些为艺术而艺术的人那样；但梅尔夫人很难算是一个：她是个了不起的艺术家，可对婚姻并无好感，甚至对生活也没什么好的评价。她极力想促成这桩特殊的婚姻，可对别的婚姻却并不热衷。所以，她这样做，一定是有利可图，伊莎贝尔问自己，她的利益在哪里？弄明白这个她得花一段时间，即使发现了，也不一定完整。她想起来，尽管第一次在花园山庄见到自己的时候，梅尔夫人看起来就很喜欢她，但在杜歇先生去世，并且得知她年轻的朋友是这位善良的老人的遗产继承人之一后，这种喜欢扶摇直上了。不过，她眼中的利益并不在于可以向伊莎贝尔借钱，这太鄙俗；她还有一个老谋深算的主意：将自己的一位老友介绍给这位涉世未深、直率淳朴的年轻女子，来掌管她的财富。自然，她选了自己最要好的朋友；而伊莎贝尔也已经清楚地看到，吉尔伯特担当了这个角色。她以前以为自己嫁给了这个世界上最纤尘不染的男人；结果这个人跟世俗的冒险家没什么两样，目标就是她的钱。她感觉自己不得不接受这个想法。说来奇怪，在这之前她还竟然从来没想到过这一点；如果说，她以前考虑过很多奥斯蒙德给自己带来的伤害，却从来没有把这件伤天害理的事加在他身上。这是她所能想到的最坏情况，而她经常告诉自己没有最坏，只有更坏。一个男人极有可能因为钱去娶一个女人，这没什么大惊小怪；可他至少应该让这个女人知道啊。既然他是为了钱和自己结婚的，她不清楚她的钱让他满意了没有。他会不会拿了她的钱，然后还她个自由身？啊，要是杜歇先生的大笔遗赠今天能帮自己渡过难关，那就谢天谢地了！她很快又想到，假如梅尔夫人以前是希望帮吉尔伯特一把，那现在他由于获得财富而产生的对她的感激之情肯定已经荡然无存。对于他那位不辞辛苦的女恩人，现在他是种什么感情？对于这桩极具讽刺意味的事情，他们又做如何描述呢？在结束自己这趟沉默的出行前，伊莎贝尔用一声轻轻的感喟打破了它的沉寂："可怜呀，可怜的梅尔夫人！"这种感喟不同寻常，却也符合她的性格。

梅尔夫人的小客厅很有韵致，悬挂的锦缎窗帘价值不菲，年代久远，已经松软下来；假如当天下午，伊莎贝尔躲在其中的一幅后面，就会看到，房屋的女主人的确值得她同情。这套公寓经过精心布置，我们前面和谨小慎微的罗齐尔先生来过这里。大约六点钟的时候，吉尔伯特·奥斯蒙德在这里坐了下来；女主人站在他前面，就像伊莎贝尔那一次看到的那样；这个我们在前面也着重描述过，因为这件事虽然看起来没什么，其实却很重要。

"我不相信你不高兴；我觉得你很满意。"梅尔夫人说。

"我说不高兴了？"奥斯蒙德问的时候，神态严峻，足以让人感到他也许真的不高兴。

"没有，可你也没说高兴；你感谢别人的时候总该表示一下吧。"

"别跟我提感谢的事。"他冷冷地回答。"而且，也别惹我烦。"过了一会儿他又说。

梅尔夫人缓缓地坐了下来，抱着胳膊，下面是一双白白的手，好像是在支着两只胳膊，又似乎是每只胳膊的装饰品。她看起来雅致、镇定，却又异常忧伤。"你呢，也别吓唬我；我不知道你是否猜到了我的想法。"

"我尽量不去猜，不让自己为此费神；我自己的想法已经够多了。"

"那是因为这些想法让你高兴。"

奥斯蒙德把头靠在椅背上，坦率地看着自己的朋友，一副玩世不恭的神态；换个角度看，也可以说他有些累。"你确实在惹我烦，"他稍后说，"我太累了。"

"哦，我也一样①！"梅尔夫人大声说。

"你那样是自讨苦吃；我累可不是我的错。"

"我自讨苦吃都是为了你；我给了你一大乐趣，那是个价值连城的礼物。"

"你说那也是乐趣？"奥斯蒙德淡然地质问。

"当然，因为它可以帮你消磨时光。"

"可对我来说，这个冬天漫长无比。"

"你看起来可从来没像现在这么好，这么心情愉快，神采奕奕。"

"神采奕奕，见鬼去吧！"他似有所思地嘟囔道，"归根结底，你对我了解太少了！"

"要是我不了解你，那我还了解什么？"梅尔夫人微笑道，"你现在的感觉是大获全胜。"

"不；等我停止了你对我的评判，才会感到大获全胜。"

"我早就不那么干了，这些话都是基于以前对你的了解说的；可是你太爱表现了。"

奥斯蒙德有些迟疑。"我希望你少表现自己！"

"你想不让我说话？记着我可从来都不是话痨；这些都不说了，首先我有三四件事情想先和你说说。你妻子不知道自己该怎么办。"她口气一变，接着说。

"帮帮忙，她知道得清清楚楚。她有自己的底线，而且打定主意要把自己的想法付诸行动。"

"她现在的想法肯定很不一般。"

"一点儿没错，而且比以往任何时候都多。"

"今天早上在我面前，她可一个都表现不出来，"梅尔夫人说，"她看起来头脑简单，几乎是个傻瓜；她完全不知所措。"

"你最好干脆说，她很可怜。"

"哦，不；我可不想过于鼓励你。"

---

① 原文为法语。

他的头依旧靠在椅垫上,一只脚放在另一条腿的膝盖上,这样坐了一会儿。"我想知道你怎么了。"他最后说。

"怎么了——怎么了——!"说到这儿,梅尔夫人停了下来;接着她的情绪突然爆发出来,就像晴朗的夏日一声震雷:"就是,我愿意放弃一切,好让自己能哭一会,可是我却不能!"

"哭对你有什么帮助?"

"那样就能让我感到回到了从前,就像我认识你之前那样。"

"假如是我让你哭干了泪水,那还算回事儿,可我看见你依然在流泪。"

"噢,我相信你仍然可以让我哭;我是说让我像狼一样嚎哭。我真想那样,也很需要那样。今天早上我很卑鄙;很可怕。"她说。

"要是伊莎贝尔如你说的,像个傻瓜,她可能就发现不了你这么卑鄙。"奥斯蒙德回答。

"正是我那么卑鄙,她才不知所措的。我实在控制不住自己,简直坏透了。也许那也不坏,我弄不清楚。你不仅仅让我哭干了泪水,还抽干了我的灵魂。"

"那么,不应该是我对我妻子目前的处境负责了,"奥斯蒙德说,"你对她的影响让我从中受益,想想就让我高兴。你难道不知道灵魂是不死的,永远不会枯竭?它又怎么会生变呢?"

"我根本不信灵魂不会枯竭;我相信它会完全泯灭,我本人就是这样。一开始它很好,后来拜你所赐把它毁掉了。你太坏了。"她着力强调了一下。

"我们最后就是这样吗?"奥斯蒙德问,字斟句酌,冷冷淡淡。

"我不知道我们最后会怎样;真希望我知道!坏人该有什么结局呢?——尤其是当他们*共同*犯了罪?你让我和你一样恶贯满盈。"

"我不懂你在说什么;在我眼里,你很不错。"奥斯蒙德有意漠不关心地说,这让他每句话的效果都立竿见影。

与奥斯蒙德相反,一向镇定自若的梅尔夫人渐渐耐不住了;这我们以前有幸见过几次,可现在的她比过去的任何一次都更接近失控的边缘。她闪亮的眼睛变得晦暗,笑容里流露出痛苦的挣扎。"我对自己干了那些事,还很不错,我想你是这个意思,对吗?"

"你很不错,从来都那么迷人!"奥斯蒙德大声说,脸上也露出了微笑。

"我的天呀!"他的朋友低语道,她坐在那里,成熟却仍然新鲜,把脸埋进了两只手里。这个动作今天早上伊莎贝尔也做出过,不过那时候始作俑者是她。

"你终于要哭了?"奥斯蒙德问;看到她一动不动,他接着说:"难道我向你抱怨过吗?"

她很快把手放下说:"没有;不过你采用了其他办法来报复——你向*她*报复。"

奥斯蒙德的头又往后靠了靠。他盯着天花板看了一会儿,好像是在非正式地向上苍求助。"唉,这就是女人的想象力!本质上从来都那么庸俗,你讲起报复来跟一个蹩脚的小说家没什么两样。"

"你当然没有抱怨过,你庆祝自己的胜利还来不及呢。"

"我很想知道你所说的胜利是什么。"

"你让你的妻子害怕你。"

奥斯蒙德换了个姿势,他身子往前倾,胳膊肘放在膝盖上,端详着脚下那块漂亮的波斯古地毯,这样子好像是说,他拒绝接受别人对任何事情的评价,甚至包括时间在内,只高兴坚持自己的看法。和他谈话的时候,他这副德性常常会让人一肚子火。"伊莎贝尔不害怕我;我也不希望那样,"他最后说,"你说这话打算挑唆我去干什么?"

"我把你能给我带来的伤害都想了一个遍,"梅尔夫人回答,"今天早上你妻子很怕我,不过据我看她其实是怕你。"

"这种不堪的话你可以说,不过这不是我的责任。我觉得你去见她毫无意义:没有她你照样该干什么干什么。我看不出我怎么让你怕我了,"他接着说,"那么我又怎么能让她怕我呢?你们至少一样勇敢。我不知道你这是从哪儿道听途说来的,在这之前,我还以为你了解我呢。"他边说边站了起来,并朝壁炉走去;他在那儿站了一会儿,仔细地端详着放在上面的那些精致、稀有的瓷器,好像是第一次见到似的。他拿起一个小杯子,握在手中,然后把握着杯子的那只胳膊支在壁炉架上,继续说:"你总是想得比别人多,做得比别人多,这样你就不知道事情的本来面目了;我不像你想象的那么复杂。"

"我认为你很简单。"梅尔夫人眼睛盯着自己的杯子说。"时光荏苒,才让我得出这样的结论;像我说的,我是凭过去对你的了解评价你的;可是直到你结婚后我才认清楚。你怎么对你妻子的,现在我看得很清楚,比你以前怎么对我看得更清楚。小心一点,那东西很珍贵。"

"它已经有了条很小的裂纹,"奥斯蒙德语气冷淡地说,一边放下了手中的杯子,"要是我结婚前你还不了解我,那你给我戴上这么个枷锁也太残忍、太欠考虑了。不过,那时我喜欢这个枷锁,以为戴着它可能会非常合适。我的要求很少,只要求她喜欢我。"

"要求她很喜欢你!"

"很喜欢,当然。在这种事上,人们会要求百分之百的喜欢;你不妨说,她应该崇拜我。哦,是的,我希望那样。"

"我从没崇拜过你。"梅尔夫人说。

"啊,不过你那么装过!"

"的确,你从来没有指责我是个适合你的枷锁。"梅尔夫人接着说。

"我妻子拒绝——拒绝干任何这样的事情,"奥斯蒙德说,"你要是决心把这当个悲剧,那也不大可能是她的悲剧。"

"这是我的悲剧!"梅尔夫人大声说,并长长地叹了口气,声音很低;与此同时,她站了起来,却只是看了一眼自己壁炉架上摆放的物件。"我摆错了自己的位置,看起来要遭受严厉的惩罚了。"

"你对自己的描述好陈腐,好像是从习字簿上抄下来的;我们只能在一切可能的地方寻找安慰。假若我妻子不喜欢我,至少我的孩子喜欢。我会从潘茜身上找到补偿的;还好,她还没什么可指摘的。"

"唉,"她轻声叹息道,"要是我有个孩子的话……"

奥斯蒙德等了一会儿，然后有些郑重其事地说："别人的孩子同样可以给你带来很大乐趣！"

"你的话听起来比我的更陈腐；不过还是有些事情把我们拴在一起。"

"是我有可能伤害你？"奥斯蒙德问。

"不，是我能帮助你；正是因为这个，"梅尔夫人接着说，"让我很妒忌伊莎贝尔。我希望那是我的差事。"她补充道；脸上那严厉、痛苦的表情，现在也缓和了，恢复了平素的镇定自若。

她的朋友拿起自己的帽子和雨伞，然后用外衣袖口把帽子拂了两三下。"我想，总体上，"他说，"你最好还是把这事交给我。"

他离开后，梅尔夫人做的第一件事情就是从壁炉架上拿起那只细薄的咖啡杯，奥斯蒙德刚才说，它已经有了裂纹；可是端详的时候，她却心不在焉。"我这么卑鄙龌龊，难道会一无所获？"她茫然地悲叹。

第五十章

　　吉米奈伯爵夫人对于古迹不了解，伊莎贝尔偶尔就自告奋勇给她介绍这些有趣的地方，这样她们下午的外出兜风就有了个文物考察的目标。伯爵夫人觉得自己的弟媳妇知识渊博，从不反对这样的安排。她耐心地审视着那些古罗马的砖结构建筑，就好像那是一堆堆时髦的布料。她虽说有时候满嘴佚闻趣事，谈起自己也很谦卑，也没有什么历史感，但她喜欢留在罗马，所以即便附庸风雅也让她很开心。只要能让她留在黑岩宫，哪怕每天在提图斯①阴暗潮湿的浴室里待上一个小时她也愿意。不过，伊莎贝尔并非酷爱导游；她常去那些古迹的主要原因是，这样就可以讨论些别的话题，而不是佛罗伦萨夫人们那些风流韵事；关于这些事情，她的朋友一向乐于爆料，不知疲倦。必须补充的是，在这些参观过程中，伯爵夫人本人不做任何主动形式的探究；她喜欢的就是坐在马车里高声嚷嚷说，这一切都很有趣。迄今为止，她就是以这样的方式探访圆形剧场的。这让她的侄女遗憾之至，因为她虽然很尊重自己的姑姑，可不懂为什么姑姑就不能下得车来，到剧场的里面看一看。潘茜没什么机会四处溜达，所以她关于此事的看法并非完全没有私心杂念：可以揣度的是她有个外人不知的愿望，那就是一旦进了剧场里面，就有可能劝诱父母的客人和她一起爬到上面一层去。有一天机会终于来了，伯爵夫人宣布愿意走这么一遭——那是三月份一个温和的下午，依旧多风，不过偶尔已经吹来了春天的气息。三位女士一道走进了圆形剧场，不过伊莎贝尔没有和其他两位一起在里面闲逛。通常她会上到那些冷清的看台上去；那里曾经是罗马人欢呼喝彩的地方，现在出现了深深的缝隙，野花在里面（只要没拔掉）盛开。今天她感觉有些累，想在废弃的竞技场上坐一坐。这就

---

① 提图斯（39—81）：罗马皇帝，在位只有两年（79—81），罗马圆形剧场为其统治时期建造。

像幕间休息，因为伯爵夫人一般不怎么给他人关注，相反却要别人关注自己；伊莎贝尔相信她和自己的侄女单独在一起的时候，就只能把阿诺河畔那些古老的丑闻暂时收起来了。所以，她就这么在下面待着；与此同时，潘茜带着她一无所知的姑姑来到了台阶的入口处，看门人打开了高高的木门，然后两人走上了砖砌的陡峭台阶。硕大的剧场一半都笼罩在阴影里，西射的阳光照在体型巨大的石灰石建筑上，折射出浅红的色泽——这平日里隐藏起来的颜色成了整个庞大无比的废墟里唯一充满生机的部分。偶尔一两个农夫或游客四处晃悠，还不时抬头看看遥远的天际。天空安静清澈，一群燕子在那里不停地盘旋、翻飞。很快伊莎贝尔察觉到，站在竞技场中央的一位游客正在看着她；他头部的姿态她几个礼拜前见识过，是典型的遭到挫折，却又不达目的不罢休的那种。现在，这种姿态只有爱德华·罗齐尔先生能摆得出来。事实上，这位先生正在考虑着是不是要和她攀谈。确信她是一个人后，他走了过来，并说虽然她不愿意回复自己的信件，可对自己说的话，也许不会完全充耳不闻。她的回答是自己的继女就在边上，只能给他五分钟的时间。听到这个，他拿出自己的手表，在一块破裂的木头上坐了下来。

"很快就讲完，"爱德华·罗齐尔说，"我把自己那些小玩意儿都卖了！"伊莎贝尔本能地惊叫了一声，那情形就像听他说把牙都给拔了。"我是在德福奥旅馆通过拍卖出售的，"他继续道，"这是三天前的事儿，他们已经用电报告知了我结果，很精彩。"

"听到这个我很高兴，但我希望你保有那些漂亮的东西。"

"可我有钱了——五万美金。奥斯蒙德先生现在该觉得我够有钱了吧？"

"你就为了这个？"伊莎贝尔轻轻地问。

"还能有什么原因？这是我唯一在意的。我去了趟巴黎，作了安排。我不能待在那里，看着我的那些东西给人买走；那样的话我会死掉的。还好我托了可靠的人，卖的价很高。我得告诉你，那些珐琅没卖。现在钱就在我口袋里，他不会再说我穷了！"年轻人心高气傲地大声说。

"现在他会说你不聪明。"伊莎贝尔说,仿佛吉尔伯特·奥斯蒙德以前没这么说过似的。

罗齐尔狠狠地瞪了她一眼。"依你的意思,没了那些古玩,我就什么也不是了?你是不是觉得那是我最好的东西?在巴黎他们就是那么对我讲的;对了,他们说得直截了当。可他们没见过*她*呀!"

"亲爱的朋友,你应该取得成功。"伊莎贝尔亲切地说。

"你的话听起来怎么那么伤感,好像我不会成功。"他用质询的眼光看着伊莎贝尔的眼睛;而他自己的眼神里含有明显的惊恐。他看起来好像知道自己是过去一周里巴黎街谈巷议的对象,因此似乎足足高出了半头;可他又为一些猜疑困扰:自己的声望提高了,但总还有零星几个人反其道而行之,坚持认为他微不足道。"我知道离开这段时间里,这里发生了什么,"他接着说,"在她拒绝了沃伯顿勋爵后,奥斯蒙德先生期待什么呢?"

伊莎贝尔辩解说:"期待她会嫁给另外一位贵族。"

"别的什么贵族?"

"奥斯蒙德选定的。"

罗齐尔慢慢地站了起来,把表放入马甲口袋里。

"你在嘲笑一个人,不过我估计这次不是我。"

"我没打算嘲笑,"伊莎贝尔说,"我很少那样;你现在该走了。"

"我感觉我会成功的!"罗齐尔大声道,没有动。也许是这样的,而他这么大声一嚷嚷,明显让他更觉得是这样。他踮起脚,踌躇满志地环视着剧场,就好像里面坐满了观众。突然,伊莎贝尔注意到他颜色为之一变,因为现场有一名观众出乎他的意料。伊莎贝尔转过身去,发现自己的两位同伴也已结束了她们的参观,回来了。"你真的该走了。"她连忙说。

"哎呀,亲爱的夫人,就可怜可怜我吧!"爱德华·罗齐尔含糊不清地说,和刚才我们听到的朗声宣布格格不入。接着他又像个痛苦不堪的人突然有了好主意,急切地补充说:"那位夫人就是吉米奈伯爵夫人吧？我很想和她认识一下。"

伊莎贝尔看了看他说："她对她弟弟没什么影响力。"

"啊，你把他说成了一个可怕的怪物！"这时罗齐尔与走在潘茜前面的伯爵夫人打了个照面。她很兴奋，可能一部分是因为看到弟媳妇在和一位英俊的男士聊天儿。

"很高兴你那些珐琅没卖！"伊莎贝尔离开罗齐尔的时候大声说，然后径直朝潘茜走去。看到罗齐尔，潘茜突然停下了脚步，眼睛也耷拉了下来。"我们到马车那儿去。"伊莎贝尔轻声说。

"好的，时间不早了。"潘茜答道，声音更轻，然后一声不吭地继续往前走，毫不犹豫，头也不回。

伊莎贝尔找个机会，回头看了一眼，发现伯爵夫人已经和罗齐尔很快攀谈了起来。罗齐尔摘下了帽子，满脸微笑着在鞠躬；显而易见他已经作了自我介绍。而通过伯爵夫人富于表现力的后背，伊莎贝尔看到她的身体亲切地向前倾去。不过伊莎贝尔和潘茜坐回了马车，这些很快就看不见了。潘茜坐在继母的对面，眼睛一开始只盯着膝盖；后来她抬起了头，看着伊莎贝尔的眼睛。她眼光里带着些许忧郁，这是羞怯的爱情在闪烁，让伊莎贝尔内心为之一动。同时一阵嫉妒掠过她的心头：这个孩子在期待，充满悸动，目标明确，而自己则干脆只有失望。"可怜的小潘茜！"她充满慈爱地说。

"哦，没关系！"潘茜迫不及待地回答，话语中带着歉意。

随后是一片寂静；伯爵夫人迟迟不回来。"你带姑姑都看了一遍？她喜欢吗？"伊莎贝尔最后问。

"是的，都看了一遍；我想她很高兴。"

"希望你没累着。"

"啊，没有，谢谢，我不累。"

伯爵夫人依旧没回来，于是伊莎贝尔只得打发男仆到圆形剧场里面去，告诉她们在等着。很快男仆就回来了，向她们宣布伯爵夫人请她们不要等了——她会租辆马车回去！

看来，这位夫人内心迅即滋生出来的同情心，都给予了罗齐尔先生。在这大约一个星期后的一天,伊莎贝尔很晚才回房间,准备妆扮好去用晚餐。可她发现,潘茜在那里。女孩子似乎一直在等她。她从自己坐的矮椅子上站起来,说:"原谅我擅自进来,"她声音很低,"这会是最后一次——一段时间内。"

她的声音很怪,眼睛睁得很大,看起来激动、害怕。"你不会是要离开这里吧!"伊莎贝尔大声说。

"我要到修道院去了。"

"到修道院去?"

潘茜走近了一些,直至可以用双臂抱住伊莎贝尔,并把头倚在她的肩上。她这么站了一会儿,一动不动;不过她的同伴能感受到她小巧的身躯在颤抖。多少难以言表的话语都通过这些颤抖表达了出来。即便如此,伊莎贝尔还是要问:"为什么去修道院?"

"因为爸爸认为那样最好;他说年轻的女孩子最好时不时地消失一阵子。他认为,老是处在世俗生活中,对于一个女孩子是不好的。这恰好是个隐居的机会——可以做些反思。"潘茜的句子都是支离破碎的,好像不相信自己。继而她脸上露出了一丝克制的笑容:"我觉得爸爸是正确的,这个冬天我与外界接触太多了。"

她的言论在伊莎贝尔身上产生了不同寻常的效果;这句话似乎意义深刻,而女孩子本人并不完全明白。"这是什么时候定的?"伊莎贝尔问,"我根本没听说过。"

"爸爸半个小时前通知我的;他认为这事没必要事先讨论很多,这样最好。凯瑟琳嬷嬷七点一刻来接我,我只用带两件上装。只有几个礼拜,我相信这会很不错。我又会见到那些嬷嬷们了,她们对我都那么好,还会看到那些正在接受教育的小姑娘们。我很喜欢小姑娘,"带着些许庄严,潘茜说完了这席话,"而且我也很喜欢凯瑟琳嬷嬷;我会很安静,然后思考很多。"

伊莎贝尔一直屏着呼吸听她讲话,差不多充满了敬畏。"时不时地想想*我*。"

"啊,快点儿来看我!"潘茜喊道;这喊声和她刚才那番英勇的表白大相径庭。

伊莎贝尔什么也说不出来,什么也不懂,只是觉得太不了解自己的丈夫了。她只能以一个长长的、温柔的吻回答他的女儿。

半个小时后,她从女仆那里得知,凯瑟琳嬷嬷乘一辆出租马车来了,然后又带着小姐离开了。吃晚饭前,在去客厅的路上她发现吉米奈伯爵夫人一个人待着。这位夫人用叫嚷的方式描述了这件事,还潇洒地甩了甩头。"瞧!亲爱的,这只是一种姿态①!"可假如这是在装模作样,伊莎贝尔又不清楚丈夫在装什么。她只是迷迷糊糊地感到,奥斯蒙德的传统,比自己想象的还要多。这也许听起来很怪,她已经养成了习惯,和奥斯蒙德说话时非常小心。因此,奥斯蒙德进来后,她迟疑了几分钟,直到他们在餐桌旁坐了下来,才转弯抹角提到了潘茜的突然离开。不过,她一直不让自己问奥斯蒙德任何问题。她所能做的就是陈述自己的想法,嘴边上的话就是:"我会很想念潘茜。"

他微微低着头,对着桌子中央的一篮花看了一会儿。"啊,是的,"他终于开口了,"我考虑过这个。你一定要去看她,你知道;不过,别太勤快了。别嫌我冒失,我猜你纳闷儿为什么要把她送到那些修女那儿;可我也不能保证能否让你明白。没关系,你别为这事烦心了。这就是我没讲过这件事的原因。我觉得你是不会同意的。可这个想法是我一直有的,我一直觉得,对于我女儿来说,那是教育的一部分。一个人的女儿要远离污浊,纯洁无瑕,要天真无邪,温文尔雅。以她现在的行为举止,很可能会变得邋里邋遢。潘茜现在有些憔悴了,看着有些乱,她接触的东西太多了。所谓的社会是一群乌合之众,熙熙攘攘,自以为是;应该不时地带她远离这一阵子。修道院安静、合宜,有利于她的身心健康。想着她游走于古老的花园中,穿梭在高高的拱廊上,终日与那些情操高尚的修女们在一起,我就很开心。她们中很多出身书香门第,还有几位来自贵族世家。在那儿她可以读书,画画,练习钢琴;我的安排是最自由的那种。没有任何让她做苦

---

① 原文为法语。

行僧的想法,只是有点儿隔离的意思。她会有时间去思考;有些事情是我希望她思考的。"奥斯蒙德说起来从容不迫,有理有据;他的头依旧偏向一边,似乎在看着那篮花。可是听他的口气,与其说他是在解释,毋宁说他是在用语言表述一件事情——差不多就要画出一幅画了,然后自己再看看这幅画效果怎样。端详了一会儿自己生成的这幅画后,他看起来煞是满意。他接着说:"而且天主教徒们都很聪明;修道院是个重要的机构,对我们它不可或缺,它符合家庭、社会中的一种核心需求。它是培养良好举止、教人学会静思的场所。哦,我不是要让女儿与世隔绝,"他补充道,"我不是要她把注意力放到别的什么世界上去;这个世界也很不错,她应该这样想,她高兴对它思考多少,随她便,只要是以正确的方式。"

对于这番话,伊莎贝尔聚精会神听着,的确很感兴趣。它似乎向她展示了,她的丈夫为了取得一定的效果可以走多远——甚至不惜在他女儿纤弱的身上玩理论把戏。她不能理解丈夫的目的,不——不能完全理解;但和奥斯蒙德猜测的、或者希望的相比,她理解得要好,因为她相信,这整个是场精心谋划的迷局,是针对她的,是要对她的想象力施加影响。奥斯蒙德希望做些突然、武断的事情,猝不及防而且优雅精致,从而来界定自己和伊莎贝尔的同情心有什么不同;这样就可以表明,假如他把女儿看成是一件艺术品,他对于最后一笔日甚一日的精斟细酌也就再自然不过了。假如他希望这件事效果显著,他成功了:这件事让伊莎贝尔心里打了个寒战。潘茜小孩子的时候就认识了修道院,而且感觉那里像个幸福的家。她喜欢那些善良的修女们;这些修女也很喜欢她,所以就目前来说,她生活里还没有什么明确的苦难。可尽管这样,潘茜还是感到了惶恐;显而易见,她父亲期望给她留下深刻的印象。在伊莎贝尔的思想里,清教徒古老的传统一刻都没有消失过。这是出悲剧,这是她丈夫天才的突出例证,可怜的小潘茜成了其中的女主角;她像丈夫那样坐在那儿,看着那篮花,满脑子都是这出悲剧。奥斯蒙德希望大家都知道,什么都不能使他退缩。而他的妻子感觉,装模作样地吞下这顿晚饭太难了。不过很快有了圆场的,她大姑子高亢、做作的声音传了过来。很明显,伯爵夫人一直在反复思量这件事,不过她得出的结论和伊莎贝尔的不同。

"亲爱的奥斯蒙德,这太可笑了,"她说,"为了赶潘茜出去,无中生有出那么多光鲜的理由。你怎么不直截了当地说,你想让她从我面前消失?你没发现我对罗齐尔先生的评价很高吗?的确如此;我觉得他非常讨人喜欢①。他让我相信有真正的爱情,以前我从不相信!当然了,你已经拿定主意,觉得我相信那些东西,对于潘茜来说,就成了个糟糕透顶的伙伴。"

奥斯蒙德呷了一口杯中的葡萄酒,看起来心情很不错。"亲爱的艾米,"他面带微笑地回答,就好像是在对女性献殷勤,"你相信什么我根本不知道;不过假如我觉得它们有碍于我相信的东西,把你赶出去会更容易些。"

---

① 原文为意大利语。

第五十一章

　　伯爵夫人没有遭到驱逐，不过对于弟弟的盛情款待，感觉也不如以前那么踏实了。这事过后一个礼拜，伊莎贝尔收到一封发自英国的电报，地址是花园山庄，上面带有杜歇夫人的印章。信上写道："拉尔夫去日不多；方便的话，想见你一面。他让我告诉你，只有在你无他事在身的情况下，才一定过来。我自己觉得，你以前老是谈论自己的职责，弄不清那到底是什么；很想知道你想明白没有。拉尔夫的确不久于人世，而且无他人陪伴。"伊莎贝尔对此已有所准备，因为此前亨丽埃塔·斯塔克波尔给她写过信，详细描述了和那位对自己心存感激的病人远赴英国的旅途。准确地说，拉尔夫回到英国的时候已经半死不活了；她费尽周折，终于把拉尔夫弄回了花园山庄。他回到了自己的床上；而且很清楚，按照斯塔克波尔所言，他再也不会离开那里了。她信里又补充说，由于古德伍德先生和拉尔夫一样情况不妙，只不过方式不一样，他丁点儿用处也派不上，所以其实自己看护的是两个病人，并非一个。她在后来的信中写道，杜歇夫人新近从美国回来了，并且迅即告知她自己不愿意在花园山庄接受任何采访，所以她不得不将那个地方交还给杜歇夫人。拉尔夫到罗马不久，伊莎贝尔就给姨妈写信，告诉她拉尔夫状况危急，建议她即刻返回欧洲。对于这样的劝告，杜歇夫人发了一封电报表示认可，可来自她的进一步消息，也就是我刚刚转述的那封电报。

　　拿着这第二封电报，伊莎贝尔站在那儿看了一会儿，然后塞进了自己的口袋，径直走到丈夫书房的门口。她在门口又停了一下，接着打开门走了进去。奥斯蒙德在窗户旁边的书桌旁坐着，在他面前是一本对开的书，靠在一堆书的上面。书打开的地方是一页小型彩色插图；伊莎贝尔马上看到，他正在临摹这上面画的一枚的古币。他前面放着一盒水彩和几把精巧的画笔，在一张洁白无瑕的纸上，他已经临摹好了那个雅致纤巧、色泽精妙的圆盘。他背朝着门,不过用不着回头他就知道,是他的妻子进来了。

"打扰你了,请原谅。"伊莎贝尔说。

"我每次到你房间去的时候,都总是敲门的。"他回答说,并没有停下手里的活儿。

"我忘了,因为我在想着另外一件事:我表哥快不行了。"

"噢,我不信,"奥斯蒙德一边说,一边透过放大镜端详着他的作品,"我们结婚的时候,他就已经奄奄一息了;他会比我们活得时间都长。"

对于这句蕴含深意、玩世不恭的陈述,伊莎贝尔没花什么时间和心思去琢磨,只想着自己的打算,她很快又说道:"我姨妈给我发来电报了,我一定得去花园山庄。"

"为什么必须去那儿?"奥斯蒙德带着漠不关心的好奇口吻问。

"在拉尔夫去世之前见他一面。"

对此他良久没有回答;他的注意力依然主要放在他的工作上,似乎那须臾不可疏忽。

"我不认为有此必要,"他总算开口了,"他来这里看你,我并不高兴,因为我觉得他待在罗马是个错误。看在那是你最后一次看到他的分儿上,我没说什么。现在你却对我说,那不是最后一次。啊,你并不知道感激呀!"

"我为什么要感激?"

吉尔伯特·奥斯蒙德放下手中那些小器械,吹了口气,把画上的一粒尘埃吹落,然后缓缓地站起身来,到现在为止第一次正眼看了看他的妻子。"因为他在这儿的时候,我没有干涉你。"

"噢,是的,我很感激;我完全记得,当时你是怎么明白无误地告诉我你的厌恶的。所以他离开时,我很高兴。"

"那么别去管他;不要赶过去见他。"

伊莎贝尔将视线从他身上移开,落在了他临摹的那幅不大的画上。"我必须去英国。"她说,同时心里很清楚,自己说话的语气会让一位趣味高雅却易怒的先生觉得，她顽固而且愚蠢。

"你那么做，我是不会喜欢的。"奥斯蒙德表态道。

"我为什么要在意这个？我不去，你也不会喜欢。我去也好，不去也好，你都不喜欢；你认定我是在撒谎。"

奥斯蒙德脸色显得有些苍白；他冷冷地笑了笑。"那么，这就是你一定要去的原因？不是要去见你的表哥，而是要报复我。"

"我压根儿不知道什么是报复。"

"我知道，"奥斯蒙德说，"可别给我机会。"

"你是迫不及待地想得个机会，恨不得我出个什么差错。"

"这么说，你要是不听我的话，我该高兴才是。"

"要是不听你的话？"伊莎贝尔说话的声音很低，听起来不温不火。

"让我们把话说说清楚：假如你今天离开罗马，就说明这是你蓄谋已久、精心算计的反抗。"

"我三分钟前收到的我姨妈的电报，你怎么能说这是精心算计？"

"你算计得很快，这是了不起的能力。我不明白我们为什么还要讨论，你清楚我的想法。"说完他站在那里，似乎希望看着她退出去。

不过她一动没动，她动不了，也许这看起来有些奇怪；她依旧想为自己正名。奥斯蒙德有种非凡的力量，令她感觉需要这样。他总是可以吸引伊莎贝尔想象中的某些内容，来反对伊莎贝尔的判断。"你的想法没理由，"伊莎贝尔说，"而我去那里有充足的理由。你在我眼里非常不公正，我都不知道该怎么跟你说；不过我相信你自己清楚。你不同意才是精心算计过的，而且充满了恶意。"

此前，她还未曾向丈夫讲过，自己这些最坏的想法；很明显，听到这些奥斯蒙德感觉也很陌生。不过他没表现得怎么吃惊；而这种冷静明白无误地证实，他相信妻子终究战胜不了自己的足智多谋，会暴露出她的真心想法。"越来越激烈了。"他答道。随后他又补充了一句，就好像是在友好地给伊莎贝尔提建议："这件事很重要。"伊莎贝尔承认这一点，很清楚眼下的情形有多严峻；她知道他们的关系面临着危机。形势的严峻让她谨慎起来；她什么都没回答，于是奥斯蒙德继续道："你说我没理由？我有最好的理由。打心底里说，我讨厌你打算去做的事情：丢人、粗俗、无礼。对我而言，你表哥什么也不是；我没义务向他让步，何况我已经够大方了。他在这里的时候，你和他的关系让我如坐针毡；可我还是忍住了，因为我一周周地盼着他离开。我从没喜欢过他，他对我也一样。这就是你喜欢他的原因——他恨我。"奥斯蒙德说，话语里有一点颤音，不过很快消失了，几乎听不到。"我妻子该干什么，不该干什么，我有我的想法。她不应该无视我的殷殷期待，一个人横跨欧洲，为的是坐在别的男人的床边。你表哥对你不意味着什么，对我们也不意味着什么。我说*我们*的时候，你的笑容意味深长；不过我得请你放心，奥斯蒙德夫人，*我们*，*我们*，就是我知道的一切。对我们的婚姻，我很认真，不过好像你的做法并非如此。我不明白我们是离了婚了，还是分居另过了；对我来说，我们的结合是牢不可破的。和任何一个人相比，你离我最近，我离你最近。这兴许近的有些不舒服，可不管怎么说，这是我们自己思前想后的决定。我知道，提醒你这个，你不开心，但我很愿意，因为——因为——"他停顿了一会儿，似乎他有些非常重要的话要说。"因为我认为，无论自己的行为有什么后果，我们都应该接受，这一生我最看重的就是名声！"

他声音低沉，几乎是文雅的那种，嘲讽的腔调消失了。其中包含的严肃让他妻子激流涌动的感情停了下来；她进门时想好了的决定，现在却陷入了一张精细的网中。他最后说的话不是命令，听起来像是恳求。尽管在她看来，不管奥斯蒙德做出怎样尊严的表述，都只会是他极端自私的优雅外衣；可这些话代表的内容不同凡响、不容置疑，就像十字架，或者一个人祖国的国旗。他的话借助了那些神圣、珍贵的东西的名义——即对崇高礼仪的遵守。感情上他们两个十万八千里，俨然一对幻想破灭的恋人；实际上，他们两个从没有分开过。伊莎贝尔没有变，她过去对于正义的热忱依然回荡在胸中。现在，正当她对丈夫鲜有廉耻的诡辩恨之入骨的时候，这种热忱变换了旋律，一时间似乎让奥斯蒙德有了胜利的希望。这让她想到,奥斯蒙德期望保住自己的面子,这种期望毕竟是真诚的;而真诚不管在哪儿,都是种美德。十分钟前,她还在享受着不经思考就即刻行动所产生的愉悦,这种愉悦对她来说已经很陌生了;可现在,行动突然变成了慢慢地放弃,奥斯蒙德只轻轻一点,就将它摧毁,让它变了形。可是,假如她一定要屈服,她也要让奥斯蒙德明白,自己是个受害者,不是好愚弄的。"我知道你是嘲讽艺术的行家里手,"她说,"你怎么可以说我们的结合牢不可破——你怎么可以说自己很满意?你指责我虚伪的时候,我们的结合在哪里?你心中充斥着可怕的怀疑时,你的满意哪里去了?"

"是有这些不足,不过在我们体面的共同生活里它们是存在的。"

"我们并没有体面的共同生活!"伊莎贝尔大声说。

"的确没有,要是你去英国的话。"

"这不足挂齿,无所谓;我可以干得更多。"

奥斯蒙德的眉毛扬了起来,甚至肩膀也抬高了一点:他在意大利生活的时间太长了,已经养成了这个习惯。"呀,要是你是来恐吓我的,我更喜欢画画。"说罢他走回自己的桌子,拿起他一直在上面作画的那张纸,站在那儿仔细端详起来。

"我想,我走了的话,你是不会盼着我回来的。"伊莎贝尔说。

他很快转过身来。伊莎贝尔可以看出来,他这个动作不是故意的。他看了一下伊莎贝尔,然后问:"你疯了吗?"

"那除了分开,还能是什么?"她又说,"特别是,假设你说的都是对的?"除了分开,她看不出还有别的什么可能,所以她的确想知道还有别的什么希望。

奥斯蒙德在自己的桌子前面坐了下来。"在你这么反抗我的前提下,我实在没办法和你讨论。"他说,然后又拿起了一支小画笔。

伊莎贝尔又稍停了片刻,这点儿时间足够她审视奥斯蒙德的整个姿态:他刻意装得无关紧要,却又能表现一切;这之后伊莎贝尔很快离开了那里。她的天赋,她的精气神儿,她的热情,又一次统统消失了；突然之间一层冰冷、黑暗、模糊不清的东西包围了她。不管别人身上有什么弱点，奥斯蒙德都能将它引诱出来，在这方面他能力一流。伊莎贝尔回自己房间的路上，看到吉米奈伯爵夫人站在一个小客厅的门口；这间屋子里收藏着一些五花八门的书籍。伯爵夫人手上打开着一本书，看样子她是在读其中的一页，不过似乎并不感兴趣。听到伊莎贝尔的脚步声，她抬起了头。

"哟，亲爱的，"她叫道，"你那么博览群书，一定得推荐我一些有趣的书读读！这儿所有的都太沉闷了！你觉得这本对我有什么益处吗？"

伊莎贝尔瞥了一眼她递过来的那本书的名字，不过既没读也没理解。"恐怕我没办法给你提建议；我有些坏消息。我的表哥，拉尔夫·杜歇，要死了。"

伯爵夫人丢下了手里的书。"哦，他那么讨人喜欢；太为你难过了。"

"你再知道得多一些，会更加难过。"

"还有什么？你脸色很难看，"伯爵夫人又说。"你一定去过奥斯蒙德那里。"

要是半个小时前，有人告诉伊莎贝尔她会渴望自己大姑子的同情，她会漠然置之；可实际上，现在对这位夫人的点点关注，她也几乎是如获珍宝，没有比这更能说明她眼下处境的艰难了。"我去过奥斯蒙德那里。"她回答说；与此同时，伯爵夫人明亮的眼睛冲着她熠熠闪烁。

"我相信他肯定很恶心！"伯爵夫人大声说，"他有没有说，很高兴可怜的杜歇先生要死了？"

"他说，我要去英国，那不可能。"

与自己利益攸关的时候，伯爵夫人的脑子转得特别快。现在她已经预见到，自己余剩的罗马之旅没什么好玩儿的了。拉尔夫·杜歇将不久于人世，而伊莎贝尔要去参加葬礼，这样晚宴将不复存在。想到这些，一时间她脸上愁云惨淡，非常明显。不过，她的失望也仅限于这些丰富生动的面部表情了。毕竟，她想起来戏已经快演完了，自己待的时间够长了，已经超过了邀请的期限。这样，她很是关心起伊莎贝尔的苦恼来，连自己的都给忘了。她发现伊莎贝尔的麻烦很大，看起来不仅仅是她表哥的去世；伯爵夫人毫不犹豫地将她惹人恼火的弟弟和自己弟媳妇的眼神儿联系了起来。她心里突突直跳，几乎充满了喜悦的期待；这是因为要是她希望看到奥斯蒙德灰头土脸，目前的形势看来最有希望。当然，如果伊莎贝尔去了英国，她自己也会立刻离开黑岩宫；没什么能吸引她继续和奥斯蒙德待在一起。即便如此，她还是很想听到伊莎贝尔说要去英国。

"亲爱的，对你来说，没有什么是不可能的，"她亲切地说，"而且，你又这么富有、聪明，心地善良，为什么不可能？"

"的确，为什么不能？我感觉自己很软弱，很愚蠢。"

"奥斯蒙德为什么说不可能？"从伯爵夫人说话的口气里，可以明显听出来她难以想象。

就这样她开始盘问伊莎贝尔，而后者这时却退缩了。她抽回自己的手，这只手伯爵夫人一直攥着，而且饱含慈爱。不过对于刚才的提问，她的回答却直截了当，充满讥讽。"因为我们和睦相处，所以很难分开两个礼拜。"

"呵，"伊莎贝尔转过身去的时候伯爵夫人叫了起来，"我打算出门旅行的时候，我丈夫只对我说，没钱给我！"

伊莎贝尔回到了自己的房间，来回踱了一个小时。一些读者也许觉得她太自寻烦恼了；也的确，对于这么聪明的一位女性，她也太容易成为别人的猎物了。在她看来，到了现在，她才完全领会了结婚这一举措的重大意义。在目前的情况下，婚姻意味着，一个人在一定要做出选择的时候，自然是选择丈夫的一边。"我害怕——是的，我害怕。"她不止一次停下脚步这样自言自语。不过她怕的并不是她的丈夫——包括他的不满，仇恨和报复；甚至也不是她日后对自己行为的评判——这种前思后想常常叫她举步不前。她怕的只是由于奥斯蒙德希望自己留下来，而自己要离开，一场冲突恐怕会产生。他们之间已经裂开一道鸿沟；但不管怎样，他仍旧希望自己留下来。她要是离开了，奥斯蒙德会痛恨不已。伊莎贝尔知道奥斯蒙德的神经系统有多么敏感，能感受得到他听到反对的声音时的反应。她知道奥斯蒙德心里怎么想她，也估摸到了他会对她说些什么。虽然这样，可他们已经结过婚了，而婚姻就意味着一位女性应该和同自己一起站在神坛前、许下万般诺言的男人不离不弃。最后，她跌坐在沙发上，把头埋进了一堆垫子里。

她再抬起头时，看见吉米奈伯爵夫人在自己眼前走来走去。她一点儿都没注意到后者的进入。吉米奈伯爵夫人薄薄的嘴唇上挂着奇怪的微笑，在一个小时里，她整个脸庞变得神采奕奕，饱含深意。可以这么说，她一直只关心自己的事，安心地待在自己的窗户旁，可现在却探出了头。"我敲门了，"她开始道，"可你没应我，于是我就冒昧进来了。我已经观察你五分钟了，你非常不开心。"

"是的，不过我想你也安慰不了我。"

"你同意我试一下吗？"言罢伯爵夫人在她旁边的沙发上坐了下来。她一直面带微笑，看得出很愿意交谈，而且兴致勃勃。她似乎有什么秘密要讲；而伊莎贝尔也第一次意识到大姑子兴许会说些很有人情味儿的话。伯爵夫人故弄玄虚地眨了眨自己那双熠熠闪烁的眼睛，看得出她意厚兴浓，这让人感觉很不舒服。"思前想后，"她随即回到了自己的主题，"我一定要告诉你。第一，我不知道你现在心情怎么样。看起来你有很多顾虑，很多理由，很多束缚。十年前，我发现我丈夫最希望干的就是让我痛苦；最近他索性就不睬我了——啊，这样删繁就简真是不错！伊莎贝尔，我亲爱的，你做事还不够简单。"

"对，我不够简单。"伊莎贝尔说。

"有些事情我想让你了解，"伯爵夫人正儿八经地说，"这是因为我认为你应该知道；也许你已经知道了，或许已经猜到了。可要是那样的话，我就更迷惑了，你为什么就不做自己想做的事情？"

"你想让我了解什么？"伊莎贝尔心中一阵不祥之兆，心跳也开始加速。伯爵夫人就要开始说明，她那些话的正确性了，这本身就很可怕。

　　不过伯爵夫人仍然想和自己的同伴卖个关子。"换我是你，早八百年就猜出来了。你就从没怀疑过？"

　　"我没猜测过什么；我要怀疑什么？我不懂你在说什么。"

　　"那是因为你心地实在单纯，没见过你这么心地单纯的人！"伯爵夫人提高了嗓门。

　　伊莎贝尔缓缓地站了起来。"你要和我讲的事，一定很可怕。"

　　"随你怎么说！"伯爵夫人也跟着站了起来，与此同时她脸上的邪恶不断积聚，现在越来越明显，越来越可怖。她站了一会儿，好像是在昭示自己的意图，在伊莎贝尔看来甚至是丑陋。接着她说："我第一个弟媳没有孩子。"

　　伊莎贝尔回头凝视着她，这话听起来有些风马牛不相及。"你第一个弟媳？"

　　"假如有谁说过，我想你至少知道奥斯蒙德以前结过婚！我跟你没提过他的前妻，我觉得这有些不体面，或者不尊重；其他不那么讲究的人肯定提过这事。那位可怜的女人只活了三年不到一点，一个孩子都没生育。潘茜是她死后才出现的。"

　　伊莎贝尔眉头紧蹙，好奇地张开了嘴巴，茫然不知所措。她在尽力理解，不过看起来，她需要理解的不仅仅是她看到的这些。"这么说，潘茜不是我丈夫的女儿？"

　　"是你丈夫的——千真万确！不是别人的丈夫的，不过是别人的妻子的。嗳，善良的伊莎贝尔，"伯爵夫人叫嚷着，"跟你说话，一定要一字一句说清楚才行！"

　　"我听不懂；谁的妻子的？"伊莎贝尔问。

　　"是一个讨厌的瑞士人的妻子，这个瑞士人年纪轻轻就死了——有多久了？——有十一二年，至少十五年前死的。他从不承认潘茜小姐，也从不理睬她，因为他知道是怎么回事儿；的确，也没理由说他不该那么做。奥斯蒙德承认了，这相当不错，虽然为此日后他得胡诌一顿说，妻子生孩子时死了，而自己出于悲痛和厌恶，眼不见心不烦，把孩子打发到保姆那里去，尽可能不见她。你知道吗，他妻子其实是死于另一种病，地点也完全不同：是在皮埃蒙特①山区。他们是八月份去的那里，因为那里的空气似乎有益于她的健康，不料在那儿她却突然病势加重。人们完全信了这个故事；只要没人留意，表面上它足以蒙混过关，况且也没人高兴去弄明白其中的内幕。不过，*我*当然知道——尽管我没有调查过什么，"伯爵夫人清清楚楚地继续道，"因为，你明白，我们之间什么都没交流过——我指的是奥斯蒙德和我之间。你没有注意到他看我的那个样子？一声不吭，为的是摆平这事儿——就是假设我说了什么，就把我给摆平。不管是对是错，我什么都没说——一个字都没跟人提过，要是你相信我：我以自己的名誉保证，亲爱的，我现在和你说的这些事情，我从来都没和任何人讲过。对我而言，从一开始那孩子就是我的侄女，这已经够了——从她是我弟弟的女儿那会儿开始。至于她真正的母亲！"可是说到这里，潘茜妙不可言的姑妈不自觉地打住了，因为她弟媳妇脸上的表情让她感到，似乎有太多的眼睛盯着自己看，她都目不暇给了。

她谁的名字都没提，可这个没有说出的名字，就像回声一样，几乎已经到了伊莎贝尔的嘴边，可她把它咽住了；她又坐了下来，垂下了头。"你告诉我这些干什么？"她以伯爵夫人几乎辨认不出的口吻问。

"因为我烦透了，你怎么还蒙在鼓里。说实话，亲爱的，一直没跟你说道说道，这让我心烦意乱；似乎我也太笨了，这么长时间都没办法告诉你！你不介意的话，我得说，这些事就发生在你周围，而你看起来却什么都不知道，你可真能干啊，这真让我吃惊②。这好像是协助——是助长天真的无知，我一向干不了这个。就这件事而言，我一直坚守美德，就是替我弟弟守口如瓶，可我无论如何也坚持不下去了。还有，你知道这不是恶意撒谎，"伯爵夫人又说，显得无与伦比："事实就是我告诉你的，丁点儿不错。"

---

① 是意大利西北的一个大区，首府是都灵。皮埃蒙特三面被阿尔卑斯山脉包围。
② 原文为法语。

"我没想到。"伊莎贝尔随即说;她抬头看着伯爵夫人,那一脸的困惑和她回答的内容毫无疑问很般配。

"我也这么认为——不过这很难相信。你有没有想到过,他做过她六七年的情人?"

"我不知道;我想到过一些事情,也许这就是这些事情的意义。"

"她非常聪明,在潘茜这件事上处理得非常妙!"看到这个情形,伯爵夫人大声叫了起来。

"啊,就我而言,"伊莎贝尔继续道,"我从来不曾那样明确地想过。"她似乎是要让自己弄清楚,有过什么,没有过什么。"事实上……我弄不明白。"

她讲话的样子好像困惑不解;而这在伯爵夫人眼里,似乎自己的真情告白没有达到它应有的效果:她曾期待着能燃起熊熊的烈火,却不料几乎连个火星都没看到。伊莎贝尔的反应,只是像一个想象力丰富的年轻姑娘,读了某段精彩而险恶的历史故事。"你难道看不出来,没有谁认为那个孩子是她丈夫的?——也就是说梅尔先生的?"她的朋友接着说。"他们分开已经很久了,不可能有孩子;梅尔先生去了某个遥远的国家——我想是南美洲。假如她和他有过孩子——这个我没把握,也没了。情况刚好有利,压力之下(我是说在这么尴尬的关头),奥斯蒙德说这个小姑娘是他的完全顺理成章。没错,他妻子是死了,可她死了没多久,调整一下日期是没问题的——我的意思是,一开始大家并没有对他们的说法产生怀疑,这也正是他们提防的。可怜的奥斯蒙德夫人,这孩子是她短暂的幸福生活的见证,却要了她的命,真可怜呀[①],还有比这更合乎情理的吗?况且她是在别的地方去世的,而这个世界也不想多管闲事。借助于改变居所——奥斯蒙德和她到阿尔卑斯山中去的时候,本来一直住在那不勒斯;后来奥斯蒙德瞅准时机永久地离开了那里——整个故事就这样顺利编纂完成。我那可怜的弟媳妇,入土为安,对此无能为力,而孩子真正的母亲,也放弃

---

① 原文为意大利语。

了对孩子一切表面上的权利，安然脱险。"

"嗳，可怜的女人！"伊莎贝尔感叹道，眼泪也因此夺眶而出。她已经很长时间不曾掉眼泪了，因为哭得太多，已经产生了严重的反应，哭不出来了。但此时此刻，她却泪如泉涌，这让吉米奈伯爵夫人又一次感到了失望。

"你对她真是太好了，还同情她！"她尴尬地大笑道，"没错，的确，你有自己的处事方式！"

"他一定对自己的妻子不忠——而且这么快！"伊莎贝尔突然克制住了自己的哭泣说。

"要的就是这个——就是由你来继续她没做完的！"伯爵夫人继续道，"不过，我同意你的说法，是有些太快了。"

"可对我，对我……"伊莎贝尔犹豫了，好像没听到这话，又好像她的问题是提给自己的——她的眼神清楚无误地说明了她的疑问。

"他对你忠诚？这个，亲爱的，得看你怎么理解忠诚。他和你结婚时，已经不再是另一个女人的情人了——就是说，不是他以前的那样，亲爱的①，在那种情况下，那场戏一天不收场，两人就一天共同面对困难，小心谨慎！这样的状况已经过去了，这位女士后悔了，或者不管什么原因，由于自身的缘故，她退却了：她这人一向极其关注名声，甚至连奥斯蒙德自己也厌倦了。当他难以手到擒来地为自己做的事情打补丁的时候，你可以想象会是什么情况！但是他们一起经历了过去的一切。"

"对，"伊莎贝尔机械地附和，"他们一起经历了过去的一切。"

"啊，后来这段没什么；不过我估计，他们也维持了六到七年的时间。"

伊莎贝尔沉默了一会儿。"那么她为什么要他和我结婚？"

"唉，亲爱的，这就是她的高明之处！因为你有钱，而且还因为她相信你不会对潘茜不好。"

---

① 原文为意大利语。

"可怜的女人——可潘茜并不喜欢她！"伊莎贝尔大声说。

"这就是为什么她希望是潘茜喜欢的某个人。这个她清楚；所有这一切她都清楚。"

"她会知道你告诉了我这一切吗？"

"这得看你会不会告诉她；她已经做好准备了，而且你知道，她指望什么来保护自己？指望你认为我是在撒谎。或许你会这么想；你也别为了掩饰这个就为难自己。只是我要说，这次我没有撒谎。我撒过很多愚不可及的小谎，可一个人都没伤害过，只有我自己深受其害。"

伊莎贝尔坐在那儿，目瞪口呆地听着同伴的讲述，那样子就好像有位四处流荡的吉卜赛人，在她脚下的地毯上打开了一个装有稀奇古怪器皿的大包。"为什么奥斯蒙德不和她结婚呢？"她最后问。

"因为她没钱。"伯爵夫人有问必答；假如她是在扯谎，也扯得天衣无缝。"从来没有人知道她靠什么赖以为生，或者说她是如何搞到那些漂亮东西的。我相信奥斯蒙德自己也不清楚；再说，她也不会嫁给他。"

"那她怎么会爱上他的呢？"

"她不是在那个意义上爱上了他。我猜测，她一开始是爱上了他，而且也要和他结婚了；可是当时她丈夫还活着。到梅尔先生去见——不是去见他的祖先，因为他从来没有祖先，到那时，她和奥斯蒙德之间的关系改变了，她也变得更雄心勃勃。再说，对于奥斯蒙德，她从来不抱幻想，"伯爵夫人继续道，这些话让伊莎贝尔后来一想起来，就感到痛苦和恐惧——"不管你怎么以为，她的*智慧*中没有任何不切实际的东西。她希望自己嫁给一位大人物，这个想法一刻也没离开过她。她等也等了，留心也留心了，也谋划了，也祈祷了，就是从没成功过。你明白，我不觉得梅尔夫人取得了成功。到现在我都不知道她会取得什么成功；就目前来说，她没什么好炫耀的。她唯一实实在在的成就就是把你和奥斯蒙德撮合到了一起——这当然不包括她认识所有的人，而且还能不花一分钱和他们待在一起。是的，这是她干的，亲爱的；你别那样看着我，好像你不相信。我观察他们好多年了，我了解一切——一切。大家觉得我脑子不够用，不过我花了大量的心思研究这两个人的事。她恨我，而为了显示这个，她就假装总是在保护我。听到大家说我有十五个情人，她会显得大吃一惊，并说这其中大多属于未经证实的。她害怕我已经有些年头了；听到人们说我的坏话，造我的谣言，她会感到非常舒服。她一直害怕我揭她的老底；就在奥斯蒙德开始追求你的时候，她还威胁过我。就是那一天，在佛罗伦萨，奥斯蒙德家里，你还记得她带你到那儿的那个下午吗？我们还在花园里喝了茶？她当时警告我，假如我揭发她，她也会依法儿收拾我；还装模作样地说，关于我的闲言碎语可比她的多得多。那会是个很有趣的比较！她要说我什么我压根儿不在乎，原因很简单，因为我知道你压根儿不在乎。你对我不感兴趣，她说什么也无所谓。所以，随便她怎么报复我；我不觉得她的话会让你怎么吃惊。她的如意算盘就是做个无可挑剔的人，毫无瑕疵，成为知书达理的化身，有些像盛开的百合，纯洁无瑕。她总那么尊崇那个偶像。你知道，恺撒的妻子是不能有丑闻的；就像我说的，她总是想着嫁给恺撒。另外，她不愿意嫁给奥斯蒙德还有一个原因。她担心人们一看见自己和潘茜在一起，会把来龙去脉串在一起——因为大家甚至会在她们间看出某种相似的地方。她很害怕，唯恐母性的东西暴露了自己；她异常谨小慎微，这个母亲从来没有暴露过自己。"

"不，不，这个母亲暴露过，"伊莎贝尔说，听了这个故事，她的脸色变得越来越苍白，"前些天她在我面前表现了出来，不过我当时没想到。潘茜有望结一门了不起的婚事，但没有成功，这让她很失望，几乎拉下了面具。"

"啊，这正是她要找回补偿的地方！"伯爵夫人叫了起来，"她输得太惨了，打定主意想让她女儿弥补她的遗憾。"

听到"她女儿"三个字，伊莎贝尔吃了一惊，而她的客人讲起来却那么信手拈来。"这似乎很精彩。"她低语道。她现在脑子里一片混乱，几乎忘了这个故事和自己有切身关系。

"现在别去和那个可怜的孩子计较,她是无辜的!"伯爵夫人继续道,"她的身世很糟糕,不过她很不错。我自己就很喜欢潘茜;当然不是因为她是她的女儿,是因为她已经成了你的女儿了。"

"是的,她已经是我的了。看见我,那个可怜的女人该多伤心呀——!"伊莎贝尔感叹道,与此同时这个想法也让她脸红起来。

"我不认为她会伤心;相反,她喜欢这样。通过奥斯蒙德的婚姻,他的女儿身价倍增。此前她处境艰难;你知道那位母亲怎么个想法?她认为你会喜欢这个孩子,还会为她做些什么。奥斯蒙德当然什么都给不了她,他实在太穷;不过,当然了,这些你都知道。哎呀,亲爱的,"伯爵夫人叹道,"你为什么要继承钱财呢?"她停了一下,好像在伊莎贝尔的脸上看到了什么不同寻常的东西。"现在你不要对我讲,你会给她一份嫁妆;你有这个能力,不过我拒绝相信。不要太好了,过得轻松一些,自然一些,平庸一些;这一辈子里,为图个痛快,也心狠手辣一次!"

"这些都太奇怪了;我想我应该猜到这些的,不过很遗憾,"伊莎贝尔说,"我非常感谢你。"

"没错,你看起来的确如此!"伯爵夫人嘲笑着大声说,"也许你感激我——也许不;你看起来不像我想的那样。"

"那我应该怎样?"伊莎贝尔问。

"这个,我要说,应该像个受人利用了的女人。"对此伊莎贝尔没有回答,她只是听着;伯爵夫人接着说:"他们一直来往频繁,即便是她跟他分手了——或者是他跟她,也还是老样。不过一直以来,他在她眼里要比她在他眼里重要。他们的美好时光结束的时候,他们讲好,彼此要给对方完全的自由,不过也要竭尽全力帮对方过上好日子。兴许你要问我怎么知道是这回事儿,这是他们的行为告诉我的。现在你明白了,和男人相比,女人是多么善良!她替奥斯蒙德娶了老婆,可奥斯蒙德连丁点儿忙都没帮过她。她为他卖力,为他策划,为他受罪,甚至还不止一次为他筹钱,换来的结局却是他厌倦了她。她代表过去的习惯;有些时候他是需要她,不过总的来说即使她消失得无影无踪,他也不会想她。而且更可悲的是,她今天才知道。所以你大可不必嫉妒!"伯爵夫人幽默地加了一句。

伊莎贝尔从坐的沙发上又站了起来,感觉受到了伤害,而且呼吸困难,脑子里满是闻所未闻的消息。"我非常感谢你。"她又说了一遍。接着她语气一变,突然说:"这些你是怎么知道的?"

伊莎贝尔的感激让伯爵夫人很满意,不过这个质问让她有些烦。她狠狠地瞪了一眼自己的同伴,并嚷道:"好,就算我这都是无中生有!"接着,她把手放在伊莎贝尔的胳臂上,突然也改变了语气:"那么,现在你还要放弃自己的旅行吗?"说话的时候,她微笑着,敏锐欢快,摄人心魄。

伊莎贝尔有些吃惊,转过了身去。但她感觉很无力,一时间不得不把胳臂放在壁炉架上撑一下自己。她就这么站了一分钟,感觉脑子里混乱不堪;她把头放在自己的胳膊上,闭上眼睛和苍白的嘴唇。

"我错了,不该讲这些话——我把你给弄病了!"伯爵夫人叫道。

"啊,我一定要见拉尔夫!"伊莎贝尔呜咽着说。这听起来不是出于怨恨,也不是出于她同伴期待的激情澎湃,却充满了无穷无尽、绵延无边的悲伤。

第五十二章

当晚有一趟火车开往都灵和巴黎。伯爵夫人走后,伊莎贝尔很快和女仆交换了看法,并下定了决心。这个仆人行事谨慎,对她忠心耿耿,而且聪明伶俐。这之后除了她的旅行,她只考虑一件事情。她一定得去看看潘茜;对潘茜她放不下。她还没有去看过她,因为奥斯蒙德的意思是现在去看还为时尚早。五点钟的时候,她乘马车来到一座高大的门洞前。它位于一条狭窄的街道上,处于那沃那广场①区域。修道院一位和蔼的女门房把她接了进去,殷勤备至。伊莎贝尔以前来过这里,那次是陪潘茜来看望这里的修女们。她知道她们都很不错,而且发现宽大的房间干干净净、令人愉快,年代久远的花园冬天里有阳光,春天里有荫凉。但她不喜欢这里,感觉很难受,几乎很害怕;无论如何她都不会在这里过哪怕一夜。这就像一座设施完善的监狱,和以往相比,今天这种印象更深刻;原因是她想象不出,潘茜怎么可能自由地离开这里。这个天真的孩子似乎以一种全新而强烈的形象出现在她面前,结果是使伊莎贝尔向她伸出了援手。

女门房让她在会客室里等着,然后进去禀报,说有一位客人要见那位可爱的小姐。会客室宽大、寒冷,摆放着一些模样新式的家具;还有一个大炉子,白瓷做的,干干净净,没有生火;玻璃框下是收藏的烛花,墙上挂的是依照宗教图画制作的系列版画。上一次来的时候,伊莎贝尔认为这里不像罗马,倒更像费城②,不过今天她没这种想法;她只觉得会客室空空荡荡、冷冷清清。大约五分钟后,女门房回来了,还带来一个人。伊莎贝尔站起身来,想着会是哪个修女,可她万万没想到站在自己面前的竟是梅尔夫人。梅尔夫人在伊莎贝尔眼

---

① 罗马一广场名。
② 美国宾夕法尼亚州最大的城市,位于该州东南部,从 1790 年到 1800 年曾是美国的首都。

里已经是无处不在了，现在她本人出现在了自己眼前，伊莎贝尔感觉好像是看见一张色彩鲜艳的图画在移动，很突然，甚至很可怕。一整天伊莎贝尔都在思考着她的虚伪，无耻，手腕，还有她可能遭受的痛苦；随着她走进会客室，这些见不得人的事情像一道光一样突然出现伊莎贝尔面前。从根本上说，她的出现像是丑陋的证据，像是写下的字迹，像是受了亵渎的圣物，像是法庭上出具的物品，面目狰狞。这让伊莎贝尔感到眩晕；假如当时她必须开口，她很有可能做不到。还好她没此必要；在她看来，自己和梅尔夫人确确实实无话可说。其实任何和这位夫人有来往的人，都没有这种绝对的必要，因为她的做派不仅能掩饰她自己的不足之处，也能帮对方成功应对困境。不过她今天和以往有所不同：她跟在女门房的身后，缓缓地走进来，伊莎贝尔立刻察觉到她今天不大可能再耍惯常的伎俩。对她自己而言，这个时刻也很不寻常，只能顺其自然地应付眼下的情形。这让她显得特别严肃，显得故作姿态，脸上甚至连微笑都没有。伊莎贝尔明白，与以往任何时候相比，她现在更是在装腔作势；可她却感到，总体上这位出色的女人这个样子最真实。她从头到脚打量了一番自己年轻的朋友，目光并不严厉，也不挑衅，倒是有些温顺，只是让人感觉冷冷的，也没有表现出任何她们此前会面的暗示。她似乎是打算要强调两次会面的区别：此前她生气了，现在已经归于平静。

"你不用管我们了，"她对女门房说，"五分钟后，这位夫人会摇铃叫你。"吩咐完了她转向伊莎贝尔。可伊莎贝尔在观察到了刚才提到的那些情形后，这时已经不再看她了，尽可能地让目光离她越远越好，在会客室里四处张望。她希望自己再也不要看到梅尔夫人。"看到我在这里，你一定很吃惊，而且恐怕也不怎么高兴，"这位女士接着说，"你不明白我为什么要来；好像我要抢你的先一样。我承认自己有些冒失——我该先征求你的同意的。"这句话说得单纯而温和，并非含沙射影的嘲讽，也非欺诈。可伊莎贝尔现在就像漂泊在一片遥远的大海上，那里充满怀疑与痛苦；她判断不清这句话里有怎样的企图。"不过，我待的时间并不长，"梅尔夫人接着说，"我是说和潘茜在一起的时间不长。我来看她,是因为今天下午我突然想到,她在这里肯定很孤单,甚至还有些痛苦。这对一位年纪轻轻的女孩子也许有益;我讲不好,因为我太不了解年轻的女孩子。可无论如何,她是有些难过,所以我就来了——很随意。我当然知道你会来,还有她父亲;不过,我也没听说什么人不可以来。那位善良的嬷嬷——她叫什么来着?凯瑟琳嬷嬷——一点儿都不反对。我和潘茜在一起待了二十分钟;她有个漂亮的小房间,一点儿都不像是在修道院里;里面有钢琴、鲜花。她很有品位,把它布置得招人喜爱。当然这和我没关系,不过见到她后,我感到很开心。要是她高兴,她甚至可以有一名女仆;当然,她现在没什么必要梳妆打扮。她穿一件黑色衣服,看起来很迷人。我后来去拜访了凯瑟琳嬷嬷,她也有一间很不错的屋子。据我看,这些可怜的修女们一点儿都不像是在修道院里,这个你放心。凯瑟琳嬷嬷有一个小梳妆台,再可爱不过了;而且很罕见的上面还有瓶香水,似乎是科隆的。她说潘茜很讨人喜爱;她在这里她们都很开心;说她就像是个天国来的小圣徒,值得她们中那些最老的修女去效仿。我就要离开凯瑟琳嬷嬷那里的时候,女门房来禀报说有位夫人要见小姐。我当然知道这肯定是你;于是我就恳求她,让我来接待你。她坚决不同意——这个我一定得告诉你,她还说通知修道院长是她的职责;你一定要受到隆重的接待,这很重要。我恳求她就不要通知修道院长了,问问她,她以为我会怎么接待你!"

梅尔夫人就这样讲了下去,从中可以感受得到,长期以来在谈话的艺术方面她是多么出色的一个行家里手。尽管伊莎贝尔没有看自己的同伴,但她谈话的每一部分、每一个转换都没有逃过伊莎贝尔的耳朵。她刚说了不多一会儿,伊莎贝尔就在她的声音里注意到一个突然的停顿,这打破了她讲话的连续性,本身就是很戏剧性的一幕。这个微妙的调整标志着一个重大的发现——她察觉到,自己的听众有了一种全新的态度。在这一刹那,梅尔夫人已经意识到,在她们之间,一切都已经结束了;又一刹那,她已经明白了这是为什么。站在这里的女士,已经不是迄今为止自己认识的那位;她已经有了很大的变化,她知道自己的秘密。这是个可怕的发现；从她发现的那一刻开始，这位卓尔不凡的女人变得言语支吾，勇气全无。不过这只是一转眼的事。紧接着她就重整旗鼓，恢复了自己那故意为之的完美风度，而且还显得尽可能的若无其事，直至谈话结束。不过之所以这样，只是因为她已经知道这个句号会画在哪里，自己可以坚持到那一刻。她被击中了要害，浑身战栗，凭着全部的警戒和意志力，拼尽全力，才抑制住了自己的不安。她只有掩藏好自己，才能安全。她咬牙忍着，可是没办法调整好自己的声音，好让惊吓的痕迹消失；她听到自己说的话，却不知道自己在说什么。信心的潮水退去了，她只能滑动着驶回港口，差不多都要搁浅了。

这一切伊莎贝尔都清清楚楚地看到了，就好像它是从一面宽大、明亮的镜子里反射出来的一样。这对她是个重大的时刻，因为这可能是个胜利的时刻：梅尔夫人没了勇气，眼前晃悠着东窗事发的影子。这本身就是一种报复，几乎预示着一个更美好的未来。伊莎贝尔站了一会儿，背略微转了过去，显然是在朝窗外看，享受着她所知道的一切。窗户的对面是修道院的花园，不过她没有看到这些，春日萌生的植物和阳光灿烂的午后统统没有进入她的视野。她看到的是一个冷酷且刺眼的现实：自己成了一种实用的工具，带着把手，毫无知觉，方便好用，比成型的木头和铁块好不到哪儿去。借着一种残酷的启示，她明白了这些，那启示已经成了她经历的一部分；她的意识，像易碎的容器，将这一启示送到了眼前，而她为之付出了固有的代价。在她内心，这种认识带来的痛苦现在再一次汹涌澎湃，好像让她的嘴唇品尝到了耻辱的滋味。有那么一会儿，如果她转过身来说了什么，那将会像鞭子抽打一样嗖嗖作响。但是她闭上了眼睛，随之那可怕的景象也消失了。那位世界上最聪明的女人依旧站在距她几步远的地方，就像个最卑贱的人一样，浑然不知所措。伊莎贝尔唯一的报复就是依旧保持沉默，让梅尔夫人处于这种前所未有的窘境里。她就这样让梅尔夫人站在那里，这位夫人肯定觉得这段时间很长，最后只能自己做了个姿态，坐了下来，这本身就是在承认她自己的无可奈何。这时伊莎贝尔将视线缓缓地转了过来，俯视着她。梅尔夫人面色苍白，眼睛盯着伊莎贝尔的脸。她也许看到了自己想看的，不过她的危机过去了。伊莎贝尔永远不会指责她，批评她；这也许是因为她永远都不会给她替自己辩护的机会。

"我来是和潘茜告别的，"我们年轻的夫人终于开口了，"我今晚去英国。"

"今晚去英国！"梅尔夫人坐在那儿重复道，抬头看着她。

"我要去花园山庄，拉尔夫·杜歇快死了。"

"嗳，你会很难过的。"梅尔夫人恢复了镇定，现在找到了同情别人的机会。"你要一个人去吗？"

"是的，我丈夫不去。"

梅尔夫人发出了一声低低的、含糊的叹息，好像是注意到了眼下无处不在的感伤。"杜歇先生从不喜欢我，可我还是很遗憾他要去世了。你会见到他母亲吗？"

"会的，她已经从美国回去了。"

"她以前对我很友好，不过现在变了。其他的人也变了。"梅尔夫人语气平和地说，显得高贵、伤感。她稍停了一下，接着又说："你又要看到可爱的老花园山庄了！"

"我不会怎么高兴的。"伊莎贝尔回答。

"当然——你这么难过。我见过很多房子，可总的来说，在我知道的所有房子中，它是我最乐意住的一座。我不敢贸然问候那里的人，"梅尔夫人补充说，"不过我很想表达我对那个地方的喜爱。"

伊莎贝尔转过身去说："我没多少时间了，得去潘茜那里了。"

她朝四周看了看，想以一种得体的方式出去；恰在这时，门开了，修道院的一位嬷嬷走了进来。这位嬷嬷脸上带着谨慎的笑容走上前来，一双白白胖胖的手在又长又宽的袖子里轻轻搓着。伊莎贝尔认出来是凯瑟琳嬷嬷，她们以前见过；她请求嬷嬷即刻允许自己去见奥斯蒙德小姐。凯瑟琳嬷嬷显得更加谨慎了，但她笑容可掬地说："见到你她会很高兴，让我带你去见她。"说完她看了看梅尔夫人，眼神里有高兴也有警惕。

"我在这里再多停一会儿可以吗?"这位夫人问,"这儿挺不错的。"

"您愿意停多久,随您!"随后善良的嬷嬷会意地笑了一声。

她带着伊莎贝尔出了会客室,穿过几个走廊,然后又爬上一段长长的楼梯。所经之处一律结结实实、不饰雕琢,而且明亮整洁;这和监狱里一模一样,伊莎贝尔想。凯瑟琳嬷嬷轻轻推开潘茜房间的门,让进了客人,然后她笑容满面地站在那儿,双手合着;与此同时,另外两位女士拥抱在了一起。

"她很高兴见到你,"凯瑟琳嬷嬷重复道,"这对她有好处。"说罢她小心翼翼地替伊莎贝尔搬来了最好的椅子,不过她自己并没有显示出要坐下的意思,好像准备要走。又停了一会儿,她问伊莎贝尔:"这个可爱的孩子看起来怎么样?"

"她看着有些苍白。"伊莎贝尔回答。

"那是因为她看见你高兴的原因;她很高兴。她让这里蓬荜生辉①。"善良的嬷嬷说。

像梅尔夫人刚才描述的,潘茜身穿一件小巧的黑色衣服;或许是这件衣服让她看起来苍白。"她们对我很好——她们什么事都想到了!"她大声叫道,和以往一样着急着为别人考虑。

"我们总是想着你——你给了我们一个美好的责任。"凯瑟琳嬷嬷说,好像她把善行当作习惯、把对所有人的关爱当作责任。这话在伊莎贝尔听来就像铅一样沉重,似乎代表了对个性的放弃,以及教堂的权威。

凯瑟琳嬷嬷留下她们两个走开了,这时潘茜跪在地上,把头放在继母的膝盖上。伊莎贝尔轻轻地抚摸着她的头发,这么过了一会儿,潘茜站了起来,转过了脸去,环顾了一下屋子。"我把房间收拾得是不是很不错?家里有的我这里都有。"

---

① 原文为法语。

"很漂亮，你在这里很舒适。"伊莎贝尔几乎不知道能对她说什么。一方面她不能让潘茜觉得自己来是为了可怜她，而另一方面假装和她一起高兴，不仅可笑，而且无聊。所以过了一会儿她只是简单地说："我是来和你告别的；我要去英国。"

潘茜白白的小脸儿红了起来。"去英国！不回来了？"

"我不知道什么时候会回来。"

"啊，我很遗憾。"潘茜吸了一口气，有些虚弱。她说话的样子好像是说，她没有批评的权利，但她的口气里却包含着深深的失望。

"我表兄，杜歇先生，病得很重，他很可能活不了了。我想见见他。"伊莎贝尔说。

"啊，想起来了；你告诉过我他活不久了。当然你得去，爸爸去吗？"

"他不去，我一个人去。"

一时间潘茜什么都没说。伊莎贝尔经常揣测她如何理解自己父亲和他妻子之间貌合神离的关系；可潘茜没有流露出一个眼神，或者一个暗示，表明她认为他们貌似亲密的关系有了隔阂。伊莎贝尔确信，潘茜有自己的思考，而且她肯定认为，一定有比她父亲和继母更亲密的夫妻。但即便是思考潘茜也慎之又慎，她从不冒昧地评判自己温柔的继母，同时也不会批评她伟大的父亲。她的心也许会突然停止跳动，就像她看到修道院小教堂内那一大幅画上的两位圣人，突然转过他们色彩鲜艳的头，冲对方左右摇晃；但就如在后面这种情况下，出于庄重，她也绝不会谈论那个骇人的现象，她也会竭力把她所知道到的大人的秘密，从脑子里排除出去。"那你要离我很远很远了。"她很快又接着说。

"是的，我会离你很远；不过这没什么，"伊莎贝尔解释道，"因为即使我在这里，也不能说离你很近。"

"没错，可你可以来看我；虽然你并不经常来。"

"我没来是因为你父亲不允许；我今天来什么也没带，没办法让你开心。"

"我到这里不是来找开心的，那不是爸爸的打算。"

"所以我在罗马或是英国，都没什么关系。"

"你很不快乐，奥斯蒙德夫人。"潘茜说。

"不是很快乐，不过没关系。"

"我也是这么对自己说的。有什么关系？但我还是希望出去。"

"我的确希望你能那样。"

"不要把我丢在这里。"潘茜继续轻声说。

一时间伊莎贝尔一语皆无，她心跳得很厉害。"你愿意现在和我离开这里吗？"她问。

潘茜祈求地看着她："爸爸要你带我离开了吗？"

"没有，那是我自己的想法。"

"那我还是再等等吧；爸爸没让你带口信儿给我？"

"我想他不知道我来这儿了。"

"他觉得我在这儿待的时间还不够长，"潘茜说，"但我觉得已经很长了。嬷嬷们待我都很好，那些小姑娘也来看我。有些还很小——非常可爱的孩子。还有我的房间——你可以自己看看。没有一样不让人开心。可我还是觉得够长了。爸爸希望我多做些思考——我已经想了很多。"

"你都想了些什么？"

"嗯，就是永远都不能惹爸爸生气。"

"这个你以前就知道。"

"对，不过现在我认识更深刻了。我什么都愿意做——我什么都愿意做。"潘茜说。听到自己说的这些话，一丝红晕出现在了她的脸上，显得纯洁、深刻。伊莎贝尔知道这意味着什么，她明白这个可怜的女孩儿屈服了。爱德华·罗齐尔先生还保存着他那些珐琅器，这太正确了！伊莎贝尔盯着她的眼睛看，发现眼前只是一位信徒，祈求宽恕。她把自己的手放在潘茜的上面，好像要让她知道，她那样看她并不意味着她不再珍视她，因为虽然潘茜短暂的抵抗崩溃了（尽管那只是无声、温和的抵抗），那只是表明她对事实的认可。她并不自以为是地去评判别人，可她给自己作出了评判；她看到了现实。她没有能力和阴谋诡计抗争；关在这里，与世隔绝，庄严神圣，她不知所措。她向权威低下了自己漂亮的头颅，只求权威能慈悲心肠。爱德华·罗齐尔没有卖掉他所有的物件，这的确很正确！

伊莎贝尔站了起来，她的时间越来越少了。"再见吧，我晚上就离开罗马了。"

潘茜抓住她的衣服，脸上的表情突然间为之一变。"你看起来很奇怪，我有些害怕。"

"噢，不用怕，我没什么。"伊莎贝尔说。

"或许你再也不回来了？"

"也许是吧；我不好说。"

"啊，奥斯蒙德夫人，你可不要撇下我呀！"

这时候，伊莎贝尔明白她已经猜到了一切。"亲爱的孩子，我能为你做什么呢？"她问。

"我不知道——不过每每想到你，我就高兴一些。"

"你可以每时每刻都想着我。"

"你离我那么远，就不会了；我有些害怕。"潘茜说。

"你怕什么？"

"有点儿……怕爸爸，还有梅尔夫人；她刚来看过我。"

"可千万别那么讲。"伊莎贝尔说。

"噢，他们要我干什么我就干什么；只是要是你在这里，我做起来会更容易些。"

伊莎贝尔想了想。"我不会抛下你的，"她最后说，"再见，孩子。"

接着她们相互拥抱在一起，一言不发，像是姐妹两个。之后，潘茜陪着自己的客人走过回廊，来到了楼梯口。"梅尔夫人来过这儿。"她们一起走着的时候，潘茜说。见伊莎贝尔什么也没回答，她突然又说："我不喜欢梅尔夫人！"

伊莎贝尔犹豫了一下，然后停下了脚步。"你一定不能再说——

你不喜欢梅尔夫人。"

潘茜疑惑地看着她,不过疑惑对于潘茜而言从来都不是反对的理由。"我再也不那么说了。"她温柔而优雅地说。在楼梯口她们不得不分手了,因为这似乎是她在这里生活纪律的一部分:她不应该走下楼去;这条纪律温和却非常明确。伊莎贝尔走了下去;当她走下楼梯时,潘茜还在上面站着。"你会回来的,对吗?"她喊了一声,她当时的声音让伊莎贝尔一直忘不掉。

"是的,我会回来的。"

凯瑟琳嬷嬷在楼下迎住了奥斯蒙德夫人,并陪着她走到了会客室门口;在那儿两个人站着聊了一会儿。"我不进去了,"好心的嬷嬷说,"梅尔夫人等着您呢。"

听了这话,伊莎贝尔身子发僵,差不多要问修道院有没有别的出口。不过稍加思索后她定下心来,自己一定要表现好些,不能让可敬的修女看出自己不愿意见潘茜的另外一个朋友。伊莎贝尔的同伴轻轻地抓着她的胳膊,用聪明、仁爱的目光看了她一下,然后用法语亲切地说:"呃,你觉得那位可爱的姑娘怎么样?"

"我的继女吗?哦,和你说清楚得花很长时间。"

"我们觉得这已经够了。"凯瑟琳嬷嬷清清楚楚地说;随后她推开了会客室的门。

梅尔夫人依旧坐着,和伊莎贝尔离开她时没什么两样,就好像一位陷入深深思考的女士,连个小手指都不曾动过。凯瑟琳嬷嬷关上门后,梅尔夫人站了起来;伊莎贝尔可以看出,梅尔夫人的思考有一定的效果:她恢复了平静,充满了应变能力。"我感到自己想等等你,"她彬彬有礼地说,"不过,不是为了讲潘茜的事。"

伊莎贝尔纳闷她要谈什么,所以尽管梅尔夫人这么说,她略加思索后还是说:"凯瑟琳嬷嬷说已经足够了。"

"对,我也那么想;我想再问你一个杜歇先生的情况,他真可怜,"梅尔夫人又说,"你真觉得他不久于人世了?"

"除了一封电报,我没其他的消息;不幸的是这封电报恰恰证明了这种可能。"

"我想问你一个奇怪的问题,"梅尔夫人说,"你很喜欢你表兄吗?"说罢,她笑了笑,这笑容和她的话一样奇怪。

"对,我很喜欢他;不过我不懂你是什么意思。"

梅尔夫人有些迟疑。"这很难解释清楚。我想起了一些事,也许你可能没想到过;我想和你分享一下我的想法。你表兄曾帮过你一个大忙,你从没猜到过吗?"

"他帮过我很多次。"

"对,但有一次比任何一次都大;他让你成了一位富裕的女人。"

"他让我——?"

从梅尔夫人的表情能看出,她觉得自己成功了;她继续以成功者的姿态说:"你要获得美满的婚姻,还需更加光彩照人,那是他给你的。归根结底,你要谢的是他。"伊莎贝尔流露出的眼神让她停了下来。

"我不懂你的话;那是我姨父的钱。"

"没错,是你姨父的钱,但那是你表兄的主意;他说服了父亲接受自己的主意。啊,亲爱的,那个数目可不小呀!"

伊莎贝尔站在那,瞪大了眼睛;这一天,仿佛有一道道骇人的闪电照亮了她的世界。"我不知道你为何说这些,我不明白你都知道什么。"

"我什么都不知道,我只是猜测,不过我猜中了。"

伊莎贝尔走到了门口,开门的时候,她把手放在门闩上,停了一下。接着她说——这是她唯一的报复:"我相信我该感谢的人是你!"

梅尔夫人垂下了眼睛;她忏悔似的站在那儿,似乎在为赎罪而感到自豪。"我知道,你很不幸福;可我更是如此。"

"对,这个我可以相信;我想我再也不要见到你了。"

梅尔夫人睁开了眼。"我打算去美国。"她平静地回答,这时伊莎贝尔走了出去。

第五十三章

当伊莎贝尔在查令十字火车站①走下巴黎邮车的时候,亨丽埃塔·斯塔克波尔张开双臂——看起来是这样的——或至少是双手,迎接她。这时,她感到的并不是惊讶;而是另一种情绪,这在其他情况下,很可能带来的是快活。她在都灵的时候给朋友拍了电报,她心里并没有绝对的把握,亨丽埃塔会来接自己,不过她觉得那封电报会带来些有益的结果。在她始自罗马的漫长旅途中,她心里一片迷茫,不知道未来会是什么样子。一路上所经过的国家都披上了亮丽的春装,鲜艳无比,可这一切她都视而不见,也了无兴致。她的思绪则信马由缰走过了不同的国度,那里模样怪异、暗淡无光、无路可走;那里没有季节变换,看起来永远都是沉寂可怕的冬季。她有很多东西需要考虑,可她心里既没有反思,也没有什么明确的目的,充斥着的是杂乱无章的幻象,一闪而过的记忆和期待;一会儿是过去,一会儿是未来,来去无踪,但在她眼里,这只是断断续续的图像,出现抑或消失都自有规律。她回忆起来的事情非同寻常。现在她知道了内情,知道了与自己有重大关切的东西,而被遮蔽的事实使她的生活就像握着一副残缺的牌打惠斯特②,一件件、一桩桩事情的真相,它们间的相互关系,它们的意义,最重要的是它们所带来的恐惧感,在她面前升腾起来,像一座大型建筑矗立在那里。她记起了数不清的琐事,随着一阵不由自主的颤抖,它们现在又鲜活起来。她当时觉得这些都无足轻重,可现在发现,它们就像铅一样沉重。可话又说回来,即使现在,她依旧觉得这些无足轻重,原因是,对她来说,理解了它们又有什么用呢?对她而言,现在一切都显得毫无用处。所有的目的,所有的打

---

① 伦敦市中心一主要火车站名。
② 桥牌的一种原始形式。

算都告作废；所有的愿望也不例外，只有一个不包括在内：到她魂牵梦绕的庇护所。花园山庄是她的起点，回到那些与世隔绝的房间里，至少是个暂时的解脱。她精力旺盛的时候，从那里走了出去；现在身心交困，她又要回到那里。若说那里以前是她休憩的所在，现在则成了她的圣殿。拉尔夫要在这里去世，这让她嫉妒，因为假如一个人打算撒手尘寰，这里是最合适的场所。彻底停息、万念俱灰、一无所知，这个想法实在诱人，就像是在酷热的大地上，设想着在一个暗淡无光的房间里、在一个大理石池子里洗一次冷水浴。

　　从罗马一路走来，途中有些时候她其实是和死了没什么差别。她坐在自己的角落里，一动不动、声息皆无，没有希望也没有遗憾，仅仅感觉到自己在随车前行；这使她想起伊特鲁里亚人[①]墓穴上死者的塑像。现在没什么遗憾的了——都已经结束。一切早已结束，不仅仅是她的愚蠢，还有她的悔恨。唯一遗憾的是梅尔夫人是那样……嗯，不可思议；恰恰在这点上，她感到自己词穷意尽，简直不知道该如何表述梅尔夫人。不管怎样，该遗憾的是梅尔夫人自己；她说过要去美国，毫无疑问她会在那里抱恨终生。这和伊莎贝尔无关；她留下的唯一记忆是自己再也不会见到梅尔夫人了。这个记忆把她带入了未来，对此她只是偶尔短暂地瞥上一眼。她发现在遥远的未来，自己依旧抱着生活还得继续的态度，而这样的发现与她眼下的心境是大相径庭的。理想的状况可能是逃到一个遥远的地方，那里遥不可及，远非面积狭小、颜色灰绿的英国可比；但很明显，她没这个特权。在很长的时间里，生活将成为她应对的主要内容，这是她内心深处的感觉，这种感觉比任何放弃的愿望都要深刻。不时的，在她的信念里也会出现些鼓舞人心的事情，有时几乎是催人振作；这是活力的证明，说明有朝一日她还会快乐起来。她活着就是为了受罪，这不可能；毕竟她还年轻，很多的事情她都还没有经历。活着不是为了受罪，不是为了感

[①] 指古代伊特鲁里亚的本地人或居民。伊特鲁里亚为意大利中西部的一个古代国家，它曾是伊特鲁利亚文化的中心，该文化在公元前三世纪被罗马文化取代前普遍及意大利大部分地区。

受人生一次次，而且变本加厉的伤害，她觉得自己还有价值、能力尚可，不至于此。她接着想，把自己想得这么好，是否也太自命不凡、愚蠢可笑了。什么时候人的价值成了幸福的保证？从来没有。遍览历史，难道不是价值连城的往往遭受毁灭吗？假如一个人才华出众，他就更有可能受尽苦难。人都有自己粗鄙的一面，或许这里面就包含着这样的意思；但伊莎贝尔看到的是漫长的未来掷下的模糊的影子，在她的眼前转瞬即逝。她不能逃脱，只能坚持到最后。接下来，人生之中的漫漫岁月就将她裹挟起来，笼罩在她周围的是由她的漠然织就的灰色帷幕。

亨丽埃塔吻了吻她，和平常一样匆匆忙忙，就像担心别人会看见一样；随后伊莎贝尔站在人群中，朝自己周围踅摸了一遍，看自己的仆人在哪儿。她什么都没问，想等一会儿。她突然意识到，自己需要别人的帮助。她很高兴亨丽埃塔来了；伦敦让她感到可怕。高高拱起的车站穹顶烟熏火燎，显得黑黢黢的；奇异的灯光泛着铅色；挤挤扛扛的人群黑压压一片。这一切让她感到紧张害怕，她不由得挽起了朋友的胳膊。她回忆起来，这些东西曾一度让她喜欢；它们似乎是一个壮观场面的一部分，其中的某些东西让她怦然心动。她想起五年前，自己是如何步行离开优斯顿火车站的，那是个冬日的黄昏，马路上熙来攘往。今天她已经不可能那样了，那似乎是另一个人的经历，与她无关。

"你能来实在太好了。"亨丽埃塔一面说，一面看着她，好像她觉得，伊莎贝尔可能会反对她这话。"要是你不来……要是你不来；这个，我不知道……"斯塔克波尔小姐说，话里有话地在暗示朋友有可能会不同意她的说法。

伊莎贝尔四下看了看，没有找到女仆。不过，她的目光落在了另外一个人的身上，觉得以前见过这个面目和蔼的人。很快，她认出来那是班特林先生。他站得离她们稍远一些，不过并不是来往的人群迫使他离开了自己原来的位置，稍稍退后几步，这是因为他谨慎体贴，在两位女士拥抱的时候，故意避开一些。

"那是班特林先生。"伊莎贝尔轻轻地说,把话岔开了;这时她几乎不怎么关心还要不要找到自己的女仆了。

"噢,是的,我到哪儿,他就跟到哪儿;过来吧,班特林先生!"亨丽埃塔喊道。听到叫自己,殷勤的单身汉微笑着走上前来;不过由于当时肃穆的情形,他的微笑很克制。"她来了,是不是很棒?"亨丽埃塔问。"他全都知道,"她又说,"我们认真讨论过。他说你不会来,我说你会。"

"我还以为你总是同意她的话呢。"伊莎贝尔也报以微笑;她感到自己现在也能笑了。班特林先生的眼神直截了当,她一眼就看出他有好消息告诉自己。他的一双眼睛似乎在说,希望她能记得他是她表兄的一位故交——所以他理解,所以她不用担心。伊莎贝尔把手伸给他;她感到他非常像是位优美的骑士,无可指责。

"对,我一向同意,"班特林先生说,"可她却不是这样,你知道。"

"我没告诉过你吗,女仆就是累赘?"亨丽埃塔质问道,"你那位小姐或许还在加来①呢。"

"我不在意。"伊莎贝尔一面回答,一面看着班特林先生,从未发现他这么有趣。

"你和伊莎贝尔在一起待着,我去找找看。"亨丽埃塔命令道,留下他们两个走了。

一开始,两个人站在那儿,什么也没说,后来班特林先生问伊莎贝尔,经过英吉利海峡时情况如何。

"很好;不,我想海峡上风浪很大。"她回答,很明显她的回答让对方吃了一惊。之后她又说:"我想,你去过花园山庄。"

"哦,你怎么知道的?"

"我说不清——只是觉得你看起来像是去过那儿。"

"我是不是看起来很伤心?那儿的景象着实让人难过。"

---

① 法国北部重要港市。

"我没觉得你怎么伤心;你看起来像个心地非常善良的人。"伊莎贝尔说,显得坦率、自然。在她看来,自己再也不会因为小节局促不安了。

可是,可怜的班特林先生依旧处于这样初级的阶段。他满脸通红,还大笑起来;他告诉伊莎贝尔他经常很沮丧,而每当这种时候,他就异常可怕。"你可以问问斯塔克波尔小姐;我两天前去过花园山庄。"

"见到我表兄了吗?"

"只见了一会儿;不过常有人去看他。沃伯顿前一天去过。拉尔夫和以前没什么两样,只不过卧床不起,看起来病得很重,不能讲话,"班特林先生继续道,"他还是那么快活、滑稽,和以前一样聪明;太不幸了。"

这几句简明扼要的描述,即使在当时拥挤、吵闹的火车站,唤起的想象也一样生动明了。"你是不是最近去的?"

"对,我是特地去的,因为我们觉得你一定很关心。"

"非常感谢。我今晚就去,行吗?"

"噢,我想她不会让你去的,"班特林先生说,"她打算让你暂住在她那儿;我和杜歇家的男仆说过,他答应今天给我发电报。一个小时前我在俱乐部里收到了电报,上面说'安静、轻松',发送的时间是两点钟。所以,你看,你可以等到明天;你一定累得不行了。"

"是,我的确很累;再次感谢。"

"嗯,"班特林先生说,"我们相信,这最新的消息一定会让你高兴的。"伊莎贝尔模模糊糊地感到,他和亨丽埃塔似乎终于达成了共识。斯塔克波尔小姐带着伊莎贝尔的女仆回来了;她找到女仆的时候,后者还在坚守着自己的职责。这位忠于职守的仆人非但没有在人流里走失,而是一直在照看着女主人的行李,所以伊莎贝尔现在能离开火车站了。"别想了,今晚你去不了乡下,"亨丽埃塔对伊莎贝尔说,

"有没有火车都不行;你直接到温坡街①我那里去。在伦敦你很难有一隅安身之地;不过,我给你都安排好了。那不是座罗马式的宫殿,不过凑合一个晚上够了。"

"你希望我怎么做,我就怎么做。"伊莎贝尔说。

"我的希望就是,你来回答我几个问题。"

"晚饭的事儿她提都没提,是不是,奥斯蒙德夫人?"班特林先生开玩笑地问。

亨丽埃塔若有所思地瞪着他看了一会儿。"我明白你自己要迫不及待地去吃晚饭;你明天上午十点在帕丁顿火车站②等着好了。"

"班特林先生,你不要因为我的缘故过来。"伊莎贝尔说。

"他会因为我的缘故来的。"亨丽埃塔边说边把她让进一辆出租马车。后来,在温坡街一间昏暗的房间里,她问了伊莎贝尔几个在火车站提及过的问题。这间屋子很大,而且替她说句公道话,里面准备了丰盛的晚餐。"你来这儿,你丈夫和你大吵大闹了?"这是斯塔克波尔小姐的第一个问题。

"没有,我不能说他大吵大闹了。"

"那他不反对?"

"不,他强烈反对;可不是你说的大吵大闹。"

"那是什么?"

"是平静的谈话。"

亨丽埃塔打量了自己的客人一番。"谈话肯定糟糕透顶。"她接着评论说,而伊莎贝尔并没有对此否认。但她只允许自己回答亨丽埃塔的提问;这些问题很容易回答,因为都相当明确。暂时来讲,她没有给对方提供任何新的情况。"那么,"斯塔克波尔最后说,"我只评论一件事:我弄不明白你为什么答应年幼的奥斯蒙德小姐,说你会回去的。"

---

① 伦敦一街道名,位于优斯顿火车站西南。
② 伦敦市中心一主要火车站名,在温坡街西面。

"现在我自己也不很明白，"伊莎贝尔答道，"但当时我明白。"

"假设你忘记了你的理由，或许你就不会回去了。"

伊莎贝尔等了一下说："也许我会再找一个。"

"你肯定永远也找不到一个合理的理由。"

"找不到好的话，我许下的诺言就足够了。"伊莎贝尔暗示道。

"没错，这就是为什么我讨厌你那么做。"

"别说这个了，我还有时间。离开很难办，可回去又怎样呢？"

"你得记着，不管怎样，他不能和你大吵大闹！"亨丽埃塔一语双关地说。

"但他会的，"伊莎贝尔神色严峻地回答，"这不仅仅是一时一晌，我的后半生都会是如此。"

几分钟过去了，两个女人就那么坐着，思考着后来这句话；后来，像伊莎贝尔前面要求的，斯塔克波尔小姐改变了话题。她突然宣布："我拜访过潘斯尔夫人家了！"

"啊，邀请终于来了！"

"是呀，都五年了；不过，这次是她想见见我。"

"这很自然。"

"我想，比你想象的还自然。"亨丽埃塔说；说话的时候，她的眼睛盯着远处的一个地方。接着她突然转过身来，补充道："伊莎贝尔·阿切尔，我请你原谅。你知道为什么吗？因为我批评过你，可我比你还过分。不管怎么说，奥斯蒙德先生是在大洋彼岸出生的！"

伊莎贝尔过了一会儿才理解她的意思，因为她话说得很谦逊，掩饰得很巧妙。伊莎贝尔现在无心开玩笑，不过同伴的描述还是让她笑了起来，只不过很短暂。她马上控制好了自己，郑重其事地说："亨丽埃塔·斯塔克波尔，"她问，"你要抛弃自己的祖国吗？"

"没错，可怜的伊莎贝尔；我不想装腔作势地否认，我敢于面对这个事实。我打算和班特林先生结婚，就在伦敦这儿住下来。"

"这太奇怪了。"伊莎贝尔微笑着说。

"这个，是的；我觉得的确像你说的。我也是一点一点才走到这一步的；我想我知道自己在干什么，但我不知道自己能不能解释。"

"一个人的婚姻是解释不清的，"伊莎贝尔答道，"而你的婚姻不需要解释，因为班特林先生并不难懂。"

"是的，他不是什么糟糕的双关——或者说，他甚至都不是那种天马行空的美国式幽默。他本性善良，"亨丽埃塔继续道，"我留意他有很多年了，对他了若指掌。他简单易懂，和写得好的内容简介一样。他不睿智，但赏识智慧；同时，他又不对它夸大其词。有时候我觉得，我们在美国夸大了它的作用。"

"啊，"伊莎贝尔说，"你真变了！我这是第一次听你说反对自己祖国的话。"

"我要说的只是我们太执着于头脑的力量了；不管怎么说，这不算庸俗的缺点。不过，我变了；一个女人得改变很多才能结婚。"

"我祝愿你生活幸福；在这儿，你终于能看到英国的内在生活了。"

亨丽埃塔稍稍叹了口气，显得意味深长。"我相信这是解开生活之谜的关键；置身事外，我再也受不了了。和所有人一样，现在我也有了这个权利！"她兴高采烈地补充说，一点都不掩饰。

伊莎贝尔觉得很有意思，不过也感到一种忧伤。亨丽埃塔终于承认，自己是凡人，是女人。迄今为止，在伊莎贝尔眼里，她就是一团火，轻盈、炽烈；是一种声音，超凡脱俗。可她也有凡人的弱点，也有七情六欲，和班特林先生的往来也并非与众不同，这让人失望。她与班特林先生的婚姻与旁人无异，甚至都有些愚蠢；一时间，在伊莎贝尔的意识里，这个世界的无聊色泽又深了一层。当然片刻之后，她想起来至少班特林先生本人是有特点的。但她不明白亨丽埃塔怎么就把自己的祖国给抛弃了。她自己和祖国的关系早已有些疏远，但祖国的概念对于她和对于亨丽埃塔是不一样的。不久，她问亨丽埃塔在潘斯尔夫人家过得怎么样。

"噢，这个，"亨丽埃塔说，"她不知道该如何理解我。"

"那么，这好玩儿吗？"

"很好玩儿，因为大家都觉得她有超常智慧。她认为自己什么都懂，可她弄不懂我这种现代类型的女人。要是我再好一些，或者再坏一些，她理解起来就会容易很多。她给弄懵了；她肯定认为我的任务就是去干些不道德的事。我要和她弟弟结婚，这在她看来大逆不道；可说到底，也没什么大逆不道。她永远也不会理解我的混合性格——永远不会！"

"这么说她不如她弟弟聪明，"伊莎贝尔说，"班特林先生似乎已经理解了。"

"哎哟，不；他不理解！"斯塔克波尔小姐语气坚定地大声说，"说实话，我相信这就是他和我结婚的原因——就是为了找到这其中的秘密，以及它的真正意义。这个想法很固执，就像是一种迷恋。"

"你能适应这个，真不错。"

"噢，对，"亨丽埃塔说，"我也有些东西要弄明白！"听了这话，伊莎贝尔明白了，她没有放弃自己的忠诚，而是在策划一场反击：她终于要解开英格兰这个谜团了。

但次日十点钟，和斯塔克波尔小姐与班特林先生在帕丁顿火车站见面的时候，伊莎贝尔发现，这位先生并没有怎么把自己对亨利埃塔的困惑放在心上。要是他还没了解她的一切，他至少看到了重要的一点：斯塔克波尔小姐永远都积极主动。很明显，在挑选妻子的时候，他很警惕这样的缺陷。

"亨丽埃塔都和我讲了，我很高兴。"伊莎贝尔一边说一边把手递给他。

"我敢说你认为这事很不可思议。"班特林先生答道，靠在自己干净的雨伞上。

"是，我是觉得这事很不可思议。"

"你不会比我更觉得不可思议，但我通常喜欢不落窠臼。"班特林先生不急不慢地说。

第五十四章

这是伊莎贝尔第二次来到花园山庄,和第一次相比甚至更加悄无声息。拉尔夫·杜歇没有雇很多仆人;对于那些新来的而言,奥斯蒙德夫人还是个陌生人。因此,非但没有把她迎进自己的房间,他们还毫不客气把她带到了客厅,等待他们去通报她的姨妈。她在那儿等了很久,看起来杜歇夫人并不着急见她。她终于不耐烦起来,感到紧张、害怕,似乎周围的摆设都开始有了思想意识,扮出一些奇形怪状的鬼脸,看着她在那儿焦躁不安。那天阴暗、寒冷;偌大的棕色房间里,幽暗充斥着每个角落。整座房子鸦雀无声,这种寂静伊莎贝尔依旧记得:她姨父去世前的那几天这里也是如此。她离开了客厅,四下里走了走。她到藏书室溜达了一圈,又到画室看了看;四下声息皆无,都能听到她脚步的回声。一切照旧,她识得所有自己几年前见过的东西,仿佛自己昨天还站在这里。她很羡慕那些价值连城的"玩意儿";它们从不改变,很安全,只有价值在增长,而其所有者的青春、幸福、美貌,却在一点点流逝。她想起来了,自己这么走来走去和姨妈那天去阿尔巴尼看自己时一样。自那时起,她变了很多——那是个开始。她突然意识到,假如恰好姨妈那天没来,没有发现自己是一个人,一切都可能和现在不同。她可能会过另外一种生活,成为一位更幸福的女人。在画室的一幅小型画作前她停了下来;这是博宁顿①的一幅作品,美丽而且珍贵,她盯着这幅画看了许久。不过,她不是在看画,她在想要是那天姨妈没有到阿尔巴尼,自己是否已经嫁给了卡斯帕·古德伍德。

杜歇夫人终于出现了,这时伊莎贝尔刚好回到那间空无一人的大客厅。她显得老了许多,但她的眼睛和以前一样明亮,头也一样挺

---

① 理查德·帕克斯·博宁顿(1801—1828),英国画家,以水彩画闻名于世。

直。她那薄薄的嘴唇似乎满含深意。她穿着一件短小的灰色衣服,式样再简朴不过。伊莎贝尔心里在想,自己的姨妈更像个女王,还是更像个女狱警长;她第一次见她的时候就这么想。她的双唇吻在伊莎贝尔热乎乎的脸上,让她感觉真的很薄。

"让你等这么久是因为我一直坐在拉尔夫边上,"杜歇夫人说,"护士去吃午饭了,我得替她守着。倒是有个男仆护理他,可一点儿用都没有;只要窗外有什么东西好看,他就一直朝外看!我不想离开,拉尔夫似乎睡着了,我担心响动会惊扰了他,就一直等到护士回来。我记得你是很熟悉这里的。"

"我熟悉这里,感觉比我想象的还要熟悉,就到处走了走。"伊莎贝尔答道。接着她问拉尔夫是不是睡得很多。

"他眼睛闭着躺在那儿,一动不动;不过我也没把握他是不是一直都睡着了。"

"他能见我吗?能和我说话吗?"

杜歇夫人没有正面回答。"你可以试试。"她的回答仅此而已。之后她主动带着伊莎贝尔去她的房间。"我还以为他们已经领你去过了,可这里不是我的家,是拉尔夫的;我不知道他们都干些什么。至少他们应该把你的行李拿过去了;我想你的行李不会很多。不过,这个我不在意。相信他们还是让你住在你以前的房间;拉尔夫听说你要来,就吩咐一定要你住那间。"

"他还说别的什么没有?"

"唉,亲爱的,他可不像以前那么爱唠叨了!"杜歇夫人一面大声回答,一面领着外甥女上楼梯。

还是那间屋子;而且伊莎贝尔隐隐觉得自己住过以后,还没有人在这里过夜。她为数不多的行李放在那里;杜歇夫人坐了一会儿,看着它们。"真的没希望了?"我们年轻的女主人公站在杜歇夫人前面问。

"一点都没有;从来都没有希望。这样的人生很不成功。"

"是的——但这恰恰是个美好的人生。"伊莎贝尔感觉自己已经开始和姨妈唱反调了，因为她冷冷的样子让她有些生气。

"我不懂你这话的意思；没有健康，就谈不上美好。你穿这样的衣服旅行，太奇怪了。"

伊莎贝尔看了看自己的衣服。"我决定来英国一个小时后，就离开了罗马；手边有什么就穿上了。"

"你在美国的姐姐们想知道你都穿些什么；那好像是她们主要的兴趣。我没法和她们讲——不过看来她们的猜测还是对的：至少是黑锦缎的衣服。"

"她们太高看我了；我不敢告诉她们真实的情况，"伊莎贝尔说，"莉莲信里说你和她一起吃饭了。"

"她邀请了我四次，我去过一次；邀请了两次后，她就不该再烦我了。吃得不错，肯定很贵。她丈夫举止很不雅。我的美国之行愉快吗？为什么非得愉快？我又不是去玩的。"

这些话题很有趣，不过杜歇夫人很快就离开了自己的外甥女，再见到她是半小时后吃午饭的时候了。两位女士隔着一张小桌子，在充满忧郁的餐厅里面对面坐着。在这儿，过了一会儿，伊莎贝尔发现姨妈并不像她表面上那么冷淡，于是和以前一样，她又同情起这位乏味的女士来：同情她表情木然，不会后悔，也不会失望。假如今天她能有点儿挫折感，觉得自己办了错事，或者甚至感觉有那么一两件憾事，她都无疑能从中得到一些幸福。伊莎贝尔心里思忖，姨妈是不是并不缺少这些思想意识的丰富素材，只是在暗中努力——努力回味生活，回味觥筹交错后的余香，回味苦痛的见证，或者回味懊悔后冷静的放松。不过也许她也害怕，因为假使她真的知道了懊悔，她可能会深陷其中。但是伊莎贝尔也发现，姨妈已经隐隐地感觉到，一些事情她失败了，她已经看到了自己的未来，一个没有记忆的老女人。她那张小巧、尖刻的脸庞充满悲情。她对外甥女说，拉尔夫到现在还没动过，不过晚饭前他很可能可以见她。过了一会儿，她又说前天见到了沃伯顿勋爵。这句话吓了伊莎贝尔一跳，因为这似乎意味着这个人就在附近，而说不定什么事就能让他们见面。这样的见面不会是愉快的，她来英国不是为了再和沃伯顿勋爵纠缠。但她还是马上对姨妈说，沃伯顿勋爵对拉尔夫很好；她在罗马就看到了。

"他眼下有别的事情要考虑。"杜歇夫人回应道；说罢她停了一下，目光敏锐。

伊莎贝尔明白她话里有话，并且很快就猜到了她的意思。不过她的回答把自己猜到的都隐藏了起来。她的心跳得更快了，她想为自己争取些时间，好镇定下来。"哦，对——上议院呀，什么的。"

"他不是在想上议院那些事；他在考虑女人，至少是她们其中的一位。他对拉尔夫说自己已经订婚了。"

"啊，要结婚了！"伊莎贝尔轻轻喊道。

"除非他毁约。好像他觉得拉尔夫乐意知道这事，可可怜的拉尔夫没法参加这个婚礼；不过我相信婚礼不久就会举行。"

"那位小姐是谁？"

"出身贵族，叫弗洛拉小姐、费利西亚小姐，还是什么的。"

"我很高兴，"伊莎贝尔说，"这肯定是个突然的决定。"

"的确突然，我肯定；他只追求了三个礼拜；这事也是刚刚公之于众的。"

"我很高兴。"伊莎贝尔重复道，语气又加重了一些。她清楚姨妈在观察她，想看到一些痛苦的蛛丝马迹。她一点都不想让姨妈看到这些，所以她讲话时很机警，听起来很满意，甚至是很宽慰。当然，杜歇夫人还是老一套，觉得女人们总是认为，以前情人的婚姻对自己是种伤害；即便已婚的也不例外。所以，伊莎贝尔首先关心的是要表现出，不管一般人会怎么样，她现在并没有受到伤害。可同时，就像我说的，她的心跳在加速；但要是有那么一会儿，她在那儿坐着的时候显得若有所思——她暂时忘了杜歇夫人对她的观察——那也不是因为她少了一位崇拜者。她的思绪穿越半个欧洲，然后在罗马城停了下来，喘着气，甚至还有些颤抖。她想象着自己告诉丈夫，沃伯顿勋爵要和一位新娘共结同心的情形；当然，她自己没有察觉到，在做这番设想时她的脸色是多么惨白。还好她终于回过神来，对姨妈说："他迟早是会结婚的。"

　　杜歇夫人没说话，过了一会儿蓦地轻轻摇了摇头。"唉，真看不懂你！"她突然大声说。她们继续吃午饭，谁也不说一句话。伊莎贝尔觉得似乎听到了沃伯顿勋爵的死讯。对于自己，他只是个追求者，而现在一切都结束了。对于可怜的潘茜，他死了；有潘茜，也许他还算活着。一位仆人一直在边上侍奉着；最后杜歇夫人告诉他不要管她们了。她已经吃完饭，两只手交叉着放在桌沿上，坐在那儿。"我想问你三个问题。"仆人离开后，她说。

　　"三个，很多了。"

　　"不能再少了，我一直在想。这些都是很好的问题。"

　　"那正是我担心的，因为最好的问题都是最糟糕的。"伊莎贝尔回答说。杜歇夫人往后挪了挪自己的椅子；她的外甥女起身离开餐桌，有意识地走到深深的窗口，同时感觉到姨妈的目光在跟随着自己。

　　"没嫁给沃伯顿勋爵，你就没后悔过？"杜歇夫人问。

　　伊莎贝尔慢慢摇了摇头，不过并没太用力。"没有，亲爱的姨妈。"

　　"好的；我要告诉你的是，我打算相信你说的。"

　　"你那么做，对我来说太有诱惑了。"她明白无误地说，脸上依然带着微笑。

　　"诱惑你说谎吗？我可没让你那么做，因为要是我给误导了，我会很危险，就像只吃了毒药的耗子。我不想对你幸灾乐祸。"

　　"是我丈夫不能和我好好相处。"伊莎贝尔说。

　　"我早就说过，他不会的；这不是在向你吹嘘，"接着杜歇夫人又说，"你还喜欢塞丽娜·梅尔吗？"她继续问。

　　"不像以前那样了；不过这没什么关系，她打算去美国。"

　　"去美国？她一定是干了什么非常不耻的事情。"

　　"没错，非常不耻。"

　　"能问一下是什么事情吗？"

　　"她利用了我。"

"呀,"杜歇夫人叹道,"她也利用过我!她谁都利用。"

"她也会利用美国的。"伊莎贝尔说,一面又微笑了起来;她很高兴姨妈的问题结束了。

直到晚上她才见到了拉尔夫。他一天都是昏昏沉沉,最起码躺在那儿没什么知觉。医生在,但过一阵子就走开了。这是位当地的医生,拉尔夫的父亲也是他诊治的;他喜欢这位医生。医生一天过来三四次,对自己的病人非常认真负责。拉尔夫以前的医生是马修·霍普爵士,但他厌倦了这位大人物;他请母亲给这位医生送了个口信,说自己已经死了,所以不再需要医生的诊视了。杜歇夫人化繁为简,只是写信告诉马修爵士,她儿子不喜欢他。伊莎贝尔到的那天,正如我描述的,拉尔夫有好几个小时一点动静都没有;但傍晚的时候,他醒了过来,说他知道她来了。他是怎么知道的并不清楚,因为担心惊动他,没人告诉他这个消息。伊莎贝尔走进来,坐在拉尔夫的床边,房间里灯光暗淡,因为只在房屋的一角点着一支昏暗的蜡烛。她跟护士说她可以走了——晚上剩下的时间她都会在这儿坐着陪拉尔夫。拉尔夫已经睁开了眼睛,也认出了她。他的一只手软弱无力地放在身边,他动了动它,好让伊莎贝尔握着。但他没法说话,就又合上了眼睛,一动不动地躺着,只是用手握着伊莎贝尔的手。她陪着他坐了很久——直到护士回来,不过他再也没有任何表示。他可能会在她的注视下与世长辞;从他的样子和姿态看,他已经是一个死人。在罗马的时候,她就觉得拉尔夫已经病入膏肓了,但现在情况更糟。现在,可能的变化就只剩下一个了。他脸上有一种奇怪的平静,和一个盒子的盖子一样纹丝不动。这么看,他只是一副骨头架子;当他睁开眼睛和伊莎贝尔打招呼的时候,伊莎贝尔似乎是在探视一片无际的空间。护士要到午夜才回来,不过伊莎贝尔并不感到时间很长;她来就是为了这个。如果说,她来就是为了等候,那么她有大量的机会,因为拉尔夫一连三天安静地躺着,似乎充满感激。他认出了伊莎贝尔,有时候似乎还想说话,但是说不出来。之后他又闭上了眼睛,似乎他也在等着什么——等着一些肯定会发生的事情。在她看来,似乎等待的东西已经来到，因为拉尔夫实在太安静了。然而伊莎贝尔一直都感觉到，他们依旧在一起。但他们并不总是在一起，有些时候她漫无目的地在空荡荡的房子里来回走着，等着听到一种声音，这并非拉尔夫的。她一直在担心，担心丈夫可能会写信给自己。但他没有动静，伊莎贝尔只收到了吉米奈伯爵夫人寄自佛罗伦萨的一封信。不过拉尔夫终于说话了，那是在第三天晚上。

"我今晚感觉好一些，"他突然模糊不清地说；当时伊莎贝尔在值夜，周围一片昏暗，悄无声息，"我觉得自己可以说几句。"伊莎贝尔跪在拉尔夫的枕头边上，用手握住他瘦弱的手，恳求他不要费劲，别累着自己。拉尔夫显得很严肃，他已身不由己，因为他面部的肌肉已经不会微笑了；不过很明显，它的主人意识到了这种不协调。"我有来生可以休息，累一点又有什么关系？要是只剩最后一把劲了，费点劲也无妨。人们在临终前，不是都会感觉好一些吗？我常听人们这么说。那是我在等候的；自从你来之后，我感到这一刻就要来了。我试了两三次，我担心你在这儿坐厌了。"他语速很慢地说着，伴随着痛苦的中断和长长的停顿；他的声音似乎来自遥远的地方。停下来的时候，他就脸朝伊莎贝尔躺着，一双大大的眼睛目不转睛地看着伊莎贝尔的眼睛。"你来了太好了，"他接着说，"我想你会来的，不过我没把握。"

"直到我来以前，我也没把握。"伊莎贝尔说。

"你坐在床边，就像是个天使；你知道人们都谈论死亡的天使，那是最美丽的天使。你就像那个天使，似乎在等着我。"

"我不是在等你的死亡；我是在等着……等着这一刻。这一刻不是死亡，亲爱的拉尔夫。"

"对你来说，不是的——不是；看到别人死亡，最能让我们感到自己还活着。这就是生命的感觉，是我们活着的意识。我有这种意识——连我都有。可现在它对我没有用了，只能给别人。对我来说，都结束了。"说罢他停了停。伊莎贝尔把头埋得更低，直到扑在自己的双手上；它们紧紧攥着拉尔夫的手。她现在看不到拉尔夫，但他遥远的声音听起来很近。"伊莎贝尔,"他突然又道,"我希望对你来说,一切都已经过去了。"伊莎贝尔什么也没回答,因为她已经泣不成声。她把脸埋着,一直啜泣。拉尔夫静静地躺着,听着她的呜咽。最后他长长地呻吟了一声。"啊,你为我做了什么呀。"

"你又为我做了什么?"伊莎贝尔哀泣道;她的姿势掩盖了一部分她激动的情绪。她已经顾不到羞耻,不再想掩盖事实了。拉尔夫一定得知道;她希望拉尔夫知道,因为这让他们紧紧地连在一起,而且他也已经超越了痛苦。"你曾为我做过一些事情——你知道的。哦,拉尔夫,你给了我一切!我替你做了什么——我现在能替你干什么?我愿意去死,只要你能活下来。不过,我不指望你能活下来;为了不失去你,我情愿和你一起死去。"伊莎贝尔的声音和拉尔夫的一样断断续续,饱含泪水与痛苦。

"你不会失去我的——我将属于你。把我放在你的心里,那样我比以往任何时候都接近你。亲爱的伊莎贝尔,生活是美好的,因为生活里有爱;死亡也不错,可那里没有爱。"

"我从没有谢过你——连提都没提过,该做的事情我一件都没做!"伊莎贝尔继续道。她想大哭一场,谴责自己,让自己悲痛欲绝;她感到这种愿望很强烈。现在,她所有的烦恼都变成了一个,融汇成她目前的痛苦。"你心里是怎么想我的?可我怎么知道?我从不知道;我今天才明白,因为有人不像我那么傻。"

"别介意别人的话,"拉尔夫说,"我很高兴,我再也不用见人了。"

伊莎贝尔抬起了头,举起握紧的双手;一时间她看起来似乎在恳求拉尔夫。"那都是真的——那都是真的?"她问。

"你真的那么傻?噢,不。"拉尔夫说,很聪明地幽默了一下。

"是你让我变得富有——我所有的一切都是你的?"

拉尔夫转过头去,很长时间里什么也没讲。最后他说:"唉,别说这个了——这不是件开心事。"慢慢地他又把脸转向伊莎贝尔,现在他们又看到彼此了。"不要问那件事——不要问那件事——!"接着他又顿住了。"我想我害了你。"他悲叹道。

伊莎贝尔很清楚，拉尔夫已经不再痛苦；他已经没有多少时间留在这个世界上了。但是即便她没有想到这些，她也要讲；眼下只有一件事情是重要的，而它也不完全是痛苦的，这就是，他们共同面对着事实。"他是为了钱跟我结婚的。"伊莎贝尔说；她想把一切都说出来，唯恐自己还没讲完，拉尔夫就已经去世了。

拉尔夫盯着她看了一会儿，目不转睛，然后第一次耷拉下了眼皮。但他马上又抬了起来，并回答说："他非常爱你。"

"是的，他爱我，可要是我那时候没钱，他是不会和我结婚的。我这么说伤害不了你。我怎么能呢？我只是想让你知道。我一直不想让你知道，但现在都结束了。"

"我一直都知道。"拉尔夫说。

"我想你知道，不过我不喜欢那样。但现在我喜欢。"

"你的话没伤害我——你让我很开心。"拉尔夫这么说的时候，能听得出他异常高兴。伊莎贝尔又低下了头，把嘴唇贴在拉尔夫的手背上。"我一直都知道，"拉尔夫继续说，"但这太奇怪了，太可怜了。你想亲历生活，却遭到了禁止；你有希望，却受到了惩罚。是世俗的大磨把你给轧碎了！"

"噢，是的，我受到了惩罚。"伊莎贝尔啜泣道。

拉尔夫倾听了一会儿，然后接着说："你来这里，他是不是很恼火？"

"他设法为难我，不过我不在乎。"

"你们结束了吗？"

"哦，没有，什么都没结束。"

"你还要回到他那儿去？"拉尔夫喘着气说。

"我不知道，也说不清。我会在这儿住尽可能长的时间。我不想考虑——也不用考虑。除了你，我什么都不在乎；现在这就足够了。这还会持续一些时间。我在这里跪着，你躺在我怀里奄奄一息，我很幸福；很长时间以来，我都没这么幸福过。还有，我想让你开心——不要考虑任何伤心事，只想着我在你身边，爱着你。为什么要痛苦？

在这种时候，痛苦和我们有关系吗？这不是最深刻的，还有更深刻的。"

很明显，拉尔夫说话越来越困难了，需要等待的时间也越来越长，才能恢复过来。一开始对伊莎贝尔的这席话，他似乎没有反应；他沉默了很久。后来他只是简单地低声说："你一定要住在这儿。"

"我想住在这儿——只要没什么不妥，能住多久就多久。"

"没什么不妥……没什么不妥？"他重复着伊莎贝尔的话，"是呀，你对这些很在意。"

"当然要考虑这些；你太累了。"伊莎贝尔说。

"我是太累了；你刚才说痛苦不是最深刻的事情。不是——不是，但它也很深刻。要是我能活下去——"

"对于我，你永远都活着。"她轻声打断了拉尔夫；现在打断他很容易。

但过了一会儿，他又接着说："毕竟，都是要过去的；现在正在过去。但爱是永恒的。我不知道为什么我们要遭受这么多。或许我能找到原因。生活中有很多内容；你还很年轻。"

"我觉得自己很老了。"伊莎贝尔说。

"你会再年轻起来的；我是这么看你的。我不相信……我不相信……"但他没气力了，到这儿说不下去了。

伊莎贝尔恳求他现在不要说了。"我们不说话也能相互理解。"她说。

"慷慨让你干了一件傻事，但我不相信这样一个错误能伤害你更多。"

"哦，拉尔夫，我现在很高兴。"她泪流满面地喊道。

"还有，记着这个，"拉尔夫继续道，"你在遭人恨的同时，也在被人爱。啊，伊莎贝尔，你只会——受人喜爱！"他喘着气说，声音轻得几乎听不到。

"哦，我的哥哥！"她哭泣起来，跪在那里，身子俯得更低了。

第五十五章

伊莎贝尔在花园山庄的第一个晚上，拉尔夫就告诉过她，这里有很多幽灵；如果她遭受到足够的苦难，有一天她或许就会在这座老房子里见到它们。毫无疑问，她已经满足了必要的条件：第二天早上，寒冷的天空刚刚蒙蒙亮，她知道，一个幽灵正站在自己床边。她是和衣而睡的，因为她感觉拉尔夫挨不过这个晚上。她没打算睡；她在等待，而这样的等待会很警觉。但她还是闭上了眼睛，因为她相信随着夜色渐深，会听到敲门声。她没有听到敲门声，但当黑夜一点点灰白起来时，她突然从自己的枕头上惊厥而起，好像听到了一声召唤。一时间，她感觉拉尔夫就在那儿站着——一个模糊的人影在朦朦胧胧的房间里徘徊。她睁大眼睛看了一会儿，看到了拉尔夫白色的面庞——他那双善良的眼睛；接着她就什么也看不到了。她不害怕；她只是很肯定。她离开了自己的房间，然后坚定地穿过黑黢黢的走廊，又走下一段橡木楼梯；模糊的光线透过大厅的一扇窗户照在上面，让它发出了亮光。在拉尔夫房间的门外，她稍停了片刻，侧耳倾听，可似乎她听到的只有弥漫在整个房间的静默。她小心翼翼地用手推开门，仿佛在撩起死人脸上的面纱；她看到杜歇夫人直挺挺地坐在儿子的床边，一动不动，手里握着儿子的一只手。医生在床的另一侧；手指职业性地托着可怜的拉尔夫放得稍远的手腕。两位护士站在他们间的床尾。杜歇夫人没有理会伊莎贝尔，但那位医生却盯着她好好打量了一番，然后他轻轻地将拉尔夫的手放回去，紧贴着他的身子。护士也盯着她看，谁也没言语。伊莎贝尔只是望着自己要来看的人。拉尔夫的脸看起来比他活着的任何时候都更加美好，而且和他父亲的面部有种奇特的相似；六年前伊莎贝尔见到过他父亲的脸，就枕在这同一个枕头上。她朝姨妈走去，把她拥在自己怀中。一般而言，杜歇夫人不欢迎、也不喜欢爱抚；不过这次她短时间里没有反对。为了接受这个拥抱,她还站了起来。不过她很生硬,眼里也没有泪痕,那张尖锐、白色的脸庞显得那么可怕。

"亲爱的莉迪亚姨妈。"伊莎贝尔低声道。

"去感谢上帝吧,你没养育孩子。"杜歇夫人说,同时挣脱了她的怀抱。

这之后第三天,在伦敦"社交季"①的高潮时期,很多人抽空乘坐一列早上的列车,来到伯克郡②一座安静的车站。从那里稍作步行,他们来到一座灰色的小教堂,并在那里度过了半个小时。在教堂绿色的墓地上,杜歇夫人安葬了自己的儿子。她站在墓穴的边上,伊莎贝尔挨着她站着。对眼下的葬礼,杜歇夫人的态度很实际,即便是教堂司事也不会比她更实际。这是个肃穆的场合,不过既不残酷,也不沉痛;表面上看,一切都显得有些温和。气候已经转好,反复无常的五月已经到了最后几天;当天暖意融融,一丝风也没有;透亮的空气像山楂和乌鸫一样熠熠闪光。假如说想起可怜的拉尔夫是令人悲伤的,这也不是太悲伤,因为对于拉尔夫而言死亡并没有给他带去伤害。长期以来,他都挣扎在死亡的边缘,早就做好了准备;一切都如所料,没有一点意外。伊莎贝尔眼睛里含着泪水,不过没有完全遮住她的视线。透过泪眼,她注视着当天的美景,大自然的华丽,可爱的老式英国教堂墓地,以及亲朋好友们低垂着的头。这其中有沃伯顿勋爵,以及一些她不认识的绅士。后来她得知,这些人中有几位和银行有关系。也有一些她认识的人。首先是斯塔克波尔小姐,她的旁边是可靠的班特林先生;再有是卡斯帕·古德伍德。他的头只稍微低了低,比其他人都高。大部分的时间里,伊莎贝尔都能感受到古德伍德先生注视她的目光。他紧紧地盯着她,目光比以往在公共场合看她时更专注,其他人的眼睛则注视着墓地里的草坪。不过伊莎贝尔加着小心,没让他看出自己看到了他。她想到他的时候,也就是疑惑他怎么还在

---

① 指夏初伦敦上流社会的社交季节。
② 英格兰中南部一郡,位于伦敦西部,距伦敦约 30 英里。

英国。她明白了，是自己想当然地认为，在护送拉尔夫回到花园山庄后，他就会离开，因为她还记得这个国家实在太小，难以让他满意。可他在这里，明明白白；而且从他姿态里的一些蛛丝马迹似乎可以看出，他留在这里，怀有一言难尽的目的。不可否认，他眼里充满了同情，但伊莎贝尔不愿意和他对视，因为他的目光让她感到不安。这群为数不是很多的人离去的时候，他也消失了。有好几位来宾安慰了一番杜歇夫人，但只有一位上前和伊莎贝尔说话。这便是亨丽埃塔·斯塔克波尔；她一直在哭泣。

拉尔夫对伊莎贝尔说过，希望她会留在花园山庄，伊莎贝尔也没有立刻离开那里。她对自己说，和姨妈小住一段是人之常情，也是善举。她很幸运，有这么好一个现成的理由；要不然她可能得苦思冥想出来一个。她的任务结束了，离开丈夫要做的事也完成了。在异国他城有她的丈夫，每日里计算着她离开的日子。在这样的情况下人们需要一个极好的理由。他不属于最好的那类丈夫，可这没有改变什么。婚姻本身就包含了一些义务，这和你从中得到多少欢愉无关。伊莎贝尔几乎不怎么想起她的丈夫；现在她远在英国，不再受他的掌控，但想起罗马，她的心仍会一阵颤栗，让她感到胆寒，锥心刺骨，于是她在花园山庄遮天蔽日般的阴影下隐遁了起来。一天天，一日日，她一推再推，视而不见，尽量不去想它。她清楚自己得拿主意，可她什么也定不下来；她来这里本身也不是个决定。那时她只是动身离开；奥斯蒙德一声没吭，现在也不会。他要让伊莎贝尔自己决定一切。她也没有潘茜的任何消息；这很清楚：她父亲告诉过她不要写信。

杜歇夫人默认了伊莎贝尔的陪伴，不过没给她提供任何帮助。她似乎陷入了思考，为自己的处境做新的安排；对此她没有多少热情，却有着清晰的思路。杜歇夫人不是个乐天派，但即使是令人心痛的事情，她也能为自己找出些用处。从她的思考中可以看出这一点：毕竟遇上这些事情的是别人，不是自己。死亡不是件好事情，可就这件事来说，遇上死亡的是她儿子，不是她本人。她一向以为，她自己的死亡只会给杜歇夫人本人带去不快，别人不会有什么不快。比起可怜的拉尔夫,她的境况要好;拉尔夫留下了生前的所有物品,也就是所有的安全感;因为在杜歇夫人心里,死亡的最糟糕之处在于,一个人的一切可以任人利用。她自己在掌控着一切,再没有比这理想的事情了。她及时告诉了伊莎贝尔拉尔夫遗嘱里的几项安排;这是在她儿子安葬的当晚。拉尔夫把一切都告诉了她,并就所有的事情征求了她的意见。拉尔夫没留钱给她,她当然也不需要钱。他把花园山庄的家具留给了她——这不包括山庄里的画作和书籍,还有对这里一年的使用权;一年后这里将会卖掉。出售得来的钱将捐赠给一所医院,用于治疗那些身患夺走他生命的疾病的穷人;这部分遗嘱指定的执行人是沃伯顿勋爵。他财产的剩余部分将从银行提取出来,处置成几笔遗赠:其中一些给了佛蒙特州①的亲戚;他父亲对他们就很慷慨。然后还有若干数额不是很大的遗产。

"有几个怪得不行,"杜歇夫人说,"他把为数颇大的钱留给了一些我听都没听过的人。他给我列了一个单子,我问其中几个是谁;他告诉我那些人在不同的时期似乎喜欢过他。很明显他认为你不喜欢他,因为他一分钱都没留给你。他的看法是他父亲已经对你非常慷慨;对此我要说的是,我的确以为是那样。不过,我的意思并不是说曾经听他对此有过埋怨。画作将分别赠送;他把它们一幅一幅分发了,就好像是纪念品。最贵重的一幅送给了沃伯顿勋爵。你知道他是怎么处理他的那些藏书的?听起来像个恶作剧:他把它们留给了你的朋友斯塔克波尔小姐,理由是'为酬答她为文学所做的贡献'。他的意思是不是指她从罗马护送他回英国?那也是为文学做的贡献?那里面有许多世所罕见、价值连城的书籍;但由于她没法把它们放在行李箱里周游世界,他就建议她在拍卖会上卖掉。毫无疑问她会在克利斯蒂拍卖行②拍掉它们,然后用拍来的钱款成立一家报社。这是对文学的贡献吗?"

---

① 美国东北部的一个州,与加拿大接壤。
② 世界知名艺术品拍卖行,成立于十八世纪中期,总部位于伦敦。

对于这个问题伊莎贝尔没有回答；她到这里的时候，心里已经盘算好了，哪些琐碎的问讯自己不必回答，而这个问题就超出了需要回答的范围。此外，眼下她对文学，比以往什么时候都更没兴趣；偶尔她会从书架上取下一本书，就是杜歇夫人提到的那种世所罕见且价值连城的书籍，但她发现她读不下去，自己的注意力从没像现在这样不听使唤。一天下午，那是在教堂墓地举行的仪式结束大约一周后，她待在藏书室里，努力想读一个小时，可她的视线不断从手里捧着的书移开，转到那扇开着的窗户，从那儿可以俯瞰那条长长的林荫道。就这样，她看到一辆朴素的马车朝门口驶来，沃伯顿勋爵坐在里面的一个角落里，似乎很不舒服。沃伯顿勋爵通常极为讲究礼节；所以，鉴于目前的情况，他不辞劳苦从伦敦前来拜访杜歇夫人，也是很正常的。当然，他来看望的是杜歇夫人，而非奥斯蒙德夫人。为了向自己证明这个想法是正确的，伊莎贝尔很快从房子里走了出来，并信步走进花园。来到花园山庄之后，她很少在室外活动，因为天气还不适宜到园子里去。不过今天傍晚天气却很好，让她觉得出外走走是个好主意。我刚才提到的那个理由完全站得住脚，可这不能让她心里平静多少；假如你看到了她散步的样子，你兴许会说她心里在受着煎熬。差不多一刻钟过去了，她心里还是难以平静；这时她发现自己又走到了屋子旁，看到杜歇夫人在客人的陪同下从门廊里走了出来。很明显，她的姨妈向沃伯顿勋爵提议，他们出来找找伊莎贝尔。伊莎贝尔没有心情见客人，假如时机允许，她会躲在一棵大树的后面。但她明白，他们已经看到了自己；她只有迎上前去。花园山庄的草坪面积很大，所以走过去得费些时间。这期间伊莎贝尔注意到，沃伯顿勋爵走在女主人身边的时候，他的手僵硬地背在身后，眼睛看着地面。一看就知道两个人都是一言不发，但是杜歇夫人暗淡而短暂的目光抛向伊莎贝尔的时候，即便还有些距离，她也能感受到其中的丰富含义，那似乎在一针见血地说："瞧，这就是你该嫁的那位高贵绅士，大名鼎鼎，还经得起考验！"而当沃伯顿勋爵抬起头时，他的目光里并没有这样的含义，好像只是说："你看，这太尴尬了；全靠你给我解围了。"他神色凝重，举止得体，不苟言笑地和伊莎贝尔打了招呼；从伊莎贝尔和他认识起，这还是第一次。即便是郁郁寡欢的时候，他和人打招呼时，通常也会面带微笑。他显得极其难为情。

"沃伯顿勋爵真是好心肠，大老远的还来看我，"杜歇夫人说，"他跟我说不知道你还在这儿；我知道他是你的老朋友。听说你不在屋里，我就带他出来找你，好让他见见你。"

"噢，我看到六点四十恰好有一趟火车；坐那趟车回去不耽误吃饭，"杜歇夫人的朋友有些风马牛不相及地解释道，"很高兴看到你还没走。"

"我在这儿不会待很长时间的，你知道。"伊莎贝尔有些迫不及待地回答。

"我知道不会很久；不过我想，几个星期是要的吧。这次来英国比你预期的要……要早，是吧？"

"是的，我来得很突然。"

杜歇夫人转身走开了，好像在查看花园里的情况；说实话，那的确不怎么样；这时沃伯顿勋爵迟疑了一下，显得很困惑。伊莎贝尔想，他似乎是想问问自己的丈夫，话都到了嘴边，不过又忍住了。他还是那么神色凝重，丁点儿都没减轻；这或许是因为他觉得这里刚刚有人去世，理应如此，也可能因为他有更多的个人原因。假如他察觉到了是个人原因，很幸运他有第一种原因来掩饰；他可以充分利用这一点。这些伊莎贝尔都想到了：这不是因为他面色感伤，那是另外一回事；而是因为他毫无表情，叫人奇怪。

"要是我的妹妹们知道你还在这儿，也觉得你愿意见她们，她们一定会很高兴过来，"沃伯顿勋爵继续说，"在离开英国前，请你一定让她们来看看你。"

"那会让我非常开心，对她们我有着很温馨的回忆。"

"不知道你是否会去洛克雷住一两天？要知道，你的承诺还没有兑现呢。"做这个暗示的时候，勋爵的脸色有些泛红，这让他看起来有几分熟悉。"或许我现在提这件事不是时候；你肯定也没想着走亲访友。不过我所说的几乎不能称作是拜访。我的妹妹们降灵周①期间会到洛克雷住上五天,要是那时你能去——因为你说过,你不会在英国停留很久——我保证那里不会有别人。"

伊莎贝尔心里想,是不是连他要娶的未婚妻和她的母亲届时也不会在那儿,不过她没把这意思表示出来。"太感谢了,对于降灵周我恐怕一无所知。"她对自己这么说很满意。

"可你答应过我——不是吗?"

他这句话里有质问,不过伊莎贝尔没理会。她看了对方一会儿,结果是和以前一样,她替他感到遗憾。"当心,别误了火车。"她说。继而又说道:"祝你幸福。"

他的脸又红了;而且比刚才还要红。他看了看表说:"啊,对,是六点四十,我的时间不多了;不过我租了辆马车在门口。多谢。"不知道他是感谢伊莎贝尔提醒自己火车的事,还是感谢那些更加充满感情的话语。"再见,奥斯蒙德夫人,再见。"他和伊莎贝尔握了握手,不过没有接触她的目光;然后他转向这时已经回到他们身边的杜歇夫人。他和她的告别也同样简短;不一会儿,在两位女士的目送下,他阔步走过了草坪。

"你确定他要结婚了?"伊莎贝尔问姨妈。

"这只有他自己知道;不过他看起来很确定。我向他表示了祝贺,而他也接受了。"

"啊,"伊莎贝尔说,"我可以把这件事丢开了!"这时候,她的姨妈已经返回了室内,重新操起那些因为客人的来访中断了的活计。

她把它丢开了,但依旧在想着它——当她再一次在伟岸挺拔的橡树下徜徉的时候,她依旧想着;橡树长长的影子罩住了大片的草坪。几分钟后,她不知不觉来到一张乡村式的长凳旁;对它审视了一阵子后,她突然感到这长凳似曾相识。这不是说她以前见过它——没那么简单,甚至也不是说她此前在上面坐过;而是在这里她遇上过

---

① 降灵周:复活节后的第七周,尤指前三天。

一件重要的事情，也就是说这个地方似乎让人浮想联翩。过了一会儿，她想了起来。六年前，她正在这里坐着的时候，一位仆人从屋里带给她一封卡斯帕·古德伍德的来信；他在信中告诉她，自己已经跟着她到了欧洲。而当她读完来信抬起头时，却听到沃伯顿勋爵向她宣布，他愿意娶她为妻。这不折不扣是一张具有历史意义、且充满意趣的长凳。她站在那儿看着它，似乎长凳有什么要告诉她。她现在不愿意坐下——她有些害怕。她只是站在长凳前面，这时，过去像洪流一样涌上她的心头；这种感觉敏感的人们时不时地都经历过。激动带来的效果使她突然感到非常疲惫；这让她忘记了自己的顾虑，在乡村式的长凳上坐了下来。我已经说过，她心绪不宁，精力也不能集中。不管怎样，假如此时此地你看见了她，你一定会赞同前面的描述，至少你会同意，此时此刻无所事事的确把她害苦了。从她的姿态上，明显能感到她极其缺乏目的：她一双手垂在身体两侧，隐没在黑色外套的褶皱里；眼睛迷茫地盯着前方。屋里也没什么事需要她回去；这两位夫人离群索居，晚饭用得很早，下午茶也不定时。这个样子已经坐了多久，她很难跟大家说清楚，不过天色变暗的时候，她意识到自己并不是一个人。她马上直起身子朝四周望了望，然后明白了自己独处的时候，身边发生了什么。卡斯帕·古德伍德和她在一起。他站在几步开外的地方，看着伊莎贝尔；草坪上听不到脚步声，所以他走近的时候，伊莎贝尔没有听到。这时她突然想起来，从前，沃伯顿勋爵也是这样来到她的面前，让她吃了一惊。

她立刻站了起来；古德伍德一看到她发现了自己，就朝她走过来。她刚站起身，古德伍德就采取了一个看似粗暴，可感觉似乎又不是那样的动作——她自己也不清楚该怎么描述。他抓住了她的手腕，把她又按了回去。她闭上了眼睛；古德伍德没怎么为难她，只是碰了碰她，她也顺从了。可他脸上有一种神情，是她不愿意看到的；前几天在教堂的墓地，他就是这么看她的，只不过眼下愈发让她难以接受。古德伍德一开始什么也没说；伊莎贝尔只觉得他离自己很近——挨着她坐在长凳上，祈求地望着她。她几乎觉得从没有人和自己这么近过。不过，这一切只是一眨眼的工夫；随后伊莎贝尔就抽出了自己的手腕，看着她的客人说："你吓着我了。"

"我不是故意的，"他答道，"不过，要是真的有所惊吓，也不要紧。我刚坐火车从伦敦来，但不是直接到这里的，因为在火车站有个人走在了我前面。他在那儿乘了一辆出租马车，然后我听见他吩咐说，要到这儿。我不认识他，但我不愿意和他一起过来；我想单独见你。因此我就一边等着，一边四处走走，几乎把这儿走了一个遍；我就要走到房子那儿的时候，我看见你在这里。有一个看门的，或什么的，看见了我，不过那没关系，因为以前我陪你表兄来这儿的时候，他就认识我了。那位先生走了吗？你果真是一个人吗？我想和你谈谈。"古德伍德语速很快，和他们在罗马分手时一样激动。伊莎贝尔本希望这种情形有所缓和，但恰恰相反，她发现他只是刚刚扬起帆；她感到害怕了。一种不曾有过的感觉袭上她的心头：他以前没有引发过这种感觉，这就是危险。也确实，他斩钉截铁的样子的确让人害怕。伊莎贝尔注视着正前方，古德伍德则一只手放在一个膝盖上，向前探着身子，认真地端详着她的表情。周围的暮色似乎在变浓。"我想和你谈谈，"他又说了一遍，"我有些特别的话要跟你说说。我不想为难你——像那次在罗马那样。那没有用，只会让你难受；可我没办法。我知道我错了，但我现在没错。请别那么想我。"他继续说道，刻板、低沉的声音转眼间成了恳求："我今天来这儿是有目的的；这完全不同。我那时候和你说徒劳无益，但现在我能帮你。"

她说不清是因为害怕，还是因为这种声音在黑夜里听起来像是一种恩惠；不管怎样，她倾听着他说的话，从来都没有这么专注过；他的字字句句都深深地印在她的心里。这些话似乎让她整个身心静止了下来，一时间，她努了努力，回答说："你怎么帮我？"她问，声音很低，似乎她在认真思考他所讲的内容，现在充满信任地提出了这个问题。

"让你相信我。我现在明白了——我今天明白了。你还记得在罗马时我问你的问题吗？那时我还蒙在鼓里，但今天我理由充足；我对一切都了然于胸。你办了一件好事，让我陪你表兄离开罗马。他是个好人，一个上等人，人中菁英。他告诉了我你面临的情况，解释了所有的一切，也猜到了我的感情。他是你的家人，在你留在英国的时候，他请我来照顾你。"古德伍德郑重其事地说。"我最后见到他的时候，你知道他怎么说？那时他躺在那儿，奄奄一息。他说：'尽你所能帮助她；对她有求必应。'"

伊莎贝尔噌地站了起来。"你们没权利讨论我的事！"

"那种情况下，我们为什么没有——为什么没有？"他质问道，根本不放过她。"他那时奄奄一息——一个人奄奄一息的时候，什么都不一样了。"她本打算要离开他，这时停了下来。她比以往任何时候听得都认真；的确他和上次不一样了。那时候他虽有热情，可漫无目的，徒劳无益，而现在他有想法；伊莎贝尔从各个方面都能察觉到。"但这算不得什么！"他大声说，同时更加迫近她，却并未碰到她，连她的衣服边都没碰着。"即便杜歇没有跟我说过，这些我也一样知道。在你表兄的葬礼上，我只要盯着你看看，就知道你到底遇到了什么麻烦。你骗不了我了；看在上帝的分儿上，就诚实地对待一个对你如此诚实的人吧。再没有你这么不幸的女人了，而你丈夫是最可怕的魔鬼。"

她转过身来瞪着他，好像古德伍德打了她。"你疯了吗？"她叫道。

"我脑子还没这么清醒过，我什么都明白。别老是想着一定要替他辩护，不过反对他的话，我一个字也不会再说了；我只讲你，"古德伍德很快补充道，"你悲痛欲绝，可为什么装作没有？你不知道该干什么——连该往哪儿去你都不知道。现在演戏太晚了；你不是把一切都留在罗马了吗？你到这儿来，要付出什么代价，杜歇都清清楚楚，我也一样。它要你付出生命的代价吗？说它会——"他说着说着，差不多都勃然大怒了："告诉我一句实话！得知那样恐怖的事，我怎么能不想着救你出水火呢？假如我无动于衷，看着你回到那个你遭罪的地方，你会怎么看我？'她要付出可怕的代价！'这是杜歇对我说的。我可以告诉你这个,不是吗?他和你可是至亲呀!"古德伍德叫道,一面又重复了一遍他那奇怪而又可怕的想法:"我宁可给人毙了,也不愿意再听到任何别的人对我说那些话;但杜歇不同,在我看来,他有那个权利。那是他回到家里之后,他明白自己要不行了,我也看出来了。我全都明白:你害怕回去。你无以为伴,不知该往哪儿去。你哪儿也不能去;这个你一清二楚。所以,现在我希望你想起我。"

"想起'你'?"暮色中伊莎贝尔站在他面前问。她刚刚瞥到的那个想法现在逐渐变得清晰明显起来。她把头往后扬了扬,凝视着它,似乎那是天空中的一颗彗星。

"你不知道该去哪里;就径直到我这里来吧。我想说服你,让你相信我。"古德伍德又重复了一遍。然后他停了停,两眼炯炯有神。"你为什么要回去——你为什么非要走完生活那可恶的形式?"

"为了摆脱你!"她回答。可这只表达了她的一小部分感受,剩下的部分是,从来都没人这么爱过她。对此她曾经相信过,但现在却不尽相同;它就像沙漠里的热风,所到之处其余一切都会倒地而亡,仿佛花园中只留下了甜美的空气。它将伊莎贝尔裹挟住,举离地面,它的味道强烈、辛辣、新奇,撬开了她紧闭的双唇。

起初她觉得,听到自己刚才那些话,古德伍德一定会暴跳如雷,可一会儿过去了,他却安静得出奇。他想证明自己头脑清醒,一切都想清楚了。"我打算阻止你,而且只要你愿意听我一次劝,我觉得自己可以办好这件事。你想着要回到痛苦中去,要张开嘴巴呼吸那有毒的空气,这太荒诞了。丧失理智的是你;相信我,让我来照料你吧。幸福就在我们眼前,唾手可得,我们为什么不要?我永远都是你的——永永远远。我就这个想法,绝不更改。你还顾虑什么?你没孩子,否则那可能是个障碍。现在你没什么可考虑的。你一定要挽救自己的生活,不能因为一部分已经失去了,就全都不在乎了。要是谁认为你会顾及那些表面的东西,顾及人们的闲言碎语,顾及这个世界无休无止的愚蠢,那对你是一种羞辱。我们和这些没有关系,绝无瓜葛；我们按照事物的本来面目对待一切。离开罗马是你走的重要一步，下面就没什么了，顺其自然好了。我站在这里，我发誓，一位上当受骗且饱受磨难的女人，只要对她有所帮助，她做什么都情有可原，哪怕走上街头！我知道你多么受伤，这就是我来这儿的原因。我们愿意做什么就做什么，绝对没问题；这个世界上，我们还欠谁什么吗？妨碍我们的是什么？这样的事情，别人有什么权利干涉？这是我们俩自己的问题——我们愿意怎么定就怎么定！难道我们生来就是为了在痛苦中毁灭？难道我们生来就是为了畏惧？我从不知道你怕过！只要你相信我，你就不会失望！整个世界就在我们面前——而且是个广阔的世界。对此我是知道的。"

伊莎贝尔发出了一串低低的哀叹，显得很痛苦；古德伍德的不断催逼似乎伤到了她。"世界很小。"她漫无目的地说，她有一种强烈的愿望，要表示她反对。她说的时候漫无目的，只是想听到自己在说话，但这并不是她想表达的。实际上，这个世界似乎从没有像现在这么大；它像是一片汹涌澎湃的大海，在她周围向各个方向延展，而她在深不可测的海水上漂流。她一度需要帮助，而现在帮助来了，乘着一股激流来了。我不知道古德伍德说的话她是不是都相信，但当时她相信要是让他拥自己入怀，是仅次于死亡的最好的事。一时间，这样的想法让她痴迷，而且她感觉自己越陷越深，不能自拔；她似乎在踢蹬着双脚，好让自己停下来，找个可以立足的地方。

"来吧，我的一切都是你的，你把一切也给我吧！"伊莎贝尔听到对方大声说。他突然放弃了争论，而他的声音刺耳，可怕，似乎是从一片混沌不清的声响中透过来的。

不过这些，正如玄学家们所说的，当然只是主观的意识。混沌不清的声响，汹涌的大海，诸如此类的一切，都存在于伊莎贝尔自己那眩晕的脑海里。片刻之后，她意识到了这个。"你一定要帮我个忙，"她气喘吁吁地说，"我求你走开！"

"噢，千万别那么讲；别折磨我了！"他恳求道。

伊莎贝尔双手紧握，眼睛里溢满了泪水。"要是你爱我，可怜我，那就请离开我吧！"

暮色中，古德伍德愤怒地看着她，紧接着伊莎贝尔感到他将自己拥入了怀中，双唇贴在了自己的唇上。他的吻就像白色闪电闪过，蔓延，再蔓延，最后停留在那里。他严酷、倔强的男性特征让她很抵触，他的脸、他的身体、他的举止咄咄逼人；在他吻她的时候，她似乎又感到了这一切，它们与他的拥抱融为一体，那么强烈，那么特别。她听说那些海上遇难的人也是这样，沉入水下之前会看见一连串的幻象。不过，随着夜色再次袭来，她自由了。她看也不看，立刻就从长凳那里跑开了。从房屋的窗子里射出的光线，远远地洒到了草坪的另一端。在极短的时间里——尽管距离还是有一些的——她已经走出了黑暗地带（这是因为她什么都没看到），来到门前；直到这里，她才稍作停息。她环顾了一下四周，听了听，然后把手放在了门闩上。她一直不知道该往哪里去，现在她知道了；一条笔直的道路出现在她面前。

两天后，卡斯帕·古德伍德敲响了温坡街一座寓所的房门，这是亨丽埃塔·斯塔克波尔租住的一套带家具的住所。他的手刚从门环上移开，门就开了，斯塔克波尔小姐本人出现在他面前。她戴着帽子，穿着外衣，正要外出。"哦，早上好，"古德伍德说，"我想找奥斯蒙德夫人。"

亨丽埃塔没有马上回答，让他等了一会儿；但即便是一言不发，斯塔克波尔小姐的脸依旧满含深意。"请问，是什么让你认为她在这儿？"

"我今早去了花园山庄，那儿的仆人对我说她来伦敦了；他认为她到你这里来了。"

斯塔克波尔小姐又让他等了一会儿，但这完全是出于好意。"她昨天来的，在这儿住了一晚，但今天早上她动身去罗马了。"

卡斯帕·古德伍德没有看她，眼睛直勾勾地盯着门前的台阶。"哦，她走了——？"他结巴着说。话没说完，也没有抬头看看，他就僵硬地转过了身去。他也只能这样。

亨丽埃塔已经走了出来，随手关上了门；她伸出手，抓住了古德伍德的胳膊。"听我说，古德伍德先生，"她说，"你等一等啊！"

听到这话，他抬起头看着亨丽埃塔；而从她的脸上，他才发现她的意思只是他还年轻，这让他有些反感。她目光炯炯地看着古德伍德，可也给不了他太多安慰；但在这个瞬间，他好像一下子年老了三十岁。她陪他离开了那里，却似乎也给了他保持耐心的钥匙。

后　记

◎李和庆

经过四年多的努力，这套"亨利·詹姆斯小说系列"终于付梓出版，与读者朋友们见面了。借此后记，一是想感谢读者朋友的厚爱，二是希望读者朋友了解和理解译事的艰辛。

二〇一五年初，我向九久读书人交付拙译《美妙的新世界》稿件后，跟著名翻译家、上海海事大学教授吴建国先生和九久读书人副总编邱小群女士喝下午茶时，邱女士说九久读书人有意组织翻译亨利·詹姆斯的作品，问我有没有兴趣和勇气做这件事。说心里话，我当时眼睛一亮，一方面是因为长期以来她给予我的信任着实让我感动，另一方面是为自己能得到一次攀译事高峰的机会感到高兴，但同时，我心里也有些忐忑。众所周知，詹姆斯的作品难译，自己是否有足够的能力去承担如此重任？我虽然此前曾囫囵吞枣地看过詹姆斯的《一位女士的画像》和《黛西·米勒》，但对他和他的作品一直缺少深入的了解和认识。回家后，我便利用现代化的网络拼命补课，结果发现，国内乃至整个华人世界对亨利·詹姆斯作品的译介让人大失所望，中文读者几乎没有机会去全面领略詹姆斯在小说创作领域的艺术成就。三个月后，在吴教授和邱女士的"怂恿"下，我横下心来决定要去啃一啃外国文学界和翻译界公认的"硬骨头"。

无可否认，亨利·詹姆斯是十九世纪末至二十世纪初美国继霍桑、梅尔维尔之后最伟大的小说家，也是美国乃至世界文学史上举足轻重的艺术大师，被誉为西方心理现代主义小说的先驱，"在小说史上的地位，便如同莎士比亚在诗歌史上的地位一般独一无二"（格雷厄姆·格林语）。詹姆斯是一位多产作家，一生共创作长篇小说二十二部、中短篇小说一百一十二篇、剧本十二部。此外，他还写了近十部游记、文学评论和传记等非文学创作类作品。面对这样一位艺术成就如此之高、作品如此庞杂而又内涵丰富的作家，要想完整呈现他的艺术成就，无疑是一项浩大而又艰巨的系统工程。要将这样一位作家呈献给中文读者，选题便成了相当棘手的问题。此后近一年的时间里，经过与吴教授和邱女士反复讨论，后经九久读书人和人民文学出版社领导审批立项，选题最终由我们最初准备推出的亨利·詹姆斯小说作品全集，逐渐浓缩为亨利·詹姆斯小说作品精选集。

说到确定选题的艰难历程，有必要先梳理一下詹姆斯小说作品在我国的译介情况。国内（包括港台地区）对詹姆斯的译介始于二十世纪八十年代，现今我们看到的詹姆斯作品的译本以中篇小说居多，其中包括《黛西·米勒》（赵萝蕤，1981；聂振雄，1983；张霞，1998；高兴、邹海仑，1999；张启渊，2000；贺爱军、杜明业，2010）、《螺丝在拧紧》（袁德成，2001；高兴、邹海仑，2004；刘勃、彭萍，2004；黄昱宁，2014；戴光年，2014）、《阿斯彭文稿》（主万，1983）、《德莫福夫人》（聂华苓，1980）、《地毯上的图案》（巫宁坤，1985）和《丛林猛兽》（赵萝蕤，1981）；长篇小说有《华盛顿广场》（侯维瑞，1982）、《一位女士的画像》（项星耀，1984；唐楷，1991；洪增流、尚晓进，1996；吴可，2001）、《使节》（袁德成、敖凡、曾令富，1998）、《金钵记》（姚小虹，2014）、《波士顿人》（代显梅，2016）和《鸽翼》（萧绪津，2018）。此外，新华出版社于一九八三年出版过一部《亨利·詹姆斯小说选》（陈健译），其中包括《国际风波》《黛西·米勒》和《阿斯帕恩的信》[①] 三个中篇小说；湖南文艺出版社于一九九八年出版过一部《詹姆斯短篇小说选》（戴茵、杨红波译），其中包括《四次会面》《黛西·米拉》[②]《学生》《格瑞维尔·芬》《真品》《螺丝一拧》[③] 和《丛林怪兽》七个中短篇小说[④]。纵观上述译本，

[①] 即《阿斯彭文稿》（*The Aspern Papers*）。
[②] 一般译为《黛西·米勒》。
[③] 一般译为《螺丝在拧紧》。
[④] 此译本虽然命名为"短篇小说选"，但学界一般认为，《黛西·米拉》《螺丝一拧》和《丛林怪兽》均为中篇。

我们发现，国内翻译界对詹姆斯中长篇小说的译介基本是零散的，缺少系统性，短篇作品则大多无人问津。

鉴于此，选题组在反复研究詹姆斯国内译介作品的基础上，决定首先精选詹姆斯各个时期的代表性作品，最终确定了首批詹姆斯译介的精选书目，共涵盖了六部长篇小说：《美国人》（1877）、《华盛顿广场》（1880）、《一位女士的画像》（1881）、《鸽翼》（1902）、《专使》（1903）和《金钵记》（1904），四部中篇小说：《黛西·米勒》（1878）、《伦敦围城》（1883）、《螺丝在拧紧》（1898）和《在笼中》（1898），以及各个时期的短篇小说十八篇。读者朋友从选题书目上可以看出，此次选题虽然覆盖了詹姆斯各个时期的作品，但主要还是将目光放在了詹姆斯创作前期和后期的作品上，尤其是他赖以入选一九九八年美国"现代文库""二十世纪百部最佳英语小说"榜单、代表其最高艺术成就的三部长篇小说《鸽翼》《专使》和《金钵记》。詹姆斯的其他重要作品此次虽然没有收入，但我们相信，这套选集应该足以展示詹姆斯各创作时期的写作风格。此外，这套选集中的长篇小说《美国人》、中篇小说《在笼中》《伦敦围城》以及绝大多数短篇小说均属国内首译，以期弥补此前国内詹姆斯作品译介的空白，让中文读者能更好地认识这位与莎士比亚比肩的文学大师。

选题确定后，接下来的任务便是组建译者队伍。我们首先确定了组建译者队伍的基本原则：译者必须是语言功力深厚、贯通中西文化、治学严谨、勇于挑战的"攻坚派"。本着这样的原则，我们诚邀海峡两岸颇有影响的专家、学者，最后组建了现在的译者队伍，其中既有大名鼎鼎的职业翻译家，也有上海交通大学、华东理工大学、上海海事大学、上海电机学院等国内高校的专家、教授。他们不仅在日常的教学科研工作中治学严谨、成绩斐然，而且在翻译实践领域也是秉节持重、著作颇丰，在广大读者中都有自己忠实的拥趸。

说起亨利·詹姆斯，外国文学界和翻译界有一种不言自明的共识，那就是：詹姆斯的作品"难译"。究其原因，詹姆斯作品的艺术风格与酷爱乡土口语的马克·吐温截然不同。詹姆斯开创了心理分析小说的先河，是二十世纪小说意识流写作技巧的先驱。他的小说大多以普通人迷宫般的心理活动为主，语句冗长晦涩，用词歧义频生，比喻俯拾皆是，人物对话过分精雕，意思往往含混不清。正因如此，他在世时钟情于他的美国读者为数不多，他的作品一度饱受争议，直到两次世界大战前美国出现"第二次文艺复兴"时，作为小说家和批评家的詹姆斯才受到充分的重视。

面对这样一位作家和他业已历经百年的作品，译者该如何向生活在一个世纪之后的现代读者再现詹姆斯的艺术成就，便成了译者队伍共同面对的问题。翻译任务派发后，各位译者先是阅读和研究原著，之后又通过各种方式和渠道，多次探讨译者该如何再现原著风格的问题。虽然译者队伍年龄不同，阅历不同，研究方向不同，学术造诣不同，对原著文本的把握也有差异，但大家最后取得的共识是：恪守原著风格的原则不能变。我曾在一次读者见面会上见到翻译界的老前辈章祖德先生，就翻译詹姆斯作品的种种困难以及如何克服等问题虔心向章老请教。章老表示，虽然詹姆斯的作品晦涩难懂、歧义频现，现代读者可能很难静下心来去阅读，但翻译的任务就是要再现原作的风采，不然，詹姆斯就成了通俗小说家欧文·华莱士和丹·布朗了。在翻译詹姆斯作品的过程中，对章老的教诲，我时刻铭记在心，丝毫不敢苟且。

说起做翻译，胡适先生曾说过："译书第一要对原作者负责，求不失原意；第二要对读者负责，求他们能懂；第三要对自己负责，求不致自欺欺人。"胡适先生的观点，也是此次参与詹姆斯小说作品译介项目的译者们的共识。

翻译詹姆斯的作品，能做到胡适先生提出的前两重责任已经是非常困难的了。胡适先生提出的"求不失原意"，其实就是严复的"信"和鲁迅先生的"忠实"。对译者来说，恪守这一点是译者理应秉持的态度，但问题是译者应该如何克服与作者间存在的巨大时空差距，做到"对原作者负责"。詹姆斯的作品大都语句烦琐冗长，用词模棱两可，语义晦暗不明，译者要想厘清"原意"，需挖空心思、绞尽脑汁、字斟句酌、反复推敲。在很多时候，为了准确理解一句话，译者需要前后反复映衬，甚至通篇关照。为了"不失原意"，译者必须走进作品，进入角色的内心世界，既做"导演"又做"演员"，根据作品的文本语境和时空语境，去深入体味作品中每个人物角色的心理活动，根据角色的性别、性格、年龄、身份、地位和受教育水平，去梳理作家通过这些角色意欲向读者传达的意图和意义。

胡适先生提出的"对读者负责"，其实就是严复的"达"和鲁迅先生的"通顺"的要求，用当代学术语言说，就是译文的接受性问题。詹姆斯的作品创作于十九世纪七十年代到二十世纪初，其小说当然是以那个时代欧美社会的物质生活和精神生活为背景的，小说的语言风格也是维多利亚时代的文风。一百多年过去了，在物质生活已经极其丰富、生活方式已经发生质变、意识形态和伦理道德均已大异其趣的今天去翻译他的作品，该如何吸引生活在当今数字化、信息化时代的读者去读詹姆斯的作品，而且让读者"能懂"作者的意图，是译者面临的巨大挑战。对此，译者们的态度是，在"不失原意"、恪守原作风格的前提下，在文本处理上，适当关照当代读者的阅读感受。比如，詹姆斯的作品中往往大量使用人称代词和替代，在很多情况下，为了厘清原著中的指代关系，读者往往需要返回上文，但更多的则是要到下文中很远的地方去寻找，这种"上蹿下跳"式的阅读方式无疑会严重影响读者的阅读体验。为此，在翻译过程中，译者根据上下文所指，采取明晰化补充的处理方式，目的就是照顾中文读者的阅读感受，省却"上蹿下跳"的阅读努力。本质上说，这种处理方式也是恪守译文必须"达"和"通顺"的要求，而"达即所以为信"。

就翻译而言，译者如能恪守前两重责任，似乎已经足够了，可胡适先生为什么还要提出第三重责任呢？这一点胡适先生没有详述，但对一个久事翻译的人来说，无论是从事文学翻译，还是非文学翻译，都必须具有高度的职业责任感和历史使命感，对译事必须"不忘初心"，始终如一地怀有敬畏之心。换句话说，在翻译过程中，译者自始至终都要用心、动情，不可苟且。只有"用心"，译者拿出来的译文才能经得起时间的考验。"用心"是译者"对原作者负责"和"对读者负责"的前提，也是当下物欲蔽心、人事浮躁的大环境下，对一个优秀译者的基本要求，也是最根本的要求。

培根说过，"书有可浅尝者，有可吞食者，少数则须咀嚼消化"。詹姆斯的作品概属"须咀嚼"方能"消化"的，对译者而言如此，对读者朋友来说何尝不是这样呢？培根还说，"读书足以怡情，足以博彩，足以长才"（王佐良译）。"怡情"也好，"博彩"、"长才"也罢，相信读者朋友读詹姆斯的作品自会各有心得。

在结束这篇后记之前，我要借此机会感谢以各种方式为这套选集翻译出版做出重大贡献的同志们。首先，感谢九久读书人和人民文学出版社的领导，是他们慧眼识金，使得这套选集能呈现在读者朋友面前。其次，感谢吴建国教授和邱小群副总编，是他们取之不尽、用之不竭的智慧，使得这套译著有望成为真正意义上的"精选"。再次，感谢这套译著的所有编辑和译审，对他们一丝不苟、"吹毛求疵"的敬业精神和"为人作嫁衣"的无私奉献，我表示由衷的感谢。此外，还要感谢所有译者几年来夜以继日、不避艰难的笔耕，以及他们的家人所给予的莫大支持。最后，要衷心感谢作为读者的您，如蒙不吝辛劳、不避讳言地批评指正，译者会备感荣幸。

2020 年 6 月于滴水湖畔